佳文共赏，于文辞精美处拍案叫绝；经典同承，于书山翰林中博古通今。

图解

唐宋八大家

鸿雁 主编

中国华侨出版社

北京

图书在版编目(CIP)数据

图解唐宋八大家 / 鸿雁主编. — 北京：中国华侨出版社，2017.3（2020.2重印）

ISBN 978-7-5113-6654-2

Ⅰ.①图… Ⅱ.①鸿… Ⅲ.①唐宋八大家—古典散文—散文集 Ⅳ.①I264.2

中国版本图书馆CIP数据核字（2017）第021271号

图解唐宋八大家

主　　编：	鸿雁
责任编辑：	笑年
封面设计：	韩立强
文字编辑：	李翠香
美术编辑：	李丹丹
经　　销：	新华书店
开　　本：	720mm×1020mm　1/16　印张：29　字数：650千字
印　　刷：	鑫海达（天津）印务有限公司
版　　次：	2017年5月第1版　2020年2月第2次印刷
书　　号：	ISBN 978-7-5113-6654-2
定　　价：	68.00元

中国华侨出版社　　北京市朝阳区西坝河东里77号楼底商5号　　邮编：100028

法律顾问：陈鹰律师事务所

发 行 部：(010) 58815874　　传　真：(010) 58815857

网　　址：www.oveaschin.com　　E－m a i l：oveaschin@sina.com

如果发现印装质量问题，影响阅读，请与印刷厂联系调换。

前言

　　近五千年有文字记载的华夏文明中，文章妙手如群星闪烁，不可胜计。当现代人回过头来重新审视唐宋文坛风云际会的历史瞬间时，多数人会眩惑于诗与词灿烂的云霞，却往往忽略了掩于其后的另外一种同样重要的文学体裁——散文。唐宋散文，上承先秦汉魏六朝，下启元明清三代，是我国散文发展史上一个极为重要的时期。其时名家辈出，各具个性，文体大备，丰富多彩，既大大拓展了散文的天地，又多有传世名作，可谓盛况空前，震古烁今。其中作家最负盛名者有八位，他们是：韩愈、柳宗元、欧阳修、苏洵、曾巩、王安石、苏轼、苏辙。明初朱右最初将这八个作家的散文作品编选在一起刊行《八先生文集》，后唐顺之在《文编》一书中也选录了这八个作家的作品。明朝中叶古文家茅坤在前人基础上加以整理和编选，取名《唐宋八大家文钞》，共 160 卷。"唐宋八大家"从此得名。

　　唐宋八大家由于各自所接受的传统文化影响不同，所面临的社会历史背景不同，以及自身的际遇不同，其文章所涉及之领域与内容亦不尽相同。韩愈以振废起衰为己任，其文多涉及"道统"之类，追往圣，继绝学，为复古张目，回击阻碍古文运动发展的种种言论。柳、欧、王等都是全力从事政治革新的人，身处政治革新运动的旋涡，所以他们的文章更多涉及当时的政治焦点及社会现实，既有对下民病痛的忧心，也有对贤才湮没的同情；既有对奸吏暴政的抨击，也有对衰风弊习的斥讽。其笔触所及，远比六朝骈文更为广阔、丰富。而"三苏"更以学识渊博著称于世，其文立足现实问题，出入于经史及诸子百家，旁征博引、气势磅礴，多史论之作，为社会改良开济药方，摇旗呐喊。曾巩一生官位既不如欧阳修、王安石之显赫，仕途亦不如柳宗元、苏轼之多坎坷，其文多阐述古文理论、劝诫后学上进之作。

　　更值得注意的是，唐宋八大家在长期的艺术实践中，都铸成了自己独特的艺术风格，如韩愈之构思精巧，气盛言宜；柳宗元之思理深邃，牢笼百态；欧阳修之唱叹多情，从容不迫，无艰难劳苦之态；苏洵之纵横雄奇，尤长策论；曾巩之醇朴平实，深切往复；王安石之锋利劲峭，绝少枝叶；苏轼之如行云流水，随物赋形，宛转曲折，各尽其妙；苏辙之委曲明畅，一波三折等。应该说，这表明了唐宋诸家在"文学的自觉"、艺术的追求上，比缺乏艺术个性的六朝人更向前跨进了一步。同时，诸大家在散文理论的构建中，虽力反六朝颓风，对其文笔之辨、文学特质的探讨亦弃之不顾，而在创作实践中却并未忽视散文抒情的特质。他们在创作中摆脱了音律、辞藻等方面的重重束缚，在熔冶古人与时人语言的基础上，吸取各方面有益的艺术技巧，从而创造出随势而异、新颖完美的散文艺术形式。这种继承与发展的特质在今天仍具有强烈的时代意义。

在散文理论的构建、推广及对后学的影响上，上述诸大家为举世所公认的丰碑。此八大家之作，大抵代表了唐宋散文的最高成就。于是，我们将其精华之作辑录编译，详加校勘，以飨广大读者，希望能有助于读者管中窥豹，触类旁通，了解唐宋散文的价值，并从这笔宝贵的遗产中汲取滋养，或可作为繁荣今天散文创作的借鉴。

为了帮助读者毫无障碍地阅读和鉴赏作品，本书不仅从创作背景、思想内容、作者生平等方面对所选作品作了简洁生动的题解，而且还对原文进行了精准的译白，并对一些生僻字、繁难词句作了详细的注释。

当然，由于我们水平有限，时间仓促，书中恐怕难免有贻误不当之处。恳请广大读者和文史界同仁批评指正，以便让我们再版时及时修正。

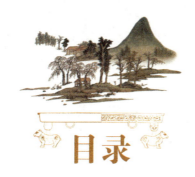

目录

欧阳修

苏 洵

曾巩

王安石

苏　轼

韩　愈

　　韩愈（768～824年），字退之，河南河阳人。少孤，刻苦为学，尽通六经百家。贞元八年（792年），擢进士第，才高，又好直言，累被黜贬。初为监察御史，上疏极论时事，贬阳山令。元和中，再为博士，改比部郎中、史馆修撰，转考功、知制诰，进中书舍人，又改庶子。裴度讨淮西，请为行军司马，以功迁刑部侍郎。谏迎佛骨，谪刺史潮州，移袁州。穆宗即位，召拜国子祭酒、兵部侍郎。使王廷凑归，转吏部，为时宰所构，罢为兵部侍郎，寻复吏部。卒，赠礼部尚书，谥曰文。愈自比孟轲，辟佛老异端，笃旧恤孤，好诱进后学，以之成名者甚众。文自魏晋来，拘偶对体日衰，至愈，一返之古。而为诗豪放，不避粗险，格之变亦自愈始焉。集四十卷，内诗十卷；外集遗文十卷，内诗十八篇。今合编为十卷。

文章巨公——韩愈

韩愈

韩愈小档案

姓名： 姓韩，名愈，字退之，世称昌黎先生。
生卒： 768 – 824 年。
年代： 唐代。
籍贯： 河阳（今河南省孟州市）人。
职业： 文学家、哲学家、思想家。
成就： 唐宋八大家之一，倡导古文运动。

宦海生涯

韩愈自幼学习刻苦

第一阶段，24 岁以前。3 岁丧父。受兄韩会抚育。

后随韩会贬官到广东。兄死后，随嫂郑氏北归河阳。后迁居宣城。7 岁读书，13 岁能文。20 岁赴长安应进士试，三试不第。

韩愈出京任职

第二阶段，25 至 35 岁。先登进士第。

25 岁考中进士，后在吏部"博学宏辞"科考试中又连遭失败，仕途坎坷。多经反覆，直到 35 岁才当上京官"四门博士"。

韩愈被贬官

第三阶段，36 至 49 岁。反抗宦官，被贬阳山。

后任监察御史，因上疏论天旱人饥状，请减免徭役赋税，指斥朝政，被贬为阳山令。

韩愈作《论佛骨表》

第四阶段，50 至 57 岁。五十七岁病故。

唐德宗死后，韩愈重受提拔，先后当上国子博士和刑部侍郎。元和十四年（819 年），韩愈向皇帝上疏反对迎拜"佛骨"的《论佛骨表》，得罪唐宪宗，被贬为潮州刺史。元和十五年（820 年），唐穆宗即位，韩愈被召回作国子祭酒，后转吏部侍郎。长庆四年（824 年），韩愈病逝，享年 57 岁。

文学成就

古文运动　是指唐中期以及宋朝提倡古文，反对骈文为特点的文体改革运动。

韩愈

韩愈提倡古文，目的在于恢复古代的儒学道统，将改革文风与复兴儒学变为相辅相成的运动，在提倡古文时，进一步强调以文明道。

韩愈和柳宗元

韩愈和柳宗元并称"韩柳"，曾共同倡导了唐代的古文运动，并成为一生的好朋友。但他们的这种朋友关系主要是在诗文创作领域，在政治方面却没有太多的共同语言，当时，

韩愈　柳宗元

柳宗元与革新集团的首领王叔文的关系十分密切，而韩愈却与王叔文等人的关系比较疏远，对王叔文等人为政的风格以及做人的品质也颇为不满，柳宗元死后，

韩愈撰《柳子厚墓志铭》

韩愈撰《柳子厚墓志铭》，拐弯抹角地批评柳宗元参加王叔文改革集团一事。所以从某种程度上来说，韩愈和柳宗元原本还是政敌关系。

文学创作

韩愈古文众体兼备，举凡政论、表奏、书启、赠序、杂说、人物传记、祭文、墓志乃至传奇，无不擅长，有"文章巨公"和"百代文宗"之名。大体而言，主要包括叙事文、论说文、散文、诗歌等几种形式。

叙事文：继承《史记》历史散文传统，如名篇《张中丞传后叙》，融叙事、议论、抒情于一炉。

论说文：以尊儒反佛为主要内容，大都格局严整，层次分明，如《原道》《论佛骨表》。

散文：气势充沛，纵横开阖，奇偶交错，巧譬善喻，或诡谲，或严正，艺术特色多样化。

诗歌："以文为诗"，别开生面，用韵险怪，开创了"说理诗派"的诗风。如七律《左迁至蓝关示侄孙湘》《题驿梁》。

◎ 原 道 ◎

　　道教是李唐王朝的国教，中唐时期，统治阶级又崇尚佛教，佛道盛行，儒学衰落，固有的封建秩序受到冲击，大唐帝国出现了思想危机，这对帝国的长治久安极为不利。作为儒学忠实的拥护者、卫道者和"道统"的继承者，韩愈深感只有大力提倡忠君孝亲的孔孟之道，才能有效地制止犯上作乱的发生，巩固中央政权，于是毅然地举起了复兴儒学的旗帜。

　　韩愈在文中鲜明地提出了"道统"的观念，主张尊孔孟，排异端，认为只有儒家学说才符合封建社会的利益。指出佛教和道教学说无视社会现实，无视国家的安定团结，扰乱了封建的等级秩序；大兴佛寺道观、供养僧侣更加重了人民的负担，造成了社会的贫困；坚决主张毁灭佛道两家的学说并禁止他们的活动："人其人，火其书，庐其居。"韩愈借儒家"道统"排斥佛老，这本是为了维护李唐王朝的统治，无可厚非，但将佛老指斥为异端，主张将其彻底毁弃，这并不符合人类文化传承的原则。

【原文】

　　博爱之谓仁，行而宜之之谓义，由是而之焉之谓道，足乎己无待于外之谓德。仁与义为定名，道与德为虚位。故道有君子小人，而德有凶有吉。老子之小仁义，非毁之也，其见者小也。坐井而观天，曰天小者，非天小也。彼以煦煦为仁，孑孑为义，其小之也则宜。其所谓道，道其所道，非吾所谓道也；其所谓德，德其所德，非吾所谓德也。凡吾所谓道德云者，合仁与义言之也，天下之公言也。老子之所谓道德云者，去仁与义言之也，一人之私言也。

　　周道衰，孔子没，火于秦，黄老于汉，佛于晋、魏、梁、隋之间。其言道德仁义者，不入于杨，则入于墨；不入于老，则入于佛。入于彼，必出于此。入者主之，出者奴之；入者附之，出者污之。噫！后之人其欲闻仁义道德之说，孰从而听之？老者曰："孔子，吾师之弟子也。"佛者曰："孔子，吾师之弟子也。"为孔子者，习闻其说，乐其诞而自小也，亦曰："吾师亦尝师之云尔。"不惟举之于其口，而又笔之于其书。噫！后之人虽欲闻仁义道德之说，其孰从而求之？甚矣！人之好怪也！不求其端，不讯其末，惟怪之欲闻。

　　古之为民者四，今之为民者六；古之教者处其一，今之教者处其三。农之家一，而食粟之家六；工之家一，而用器之家六；贾之家一，而资焉之家六。

奈之何民不穷且盗也！

古之时，人之害多矣。有圣人者立，然后教之以相生养之道。为之君，为之师，驱其虫蛇禽兽，而处之中土。寒，然后为之衣；饥，然后为之食；木处而颠，土处而病也，然后为之宫室。为之工，以赡其器用；为之贾，以通其有无；为之医，药以济其夭死；为之葬埋祭祀，以长其恩爱；为之礼，以次其先后；为之乐，以宣其湮郁；为之政，以率其怠倦；为之刑，以锄其强梗。相欺也，为之符玺、斗斛、权衡以信之；相夺也，为之城郭甲兵以守之。害至而为之备，患生而为之防。今其言曰："圣人不死，大盗不止。剖斗折衡，而民不争。"呜呼！其亦不思而已矣！如古之无圣人，人之类灭久矣。何也？无羽毛鳞介以居寒热也，无爪牙以争食也。

是故君者，出令者也；臣者，行君之令而致之民者也；民者，出粟米麻丝、作器皿、通货财以事其上者也。君不出令，则失其所以为君；臣不行君之令而致之民，则失其所以为臣；民不出粟米麻丝、作器皿、通货财，以事其上，则诛。今其法曰："必弃而君臣，去而父子，禁而相生养之道。"以求其所谓"清净""寂灭"者。呜呼！其亦幸而出于三代之后，不见黜于禹、汤、文、武、周公、孔子也。其亦不幸而不出于三代之前，不见正于禹、汤、文、武、周公、孔子也。

帝之与王，其号虽殊，其所以为圣一也。夏葛而冬裘，渴饮而饥食，其事虽殊，其所以为智一也。今其言曰："曷不为太古之无事？"是亦责冬之裘者曰："曷不为葛之之易也？"责饥之食者曰："曷不为饮之之易也？"传曰："古之欲明明德于天下者，先治其国；欲治其国者，先齐其家；欲齐其家者，先修其身；欲修其身者，先正其心；欲正其心者，先诚其意。"然则古之所谓正心而诚意者，将以有为也。今也欲治其心，而外天下国家，灭其天常，子焉而不父其父，臣焉而不君其君，民焉而不事其事。孔子之作《春秋》也，诸侯用夷礼，则夷之；进

此图描绘唐玄宗李隆基与神话传说中的八仙之一张果老相见的传奇故事，事出《明皇杂录》。唐玄宗相貌魁伟，身着黄袍，坐圈椅上，侍者五人立于左右。与玄宗对坐者为张果老，他白髯高冠，身着紫衣，面带笑容，正在向玄宗讲道。

于中国，则中国之。《经》曰："夷狄之有君，不如诸夏之亡。"《诗》曰："戎狄是膺，荆舒是惩。"今也举夷狄之法，而加之先王之教之上，几何其不胥而为夷也？

夫所谓先王之教者，何也？博爱之谓仁，行而宜之之谓义，由是而之焉之谓道，足乎己无待于外之谓德。其文，《诗》《书》《易》《春秋》；其法，礼、乐、刑、政；其民，士、农、工、贾；其位，君臣、父子、师友、宾主、昆弟、夫妇；其服，麻、丝；其居，宫、室；其食，粟米、果蔬、鱼肉。其为道易明，而其为教易行也。是故，以之为己，则顺而祥；以之为人，则爱而公；以之为心，则和而平；以之为天下国家，无所处而不当。是故，生则得其情，死则尽其常；郊焉而天神假，庙焉而人鬼飨。曰："斯道也，何道也？"曰："斯吾所谓道也，非向所谓老与佛之道也。尧以是传之舜，舜以是传之禹，禹以是传之汤，汤以是传之文、武、周公，文、武、周公传之孔子，孔子传之孟轲；轲之死，不得其传焉。荀与扬也，择焉而不精，语焉而不详。由周公而上，上而为君，故其事行；由周公而下，下而为臣，故其说长。"然则如之何而可也？曰："不塞不流，不止不行。人其人，火其书，庐其居，明先王之道以道之。鳏寡孤独废疾者有养也。其亦庶乎其可也！"

【译文】

广泛地对群众施行仁爱，就叫作仁；实行适合于仁的行为，就叫作义；遵循仁义的要求并实施它，就叫作道；内心充满仁义之念而不需要外界的赋予，就叫作德。仁和义是肯定的有实在内容的，道和德是假定的没有实际内容的。因此道有君子之道和小人之道，德有凶险之德和吉祥之德。老子把仁义看得很渺小，并非诽谤仁义，而是他的见识短浅。就如同坐在井里看天却说天小一样，实际上并不是天小啊。

他把小恩小惠看作仁，把谨小慎微看成义，因而，他小看仁义是当然的了。他说的道，是指他的道，并非我说的道。他说的德，是说他的德，并非我说的德。凡是我说的道德，是体现仁和义的标准，是天下的公论。老子说的道德，是抽掉仁和义的具体内容来说的，是他一家之言。

自从周道衰微，孔子死后，秦时焚书坑儒，汉朝盛行黄、老之学，晋、魏、梁、隋之间盛行佛教。那些讲道德仁义的人，不是加入杨朱学派，就是加入墨翟学派；不是加入道教，就是加入佛教。加入那一家，必定会排除这一家。加入那一家就以那一家为主，反对这一家

焚书坑儒图

就以这一家为奴；加入那一家就加以附和，反对这一家就加以诋毁。唉！后代的人如果想听听仁义道德的学说，到底该听从哪一家的说法呢？道教徒说："孔子是我们祖师的学生。"佛教徒说："孔子是我们祖师的学生。"信奉孔子学说的人听惯了那些说法，乐于接受它们荒诞的言论而且轻视自己，也附和着说："我们的老师也曾经向他们学习过。"不仅在嘴里说这种话，而且还把它写在书上。唉！后代的人虽然想学习仁义道德的学说，可是到哪里去寻求它呢？人们喜欢新奇的思想实在是太严重了，不探究它的本源，不探寻它的结果，只想听新奇的说法。

古代的民众有四类，现在的民众有六类。古代负责教化的人只占其中之一，如今负责教化的人要占其中之三。现在务农的只有一家，吃粮食的却有六家；从事手工业的只有一家，用器具的却有六家；做生意的只有一家，需要供应财物的却有六家。怎么能不使百姓贫困而去盗窃呢？

远古的时候，人民遇到的灾害太多了。有圣人出来，这才把相互生存、相互供养的方法教给人们，做人民的君主，充任老师，赶跑那些虫、蛇、禽、兽，让人们定居在中原地区。冷了就教他们做衣服；饿了就教人们种庄稼；睡在树上可能掉下来，住在洞里容易生毛病，这就教人们造房屋。设立工匠来供给人们用具，设立商贩来互通人们之间的有无，发明医药来挽救人们生命以防因病早死，定出葬埋祭祀等制度来增加人们之间的恩爱，制定礼节来规范社会的秩序，创造音乐来排解人们的烦闷，制定政令来约束人们的懒惰，设立刑法来除去人们之中的强徒。为了防止相互欺骗，就给人们制定符玺、斗斛、权衡来使人们遵行；为了防止互相掠夺，就教人们学习修筑城墙、制造武器来保护自己。灾害即将发生，就提醒人们事先做好准备；祸患将要发生，就给人们做好预防。现在道家却说："倘若圣人不死，大盗就不会终止。倘若打破了斗斛，折断了秤杆，百姓就不会争夺。"唉！那只是没有好好想一想罢了！如果古时候没有圣人，那么人类早就灭亡了。为什么呢？因为人类没有羽毛鳞甲来抵御严寒酷暑，没有爪牙来争夺食物啊！

因此，君王是发号施令的，臣子是执行君王的命令来推行给人民的，人民是生产粟米麻丝、制作器具、从事商业使财物流通，侍奉那些统治集团的。君主不发令，就放弃了做君主的职权；臣子不执行君主的命令来推行给人民，就丧失了臣子的职责；人民不生产粟米麻丝，制作器具，交换财物来侍奉那些上层人物，就要受到惩处。如今他们主张："必须抛弃你们的君臣，撇开你们的父子，禁止你们相生相养的办法。"以此来求得所谓清静和寂灭的境界。唉！他们也幸亏出现在三代以后，没有被夏禹、商汤、周文王、武王、周公、孔子等圣人所贬斥；他们也不幸没有出现在三代以前，没有被夏禹、商汤、周文王、武王、周公、孔子等圣人所纠正。

帝和王，他们的称号虽然不同，但他们能成为圣人的缘由却是一样的。夏季穿葛布衣裳，冬季穿皮毛衣服，口渴就喝水，肚子饿就吃饭，这些事情虽然不同，但被称为明智的缘故却是一样的。如今道家却说："为什么不学习上古的无为而治呢？"这就好比指责冬天穿皮毛衣服的人说："你为什么不穿简便的葛布衣服呢？"指责肚子饿了吃饭的人说："你为什么不做喝水那样简便的事情呢？"《礼记·大学》篇说："古时候想在天下弘扬完美德行的人，一定要先治理好国家；想治理好他的国家的人，一定要先整治好他的家庭；想整治好他的家庭的人，一定要先修养他的身心；想修养他的身心的人，一定要先端正他的思想；想端正他的思想的人，一定要先使他的念头诚实。"那么，古时候所说的端正思想而又诚心诚意的人，是会有所作为的。如今所谓的修养身心，却是要摒弃天下国家，灭绝天理人伦。做儿子的不把他的父亲当作父亲，做臣子的不把他的君主当作君主，做百姓的却不做他应该做的事情。孔子撰写《春秋》时，诸侯中有用夷狄礼节的，就把他当作夷狄；夷狄中有用中原礼节的，就把他当作中原国家。《论语》说："夷狄有君主，还不如中原的各诸侯国没有君主。"《诗经》说："抗拒夷狄，惩戒荆舒。"如今却拿夷狄的礼法，放在先王的教化上面，那不是几乎全都变成夷狄了吗？

我所说的先王的教化究竟有什么内容呢？广泛地爱大众叫作仁；实行适合实际的仁叫作义；遵循仁义的要求并实现它叫作道；内心充满仁义之念，而不需要外界的赋予，这就叫作德。它的典籍有《诗经》《尚书》《易经》《春秋》；它的准则有礼仪、音乐、刑法、政治；它的民众有士人、农民、工匠、商人四类；它的名分有君臣、父子、师友、宾主、兄弟、夫妇；人民穿的有麻布、丝绸两类；人民的住房有宫、室两种；人民吃的是粟、米、果、蔬、鱼、肉。它作为道理是容易懂的，它作为教化是容易实行的。因此，用它治身，就和顺而吉祥；用它对待别人，就仁爱而公正；用它来修养身心，就和平而舒畅；用它治理天下国家，就没有什么地方不适当。所以，活着就能享受正常的人情，死后就能得到应有的待遇；祭天就能使天神下降，祭祖宗就能使祖宗享受。有人会问："这种道究竟是什么道？"回答说："这是我说的道，不是前面说的老子和佛家的道。唐尧将这传给虞舜，虞舜将这传给夏禹，夏禹将这传给商汤，商汤将这传给周文王、武王和周公，周文王、武王和周公传给孔子，孔子传给孟轲；孟轲死了，却没有可传的人。荀况和扬雄，选取得不精确，阐说得不详细。从周公以上，都是在上面做君主的人，所以王道的措施能够顺利实行；从周公以下，都是在下面当臣子的人，因此仁义之说能长久流传。"既然如此，那么，怎样做才可以呢？我认为："佛老的邪说不堵塞，圣人的道就不会流传；佛老的邪说不制止，圣人的道就不会通行。应当使和尚、道士还俗，烧毁佛老的书籍，把寺观改建成民房，阐明先王之道以诱导他们。让鳏夫、寡妇、孤儿、孤老、残疾人和病人都得到抚养。如果做到这样，那大概就可以了吧！"

◎ 原 毁 ◎

中唐时期，统治阶级内部矛盾重重，互相诋毁诽谤。力图有所作为、匡救时弊的韩愈更成了众矢之的，被流言蜚语所包围，于是作此文以宣泄自己对这一恶习的不满。文章援古证今，指出"怠"与"忌"，即懒惰与嫉妒是毁谤产生的直接原因，而毁谤已形成一股习以为常的社会风气，积重难返。文末对"事修而谤兴，德高而毁来"的社会现实表达了深沉的悲愤，同时也流露出无可奈何的情绪。

文章运用对比的修辞手法，一开一合，写得形象生动，耐人寻味。

【原文】

古之君子，其责己也重以周，其待人也轻以约。重以周，故不怠；轻以约，故人乐为善。闻古之人有舜者，其为人也，仁义人也。求其所以为舜者，责于己曰："彼，人也；予，人也。彼能是，而我乃不能是！"早夜以思，去其不如舜者，就其如舜者。闻古之人有周公者，其为人也，多才与艺人也。求其所以为周公者，责于己曰："彼，人也；予，人也。彼能是，而我乃不能是！"早夜以思，去其不如周公者，就其如周公者。舜，大圣人也，后世无及焉；周公，大圣人也，后世无及焉。是人也，乃曰："不如舜，不如周公，吾之病也。"是不亦责于身者重以周乎！其于人也，曰："彼人也，能有是，是足为良人矣；能善是，是足为艺人矣。"取其一，不责其二；即其新，不究其旧。恐恐然惟惧其人之不得为善之利。一善，易修也；一艺，易能也。其于人也，乃曰："能有是，是亦足矣。"曰："能善是，是亦足矣。"不亦待于人者轻以约乎？

今之君子则不然。其责人也详，其待己也廉。详，故人难于为善；廉，故自取也少。己未有善，曰："我善是，是亦足矣。"己未有能，曰："我能是，是亦足矣。"外以欺于人，内以欺于心，未少有得而止矣。不亦待其身者已廉乎！其于人也，曰："彼虽能是，其人不足称也；彼虽善是，其用不足称也。"举其一，不计其十；究其旧，不图其新。恐恐然惟惧其人之有闻也。是不亦责于人者已详乎？夫是之谓不以众人待其身，而以圣人望于人，吾未见其尊己也。

虽然，为是者有本有原，怠与忌之谓也。怠者不能修，而忌者畏人修。吾尝试之矣，尝试语于众曰："某，良士；某，良士。"其应者，必其人之与也；不

厉山耕种图

然，则其所疏远，不与同其利者也；不然，则其畏也。不若是，强者必怒于言，懦者必怒于色矣。又尝语于众曰："某，非良士；某，非良士。"其不应者，必其人之与也；不然，则其所疏远，不与同其利者也；不然，则其畏也。不若是，强者必说于言，懦者必说于色矣。是故事修而谤兴，德高而毁来。呜呼！士之处此世，而望名誉之光、道德之行，难已！

将有作于上者，得吾说而存之，其国家可几而理欤！

【译文】

从前的君子，他们要求自己严格而且全面，对待别人宽恕而且简约。严格且全面，所以就不会懒惰；宽恕而且简约，所以别人愿意做好事。听说古时有个名叫舜的人，他大仁大义。有人研究舜所以成为舜的原因，责问自己说："他是个人，我也是个人。为什么他能这样，我却不能这样？"他们日夜地思考，丢弃那些不像舜的品德，趋向那些近似舜的品德。闻知古代还有个名叫周公的人，他为人多才多艺。人们又研究周公所以成为周公的原因，并责问自己说："他是个人，我也是个人。为什么他能这样，我却不能这样？"他们日日夜夜地思考，抛弃那些不像周公的地方，趋向那些类似周公的地方。舜是一位伟大的圣人，后代没有人赶得上他；

周公也是一位大圣人，后代中也没有人赶得上他的。古时君子会说："不如舜，不如周公，是我最大的缺陷。"这不正是对自己的要求很严格而且全面吗？对别人却说："一个人能够做到这样，这就可以算得上是一个善良的人了；能够擅长这个，这就可以算是一个有技能的人了。"肯定别人的一个优点，不苛求其更多；看重一个人现在的表现，不追究他从前的表现，只担心别人得不到做善事的好处。一件善事是容易做得好的，一种技能是容易学到手的。对别人说："能够做这样的善事也就可以了。"又说："能够擅长这样的技能，也可以了。"这不正是对待别人宽恕而且简约的表现吗？

当今的君子却并非如此。对别人求全责备，对待自己却要求不高。求全责备，所以别人就难于做善事；要求不高，所以自己的收获很少。自己没有长处，却说："我擅长这样，也就可以了。"自己没有技能，却说："我做到这样，也就可以了。"对外拿这种话欺骗别人，内里拿这种话欺骗自己，还没有取得一点成绩就停止不前了。不是对自己的要求太低了吗？对别人，就说："他虽然能够这样，但人品却是不值得称赞的；他虽然擅长这样，功用却是不值得称赞的。"举出别人的一个缺点，却不考虑其他优点；追究别人过去的表现，而不考虑现在的表现。还担心别人获得名誉。这不是对别人的要求太全面了吗？这就是不拿众人的标准对待自身，却拿圣人的标准去要求别人，我真的看不出这是在尊重自己啊。

如此这样表现的人是有根有源的，他们有着懒惰和妒忌的毛病。懒惰的人是不求上进的，妒忌别人的人是害怕别人上进的。我曾试着对大家说："某某是好人，某某是好人。"那些附和的人，必定是那个人的朋友；要不，就是跟他疏远的人，或者是跟他没有利害关系的人；否则，就是害怕他的人。若不是这样，性格粗暴的人一定会在说话中表现出愤怒的情绪，性格懦弱的人一定会在脸色上显现出愤怒的神情。我又曾经告诉大家说："某某不是好人，某某不是好人。"那些不附和的人，必定是那个人的朋友；要不，就是同他疏远的人，或者是跟他没有利害关系的人；否则，就是害怕他的人。若不是这样，性格粗暴的人一定会在说话中表现出高兴的神情，性格懦弱的人一定会在脸上显露出高兴的神色。因此，事情做好了，诋毁就产生；道德高尚了，诽谤就来了。唉！读书人处在这种时代，希望名誉显著、道德流传，真是太难了！

朝中准备有所作为的人，听到我的话，并且记住它，就可以将国家治理得差不多了吧！

◎ 获麟解 ◎

麒麟本是祥瑞之物，但常人不认识它，偶尔发现它反而认为它是异类，为不祥之物。作者以麟自喻，认为麟之所以成为祥瑞，是由于出现在圣人在位的时候，否则就将被认为不祥之物。而自己生不逢时，未遇明主，怀经世奇才而不被世人理解，反而被讥刺为异端、另类，这和麟的遭遇实无二致。

【原文】

麟之为灵，昭昭也。咏于《诗》，书于《春秋》，杂出于传记百家之书，虽妇人小子，皆知其为祥也。

然麟之为物，不畜于家，不恒有于天下；其为形也不类，非若马、牛、犬、豕、豺、狼、麋、鹿然。然则虽有麟，不可知其为麟也。角者，吾知其为牛；鬣者，吾知其为马；犬、豕、豺、狼、麋、鹿，吾知其为犬、豕、豺、狼、麋、鹿，惟麟也不可知。不可知，则其谓之不祥也亦宜。

虽然，麟之出，必有圣人在乎位，麟为圣人出也。圣人者，必知麟，麟之果不为不祥也。

又曰：麟之所以为麟者，以德不以形。若麟之出不待圣人，则谓之不祥也亦宜。

【译文】

众所周知，麒麟是一种灵异的动物。在《诗经》中被歌咏，在《春秋》中也有记载，在历史传记和诸子百家的书中层见迭出。即使是妇女和孩子也都知道麒麟是吉祥的动物。

然而麒麟这种动物，在家里不养，天下也不常有，它的样子和其他动物不相像，不像牛、马、猪、狗、豺、狼、麋、鹿的样子。既然这样，就算有麒麟，也认不出它是麒麟啊。有两只角的我们知道它是牛，颈上长鬣毛的我们认得它是马，猪、狗、豺、狼、麋、鹿，我们认得它们是猪、狗、豺、狼、麋、鹿，只有麒麟不能够认出来。既然不能认出来，那么，人们说它是不祥之物也是自然的。

虽然如此，麒麟的出现，必定是有圣人在位的时候，麒麟是为圣人出现的啊。圣人肯定是认得麒麟的，麒麟果真不是不祥之物啊。

我还认为：麒麟之所以叫作麒麟，是根据它的德性，而不是根据它的形状。假如麒麟的出现，不等到圣人在位的时候，那么说它是不祥之物也是对的。

◎ 杂说一 ◎

　　这是一篇托物寓意的杂文。文中作者把龙比作圣君，把云比作贤臣，说明君臣之间的关系如同龙和云的关系，只有相互依靠，才能有所作为。

【原文】

　　龙嘘气成云，云固弗灵于龙也。然龙乘是气，茫洋穷乎玄间，薄日月，伏光景，感震电，神变化，水下土，汩陵谷。云亦灵怪矣哉！

　　云，龙之所能使为灵也。若龙之灵，则非云之所能使为灵也。然龙弗得云，无以神其灵矣。失其所凭依，信不可欤？异哉！其所凭依，乃其所自为也。《易》曰："云从龙。"既曰龙，云从之矣。

【译文】

　　龙吐口气就变成云，云本来就比不上龙灵异。然而龙乘着云，可以在辽阔无边的太空中到处遨游，接近太阳和月亮，遮挡住它们的光辉，使雷电震撼，使变化神奇，使雨水浸润大地，淹没丘陵深谷，云也称得上灵异了啊！

　　云，是龙能够使它变成灵异的。龙所具备的灵异，就不是云的作用了。但是龙得不到云，就不能显出它的灵异了。

九龙壁

失去它所依托的，真的就不行了吗？奇怪啊！它所依托的，竟然就是它自己所制造的。《易经》中说："云跟着龙。"既然叫龙，云当然追随它了。

◎ 杂说四 ◎

这是一篇寓意深刻的杂文。文中以千里马喻人才，颇为中肯。在韩愈看来，人才总是有的，但如果人才不能被识别和扶持，就会被埋没，故"世有伯乐，然后有千里马。千里马常有，而伯乐不常有"。文章还通过对千里马不幸遭遇的描述，揭露了当时统治者压制甚至糟蹋人才的罪恶，表达了作者愤懑不平的心情。

【原文】

世有伯乐，然后有千里马。千里马常有，而伯乐不常有。故虽有名马，只辱于奴隶人之手，骈死于槽枥之间，不以千里称也。

马之千里者，一食或尽粟一石，食马者不知其能千里而食也。是马也，虽有千里之能，食不饱，力不足，才美不外见，且欲与常马等不可得，安求其能千里也！策之不以其道，食之不能尽其材，鸣之而不能通其意，执策而临之曰："天下无马。"呜呼！其真无马邪？其真不知马也！

【译文】

世上是先有伯乐，然后才有千里马的。千里马是经常有的，然而伯乐却不是经常有的。所以就算有了名马，也不过是在不识货的人手中受屈辱，和普通的马一样老死在马厩中，也不用千里马的名称来称呼它。

马当中能够日行千里的，有时一顿要吃一石小米，喂马的人不了解它能够日行千里而喂养它。这样的马，虽然有日行千里的能耐，但是吃不饱，力量不够，特长就不能显示出来，想要跟平常的马一样表现都做不到，怎么要求它能够日行千里呢？鞭策它，不按照马的习性；喂养它，又不能满足它的食量；吆喝它，又不懂得它的心思。拿着鞭子对着它说："天下没有好马。"唉！难道真的没有好马吗？实在是不认识好马吧！

八骏图（局部）

◎ 师 说 ◎

　　韩愈在这篇文章里阐述了从师学习的重要性。文中开宗明义地指出:"古之学者必有师。师者,所以传道授业解惑也。人非生而知之者,孰能无惑?惑而不从师,其为惑也,终不解矣。"点明了从师学习的重要性。作者认为"古之圣人,其出人也远矣,犹且从师而问焉。"而"今之众人,其下圣人也亦远矣,而耻学于师。"这是非常荒唐的,并赞扬了"巫医、乐师、百工之人,不耻相师"的良好学风。文章谴责了"位卑则足羞,官盛则近谀"的不良社会风气,主张"无贵无贱,无长无少,道之所存,师之所存也"。要像圣人那样广泛地"从师而问焉",只要闻道在先即可为师,只要学有专长即可为师。"弟子不必不如师,师不必贤于弟子",师生可以互相学习。作者的这些主张和见解对于纠正当时的不良风气,端正学风,显然是有积极意义的。

【原文】

　　古之学者必有师。师者,所以传道受业解惑也。人非生而知之者,孰能无惑?惑而不从师,其为惑也,终不解矣。生乎吾前,其闻道也固先乎吾,吾从而师之;生乎吾后,其闻道也亦先乎吾,吾从而师之。吾师道也,夫庸知其年之先后生于吾乎?是故无贵无贱,无长无少,道之所存,师之所存也。

　　嗟乎!师道之不传也久矣,欲人之无惑也难矣。古之圣人,其出人也远矣,犹且从师而问焉;今之众人,其下圣人也亦远矣,而耻学于师。是故圣益圣,愚益愚。圣人之所以为圣,愚人之所以为愚,其皆出于此乎?

　　爱其子,择师而教之;于其身也,则耻师焉,惑矣。彼童子之师,授之书而习其句读者,非吾所谓传其道、解其惑者也。句读之不知,惑之不解,或师焉,或不焉,小学而大遗,吾未见其明也。

　　巫医、乐师、百工之人,不耻相师。士大夫之族,曰师、曰弟子云者,则群聚而笑之。问之,则曰:"彼与彼年相若也,道相似也。"位卑则足羞,官盛则近谀。呜呼!师道之不复,可知矣。巫医、乐师、百工之人,君子不齿。今其智乃反不能及,其可怪也欤!

　　圣人无常师。孔子师郯子、苌弘、师襄、老聃。郯子之徒,其贤不及孔子。孔子曰:"三人行,则必有我师。"是故弟子不必不如师,师不必贤于弟子。闻道有先后，术业有专攻，如是而已。

李氏子蟠，年十七，好古文，六艺经传皆通习之，不拘于时，学于余。余嘉其能行古道，作《师说》以贻之。

【译文】

古时候求学的人一定要有老师。老师是传授道理、学业、解答疑难问题的人。人并非一生下来就懂道理、有知识的，谁没有疑难的问题呢？有疑难问题而不请教老师，那疑难的问题终究也不会解决。出生在我之前的，他懂得道理本来比我早，我应该向他学习；出生在我后面的，他懂得道理要是也比我早，我也应当向他学习。我学的是道理，哪里用得着管他出生在我前面，还是在我后面呢？因此，不论地位高贵还是卑贱，无论年龄大还是年龄小，哪里有道理哪里就有老师。

唉！从师学习的风气失传已经很久了，要人们没有疑难问题也是很困难的。古时候的圣人，他们远远超过一般人，尚且跟着老师学习请教；现在普通的人，他们远不如圣人，却把从师学习当作羞耻。因此，圣人就更加圣明，愚人就更加愚笨。圣人成为圣人，愚人成为愚人的原因，大概都是这一点吧！

人们爱自己的孩子，就选择老师来教他；而他自己，却把从师学习当作羞耻，这太糊涂了。那些孩子们的老师，是教给孩子们读书和学习书中句读的，不是我所说的那种传授道理、解释疑难问题的。读书不懂得断句，疑难问题不得解释，有的（指前者）从师学习，有的（指后者）却不向老师学习，小事学习，大事却丢弃了，我看不出他们明理的地方。

巫医、乐师、各种手工业者，不把从师学习当作羞耻的事。士大夫等一类人，称谁"老师"、谁"学生"等，就会有很多人聚集在一起讥笑人家。问他们为什么这样，他们就说："他和他年纪差不多，学问也相仿。"称地位低的人为师，就感到可耻；称呼官职高的人为老师，就近于奉承。唉！从师学习的风气不能恢复，从这里就可以知道了。巫医、乐师和各种手工业者，是士大夫们瞧不起的。现在士大夫们的智慧反而不如他们，真是奇怪啊！

圣人没有固定的老师。孔子向郯子、苌弘、师襄、老聃请教过问题。郯子的贤能还不及孔子。孔子说："三个人一起行走，其中一定有可以作为我的老师的。"所以说，学生不一定不如老师，老师不一定比学生高明。懂得道理有先有后，技能、业务各有专长，不过这样罢了。

李家有个叫蟠的孩子，今年十七岁，爱好古文，六经的经文和注解全都学了，他不受时俗的拘束，来向我学习。我赞许他能实行古人从师学习的正道，写了一篇《师说》来赠给他。

◎ 进学解 ◎

本文重在阐释进德修业的道理，指出"业精于勤，荒于嬉；行成于思，毁于随"。作为读书人怕的是自己学业不能精通，而不是怕不被主管官署发现；怕的是自己品德修养没有长进，而不是主管官署考核不公。但作者也借诸生反驳与先生辩解，宣泄了怀才不遇的苦闷。

【原文】

国子先生，晨入太学，招诸生立馆下，诲之曰："业精于勤，荒于嬉；行成于思，毁于随。方今圣贤相逢，治具毕张，拔去凶邪，登崇俊良。占小善者率以录，名一艺者无不庸。爬罗剔抉，刮垢磨光。盖有幸而获选，孰云多而不扬？诸生业患不能精，无患有司之不明；行患不能成，无患有司之不公。"

言未既，有笑于列者曰："先生欺余哉！弟子事先生，于兹有年矣。先生口不绝吟于六艺之文，手不停披于百家之编；记事者必提其要，纂言者必钩其玄；贪多务得，细大不捐；焚膏油以继晷，恒兀兀以穷年。先生之业，可谓勤矣。觝排异端，攘斥佛老；补苴罅漏，张皇幽眇；寻坠绪之茫茫，独旁搜而远绍；障百川而东之，回狂澜于既倒。先生之于儒，可谓有劳矣。沉浸浓郁，含英咀华；作为文章，其书满家。上规姚姒，浑浑无涯；周《诰》、殷《盘》，佶屈聱牙；《春秋》谨严，《左氏》浮夸；《易》奇而法，《诗》正而葩；下逮《庄》《骚》，太史所录，子云、相如，同工异曲。先生之于文，可谓闳其中而肆其外矣。少始知学，勇于敢为。长通于方，左右具宜。先生之于为人，可谓成矣。然而公不见信于人，私不见助于友。跋前踬后，动辄得咎。暂为御史，遂窜南夷。三年博士，冗不见治。命与仇谋，取败几时。冬暖而儿号寒，年丰而妻啼饥。头童齿豁，竟死何裨？不知虑此，而反教人为？"

先生曰："吁！子来前！夫大木为杗，细木为桷，欂栌、侏儒，椳、闑、扂、楔，各得其宜，施以成室者，匠氏之工也。玉札、丹砂、赤箭、青芝、牛溲、马勃、败鼓之皮，俱收并蓄，待用无遗者，医师之良也。登明选公，杂进巧拙，纡余为妍，卓荦为杰，校短量长，惟器是适者，宰相之方也。昔者孟轲好辩，孔道以明，辙环天下，卒老于行。荀卿守正，大论是弘，逃谗于楚，废死兰陵。是二儒者，吐辞为经，举足为法，绝类离伦，优入圣域，其遇于世何如也？今先生学虽勤而不由其统，言虽多而不要其中，文虽奇而不济于用，行虽修而不显于众。犹且月费俸钱，岁靡廪粟。子不知耕，妇不知织。乘马从徒，安坐而食。踽常途之役役，窥陈编以盗窃。然而圣主不加诛，宰臣不见斥，兹非其幸欤？动而得谤，名亦随之。投闲置散，乃分之宜。若夫商财贿之有亡，计班资之崇庳，忘己量之所称，指前人之瑕疵，是所谓诘匠氏之不以杙为楹，而訾医师以昌阳引年，欲进其豨苓也。"

【译文】

国子先生早晨走进太学，召集全体学生站在学舍下面，教导他们说："学业的精进是因为勤勉，而它的荒废是由于玩乐；品行是因为思考而成就，而它的败坏是由于对自己的放纵。现在圣君有贤臣辅佐，法令得以完全施行，除去凶恶奸邪的小人，提拔英才善良的人。有极小优点的人都被录取，有一技之长的人都被任用，搜罗选拔并且磨炼造就人才。也许也有侥幸而选上的，谁说多才反而不被荐举的呢？只要你们学业精通，就不怕主管官署看不清；只要品德有所成就，就不怕主管官署不公正。"

话还没有说完，有人在行列里笑着说："先生骗我们吧！我们跟随先生学习，到如今已经有好几年了。先生嘴里不停地朗诵六经的文章，手不停地翻阅百家的书籍，对于记事的史传一定作出提要，对于说理的文章必定探索其中深奥的道理。不厌其烦，务求进取，无论大小都不舍弃。常常点上灯烛，夜以继日地读书，一年到头不辞辛苦。先生对于学业，可以说勤奋了。抵制异端邪说，排斥佛教和道教；弥补儒学的缺漏，阐明圣道的精微；寻找毫无头绪的断绝了的道统，独自广泛地搜寻圣人的遗绪，远接孔、孟的事业；防堵泛滥的百川，使它东流入海，力挽狂澜。先生对于儒学，付出了辛苦的劳动。沉浸在意味浓厚的典籍中，用心地体味着书中的精华。写起文章来，著作等身，汗牛充栋。上有虞夏之书，深远无边；周代的《诰》、殷代的《盘庚》，艰深而难读；《春秋》文辞简约，寓有褒贬；《左传》记事铺张而广大；《周易》变化奇妙而事理正常；《诗经》义理光大而辞藻华美。下至《庄子》《离骚》、太史公的《史记》及扬雄和司马相如的著作，有异曲同工之妙。先生的文章，内容博大而文辞奔放流畅。先生少年时代从开始懂得学习起，就勇于实践；成年以后通达事理，处理问题都十分合适。先生的为人，可以说完备了。但是不被公众所信任，又得不到朋友的帮助。进退两难，动不动就被指责。才担任了御史，就被降职到边远的南方。做了三年的博士闲官，不能显出治理的才能。命中注定要和仇敌打交道，随时都会倒霉。在暖和的冬天，孩子却喊冷；在丰收的日子里，妻子却叫饿。头顶秃了，牙齿脱落了，直到老死，也得不到什么好处。不知道考虑这些，反而在这里教训别人吗？"

先生说："吁，你到前面来！如同是盖房子，那些大木料做大梁，小木料做椽子，做斗拱、短柱或者门枢、门槛、门检和门柱等，各自都得到适宜的用场，这是木匠的工巧。地榆、朱砂、天麻、青芝、牛溲、马勃、败鼓之皮，兼收并蓄，等待需要时取用而没有遗漏，这是医师的高明。用人明智，选拔公正，各种人物，都能进用。厚重和缓为美好，旷达豪放为杰出，比较优劣，按照才能安排适合的工作，这是宰相用人的方略。过去孟轲善于辩论，孔子之道因而得以阐明，他周游列国，车辙遍天下，最后在奔走中度过了一生。荀卿信守孔子之道，把儒家的学说发扬光大，他为了逃避毁谤到了楚国，结果还是丢了官，老死在兰陵。这两个大儒，他们的言论成为经典，行为成为模范，超越所有的儒者，达到了圣人的地步。然而他们在社会上的遭遇又怎样呢？现在我学业虽然勤奋，但不能遵循儒家的道统；言论虽然多，却不能把握要点；文章虽然写得好，然而对于实际应用却没有帮助；虽然重视品行的修养，可是不被人们所了解和重视。尚且每月领取俸钱，每年消耗禄米；儿

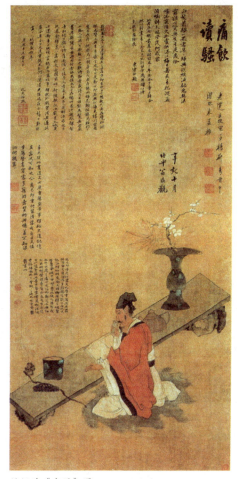

饮酒读《离骚》图

子不懂得种田，妻子不知道织布；乘着马跟着仆人，安坐着不劳而食；拘谨地走着寻常道路，看些古书寻章摘句些古人的文辞而无创见。但是圣主也不加责罚，宰臣也不加斥逐，这不正是我的幸运吗？动不动就遭到毁谤，名声跟着被毁，被放置于闲散的职位，也实在是应该的。至于考虑利禄的有无，计较官职的高低，忘记了自己的才能和什么位置才相称，却指责前人的毛病，这就好比责问工匠不把小木桩做柱子，指责医师用菖蒲作长寿药，却想推荐他的豨苓。"

◎ 圬者王承福传 ◎

本文是韩愈为泥瓦匠王承福写的一篇传记。文章通过对一个自食其力的泥瓦匠的言行的记叙与评议，谴责了那些"薄功而厚飨""贪邪而亡道"的饕餮之徒，指出"食焉而怠其事，必有天殃"，向他们提出了严重的警告。

【原文】

圬之为技，贱且劳者也。有业之，其色若自得者。听其言，约而尽。问之，王其姓，承福其名，世为京兆长安农夫。天宝之乱，发人为兵，持弓矢十三年，有官勋，弃之来归。丧其土田，手镘衣食。余三十年，舍于市之主人，而归其屋食之当焉。视时屋食之贵贱，而上下其圬之佣以偿之。有余，则以与道路之废疾饿者焉。

又曰："粟，稼而生者也。若布与帛，必蚕绩而后成者也。其他所以养生之具，皆待人力而后完也。吾皆赖之。然人不可遍为，宜乎各致其能以相生也。故君者，理我所以生者也；而百官者，承君之化者也。任有小大，惟其所能，若器皿焉。食焉而怠其事，必有天殃，故吾不敢一日舍镘以嬉。夫镘易能，可力焉，又诚有功，取其直，虽劳无愧，吾心安焉。夫力易强而有功也，心难强而有智也。用力者使于人，用心者使人，其亦宜也。吾特择其易为而无愧者取焉。嘻！

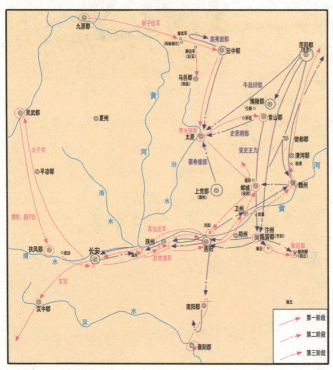

唐军平定安史之乱示意图

吾操镘以入富贵之家有年矣。有一至者焉，又往过之，则为墟矣；有再至三至者焉，而往过之，则为墟矣。问之其邻，或曰：'噫！刑戮也。'或曰：'身既死，而其子孙不能有也。'或曰：'死而归之官也。'吾以是观之，非所谓食焉怠其事而得天殃者邪？非强心以智而不足，不择其才之称否而冒之者邪？非多行可愧，知其不可而强为之者邪？将贵富难守，薄功而厚飨之者邪？抑丰悴有时，一去一来而不可常者邪？吾之心悯焉，是故择其力之可能者行焉。乐富贵而悲贫贱，我岂异于人哉？"

又曰："功大者，其所以自奉也博。妻与子皆养于我者也，吾能薄而功小，不有之可也。又吾所谓劳力者，若立吾家而力不足，则心又劳也。一身而二任焉，虽圣者不可为也。"

愈始闻而惑之，又从而思之，盖贤者也，盖所谓独善其身者也。然吾有讥焉，谓其自为也过多，其为人也过少，其学杨朱之道者邪？杨之道，不肯拔一毛而利天下。而夫人以有家为劳心，不肯一动其心以畜其妻子，其肯劳其心以为人乎哉？虽然，其贤于世之患不得之而患失之者，以济其生之欲，贪邪而亡道，以丧其身者，其亦远矣。又其言有可以警余者，故余为之传，而自鉴焉。

【译文】

做泥瓦匠这种工作，是卑贱并且劳苦的。可是有个人从事这项职业，他的神色好像很满足的样子。听他的话，简洁而透彻。问他，知道他姓王，名叫承福。他家世代是京兆长安的农民。天宝之乱的时候，招募人当兵，他就拿了十三年的弓箭，立了足以当官的战功，可是他放弃官勋，回到了自己的家乡。家里的土地已经没有了，于是他拿起泥刀来维持生活。三十多年来，他住在雇他干活的主人家中，付给主人房租和伙食的费用。根据当时房租、伙食费的贵贱而增减做泥瓦匠的工价来偿还他。若有多余的钱，他就拿来给路上的残疾人、患病者和饥饿的人。

他曾说："谷子是经过耕种而后生长的。至于布和绸，一定要养蚕纺织才能得到。其他用来维持生活的东西，都是要依赖人力才能制成的。这些我都需要。但是一个人不可能全部去做，应当各尽其能，互通有无而生活。所以君主的责任是管理我们，使我们得以生存。而各级官吏的责任是辅佐君主推行教化。责任有大小，看他们的能力来决定，就像容器一样。只知道吃用却又懒于做事，那么就一定会有天降的灾祸。因此我一天都不敢放下泥刀去玩乐。抹灰涂墙是简单的技能，只要肯用气力就能够做好。确实做出了成绩，就会拿到报酬，虽然辛苦，却没有什么惭愧的，我的心是安稳的。体力活是容易强行发挥并做出成绩来的，而心智

冒雨耕牛图

就难以强行使它变得聪明了。劳力的人，被人役使；劳心的人，役使别人，这也是应该的。我不过是挑那些容易做而拿了报酬又问心无愧的事情去做。唉！我拿着泥刀进出富贵人家已经有多年了。有的地方曾经到过一次，后来再路过那里，就已变为废墟了；有曾经到过两次三次的地方，后来再走过那里，也已经变为废墟了。问他们的邻居，有人说：'唉！因犯法而被杀了。'有的说：'主人已经死去，他的子孙不能保住产业啊。'有的说：'主人死后，产业归公了。'我从这里看到，他们不就是因为只吃不做因而遭到天灾的吗？不正是强使心智聪明而智力又不够，不加选择地盲目去做与他的才能不相称的工作吗？不正是那种多干问心有愧的事，明知不应该做而硬是要干的吗？是富贵难以守住，微薄的功劳反而能得到丰厚的享受呢；还是兴旺和衰败有一定的时运，一来一去，不能久长呢？我心中忧愁，因而就选择我力所能及的事情来做。为富贵而高兴，为贫贱而忧愁，我难道同人家有什么两样吗？"

又说："功劳大的，用来供养自己的物资就多。老婆孩子都是要靠我养活的，我能力微薄，功劳又小，不要老婆孩子也应该。我是所谓从事劳力的人，假如成了家而力量不够，那么心就要劳苦了。一个人肩挑两副担子，就算是圣人也是不能做到的。"

开始时我听到这话感到怀疑，然后再想了一下，这个人可能是一个贤人，或许是人们所说的独善其身的人。但是我也要批评他，说他为自己考虑得太多，为人家考虑得太少，他也许是学习杨朱学说的人吧？杨朱的学说，就是不肯拔自己一根毫毛来对天下有利。而这个人认为有家劳心，不肯费一点心来养活他的老婆孩子，难道又肯为别人劳心吗？虽然如此，他比起世界上那些既担心得不到利益，又担心失去利益的人贤明得多。与那些为满足自己生活中的欲望，贪图不义之财而忘记道义，以至丢掉性命的人，又相去甚远了。他的话又有能警戒我的地方，因此我给他立传，自己引为借鉴。

◎ 讳 辩 ◎

李贺是一位才华横溢的青年诗人，想举进士，却遭到一些人的反对，说李贺父亲叫晋肃，"晋"与"进"同音，父名应讳，所以不能参加进士考试。韩愈写了这篇《讳辩》，驳斥这些荒谬的议论，鼓励李贺应举。文章引经据典，反复设问，并尖锐地指出："父名晋肃，子不得举进士；若父名'仁'，子不得为人乎？"冷嘲热讽，将持避讳论者的荒唐之议驳得体无完肤。

【原文】

愈与李贺书，劝贺举进士。贺举进士，有名，与贺争名者毁之，曰："贺父名晋肃，贺不举进士为是，劝之举者为非。"听者不察也，和而唱之，同然一辞。皇甫湜曰："若不明白，子与贺且得罪。"愈曰："然"。

《律》曰："二名不偏讳。"释之者曰："谓若言'徵'不称'在'，言'在'不称'徵'是也。"《律》曰："不讳嫌名。"释之者曰："谓若'禹'与'雨'，'丘'与'蓲'之类是也。"今贺父名晋肃，贺举进士，为犯二名律乎？为犯嫌名律乎？父名晋肃，子不得举进士；若父名"仁"，子不得为人乎？

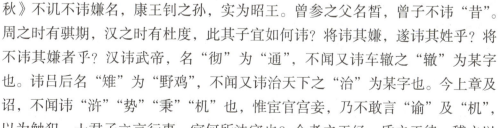

李贺像

夫讳始于何时？作法制以教天下者，非周公孔子欤？周公作诗不讳，孔子不偏讳二名，《春秋》不讥不讳嫌名，康王钊之孙，实为昭王。曾参之父名晳，曾子不讳"昔"。周之时有骐期，汉之时有杜度，此其子宜如何讳？将讳其嫌，遂讳其姓乎？将不讳其嫌者乎？汉讳武帝，名"彻"为"通"，不闻又讳车辙之"辙"为某字也。讳吕后名"雉"为"野鸡"，不闻又讳治天下之"治"为某字也。今上章及诏，不闻讳"浒""势""秉""机"也，惟宦官宫妾，乃不敢言"谕"及"机"，以为触犯。士君子立言行事，宜何所法守也？今考之于经，质之于律，稽之以国家之典，贺举进士为可邪？为不可邪！

凡事父母，得如曾参，可以无讥矣。作人得如周公、孔子，亦可以止矣。

今世之士，不务行曾参、周公、孔子之行，而讳亲之名，则务胜于曾参、周公、孔子，亦见其惑也。夫周公、孔子、曾参卒不可胜，胜周公、孔子、曾参，乃比于宦者宫妾。则是宦者宫妾之孝于其亲，贤于周公、孔子、曾参者邪？

【译文】

我写信给李贺，殷切地希望他去参加进士考试。李贺参加进士考试很引人注目，同李贺争名的人就攻击他说："李贺父亲名晋肃，李贺不参加进士考试是对的，劝他去参加考试的人是错误的。"听的人也不仔细考虑，就随声附和，众口一词。皇甫湜对我说："假如这件事不分辩清楚，您和李贺将蒙受坏名声。"我说："是的。"

《律》说："两个字的名字不用对两个字都避讳。"解释的人说："孔子的母亲名叫'徵在'，如果说'徵'字就不说'在'字，说'在'字就不说'徵'字。"《律》中又说："不避讳声音相近的字。"解释的人说："这是说像'禹'字和'雨'字，'丘'字和'蓲'字一类那样。"李贺的父亲名晋肃，李贺去参加进士考试，是犯了"二名律"的礼法呢，还是犯了"嫌名律"的礼法呢？父亲名晋肃，儿子就不能考进士，如果父亲名"仁"，儿子就不能做人了吗？

避讳是从何时开始的？订立法律制度来教导天下的人，不就是周公、孔子吗？周公作诗不避讳，孔子也不偏讳二名，《春秋》也不讥讽那不避讳人名声音相近的。周康王钊的孙子，谥号为昭王。曾参的父亲名叫皙，曾参不避讳"昔"字。周朝时候有个人名叫骐期，汉朝时候有个人叫杜度，他们的儿子应当怎样避讳呢？是因为避讳和名字声音相近的字，就连他们的姓也避讳呢，还是不避讳和名字声音相近的字呢？汉朝为了避讳武帝的名，就将"彻"改为"通"，但是没有听说又为了避讳，改车辙的"辙"为什么字。为了避讳吕后的名，改"雉"为"野鸡"，但是没有听说又为了避讳，改治天下的"治"为什么字。现在上奏章和下诏谕，没有听到避讳"浒""势""秉""机"这几个字。只有宦官宫妾，才不敢说"谕"字和"机"字，他们认为说了这几个字就是触犯皇上。君子著书做事，应当遵守什么礼法呢？现在考察经典，对照礼法，考核前代有关避讳的记载，李贺去考进士是可以的呢，还是不可以的呢？

凡是侍奉父母能够做到像曾参那样，就可以不受到指责了。做人能够像周公、孔子那样，也可以说是到极致了。现在的读书人，不致力于学习曾参、周公、孔子的品行，却在避讳亲人的名字上一定要超过曾参、周公、孔子，也可以看出他们的糊涂了。周公、孔子、曾参，毕竟是不能超过的。要是在避讳上超过周公、孔子、曾参，就和宦官宫妾一样了。这些宦官宫妾对他们亲人的孝顺，还能超过周公、孔子、曾参吗？

◎ 争臣论 ◎

　　本文围绕"争臣"的职责，对阳城在位日久，不问朝政的不负责态度提出了批评，指出圣人贤士应以匡救时弊为己任，"不敢独善其身，而必以兼济天下"，在其位，谋其政，"居其位，则思死其官"。

【原文】

　　或问谏议大夫阳城于愈："可以为有道之士乎哉？学广而闻多，不求闻于人也。行古人之道，居于晋之鄙，晋之鄙人，薰其德而善良者几千人。大臣闻而荐之，天子以为谏议大夫。人皆以为华，阳子不色喜。居于位五年矣，视其德如在野，彼岂以富贵移易其心哉？"愈应之曰："是《易》所谓恒其德贞，而夫子凶者也，恶得为有道之士乎哉？在《易·蛊》之上九云：'不事王侯，高尚其事。'《蹇》之六二则曰：'王臣蹇蹇，匪躬之故。'夫亦以所居之时不一，而所蹈之德不同也。若《蛊》之上九，居无用之地，而致匪躬之节；以《蹇》之六二，在王臣之位，而高不事之心，则冒进之患生，旷官之刺兴，志不可则，而尤不终无也。今阳子在位，不为不久矣；闻天下之得失，不为不熟矣；天子待之，不为不加矣。而未尝一言及于政。视政之得失，若越人视秦人之肥瘠，忽焉不加喜戚于其心。问其官，则曰：'谏议也'；问其禄，则曰：'下大夫之秩也'；问其政，则曰：'我不知也。'有道之士，固如是乎哉？且吾闻之：'有官守者，不得其职则去；有言责者，不得其言则去。'今阳子以为得其言乎哉？得其言而不言，与不得其言而不去，无一可者也。阳子将为禄仕乎？古之人有云：'仕不为贫，而有时乎为贫。谓禄仕者也。'宜乎辞尊而居卑，辞富而居贫，若抱关击柝者可也。盖孔子尝为委吏矣，尝为乘田矣，亦不敢旷其职，必曰'会计当而已矣'，必曰'牛羊遂而已矣'。若阳子之秩禄，不为卑且贫，章章明矣，而如此，其可乎哉？"

　　或曰："否，非若此也。夫阳子恶讪上者，恶为人臣招其君之过，而以为名者。故虽谏且议，使人不得而知焉。《书》曰：'尔有嘉谟嘉猷，则入告尔后于内，尔乃顺之于外，曰：斯谟斯猷，惟我后之德。'夫阳子之用心，亦若此者。"愈应之曰："若阳子之用心如此，滋所谓惑者矣。入则谏其君，出不使人知者，

大禹画像砖

大臣宰相者之事，非阳子之所宜行也。夫阳子，本以布衣隐于蓬蒿之下，主上嘉其行谊，擢在此位，官以谏为名，诚宜有以奉其职，使四方后代，知朝廷有直言骨鲠之臣，天子有不僭赏、从谏如流之美。庶岩穴之士，闻而慕之，束带结发，愿进于阙下，而伸其辞说，致吾君于尧舜，熙鸿号于无穷也。若《书》所谓，则大臣宰相之事，非阳子之所宜行也。且阳子之心，将使君人者恶闻其过乎？是启之也。"

或曰："阳子之不求闻而人闻之，不求用而君用之，不得已而起，守其道而不变，何子过之深也？"愈曰："自古圣人贤士，皆非有求于闻用也。闵其时之不平，人之不乂，得其道，不敢独善其身，而必以兼济天下也。孜孜矻矻，死而后已。故禹过家门不入，孔席不暇暖，而墨突不得黔。彼二圣一贤者，岂不知自安佚之为乐哉？诚畏天命而悲人穷也，夫天授人以贤圣才能，岂使自有余而已，诚欲以补其不足者也。耳目之于身也，耳司闻而目司见，听其是非，视其险易，然后身得安焉。圣贤者，时人之耳目也；时人者，圣贤之身也。且阳子之不贤，则将役于贤以奉其上矣；若果贤，则固畏天命而闵人穷也。恶得以自暇逸乎哉？"

或曰："吾闻君子不欲加诸人，而恶讦以为直者。若吾子之论，直则直矣，无乃伤于德而费于辞乎？好尽言以招人过，国武子之所以见杀于齐也，吾子其亦闻乎？"愈曰："君子居其位，则思死其官。未得位，则思修其辞以明其道。我将以明道也，非以为直而加人也。且国武子不能得善人，而好尽言于乱国，是以见杀。《传》曰：'惟善人能受尽言。'谓其闻而能改之也。子告我曰：'阳子可以为有道之士也。'今虽不能及已，阳子将不得为善人乎哉？"

【译文】

有人向我问起谏议大夫阳城："可以认为这个人是有道德的人吗？他学问渊博，见识也广，又不想出名。学习古人的立身处世的道理，隐居在晋国的边境上。那儿的乡人，有近千人因受到他的道德熏陶而变得品行善良。大臣知道了这件事，就荐举他，天子命他当谏议大夫。大家都觉得荣耀，而阳子却没有得意的表情。他任职已经五年了，看他的品德如同在野时一样。他怎么会因为富贵就改变自己的意志呢？"我回答说："这就是《易经》中所说的长久地保持一种德操，而不能因事制宜，这是妇人之道，不是大丈夫所遵从的。怎么能够说是有道德的人呢？在《易经·蛊》的'上九'上说：'不愿去侍奉王侯，只求自己道德高尚。'《易经·蹇》的'六二'上说：'王臣屡次劝谏，不是为了他自己，而是为君为国。'这也是因为所处的时代不同，所实行的道德就不相同。假如像《易经·蛊》的'上九'所说那样，处在不被重用的地位，却表现出不惜自身的节操；像《易经·蹇》'六二'所说那样，处于大臣的地位，却将不侍奉天子和诸侯作为高尚的事，那么忧患就要产生，旷废职守的责难就会兴起，这样的志向不能效法，而他的过失也终究不可避免。现在阳子身居官位时间已不短了，对朝政的得失也不是不熟悉了，天子对待他，也够重视的了。可是他没有一句话关系到朝政。他看待朝政的得失，像越国人看待秦国人的胖瘦一样，一点也不在意，在他的心中引不起什么高兴和忧愁。问他的官位，就说是谏议大夫；问他的官俸，就说下大夫的俸禄；问他朝政情况，却说不知道。有道德的人，难道是这样的吗？况且我听说：有官职的人，不能尽职就该辞去；有进言责任的人，不能提出规劝意见就该辞去。阳子能够提出规劝意见吗？能提出规劝意见却不说，和不能提出规劝意见而不辞去，都是错误的。阳子是为了俸禄做官的吗？古人说过：'做官不是因为贫穷，但是有时是因为贫穷。'说的是那些为俸禄做官的人。应当辞去高位而担任卑贱的职务，放弃富贵而安于贫贱的生活，像当个看门、打更的小吏就可以了。孔子曾当过管粮仓的小吏，曾当过饲养牲畜的小吏，也不敢旷废他的职守。还说'财物账目相符才行'；'牛羊顺利成长才行'。像阳子的等级俸禄，不算低下和微薄，这是很清楚的，可是他这样办事，难道是对的吗？"

有人说："不，并不是这样的。阳子是讨厌毁谤皇上的，厌恶做臣子的因为揭露君主的过失而出名。所以虽然他也规谏和议论，却不让别人知道。《书经》里说：'你有好计谋好策略，就进去告诉你的君主，然而到外面附和着说，这个计谋这个策略都是我们君主作出的。'阳子的用心，也像是这样的。"我回答说："如果阳子的用心是这样，那就更是糊涂的了。进去劝谏君主，出来不让人知道，这是大臣宰相的事情，不是阳子所应该做的。阳子本是平民，隐居于草莽之中，君主赞赏他的品行，提拔到

《昌黎先生集》

这个位置上。官职既然叫作谏议，实在应当有所作为来奉行他的职守，让天下的人和他们的后代，知道朝廷有直言敢谏的刚正臣子，天子有不滥赏赐和从谏如流的美名。这样就可使山野隐士闻风羡慕，束好衣带，结好头发，主动来到宫阙向主上陈述他们的意见，让我们君主的仁德和尧舜并列，美名光辉至千秋万代。至于《书经》所说的，是大臣宰相的事情，不是阳子所应该做的。而且阳子的用意，不是将使做君主的人厌恶听到自己的过失吗？这是开了君主厌恶听到自己过失的头了。"

有人说："阳子不求出名而别人都知道他，不求任用而君主任用了他，不得已才出来做官的，保持他的德行而不改变，为什么您要那样厉害地指责他呢？"我说："自古以来圣人贤士都是不求闻名和任用的，只是怜悯时世不太平，百姓生活不安定，有了道德学问不敢独善其身，一定要用来普救天下，勤奋努力，到死方休。所以夏禹三过家门而不入；孔子回家，座席未曾坐暖过；墨子回家，烟囱还来不及烧黑，就又出行了。这两位圣人，一位贤人，难道不知道自己过安乐的日子是舒服的吗？实在是畏惧天命而可怜人民穷困啊。上天将道德、智慧和才能授给圣贤，不只是让他自己有余而已，实在是希望他去帮助愚笨的世人。耳目对于人身，耳朵管听，眼睛管看，听清是非，看明安危，而后身体才得到安全。圣人贤人，就好比是世人的耳目；世人，就好比是圣人贤人的身体。再说，阳子如果不贤明，就应当为贤人所役使来奉事他的君主；若是果真贤明，那么本来就应当畏惧天命而怜悯人民的穷苦。怎么可以只图自己闲适安逸呢？"

有人说："我听说君子不把自己所不要的东西加在别人身上，而且憎恨那种揭发别人的短处却自以为直率的人，像您的议论，直率是够直率了，只怕伤害道德，多费口舌了吧？喜欢直言不讳来揭发别人的过失，这就是国武子在齐国被杀的原因，您大概也听说过吧？"我说："君子有了官职，就想到以身殉职。没有做官，就想到修饰文辞来阐明道理。我要用言辞来说明道理，不是自命正直而把自己所不要的东西加在别人身上。况且国武子是因为没有遇到善良的人，却喜欢在国乱时直言不讳，所以才会被杀。古书上说：'只有好人能听从直言规劝。'这是说好人听到规劝的意见才会改正。你告诉我说：'可以认为阳子是一个有道德的人了。'虽然现在还没有达到，难道阳子将来就不能做一个有道德的人吗？"

◎ 伯夷颂 ◎

伯夷这个人特立独行，自古以来享有美誉，孔子、孟子、司马迁等人都对他的品行给予极高的评价。韩愈的这篇文章，通篇洋溢着敬贤的热情，字里行间充满了对伯夷的推崇与赞赏。此文气势雄伟，笔锋上蕴有千钧之力，且显得从容不迫，气韵生动。文中颂扬伯夷的德行"昭乎日月不足为明，崒乎泰山不足为高"，其论赞的笔法反侧荡漾，与《史记》的评话有异曲同工之妙。这篇文章结构精巧，看似散漫，实则紧凑，指东道西，话中有话。而议论中不掺犹疑，出语铿锵，义正词严，读来有一气呵成的洒脱。作者虽然没有就伯夷的事迹大肆铺张，写尽其耻食周粟、采薇而食等，但文中紧扣伯夷的"特立独行"，借题发挥，用更多的笔墨来写天下人的庸俗，其反衬效果颇为显著，使得伯夷的形象超凡脱俗，尤为高大。韩愈本人也是特立独行者，写作此文颇具自喻意味，有感而发，故言辞有着强烈的感染力。

【原文】

士之特立独行，适于义而已，不顾人之是非，皆豪杰之士，信道笃而自知明者也。一家非之，力行而不惑者，寡矣；至于一国一州非之，力行而不惑者，

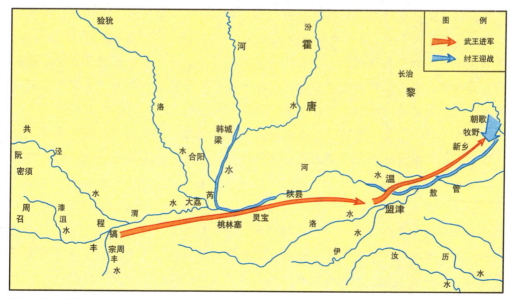

牧野之战示意图

盖天下一人而已矣；若至于举世非之，力行而不惑者，则千百年乃一人而已耳。若伯夷者，穷天地、亘万世而不顾者也。昭乎日月不足为明，崒乎泰山不足为高，巍乎天地不足为容也！当殷之亡、周之兴，微子贤也，抱祭器而去之；武王、周公，圣也，从天下之贤士，与天下之诸侯，而往攻之，未尝闻有非之者也。彼伯夷、叔齐者，乃独以为不可。殷既灭矣，天下宗周，彼二子乃独耻食其粟，饿死而不顾。由是而言，夫岂有求而为哉？信道笃而自知明也。今世之所谓士者，一凡人誉之，则自以为有余；一凡人沮之，则自以为不足。彼独非圣人，而自是如此。夫圣人乃万世之标准也，余故曰：若伯夷者，特立独行，穷天地、亘万世而不顾者也。虽然，微二子，乱臣贼子接迹于后世矣。

【译文】

　　士，立身行事特别，只求适合于大义而已；不顾虑别人的赞赏或批评，都是豪杰之人，是真诚坚定地信仰真理和治世原则而且有自知之明的人。全家人都以为他不对，仍能坚持施行而不疑惑动摇的人是很少的；至于一国、一州的人都认为他不对，仍能坚持施行而不动摇迷惑的人，天底下只能有一个罢了；如果等到世上的人都指责他认为他

周公辅成王石拓片

不对，仍能坚持施行而不动摇迷惑的，千百年才会有一个吧。至于伯夷，是穷尽天地之广、亘及万世之久都丝毫不顾虑的人。日月没有他光明，泰山没有他高峻，天地没有他广阔！在殷朝灭亡、周朝兴起时，微子是个贤臣，怀抱着祭祀用的礼器离开殷商；武王、周公是大圣人，领导天底下的贤明之士和天下的诸侯去攻打商纣，每个人都认可他们。那个伯夷、叔齐，独独认为不可以那样做。殷商被灭亡了，天下统一于周，那两个人又偏偏以吃周粟为耻，宁愿饿死，毫不顾惜。由此看来，他们难道是有所企求才这样做的吗？只是由于诚笃地坚持自己的信仰而且有自知之明的缘故啊！当今所说的士，一个普通人称颂了他，他就自认为了不起了；一个普通人诋毁他，他就认为自己不行。而他们（伯夷、叔齐）却独独敢于不认同圣人而坚信自己信仰的正确到这种地步！圣人，是万代的楷模，我因此得出结论：像伯夷（叔齐）这样的人是立身行事独特，穷尽天地、亘及万世毫不顾虑的人。即便如此，如果没有他们两人，乱臣贼子将会在后世不断出现。

◎ 上宰相书 ◎

　　韩愈曾评价柳宗元"不自贵重"，责备他热衷名利。然而通过这篇文章可以看出，韩愈本人也曾求仕心切，同样有过躁动的官场恶习。司马光对此颇有微词："夫岁寒然后知松柏之后凋，士贫贱然后见其志……观其文，知其志，其汲汲于富贵，戚戚于贫贱如此……"但是平心而论，像韩愈这样作书自荐以求功名者，在当时并不鲜见。况且此文并无肉麻的吹捧和狂妄的自诩，写来落落大方，一本正经。文章首先很自然地引用《诗经》，又转而引用《孟子》，似乎与正文并无联系；写到中间，便迅疾转到论述君相身上，笔势跳跃不同寻常；接着又开始自然地叙写自己的文学与遭遇，好像再次与正文脱节；而结尾处作者以寥寥数语又论及君相，并将山林之士与自己夹杂来写，顺便照应了《诗

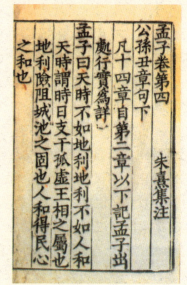

《孟子》书影

经》《孟子》。笔力相当畅快，结构相当巧妙。写此文时韩愈二十八岁，虽然才华横溢，但终究是年轻气盛，文字稍欠裁炼，不如晚年文章凝练老辣。

【原文】

　　正月二十七日，前乡贡进士韩愈，谨伏光范门下，再拜献书相公阁下：

　　《诗》之序曰："菁菁者莪，乐育材也。君子能长育人材，则天下喜乐之矣。"其诗曰："菁菁者莪，在彼中阿。既见君子，乐且有仪。"说者曰：菁菁者，盛也。莪，微草也。阿，大陵也。言君子之长育人材，若大陵之长育微草，能使之菁菁然盛也。"既见君子，乐且有仪"云者，天下美之之辞也。其三章曰："既见君子，锡我百朋。"说者曰："百朋"，多之之辞也。言君子既长育人材，又当爵命之，赐之厚禄，以宠贵之云尔。其卒章曰："泛泛杨舟，载沉载浮。既见君子，我心则休。"说者曰：载，载也。沉浮者，物也。言君子之于人材，无所不取，若舟之于物，浮沉皆载之云尔。"既见君子，我心则休"云者，言若此，则天下之心美之也。君子之于人也，既长育之，又当爵命宠贵之，而于其才无所

遗焉。孟子曰：君子有三乐，王天下不与存焉。其一曰："乐得天下之英才而教育之。"此皆圣人贤士之所极言至论，古今之所宜法者也。然则孰能长育天下之人材，将非吾君与吾相乎？孰能教育天下之英才，将非吾君与吾相乎？幸今天下无事，小大之官各守其职，钱谷甲兵之问，不至于庙堂。论道经邦之暇，舍此宜无大者焉。

今有人生二十八年矣，名不著于农工商贾之版。其业则读书著文，歌颂尧舜之道，鸡鸣而起，孜孜焉亦不为利。其所读皆圣人之书，杨墨释老之学，无所入于其心。其所著皆约六经之旨而成文，抑邪与正，辨时俗之所惑。居穷守约，亦时有感激怨怼奇怪之辞，以求知于天下，亦不悖于教化，妖淫谀佞诪张之说，无所出于其中。四举于礼部乃一得，三选于吏部卒无成。九品之位其可望，一亩之宫其可怀。遑遑乎四海无所归，恤恤乎饥不得食，寒不得衣，滨于死而益固，得其所者争笑之。忽将弃其旧而新是图，求老农老圃而为师。悼本志之变化，中夜涕泗交颐。虽不足当诗人、孟子之谓，抑长育之使成材，其亦可矣；教育之使成才，其亦可矣。

抑又闻古之君子相其君也，一夫不获其所，若己推而内之沟中。今有人生七年而学圣人之道以修其身，积二十年，不得已一朝而毁之，是亦不获其所矣。伏念今有仁人在上位，若不往告之而遂行，是果于自弃，而不以古之君子之道待吾相也，其可乎？宁往告焉，若不得志，则命也。其亦行矣！

《洪范》曰："凡厥庶民，有猷、有为、有守，汝则念之。不协于极，不罹于咎，皇则受之，而康而色。曰：予攸好德，汝则锡之福。"是皆与善之辞也。抑又闻古之人有自进者，而君子不逆之矣。曰"予攸好德，汝则锡之福"之谓也。抑又闻上之设官制禄，必求其人而授之者，非苟慕其才而富贵其身也，盖将用其能理不能，用其明理不明者耳。下之修己立诚，必求其位而居之者，非苟没于利而荣于名也，盖将推己之所余，以济其不足者耳。然则上之于求人，下之于求位，交相求而一其致焉耳。苟以是而为心，则上之道不必难其下，下之道不必难其上。可举而举焉，不必让其自举也；可进而进焉，不必廉于自进也。

抑又闻上之化下，得其道，则劝赏不必遍加乎天下，而天下从焉，因人之所欲为而遂推之之谓也。今天下不由吏部而仕进者几希矣，主上感伤山林之士有逸遗者，屡诏内外之臣，旁求于四海，而其至者盖阙焉。岂其无人乎哉？亦见国家不以非常之道礼之而不来耳。彼之处隐就闲者亦人耳！其耳目鼻口之所欲，其心之所乐，其体之所安，岂有异于人乎哉？今所以恶衣食，穷体肤，麇鹿之与处，猿狄之与居，固自以其不能与时从顺俯仰，故甘心自绝而不悔焉。

而方闻国家之仕进者，必举于州县，然后升于礼部、吏部，试之以绣绘雕琢之文，考之以声势之逆顺，章句之短长，中其程式者，然后得从下士之列。虽有化俗之方，安边之策，不繇是而稍进，万不有一得焉。彼惟恐入山之不深，入林之不密，其影响昧昧，惟恐闻于人也。今若闻有以书进宰相而求仕者，而宰相不辱焉，而荐之天子，而爵命之，而布其书于四方。枯槁沉溺魁闳宽通之士，必且洋洋焉动其心，峨峨焉缨其冠，于于焉而来矣。此所谓劝赏不必遍加乎天下，而天下从焉者也，因人之所欲为而遂推之之谓者也。

伏惟览《诗》《书》《孟子》之所指，念育才锡福之所以，考古之君子相其君之道，而忘自进自举之罪；思设官制禄之故，以诱致山林逸遗之士，庶天下之行道者知所归焉。

小子不敢自幸，其尝所著文，辄采其可者若干首，录在异卷，冀辱赐观焉。干渎尊严，伏地待罪。愈再拜。

【译文】

贞元十一年（795 年）正月二十七日，前乡贡进士韩愈，谦恭地伏在光范门下，两次拜礼，向宰相阁下敬献文章：

《毛诗》序中说道："茂盛的莪草，是人乐于培育的。君子能够培养孕育人才，那么天下人会对此觉得开心。"那首诗说："茂盛的莪草，在那片丘陵上。君子看到它以后，喜欢它，觉得它有美好的形态。"郑玄解释说：菁菁，茂盛。莪，小草。阿，大的山陵。这是说君子可以培养孕育人才，就像大丘陵使小草生长孕育一样，能够让它长得很繁茂。"君子看到它以后，喜欢它，觉得它有美好的形态"之类的话，是天下人用来赞美它的。诗的第三章说："君子见到我以后，赏赐给我很多财物。"郑玄解释说："百朋"是形容赐的东西多，这是说君子既然能够培养孕育人才，就应该再任命他官职爵位，赏赐给他丰裕的俸禄来宠爱重视他。诗的最后一章说："在水面上航行的杨木船，或深或浅，君子看到我以后，我的心就很美妙了。"郑玄解释说：载，指装载。沉浮，指东西。这是说君子对于人才，没有不使用的，就像船对于货物一样，不管是浮是沉都要装载它。"君子看到我以后，我的心就很美好了"之类的话，是说如果君子这样做的话，天下人的心都会变美好。君子对于人才，培养孕育以后，应该再任命他官职爵位来宠爱重视他，这样一来使他的才华展露无遗。孟子说："君子有三种情趣，统治天下的时候就没有共存的了。"其中之一是说："喜欢得到天下的杰出人才来哺育教化他。"这都是圣贤之人最合乎常理的论断，从古到今应当效法的原则。既然这样，那么谁能够培养孕育天下的人才呢？难道不是我们的皇上和宰相吗？谁能够教育天下的杰出人才呢？难道不是我们的皇上

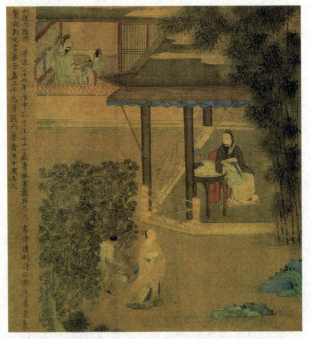

孔子删述六经图

和宰相吗？幸而现在天下太平，大大小小的官员，各自坚守自己的职责，有关财物、收成、征战的问题，不需要拿到庙堂上讨论。讲到治国的闲暇，除了培养教育人才以外，应当没有比这更大的事情了。

现在有人长到二十八岁了，名字没有列在农民、工人、商家的户籍中，他的事业就是读书、写文章称颂尧舜之道，鸡一叫就起床，勤勤恳恳、不求名利。他读的都是圣人的书，杨朱、墨子、佛教、道教之类的学术，没有进入他思想的。

他写的东西都遵循六经的主旨，排除邪说、归于正统，分辨时下习俗混乱不清的东西，在贫穷的环境中生活仍然守礼，也偶尔会有感激或怨恨之类奇怪的言辞，以它们为求得天下人理解的工具，也不与教化相违背，妖邪谀媚狂妄的说法没有在言辞中出现的。四次在礼部应试，只成功了一次，三次被吏部选拔但没有成就。九品官的位置只能看着，一亩大的房子也只能想着。四海之中没有可以作归宿的地方，饥饿但没有东西吃，也没有衣服御寒，虽接近死亡而意志愈加坚定，已经得到官职的人争相嘲笑他，他一时间想要丢弃旧习的圣贤之书而另谋新出路，求老农民老园丁做老师。为自己志向的变化而悲伤，半夜里涕泪交流。尽管他不能够拿《诗经》与孟子的话来自比，但假如培养孕育他使他成才，也会成功；教育他使他成长，也会成功。

又听说古代的君子辅助他的君王，只要有一个人没有得到他应得的位置，就仿佛是自己把他推到水沟里一样。现在有人七岁就学圣人的道理来修养自身，并且积累了二十年，但却不得不毁于一旦，这也是没有得到他应得的位置啊！仔细想想，现在有仁德的人官居高位，假如不去向他通报一声就离去，这是甘于自暴自弃，而不用古代君子的方式来对待我们的宰相，那可以吗？我宁可去禀告他，如果不得志，那是命。我当归隐田园。

《洪范》中说："凡是那些平民百姓，有智谋的、有作为的、有操行的，你要记着他们。对于那些既无大善，又无恶行的人，他们也应该受皇上的任用。他们流露出感激的神态，表示说：'我一定喜好德行，你就封赐爵禄给我'。"这都是与人为善的训诫。又听说古代有自己推荐自己的人，君子不谢绝他，这就是表示说："我一定喜好德行，你就封赐爵禄给我。"又听说上面安排官爵俸禄，必须要找到合适的人把它交给他，我不是仅仅羡慕那些财物可以使我富贵，而是想用那些职能来治理我无权治理的事，用那些清楚的东西来梳理不明白的东西。下面修养自身、行事正直、一定要求得俸禄居官的人，不仅仅是被利益诱惑而求名声，而是想发挥自己的余力让社会更完善。既然这样，那么上面寻找官员、下面追求官位，取他们相互追求的交点就可以把他们的目标统一在一块儿了。如果拿这个作为出发点，那么上面的不会为难下面的，下面的也不会为难上面的。可以举荐就举荐，不必求全他自荐；可以进荐就进荐，回避自荐是不必要的。

还听说上面教化民众，如果规律已被掌握，那么奖励不必给全天下人而全天下人都会跟从，依顺人想做的事情推行它，说的就是这种情况。现在天下人不从吏部挑选而当官的几乎没有，皇上伤感在隐居山林的人当中有散失遗漏的人才，几次诏谕内外的臣子到全国各地用各种方式寻求，但来的人还是很少。这样的人难道没有吗？那是因为见到国家不用特别的方式来礼遇他所以不来罢了。那些隐居闲散的人也是人！他耳目鼻口想得到的东西，心里所喜欢的东西，身体安乐的地方，难道会和普通人不同吗？现在之所以穿旧衣、吃粗粮，和麋鹿共处，与猿猴同居，是因为自己本来就不能去顺应时尚，所以心甘情愿断绝仕途而不后悔。而且刚刚听说国家考官职的人，一定要被州县举荐，然后上调到礼部、吏部，考骈文的对仗、音律的高低、形式的齐整，符合规定的人，才能够进入下士的行列中。即使有教化百姓的方法、安定边疆的谋划，不遵照这个途径，万分之一的机会也没有。他又担心进的山还不深，入的林还不密，躲得无影无踪，悄无声息，担心被人发现。现在好像听说有用书信进献给宰相而求官的人，宰相不认为他羞耻，举荐给皇上，任命他爵位，向全国公布他献上的文章。隐居山林默默无闻而志向高远、心胸宽广的人，一定都将会有所心动，庄重地戴上帽子，悠然自得地前来进书。这就是所谓奖赏不必给全天下人而全天下人都会跟从的情况，这就是所谓顺从人的想法来推行政令的情况。

我领受《诗》《书》《孟子》的教诲，思考培养人才、赏赐禄位的途径，考证古代君子辅佐君王的方式，把自己进献和举荐的错误忘掉；考虑到设置官爵俸禄的原因，是为了吸引山林间散失遗漏的人才，让天下流落的人才都知道以何处为归宿。

于是，我抱着侥幸心理将以前写过的文章摘抄了几篇不错的在别的纸上，希望您不怕麻烦看一看。冒犯您了，我伏地等着领罪。韩愈再拜。

◎ 与于襄阳书 ◎

本文是韩愈于唐德宗贞元十六年（800年）写给时任山南东道节度使于頔的一封信。信中围绕希望得到引荐这一中心，开篇即指出"莫为之前，虽美而不彰；莫为之后，虽盛而不传"，阐明了先达之士与后进之士休戚相关的这一道理。接着称颂于襄阳这位先达之士杰出的才能功业，并针对其后继无人，借古人有言"请自隗始"，毛遂自荐，吐露出迫切希望能得到于襄阳引荐的心迹。

【原文】

七月三日，将仕郎守国子四门博士韩愈，谨奉书尚书阁下：

士之能享大名、显当世者，莫不有先达之士、负天下之望者为之前焉。士之能垂休光，照后世者，亦莫不有后进之士、负天下之望者为之后焉。莫为之前，虽美而不彰；莫为之后，虽盛而不传。是二人者，未始不相须也。然而千百载乃一相遇焉。岂上之人无可援，下之人无可推欤？何其相须之殷而相遇之疏也？其故在下之人负其能，不肯谄其上，上之人负其位，不肯顾其下。故高材多戚戚之穷，盛位无赫赫之光。是二人者之所为，皆过也。未尝干之，不可谓上无其人；未尝求之，不可谓下无其人。愈之诵此言久矣，未尝敢以闻于人。

侧闻阁下抱不世之才，特立而独行，道方而事实，卷舒不随乎时，文武唯其所用，岂愈所谓其人哉？抑未闻后进之士，有遇知于左右、获礼于门下者，岂求之而未得邪？将志存乎立功，而事专乎报主，虽遇其人，未暇礼邪？何其宜闻而久不闻也！

愈虽不材，其自处不敢后于恒人。阁下将求之而未得欤？古人有言："请自隗始。"愈今者惟朝夕刍米仆赁之资是急，不过费阁下一朝之享而足也。如曰："吾志存乎立功，而事专乎报主。虽遇其人，未暇礼焉。"则非愈之所敢知也。世之龊龊者，既不足以语之；磊落奇伟之人，又不能听焉，则信乎命之穷也！谨献旧所为文一十八首，如赐览观，亦足知其志之所存。

愈恐惧再拜。

【译文】

七月三日，将仕郎守国子四门博士韩愈，恭敬地上书尚书阁下：

　　读书人能够享有大名，显扬于世的，没有一个不是靠有德行学问的先辈，有天下声望的人替他做先导的。读书人能够美名流传，照耀后代的，也没有一个不是靠后辈，有天下声望的人做他的后继的。没有人做先导，即使有大才也不会显扬；没有人做后继，即使有盛德也不会流传。这两种人，未尝不互相等待，但是千百年才能相逢一次。难道上面没有可以攀缘的人，下面没有可以推荐的人吗？为什么他们互相期待如此殷切，而相遇的机会却如此的少呢？原因在于在下的人倚仗自己的才能，不肯向上请求推荐；在上的人倚仗自己的高位，不肯照顾下面的人。因此才高的人多为不得志而忧愁，位高的人又没有显赫的声誉。这两种人的作为都是不对的。不曾去请求，不能说上面没有可以攀缘的人；不曾去寻访，不能说下面没有可以推荐的人。我念叨这些话已经很久了，从来没有冒昧地将这些话告诉别人。

　　我从旁听到阁下抱着非常的才能，人品出众而操行独特，道德方正而处世务实，进退能不随时俗，文武官员能按照才能录用，难道我所说的那种先达之士就是您吗？但是还没有听说有为您所赏识而蒙以下士之礼相待的后辈，是求而未得呢？还是您立志于建立功业，专心于报答君主，虽然遇到后进之士，也没有空闲以礼相待呢？为何应该听到却长久没有听到呢？

　　我虽然才能平庸，但是对自己的要求还不敢落在一般人之后。阁下要寻求人才却没有得到吗？古人说过："请从我郭隗开始。"我现在只为每天的柴米和雇用仆役等费用着急，这些不过花费您一顿饭的时间就够了。如果您说："我的志向在于建功立业，而办事专心于报答主上，就算遇到后进之士，也没有空闲以礼相待。"那就不是我所敢知道的了。世间那些气量狭窄的人，不足以向他们谈这些；心胸坦白、正大光明的人，又不能听我的话。那就确实是命中注定该穷困的了。谨献上以前所作的文章十八篇，若蒙您阅览，也能够知道我的志向所在。

　　韩愈诚惶诚恐再拜。

韩愈书法

◎ 送孟东野序 ◎

　　孟郊是唐代著名的苦吟诗人，怀才不遇，仕途偃蹇，四十六岁才中进士，五十岁才任溧阳县尉。韩愈与他交情甚笃，非常同情他，这篇临别赠言写于孟郊赴任溧阳县尉前。文章一开始就提出了"物不得其平则鸣"这个著名论断。接着围绕这个论断又阐述了两点：一、文学和时代是密切联系着的，不同的时代产生不同的文学，古今各个时代都有表现时代精神的善鸣者，他们的作品都是时代精神的表现；二、作家必须有真情实感才能写出好的作品来，并高度赞扬了孟郊在诗歌创作方面的成就，对他的遭遇表示十分同情。

　　文章以"鸣"字为线索，阐发了许多议论，寓意深刻，比喻生动。

【原文】

　　大凡物不得其平则鸣。草木之无声，风挠之鸣。水之无声，风荡之鸣。其跃也或激之，其趋也或梗之，其沸也或炙之。金石之无声，或击之鸣。人之于言也亦然，有不得已者而后言，其歌也有思，其哭也有怀。凡出乎口而为声者，其皆有弗平者乎？

　　乐也者，郁于中而泄于外者也，择其善鸣者而假之鸣。金、石、丝、竹、匏、土、革、木八者，物之善鸣者也。维天之于时也亦然，择其善鸣者而假之鸣，是故以鸟鸣春，以雷鸣夏，以虫鸣秋，以风鸣冬，四时之相推夺，其必有不得其平者乎！

　　其于人也亦然。人声之精者为言，文辞之于言又其精也，尤择其善鸣者而假之鸣。其在唐、虞，咎陶、禹，其善鸣者也，而假以鸣。夔弗能以文辞鸣，又自假于《韶》以鸣。夏之时，五子以其歌鸣。伊尹鸣殷，周公鸣周。凡载于《诗》《书》六艺，皆鸣之善者也。周之衰，孔子之徒鸣之，其声大而远。《传》曰："天将以夫子为木铎。"其弗信矣

孟郊《游子吟》诗意图

乎？其末也，庄周以其荒唐之辞鸣。楚，大国也，其亡也，以屈原鸣。臧孙辰、孟轲、荀卿，以道鸣者也。杨朱、墨翟、管夷吾、晏婴、老聃、申不害、韩非、慎到、田骈、邹衍、尸佼、孙武、张仪、苏秦之属，皆以其术鸣。秦之兴，李斯鸣之。汉之时，司马迁、相如、扬雄，最其善鸣者也。其下魏、晋氏，鸣者不及于古，然亦未尝绝也。就其善者，其声清以浮，其节数以急，其辞淫以哀，其志弛以肆，其为言也，乱杂而无章。将天丑其德莫之顾邪？何为乎不鸣其善鸣者也？

唐之有天下，陈子昂、苏源明、元结、李白、杜甫、李观，皆以其所能鸣。其存而在下者，孟郊东野始以其诗鸣。其高出魏、晋，不懈而及于古，其他浸淫乎汉氏矣。从吾游者，李翱、张籍其尤也。三子者之鸣信善矣。抑不知天将和其声，而使鸣国家之盛邪？抑将穷饿其身，思愁其心肠，而使自鸣其不幸邪？三子者之命则悬乎天矣。其在上也，奚以喜？其在下也，奚以悲？东野之役于江南也，有若不释然者，故吾道其命于天者以解之。

【译文】

大抵事物不能平静时就会发出声音。草木原来并没有声音，风一吹它们才发出声音。水原来也没有声音，风吹动它便发出声音。水腾涌是有东西堵住了它，水奔流是有东西阻碍了它，水沸腾是有东西在烧它。钟磬等乐器原来并没有声音，有人敲击它才发出声音。人对于言论也是如此，有了不可抑制的感情才表达出来。人们歌咏是因为有了思念的感情，哭泣是因为有了怀念的感情。一切从嘴里发出来成为声音的，可能都有不平的缘故吧！音乐，是人们在心里有所郁结然后向外发泄出来的，人们常常选择那些善于发声的东西并借助它们来发出声音。金、石、丝、竹、匏、土、革、木八种材料，是最善于发出声音的事物。自然界对于时令也是如此，它常常选择那些善于发声的东西并借助它们来表示。所以，春天用鸟声来鸣叫，夏天用响雷来轰鸣，秋天用虫声来吟唧，冬天用风声来呼啸。四个季节的递相推移，可能一定有不得平静的缘故吧！

这种情况对于人来说也是如此。人的声音的精华是语言，文辞又是语言中的精华所在，特别要选择那些善于抒发感情的人并借助他们来表示。在唐尧、虞舜时代，咎陶、大禹是善鸣之人，当时就是靠他们来发表时代的声音。夔不能用文辞表达，自己就借助于《韶》乐来发表时代的声音。夏朝的时候，太康的五个弟弟用他们的歌来表达当时的声音。伊尹表达了商王朝的声音，周公表达了周王朝的声音。所有记载在《诗经》《尚书》等六经中的，都是表达时代声音的美好篇章。周朝衰弱时，孔子这班人大声疾呼起来，他们的声音宏大而且长远。《传》说："老天爷打

孔子在齐闻韶图

算把孔子当作周王朝的木铎。"难道不是真实的吗？到了周朝后期，庄周用他想象奇特的言辞来表达。楚国是一个大国，到了灭亡的时候，屈原便用楚辞来表达亡国之音。臧孙辰、孟轲、荀卿是用学说来表达的。杨朱、墨翟、管夷吾、晏婴、老聃、申不害、韩非、慎到、田骈、邹衍、尸佼、孙武、张仪、苏秦这批人，都是用他们的主张来表达时代的声音。秦朝兴起时，李斯发出了秦王朝的声音。汉朝的时候，司马迁、司马相如、扬雄，是特别善于表现时代声音的人。汉代以下的魏、晋两朝，善于表情达意的人都赶不上古代，但也从来不曾间断过。拿其中最好的来说，他们的声音轻清而且浮夸，他们的节奏繁密而且急促，他们的文辞放荡而且哀怨，他们的思想空虚而且放纵，他们的文章杂乱而没有条理。也许是老天爷以为他们的德行丑恶，不肯照顾他们吧！那么，为什么不选择那些善于表达的人呢？

自唐朝以后，陈子昂、苏源明、元结、李白、杜甫、李观，都用他们所擅长的诗歌来表达时代的声音。那些地位低下的人里，孟郊孟东野开始用他的诗来鸣。他的诗超出魏、晋时人的作品，某些臻于完美的已经达到古代作品的高度，其他的也逐渐接近汉代作品的水平了。同我交往的人，李翱和张籍是其中较为突出的。三人之鸣的确是好极了。但是不晓得老天爷是准备使他们的声音和谐，让他们鸣国家的兴旺发达呢？还是打算使他们的身体遭受贫穷饥饿，让他们的心情忧愁苦闷，让他们鸣自己的不幸呢？三人的命运是掌握在老天爷的手里的。那么，如果做了大官，有什么可喜？如果做了小官，又有什么可悲呢？东野这次到江南去就职，似乎不大开怀，所以我说了这些命运掌握在老天爷手里的话来安慰他。

◎ 送李愿归盘谷序 ◎

本文作于唐德宗贞元十七年（801年），当时藩镇割据，宦官专权，朝政混乱。韩愈于贞元十六年（800年）失官后前往京师求官，奔走投谒，均未能达到目的。他心情抑郁，牢骚满腹，于是借送友人李愿归隐盘谷的机会，写了这篇赠序来发泄胸中的不平。文章借李愿之口，讽刺当时权贵的声势显赫，得志纵欲，表达了对名利之徒的蔑视；同时又赞美山林高士的隐居生活，与世无求，流露出对归隐林泉的向往之情。

【原文】

太行之阳有盘谷。盘谷之间，泉甘而土肥，草木丛茂，居民鲜少。或曰："谓其环两山之间，故曰'盘'。"或曰："是谷也，宅幽而势阻，隐者之所盘旋。"友人李愿居之。

愿之言曰："人之称大丈夫者，我知之矣。利泽施于人，名声昭于时。坐于庙朝，进退百官，而佐天子出令。其在外，则树旗旄，罗弓矢，武夫前呵，从者塞途，供给之人，各执其物，夹道而疾驰。喜有赏，怒有刑。才畯满前，道古今而誉盛德，入耳而不烦。曲眉丰颊，清声而便体，秀外而惠中，飘轻裾，翳长袖，粉白黛绿者，列屋而闲居，妒宠而负恃，争妍而取怜。大丈夫之遇知于天子，用力于当世者之所为也。吾非恶此而逃之，是有命焉，不可幸而致也。穷居而野处，升高而望远。坐茂树以终日，濯清泉以自洁。采于山，美可茹；钓于水，鲜可食。起居无时，惟适之安。与其有誉于前，孰若无毁于其后；与其有乐于身，孰若无忧于其心。车服不维，刀锯不加，理乱不知，黜陟不闻。大丈夫不遇于时者之所为也，我则行之。伺候于公卿之门，奔走于形势之途，足将进而趑趄，口将言而嗫嚅，处秽污而不羞，触刑辟而诛戮，侥幸于万一，老死而后止者，其于为人贤不肖何如也？"

昌黎韩愈，闻其言而壮之，与之酒而为之歌曰："盘之中，维子之宫；盘之土，可以稼；盘之泉，可濯可沿；盘之阻，谁争子所？窈而深，廓其有容；缭而曲，如往而复。嗟盘之乐兮，乐且无央。虎豹远迹兮，蛟龙遁藏。鬼神守护兮，呵禁不祥。饮且食兮寿而康，无不足兮奚所望？膏吾车兮秣吾马，从子于盘兮，终吾生以徜徉。"

【译文】

太行山之南有个地方叫盘谷。盘谷内泉水甘冽，土地肥沃，草木茂盛，居民稀少。有人说："因为它环绕在两座山的中间，所以叫'盘'。"有人说："这个山谷之所以叫'盘'，是因为地

溪山隐逸图

方幽静，地势险阻，是隐士盘桓流连的地方。"我的朋友李愿就居住在这里。

李愿是这样说的："一个人被称为大丈夫，我晓得其中的原因。他对百姓施加恩泽，在当代名声显赫。他在朝堂上任职，升降百官，辅助皇帝发号施令。在外面，树起旗帜，排列弓箭手，武士在前面吆喝开路，跟随的人塞满道路，服役的人各自拿着应用的器物，在路两边快速地奔走。他喜悦时就赏赐属下，发怒时就施以处罚。英豪俊杰之士聚集在面前，说古道今，赞扬他的美德，这些声音不绝于耳，他也不厌其烦。那些眉毛弯弯，面颊丰腴，嗓音清脆，体态轻盈，外貌秀丽，心智聪慧，飘动着薄薄的衣襟，拖曳着长长的衣袖，浓妆艳抹的美人在一排排的房子里闲住着，她们妒忌被宠幸的人，依仗自己的才貌博取怜爱。这就是得到皇帝重用，在当代掌权的大丈夫的所作所为。我不是因讨厌这些而避开它，这是命中注定的，不能侥幸地取得。穷困地居住在荒野，登上高山眺望远处，坐在茂密的树荫下度过每一个整天，在清泉中沐浴来保持自身的清洁。到山上采摘，甘美的果蔬都很可口；到水边去垂钓，新鲜的鱼也很好吃。起居没有定时，只安于舒适。与其当面受到称赞，倒不如在背后没有毁谤；与其享受物欲，倒不如心中无忧无虑。官职不能束缚，刑罚不会加在身上，国家的治乱可以不管，官吏的升降可以不问。这是当代不得意的大丈夫的所作所为，我就是这样做的。到大官僚的门上去伺候，在通往权势的路上奔走，脚想前进而又迈不开步，嘴想说话而又讲不出来，处在龌龊的地位也不感到耻辱，触犯了刑法就要受到杀戮。就是有万分之一的侥幸活下去，直到老死为止，他们在做人方面到底是贤明还是不贤明呢？"

我听到他的话认为很豪迈，一边给他斟酒，一边替他作歌说："盘谷的中间，是你的家室；盘谷的土地，你可以耕种；盘谷之泉，可以洗污除垢，还可以顺着水边散步。盘谷地形险阻，谁会来争你居住的地方？盘谷幽静深远，广阔而有涵容。盘谷迂回曲折，似乎向前走，却绕了回来。啊！居于盘谷的乐趣啊，真是无穷无尽。虎豹离此很远啊，蛟龙也都逃走并躲起来。有鬼神守卫啊，赶走了灾殃。有吃有喝啊，长寿而且健康。没有什么不满足的啊，还有什么欲望？保养好我的车子啊，喂好我的马，跟你到盘谷去啊，让我毕生在这里自由自在地游玩。"

◎ 送董邵南序 ◎

安史之乱后，各藩镇拥兵自重，割据一方，为了在角逐中异军突起，不少藩镇也注意收揽人才，充实自己的实力。董邵南因参加进士考试一再不得志，无奈之余，只好前往河北藩镇去找出路，在临别时韩愈写了这篇序为他送行。序中开篇直陈"燕赵古称多感慨悲歌之士"，相信董生这次前往投谒必能遂其所愿；继而写燕赵古今风俗不尽相同，世异时移，希望董生对这次前往中可能遇到的挫折要有思想准备；结尾写"明天子在上"，燕赵的豪杰之士"可以出而仕矣"，暗示董生这次大可不必离开京城。因为天下多事，正需要有识之士帮助圣主重振朝纲，廓清宇内。行文简略，却不乏波澜，令人玩味。

【原文】

燕赵古称多感慨悲歌之士。董生举进士，连不得志于有司，怀抱利器，郁郁适兹土。吾知其必有合也。董生勉乎哉！

夫以子之不遇时，苟慕义强仁者，皆爱惜焉。矧燕赵之士，出乎其性者哉！然吾尝闻风俗与化移易，吾恶知其今不异于古所云邪？聊以吾子之行卜之也。董生勉乎哉！

吾因之有所感矣。为我吊望诸君之墓，而观于其市，复有昔时屠狗者乎？为我谢曰："明天子在上，可以出而仕矣！"

【译文】

燕赵一带，自古就有多出义气慷慨、愤激不平之人的说法。董生应考进士科，接连落第，空怀着卓越的才能，郁郁闷闷地去那里。我预料他将来一定会有合意的境遇的。董生好好地努力吧！

以你的才能却碰不上好时机，假如是仰慕正义、力行仁道的人都会爱惜你的，何况燕赵一带的侠义人物都是性情中人呢！可是我曾经听说过风俗是随着教化而转变的，我怎么料得定今天那里的风俗与古代传说的不会两样呢？暂且拿你这次的出行来检验它好了。董生好好努力吧！

我因此有些感触。请你替我凭吊一下望诸君乐毅的坟墓，并且到那里的市上去看看，看还有没有像从前高渐离那样隐藏在屠夫中间的有才能的人。替我告诉他们说："现在的天子很英明，可以出来做官了。"

◎ 送石处士序 ◎

本文通过叙述乌大夫求贤、荐贤和石先生出仕的经过，赞扬乌大夫以义取人和石先生以道自任的美德，并祝愿他们合作成功。

文章叙议结合，层层转折，步步推进，观点鲜明，论据充分，人物形象鲜明生动。

【原文】

　　河阳军节度、御史大夫乌公，为节度之三月，求士于从事之贤者。有荐石先生者，公曰："先生何如？"曰："先生居嵩、邙、瀍、谷之间，冬一裘，夏一葛，食，朝夕饭一盂、蔬一盘。人与之钱，则辞；请与出游，未尝以事免；劝之仕，不应。坐一室，左右图书。与之语道理，辩古今事当否，论人高下，事后当成败，若河决下流而东注；若驷马驾轻车就熟路，而王良、造父为之先后也；若烛照、数计而龟卜也。"大夫曰："先生有以自老，无求于人，其肯为某来邪？"从事曰："大夫文武忠孝，求士为国，不私于家。方今寇聚于恒，师环其疆，农不耕收，财粟殚亡。吾所处地，归输之途，治法征谋，宜有所出。先生仁且勇，若以义请而强委重焉，其何说之辞？"于是撰书词，具马币，卜日以授使者，求先生之庐而请焉。

　　先生不告于妻子，不谋于朋友，冠带出见客，拜受书礼于门内。宵则沐浴，戒行李，载书册，问道所由，告行于常所来往。晨则毕至，张上东门外。酒三行，且起，有执爵而言者曰："大夫真能以义取人，先生真能以道自任，决去就。为先生别。"又酌而祝曰："凡去就出处何常？惟义之归。遂以为先生寿。"又酌而祝曰："使大夫恒无变其初，无务富其家而饥其师，无甘受佞人而外敬正士，无昧于谄言，惟先生是听，以能有成功，保天子之宠命。"又祝曰："使先生无图利于大夫，而私便其身图。"先生起拜祝辞，曰："敢不敬蚤夜以求从祝规！"于是东都之人士，咸知大夫与先生果能相与以有成也。遂各为歌诗六韵，遣愈为之序云。

【译文】

　　河阳军节度使、御史大夫乌公，就任节度使以后的第三个月，让属员中的贤者推荐贤才。有人推荐石先生，乌公问："石先生为人怎么样？"回答道："石先生住在嵩、邙两山和瀍、谷两水之间，冬天穿一件皮衣，夏天穿一件粗布衫，早晚间的饭食总是一碗饭、一盘蔬菜。人家给他钱，他谢绝；请他一道出去玩，他从来不曾借故推却；劝他出去做官，他不答应。他坐在一个房间里，两旁堆满了书籍。同他谈道理，评论古今事情的正确与否和人品的高下，事情的结局是成功还是失败，他一说话就好比黄河下游决口向东倾注那样滔滔不绝；又好比四匹马驾着轻车走熟路，而且是王良、造父那样的善驭马驾车者在帮助驾驭；又好比用烛光照，用数理算，用龟甲卜那样丝毫不错。"乌大夫说："石先生有志隐居到老，对人无所求，怎么肯为我出仕呢？"那位幕僚说："大夫能文能武，亦忠亦孝，是为国求贤，不是为自身图谋私利。如今贼寇集结在恒州，军队部署在边界，农民无法耕种收获，钱粮都快用光。我们所处的地方，是军队往来和物资转运的要道。不管是治政治民的办法或是军事上的计谋，都应当有出主意的人。石先生又仁爱，又勇敢，假使以此大义去请，并且竭力把重任委托给他，他怎能推辞呢？"于是，乌公就叫人写好书信，备好马匹、礼物，选了好日子，交给使者，寻到石先生的家里去聘请他。

　　石先生没有向家属说，也没有跟朋友商量，就整理冠带出来会见客人，在家门内恭敬地接受了聘书和礼物。当夜就焚香沐浴，整理好行李，装好书籍，问清路上经过的地方，然后才到经常往来的亲友处告辞。第二天，亲友们一清早就统统来到东门外面，设宴为他饯行。酒过三巡，石先生要动身的时候，有人举杯上前说："乌大夫真正能够按照大义访求人才，石先生真正能够按照道义担当起自己的重任，决定去。这杯酒为先生送别。"又有人斟了一杯酒祝福说："做官或者隐居，哪儿有什么常规？只要追求大义就行。我就用这杯酒祝先生长寿。"又有人斟了一杯酒祝愿说："希望乌大夫永远不要改变他的初衷，千万不要只追求自身的富裕而使军队挨饿，也不要在内心喜爱那些善于吹捧的人而只在表面上敬重正直的人，也不要被讨好奉承的话所蒙蔽，而只听从石先生的话。希望能以此获得成功，不辜负皇帝加恩特赐的任命。"又有人祝祷说："希望石先生不要从乌大夫那里谋取私利，有方便自己的打算。"石先生站起身来拜谢，说："我怎敢不恭敬小心地从早到晚都按照诸位祝愿和规劝的话去做呢？"因此，东都地方的人全都料定乌大夫和石先生一定能够彼此配合，从而取得成功。于是客人们各自写了一首六个韵脚的诗歌。让我写了这篇序。

◎ 送温处士赴河阳军序 ◎

　　本文是韩愈为温处士前往河阳军幕中赴任而写的一篇临别赠序。序中开篇借"伯乐一过冀北之野，而马群遂空"高度赞扬了乌大夫善于识别和选拔人才的美德，表达了作者为朝廷得人而欣幸之情，同时又为好友前往赴任，从此远隔千里不能经常酬唱共勉而流露出惋惜和依依难舍之情，道明离别之意。

【原文】

　　伯乐一过冀北之野，而马群遂空。夫冀北马多天下，伯乐虽善知马，安能空其群邪？解之者曰："吾所谓空，非无马也，无良马也。伯乐知马，遇其良，辄取之，群无留良焉。苟无良，虽谓无马，不为虚语矣。"

　　东都，固士大夫之冀北也。恃才能深藏而不市者，洛之北涯曰石生，其南涯曰温生。大夫乌公以鈇钺镇河阳之三月，以石生为才，以礼为罗，罗而致之幕下。未数月也，以温生为才，于是以石生为媒，以礼为罗，又罗而致之幕下。东都虽信多才士，朝取一人焉，拔其尤，暮取一人焉，拔其尤。自居守、河南尹，以及百司之执事，与吾辈二县之大夫，政有所不通，事有所可疑，奚所咨而处焉？士大夫之去位而巷处者，谁与嬉游？小子后生，于何考德而问业焉？

九方皋相马图

搢绅之东西行过是都者，无所礼于其庐。若是而称曰："大夫乌公一镇河阳，而东都处士之庐无人焉。"岂不可也？

夫南面而听天下，其所托重而恃力者，惟相与将耳。相为天子得人于朝廷，将为天子得文武士于幕下，求内外无治，不可得也。愈縻于兹，不能自引去，资二生以待老。今皆为有力者夺之，其何能无介然于怀邪？生既至，拜公于军门，其为吾以前所称，为天下贺；以后所称，为吾致私怨于尽取也。留守相公首为四韵诗歌其事，愈因推其意而序之。

【译文】

伯乐一经过冀北的原野，马群就空了。冀北的马是天下最多的，伯乐虽然擅长识马，但怎么能使那里的马群空了呢？解释这个问题的人说："我说的空，并不是没有马，而是没有良马。伯乐识马，只要一碰到良马就把它挑去，因此马群中没有留下一匹良马。如果已没有了一匹良马，即使说没有马，此话也不算过分。"

东都洛阳，当然可以看作是士大夫聚集的"冀北"。有真才实学却隐居不肯出仕的人中，住在洛河北边的叫作石生，住在洛河南边的叫作温生。御史大夫乌公以节度使的身份镇守河阳的第三个月，认为石生是个人才，就把他招致幕府中。没过几个月，乌公又认为温生是个人才，于是叫石生作介绍，又把他招聘到幕府中。东都虽然的确有不少有真才实学的人，可是早晨选拔一个突出的，晚上又选拔一个突出的。这样一来，从东都留守、河南尹起，直到各部门的主管和我们两县的官吏，如果政事上碰到为难之处，或者案件上碰到可疑之点，到什么地方去商量从而得到解决呢？辞官居家的乡绅们，同谁一起交游酬唱？年轻的一代又到什么地方去考究德行、请教学业呢？东来西往经过这个地方的官员们，也没有办法到他们的住所去拜访。像这样，如果说："御史大夫乌公一到河阳，东都处士的住屋中就再也没有人了。"难道不是吗？

皇帝处理天下的事情，他可以委托重任、依靠出力的人，不过是宰相和将军罢了。宰相替皇帝访求各种人才招致到朝堂上，将军给皇帝选取能文能武的人到幕府中。这样，即使想使内外不安定，都是不可能的了。我被牵制束缚在这里，不能引身而退，想依靠二生的帮助度过晚年。如今统统被有力的人夺走了，怎么能不耿耿于怀呢？温生到任后，在军门拜见乌公的时候，希望把我前面所说的，替天下人祝贺；把我后面所说的，替我对选尽贤人这件事表示私人的抱怨。留守相公首先写了一首四韵的诗来赞美这件事情，我就顺着他的诗意推而广之，写下了这篇序。

◎ 张中丞传后叙 ◎

　　"安史之乱"后，唐朝陷入藩镇割据的混乱状态，拥兵自立的节度使企图借中伤张巡、许远，给自己的分裂叛乱活动制造舆论。韩愈从维护国家统一出发，为澄清是非、揭露阴谋，愤然写下此文。文章真实地记述了张巡、许远、南霁云三位将领可歌可泣的事迹，热忱地表彰他们的卓越战功和精忠报国的气节。文章熔叙事、议论为一炉，二者互相映衬，相得益彰。通篇章法、句法深得司马迁写史神髓，而文中流动的神气更是浑然天成。文章叙事张弛有度，或用笔宽缓，或挥写激烈，笔意古劲，显出大家功力。通过叙述典型史实和细节，突出了人物性格，使其形象栩栩如生。如写南霁云，其言其行，读之如在眼前，极具艺术魅力。文章夹叙夹议，叙述如"风发电剿"，议论如"斩钉截铁"，说理步步紧逼，不可辩驳。其语言淋漓酣畅，生动率真，是韩愈散文的代表作之一。

【原文】

　　元和二年四月十三日夜，愈与吴郡张籍阅家中旧书，得李翰所为《张巡传》。翰以文章自名，为此传颇详密，然尚恨有阙者，不为许远立传，又不载雷万春事首尾。

　　远虽材若不及巡者，开门纳巡，位本在巡上，授之柄而处其下，无所疑忌，竟与巡俱守死成功名；城陷而虏，与巡死先后异耳。两家子弟材智下，不能通知二父志，以为巡死而远就虏，疑畏死而辞服于贼。远诚畏死，何苦守尺寸之地，食其所爱之肉，以与贼抗而不降乎？当其围守时，外无蚍蜉蚁子之援，所欲忠者，国与主耳。而贼语以国亡主灭，远见救援不至，而贼来益众，必以其言为信。外无待而犹死守，人相食且尽，虽愚人亦能数日而知死处矣。远之不畏死，亦明矣！乌有城坏其徒俱死，独蒙愧耻求活，虽至愚者不忍为。呜呼！而谓远之贤而为之邪？

　　说者又谓远与巡分城而守，城之陷，自远所分始。以此诟远，此又与儿童之见无异。人之将死，其脏腑必有先受其病者；引绳而绝之，其绝必有处。观者见其然，从而尤之，其亦不达于理矣。小人之好议论，不乐成人之美，如是哉！如巡、远之所成就，如此卓卓，犹不得免，其他则又何说！当二公之初守也，宁能知人之卒不救，弃城而逆遁？苟此不能守，虽避之他处何益？及其无救而且穷也，将其创残饿羸之余，虽欲去，必不达。二公之贤，其讲之精矣。守一城，捍天下，以千百就尽之卒，战百万日滋之师，蔽遮江淮，沮遏其势，天下之不亡，其谁之功也！当是时，弃城而图存者，不可一二数；擅强兵坐而观者相环也。不追议此，而责二公以死守，亦见其自比于逆乱，设淫辞而助之攻也！

　　愈尝从事于汴、徐二府，屡道于两府间，亲祭于其所谓双庙者。其老人往往说巡、远时事，云：南霁云之乞救于贺兰也，贺兰嫉巡、远之声威功绩出己上，不肯出师救。爱霁云之勇且壮，不听其语，强留之，具食与乐，延霁云坐。霁云慷慨语曰："云来时，睢阳之人不食月余日矣！云虽欲独食，义不忍；虽食，且不下咽。"因拔所佩刀，断一指，血淋漓，以示贺兰。一座大惊，皆感激为云泣下。云知贺兰终无为云出师意，即驰去。将出城，抽矢射佛寺浮图，矢著其上砖半箭，曰："吾归破贼，必灭贺兰，此矢所以志也！"愈贞元中过泗州，船上人犹指以相语。城陷，贼以刃胁降巡，巡不屈，即牵去，将斩之；又降霁云，云未应。巡呼云曰："南八，男儿死耳，不可为不义屈！"云笑曰："欲将以有为也。公有言，云敢不死。"即不屈。

　　张籍曰：有于嵩者，少依于巡，及巡起事，嵩常在围中。籍大历中于和州

明皇幸蜀图

乌江县见嵩，嵩时年六十余矣。以巡初尝得临涣县尉，好学无所不读。籍时尚小，粗问巡、远事，不能细也。云：巡长七尺余，须髯若神。尝见嵩读《汉书》，谓嵩曰："何为久读此？"嵩曰："未熟也。"巡曰："吾于书读不过三遍，终身不忘也。"因诵嵩所读书，尽卷不错一字。嵩惊，以为巡偶熟此卷，因乱抽他帙以试，无不尽然。嵩又取架上诸书，试以问巡，巡应口诵无疑。嵩从巡久，亦不见巡常读书也。为文章，操纸笔立书，未尝起草。初守睢阳时，士卒仅万人，城中居人户亦且数万，巡因一见问姓名，其后无不识者。巡怒，须髯辄张。及城陷，贼缚巡等数十人，坐，且将戮，巡起旋，其众见巡起，或起或泣。巡曰："汝勿怖！死，命也。"众泣不能仰视。巡就戮时，颜色不乱，阳阳如平常。远，宽厚长者，貌如其心，与巡同年生，月日后于巡，呼巡为兄，死时年四十九。嵩贞元初死于亳、宋间。或传嵩有田在亳、宋间，武人夺而有之，嵩将诣州讼理，为所杀。嵩无子。张籍云。

【译文】

元和二年（807年）四月十三日夜里，我和吴郡张籍一起浏览家中的旧书，看到一卷李翰所作的《张巡传》。李翰自称擅长写作，写的这篇传记很完备细致，但是我看了还是感到不足，许远的传记没有作，也没有记载雷万春事迹的始末。

许远虽然才能似乎比不上张巡，但是主动打开城门接纳张巡，他职位本在张巡之上，却交出军事指挥大权而情愿处在张巡的下面，没有任何疑虑猜忌，最后跟张巡共同坚守睢阳，后来因城池陷亡而被俘虏，他跟张巡相比，只是死难的时间先后不同罢了。张、许两家的子弟才智低下，无法完全了解他们父辈的志向，认为张巡被杀害而许远被俘虏，因而怀疑许远怕死而向叛军屈服。假如许远真的怕死，为何守着这小小的地方不放弃，吃他所亲爱的人的肉充饥，来同叛军抵抗而不投降呢？当他坚守城池的时候，外面没有一兵一卒的支援，所要效忠的，只是国家和君主而已。然而叛军告诉他说国家已经灭亡，君主杳无音信。许远看到救援部队不来，而叛军却越来越多，一定以为叛军所说是真实的。外边没有可等待的援兵还依然拼死坚守，城内军民饿得人吃人并且已快吃光，即使是愚笨的人也能算出自己死的时日了，许远的不怕死也是很明显的了！哪里有城池被攻陷，他的部下全都死了，唯独他自己蒙受耻辱求得活命的道理呢？即使是世上最愚蠢的人也不忍心这样做。哎！像许远这么贤明的人难道能做出如此的事来吗？

议论的人又说，许远和张巡二人是在城里划分区域防守的，城池被攻陷，敌人是从许远所负责防守的区域开始的，以此来诬陷许远，这又跟小孩子的见识有什么两样。当一个人将要病死的时候，他的内脏一定有先遭到疾病侵害的部位；拉

断一条绳子，绳子的断开必定有个位置。观察
的人看到这种情况，从而埋怨那遭到疾病侵害
的部位和绳子断绝处，这也真是不懂常情啊！
小人喜欢对别人说长道短，不以成就别人的美
事为乐，竟是这样的严重啊！像张巡、许远所
建立的功勋如此卓越特殊，尚且不能避免别人
的诋毁，至于其他的人，又会怎么说呢？正当
张、许二人开始防守睢阳的时候，他们怎么会
料到别人始终不来援救，所以丢下城池预先逃
走呢？如果这座城池不能守住，即使逃到别的
地方又有什么好处？等到后来他们得不到救援
弹尽粮绝的时候，带领那些受伤残废、饿得瘦
弱不堪的残余部下，即使想要突围转移也是必
定办不到的。以张、许二人的贤能为保障，他
们一定谋划得够精密了。守住一座城池，捍卫
着国家命脉，带领几百上千个濒临绝境的士兵，
抵抗上百万天天增多的叛军，保护着江淮广大
地区，遏制敌人的攻势，国家不至于灭亡，这
是谁的功劳呢？！正在这个时候，丢弃城池逃
跑，借以保全自己的人，多得不能一一列数；

唐代抱武器石刻武士俑

拥有强大的兵力而坐视不救的人，到处可见。现在不回过头来追究这些，却要指责
张、许二人不该死守睢阳而造成军民大批死亡，这也正看出他们是站在叛臣贼子一
边，编造一套歪曲事实的言论来帮助叛贼攻击啊！

　　我曾经先后在汴州、徐州节度使幕府中做过幕僚，多次往来于两州之间，亲自
去人们所说的双庙祭吊。那里的老人常常说起张巡、许远的事情：当南霁云奉命向
御史大夫贺兰进明求救时，贺兰进明忌妒张、许的声威功绩超过自己，拒绝出手相
救。他喜欢南霁云的勇悍强壮，因此不听从他的意见，硬要留下他，为他布置了酒
宴和歌舞音乐，请南霁云坐在宴席上。南霁云慷慨激昂地说："我从睢阳来这里时，
睢阳人民已经一个多月吃不到粮食了。今天假如我一个人吃这宴席，在道义上不忍
心！即使吃了也咽不下去！"所以他拔出所带的佩刀砍断一根手指，鲜血淋漓。所
有在座的人大吃一惊，都被他感动得流下眼泪。南霁云看出贺兰进明最终没有为他
出兵的念头，就骑上战马疾驰而去，快要出城时，抽出箭来射向佛寺中的砖塔，箭
身射进砖里半截，并说："我回去击垮叛贼以后，一定要除掉贺兰进明，这支箭就是

一个标志。"我在贞元年间路过泗州，船上的人还指着佛塔告诉我这件事情。睢阳城被攻陷时，叛贼拿着刀逼迫张巡投降，张巡不屈服，叛贼就把他捆着拉走了，准备处死；又迫使南霁云投降，南霁云还没有答话，张巡向他喊道："南八，男子汉死就死了，不能向叛贼屈服！"南霁云笑着说："有所作为是我以前的愿望，您有吩咐，我哪里敢不为国捐躯！"就不向叛贼投降。

张籍说：有个名叫于嵩的，年轻时跟随着张巡，等到张巡起兵抵抗叛贼，于嵩曾在围城之中。张籍大历年间在和州乌江县见到过于嵩，当时于嵩已经六十多岁了，因为张巡的关系先前曾任临涣县尉，爱好学习，什么书都读过。张籍当时年纪还小，粗略地询问过张巡、许远抗贼的事迹，不能细致地了解。他说：张巡身高七尺多，胡须长得如同天神，令人望而生畏。一次，张巡看见于嵩读《汉书》，问他："为什么一直读这书？"于嵩说："还没有读熟。"张巡说："我读书，诵读不超过三遍，就会记住一辈子。"当下背诵于嵩所读的书，背完一卷不错一字。于嵩很奇怪，以为张巡只是凑巧熟悉这一卷，就随便抽出其他的书来测试他，他都像刚才那样一字不错地背诵下来。于嵩又拿书架上的各种书籍试着问他，他同样毫不迟疑地背诵出来。于嵩跟随张巡的时间很长，也不见他时常读书。张巡写文章，拿来纸笔就写，从来不打草稿。开始守卫睢阳时，士兵有将近一万人，城里居住的人户口也近几万，张巡见过一次面询问过姓名的人，以后全部都认识。张巡发怒的时候，胡须就都张开。睢阳城陷落后，叛贼捆住张巡等几十人坐着，准备处死。张巡起身小便，他的部下看见他站起，有的站起，有的痛哭，张巡说："你们不要惧怕！死是命中注定的！"大家痛哭流涕，不能仰视。张巡被杀时，面不改色，神情平静从容跟平时一样。许远是个待人宽厚的人，相貌也和他那心肠完全相同。他跟张巡同年出生，比张巡的月份晚，称张巡为兄，死时四十九岁。于嵩在贞元初年死在亳县、宋县之间。有人传说于嵩在亳、宋一带有田产，一个任武职的人强夺霸占了这些田地。于嵩打算到州衙去告状讲理，却被杀死了。以上全为张籍所说。

唐将军铠甲图

◎ 燕喜亭记 ◎

本文行文结构极具匠心，然而又没有雕琢的痕迹，这正是韩愈的神妙之笔。作者叙述山水多用排比，后借贬秩，翻出一种新意来，使人不能一览无余，从而留下回味的余地。文章剪裁布置得很巧妙，转折处笔势如刀，明快自然，使行文顿生波澜，而全篇充溢着浓厚的温雅文风。恬淡的文字，流畅的结构，高明的论述，这是本文历来深受好评的重要原因。文章开头叙作亭之始，写出妙境天成；接着叙命亭之义，写出赐名取意，各有妙谛；然后又述州民赞美，最后述自己称颂。文章虚实相间，以虚衬实，以小见大，借景抒情，写得舒缓自如，不染俗尘。明代茅坤云："淋漓指画之态，是得记文正体，而结局处特高。"

【原文】

太原王弘中在连州，与学佛人景常、元慧游。异日，从二人者行于其居之后，丘荒之间，上高而望，得异处焉。斩茅而嘉树列，发石而清泉激。辇粪壤，燔椔翳，却立而视之，出者突然成丘，陷者呀然成谷；洼者为池，而缺者为洞；若有鬼神异物阴来相之。自是弘中与二人者晨往而夕忘归焉，乃立屋以避风雨寒暑。

既成，愈请名之。其丘曰"俟德之丘"，蔽于古而显于今，有俟之道也。其石谷曰"谦受之谷"，瀑曰"振鹭之瀑"，谷言德，瀑言容也；其土谷曰"黄金之谷"，瀑曰"秩秩之瀑"，谷言容，瀑言德也；洞曰"寒居之洞"，志其入时也；池曰"君子之池"，虚以钟其美，盈以出其恶也；泉之源曰"天泽之泉"，出高而施下也；合而名之以屋，曰"燕喜之亭"，取《诗》所谓"鲁侯燕喜"之颂也。

于是州民之老，闻而相与观焉，曰："吾州之山水名天下，然而无与'燕喜'者比。"经营于其侧者相接也，而莫直其地。凡天作而地藏之，以遗其人乎？弘中自吏部郎贬秩而来，次其道途所经，自蓝田入商洛，涉淅湍，临汉水，升岘首，以望方城；出荆门，下岷江，过洞庭，上湘水，行衡山之下；由郴逾岭，猿狄所家，鱼龙所宫，极其迤瑰诡之观，宜其于山水饫闻而厌见也。今其意乃若不足。《传》曰："智者乐水，仁者乐山。"弘中之德，与其所好，可谓协矣。智以谋之，仁以居之，吾知其去是而羽仪于天朝也不远矣。遂刻石以记。

【译文】

太原王弘中在连州的时候，和学佛的人景常、元慧一起交往。有一天，他和那两个人一起走到住处的后面，来到山丘荒原当中，登上高处眺望，看到一个不同平常的地方。他们砍掉茅草，看到秀拔的树木整齐地排列着，搬开石头，发现清澈的泉水淙淙流淌，把腐臭的土壤用车子运走，烧掉枯死的树木，退回来站着看：突出的地方挺立成山丘，低陷的地方深凹成山谷，低洼的地方成为池塘，缺口的地方成为山洞；此景有如鬼斧神工般浑然天成。从这以后，王弘中和那两个人早上到那儿去，以至于夜里忘记回家，就建了所房子来躲避风雨寒暑。

建成以后，韩愈请求为它们命名。山丘叫"俟德之丘"，古代没有显露，现在显露出来，是有期待的表示；石谷叫"谦受之谷"，瀑布叫"振鹭之瀑"，石谷说的是它的德行，瀑布说的是它的外形；土谷叫"黄金之谷"，瀑布叫"秩秩之瀑"，土谷说的是它的形状，瀑布说的是它的德行；山洞叫"寒居之洞"，记载进洞的时节；水池叫"君子之池"，空的时候汇集自己的美好，满的时候溢出自己的丑恶；泉水的源头叫"天泽之泉"，由于它从高处流出来，弯弯曲曲地流到下面；合起来为屋子命名，叫"燕喜之亭"，选择《诗经》所谓的"鲁侯燕喜"来歌颂。

于是这个州的父老乡亲听说后都结伴来游玩，说："我们州的山水天下闻名，但是能与'燕喜亭'相比的却没有。"在它旁边经营房屋的人接连不断，但没有人到过这块地方。这可能是老天制造出而大地将它隐藏起来，把它送给合适的那个人吧？王弘中从吏部郎贬职而来，记下他路上依次路过的地方，从蓝田进入商洛，渡过浙水、湍水，来到汉水边，登上岘山，遥望方城；出荆门，下岷江，过洞庭，上湘江，走在衡山脚下；从郴州翻越山岭，猿猴安家的山林，鱼龙为官的江河，看尽了那些深幽、遥远、瑰丽、诡异的景观，对于山水应当已经见多识广了，如今他好像还是不满足。《论语》中说："智慧的人喜欢水，仁义的人喜欢山。"王弘中的品德和他的爱好，可以说是很调和。用智慧来谋划，用仁义来挽留，我知道他离开这里到朝廷中为人表率的时候也不远了。就刻在石头上记载下来。

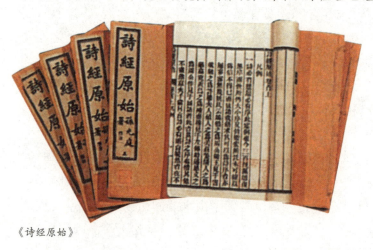

《诗经原始》

◎ 新修滕王阁记 ◎

滕王阁自王勃、王绪、王仲舒三人作文记之，后世便鲜有相关美文，而韩愈此记当属其中凤毛麟角者。就历代"记"体文章来说，该文也同样可谓名篇佳构。如果让一个庸才来写，此文便只会颂扬王仲舒的德政，摹写滕王阁的美景，这种写法，即使天花乱坠，也仍然是老生常谈，没有吸引人之处。韩愈不愧为一代文豪，他提笔挥洒之际独辟蹊径，创造出曲径通幽的别致效果，使文章别具趣味，不落窠臼。韩愈一生没有到过南昌，无缘目睹滕王阁及周边景物，也没机会了解"新修"的详细过程，而又要奉命作记，下笔颇难。倘若写虚构的景致，不管如何铺叙渲染，终究会大为失色，难免"假、大、空"且会沦为粗俗之文。作者通篇妙就妙在不提滕王阁美景怎样，而只是反复讲自己未得"登望之乐"的缘由与感慨，笔意缠绵，文情婉转，于空幻之中捕获了灵感，把对王仲舒的颂赞处理得恰到好处，不露谀态媚骨，又避免了凭空捏造，真正是匠心独运，妙不可言。

【原文】

愈少时则闻江南多临观之美，而滕王阁独为第一，有瑰伟绝特之称。及得三王所为序、赋、记等，壮其文辞，益欲往一观而读之，以忘吾忧。系官于朝，愿莫之遂。十四年，以言事斥守揭阳，便道取疾以至海上，又不得过南昌而观所谓滕王阁者。其冬，以天子进大号，加恩区内，移刺袁州。袁于南昌为属邑，私喜幸自语，以为当得躬诣大府，受约束于下执事，及其无事且还，倘得一至其处，窃寄目偿所愿焉。至州之七月，诏以中书舍人太原王公为御史中丞，观察江南西道，洪、江、饶、虔、吉、信、抚、袁悉属治所。八州之人，前所不便及所愿欲而不得者，公至之日，皆罢行之。大者驿闻，小者立变。春生秋杀，阳开阴闭。令修于庭户数日之间，而人自得于湖山千里之外。吾虽欲出意见，论利害，听命于幕下，而吾州乃无一事可假而行者，又安得舍己所事以勤馆人？则滕王阁又无因而至焉矣。

其岁九月，人吏浃和。公与监军使燕于此阁，文武宾士皆与在席。酒半，合辞言曰："此屋不修，且坏。前公为从事此邦，适理新之，公所为文，实书在壁。今三十五年而公来为邦伯，适及期月，公又来燕于此，公乌得无情哉？"公应曰："诺。"于是栋楹梁桷板槛之腐黑挠折者，盖瓦级砖之破缺者，赤白之漫漶不鲜者，治之则已。无侈前人，无废后观。

工既讫功，公以众饮，而以书命愈曰："子其为我记之。"愈既以未得造观为叹，窃喜载名其上，词列三王之次，有荣耀焉，乃不辞而承公命。其江山之好，登望之乐，虽老矣，如获从公游，尚能为公赋之。

元和十五年十月某日，袁州刺史韩愈记。

【译文】

我小时候就听说誉满江南的临观美景很多，而滕王阁独独排在第一位，有瑰丽、奇伟、绝妙、独特的称赞。等到看了三王所作的序、赋、记等（即王勃《滕王阁序》、王绪作的赋，及中丞王公所作《修阁记》），觉得文章写得很是壮美，更加想要去观赏细读，以便忘却自己的烦恼。在朝中做官，没有能如愿。元和十四年，因为上疏发表意见（指上《论佛骨表》），被贬官到潮州，贪图走便道更快些，走了海路，未能途经南昌去观赏滕王阁。这个冬天，因为天子进大号，施恩于潮州区内，让我移职到了袁州，袁州对南昌来说是隶属都邑，我窃自欣喜庆幸，自认为应能够亲自进见太府，受其下执事的约束，在没有公事回去后，如能到滕王阁那儿去，该能一饱眼福，了却心愿了。到袁州后的七月里，诏命让中书舍人太原的王公做御史中丞，前来视察江南西道；洪、江、饶、虔、吉、信、抚、袁八州都属于治理范围。八州的人，这以前不便于做以及愿意去做却没有做成的事，在王公到达那天，全都停止进行。大的事情通过使者告知，小的事情立刻就改变了。过了一些时日，百姓有美好的品德，然而您在很远的地方游山玩水。我虽然想提出意见，讨论其中利害，在幕下听候命令，可是我们州却没有一件事可以用来作借口出行的，又怎么能舍掉自己要做的事来劳顿馆人？这样，又没有理由可以去滕王阁了。

这一年九月，百姓、官吏关系和谐，王公和监军在滕王阁设宴，文官、武将、宾客、士人都就座了。酒饮到一半，都说："这房子再不修理，就要坏掉了。以前王公您在这地方做事，正好整修翻新过，您所作的文章，还写在壁上，现在三十年后，您到这儿来任父母官，恰逢周年整月，您又来这儿设宴，您怎么会没有感情呢？"王公答应道："好吧。"于是，主梁、柱子、屋梁、椽子、门板、门槛有腐朽、发黑、弯曲折断了的，盖瓦、级砖有破了缺了的，红白浸染不鲜明了的，都加以修整治理。不比前人奢侈，但也没有荒废作为后代可观赏的美景。

工程已结束，王公和大家一起喝酒相庆，并写信嘱托我说："你一定替我记下这件事！"我虽然因没能到现场观赏而感叹，但还是很高兴能在这件事上留名。文章排在三王之后，是一种荣耀啊！于是并不推辞，而是接受了王公的重托。那江山的美景，登高望远的快乐，即使我老了，如果能够和王公一起游览，还可以为王公作赋。

元和十五年（820年）十月某日，袁州刺史韩愈记。

◎ 答张籍书 ◎

《新唐书》载:"籍性狷直,尝责愈喜博塞及为驳杂之说,议论好胜人,其排佛老,不能著书若扬雄、孟轲以垂世。"张籍先后两次以书诘责,韩愈也作两书作答,这是第一书。文中虽有强词夺理之处,写来却颇费曲折,用笔伸缩很有玄机。因韩与张之间交情较深,所以在动笔时相当用心,既要维护朋友间的情谊,避免生硬的口气,又要表明自己的立场,给对方明确的答辩。如果开篇就开始辩驳,肯定会有板着脸教训人的嫌疑,于是作者起笔先叙述两人结交的过程,写得亲热而动情;接着便是更为亲热的表示:忽而讶其无书,忽而幸其有书。这种铺垫使后面的逐条批驳得以在宽松的气氛中展开,尽量照顾了朋友的颜面。此文主旨虽是讲经论道,但不掺陈腐言辞,作者信手拈来,辩驳处无激烈之词,自信中含冲和之气,通篇隐现出大家风范。文章语言质朴、简洁,体现了韩愈作文的一贯风格。

【原文】

愈始者望见吾子于人人之中,固有异焉;及聆其音声,接其辞气,则有愿交之志。因缘幸会,遂得所图,岂惟吾子之不遗,抑仆之所遇有时焉耳。近者尝有意吾子之阙焉无言,意仆所以交之之道不至也。今乃大得所图,脱然若沉疴去体,洒然若执热者之濯清风也。然吾子所论,排释老不若著书,嚣嚣多言,徒相为訾。若仆之见,则有异乎此也。

夫所谓著书者,义止乎辞耳。宣之于口,书之于简,何择焉?孟轲之书,非轲自著,轲既殁,其徒万章、公孙丑相与记轲所言焉耳。仆自得圣人之道而诵之,排前二家有年矣。不知者以仆为好辩也。然从而化者亦有矣,闻而疑者又有倍焉。顽然不入者,亲以言谕之不入,则其观吾书也,固将无得矣。为此而止,吾岂有爱于力乎哉?

然有一说:化当世莫若口,传来世莫若书。又惧吾力之未至也。三十而立,四十而不惑,吾于圣人,既过之,犹惧不及;矧今未至,固有所未至耳。请待五六十然后为之,冀其少过也。

吾子又讥吾与人人为无实驳杂之说,此吾所以为戏耳;比之酒色,不有间乎?吾子讥之,似同浴而讥裸裎也。若商论不能下气,或似有之,当更思而悔之耳。博塞之讥,敢不承教。其他俟相见。

薄晚须到公府，言不能尽。愈再拜。

【译文】

我刚开始在人群中见到您时，您本异于常人；等到听了您的声音，接触到您的文章，就有了和您交往的愿望。因为缘分，很幸运地和您相会，于是得以满足心愿，不只是您不嫌弃我，也是我碰到的时机好啊！曾经遗憾得不到您的意见，以为是我和您交往的途径不够呢。现在才大大满足了心愿，一下子就像积年老病突然间离身一样轻松；就像拿着热东西的人突然吹到凉风一样清新。但您所说的：排斥佛老，比不上写书，吵吵嚷嚷好多话，只白白地互相指责。在我看来，却与此不同。

所说的写书，大义只限于文辞。口头宣传、写于简上，有什么挑的呢？孟轲的书，不是孟轲自己写的，是他去世之后，弟子万章、公孙丑一起记下他说过的话写成的。我自从得到圣人的大道并宣传它，抵制佛、老两家，已经有些年头了。不了解我的人，以为我喜欢辩论。但听从我，被我的宣传教化了的也有，听了以后有所怀疑的人数又要比前者多一倍。固执听不进我的话的，亲自用话教育都听不进去，那么看我的书也必将无所收获，为了改变这种情况，我怎么会舍不得力气呢？

但也有一种说法：教化当世，没有比亲口宣传更好的方法；世代流传，没有比著书更好的方法了。又担心我的能力达不到，三十岁当有所成就，四十岁当不再疑惑，我和圣人相比，已经过了三十而立的年龄，仍担心不及圣人。何况，现在没有达到圣人要求的那样，而且本来就有不能及的地方。请让我等到五六十岁以后再来做著书的事吧，希望可少犯些错误。

您还指责我和众人做没有实际内容、驳杂的议论，这是我开玩笑的；和酒色相比，毕竟还是有差异的吧？您指责这一点，就像一同洗澡却批评裸体一样。若是说商量讨论我没能谦虚些，恐怕是有的，我会认真考虑并改正的。对于博杂不通的指责，我斗胆不敢听从教导。其他的等见面后再谈。

临近傍晚我要到公府去，不能详细说。韩愈再拜。

孟子像

◎ 与李翱书 ◎

　　李翱是唐代古文家，与韩愈交情很好，互相视为知己，是可以推心置腹的朋友。李翱曾向当时权贵张建封推荐韩愈，称其为豪杰之士，并赞誉韩愈是天下数百年才有的奇才。但事情并不如意，在张建封的帮助下，韩愈仅获得了府推官的卑微职位。对志向宏大的韩愈来说，寄人篱下的生活肯定非他所愿，但英雄失路，无法出头，只能忍辱负气暂受困顿。李翱曾劝他舍去这个小官前往京师寻求前程，可韩愈早已对朝廷心灰意冷，便婉拒了朋友的好意。此文正是对李翱的答复。文中说家累无所托，入京无所资，迫不得已，只有栖身篱下，自责自悲，反复嗟叹。而李翱的处境当时也颇为艰难，和韩愈相似，于是韩文既为自己伤悲，又为李翱鸣不平，借以抒发抑郁之气。文章读来句句是泪，字字带血，写得极其悲壮感人。孙琮云："……极愤懑中自有笔歌墨舞之妙。"

【原文】

　　使至，辱足下书。欢愧来并，不容于心。嗟乎，子之言意皆是也！仆虽巧说，何能逃其责邪？然皆子之爱我多，重我厚。不酌时人待我之情，而以子之待我之意，使我望于时人也。

　　仆之家本穷空，重遇攻劫，衣服无所得，养生之具无所有，家累仅三十口，携此将安所归托乎？舍之入京不可也；挈之而行不可也。足下将安以为我谋哉？此一事耳。足下谓我入京诚有所益乎？仆之有子，犹有不知者，时人能知我哉？持仆所守，驱而使奔走伺候公卿间，开口论议，其安能有以合乎？仆在京城八九年，无所取资，日求于人，以度时月。当时行之不觉也，今而思之，如痛定之人思当痛之时，不知何能自处也。今年加长矣，复驱之使就其故地，是亦难矣！

　　所贵乎京师者，不以明天子在上，贤公卿在下，布衣韦带之士谈道义者多乎？以仆遑遑于其中，能上闻而下达乎？其知我者固少，知而相爱不相忌者又加少。内无所资，外无所从，终安所为乎？

　　嗟乎！子之责我诚是也，爱我诚多也，今天下之人有如子者乎？自尧舜已来，士有不遇者乎？无也？子独安能使我洁清不污而处其所可乐哉？非不愿为子之所云者，力不足，势不便故也。仆于此岂以为大相知乎？累累随行，役役

颜回像

逐队，饥而食，饱而嬉者也。其所以止而不去者，以其心诚有爱于仆也。然所爱于我者少，不知我者犹多，吾岂乐于此乎哉？将亦有所病而求息于此也。

嗟乎！子诚爱我矣，子之所责于我者诚是矣。然恐子有时不暇责我而悲我，不暇悲我而自责且自悲也。及之而后知，履之而后难耳。孔子称颜回"一箪食，一瓢饮，人不堪其忧，回也不改其乐"。彼人者，有圣者为之依归，而又有箪食瓢饮足以不死。其不忧而乐也，岂不易哉！若仆无所依归，无箪食，无瓢饮，无所取资，则饿而死，其不亦难乎！子之闻我言，亦悲矣。嗟乎！子亦慎其所之哉！

离违久，乍还侍左右，当日欢喜，故专使驰此候足下意，并以自解。愈再拜。

【译文】

您派来送信的使者到了，感谢您给我写信。我欢快和惭愧的心情搅和在一起，似乎心里都要满了。哎呀！您说的道理都是对的！我即使能够辩驳，又怎么能逃避那些责备呢？但这都是您看得起我，对我关怀深厚。我不考虑社会上的人如何对我，但凭着您对我的关心，我又对社会上的人抱有期望。

我家里本来很穷，又遭到抢劫，衣服被抢了，用来维持生活的东西都没有了，家里的人口多达三十个，我将带着他们去哪里呢？抛下他们到京城去，不行；带着他们走，也不行。您告诉我将怎么做呢？这是一件事情。您说我到京城去的确有好处吗？我纵然有您这样的朋友，但您还有不了解我的地方，社会上的人又怎么能了解我呢？对自己想法的坚持，驱使我在公卿大夫之间奔走伺候，开口发表议论，但我说的又怎么能符合他们的心意呢？我在京城八九年，没有得到任何援助，每天都靠乞求别人过日子。当时行动起来没什么感觉，现在想起来，就像痛完了的人回想当时正痛的时候，不知道怎么坚持下来的。今年年纪更大了，又被驱使到老地方去，这又难了啊！

之所以看重京城的原因，不就是这里上有圣明的皇帝，下有贤德的臣子，还没当官但可以与他们一起讨论道义问题的读书人很多吗？像我这样到处奔走但不明其理，能够做到向上汇报向下传达吗？了解我的人本来就少，了解而互相喜爱、不互相猜忌的人又更少。朝中没有能够帮助的人，在外没有可以跟从的人，到底是为什么？

哎呀！您对我的批评的确是对的，您对我的感情的确是深厚的，现在天下人还有像您这样的吗？从尧舜的时代以来，贤士

尧舜时代

有不受知遇的吗？没有吧？您怎能让我既保持高洁的禀赋，不必乞援度日，又能得其所乐呢？不是我不愿意照您说的到京城去，只是因为心力不足，形势不方便的缘故。我在这儿难道觉得和他们非常亲密吗？很多人在一起，忙忙碌碌，饿了就吃东西，饱了就寻欢作乐。那些人中也有不想让我离开的，是因为他心里的确有爱惜我的感情。但是爱惜我的人少，不了解我的人多，我怎么会为这些高兴呢？是因为也会有些暂时解决不了的困难，在这里想临时缓解一下。

哎呀！您的确爱惜我，您对我的责备确实是对的。但是我恐怕您会为来不及责备我而可怜我，来不及可怜我而自责自怜。亲身经历过以后才能够了解，亲身经历过以后才知道困难。孔子称赞颜回说："每天只吃一小箪饭，喝一小瓢水，别人忍受不了这种艰苦生活，颜回却始终不改变他乐观的态度。"那样的人，有圣人作为依靠，又有一小箪饭和一小瓢水保证不会困顿，他不忧虑而感到快乐，不是容易的事情吗！像我这样没有依靠，没有一小箪饭，没有一小瓢水，没有可以得到的援助，那么饥饿致死，不也是容易的吗！您听到我这些话会感到伤心吧！哎呀！您也要慎重地选择自己的生活道路！

我们分开已经很久了，重又回到您的身边，我非常高兴，所以专门派人骑马到您那儿去征求您的意见，并用来宽慰自己。韩愈再次拜谢。

◎ 平淮西碑 ◎

元和十二年（817年）八月，宰臣裴度为淮西宣慰处置使，兼彰义军节度使，请愈为行军司马。平定动乱后，随裴度还朝。诏命他撰碑记平淮战事，于是便有了此文。茅坤云："通篇次第战功摹仿《史》《汉》，而其辞旨特自出机轴。其最好处在得臣下颂美天子之体。"孙琮《山晓阁唐宋八大家选·韩昌黎集》卷三云："一起，从天眷大唐，祖功宗德，原原委委说来，何等阔大……然后入平蔡始末，记廷议、记命帅、记战阵、记克敌、记赦宥、记论功，段段写来如临其境，浩浩荡荡，山岳皆惊……"历代评论家给予此文极高的评誉，认为作者叙事有法，抑扬起伏，可谓钧天之奏。而康熙《御选古文渊鉴》卷三十六云："浑灏似诰铭，高古如《雅》《颂》，休裁弘巨，断为唐文第一。"

【原文】

天以唐克肖其德，圣子神孙，继继承承，于千万年，敬戒不怠，全付所覆，四海九州，罔有内外，悉主悉臣。高祖、太宗，既除既治；高宗、中、睿，休养生息；至于玄宗，受报收功，极炽而丰，物众地大，孽芽其间；肃宗、代宗、德祖、顺考，以勤以容，大慝适去。稂莠不薅，相臣将臣，文恬武嬉，习熟见闻，以为当然。

睿圣文武皇帝，既受群臣朝，乃考图数贡，曰："呜呼！天既全付予有家，今传次在予，予不能事事，其何以见于郊庙？"群臣震慴，奔走率职。明年，平夏；又明年，平蜀；又明年，平江东；又明年，平泽潞；遂定易定，致魏、博、贝、卫、澶、相，无不从志。皇帝曰："不可究武，予其少息。"

九年，蔡将死。蔡人立其子元济以请，不许。遂烧舞阳，犯叶、襄城；以动东都，放兵四劫。皇帝历问于朝，一二臣外，皆曰："蔡帅之不廷授，于今五十年，传三姓四将，其树本坚，兵利卒顽，不与他等。因抚而有，顺且无事。"大官臆决唱声，万口和附，并为一谈，牢不可破。

皇帝曰："惟天惟祖宗所以付任予者，庶其在此，予何敢不力。况一二臣同，不为无助。"曰："光颜，汝为陈、许帅，维是河东、魏博、郃阳三军之在行者，汝皆将之。"曰："重胤，汝故有河阳、怀，今益以汝，维是朔方、义成、陕、益、凤翔、延、庆七军之在行者，汝皆将之。"曰："弘，汝以卒万二千属而子公武往讨之。"曰："文通，汝守寿，维是宣武、淮南、宣歙、浙西四军之行于寿者，汝皆将之。"曰："道古，汝其观察鄂岳。"曰："愬，汝帅唐、邓、随，各以其兵进战。"曰："度，汝长御史，其往视师。"曰："度，惟汝予同，汝遂相予，以赏罚用命不用命。"曰："弘，汝其以节都统诸军。"曰："守谦，汝出入左右，汝惟近臣，其往抚师。"曰："度，汝其往，衣服饮食予士，无寒无饥。以既厥事，遂生蔡人。赐汝节斧、通天御带，卫卒三百。凡兹廷臣，汝择自从，惟其贤能，无惮大吏。庚申，予其临门送汝。"曰："御史，予闵士大夫战甚苦，自今以往，非郊庙祠祀，其无用乐。"

颜、胤、武合攻其北，大战十六，得栅城县二十三，降人卒四万。道古攻其东南，八战，降万三千。再入申，破其外城。文通战其东，十余遇，降万二千。愬入其西，得贼将，辄释不杀，用其策，战比有功。

十二年八月，丞相度至师，都统弘责战益急，颜、胤、武合战益用命。元济尽并其众，洄曲以备。十月壬申，愬用所得贼将，自文城，因天大雪，疾驰百二十里，用夜半到蔡，破其门，取元济以献，尽得其属人卒。辛巳，丞相度入蔡，以皇帝命赦其人。淮西平，大飨赉功，师还之日，因以其食赐蔡人。凡蔡卒三万五千，其不乐为兵，愿归为农者十九，悉纵之。斩元济京师。

册功：弘加侍中；愬为左仆射，帅山南东道；颜、胤皆加司空；公武以散骑常侍帅鄜、坊、丹、延；道古进大夫；文通加散骑常侍。丞相度朝京师，道封晋国公，进阶金紫光禄大夫，以旧官相，而以其副总为工部尚书，领蔡任。既还奏，群臣请纪圣功，被之金石。皇帝以命臣愈。臣愈再拜稽首而献文曰：

唐承天命，遂臣万邦。孰居近土，袭盗以狂。往在玄宗，崇极而圮。河北悍骄，河南附起。四圣不宥，屡兴师征。有不能克，益戍以兵。夫耕不食，妇织不裳。输之以车，为卒赐粮。外多失朝，旷不岳狩。百隶怠官，事亡其旧。

帝时继位，顾瞻咨嗟。惟汝文武，孰恤予家？既斩吴蜀，旋取山东。魏将首义，六州降从。淮蔡不顺，自以为强。提兵叫谁，欲事故常。始命讨之，遂连奸邻。阴遣刺客，来贼相臣。方战未利，内惊京师。群公上言，莫若惠来。帝为不闻，与神为谋。乃相同德，以讫天诛。

乃敕颜、胤、愬、武、古、通，咸统于弘，各奏汝功。三方分攻，五万其师。大军北乘，厥数倍之。常兵时曲，军士蠢蠢。既剪陵云，蔡卒大窘。胜之邵陵，郾城来降。自夏入秋，复屯相望。兵顿不励，告功不时。帝哀征夫，命相往厘。士饱而歌，马腾于槽。试之新城，贼遇败逃。尽抽其有，聚以防我。西师跃入，道无留者。

额额蔡城，其疆千里。既入而有，莫不顺俟。帝有恩言，相度来宣："诛止其魁，释其下人。"蔡之卒夫，投甲呼舞；蔡之妇女，迎门笑语。蔡人告饥，船粟往哺；蔡告寒，赐以缯布。始时蔡人，禁不往来；今相从戏，里门夜开。始时蔡人，进战退戮；今旰而起，左飧右粥。为之择人，以收余毙；选吏赐牛，教而不税。

蔡人有言，始迷不知。今乃大觉，羞前之为。蔡人有言，天子明圣；不顺族诛，顺保性命。汝不吾信，视此蔡方；孰为不顺，往斧其吭。凡叛有数，声势相倚；吾强不支，汝弱奚恃；其告而长、而父、而兄；奔走偕来，同我太平。淮蔡为乱，天子伐之。既伐而饥，天子活之。

始议伐蔡，卿士莫随。既伐四年，小大并疑。不赦不疑，由天子明。凡此蔡功，惟断乃成。既定淮蔡，四夷毕来。遂开明堂，坐以治之。

【译文】

上天因为唐能恪守它的旨意，保佑唐圣子神孙代代继承，千万年也不终止。又因唐恭敬谨慎一直不懈怠，上天将所覆盖之处全部交给了它，统治四海九州，不分内外，全由唐来主管，都对唐称臣。唐高祖、唐太宗开创了基业，唐高宗、中宗、睿宗休养生息。到玄宗时，国家达到极盛，功业最为显赫丰厚，物品丰富，版图广大，但危机隐忧也在滋长。其后是肃宗、代宗，到了德宗，继承先辈之位，因其宽容大度，留下了藩镇祸害未能根除，所任用的官员都只知吃喝玩乐，对藩镇的跋扈和各自为政习以为常，认为是理所当然的事。

睿智圣明文武双全的皇帝（宪宗）接受群臣朝拜之后，考察版图计算贡赋，说道："哎呀！上天既然将全天下交给我们李家，现在传到我，我如果不能做出点事业来，将有什么脸面去见郊庙的列祖列宗呢？"大臣们都为之震恐害怕，争抢着做好本职工作。第二年就平定了夏，又一年平定了蜀，又一年平定了江东，再过一年又平定了泽潞，后来又平定了易、定两州，并致书给魏、博、贝、卫、澶、相，没有不顺从朝廷意愿的。皇上说："不能一直用武力，我还是稍微停息休整一下吧。"

元和九年（814年）蔡州大将去世，蔡州的人请求拥立旧将的儿子吴元济为节度使，天子没有允许。于是蔡军就焚烧舞阳城，进犯叶城和襄城，威胁到东都洛阳，他们放纵军队四处劫掠。皇帝多次和朝中大臣商议对策，除了一两个大臣外，都说："蔡州将帅不由朝廷任命的现象到如今已经有五十年了，已传了三个姓的四名大将了，他们基础雄厚，武器锋利，士兵勇猛，和其他藩镇不可相提并论。趁时机安抚他们和他们友好相处，可保他们顺从不生事变。"大官一提倡，其他人随声附和，都主张这样，似乎已成决议，不可辩驳。

皇帝说:"上天和祖先之托付我重任,大概就是削平藩镇,我怎么敢不努力?况且还有一两个大臣同意讨伐,还不算没有任何帮助。"又说:"光颜,你是陈、许两州的大帅,凡是河东、魏博、郃阳三地所有在编部队,都由你率领。"又命令说:"重胤,你原来有河阳、怀两地军队,现在我给你加兵,凡是朔方、义成、陕、益、凤翔、延、庆七地所有在编部队,都由你率领。"又说:"弘,你率一万二千人,带着你的儿子公武前往讨伐。"又说:"文通,你固守寿州,凡是宣武、淮南、宣歙、浙西四地部队驻扎在寿州的,都由你率领。"又说:"道古,你去鄂岳做观察使。"又说:"愬,任你为唐、邓、随三州主帅,带兵参加讨伐。"又说:"度,你任御史,前往视察监督部队。"还说:"度,只有你和我意见统一,你要辅佐我,奖赏那些听从命令的人,惩罚那些不服从命令的人。"又说:"弘,你持节以都统的身份统率各路军马。"还说:"守谦,你是我的左右侍从,以天子近臣的身份前去慰问军队。"又说:"度,你去了那里,要给士兵们足够的衣服饮食,不要使他们受冻受饿。平定蔡州之后,要体恤蔡州的百姓。我赐给你符节、斧钺和通天御带,以及三百名护卫的士兵。凡是现在这里的朝中大臣,你可以自行选用让他们跟从你,你只需考虑任用贤士和有才能的人,不必忌惮大官。庚申日,我会亲自去城门送你。"又说:"御史,我怜惜士兵和将领作战会非常辛苦,自今天以后,如果不祭祀宗庙,就不要使用音乐了。"

李愬雪夜入蔡州

颜、胤、武三人合力攻打蔡州北部，大的战役有十六次，夺取栅城县二十三座，使敌军四万人投降。道古攻打东南部，打了八次仗，收降了一万三千人，接下来攻入申州，攻破了申的外城。文通攻打东部，和敌军作战十几次，俘获敌军一万二千人。李愬攻入蔡州西部，俘获敌人将领都马上释放而不处死，利用降将的计谋在战斗中一再立功。

元和十二年（817年）八月丞相裴度来到军队中，都统弘更加急切地督促战斗，颜、胤、武三军联合作战也更加卖命，吴元济把他的部队全部合在一处躲开防备着。十月壬申日，李愬利用俘虏的敌将，从文城借着大雪天快马奔驰了一百二十里，在半夜时到了蔡州城，攻破城门，抓住了吴元济献上，于是吴元济属下所有人马全数被抓获。辛巳日，丞相裴度来到蔡州，传皇帝的命令赦免了蔡州降军。淮西被平定之后，大肆设宴庆功。军队回师那天，还把粮食赐给了蔡州百姓。蔡州降卒一共有三万五千人，其中不想再当兵而愿意回家务农的占到十分之九，朝廷把他们全部释放，并在京师把吴元济斩首。

战后评功封赠如下：弘，加封侍中；李愬任左仆射，并做山南东道的大帅；颜、胤加封为司空；公武任散骑常侍，统率鄜、坊、丹、延四地军队；道古进为大夫；文通，加封为散骑常侍。丞相裴度到京师朝觐，还在路上时就被封为晋国公，后来又封金紫光禄大夫，仍任宰相。并让他的副手做工部尚书，做蔡州节度使。回来上奏完毕以后，大臣们请求记载圣上的功德，刻于金石之上。皇帝命令臣下韩愈来办理，臣下韩愈拜了两次，磕头行礼以后，献上文章，写道：

唐朝顺承上天的旨意，臣服了上万邦国。熟络居住在附近的人，袭击盗贼和狂徒。到玄宗时，国家达到极盛进而开始衰败，黄河以北藩镇凶悍骄恣，黄河以南的藩镇附和而起。四位圣明贤君多次举兵讨伐，但未能成功征服，只好增加兵力戍守。男人们耕作了却没有饭吃，女人们织了布却没有衣裳穿。朝廷派车到各地去给士兵们筹集运送军粮。藩镇的节度使大多不按期朝觐，天子例行的巡视也被废置，百官懈怠、玩忽职守，办事也不再依据旧有的规章制度。

宪宗皇帝继位时，曾环顾而感慨："你们文武百官，谁体恤祖宗传下的家业！"天子斩杀了吴蜀地区的叛贼，收复了太行山以东地区。魏地一员将领首先起义归顺，六个州都跟着顺从了中央。只有淮西蔡州不归顺，自认为势力强大。他们率领兵马挑衅，想要像以前那样割据一方。刚刚下令征讨，就触怒了另一奸诈的藩将，他们暗地里派遣刺客，来刺杀宰相和大臣。刚开战时形势不利，惊动了京城。许多公卿大臣上疏，都说不如给些恩惠安抚他们。天子不理睬这些建议，坚持自己的主张，并任用观点一致的人为助手来完成上天的责罚诛杀。

敕令颜、胤、愬、武、古、通六人都由弘统领，各人去征伐贼寇立功。他们从三个方向分头进攻，共率了五万军队。大部队往北乘胜掩杀，往往数倍于敌军。翦灭陵云叛军后，蔡州兵力大为困窘。在邵陵打了胜仗后，郾城的叛军赶紧来投降。从夏天打到秋天，军队驻扎的营地连绵不断，可以互相望得见。即使军士困顿不振奋了，还不时传来战功。天子哀

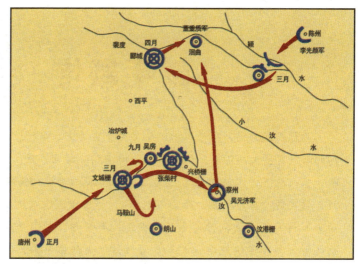

夜袭蔡州图

怜出征的将士，命令丞相前往慰问。将士们吃饱后，高兴得唱起歌，连马都在马槽边兴奋得腾跳。到新城试战了一次，叛军一碰上就溃败了。他们抽调了自己所有的东西，聚在一起来防备抵御我军，我西路部队冲进来以后，路上什么都没有能剩下来。

战乱不休的蔡州，方圆上千里，攻破占领以后，没有一地不归顺的。天子有恩典的圣言，让丞相裴度来传给他们："诛杀只限于罪魁祸首，释放他手下的兵士百姓。"蔡州的士卒，都扔掉盔甲欢呼跳舞。蔡州的妇女都站在门口高兴地谈论。蔡州百姓报告说闹饥荒，朝廷就用船装着粟去救济他们。蔡地百姓说寒冻，朝廷就赐给他们缯布御寒。刚开始的时候，蔡州的人彼此间不相往来，现在，他们一起谈笑嬉戏，院门夜里还开着。当初，蔡州的人，前进就要战斗，后退就要被杀；现在，睡足了才起床，左边有吃的，右边有喝的。天子为他们选择贤人来管理，替他们选择官吏，赐给他们牛，教化他们却不征赋税。

蔡州的人有这样的说法：开始的时候迷惑不知晓，现在才完全明白过来，为以前所做的事羞惭。蔡州的人也有这样说的：天子睿智圣明，不归顺就灭族，归顺了就能保住性命。你要是不相信我，看看蔡州吧，谁要是不顺从朝廷就要改正。凡是叛军都有定数，他们凭声势相互依恃；势力强盛的都支持不住，势弱的又有什么可依仗？去告诉你们的长官、父亲、兄弟，快快一起赶到这边来，来和我们一起享受太平。淮西蔡州发生叛乱，天子讨伐了他们；虽然战争过后闹了饥荒，但天子救活了蔡州饥民。

刚开始讨论征伐蔡州时，公卿和士大夫都不愿跟随，讨伐持续了四年，大大小小的官员都产生了怀疑，不赦免叛贼也不怀疑胜利，那是由于天子的圣明。这次伐蔡成功，主要是靠果断才成功的。平定淮西蔡州以后，四方蛮夷都来臣服。于是，天子当朝，藩镇臣服，尊卑秩序既定，天下大治。

◎ 毛颖传 ◎

此作以史为戏，巧夺天工，被誉为千古奇文。当时，连韩愈的学生张籍也对老师的游戏笔墨大惑不解，认为本文诙诡滑稽。历朝累代，这种对本文的非议持续不断，然而更多的人却对此文极为推崇。柳宗元曾如此叹服："吾索而读之，若捕龙蛇，搏虎豹，急与之角，而力不敢暇。"作者借笔喻人，以游戏的笔法，凭空撰造而又写得头头是道，行文生动曲折，饶有情趣。写家世有兴衰之感，写遇合有出处之奇，写才学便见学富五车，写性情便见超俗不群，写宠幸便见信任无两，写朋友便见相处融洽，写退休便见衰老赋闲，写子孙便见族姓繁衍……文中借毛笔的身世与经历来反映官场现象，是有一定现实意义的，作者寓说教于游戏中，或庄或谐，不失为一篇奇妙之作。评者多以为作者写此文模仿《史记》笔法，文中自有高古之气。

【原文】

毛颖者，中山人也。其先明视，佐禹治东方土，养万物有功，因封于卯地，死为十二神。尝曰："吾子孙神明之后，不可与物同，当吐而生。"已而果然。明视八世孙𪓑，世传当殷时，居中山，得神仙之术，能匿光使物，窃恒娥，骑蟾蜍入月，其后代遂隐不仕云。居东郭者，曰㕙，狡而善走，与韩卢争能，卢不及。卢怒，与宋鹊谋而杀之，醢其家。

秦始皇时，蒙将军恬南伐楚，次中山，将大猎以惧楚。召左右庶长与军尉，以《连山》筮之，得天与人文之兆。筮者贺曰："今日之获，不角不牙，衣褐之徒，缺口而长须，八窍而趺居，独取其髦，简牍是资，天下其同书，秦其遂兼诸侯乎！"遂猎，围毛氏之族，拔其豪，载颖而归，献俘于章台宫，聚其族而加束缚焉。秦皇帝使恬赐之汤沐，而封诸管城，号曰管城子，日见亲宠任事。

颖为人强记而便敏，自结绳之代以及秦事，无不纂录。阴阳、卜筮、占相、医方、族氏、山经、地志、字书、图画、九流、百家、天人之书，及至浮屠、老子、外国之说，皆所详悉。又通于当代之务，官府簿书，市井货钱注记，惟上所使。自秦皇帝及太子扶苏、胡亥、丞相斯、中车府令高，下及国人，无不爱重。又善随人意，正直、邪曲、巧拙，一随其人；虽见废弃，终默不泄。惟不喜武士，然见请亦时往。累拜中书令，与上益狎，上尝呼为"中书君"。上亲决事，以衡石自程，虽宫人不得立左右，独颖与执烛者常侍，上休方罢。颖与绛人陈玄、弘农陶泓及会稽褚先生友善，相推致，其出处必偕。上召颖，三人者不待诏，辄俱往，上未尝怪焉。

后因进见，上将有任使，拂拭之，因免冠谢。上见其发秃，又所摹画不能称上意。上嘻笑曰："中书君，老而秃，不任吾用。吾尝谓君中书，君今不中书邪？"对曰："臣所谓尽心者。"因不复召，归封邑，终于管城。其子孙甚多，散处中国夷狄，皆冒管城，惟居中山者，能继父祖业。

太史公曰：毛氏有两族，其一姬姓，文王之子，封于毛，所谓鲁、卫、毛、聃者也。战国时，有毛公、毛遂。独中山之族，不知其本所出，子孙最为蕃昌。《春秋》之成，见绝于孔子，而非其罪。及蒙将军拔中山之豪，始皇封诸管城，世遂有名，而姬姓之毛无闻。颖始以俘见，卒见任使。秦之灭诸侯，颖与有功，赏不酬劳，以老见疏，秦真少恩哉！

【译文】

毛颖，是中山人。他的祖先是兔子，帮助大禹治理东方，养育万物，有了功劳，于是被封在卯地，死后成为十二神之一。他曾经说："我的子孙是神灵的后代，不同于其他动物，应当从口中吐生出来。"以后真的就是这样。兔子的第八代孙叫𪊨，历来传说他在殷商时住在中山，学到神仙法术，可以隐身又能役使鬼神，后来拐骗了姮娥，骑上蟾蜍飞进月宫。而他的后代就隐居起来再不肯做官。其中有个住在东郭的叫魏，狡猾矫健而又善于奔跑，他跟韩卢比赛高低，韩卢赶不上他。韩卢恼羞成怒，串通宋鹊合谋杀害了他，还把他的全家剁成肉酱。

秦始皇时，蒙恬将军带兵南下征伐楚国，驻扎在中山，准备举行大规模的狩猎来向楚人示威。蒙恬吩咐军中庶长和军尉按照《连山》卦来占卜吉凶，结果得到上天帮助人类的卦兆。卜官祝贺说："今天所获的猎物，不长犄角也不长利牙，身穿粗布衣服，嘴上有缺口并

毛遂自荐图

且长着长长的胡须，全身有八个孔窍并且盘腿而坐，专门选拔他们其中的俊豪，以后文书籍簿就靠他了。天下将要统一文字了，秦国将要最后兼并六国！"于是秦军出去打猎，包围了毛氏家族，选取了他们的族长毛颖。蒙恬在章台宫里向秦王献了俘虏，把毛氏家族集合起来然后加以看管。秦始皇让蒙恬赐给毛颖汤沐，并把他封在管城，称为管城子，从此，日益得到秦始皇的亲近、宠爱和信任。

毛颖为人博学强记并且聪敏伶俐，从远古结绳时代一直到秦朝的史事，没有他不编纂记录的。阴阳、卜筮、相术、医方、族氏、山经、地志、字书、图画、九流、百家、研究自然和人性的书，以及佛教、老子、外国的学说，他都有详细的了解。他还很精通当代的事务，官府簿记、文书、市场账目，只要皇帝使唤派遣，没有什么不会做的。从秦始皇帝到太子扶苏、公子胡亥、丞相李斯、中车府令赵高，以及下边的普通百姓，没有不喜爱看重他的。毛颖又善于顺从别人的心意，不论正直、邪曲、巧拙，完全顺从别人的意愿，即使被抛弃不用，也始终保持缄默不向外人泄露。只是不喜欢武士，然而如果受到武士的邀请也按时前往。累官升迁做了中书令，跟皇帝更加亲近，皇帝曾经称他叫"中书君"。皇帝亲自处理日常政事，每天要看一石重的文书，这时即使宫中妃妾也不能侍立在他的左右，唯独毛颖和拿灯烛的太监常常侍从。等到皇帝休息他才退下。毛颖跟绛州人陈玄、弘农人陶泓、会稽人褚先生很交好，互相推举引荐，他们不论在职退职，都一定偕同。皇帝召见毛颖时，三个朋友不等召见就一起去了，皇帝也从没因此怪罪他们。

后来有一次毛颖上殿朝见皇帝时，皇帝打算派他担负某项使命，毛颖立即摘下帽子推辞，皇帝看见他头顶秃了，又想到他近来几次谋划都不符合自己的心意，于是用取笑的口吻说："中书君如今年老又发秃，不能胜任使命。我曾称你'中书'，现在你不是个称职的中书了吧？"毛颖回答说："臣下就是所说的'竭尽心力'的人。"从此秦始皇帝就不再召见他，让他回到自己的封地，最后死在管城。他的子孙很多，散居在中原和边远蛮夷之地，都冒称管城毛氏，其实只有住在中山的一族能够继承祖父辈的事业。

太史公说：毛氏有两支宗族，其中的一支姓姬，西周文王的儿子封在毛地的，就是所说的鲁、卫、毛、聃四个诸侯国中的毛氏。战国的时候有叫毛公、毛遂的。只有中山这一族不知道它是从哪个祖先分出来的，他们的子孙却最为繁盛。《春秋》这部书写成时，毛氏曾与孔子断绝关系，可是这并不是他的罪过。到了蒙恬将军选取中山俊豪，秦始皇把毛颖封在管城，这时毛氏当中姬姓一族就没有再听说了。毛颖起初以俘虏身份被秦始皇召见，最终得到皇帝的重用，秦国消灭诸侯各国，毛颖参与其中是有功劳的。给他的微薄封赏，远远不能跟他的功劳相符，因为他年老就被冷落疏远，秦朝真缺少恩义啊！

◎ 柳子厚墓志铭 ◎

柳宗元是唐代杰出的散文家和诗人。顺宗永贞元年（805年）因参加王叔文等人领导的政治革新运动失败而被贬为永州司马。宪宗元和十年（815年）改贬永州刺史，元和十四年（819年）卒于柳州。尽管韩愈和柳宗元的政治见解和哲学思想并不一致，但这并不影响他们的深厚友谊，而且他们共同倡导古文运动，使古文创作出现了可喜的局面。本文是韩愈为柳宗元写的墓志铭。文章叙述其生平，称颂了他被贬后关心人民疾苦、真心为人民办事的政绩，对朋友重义气的美德、杰出的才华、刻苦自励的治学精神；对他的不幸遭遇寄予了深切的同情。全文字字发自内心，笔端饱含情感，体现了作者与死者的君子之交，读来感人肺腑。

【原文】

子厚，讳宗元。七世祖庆，为拓跋魏侍中，封济阴公。曾伯祖奭，为唐宰相，与褚遂良、韩瑗俱得罪武后，死高宗朝。皇考讳镇，以事母弃太常博士，求为县令江南。其后以不能媚权贵，失御史。权贵人死，乃复拜侍御史。号为刚直，所与游皆当世名人。

子厚少精敏，无不通达。逮其父时，虽少年，已自成人。能取进士第，崭然见头角，众谓柳氏有子矣。其后以博学宏词，授集贤殿正字。俊杰廉悍，议论证据今古，出入经史百子，踔厉风发，率常屈其座人，名声大振，一时皆慕与之交。诸公要人争欲令出我门下，交口荐誉之。

贞元十九年，由蓝田尉拜监察御史。顺宗即位，拜礼部员外郎。遇用事者得罪，例出为刺史。未至，又例贬永州司马。居闲益自刻苦，务记览，为词章，泛滥停蓄，为深博无涯涘，而自肆于山水间。

元和中，尝例召至京师，又偕出为刺史，而子厚得柳州。既至，叹曰："是岂不足为政邪？"因其土俗，为设教禁，州人顺赖。其俗以男女质钱，约不时赎，子本相侔，则没为奴婢。子厚与设方计，悉令赎归。其尤贫力不能者，令书其佣，足相当，则使归其质。观察使下其法于他州，比一岁，免而归者且千人。衡湘以南为进士者，皆以子厚为师。其经承子厚口讲指画为文词者，悉有法度可观。

其召至京师而复为刺史也，中山刘梦得禹锡亦在遣中，当诣播州。子厚泣曰："播州非人所居，而梦得亲在堂，吾不忍梦得之穷，无辞以白其大人，且万无母子俱往理。"请于朝，将拜疏，愿以柳易播，虽重得罪，死不恨。遇有以梦得事白上者，梦得于是改刺连州。呜呼！士穷乃见节义。今夫平居里巷相慕悦，酒食游戏相征逐，诩诩强笑语以相取下，握手出肺肝相示，指天日涕泣，誓生死不相背负，真若可信。一旦临小利害，仅如毛发比，反眼若不相识，落陷阱，不一引手救，反挤之又下石焉者，皆是也。此宜禽兽夷狄所不忍为，而其人自视以为得计。闻子厚之风，亦可以少愧矣。

　　子厚前时少年，勇于为人，不自贵重顾藉，谓功业可立就，故坐废退。既退，又无相知有气力得位者推挽，故卒死于穷裔，材不为世用，道不行于时也。使子厚在台、省时，自持其身，已能如司马、刺史时，亦自不斥。斥时有人力能举之，且必复用不穷。然子厚斥不久，穷不极，虽有出于人，其文学辞章，必不能自力，以致必传于后如今，无疑也。虽使子厚得所愿，为将相于一时，以彼易此，孰得孰失，必有能辨之者。

　　子厚以元和十四年十一月八日卒，年四十七。以十五年七月十日，归葬万年先人墓侧。子厚有子男二人：长曰周六，始四岁；季曰周七，子厚卒乃生。女子二人，皆幼。其得归葬也，费皆出观察使河东裴君行立。行立有节概，重然诺，与子厚结交，子厚亦为之尽，竟赖其力。葬子厚于万年之墓者，舅弟卢遵。遵，涿人，性谨慎，学问不厌。自子厚之斥，遵从而家焉，逮其死不去。既往葬子厚，又将经纪其家，庶几有始终者。

　　铭曰：是惟子厚之室，既固既安，以利其嗣人。

【译文】

　　柳子厚，名宗元。他的七世祖叫柳庆，担任过北魏的侍中，受封为济阴公。曾伯祖父叫柳奭，担任过唐朝的宰相，同褚遂良、韩瑗都因为得罪了武后，在唐高宗时被害。父亲叫柳镇，因为要侍奉母亲，便辞掉太常博士之职，要求到江南去做县官。以后，又因为不肯阿谀当权大臣，丢掉了御史之职。当权大臣死后，才又被任命为侍御史，是个出名的刚直之人。同他交往的，都是些当代的知名人士。

　　子厚年轻时就精明敏慧，没有什么事不明白通晓。当他父亲还在世时，他虽然年轻，但已经像个大人，一举便考中进士，崭露头角，大家都称赞柳家出了个好儿子。以后又因为考取博学宏词科，被任命为集贤殿正字。他才能出众，廉洁，很勇敢，发表议论时引古证今，熟练运用经史和诸子百家的学说，见识高超，气宇轩昂，常常能够使在座的人心悦诚服，因此名声大振，当时人们都仰慕他，愿意同他交往。许多显要人物抢着想叫他做自己的门生，众口一词地推荐他，赞扬他。

贞元十九年（803年），他从蓝田县尉升任监察御史。顺宗继承帝位后，改任礼部员外郎。碰上当权的人获罪，因此按旧例被贬谪出去做刺史。还不曾到任，又转贬为永州司马。他在闲暇的时候，治学更加刻苦，努力记诵和阅览书籍，所写的诗文像水一样，有时汪洋恣肆，有时停止积聚，使人感到既深又广，无边无际，而他自己则寄情于山水之间。

元和年间，曾经按规定被召回到京城，接着又同其他的人一道出去做刺史，被派到柳州。到任以后，他慨叹说："这里难道不能推行政治教化吗？"他依据当地的风俗，替他们规定了教化禁令，全柳州人民都顺从、信赖他。那里有个风俗习惯，若拿儿女作抵押向人借钱，如果到约定日期不按时赎回，只要利息和本钱相等，就把人质没收充当奴仆或者婢女。子厚给他们想尽办法，使他们

柳宗元像

都能赎回去。其中那些特别穷苦，财力达不到的，就命令债主记下他们应得的工资，等到工资和借款相抵，就责令债主归还那个人质。观察使把子厚的办法推广到别的州，等到满一年，释放回家的人质将近一千人。衡山、湘水以南那些打算考进士的举子，都拜子厚做老师。其中经过子厚亲自讲授指点的，写的文章都中规中矩，有品读价值。

他被召回到京城又出去做刺史时，中山刘禹锡（字梦得）也在被遣出去的人当中，该去播州。子厚流着泪说："播州不是人住的地方，而且梦得的老母亲还健在，我不忍心看到梦得这样窘迫，弄到没有话语去宽慰他的母亲。再说，也万万没有母子一道往边远地方去的道理。"于是他准备向朝廷请求，呈递奏章，情愿拿柳州换播州，纵使再次得罪，送了命也不悔恨。刚巧碰上有人把刘梦得的困难情况奏明朝廷，刘梦得因此改任连州刺史。唉！人在危难之时才能真正显得出节操和道义。今天，有些人平时居住在里巷的时候，彼此仰慕交好，吃喝玩乐互相邀请往来，融洽地聚在一起，假惺惺地有说有笑，互相表示谦逊，握手言欢时像要掏出心肝给对方看，指着天上的太阳涕泪俱下地发誓：不管死活都不做对不起对方的事，真像可以信得过一样。一旦碰着不过像毛发那样极小的利害，就翻脸像不认识似的。别人掉

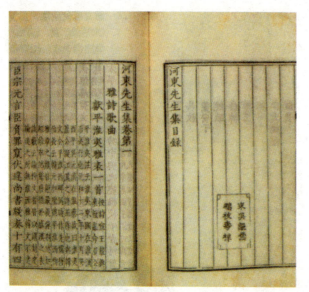

柳宗元《河东先生集》

下陷阱，不但不肯伸一伸手去援救，反倒推他下去，再丢下石头，这种人，到处都是啊。这些坏事是连禽兽和野蛮人都不忍心做的，而那些人却以为做得很对。他们若听到了子厚的风格，也会因此稍微有一点惭愧吧！

子厚以前年轻时，勇于帮助别人，自己不晓得保重和爱惜自己，认为功业可以立刻成就，所以累遭贬斥。贬斥以后，又没有一个知己、有权力、有地位的人推荐提拔他，所以终于死在荒凉的边远地方，才能不被当世所用，理想也不能在当时实现。倘使子厚在当御史、员外郎的时候，自己约束自己，能像做司马、刺史时那样，也自然不会被贬斥。倘使被贬斥时有个有权势的人能够保举他，也一定会被重新起用，不至于穷困终身。然而，假使子厚被贬斥的时间不长，穷困不到极点，虽然才能比别人高，但是他的文学辞章，也一定不能经过刻苦努力以至于像今天这样传到后代，这是毫无疑义的。即使让子厚得到了自己所希望的，在一个时期内做了大官，拿那种想象的情况来换取这种现实的情况，哪一种合算，哪一种失算，必定有能分清的。

子厚于元和十四年（819年）十一月初八逝世，终年四十七岁。元和十五年（820年）七月初十，其灵柩被安葬在万年县祖坟旁边。子厚有两个儿子：大的名叫周六，刚四岁；小的名叫周七，子厚逝世后才出生。两个女儿，都还年幼。他的灵柩能够运回万年县安葬，费用都是观察使河东人裴行立君出的。裴行立有气节，重信用，同子厚结交，子厚也为他尽过心力，死后终于得到了他的帮助。安葬子厚在万年县墓地的是他的舅表弟卢遵。卢遵，涿州人，性格谨慎，研究学问不知疲倦。从子厚被贬斥之日起，卢遵就跟随着他并且把家安在他那里，直到他死去也不离开。安葬好了子厚后，又打算安排料理好他的家事，也算是个有始有终的人了。

铭文说：这是子厚的墓穴，既坚固，又安静，有利于他的后代子孙。

柳宗元 🐉

　　柳宗元（773～819年），字子厚，河东人。登进士第，应举宏辞，授校书郎，调蓝田尉。贞元十九年（803年），为监察御史里行。王叔文、韦执谊用事，尤奇待宗元，擢尚书礼部员外郎。会叔文败，贬永州司马。宗元少精警绝伦，为文章雄深雅健，踔厉风发，为当时流辈所推仰。既罹窜逐，涉履蛮瘴，居闲益自刻苦，其堙厄感郁，一寓诸文，读者为之悲恻。元和十年（815年），移柳州刺史。江岭间为进士者，走数千里，从宗元游。经指授者，为文辞皆有法，世号柳柳州。元和十四年（819年）卒，年四十七。集四十五卷，内诗二卷。今编为四卷。

文以明道——柳宗元

柳宗元小档案

姓名： 姓柳，名宗元，字子厚。

别名： 柳河东、柳柳州。

生卒： 773—819 年。

年代： 唐代。

籍贯： 长安（今陕西省西安市）人。

职业： 文学家、哲学家、思想家。

成就： 唐宋八大家之一，与韩愈倡导古文运动。

柳宗元

家世渊源

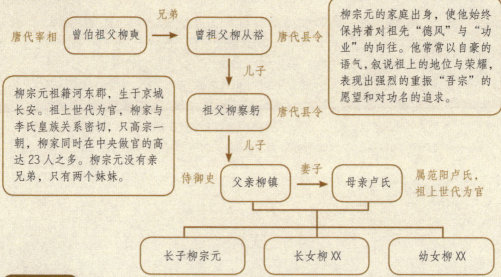

柳宗元的家庭出身，使他始终保持着对祖先"德风"与"功业"的向往。他常常以自豪的语气，叙说祖上的地位与荣耀，表现出强烈的重振"吾宗"的愿望和对功名的追求。

柳宗元祖籍河东郡，生于京城长安。祖上世代为官，柳家与李氏皇族关系密切，只高宗一朝，柳家同时在中央做官的高达 23 人之多。柳宗元没有亲兄弟，只有两个妹妹。

唐代宰相 曾伯祖父柳奭 — 兄弟 → 曾祖父柳从裕 唐代县令

↓ 儿子

祖父柳察躬 唐代县令

↓ 儿子

侍御史 父亲柳镇 — 妻子 → 母亲卢氏 属范阳卢氏，祖上世代为官

长子柳宗元 ｜ 长女柳 XX ｜ 幼女柳 XX

文学成就

柳宗元一生留下 600 多篇诗文作品，其诗多抒写抑郁悲愤、思乡怀友之情，幽峭峻郁，自成一路。文的成就更大于诗。

诗歌：《江雪》《渔翁》

寓言：《三戒》（《临江之麋》《黔之驴》《永某氏之鼠》）《罴说》《蝜蝂传》

山水游记： "永州八记"

政论：《封建论》

宦海生涯

第一个阶段，33 岁之前。相关人物——王叔文

王叔文

初步仕途

贞元九年（793 年）春，20 岁的柳宗元考中进士。26 岁任秘书省校书郎。29 岁被任命为蓝田尉。两年后被调回长安，被任命监察御史里行，时年 31 岁，从此与官场上层人物交游更广泛。两年后，柳宗元参加了王叔文发起的永贞革新。

柳宗元赴京考试

第二个阶段，805—814 年。相关人物——韩愈

韩愈

谪居永州

永贞革新失败后，柳宗元被贬为永州司马。一贬就是十年，这期间，柳宗元撰文著书，积极响应韩愈倡导的古文运动。

柳宗元主张"文以明道"

第三个阶段，815—819 年。相关人物——刘禹锡

刘禹锡

出任柳州

815 年，柳宗元改贬为柳州刺史。到柳州上任后，他先后采取了解放奴婢、兴办学堂、开凿水井、开荒建设等举措。可惜的是，到 819 年十一月八日，他因病终于柳州，年仅 47 岁。后来好友刘禹锡将他的遗稿编成《柳宗元集》。

柳宗元鼓励农民开垦淤田

后世评价

苏轼

严羽

所贵乎枯淡者，谓其外枯而中膏，似淡而实美，渊明、子厚之流是也。

唐人惟子厚深得骚学。

◎ 驳《复仇议》◎

　　武则天执政时期，有个叫徐元庆的人，他的父亲被县尉杀死，他寻机报仇，亲手杀死了仇人，然后将自己捆绑起来，投案认罪。当时陈子昂建议杀掉他，但在他的里巷给以旌表，并请在法令中编进这种处理办法，作为国家法典。柳宗元认为陈子昂这种处理办法很荒唐，因为礼和法虽然作用不同，但并不矛盾，判案的关键在于分清案情的是非曲直，结尾肯定了徐元庆的合理行动，驳斥了陈子昂的错误建议，指出"有断斯狱者，不宜以前议从事"，斩钉截铁，毫不含糊。

【原文】

　　臣伏见天后时，有同州下邽人徐元庆者，父爽，为县尉赵师韫所杀，卒能手刃父仇，束身归罪。当时谏臣陈子昂建议，诛之而旌其闾，且请编之于令，永为国典。臣窃独过之。

　　臣闻礼之大本，以防乱也。若曰无为贼虐，凡为子者杀无赦。刑之大本，亦以防乱也。若曰无为贼虐，凡为理者杀无赦。其本则合，其用则异，旌与诛莫得而并焉。诛其可旌，兹谓滥，黩刑甚矣。旌其可诛，兹谓僭，坏礼甚矣。果以是示于天下，传于后代，趋义者不知所向，违害者不知所以立，以是为典可乎？盖圣人之制，穷理以定赏罚，本情以正褒贬，统于一而已矣。

　　向使刺谳其诚伪，考正其曲直，原始而求其端，则刑礼之用，判然离矣。何者？若元庆之父不陷于公罪，师韫之诛独以其私怨，奋其吏气，虐于非辜，州牧不知罪，刑官不知问，上下蒙冒，吁号不闻；而元庆能以戴天为大耻，枕戈为得礼，处心积虑，以冲仇人之

武后步辇图

胸，介然自克，即死无憾，是守礼而行义也。执事者宜有惭色，将谢之不暇，而又何诛焉？其或元庆之父，不免于罪，师韫之诛，不愆于法，是非死于吏也，是死于法也。法其可仇乎？仇天子之法，而戕奉法之吏，是悖骜而凌上也。执而诛之，所以正邦典，而又何旌焉？

且其议曰："人必有子，子必有亲，亲亲相仇，其乱谁救？"是惑于礼也甚矣。礼之所谓仇者，盖其冤抑沉痛而号无告也，非谓抵罪触法，陷于大戮。而曰彼杀之，我乃杀之，不议曲直，暴寡胁弱而已。其非经背圣，不亦甚哉！

《周礼》："调人，掌司万人之仇。凡杀人而义者令勿仇，仇之则死。有反杀者，邦国交仇之。"又安得亲亲相仇也？《春秋·公羊传》曰："父不受诛，子复仇可也。父受诛，子复仇，此推刃之道，复仇不除害。"今若取此以断两下相杀，则合于礼矣。且夫不忘仇，孝也；不爱死，义也。元庆能不越于礼，服孝死义，是必达理而闻道者也。夫达理闻道之人，岂其以王法为敌仇者哉？议者反以为戮，黩刑坏礼，其不可以为典，明矣。

请下臣议附于令，有断斯狱者，不宜以前议从事。谨议。

【译文】

小臣看到武后执政时的案件，有个同州下邽县人名叫徐元庆，他的父亲徐爽被县尉赵师韫杀死，他最后亲手杀死杀父仇人，把自己捆绑起来投案认罪。当时的谏官陈子昂建议杀掉他，但在他的里巷给以旌表，并请在法令中编进这种处理办法，永远作为国家法典。小臣私自认为这个建议是错误的。

小臣听说礼的根本，是用来防乱的。比如说不要做行凶杀人的事，凡是做儿子的为了替父报仇杀了不该当作仇人的人都要抵命，不能赦免。刑法的根本，也是用来防乱的。比如说不要做行凶杀人的事，凡是当官的杀死了没有罪的人，也要抵命，不能赦免。它们的根本是一致的，但其手段却不一样，表彰和处死不能同时使用。处死可以表彰的，就叫作滥刑，亵渎刑法太过分了。表彰应该处死的，就叫作越礼，破坏礼制太严重了。真的把这种做法向天下明白宣告，传到后代，就会使寻求正义的人不晓得正确方向，躲避祸害的人不晓得怎样立身处世。把它作为法典，这样可以吗？原本圣人的制礼立法，是要穷究事理来决定赏罚，根据情况来做出褒贬的，礼和法本就是统一的。

当初假使能够查明案情的真假，判定它的是非，推究它的发生，进而寻找它的缘由，那么刑法和礼制的功用就清楚地区分开了。为什么呢？假如徐元庆的父亲对于国法不构成犯罪，赵师韫把他处死，仅仅是为了报私仇，是滥用权势，对无罪的人肆意残害，州郡长官不晓得治赵师韫滥用刑法、借机报怨的罪，执法官吏也不去

《公羊传》书影

过问，上下蒙蔽掩饰，对呼冤叫屈不闻不问。可是徐元庆能够把跟杀父仇人共同活在世上作为极大羞耻，把枕着兵器时刻准备报杀父之仇作为符合礼制的事，处心积虑，誓用刀刺进仇人的胸膛，坚定地克制自己，就是牺牲也不怨恨。这就是遵守礼制、实行正义啊。管事的官吏应当有所惭愧，去向他表示歉意都来不及，为什么还要处死他呢？或者徐元庆的父亲的确是犯了罪不能赦免，赵师韫处死他并不违背法令，这就不是死在官吏的手中，而是死在国家的法令上面。国家的法令怎么可以仇视呢？仇视国家的法令，杀害执法的官吏，这是逆乱犯上啊。逮捕起来处死他，是为了整肃国家的法令，为什么还要表彰他呢？

并且，陈子昂的建议说："人一定有儿子，儿子一定有父母，因为热爱各自的亲人就互相仇杀，这样的混乱情势谁能纠正呢？"这种对礼制的糊涂观念实在是太严重了。礼所说的报仇，原来是说那种因为有冤屈，很沉痛，而又没地方申诉的人，不是说触犯刑法，已经构成该判死刑的人。假使说他杀了人，我就杀了他，不问是对还是错，这是不论是非曲直、威压弱小者罢了。这种违反经典、背离圣人的做法，不也太过分了吗！

《周礼》说："调人主管调解百姓的怨仇。凡是杀人而合乎情理的，规定不准报仇，报仇的人则处以死刑，假使有反过来杀人的，全国人民就共同把他当作仇人。"又哪会因热爱亲人而互相仇杀呢？《春秋·公羊传》说："父亲不该处死刑却被处死了，儿子报仇是可以的。父亲应该处死刑而被处死了，儿子报仇，这是一往一来互相杀戮的办法。这样的报仇是免不了相互仇杀的祸害。"如今，假使根据这个标准来判断双方仇杀的是非曲直，就符合礼制了。再说，不忘父仇，这是孝；不惜一死，这是义。徐元庆能够不超越礼制，遵循孝道，恪守正义，那肯定是个通晓事理、懂得道义的人。通晓事理、懂得道义的人，难道会与王法作对吗？议罪的官吏反倒以为应该把他处死，这是滥用刑法，破坏礼制，这种建议当然不能把它作为国家法典了。

请把小臣的意见发下去，附在有关法令的后面。以后凡有审判类似案件的，不应再照以前的建议办理。小臣谨上。

◎ 封建论 ◎

封建，指殷周时期"封国土，建诸侯"的世袭分封制度。本文就是评论这种分封制度的。

文章首段发端立案，提出论点：封建，非圣人意也。又以一"势"字挈其纲领，由势字探出圣人不得已之苦心。"彼其初"一段，遂极言"势"之所必至，从而为论点作确证。

接下来，文章探讨历代封建得失之大略。一段言周封建之失；一段言秦郡县之得；一段言汉矫秦循周之失；一段言唐制州立守之得。而后，针对三种不同观点的发难，一一予以反驳。至"或者又以为"一段，则因殷周不革封建一难，发出不得已之故，与开头"势"字照应。后以"吾固曰：非圣人意也，势也"收束归源。

文章立论明确，间架宏阔，辩论雄俊，为历代评论家所称道。吕留良评此文："无懈可击，实文章豪雄。"

【原文】

天地果无初乎？吾不得而知之也。生人果有初乎？吾不得而知之也。然则孰为近？曰：有初为近。孰明之？曰封建而明之也。彼封建者，更古圣王尧、舜、禹、汤、文、武而莫能去之。盖非不欲去之也，势不可也。势之来，其生人之初乎？不初，无以有封建。封建，非圣人意也。

彼其初与万物皆生，草木榛榛，鹿豕狉狉，人不能搏噬，而且无毛羽，莫克自奉自卫，荀卿有言"必将假物以为用者也"。夫假物者必争，争而不已，必就其能断曲直者而听命焉。其智而明者，所伏必众，告之以直而不改，必痛之而后畏，由是君长刑政生焉。故近者聚而为群。群之分，其争必大，大而后有兵有德。又有大者，众群之长又就而听命焉，以安其属，于是有诸侯之列。则其争又有大者焉。德又大者，诸侯之列又就而听命焉，以安其封，于是有方伯、连帅之类，则其争又有大者焉。德又大者，方伯、连帅之类，又就而听命焉，以安其人，然后天下会于一。是故有里胥而后有县大夫，有县大夫而后有诸侯，有诸侯而后有方伯、连帅，有方伯、连帅而后有天子。自天子至于里胥，其德在人者，死必求其嗣而奉之。故封建非圣人意也，势也。

夫尧、舜、禹、汤之事远矣，及有周而甚详。周有天下，裂土而瓜分之，设五等，邦群后，布履星罗，四周于天下，轮运而辐集。合为朝觐会同，离为守臣扞城。然而降于夷王，害礼伤尊，下堂而迎觐者。历于宣王，挟中兴复古之德，雄南征北伐之威，卒不能定鲁侯之嗣。陵夷迄于幽、厉，王室东徙，而自列为诸侯矣。厥后，问鼎之轻重者有之，射王中肩者有之，伐凡伯、诛苌弘者有之。天下乖戾，无君君之心，余以为周之丧久矣，徒建空名于公侯之上耳。得非诸侯之盛强，末大不掉之咎欤？遂判为十二，合为七国，威分于陪臣之邦，国殄于后封之秦。则周之败端，其在乎此矣。

秦有天下，裂都会而为之郡邑，废侯卫而为之守宰，据天下之雄图，都六合之上游，摄制四海，运于掌握之内，此其所以为得也。不数载而天下大坏，其有由矣。亟役万人，暴其威刑，竭其货贿。负锄梃谪戍之徒，圜视而合从，大呼而成群。时则有叛人而无叛吏，人怨于下而吏畏于上，天下相合，杀守劫令而并起。咎在人怨，非郡邑之制失也。

汉有天下，矫秦之枉，徇周之制，剖海内而立宗子，封功臣。数年之间，奔命扶伤之不暇。困平城，病流矢，陵迟不救者三代。后乃谋臣献画，而离削自守矣。然而封建之始，郡邑居半，时则有叛国而无叛郡。秦制之得，亦以明矣。继汉而帝者，虽百代可知也。

唐兴，制州邑，立守宰，此其所以为宜也。然犹桀猾时起，虐害方域者，失不在于州而在于兵，时则有叛将而无叛州。州县之设，固不可革也。

或者曰："封建者，必私其土，子其人，适其俗，修其理，施化易也。守宰者，苟其心，思迁其秩而已，何能理乎？"余又非之。周之事迹，断可见矣。列侯骄盈，黩货事戎。大凡乱国多，理国寡。侯伯不得变其政，天子不得变其君。私土子人者，百不有一。失在于制，不在于政，周事然也。秦之事迹，亦断可见矣。有理人之制，而不委郡邑，是矣。有理人之臣，而不使守宰，是矣。郡邑不得正其制，守宰不得行其理，酷刑苦役，而万人侧目。失在于政，不在于制。秦事然也。汉兴，天子之政行于郡，不行于国，制其守宰，不制其侯王。侯王虽乱，不可变也；国人虽病，不可除也。及夫大逆不道，然后掩捕而迁之，勒兵而夷之耳。大逆未彰，奸利浚财，怙势作威，大刻于民者，无如之何。及夫郡邑，可谓理且安矣。何以言之？且汉知孟舒于田叔，得魏尚于冯唐，闻黄霸之明审，睹汲黯之简靖，拜之可也，复其位可也，卧而委之以辑一方可也。有罪得以黜，有能得以赏。朝拜而不道，夕斥之矣；夕受而不法，朝斥之矣。设使汉室尽城邑而侯王之，纵令其乱人，威之而已。孟舒、魏尚之术，莫得而施；黄霸、汲黯之化，莫得而行。明遣而导之，拜受而退已违矣。下令而削之，缔交合从之谋，周于同列，则相顾裂眦，勃然而起。幸而不起，则削其半。削其半，民犹瘁矣，曷若举而移之以全其人乎？汉事然也。今国家尽制郡邑，连置守宰，其不可变也固矣。善制兵，谨择守，则理平矣。

或者又曰："夏、商、周、汉封建而延，秦郡邑而促。"尤非所谓知理者也。魏之承汉也，封爵犹建。晋之承魏也，因循不革。而二姓陵替，不闻延祚。今矫而变之，垂二百祀，大业弥固，何系于诸侯哉？

或者又以为："殷、周，圣王也，而不革其制，固不当复议也。"是大不然。夫殷、周之不革者，是不得已也。盖以诸侯归殷者三千焉，资以黜夏，汤不得而废；归周者八百焉，资以胜殷，武王不得而易。徇之以为安，仍之以为俗，汤、武之所不得已也。夫不得已，非公之大者也，私其力于己也，私其卫于子孙也。秦之所以革之者，其为制，公之大者也；其情，私也，私其一己之威也，私其尽臣畜于我也。然而公天下之端自秦始。

夫天下之道，理安，斯得人者也。使贤者居上，不肖者居下，而后可以理安。今夫封建者，继世而理。继世而理者，上果贤乎？下果不肖乎？则生人之理乱未可知也。将欲利其社稷，以一其人之视听，则又有世大夫世食禄邑，以尽其封略。圣贤生于其时，亦无以立于天下，封建者为之也。岂圣人之制使至于是乎？吾固曰："非圣人之意也，势也。"

【译文】

　　自然界果真没有原始阶段吗？这我无法知道。人类果真有原始阶段吗？这我也无法知道。那么，哪一种可能接近事实呢？我以为，有原始阶段这种说法更接近事实。拿什么来证明这个呢？通过分封制就可以证明。那分封制曾经历唐尧、虞舜、夏禹、商汤、周文王、周武王等古代圣明的帝王，没有谁能废除它。恐怕他们不是不想将分封制度废掉，而是客观形势不允许。这种形势的形成，大概就是由于人类原始阶段的存在吧！假如没有人类原始阶段的那种形势，就不能产生分封制。实行分封制，不是圣人们的意志。

　　人类在其原始阶段，与万物共存。那时草木杂乱丛生，各种野兽往来奔突，人不能搏杀撕咬，而且没有毛羽，无法自己养活自己和保护自己，正如荀卿所说的，人一定要凭借外物作为求生的工具。凭借外物以求生存，相互之间必定产生争斗，争斗无休无止，必须去找能判断是非的人并且听从他的命令。这类人中有智慧、能明断的，服从他的人一定众多；他向相争的人讲明道理，而有过失的一方仍不悔改，必将责罚他们而后使他畏惧，由此，君主、长官、刑法、政令就产生了，所以彼此亲近的人们便聚成一群。分为群体，以后争斗的规模必然加大；争斗的规模加大，就产生了用武力来镇压和用道德来安抚的统治方法。其中又有武力更强大、道德更高尚的人，各群体的首领就又去到他那里听从他的命令，以安抚其部属，于是产生了众多的诸侯。诸侯之间相互争斗，斗争的规模就又扩大了。后来又出现了威德更高尚的人，众诸侯又去听从他的命令，以安定自己的封国，于是就产生了方伯、连帅一类的诸侯首领。这样，方伯、连帅之间的相争规模就又进一步扩大了。又出现了比方伯、连帅道德更高尚的人，方伯、连帅们又归附于他而听从他的命令，以安定他们的人民，然后天下会合，统一于一个天子了。所以，先有乡里的长官而后有县的长官，有了县的长官之后才有诸侯，有了诸侯而后有方伯、连帅，有了方伯、连帅而后有天子。上至天子，下至乡里的长官，他们当中对百姓有恩德的人死了以后，大家必定拥护他们的后代而尊奉为领袖。所以，分封制不是圣人的个人意志，是形势所造成的。

尧、舜、禹、汤的事离当前太久远了，到了周代，文献的记载才比较详尽。周朝据有天下以后，把天下土地进行分封，设立公、侯、伯、子、男五等爵位，分封诸侯。诸侯国如众星罗列，布满天下四方。他们尊奉周王室，就像车轮以车轴为中心，车辐条集中于车毂那样。诸侯定时拜见天子，或在春天去朝见，或在秋天去朝见，或应天子之诏随时前往，或数个诸侯联合前去朝见；诸侯离开天子回到自己的封国，就成为周王室的守土之臣和保卫朝廷的屏障。然而下传到周夷王时，以前的礼制遭到破坏，损害了天子的尊严，夷王竟亲自下堂去迎接诸侯。传到周宣王时，他虽然具备复兴国势的德行，显示了南征楚国、北伐狎狁的雄威，但他终究无力确立鲁国君位的继承人。周王朝衰落始于厉王、幽王，到周平王东迁洛邑，周天子已把自己降到了跟诸侯同等的地位了。自那以后，向周天子询问九鼎重量企图取代周朝的事出现了，放箭射中周天子肩膀的事出现了，伏击绑架周天子使臣凡伯、胁迫周天子杀掉大夫苌弘的事也出现了。天下反常，人心悖谬，不再把天子当作天子。我认为周王朝丧失统治权很久了，只不过还在诸侯之上徒然留有一个空名而已。这难道不是诸侯的力量过分强大、形成尾大不掉的过失吗？于是周朝分成了十二个诸侯国，合并为七个强国，天子的权力被分到由诸侯的家臣所建立的国家，周王朝被它所后封的秦国灭掉。可见周朝败亡的最初的原因，就在于实行了分封制。

秦国统一天下后，分割原来诸侯国的属地并设置郡县，废除了从侯服到卫服的五等诸侯，取而代之的是郡守、县令，凭借天下险要之处，建都在居高临下的咸阳，控制全国，把整个国家置于自己的掌握之中。这是秦朝的应对得当之举。稳定不久就天下大乱，那是另有原因的。秦朝一再征发数以万计的人去服劳役，政令、刑罚严酷苛刻，天下财物殆尽一空。于是那些扛着锄头木棍被责罚去守边的人们，彼此交换个眼神就诚心地结为联盟，大呼一声便聚集成反秦的队伍。当时只有反叛的百姓而没有反叛的官吏，老百姓对秦王朝心怀怨恨，而有一定地位的官吏则对朝廷十分畏惧。天下百姓同心同力，杀死郡守，劫持县令，联合起来造反。秦王朝的过错在于它的暴政激起了人民的怨恨，而不是郡县制的错误。

汉朝取得天下以后，为吸取秦亡的教训，袭用了周朝的制度，划分出一部分国家疆土用来分封同宗子弟和一些异姓功臣为王侯。没过几年，就出现了王侯叛乱的事，汉天子为平息叛乱而疲于奔命。高祖刘邦领兵讨伐叛降匈奴的韩王信时，曾被匈奴军队在平城围困了七天七夜，又在镇压淮南王英布的反叛时被飞箭射成

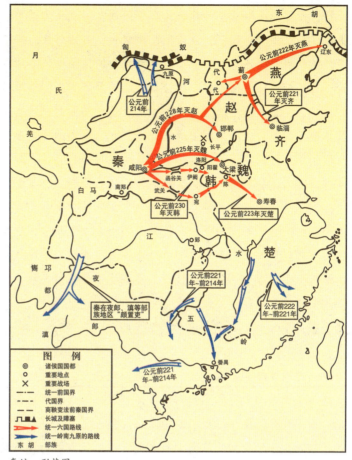

秦统一形势图

重伤而致死，而后汉朝逐渐呈现衰落之势，一直持续了三世之久。后来谋臣献策，朝廷对诸侯王的封地及拥有的权势加以离析、削弱，汉王朝才得以自保。不过，汉朝刚开始恢复分封制时，还有约占全国面积一半的地区实行的是郡县制，当时只有诸侯反叛却没有郡县反叛。秦朝创立的郡县制的正确可行，也可由此得到证明了。对汉朝之后的创立帝业的人来说，郡县制与分封制哪一种可取，哪一种不可取，即使再过百代，也是显而易见的。

唐朝建国以后，设置州县，任命州县长官，这是唐王朝的明智之举。但是仍有强悍奸猾的藩镇不时起来作乱，为害地方。造成这种情况的过错不在于建州立县，问题在于兵制，当时只有反叛的藩镇将领而没有反叛的州县长官。由此可见，州县的设置，确实是不可改变的。

有人说："分封制下的世袭诸侯，一定会把封地当作自家的私有产业尽心治理，把封国内的百姓当作儿子一样爱护，他们适应当地的风俗，修明那里的政治，因此施行教化是很容易的。而县制下的郡守和县令，常怀有得过且过的心理，想的不过是官位

升迁，哪里能把所管辖的地方治理得好呢？"我认为这种说法也是错误的。周朝的历史事实清楚地告诉我们：众诸侯骄横自大，贪财好战。总而言之，是政治混乱的国家多，治理得当的国家少。方伯、连帅之类的诸侯首领不能改变各诸侯国腐败的政治统治，天子也不能撤换不称职的诸侯国的国君。真正能够尽心治理封地和诚心爱护人民的诸侯，一百个当中找不出一个。造成这种局面的原因在于实行了分封制，而不在于具体政治措施如何。周朝的情况就是如此。秦朝的历史事实也明确地告诉我们：秦实行了治理人民的郡县制，可是不把权力交付给郡县，当时实际情况就是这样。任命了能够治理人民的郡守、县令，他们却无法行使郡守、县令的职权，当时实际情况就是这样。结果是所设置的郡县作用无法正常发挥，郡县长官无法施行其政治管理。再加上严酷的刑法，繁重的劳役，致使天下百姓心怀怨怒。造成这种局面的过错在于统治策略有错误，而不在于郡县制有什么不好。秦朝的情况就是如此。汉朝建国后，天子的统治命令可以在郡县贯彻执行，不能在诸侯国贯彻执行，可以控制郡守、县令，不能控制诸侯王。诸侯王就算是胡作非为，朝廷也无法改变这种状况，诸侯国的人民就算是苦难深重，朝廷也不能解除他们的痛苦。等到诸侯王犯上作乱，而后才拘捕捉拿、流放外地，或者率领军队去将叛乱平定。当诸侯王叛乱的迹象不明显的时候，尽管他们巧取豪夺谋财谋利，依仗权势作威作福，对百姓极端残暴，朝廷也拿他们没有办法。至于当时实行郡县制的地方，可以说是治理得当而且社会安定。为什么这样说呢？如汉文帝从田叔那里了解到高祖时被免官的孟舒德行很好，受到尊敬，从冯唐那里省悟到对守边有功的魏尚判罚有失妥当，汉宣帝听说黄霸执法明察，办事审慎，汉武帝看到汲黯为政简静，不苛政扰民，于是或将接连遭贬的黄霸官复原职，或将孟舒、魏尚重新起用，或将有病在身的汲黯委以重任以安抚治理一方百姓。在实行郡县制的地方，这是天子可以做到的。郡县长官如有罪过，天子可以罢他官，郡县长官有才能，天子可以奖赏他。早上任命了他，如有违逆越轨的行为，当天晚上就可以把他免职；晚上授予他官职，如果违法乱纪，第二天早晨就可以罢免他。假如汉王朝把全国城市乡镇的土地都分封给诸侯王，纵使他们欺害人民，朝廷对这种情况也只能焦虑担忧罢了。在这种情况下，孟舒、魏尚的治理方法难以施展，黄霸、汲黯的教化方式难以推行。朝廷公开批评、开导他们，他们当面恭敬应允，但一转身就又违法犯禁、我行我素了。朝廷如果下令削减他们的封地，他们就相互串通、订立盟约、联合密谋，然后就彼此呼应，对朝廷怒目相视，气势汹汹地发动叛乱；如果不闹事，朝廷也只能削减他们一半封地，而另一半封地上的人民仍然受苦。与其这样，为何不把诸侯王全部废除而改为郡县，以保全那里的百姓呢？汉朝的情况就是这样。现在国家全部实行郡县制，并设立郡守、县令，这种制度的不可改变是确定无疑的了。朝廷只要善于掌握兵权，谨慎地选择州县长官，国家就可以治理好了。

有人又说:"夏、商、周、汉四代实行分封制而统治的时间都很长,秦朝实行郡县制而统治的时间却很短。"说这种话的,更加不是所谓懂得治理国家的人了。曹魏承接汉朝立国,仍然建立了封土赐爵的分封制,司马晋继承曹魏立国,分封制仍沿袭不改。而曹氏和司马氏所建立的王朝都很快就衰败了,没听说他们国运长久。现在唐朝废止了分封制,采用郡县制,自开国至今将近二百年了,国家基业很巩固,这与分封诸侯有什么关系呢?

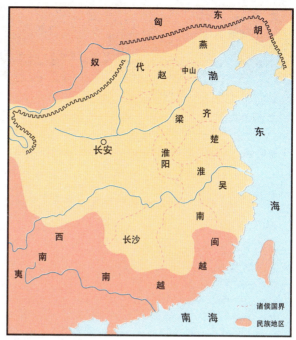

西汉初年各封国图

有人又认为:"商汤王和周武王都是圣王,他们都不改变分封制,本不该再来讨论了。"这种说法是非常错误的。商汤王、周武王不废除分封制,是迫不得已。因为商汤伐夏桀时有三千个诸侯归附于商,商借助他们的力量才灭掉了夏,所以商汤王不能废掉他们;周武王征伐商纣王时,归附周的诸侯有八百个,周借助他们的力量才战胜了商,所以周武王也不能废掉诸侯。因循旧制以安定国家,沿用旧制以顺应习俗,这是商汤王、周武王迫于形势而做出的决定。不得已而为之,就不是出于最大的公心,而是怀有偏私之心,因为诸侯曾为自己出过力,想利用他们来守卫保护自己的子孙后代。秦朝废除分封制,实行郡县制,从郡县制本身来说,这是最大的公了,但就动机来看,则是为私的,是想利用郡县制造就皇帝个人的权威,使天下人都服从自己的统治。不过,天下为公在行政制度上有所体现是从秦朝开始的。

天下的通理是,把国家治理好了,才能得民心。让贤能的人居上位,不贤的人居下位,然后国家才可以治理好。分封制度下的统治者,是诸侯王一代继承一代地统治下去。这种世袭的统治者,在上位的果真就是贤能的吗?在下位的果真就是不贤的吗?那么老百姓是得到太平还是会遭逢祸乱,就无法知道了。诸侯王为了巩固他们的政权,就必须统一人民的认识,由世袭的大夫统治着世袭领地,以至于把封地内的土地都分光了。即使圣贤生在那个时代,也不能为人民立功立德。这都是分封制所造成的后果,哪里是圣人创立的制度使它这样的呢!所以我说:"分封制不是圣人的本意,而是形势发展所决定的。"

87

◎ 段太尉逸事状 ◎

状，是记叙死者世系、籍贯、生卒年月及生平事迹的文章，供撰写墓志或史传者采择。逸事状，只记录死者的逸事，其他生平事迹则从略。

段太尉，即段秀实，字成公。一生经历唐玄宗、肃宗、代宗、德宗四朝。德宗建中四年（783年）因反对朱泚称帝被害。德宗兴元元年（784年）诏赠太尉，谥曰"忠烈"。

本文叙述了太尉的三件逸事：保全郭氏，写其勇；卖马偿谷，写其仁；却朱泚帛，写其廉。人物形象栩栩如生，跃然纸上。文字亦洗练精审，值得细细品读。

【原文】

太尉始为泾州刺史时，汾阳王以副元帅居蒲，王子晞为尚书，领行营节度使，寓军邠州，纵士卒无赖。邠人偷嗜暴恶者，卒以货窜名军伍中，则肆志，吏不得问。日群行丐取于市，不嗛，辄奋击折人手足，椎釜鬲瓮盎盈道上，袒臂徐去，至撞杀孕妇人。邠宁节度使白孝德以王故，戚不敢言。

太尉自州以状白府，愿计事。至则曰："天子以生人付公理，公见人被暴害，因恬然，且大乱，若何？"孝德曰："愿奉教。"太尉曰："某为泾州，甚适，少事，今不忍人无寇暴死，以乱天子边事。公诚以都虞候命某者，能为公已乱，使公之人不得害。"孝德曰："幸甚！"如太尉请。既署一月，晞军士十七人入市取酒，又以刃刺酒翁，坏酿器，酒流沟中。太尉列卒取十七人，皆断头注槊上，植市门外。晞一营大噪，尽甲。孝德震恐，召太尉曰："将奈何？"太尉曰："无伤也。请辞于军。"孝德使数十人从太尉，太尉尽辞去，解佩刀，选老躄者一人持马，至晞门下。甲者出，太尉笑且入曰："杀一老卒，何甲也？吾戴吾头来矣。"甲者愕。因谕曰："尚书固负若属耶？副元帅固负若属耶？奈何欲以乱败郭氏？为白尚书，出听我言。"晞出，见太尉。太尉曰："副元帅勋塞天地，当务始终。今尚书恣卒为暴，暴且乱，乱天子边，欲谁归罪？罪且及副元帅。今邠人恶子弟以货窜名军籍中，杀害人，如是不止，几日不大乱？大乱由尚书出，人皆曰尚书倚副元帅不戢士，然则郭氏功名，其与存者几何？"言未毕，晞再拜曰："公幸教晞以道，恩甚大，愿奉军以从。"顾叱左右曰："皆解甲，散还火伍中，敢哗者死！"太尉曰："吾未晡食，请假设草具。"既食，曰："吾疾作，愿留宿门下。"命持马者去，旦日来。遂卧军中。晡不解衣，戒候卒击柝卫太尉。旦，俱至孝德所，谢不能，请改过。邠州由是无祸。

先是太尉在泾州，为营田官。泾大将焦令谌取人田，自占数十顷，给与农，曰："且熟，归我半。"是岁大旱，野无草，农以告谌。谌曰："我知入数而已，不知旱也。"督责益急。农且饥死，无以偿，即告太尉。太尉判状，辞甚巽，使人求谕谌。谌盛怒，召农者曰："我畏段某耶？何敢言我！"取判铺背上，以大杖击二十，垂死，舆来庭中。太尉大泣曰："乃我困汝。"即自取水洗去血，裂裳衣疮，手注善药，旦夕自哺农者，然后食。取骑马卖，市谷代偿，使勿知。淮西寓军帅尹少荣，刚直士也。入见谌，大骂曰："汝诚人耶？泾州野如赭，人且饥死，而必得谷，又用大杖击无罪者。段公，仁信大人也，而汝不知敬。今段公唯一马，贱卖，市谷入汝，汝又取，不耻。凡为人，傲天灾、犯大人、击无罪者，又取仁者谷，使主人出无马，汝将何以视天地，尚不愧奴隶耶？"谌虽暴抗，然闻言则大愧流汗，不能食。曰："吾终不可以见段公。"一夕，自恨死。

及太尉自泾州以司农征，戒其族："过岐，朱泚幸致货币，慎勿纳。"及过，泚固致大绫三百匹，太尉婿韦晤坚拒，不得命。至都，太尉怒曰："果不用吾言。"晤谢曰："处贱，无以拒也。"太尉曰："然终不以在吾第。"以如司农治事堂，栖之梁木上。泚反，太尉终，吏以告泚，泚取视，其故封识具存。

太尉逸事如右。

元和九年月日，永州司马员外置同正员柳宗元谨上史馆。今之称太尉大节

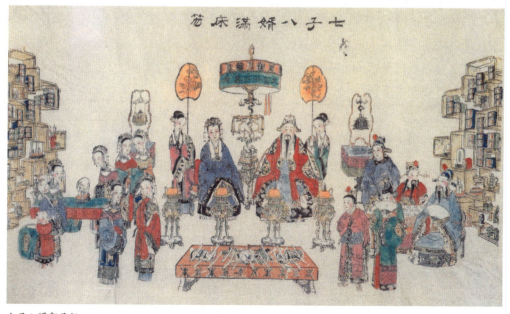

七子八婿郭子仪

者，出入以为武人一时奋不虑死，以取名天下，不知太尉之所立如是。宗元尝出入岐、周、邠、郃间，过真定，北上马岭，历亭鄣堡戍。窃好问老校退卒，能言其事。太尉为人姁姁，常低首拱手行步，言气卑弱，未尝以色待物，人视之儒者也。遇不可，必达其志，决非偶然者。会州刺史崔公来，言信行直，备得太尉遗事，覆校无疑。或恐尚逸坠，未集太史氏，敢以状私于执事。谨状。

【译文】

　　段秀实太尉刚刚担任泾州刺史时，汾阳王郭子仪正以副元帅的身份驻军蒲州，他的第三个儿子郭晞任尚书，代理副元帅行营节度使的职务，率领军队借驻邠州，纵容士兵肆意妄为。邠州人中那些狡猾、贪婪、凶横、邪恶的人，大都利用行贿在军队里挂个虚名，然后就放肆地为所欲为，地方官吏不敢干涉。他们每天成群结伙在大街上强行勒索财物，如果不满意，就打断别人的胳膊、腿，砸碎人家的锅碗瓢盆，扔得满地都是，然后裸露着臂膀大摇大摆地走了，甚至撞死孕妇。邠宁节度使白孝德因为汾阳王的缘故，只是暗中忧虑不敢作声。

　　段太尉从泾州发文向邠宁节度使禀告，想与节度使商议此事，他到后便说："天子让你管理老百姓，您见到百姓被暴力伤害，仍心安理得，眼看要出大乱子了，您想怎么办？"孝德说："我愿接受你的指教。"太尉说："我任泾州刺史很清闲，事务不多，现在我不忍心见百姓在没有动乱的情况下惨遭残害而死，并因此影响国家边防的安全。你假如任命我为都虞候的话，我能为你制止暴乱，使你的百姓不再受苦。"孝德说："那太好了！"就答应了太尉的请求。段太尉代理都虞候的一个月以后，郭晞的十七个士兵到街上抢酒，又用刀刺杀了卖酒的老翁，毁坏了酿酒的器具，酒流进了沟里。太尉安排士兵抓住了那十七个人，把他们的头都砍下并插在长矛上，竖立在城门外示众。郭晞兵营里的士兵骚动起来，都穿上了铠甲。孝德十分害怕，召见太尉说："这该怎么办？"太尉说："不要紧，我到军营中去解释一下。"孝德派几个人随太尉一起去，太尉把他们都辞掉了，他摘去佩刀，选了一名瘸腿老人替他牵马，来到了郭晞军营门口。穿着铠甲的士兵冲了出来，太尉笑着往军营里走，说道："杀一个老兵，怎么用得着全副武装呢？我顶着我的脑袋来了。"穿着铠甲的士兵惊呆了。于是太尉开导他们说："难道尚书对你们不好吗？难道副元帅亏待你们吗？为什么要作乱来败坏郭家呢？替我禀告尚书，请他出来听我说话。"郭晞出来会见太尉，太尉说："副元帅的功勋充塞于天地之间，应当力求有始有终。现在尚书放任士兵横行不遵守法令，这样下去会出乱子的，破坏国家边防的安全，罪名将是什么呢？追查责任就会连累副元帅。现在邠州人中的一些恶少通过行贿，在军队中挂了名，欺侮百姓，像这样下去不加以制止，还能有几天安稳日子呢？大乱

唐长安城南门遗址

子出在尚书手里，人们都会说，尚书是依仗副元帅的势力不管束士兵，那么还能将郭家的功名存留多久呢？"太尉的话还没有说完，郭晞一再拜谢说："感谢您用道理教导我，您的恩德太大了，我愿率领军队听从您的吩咐。"说罢，转过头呵斥身边的士兵说："都把铠甲脱掉，回到各自的队伍中去，闹事的人将被处死！"这时太尉说："我还未吃晚饭，请为我安排一顿便饭。"吃过饭又说："我的病发作了，希望能在你这里过一夜。"他吩咐牵马人先回去，明天再来。于是在郭晞军营过夜。郭晞不脱衣服，吩咐负责警卫的士兵打更，保卫太尉。第二天早上，他同太尉一起到了白孝德那里，向白孝德道歉，说自己缺乏治军的才能，请求给他改正过错的机会。从此邠州没有祸乱了。

起先，太尉在泾州做营田副使。当时泾州刺史手下的大将焦令谌夺取老百姓的田地，自己强占了几十顷地，租给农民耕种。他对农民说："庄稼收割后，交一半给我。"这一年大旱，田野里不长草，农民把情况告诉了焦令谌。焦令谌说："我只知道应交纳的谷米数目，不管是否干旱。"他更加急迫地催促农民交粮。农民快要饿死了，没有办法偿还租子，就去段太尉那里告状。太尉写在状词上的判语语气委婉，并派人求见焦令谌，告诉他实际情况。焦令谌知道后大为恼火，把那个告状的农民叫来，对他讲："难道我怕段秀实吗？怎么敢告我！"他把判词铺在农民背上，打了他二十大棒，几乎将农民打死，农民被人抬到段太尉衙门的院里。太尉流着眼泪对农民说："是我害你吃苦头了。"他立即亲自打来水洗掉农民的血污，撕下自己的衣服为他包扎了伤口，并亲手给他敷上好药，早晚亲自喂他吃饭，然后自己

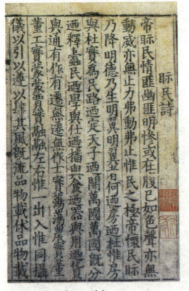

柳宗元作品《示民诗》

再吃。他又把自己骑的马卖掉，买了粮食替农民缴了租，还瞒着他。调驻泾州的淮西部队主帅尹少荣，是个刚烈正直的人。他到军营中见焦令谌，大骂他说："你还是个人吗？泾州田野旱得一片焦土，老百姓饥饿难当，你还一定要收租，还用大棒毒打没有罪的人。段公是个仁慈而又重信义的有道德之人，而你却不敬重他。现在段公仅有的一匹马，低价卖掉，买了谷子交给你顶租，你竟然收下还不觉得羞耻。总而言之，你的为人是无视天灾、冒犯大人、棒打无辜。又收了仁慈者的谷子，使营田副使出门没有马骑，你还有什么脸面活在人世上，你难道一点不觉得在奴隶面前感到惭愧吗？"焦令谌虽然凶暴强横，可是听了这番话也感到非常羞愧，汗流满面，羞愧得吃不下饭，说："我将永远羞于再见段公了。"他万分悔恨，在一天夜里死去了。

等到太尉从泾州调任为司农卿时，告诫亲属："过岐州时，假如朱泚赠送财物来，你们千万不要收下。"等到经过岐州时，朱泚硬要送给段家三百匹大绫，太尉的女婿韦晤坚决不收，却没有推辞掉。到了京城，太尉很生气地说："你们真的没有听我的话！"韦晤道歉说："我的地位卑下，没有办法拒绝他。"太尉说："那无论如何也不能放这些东西在我家里。"便把大绫拿到司农卿办公的厅堂，放在大厅的梁木上。朱泚叛乱称帝，太尉因反朱泚而被杀害，一个官吏把这件事告诉了朱泚。朱泚派人把大绫拿来一看，原先包装时的标记都还在。

太尉散佚的事迹如上所述。

元和九年某月某日，永州司马员外置同正员柳宗元写了这些事，恭敬地呈献给史馆。现在有些人说到太尉的品德和气节，以为他不过是员武将，只是出于一时的勇敢不怕死，才名扬天下，不知太尉赖以立身扬名的事正是上面所说的那样。宗元曾经往来于岐州、周原、邠州、邰县一带，经过真定，北上马岭山，路过许多哨所、防御工事、城堡、岗楼，喜欢平常访问年老的下级军官和退伍士兵，他们对段太尉的事迹比较了解。太尉为人和善，走路时常常低着头，两手抱在胸前，说话时语气谦和，从来不用严厉的脸色对待别人，人们看他就像一个斯文的读书人，可是他遇到不公平的事情，一定要实现自己的主张，绝不是偶然之中表现出来的坚强。正巧遇上永州刺史崔公来，他说话可信，行为正直，也很详尽地了解段太尉的事，两人反复核实，没有不实之处。又担心这些事迹散失，还未收集到史官那里，所以斗胆把这些逸事写成材料私下交给您。我很诚心诚意地向您呈上这份材料。

◎ 种树郭橐驼传 ◎

　　本文作于唐德宗贞元末年，当时柳宗元正积极投身于王叔文领导的政治革新运动。这篇寓言体的政治性散文所记叙的郭橐驼是一位技艺高超的农艺家，他种树能"顺木之天，以致其性"，因而所种树木无不成活。作者的目的并不是要写人，而是通过其种树的经验之谈，借题发挥，抨击那些身居显要而又不懂治国之道的当权者，并表达了自己崇尚自然，反对扼杀事物个性的政治生活理想。这与作者当时正积极参与的政治革新活动，在精神实质上是相通的。文章写得深入浅出，笔调轻松活泼。

　　文章用浅显的语言来说明深刻的道理，对比生动，写法灵活。

【原文】

　　郭橐驼，不知始何名。病偻，隆然伏行，有类橐驼者，故乡人号之"驼"。驼闻之，曰："甚善，名我固当。"因舍其名，亦自谓橐驼云。其乡曰丰乐乡，在长安西。驼业种树，凡长安豪家富人为观游及卖果者，皆争迎取养。视驼所种树，或迁徙，无不活，且硕茂，蚤实以蕃。他植者，虽窥伺效慕，莫能如也。

　　有问之，对曰："橐驼非能使木寿且孳也，能顺木之天，以致其性焉尔。凡植木之性，其本欲舒，其培欲平，其土欲故，其筑欲密。既然已，勿动勿虑，去不复顾。其莳也若子，其置也若弃，则其天者全，而其性得矣。故吾不害其长而已，非有能硕茂之也；不抑耗其实而已，非有能蚤而蕃之也。他植者则不然，根拳而土易。其培之也，若不过焉则不及。苟有能反是者，则又爱之太恩，忧之太勤，且视而暮抚，已去而复顾。甚者爪其肤以验其生枯，摇其本以观其疏密，而木之性日以离矣。虽曰爱之，其实害之；虽曰忧之，其实仇之。故不我若也。吾又何能为哉？"

　　问者曰："以子之道，移之官理可乎？"驼曰："我知种树而已；官理非吾业也。然吾居乡，见长人者，好烦其令，若甚怜焉，而卒以祸。且暮吏来而呼曰：'官命促尔耕，勖尔植，督尔获，蚤缫而绪，蚤织而缕，字而幼孩，遂而鸡豚。'鸣鼓而聚之，击木而召之。吾小人辍飧饔以劳吏者，且不得暇，又何以蕃吾生而安吾性邪？故病且怠。若是，则与吾业者其亦有类乎？"

　　问者曰："嘻，不亦善夫！吾问养树，得养人术。"传其事以为官戒也。

【译文】

郭橐驼，不知道他过去叫什么名字。得了驼背的毛病，背部高耸，身体前倾，面朝下行走，好像骆驼的样子，所以乡里的人叫他"骆驼"。驼子听到这个外号，就说："很恰当，这样叫我本来就合适。"于是，他就丢掉自己的名字，也自称为"骆驼"。他住的村庄叫丰乐乡，在长安城的西面。骆驼的职业是种树，所有长安城中的豪富人家要种花木供玩赏的，以及卖水果的，都争相接他到家里供养。骆驼栽种的树，或者移植的树，没有不成活的，而且长得壮实、茂盛，果实结得早而且多。别的种树人即使偷看仿效，也没有谁能赶上他的。

有人问他是什么原因，他回答说："我并不能使花木活得长久而且繁殖得快，不过是顺应它的生长规律，让它的本性得到充分发展罢了。种树的要领是，树木的根要让它舒展，树根的土要培得平，根旁的土要用原来的，根周围的土则要堆砌固实。种好以后，就别动它，也别担心它，离开它不要管它。栽种或移植树木时应该像爱护子女一样，栽下以后应该像丢弃了一样。那么，它的天性能够保持不变，它的本性也就能够充分发展了。所以，我不过是不妨害它们的生长罢了，而不是有使它们长得又高大又茂盛的诀窍啊；不过是不压抑、不损坏它们的果实罢了，而不是有使果实结得早而且多的秘法啊。其他种树的人却不是这样。栽种时，树根拳曲，泥土又换了新的。培的土不是过多，就是不够。偶尔有能够不这样做的人，又太过于爱护它们，太过于忧虑它们，早上看后，晚上又摸摸，已经离开，又回来望望。严重的甚至抓破树皮来验看它们是死还是活，摇动树根来观察培的土是松还是实，于是树木的本性就一天天受到损害。虽说是爱它，其实是害它；虽说是担心它，其实是仇视它。所以他们种的树不如我的。我哪里有什么特殊的本领呢？"

问的人说："根据你说的种树的方法，移到为官治民方面去可以吗？"驼子说："我只知道种树罢了，做官治民不是我的事。我住在乡里，看到当官的总是不厌其烦地发布政令，好像很爱百姓似的，结果却给我们带来了灾祸。差役总是一到就呼喊：'官府命令，催促你们耕耘，勉励你们种植，督促你们收割，早些缫好你们的丝，早些织好你们的布，养育好你们的孩子，饲养好你们的家禽和牲畜！'一会儿擂起鼓来集合他们，一会儿敲起梆子来召唤他们。我们小百姓就是不吃早晚饭来慰劳公差还来不及，又靠什么来增加我们的生产、安定我们的生活呢？所以总是困苦而劳累。这样看来，和我从事的工作或许有些类似吧！"

问的人赞叹着说："这不是很好吗？我问种树的方法，却得到了治民的方法。"于是记下这件事，把它作为官戒。

◎ 晋文公问守原议 ◎

唐代宦官之祸最严重时，正是柳宗元写作此文时，可以断定作者对掌握军国大权的阉党深恶而痛绝，而又不能直接指斥，只好以曲笔讽谏，借以抒发对政事的愤慨。本文结构严谨，法度森严，行文步骤承接照应，写得非常巧妙。文章一起笔就以晋文公问勃鞮为例说起，立论明确，笔锋直接，接着一口气写下来，每段紧扣相连，虽然有许多倒注的回互转换，却组织得天衣无缝，意味深长。而通篇文字简约明快，不留斧凿痕迹，读来既清新爽朗，又让人警醒。有感时事而借古人发议，这是议论文的惯用手法，但柳宗元此文超出许多人的俗习，他悍然落笔而又猝然收笔，豹头虎尾，文中同样精神百倍，畅论宦官当权的危害，隐讥唐德宗对阉人的迁就与亲宠，写得义正词严，说理透彻，不愧是"柳文得意者"（谢枋得语）。

【原文】

晋文公既受原于王，难其守。问寺人勃鞮，以界赵衰。

余谓守原，政之大者也，所以承天子，树霸功，致命诸侯，不宜谋及媟近，以忝王命。而晋君择大任，不公议于朝，而私议于宫；不博谋于卿相，而独谋于寺人。虽或衰之贤足以守，国之政不为败，而贼贤失政之端，由是滋矣。况当其时不乏言议之臣乎？狐偃为谋臣，先轸将中军，晋君疏而不咨，外而不求，乃卒定于内竖，其可以为法乎？且晋君将袭齐桓之业，以翼天子，乃大志也。然而齐桓任管仲以兴，进竖刁以败。则获原启疆，适其始政，所以观示诸侯也，而乃背其所以兴，迹其所以败。然而能霸诸侯者，以土则大，以力则强，以义则天子之册也。诚畏之矣，乌能

晋文公复国图

得其心服哉！其后景监得以相卫鞅，弘、石得以杀望之，误之者晋文公也。

呜呼！得贤臣以守大邑，则问非失举也，盖失问也。然犹羞当时陷后代若此，况于问与举又两失者，其何以救之哉？余故著晋君之罪，以附《春秋》许世子止、赵盾之义。

【译文】

晋文公从周天子那里接受原地以后，很难决定由谁来守护那里。他询问宦官勃鞮，接受他的建议把这个职务给了赵衰。

我认为，治理好原地是晋国政治上的大事，是借以事奉天子、建立霸主功业、向诸侯传达王命的，不应该与宦官商议，以致玷污了天子的命令。可是晋文公在挑选担负重任的官员时，不在朝廷与大家一起商量，而在内宫私下讨论；不广泛在大臣中征求意见，而偏偏与宦官计议。虽然赵衰的才能、德行所幸可以担任原地的长官，国家的统治不因此而受损，而迫害贤良、政治混乱的祸根，却由此滋长出来了。何况当时晋国并不缺乏能够提出建议的臣子呢！狐偃是善于谋划的大臣，先轸是中军的统帅，晋文公疏远他们而不向他们询问，竟与宦官仓促商讨决定，这种做法能作为榜样吗？而且，晋文公准备像齐桓公那样建立功业以辅助天了，这是远大的志向。可是齐桓公因任用管仲而成就霸业，因任用竖刁而致使国势衰败。那么晋文公得到原地扩展了疆土，正是他开始创建霸业，给诸侯树立榜样的时候，而他竟不用齐桓公的成功经验，却重蹈齐桓公后来失败的覆辙。虽然晋文公后来能称霸诸侯，那是因为就国土而言，晋国是大国，从力量方面看，晋国兵力强，以名义而论，晋国是周天子所封的。众诸侯事实上是惧怕晋国，哪里是晋文公能使他们心悦诚服呢？以后景监能够任用商鞅为相，弘恭、石显能够害死萧望之，是晋文公导致的恶果。

唉！晋文公想派贤臣去担任原地那样的大地方的长官，那么被问者并非所举失当，问题在于他问了不该问的人。即使这样，他还是受到了当时人的耻笑，而且贻害后世，何况如果在问的对象和被推举的人两方面都错了的情况下，他用什么来挽救呢？所以我把晋文公的过错揭示出来，以附和《春秋》贬斥许世子止和赵盾的用意。

春秋地图

◎ 设渔者对智伯 ◎

　　本文似为讽刺藩镇而作，当时柳宗元任永州司马。智伯是春秋末年晋国的四卿之一，他灭了范、中行氏后，又向赵襄子索地，遭拒绝，于是他便胁迫韩、魏共围晋阳。赵派张孟谈出城游说韩、魏反击智氏，智伯战败被杀，地为三家瓜分。概括本文大意，是说贪得无厌不知满足者，就如同螳螂捕蝉，黄雀在后一样，自己也免不了被人吞并或消灭。柳氏此文极力摹写，开阖繁简，处处入神，用字颇费斟酌，林纾评说："华色似《汉书》，气势似《南华》，词锋似《国策》。"文章前半部分悉力喻鱼，后半部分即以鱼之贪而得死，喻智伯之贪而取败。语意连贯，喻理相承，自圆其说，浑然天成，是一篇很有特点的记叙性杂文。

【原文】

　　智氏既灭范、中行，志益大，合韩、魏围赵，水晋阳。智伯瑶乘舟以临赵，且又往来观水之所自，务速取焉。

　　群渔者有一人坐渔，智伯怪之，问焉。曰："若渔几何？"曰："臣始渔于河中，今渔于海。今主大兹水，臣是以来。"曰："若之渔何如？"曰："臣幼而好渔。始臣之渔于河，有鲹、鲔、鳣、鳏者，不能自食，以好臣之饵，日收者百焉。臣以为小，去而之龙门之下，伺大鲔焉。夫鲔之来也，从魴鲤数万，垂涎流沫，后者得食焉。然其饥也，亦返吞其后。愈肆其力，逆流而上，慕为螭龙。及夫抵大石，乱飞涛，折鳍秃翼，颠倒顿踣，顺流而下，宛委冒懵，环坻溯而不能出。向之从鱼之大者，幸而啄食之，臣亦徒手得焉，犹以为小。闻古之渔有任公子者，其得益大。于是去而之海上，北浮于碣石，求大鲸焉。臣之具未及施，见大鲸驱群鲛，逐肥鱼于渤澥之尾。震动大海，簸掉巨岛。一啜而食若舟者数十。勇而未已，贪而不能止，北蹙于碣石，槁焉。向之以为食者，反相与食之，臣亦徒手得焉，犹以为小。闻古之渔有太公者，其得益大，钓而得文王。于是舍而来。"

　　智伯曰："今若遇我也如何？"渔者曰："向者臣已言其端矣。始晋之侈家，若栾氏、祁氏、郤氏、羊舌氏以十数，不能自保，以贪晋国之利，而不见其害，主之家与五卿，尝裂而食之矣。是无异鲹、鲔、鳣、鳏也。脑流骨腐于主之故鼎，可以惩矣，然而犹不肯寤。又有大者焉，若范氏、中行氏，贪人之土田，侵人之势力，慕为诸侯，而不见其害。主与三卿又裂而食之矣。脱其鳞，鲙其肉，刳其肠，断其首而弃之，鲲鲕遗胤，莫不备俎豆，是无异夫大鲔也。可以惩矣，然而犹不肯寤。又有大者焉，吞范、中行以益其肥，犹以为不足，力愈大而求食愈无厌。驱韩、魏以为群鲛，以逐赵之肥鱼，而不见其害。贪肥之势，将不止于赵，臣见韩、魏惧其将及也，亦幸主之蹙于晋阳。其目动矣，而主乃慭然，以为咸在机俎之上，方磨其舌。抑臣有恐焉，今辅果舍族而退，不肯同祸，段规深怨而造谋，主之不寤，臣恐主为大鲸，首解于邯郸，鬣摧于安邑，胸披于上党，尾断于中山之外，而肠流于大陆，为鲜蒯，以允三家子孙之腹。臣所以大惧。不然，主之勇力强大，于文王何有？"

智伯不悦，然终以不寤。于是韩、魏与赵合灭智氏，其地三分。

【译文】

智伯消灭了范氏、中行氏以后，他的野心更加膨胀了，又联合了韩氏和魏氏围攻赵氏，挖开汾水的堤坝去淹晋阳。智伯瑶乘船去侦察赵境，又往来观察水的流向，必定要迅速攻占晋阳。

这时，在一群捕鱼的人中有个人坐在那里钓鱼，智伯见了感到十分不解，心想这里正在打仗，而且水势又大，他怎么还能安坐，于是问他说："你捕鱼有多久了？"他回答说："我开始在黄河里捕鱼，又在海上捕鱼，现在您决了汾水的堤坝，这里水势浩大，我便来到这里。"智伯问："你的捕鱼本领怎么样？"钓鱼人说："我自幼喜欢捕鱼。开始我在黄河里捕鱼，那里有鲦、鲔、鳣、鲲等各种鱼，它们不愿自己寻找食物，而喜欢吞吃我的诱饵，我每天都能捕获上百条鱼。我认为这些鱼太小，就离开那里来到龙门山下面，期待捕捉大鲔鱼。鲔鱼游来的时候，后面跟着几

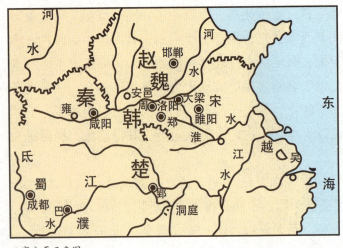

三家分晋示意图

万条鲂鲤，垂涎流沫，它们就有吃的了。然而在鲔鱼饥饿的时候，也转身吞食鲂鲤。鲔鱼费尽力气逆流而上，只想跳跃龙门，化成螭龙。等到碰上了大石头，就在汹涌的波涛中横冲直撞，结果弄断了脊背上的鳍，撞掉了两边的翅，十分疲惫地翻倒跌落下来，不由自主只得顺流

而下，随着曲折的水势游动，冒冒失失，昏昏沉沉，绕着水中的暗礁浅滩转动，再也没有办法出来。先前跟在身后的鱼群中的大鱼，就高高兴兴地啄食它，我也只空着手就捉到了它，但我还认为鲔鱼太小。听说古代有个叫任公子的捕鱼人，他捕到的鱼更大。于是我又离开龙门前往大海，坐船向北到了碣石山，想在那里捕到大鲸鱼。我还没来得及用我的捕鱼的工具，只见大鲸鱼在渤海岸边驱赶着成群的鲛鱼去追逐肥鱼，掀起的浪涛震荡着大海，震动着大岛，大鲸鱼一口吞掉了像船那样大的鱼几十条，还一直向前，只顾贪吃不肯停止，搁浅在北面的碣石山前，终因缺水干枯而死。这时那些先前被它吃的鱼，便转回来相互争着啄食它，我也空手不费力地把它捉到了，但我认为这还是小鱼。听说古代钓鱼的人中有个叫姜太公的，他得到的更大，钓鱼而遇到了文王，于是我离开了大海来到了这里。"

智伯说："今天你遇到了我怎样呢？"钓鱼人说："刚才我已说明到这里来的原因了。原先，晋国的大贵族，如栾氏、祁氏、郤氏、羊舌氏等有几十家之多，他们之所以不能保存自己，是因为只顾去贪取晋国的利益，却看不见其中的祸害。您曾经同范氏、中行氏、韩氏、魏氏、赵氏一起把他们分割吞并了，这与鲦、鲔、鳣、鳏等鱼的结果没有不同。他们的脑浆迸流、骨头腐烂在您的旧鼎之中，本来应该引以为戒了，然而有的人还不醒悟。又有比栾氏等更贪的，如范氏、中行氏，他们贪图人家的土地，侵犯人家的势力，想成为诸侯，却看不到其中的弊处。您与韩氏、赵氏、魏氏一起又把他们瓜分吞并了，像宰鱼那样剥他们的鳞，切碎他们的肉，挖掉他们的肚肠，砍下并扔掉他们的脑袋，连他们的子孙也像小鱼苗一样，没有不成为你们碗碟中的食物的，这与大鲔鱼的结果没有分别。本来应该引以为戒了，然而有的人仍是不肯悔悟。还有比范氏、中行氏野心更大的，他吞并了范氏、中行氏，扩大了自己的地盘和势力，还认为不够多。力量愈大而贪图扩张的欲望越无休止，把韩氏、魏氏作为群鲛驱使，去追逐赵氏这条肥鱼，却不知道这其中的危险。贪图扩张的趋势，吞并赵氏并不是终止。我已看出韩氏、魏氏害怕灾难将轮到他们头上的情绪了，他们只希望您困在晋阳这里。他们已盘算伺机而动了，然而您狂妄自大，认为他们都在自己的掌握之中，正舔着自己的舌头，准备吃掉他们呢。并且我还担忧，现在智果已离开了智氏改姓为辅，不愿跟您同遭灭亡之灾。段规受您的侮辱之后心生怨恨，策划报复。您却还不醒悟，我担心您将会像大鲸鱼那样，脑袋掉在邯郸，两翅折断在安邑，胸部分裂在上党，尾巴会断在中山以外，肠子流在大陆泽里，做成鲜食和干食，让韩、赵、魏三家子孙吃个饱。因此，我非常担心忧虑。否则，您的势力强大，与周文王相比有什么差别呢？"

智伯听后十分不高兴，但始终没有醒悟。于是韩、赵、魏三家联合消灭了智氏，把他的领地瓜分了。

◎ 愚溪对 ◎

愚溪原名冉溪，在永州城西，柳宗元贬官永州后居住在此。本文假托作者与"溪神"的对话，曲折详尽地表达了他的愤懑之情。文中虽有作者自嘲之词，但内在的自矜隐约可见，而通篇以"名""实"二字为眼，就溪神设为问答，这种构思高妙奇特，引人入胜，有助于作者一吐胸中郁垒。比喻、排比等修辞手法的使用恰到好处，篇中以恶溪比喻小人，以弱水比喻君子，浊泾不法知人，黑水赋质昏昧。文辞清癯劲健，情绪激动急迫，而缺乏一种气韵。柳宗元遭到贬斥，谪居"远王都三千余里"的永州，官场失意，生活困顿，怨愤不已。他以"愚"自喻，实际上是在替自己解嘲，"愚"字背后是对自己"英雄无用武之地"的感慨。林纾评其此文："……泄其一腔之悲愤，楚声满纸，读之肃然。"

【原文】

柳子名愚溪而居。五日，溪之神夜见梦曰："子何辱予，使予为愚耶？有其实者，名固从之，今予固若是耶？予闻闽有水，生毒雾厉气，中之者，温屯呕泄；藏石走濑，连舻縻解。有鱼焉，锯齿锋尾而兽蹄，是食人，必断而跃之，乃仰噬焉，故其名曰恶溪。西海有水，散涣而无力，不能负芥，投之则委靡垫没，及底而后止，故其名曰弱水。秦有水，掎汨泥淖，挠混沙砾，视之分寸，眙若睨壁，浅深险易，昧昧不觌，乃合清渭，以自彰秽迹，故其名曰浊泾。雍之西有水，幽险若漆，不知其所出，故其名曰黑水。夫恶弱，六极也；浊黑，贱名也。彼得之而不辞，穷万世而不变者，有其实也。今予甚清与美，为子所喜，而又功可以及圃畦，力可以载方舟，朝夕者济焉。子幸择而居予，而辱以无实之名以为愚，卒不见德而肆其诬，岂终不可革耶？"

柳子对曰："汝诚无其实，然以吾之愚而独好汝，汝恶得避是名耶！且汝不见贪泉乎？有饮而南者，见交趾宝货之多，光溢于目，思以两手左右攫而怀之，岂泉之实耶？过而往贪焉，犹以为名，今汝独招愚者居焉，久留而不去，虽欲革其名，不可得矣。夫明王之时，智者用，愚者伏。用者宜迹，伏者宜远。今汝之托也，远王都三千余里，侧僻回隐，蒸郁之与曹，螺蚌之与居，唯触罪摈辱愚陋黜伏者，日侵侵以游汝，闯闯以守汝。汝欲为智乎？胡不呼今之聪明皎厉握天子有司之柄以生育天下者，使一经于汝，而唯我独处？汝既不能得彼而见获于我，是则汝之实也。当汝为愚而犹以为诬，宁有说耶？"

曰："是则然矣。敢问子之愚何如而可以及我？"

柳子曰："汝欲穷我之愚说耶？虽极汝之所往，不足以申吾喙；涸汝之所流，不足以濡吾翰。姑示子其略：吾茫洋乎无知，冰雪之交，众裘我绤；溽暑之铄，众从之风，而我从之火。吾荡而趋，不知太行之异乎九衢，以败吾车；吾放而游，不知吕梁之异乎安流，以没吾舟。吾足蹈坎井，头抵木石，冲冒榛棘，僵仆虺蜴，而不知怵惕。何丧何得，进不为盈，退不为抑，荒凉昏默，卒不自克。此其大凡者也。愿以是污汝可乎？"

于是溪神深思而叹曰："嘻！有馀矣，其及我也。"因俯而羞，仰而吁，涕泣交流，举手而辞。一晦一明，觉而莫知所之，遂书其对。

【译文】

我给一条溪取名为愚溪，并居住在溪边。五天后的一个夜里，溪神托梦对我说："你为什么侮辱我，使我的名称叫'愚'呢？我如果当真愚蠢，当然应加以愚之名，我现在真的是愚蠢吗？我听说闽地有条河，生长出一种很毒的瘴气，人吸入毒气就会发烧，上吐下泻；水里有暗礁，激流奔腾，船一只接一只地被撞坏；水里还有一种鱼，长着像锯齿一样的牙齿，刀锋一般的尾巴，还长着四只兽蹄；这是吃人的鱼，经常把人咬断后抛起来，然后跳起来仰头咬住再吃掉，因而这条河的名字叫恶溪。在西海那里有条河，水涣散无力，连芥草都不能浮起；把芥草扔到水面上，就缓缓下沉，一直沉到底，所以它的名字叫弱水。在秦地还有一条河，河底掺杂混合着烂泥、沙子和碎石子，走到近处看就像看墙壁一样，是浅还是深，是险急还是平缓，昏昏暗暗看不清楚，与渭水汇合后，更显出了这条河的混浊，所以它名叫浊泾。雍州的西面有条河昏暗凶险，水色漆黑，不知它源自哪里，所以它名叫黑水。'恶''弱'是所谓六种极坏事物中的两种，'浊''黑'是卑下的名称。它们获得这些名称而不推辞，经历世世代代而没有改变的原因，是名副其实。如今我清澈而优美，你很钟爱，又有浇灌菜园的功劳，又有运载两条并行船只的力量，朝夕都有人在此渡过，我荣幸地看到

唐代彩绘文官俑

您选择居住在这里，却以不符事实的名称来侮辱我，把我叫作'愚'，到头来你不念我的好处反而肆意诬蔑我，难道永远不能改掉这个名称吗？"

我回答说："你确实不愚，但是像我这么愚的人却偏偏喜爱你，你怎能躲得了这个坏名称呢？况且，你不见那个贪泉吗？有人喝了这个泉的水后往南走，看见交趾的珍宝很多，光彩夺目，便想用两手攫掠，不停往怀里藏，这难道是贪泉之'实'吗？有人从那里经过，之后变得贪财，还使这个泉得到了'贪'的名称。如今你偏偏招引愚蠢的人居住在你这里，并且久居而不离开，所以你已经无法改变'愚'这个名称。开明君主当权的时候，聪明的人被重用，愚蠢的人无出头之日。被重用的人当然经常在皇帝左右，不出头的人必然远离京城。现在你所在的这个地方，相距京城三千多里，偏僻闭塞，与迷雾为伴，与螺蚌为邻居，只有犯了罪受贬斥和因愚蠢而不被任用的人，才经常在你这里游玩，毫无拘束地跟你在一起。你想得到智的名称吗？为什么不叫如今那些聪慧高贵、掌握朝廷大权、主宰天下的人来，在你这儿经过一次，却只有我一个人待在这里呢？你既然不能得到他们光顾而被我所喜爱，这就是你'愚'名的'实'，我认为你愚是符合上述原因的，而你却认为这是受了冤枉，难道你还有理由说吗？"

溪神说："您说的这些倒也是对的，我大胆地问一句你到底愚到什么程度，竟可以连累到我呢？"

我说："你想彻底了解我有多愚吗？即使沿着你流经的地方走到头，也没有我要讲的话长，我想写的话，用干你的水，也不够湿润我的笔。暂且给你讲个大概情况：我无知，冰雪交加的时候，大家穿皮袄而我穿单衣；潮湿闷热的三伏天，大家去吹风乘凉，而我去烤火。我驾上车扬鞭飞驰，不知道太行山的路不同于别处四通八达的路，以致我的车被撞坏；我坐船尽情游玩，不知吕梁水与别处平静的河水不一样，我的船沉没了。我脚踩上陷阱，头撞在木石上，冲撞在荆棘丛中，跌倒在毒蛇身边，而不知什么是害怕。什么是失，什么是得，我全都不计较，我不因被提拔而感到满足和高兴，也不因被贬而卑躬屈膝，冷漠茫然，始终不能自拔。这就是我愚的情况，用这种愚来玷污你，同意吗？"

于是溪神深思之后感慨说："哈！你也太愚了，怎么能不连累我呀！"我由此羞愧得低下头，又仰天长叹，满面泪流，挥手告别。一暗一明，人神相隔，梦醒后，不知溪神到哪里去了，我就写了这段对话。

◎ 起废答 ◎

被贬谪的人总希望能被当权者重新起用，但往往难以如愿。柳宗元受"王叔文事件"影响被贬官永州，心情郁闷，壮志难酬，又盼不来东山再起的机会，只好埋头作文，其中模仿《离骚》所作数十篇，自怨自嘲，愤世嫉俗，本文就是这样一篇讽喻之作。文中先以瘸和尚与病马的遭遇来阐明"废物可以利用"的道理，此处描写栩栩如生，前因后果讲得翔实周到，如"躄浮图"时来运转成为寺里住持后，其弟子争相服侍的得意情景；又如"病颡驹"成为刺史坐骑后受人优待的荣耀场景，都写得活灵活现、热闹非凡。文中虽然在讲"变废为宝"，但从其所举事例来看，又隐射当时官场上滥竽充数者的丑态，讽刺了用人者有眼无珠，让庸者身居显职的不正常现象。作者接着借"鬶老"之口自诩，称自己"足轶疾风，鼻知膻香，腹溢儒书，口盈宪章，包今统古，进退齐良"。"然而一废不复"，又为多舛的命途而悲叹，原因呢，当然不是因为健康问题，而是"吾以德病伏焉"，一语道破官场上政见不同的秘密。所谓"今朝廷泊四方，豪杰林立"等语，则更是对当时权贵高官的反讽。全文结构巧妙，语言清劲，耐人寻味。

【原文】

柳先生既会州刺史，即治事，还游于愚溪之上。溪上聚鬶老壮齿，十有一人，谡足以进，列植以庆。卒事，相顾加进而言曰："今兹是州，起废者二焉，先生其闻而知之欲？"答曰："谁也？"曰："东祠躄浮图，中厩病颡之驹。"

曰："若是何哉？"曰："凡为浮图道者，都邑之会必有师，师善为律，以敕戒始学者与女释者，甚尊严，且优游。躄浮图有师道，少而病躄，日愈以剧，居东祠十年，扶服舆曳，未尝及人，恻匿愧恐殊甚。今年，他有师道者悉以故去，始学者与女释者伥伥无所师，遂相与出躄浮图以为师，盥濯之，扶持之，壮者执舆，幼者前驱，被以其衣，导以其旗，怵惕疾视，引且翼之。躄浮图不得已，凡师数百生。日馈饮食，时献巾帨，洋洋也，举莫敢逾其制。中厩病颡之驹，颡之病亦且十年，色玄不庞，无异技，碎然大耳。然以其病，不得齿他马。食斥弃异皂，恒少食，屏立摈辱，掣顿异甚，垂首披耳，悬涎属地，凡厩之马，无肯为伍。会今刺史以御史中丞来莅吾邦，屏弃群驷，舟以溯江，将至，无以为乘。厩人咸曰：'病颡驹大而不庞，可秣饰焉；他马巴、夔庳狭，无可当吾刺史者。'于是众牵驹上燥土大庑下，荐之席，縻之丝，浴剔蚤鬋。刮恶除痍；莝以雕胡，秣以香萁；错贝鳞缠，凿金文羁；络以和铃，缨以朱绥；或膏其鬣，或劙其膹。御夫尽饰，然后敢持。除道履石，立之水涯；幢旌前罗，杠盖后随；千夫翼卫，当道上驰；抗首出臆，震奋遨嬉。当是时，若有知也，岂不曰宜乎？"

先生曰："是则然矣。叟将何以教我？"鼹老进曰："今先生来吾州亦十年，足轶疾风，鼻知膻香，腹溢儒书，口盈宪章，包今统古，进退齐良，然而一废不复，曾不若蹩足涎颡之犹有遭也。朽人不识，敢以其惑，愿质之先生。"先生笑且答曰："叟过矣！彼之病，病乎足与颡也；吾之病，病乎德也。又彼之遭，遭其无耳。今朝廷洎四方，豪杰林立，谋猷川行，群谈角智，列坐争英，披华发辉，挥喝雷霆，老者育德，少者驰声，卯角羁贯，排厕鳞征，一位暂缺，百事交并，骈倚悬足，曾不得逞，不若是州之乏释师大马也。而吾以德病伏焉，岂蹩足涎颡之可望哉？叟之言过昭昭矣，无重吾罪！"于是鼹老壮齿，相视以喜，且吁曰："谕之矣！"拱揖而旋，为先生病焉。

【译文】

柳先生参加了新任刺史到职仪式后，回来时，在愚溪边上游玩。溪边上聚集着脸色黑黄的老人、壮年人共十一名，他们一见柳先生便走过来，排队肃立向他问候。随后，相互看视，更走近几步说："如今我们州里有两个遭贬谪后重新起用的，先生可曾听说？"柳先生回答："哪两个？"他们说："一个城东寺庙里的瘸和尚，另一个是官府马棚里的脑袋有病的马。"

先生说："事情是怎样的呢？"他们答："凡是信佛教的人，城镇里必定有他们的大师。这些大师都精通佛家律令，用法规教导和告诫新弟子和尼姑，他们很受敬重，生活也悠闲自得。瘸和尚有大师的道行，他小时候因病腿瘸，后来日益严重。在东寺住了十年，行动有时爬着走，有时车拉着走，从不与人接触，见人时常躲避，非常羞愧、惶恐。今年，其他有修养的大师因各种缘故都离开了东寺，新出家的和尚和尼姑由于没有了师父都不知所措，于是大家一起请跛足和尚做寺里住持。他们给他洗干净手脚，走路时搀扶着他。外出时，健壮的弟子给他赶车，年少的在前面引路；弟子们为他披了袈裟，在前面举着大师的旗帜。他们谨慎地观察着四周，一路上簇拥着往前行。瘸和尚没有办法，只好听从弟子的意思，他收徒好几百人。弟子们每日给他端茶端饭，时时刻刻恭敬地侍奉巾帕、穿戴，瘸和尚真是春风得意啊！弟子们言行都不敢违背他的条规。官府里脑门子有毛病的那匹马，生病也有十年了。它一身黑毛无杂色，没有特别出众之处，只是长得高大。然而因为它有病，一直没有得到其他马的同等待遇。喂料时，这匹马被呵斥到另一个马槽，总是喂得很少，它对这种排斥孤立、备受欺侮的处境感到非常伤心。它经常低着头，牟拉着耳朵，流的口水一直拖到地上。马栅里所有马，没有愿意同它在一起的。刚好现任刺史以御史中丞的身份到永州来任职，他扔下马车，坐船逆江流来的，到达的时候没有马可乘坐。这时，养马人都说：'脑门子有病的那匹马高大又无杂乱毛色，可以将它喂饱，打扮打扮。其他的马都是巴蜀地方的，又矮又小，不配给我们的刺史拉车。'之后大家把脑门子有毛病的这匹马牵到堂屋旁边干燥的大屋里，为马垫上草席，系上丝编的缰绳；又给马洗澡、梳毛，修整四蹄，剪鬃毛，刮去污垢，清除鼻涕；铡碎雕胡做饲料，再加上香豆茎喂它；还把珠贝像鱼鳞般地镶嵌佩戴在马肚带上，并用雕刻了花纹的金器来装饰马笼头；还在马笼头上系上一对铃铛，在马鞍上扎上红绳；有的人还给它的鬃毛涂上油，甚至把马屁股也擦得干干净净。赶车的人把马全部打扮好后，才敢牵出去驾车。人们把路也打扫得干干净净，让马踏着石板走到河边，把旌旗罗列在前面，举着杠盖的跟在车后，在两侧有武士护卫，它拉着车在路上飞奔；昂首挺胸、意气风发、精神抖擞、得意扬扬。在这个时候，如果它有智识，难道不会说这一切是它应该得到的吗？"

唐代彩绘釉陶文吏俑

先生说："这确实是实际情况啊！老人家将怎样教导我呢？"老人走近他说："如今先生来我们州也已经十年了。您走路迅过疾风，鼻子能分辨香臭，满腹经纶，满口法律规章，通晓古今之事，以贤人标准要求自己。然而一经贬谪就再不起用，还不如瘸和尚和病马有时来运转的时候。我们这些没用的人不明白，冒失地把我们的疑问说出来，请先生赐教。"先生笑着回答说："老人家错了！他们的病，病在脚和额上；我的病，病在主张观点不同上。再者，他们的情况是遇上了缺乏良材的时机。而如今从朝廷到地方，英雄豪杰像林木那么多，他们的智慧像奔流的河水，他们聚集在一起高谈阔论来较量谁最聪明，一排排地坐在一起争着展现自己的才华。他们衣着华丽耀眼，颐指气使，大声吆喝，声如雷鸣，年老的修养'德行'，年轻的名声远播。连那些年幼的，也一排排接踵而至，如果有一个位置暂时缺人，许多善用机巧钻营的事就会一齐出现，他们极力计谋争取，大部分仍然不能如愿以偿。这就不像这个州缺少佛师和马匹的情况了。而我是因为主张不同才被贬的，怎么会希望有瘸和尚和病马那样的机会呢？老人家的话是夸奖我了，请别这样加重我的罪过了！"于是，老人、壮年人互相望着，勉强笑了笑，叹息一声："明白了。"说罢拱手作揖转身而去，他们好像在为我的境遇惋惜似的。

◎ 天 说 ◎

本篇是柳宗元在永州司马任上所作。天说，即关于天的论述。

两段文字表达了两种不同的观点。首段写韩愈对天道与人事关系的看法，韩愈认为福祸皆由天定，敬天则昌，逆天则亡。次段柳宗元予以反驳，柳宗元认为天并无意志，天地、元气、阴阳，都是自然现象，并不能"赏功罚祸""功者自功，祸者自祸"，天道与人事互不相干。作者的这些观点具有朴素唯物主义思想。

【原文】

韩愈谓柳子曰："若知天之说乎？吾为子言天之说。今夫人有疾痛、倦辱、饥寒甚者，因仰而呼天曰：'残民者昌，佑民者殃！'又仰而呼天曰：'何为使至此极戾也？'若是者，举不能知天。夫果蓏、饮食既坏，虫生之；人之血气败逆壅底，为痈疡、疣赘、瘘痔，虫生之；木朽而蝎中，草腐而萤飞，是岂不以坏而后出耶？物坏，虫由之生；元气阴阳之坏，人由之生。虫之生而物益坏，食啮之，攻穴之，虫之祸物也滋甚。其有能去之者，有功于物者也；繁而息之者，物之雠也。人之坏元气阴阳也亦滋甚，垦原田，伐山林，凿泉以井饮，祕墓以送死，而又穴为偃溲，筑为墙垣、城郭、台榭、观游，疏为川渎、沟洫、陂池，燧木以燔，革金以镕，陶甄琢磨，悴然使天地万物不得其情，悻悻冲冲，攻残败挠而未尝息。其为祸元气阴阳也，不甚于虫之所为乎？吾意有能残斯人使日薄岁削，祸元气阴阳者滋少，是则有功于天地者也；繁而息之者，天地之雠也。今夫人举不能知天，故为是呼且怨也。吾意天闻其呼且怨，则有功者受赏必大矣，其祸焉者受罚亦大矣。子以吾言为何如？"

柳子曰："子诚有激而为是耶？则信辩且美矣！吾能终其说。彼上而玄者，世谓之天；下而黄者，世谓之地；浑然而中处者，世谓之元气；寒而暑者，世谓之阴阳。是虽大，无异果蓏、痈痔、草木也。假而有能去其攻穴者，是物也，其能有报乎？繁而息之者，其能有怒乎？天地，大果蓏也；元气，大痈痔也；阴阳，大草木也；其乌能赏功而罚祸乎？功者自功，祸者自祸，欲望其赏罚者大谬；呼而怨，欲望其哀且仁者，愈大谬矣。子而信子之仁义以游其内，生而死尔，乌置存亡得丧于果蓏、痈痔、草木耶？"

【译文】

韩愈对柳子说:"你知道有关天的道理吗?我为你讲述有关天的道理。人们遭受疾病、痛苦、劳累、屈辱、饥饿、寒冷很严酷的时候,就仰面问天,说:'残害人民的反而昌盛,保佑人们的反而遭殃。'又仰面呼天说:'为什么世道会发展到这样极端不合理的地步啊?'像这样的人,全都不了解天。果蔬饮食腐烂了,就生虫;人的血气衰退混乱、阻塞不通,就形成痈疡、疣赘、瘘痔,那里面也会生虫;树木朽烂,其中就会生出蛀虫;草腐烂,就有萤火虫飞出来:这些东西难道不是由于坏烂之后才生出虫来的吗?物体坏烂,虫就从里面生出来;元气阴阳受损坏,人就由此而生。虫生出以后,物体更加坏烂,虫子吃它、咬它,又在里面钻孔打洞,对物体的祸害更加严重了。假如有人能把虫除掉,那他对这些物体是有帮助的;繁殖虫子并帮它生长的,那就是物体的敌人了。人对元气阴阳的破坏更为厉害:开垦田地,砍伐山林,挖井开泉,取水以供饮用,挖掘墓穴埋藏死人,又挖坑作为厕所,修筑高墙矮垣、内城外郭、亭台楼榭以及可供游乐观赏的场所,疏浚河流,挖沟开渠,修建池塘,钻木取火以供焚烧,熔化铜铁等金属以铸造器物,制作陶器,雕琢玉石,使天地万物枯萎凋零,失却本性。人们气势汹汹地攻击、残害、破坏、扰乱天地万物,从来没有中止。他们对元气阴阳的祸害,不是比虫子所干的更厉害吗?我认为如果有谁能使这类人日益减少,那么祸害元气阴阳的也就越来越少,这就是对世间有功的人;让这类人滋生增长的,那就是天地的仇敌了。现在人们全都不能了解天,所以才呼喊它而且埋怨它。我认为天如果听到他们的呼喊和埋怨,那么有功于天地的人受到天的奖赏一定是很大的,而那些祸害天地的人受到天的惩罚也一定是很大的了。你怎么看待我的观点?"

柳子说:"你真的是有所愤激才讲这番话的吗?那么真可算是善于辩论而且言辞华美动听了。我能把有关天的道理说个明白。那在上面的青黑色的东西,世人称它为天;在下面的黄色的东西,世人称它为地;浑然一体而在天地间的东西,世人称它为元气;寒暑变化,世人称它为阴阳。这些东西虽然很大,但本质上与果蔬、痈痔、草木并没有什么不同。假如有人能除掉那些钻孔打洞的虫子,果蔬、痈痔、草木这些东西对他能有什么回报吗?如果有人繁殖虫子并帮它生长,果蔬、痈痔、草木能对他发怒吗?天和地,就像大果蔬;元气,就如同大痈痔;阴阳,就好比大草木:它们又怎能奖励有功劳而惩罚有罪过的呢?功绩是人们自己取得的;灾祸是人们自己造成的,希望天赏功罚祸的人是不对的。呼天怨天,希望天哀怜自己、对自己施以仁爱的人,那就更是错上加错了。你如果信奉你的仁义,凭借它生活于天地之间,那你就坚持着自己的信念生活好了,为什么要把生死得失寄托给像果蔬、痈痔、草木那样的不会思想、没有爱憎的天呢?"

◎ 观八骏图说 ◎

在这篇文章里，柳宗元批评了那种不到马群中去寻求骏马，而一定要按图索骥的错误做法，指出这种做法"终不能有得于骏也"。并由马之无异，类推圣人之无异。指出"慕圣人者，不求之人"，则"终不能有得于圣人也"。最后告诫人们，只有烧掉这些歪曲骏马和圣人本来面目的图画，骏马和圣人才能出现。

本文三段文字，层次清晰，脉络分明。每段论述中，正说反结，反说正结，正反相生，环环相扣，妙不可言。

【原文】

古之书有记周穆王驰八骏升昆仑之墟者，后之好事者为之图，宋、齐以下传之。观其状甚怪，咸若骞若翔，若龙凤、麒麟，若螳螂然。其书尤不经，世多有，然不足采。世闻其骏也，因以异形求之。则其言圣人者，亦类是矣。故传伏羲曰牛首，女娲曰其形类蛇，孔子如俱头，若是者甚众。孟子曰："何以异于人哉？尧、舜与人同耳！"

今夫马者，驾而乘之，或一里而汗，或十里而汗，或千百里而不汗者，视之，毛物尾鬣，四足而蹄，龁草饮水，一也。推是而至于骏，亦类也。今夫人，有不足为负贩者，有不足为吏者，有不足为士大夫者，有足为者，视之，圆首横目，食谷而饱肉，绤而清，裘而燠，一也。推是而至于圣，亦类也。然则伏羲氏、女娲氏、孔子氏，是亦人而已矣。骅骝、白义、山子之类，若果有之，是亦马而已矣。又乌得为牛，为蛇，为俱头，为龙、凤、麒麟、螳螂然也哉？

然而世之慕骏者，不求之马，而必是图之似，故终不能有得于骏也。慕圣人者，不求之人，而必若牛、若蛇、若俱头之间，故终不能有得于圣人也。诚使天下有是图者，举而焚之，则骏马与圣人出矣。

【译文】

古书上记载周穆王驾着八匹骏马登上昆仑山的故事，后来那些好事之徒把这段故事画成图，宋齐以后一直流传下来。看到画上那些马的形状，十分离奇怪异，好像在飞腾翱翔，好像龙、凤、麒麟、螳螂的样子。那些书上所记载的就更加荒诞不经了，这类书在世上有很多，然而都没有可取的地方。世俗的人听说这是骏马，因此就想象它是奇形怪状的样子。那么他们所说的圣人的形状，与此类似。所以传说伏羲氏长着牛头，女娲的身体像蛇，孔子面部好像戴着面具倛头，类似这种情况还有很多。孟子说："为什么会与常人不同呢？尧、舜也和普通人一样嘛。"

现在的马，驾车而行，有的走上一里路就出汗了，有的走上十里路才出汗，有的却走上千百里路还不出汗。可是就表面而言，都是满身长着毛，有尾有鬃，四脚有蹄，吃草饮水，全都没有区别。由此类推到骏马，自然也是一样。现在的人，有的当不成小商贩，有的不能当小吏，有的做不了知识分子入仕为官，然而有的人就能胜任。从外表上看，他们的脑袋都是圆的，眼睛都是横着长的，都吃五谷，喜欢吃肉，觉得穿细麻衣裳凉快，穿上皮袄就感到暖和，全都一样。由此类推到圣人，自然也相同。那么，伏羲氏、女娲氏、孔子氏，他们也都是人罢了。骅骝、白义、山子之类骏马，如果当真有的话，它们也不过是马罢了。又怎么能成为牛头，成为蛇身，成为倛头，成为龙、凤、麒麟、螳螂的样子呢？

可是世上那些寻求骏马的人，不在马群中找，而一定找像图上画的那种样子的马，所以终究得不到骏马。敬仰渴慕圣人的人，不在人群去寻求，而一定要去寻求像牛头、蛇身或倛头那样的人，所以终究寻找不到圣人。如果天下藏有这样的图画的人，把画统统拿来烧掉，那么骏马和圣人就出现了。

穆王骏骑图轴

◎ 童区寄传 ◎

本文是一篇人物传记，通过叙述牧童区寄与两贼斗智斗勇，从而诛杀两贼，巧妙逃脱这一故事，塑造了一个少年英雄的形象。

文章叙述简洁明快。人物语言、动作描写凝练传神，给人生动逼真的印象，读其字如见其人。

此篇文章可谓事奇，人奇，文奇。

【原文】

柳先生曰：越人少恩，生男女，必货视之。自毁齿已上，父兄鬻卖，以觊其利。不足，则盗取他室，束缚钳梏之。至有须鬣者，力不胜，皆屈为僮。当道相贼杀以为俗。幸得壮人，则缚取么弱者。汉官因以为己利，苟得僮，恣所为不问。以是越中户口滋耗。少得自脱，惟童区寄以十一岁胜，斯亦奇矣。桂部从事杜周士为余言之。

童寄者，郴州荛牧儿也。行牧且荛，二豪贼劫持反接，布囊其口，去逾四十里之墟所卖之。寄伪儿啼，恐栗为儿恒状。贼易之，对饮，酒醉。一人去为市，一人卧，植刃道上。童微伺其睡，以缚背刃，力下上，得绝，因取刃杀之。逃未及远，市者还，得童大骇。将杀童，遽曰："为两郎僮，孰若为一郎僮耶？彼不我恩也。郎诚见完与恩，无所不可。"市者良久计曰："与其杀是僮，孰若卖之；与其卖而分，孰若吾得专焉。幸而杀彼，甚善。"即藏其尸，持童抵主人所，愈束缚牢甚。夜半，童自转，以缚即炉火烧绝之，虽疮手勿惮，复取刃杀市者。因大号，一墟皆惊。童曰："我区氏儿也，不当为僮。贼二人得我，我幸皆杀之矣，愿以闻于官。"

墟吏白州，州白大府，大府召视，儿幼愿耳。刺史颜证奇之，留为小吏，不肯。与衣裳，吏护还之乡。乡之行劫缚者，侧目莫敢过其门。皆曰："是儿少秦武阳二岁，而讨杀二豪，岂可近耶！"

【译文】

柳先生说："越人缺乏恩爱，把生下的儿女看作商品。七八岁以上的小孩，父兄就卖掉他们，以贪图钱财。如果不满足的，就盗取别人家的孩子，把他们捆绑起来束住手脚然后卖掉。甚至已经长了胡须的人，因为力气不如别人，也被绑架卖掉被迫做僮仆。在大路上互相残杀已经成为风俗。有幸能长成强壮高大的，就去绑架那些力小体弱的。汉族的官吏利用这种情况为自己牟利，只要能得到僮仆，就对这种行为听之任之，不加追究。因此闽粤一带的户口逐渐减少。很少有人能逃脱这种为僮仆的悲惨遭遇，只有区寄以一个十一岁的孩子战胜了绑架的强盗，这真是奇事。桂管经略观察使的助手杜周士向我讲了这件事。"

风雨牧归图

区寄是郴州地方的一个打柴放牛的孩子，当他在一边打柴一边放牛时，两个强盗将他绑架，把他双手反绑，用布堵住他的口，带到四十里以外的集市上准备出卖。区寄假装啼哭，做出小孩子常见的那种恐惧害怕的样子。因此强盗对他放松了警惕，两人畅快对饮，喝得酩酊大醉。其中一个去市上谈生意，另一个躺下睡觉，把刀竖插在道上。区寄暗中观察，见他已经睡着了，便背靠刀口把绳索在刀刃上用力上下摩擦，割断了绳子，于是拿起刀杀死了那个熟睡的强盗。逃出去不远，去集市谈生意的强盗回来了，碰上了区寄，非常惊讶，想要杀掉他。区寄急忙说："做两个主人的奴仆，哪有做一个主人的奴仆好呢？他待我不好呀。你如果真能保全我的生命并好好待我，你让我做什么都可以。"谈生意回来的强盗思量了很久。暗想："与其杀了这个奴仆，不如把他卖了；与其卖了他后两个人分钱，不如我一个人独得。多亏小孩杀了他，太好了。"立即将那个强盗的尸体埋了，把小孩押到了旅店里，捆绑得更加结实。半夜里，区寄移动身体，将绑手的绳子靠近炉火烧断，虽然烧伤了手也不怕，又取刀杀死了这个强盗。然后大哭大叫，惊动了整个集市上的人。区寄说："我是姓区人家的孩子，不应该当奴仆。我被两个强盗绑架。幸而把他们都杀了，希望向官府报告。"

管理市场的官吏把这件事报告州官，州官又上报桂管经略使衙门，官府召见区寄，一看原来是个老实的小孩子。刺史颜证认为他与众不同，想把他留下来当小吏，区寄不答应。于是赐给他衣裳，派当差的护送他回家。从此以后，乡里那班专事抢劫绑架行凶的人，非常害怕，连正眼都不敢看他，更不敢经过他家门前。都说："这孩子比秦武阳还小两岁，但却杀了两个强盗，哪能去惹怒他啊！"

◎ 吊屈原文 ◎

　　本文写于永贞元年（805年），其年柳宗元因参加王叔文领导的政治革新运动失败而被贬为永州司马。赴永州途经汨罗江时，触景伤怀，写下此文。

　　作者感叹屈原虽有才能和抱负，却不被浊世所容；关心国家命运，却只能以死殉国。作者赞美了屈原坚贞不渝的爱国精神，认为屈原的"明知不可为而为之"的救国理想是值得敬佩的。同时借以抒发了自己坚持理想和操守的决心。字里行间，渗透着作者爱国忧国的思想感情。

　　文章采用了离骚体的形式。语颇隽永，耐人寻味。

【原文】

　　后先生盖千祀兮，余再逐而浮湘。求先生之汨罗兮，揽蘅若以荐芳。愿荒忽之顾怀兮，冀陈辞而有光。

　　先生之不从世兮，惟道是就。支离抢攘兮，遭世孔疚。华虫荐壤兮，进御羔袖。牝鸡咿嘤兮，孤雄束咮。哇咬环观兮，蒙耳大吕。董喭以为羞兮，焚弃稷黍。奸宄之不知避兮，宫庭之不处。陷涂藉秽兮，荣若绣黼。榱折火烈兮，娱娱笑舞。谗巧之嘵嘵兮，惑以为《咸池》。便媚鞠恶兮，美逾西施。谓谟言之怪诞兮，反寘瑱而远违。匿重痼以讳避兮，进俞、缓之不可为。

　　何先生之凛凛兮，厉针石而从之。但仲尼之去鲁兮，曰吾行之迟迟。柳下惠之直道兮，又焉往而可施？今夫世之议夫子兮，曰胡隐忍而怀斯？惟达人之卓轨兮，固僻陋之所疑。委故都以从利兮，吾知先生之不忍；立而视其覆坠兮，又非先生之所志。穷与达固不渝兮，夫唯服道以守义。矧先生之悃愊兮，滔大故而不贰。沉璜瘗珮兮，孰幽而不光？荃蕙蔽匿兮，胡久而不芳？

　　先生之貌不可得兮，犹仿佛其文章。托遗编而叹喟兮，涣余涕之盈眶。呵星辰而驱诡怪兮，夫孰救于崩亡？何挥霍夫雷电兮，苟为是之荒茫。耀婍辞之皕朗兮，世果以是之为狂。哀余衷之坎坎兮，独蕴愤而增伤。谅先生之不言兮，后之人又何望。忠诚之既内激兮，抑衔忍而不长。芈为屈之几何兮，胡独焚其中肠？

　　吾哀今之为仕兮，庸有虑时之否臧！食君之禄畏不厚兮，悼得位之不昌。退自服以默默兮，曰吾言之不行。既媕风之不可去兮，怀先生之可忘！

【译文】

先生逝世后约一千年的今天啊，我又一次被贬逐乘船来到湘江。为访求先生的遗迹我来到汨罗江畔啊，采摘杜蘅向先生敬献芳香。愿先生在荒茫中能顾念到我啊，让我荣幸地向你倾诉衷肠。

先生不屈从世俗不随波逐流啊，只遵循正确的政治主张。当时国家是那样的残破纷乱啊，你生活的世道实在令人忧伤。华贵的礼服被抛弃在地上啊，却穿起羊皮做的粗劣衣裳。母鸡咯咯乱叫啊，昂然独立的公鸡却不能放声高唱。庸俗下流的曲调人们围住欣赏啊，对高雅美妙的音乐反而捂住耳朵。把毒药当成美好的食物啊，却把真正的粮食抛弃烧光。明明是牢狱却不知回避啊，丢下美丽的宫殿任其荒凉。陷进泥坑坐在肮脏的地方弄得满身污秽啊，却自以为很荣耀像披上锦绣礼服。房屋已被烈火烧毁啊，却还歌舞欢笑喜气洋洋。喋喋不休的谗言巧语啊，却糊涂地当成悦耳动听的乐章。本是阿谀奉承厚颜无耻的小丑啊，却把她看成比西施还要漂亮。把治国图强的言论视为怪诞啊，反而塞住耳朵把它抛到远方。有了重病还要讳疾忌医啊，其实就是请来名医也束手无方。

为什么像先生这样令人钦佩的人呀，还偏要磨砺针石去医治那不能治愈的创伤？但从前孔子离开鲁国的时候啊，曾说："我慢慢地走。"柳下惠奉行"直道"啊，也曾说过去哪里能实现这种主张。现在世上的人都在议论先生啊，说你为什么那样遭受打击还要关怀楚国的兴亡？通达事理的人的卓越行为啊，本来是知识浅薄的人无法想象。抛弃自己的祖国去追求个人的私利啊，我知道先生决不忍心这样。袖手旁观坐视自己国家夭亡啊，这更不是先生的志向。无论处境好坏都不改变自己的志向啊，你始终坚守自己的节操和理想。何况先生对祖国是这样忠心耿耿啊，宁可壮烈投江而死也决不改变立场。沉在水底和埋进土里的美玉呀，怎么会变得幽暗无光？香草被隐藏起来啊，怎么会因时间久了就失去芳香？

先生的容貌再也看不到了啊，但从你的文章里却仿佛看到了你的形象。捧读先生的遗著我满腹感慨啊，禁不住热泪盈眶。你呵斥星辰而驱逐各种怪异啊，那样又怎能挽救国家的危亡？你为什么那样指挥风云驾驭雷电啊，姑且浸沉于那渺茫的幻想。你写下了那些辞藻华美而又朦胧难明的文章啊，世上的一般人果真以为你在发狂。唯独我为你的遭遇深怀不平啊，内心充满了愤怒和悲哀。如果先生不写下这些文章啊，后世的人又如何把你敬仰？你那爱国的赤诚既然在胸中激荡啊，哪能长久忍耐在心中而不向外溢扬？芈姓的楚国同你姓屈的能有多大关系啊，为什么你忧心如焚地为它着想？

我对现在的那些当官的感到痛心疾首啊，他们中有哪一个关心国家的治乱兴亡！他们只担心自己的俸禄不多啊，又发愁自己的官运不昌。我只好反身自守默不作声啊，因为我也难以实现我的主张。既然这恶劣的世风难以改变啊，我只有长怀先生永不遗忘！

◎ 临江之麋 ◎

柳宗元"恒恶世之人，不知推己之本，而乘物以逞"。临江之麋可以恃主人之宠，与家犬相狎；一旦失去主人的庇佑，只落得被野犬杀食的下场。文章以麋暗喻那些"依势干非其类"之人，以麋身死犬口的下场对这些人敲响警钟。读此文让人警醒，文中寓意深刻，借物喻人，一针见血。

【原文】

临江之人，畋得麋麑，畜之。入门，群犬垂涎，扬尾皆来。其人怒，怛之。自是日抱就犬，习示之，使勿动，稍使与之戏。积久，犬皆如人意。麋麑稍大，忘己之麋也，以为犬良我友，抵触偃仆，益狎。犬畏主人，与之俯仰甚善，然时啖其舌。三年，麋出门，见外犬在道甚众，走欲与为戏。外犬见而喜且怒，其杀食之，狼藉道上。麋至死不悟。

【译文】

临江有个人，猎得一只小鹿，把它带回家养起来。他刚进家门，一群狗就流着口水，摇着尾巴跑过来。猎人很生气，就吓唬群犬让它们走开。从此他每天抱着小鹿接近群犬，经常将小鹿给狗看，教狗不要伤害它，还逐渐让小鹿和狗一起玩。时间久了，群犬的表现符合主人的意图。小鹿渐渐长大了，竟忘了自己是一只鹿，觉得狗真的是自己的朋友，和它们相互顶撞，在地上打滚，越来越亲热。狗因为害怕主人，只好跟它打闹，显出很友好的样子，但是狗时常舔着舌头，想要吃掉小鹿。这样过了三年，小鹿出门到外边，见大路上有许多野狗，便跑过去想和它们一起玩耍。野狗见到后非常高兴，同时又被鹿竟想与它们戏耍的做法所激怒了，于是一齐把小鹿咬死，吃掉了。吃剩的皮毛骨头散乱地落在路上。鹿到死也不知道是怎么回事。

梅花鹿

◎ 黔之驴 ◎

这篇文章是柳宗元寓言小品中的代表作。作者通过驴这种动物形象，借题发挥，托物寓意，讽刺那些仅有一点有限的本领，却去招惹强大对手，以致落到可悲下场的不自量力之徒。

文章短小精悍，描情绘影，因物肖形，使读者闻其解颐，望其猛醒。

【原文】

黔无驴，有好事者船载以入。至则无可用，放之山下。虎见之，庞然大物也，以为神。蔽林间窥之，稍出近之，慭慭然莫相知。他日，驴一鸣，虎大骇，远遁，以为且噬己也，甚恐。然往来视之，觉无异能者。益习其声，又近出前后，终不敢搏。稍近，益狎，荡倚冲冒，驴不胜怒，蹄之。虎因喜，计之曰："技止此耳！"因跳踉大㘎，断其喉，尽其肉，乃去。

噫！形之庞也类有德，声之宏也类有能。向不出其技，虎虽猛，疑畏，卒不敢取。今若是焉，悲夫！

【译文】

贵州一带本来没有驴，有位多事的人用船把一头驴运进来。运来后又没有什么用处，就把它放养在山下。老虎看见驴高大的样子，把它看得很神奇。躲到树林里偷看它，渐渐地又走出来接近它，一副小心谨慎的样子，却不知它是什么。有一天，驴叫了一声，老虎非常害怕，逃得远远的，以为驴要吃掉自己，特别惊恐。但是它来回观察驴子，觉得它并没有什么特殊的本领。老虎慢慢地听惯了驴的叫声，就离它又近一点，在它的前前后后走动，却始终不敢去扑击它。老虎渐渐靠近驴子，更加轻松随便，不断碰撞、靠近，冲击冒犯戏弄驴子，驴子非常恼火，踢了老虎一脚，老虎因此非常高兴，心里合计道："它的本事不过这样罢了！"于是跳跃而起，大声怒吼，咬断了驴的喉管，吃光了驴子的肉，才扬长而去。

唉！那驴子形体高大并且好像很有修养，声音洪亮也好像很有本领。假使它不显示自己那一点有限的本领，老虎虽凶猛，但也心存疑惧，到底不敢去吃它，如今落得这个下场，真可悲呀！

◎ 永某氏之鼠 ◎

本文亦是寓言小品，讲永州一人，因自己属相为鼠，便视鼠为吉物，放纵老鼠在宅院恣意糟蹋，从不过问。后来此人迁居，新来的主人将老鼠消灭殆尽，老鼠的尸体竟堆积如小山，臭味几个月才消散。

作者用这个故事来讽刺那些利用时机为非作歹的人，告诫他们"多行不义必自毙"。文以"彼以其饱食无祸为可恒也哉"结尾，"可恒"二字，含无尽慨叹。

【原文】

永有某氏者，畏日，拘忌异甚。以为己生岁直子，鼠，子神也。因爱鼠，不畜猫犬，禁僮勿击鼠。仓廪庖厨，悉以恣鼠不问。由是鼠相告，皆来某氏，饱食而无祸。某氏室无完器，椸无完衣，饮食大率鼠之馀也。昼累累与人兼行，夜则窃啮斗暴，其声万状，不可以寝。终不厌。数岁，某氏徙居他州。后人来居，鼠为态如故。其人曰："是阴类恶物也，盗暴尤甚，且何以至是乎哉！"假五六猫，阖门撤瓦，灌穴，购僮罗捕之。杀鼠如丘，弃之隐处，臭数月乃已。呜呼！彼以其饱食无祸为可恒也哉！

【译文】

永州有个人，怕触犯忌日，家中禁忌特别多。他认为自己出生的年份正当子年（属鼠），视老鼠为子年的神物，因此喜爱老鼠。他家里不养猫狗，还训诫仆人不要捕老鼠。粮仓和厨房，都随老鼠任意糟蹋，从不过问。从此老鼠相互转告，都到他家，饱食终日而安然无事。这人家中没有一件完整的器具，衣架上没有一件完好的衣服，吃的喝的大都是老鼠吃剩下的东西。老鼠白天成群结队地在人前走来走去，夜里就偷咬东西，并使劲打架，发出各种各样的声响，吵得人不能睡觉。这个人始终不厌烦。几年以后，这个人搬到别的州去了。又有人搬进了这所房子，老鼠的行为仍和从前一样。新主人说："这些老鼠是在阴暗地方活动的坏东西，偷盗捣乱格外厉害，是什么原因使它们猖狂到这种地步？"于是借来了五六只猫，关上大门，搬开屋里的瓦盆瓦罐，用水灌鼠洞，又雇人来捕捉老鼠。杀死的老鼠堆积如小山，把它们扔到偏僻无人的地方，臭味几个月才消散。唉！老鼠以为它们吃饱肚子而没有祸患是可以长久的呢！

◎ 捕蛇者说 ◎

　　本篇为柳宗元被贬为永州司马期间所作。中唐时期，朝纲混乱，吏治腐败，贪官污吏巧取豪夺，苛捐杂税多如牛毛，农村破产，农民家破人亡，流离失所，生活极端痛苦。柳宗元谪居永州，目睹这些事实，写了这篇《捕蛇者说》。

　　文章借捕蛇者蒋氏一家三代宁愿死于毒蛇之口也不愿负担赋税这一事实，揭露了中唐时期社会的种种弊端，写出了当时劳动人民在残酷剥削下的痛苦生活，向贪暴的统治者提出了强烈的控诉，表达了作者对劳动人民的深切同情。

　　文章深沉曲折，波澜起伏，通过叙述异蛇之毒、捕蛇之险、官吏征蛇之狠，最后点出"赋敛之毒，有甚是蛇者"的主题思想。

【原文】

　　永州之野产异蛇，黑质而白章，触草木尽死，以啮人，无御之者。然得而腊之以为饵，可以已大风、挛踠、瘘、疠，去死肌，杀三虫。其始太医以王命聚之，岁赋其二。募有能捕之者，当其租入。永之人争奔走焉。

　　有蒋氏者，专其利三世矣。问之，则曰："吾祖死于是，吾父死于是；今吾嗣为之十二年，几死者数矣。"言之貌若甚戚者。余悲之，且曰："若毒之乎？余将告于莅事者，更若役，复若赋，则何如？"蒋氏大戚，汪然出涕曰："君将哀而生之乎？则吾斯役之不幸，未若复吾赋不幸之甚也！向吾不为斯役，则久已病矣。自吾氏三世居是乡，积于今六十岁矣，而乡邻之生日蹙。殚其地之出，竭其庐之入，号呼而转徙，饥渴而顿踣，触风雨，犯寒暑，呼嘘毒疠，往往而死者相藉也。曩与吾祖居者，今其室十无一焉；与吾父居者，今其室十无二三焉；与吾居十二年者，今其室十无四五焉。非死则徙尔，而吾以捕蛇独存。悍吏之来吾乡，叫嚣乎东西，隳突乎南北，哗然而骇者，虽鸡狗不得宁焉。吾恂恂而起，视其缶，而吾蛇尚存，则弛然而卧。谨食之，时而献焉。退而甘食其土之有，以尽吾齿。盖一岁之犯死者二焉。其余则熙熙而乐，岂若吾乡邻之旦旦有是哉？今虽死乎此，比吾乡邻之死则已后矣，又安敢毒邪？"

　　余闻而愈悲。孔子曰："苛政猛于虎也。"吾尝疑乎是。今以蒋氏观之，犹信。呜呼！孰知赋敛之毒，有甚是蛇者乎！故为之说，以俟夫观人风者得焉。

【译文】

永州出产一种奇异的蛇，黑色的皮肤，白色的花纹。只要一接触到草木，草木就要枯死。假如咬到人，没有人能够医治好。可是如果捉到它把它风干制成药饵，可以治好麻风、四肢挛曲、脖子肿大和各种恶疮，还可以除去坏死的肌肉，杀死体内的各类寄生虫。开始时，太医奉皇帝的命令搜集这种蛇，每年征收两次。招募有能捉到这种蛇的人，免去他应缴的赋税。永州的贫民都竞相应募。

有一个姓蒋的，他家已经三代独享这种捕蛇免税的好处了。我问他，他就说："我祖父死于捕蛇，我父亲也死于捕蛇，如今我接着干这件事已经十二年，几乎送命的情况已有多次了。"谈到这件事，他神色非常悲伤。我很可怜他，就对他说："你怨恨这件事吗？我愿意告诉管这件事的官吏，更换你的差使，恢复你的赋税，怎么样？"姓蒋的更加悲痛，眼泪汪汪地说："您打算可怜我让我活下去吗？那么，我这项役事的不幸，还不如恢复我赋税的不幸厉害呀！倘若我以前不干这个差使，我早就穷苦不堪了。自从我家三代住在这个乡里，到如今已经六十年了，而乡邻们的生活一天比一天困苦。他们倾尽了地里的出产，用尽了自己的收入，哭喊着到处流亡，饥渴劳累得倒下去，冒着风雨寒暑，呼吸着瘟疫毒气，往往因而死掉的尸休一具一具地互相压叠着。过去同我祖父住在一村的，如今十家中没有一家了；同我父亲住在一村的，如今十家中没有两三家了；同我住在一村十二年的，如今十家中没有四五家了。不是死了就是流亡了。唯独我们家因为捕蛇而保存下来。蛮横的公

孔子像

差到我们乡里来的时候，到处吵闹，到处骚扰，老百姓吓得惊慌失措，即使鸡狗也不得安宁呀！我赶紧起来，看看那只瓦罐，见蛇还在里面，就放心地去睡觉。平时谨慎地饲养它，按时献上它。回家后就津津有味地吃着自己地里出产的东西，以度过我的余生。一年中冒着死亡危险的时候只有两次。其余时间就舒服地过着安乐的日子，怎么会像我的乡邻们那样天天抱怨有死亡的威胁呢？现在我即便死在捕蛇这件事上，比我的乡邻们已经算是死得晚的了，又怎么敢怨恨呢？"

我听完这一席话后更加悲伤。孔子说："苛刻的政令比老虎还凶啊！"我曾经对这句话怀疑过，现在以姓蒋的事情来看，还是可信的。唉！谁知道赋税对百姓的毒害，比这种毒蛇更厉害呢！所以，我写了这篇《捕蛇者说》，以等待这些视察民情的人得到它。

◎ 乞巧文 ◎

传说农历七月七日夜，天上牛郎和织女相会。妇女于当晚穿针引线，或在庭院中陈列瓜果以乞巧。这一民俗自古以来吸引着众多骚客文人，从而创作出相关诗文，其中绝大部分都以男欢女爱、风俗人情为主旨。柳宗元写《乞巧文》别出心裁，他以小题目营造大文章，虽然是从乞巧二字入手，却并不描绘妇女穿针献果的情景，而是刻画了阿谀逢迎、投机取巧的官场丑态，借此反衬自己"抱拙终身"的品行。本文是自嘲之作，满腹牢骚不平，都化为奇言妙语，文章体例近于祭祀祷文，这是与表现题材相和谐的。文中反复陈述自己之"拙"，又极言"巧夫"的巧言令色，反语正用别有机杼。柳宗元因时运不佳，被贬谪到荒僻之地，自然心情郁结，所作托物言志之文甚多，借以自慰。此文历来和韩愈的《送穷文》相提并论，享有一定声誉。

【原文】

柳子夜归自外庭，有设祠者，餰饵馨香，蔬果交罗，插竹垂绥，剖瓜犬牙，且拜且祈。怪而问焉。女隶进曰："今兹秋孟七夕，天女之孙将嫔于河鼓。邀而祠者，幸而与之巧，驱去蹇拙，手目开利，组纴缝制，将无滞于心焉。为是祷也。"

柳子曰："苟然欤？吾亦有所大拙，倘可因是以求去之。"乃缨弁束衽，促武缩气，旁趋曲折，伛偻将事，再拜稽首称臣而进曰："下土之臣，窃闻天孙，专巧于天，镠镈璇玑，经纬星辰，能成文章，黼黻帝躬，以临下民。钦圣灵、仰光耀之日久矣。今闻天孙不乐其独得，贞卜于玄龟，将蹈石梁，款天津，俪于神夫，于汉之滨。两旗开张，中星耀芒，灵气翕歘，兹辰之良。幸而弭节，薄游民间，临臣之庭，曲听臣言：臣有大拙，智所不化，医所不攻，威不能迁，宽不能容。乾坤之量，包含海岳，臣身甚微，无所投足。蚁适于垤，蜗休于壳。龟鼋螺蚌，皆有所伏。臣物之灵，进退唯辱。彷徉为狂，局束为诏，吁吁为诈，坦坦为忝。他人有身，动必得宜，周旋获笑，颠倒逢嘻。己所尊昵，人或怒之，变情徇势，射利抵巇。中心甚憎，为彼所奇，忍仇佯喜，悦誉迁随。胡执臣心，常使不移？反人是己，曾不惧疑。贬名绝命，不负所知。抃嘲似傲，贵者启齿。臣旁震惊，彼且不耻。叩稽匍匐，言语谲诡。令臣缩恧，彼则大喜。臣若效之，瞋怒丛己。彼诚大巧，臣拙无比。王侯之门，狂吠狴犴。臣到百步，喉喘颠汗，睢盱逆走，魄遁神叛。欣欣巧夫，徐入纵诞。毛群掉尾，百怒一散。世途昏险，拟步如漆，左低右昂，斗冒冲突。鬼神恐悸，圣智危栗。泯焉直透，所至如一。是独何工，纵横不恤。非天所假，彼智焉出？独啬于臣，恒使玷黜。沓沓骞骞，恣口所言。迎知喜恶，默测憎怜。摇唇一发，径中心原。胶加钳夹，誓死无迁。探心扼胆，踊跃拘牵。彼虽佯退，胡可得旃！独结臣舌，暗抑衔冤。擘眦流血，一辞莫宣。胡为赋授，有此奇偏？眩耀为文，琐碎排偶，抽黄对白，噬唼飞走。骈四俪六，锦心绣口。宫沉羽振，笙簧触手。观者舞悦，夸谈雷吼。独溺臣心，使甘老丑。嚚昏莽卤，朴钝枯朽。不期一时，以俟悠久。旁罗万金，不鬻敝帚。跪呈豪杰，投弃不有。眉睫颊蹙，喙唾胸殴。大赧而归，填恨低首。天孙司巧，而穷臣若是，卒不余畀，独何酷欤？敢愿圣灵悔祸，矜臣独艰。付与姿媚，易臣顽颜。凿臣方心，规以大圆。拔去呐舌，纳以工言。文词婉软，步武轻便。齿牙饶美，眉睫增妍。突梯卷脔，为世所贤。公侯卿士，五属十连。彼独何人，长享终天！"

言讫，又再拜稽首，俯伏以俟。至夜半，不得命，疲极而睡，见有青袖朱裳，手持绛节而来告曰："天孙告汝，汝词良苦，凡汝之言，吾所极知。汝择而行，嫉彼不为。汝之所欲，汝自可期。胡不为之，而诳我为！汝唯知耻，谄貌淫词，宁辱不贵，自适其宜。中心已定，胡妄而祈？坚汝之心，密汝所持，得之为大，失不汙卑。凡吾所有，不敢汝施，致命而升，汝慎勿疑。"

呜呼！天之所命，不可中革。泣拜欣受，初悲后怿。抱拙终身，以死谁惕！

【译文】

那天夜晚，我从外庭回到家里，看见有人摆设祭品在祭祀，糕饵浓香扑鼻，蔬菜水果交错陈列，桌子两旁插着旗帜，缨丝下垂，剖开的瓜果陈列错置，她一边叩头一边祈祷。我感到很奇怪，就上前询问。女仆过来回答说："今晚是七月七日夜，织女星就要去与牛郎星相见。迎候并祭祀她的人，有希望得到她赐予的智巧，驱走原来的迟钝笨拙，变得眼明手巧，编织缝纫的活就会得心应手。这就是我们祈祷的原因。"

我说："果真这样吗？我也非常笨拙，也许可以因此乞求织女星帮助我去掉它。"于是系好冠带，整好衣服，迅速迈步前行，屏住呼吸，我从旁边快步绕道走过去，弯腰行礼，开始祈祷。我跪在地上，一再叩首行礼，向织女星称臣祈祷说："我这个凡间的小臣，听说天上只有你织女星最灵巧。你连缀十分复杂的天体，编织大大小小的星辰，为天帝缝制成有精美花纹的华丽衣服装饰，俯视下界万民。我钦佩你的聪明，仰望你的光辉已经很长时间了。现在我听说你不喜欢孤独生活，占卜了一个吉日，将要踏上石桥，渡过天河，去与牛郎相聚在天河对岸。左旗九星，右旗九星，两面大旗在两边张开，中间的牵牛星放射着耀眼的光芒，灵光闪烁，这真是个吉日良辰。希望你能稍稍休息一下，到民间来游历，请降临到我的庭院里，认真听我诉说。我非常笨拙，聪明的人难以感化我，高明的医生无法治愈我，威武不能强迫我改变，再宽厚也不会对

乞巧图

我容忍。天地有广大的容量，可以容纳高山大海，我的身体虽然十分微小，却没有可以立足的地方。蚂蚁居住在窝里，蜗牛栖息在壳内，乌龟、鼋鱼、螺蛳、河蚌都有藏身的地方。我作为万物之灵的人，却前进后退都要经受屈辱，稍不约束就被认为狂妄，约束一下自己又被看成是奉迎谄媚上司，我忧愁叹息被认为是在装腔作势，我安然自得却又被嘲笑为恬不知耻。有些人活在世上，常常左右逢源，处处吃香，他们善于逢迎应酬，得到别人称赞，他们举止不适当，也会获得欢喜。他们所尊崇熟悉的人，如果有人生他气，他们就会屈从恼恨者的情势，见机行事，为博取名利而投机钻营。他们内心十分怨恨的人，为了得到他的特殊照顾，也常常忍着内心的仇恨，装出一副高兴的样子，一味肉麻殷勤，迁就别人。为什么我坚持自己的看法，从不改变？以为别人不对自己正确，从不畏惧动摇。即使遭到贬谪和丧命，也不背离放弃自己所信奉的道理。那些'巧夫'们丑态百出，实在是傲慢无理，但那些显贵们却因此开怀大笑。我在一旁感到惊讶，'巧夫'们却不觉羞耻。他们匍匐在地叩头乞怜，举止奸佞使我替他们害臊，他们却十分得意。我如果学他们的样子，大家一定会瞪着眼睛，把愤怒都集中到我身上。可见他们确实十分乖巧，而我真是十分愚笨。那些达官贵人的家门口，有很多狂叫的恶狗。我走到距离它们还有百步的地方，就气喘吁吁，汗流满脸，只有瞪着眼睛，十分惊恐地转身就跑，吓得魂飞魄散。那些得意扬扬的'巧夫'，却能大摇大摆地从容走进去，看门的恶狗都摇着尾巴，所有的怒气完全消失。真是世道昏暗，人情险恶，就好像在暗夜摸索行走，一脚低一脚高，东碰西撞，分辨不出东西南北。这样的情况，就是神鬼也感到心惊肉跳，就是最聪明的人也会惊恐发抖。然而在'巧夫'面前，却不存在这些危险，无论到哪里都畅通无阻。他们这是一种什么样的高招，竟可以横冲直撞，无所顾忌！他们这种'智慧'如果不是天授的，又是怎么获得的呢？为什么老天偏偏对

我这样吝啬，使我常常受到羞辱与挫败？那些'巧夫'们滔滔不绝，高谈阔论，信口开河。他们预先揣摩、暗中推测别人的爱憎，鼓舌摇唇一说话，就说到了上司的心坎上。他们与上司的关系亲密，像用钳子夹在一起，永不改变！他们揣摩上司的心理，抓住上司的脾气，一举一动都勾结在一起。他们即使假装退让，又哪能得到上司的同意！只有我拙嘴笨舌，含冤难诉，急得眼眶破裂流血，还是一句话也说不出来。为什么上天赐给人的巧与拙，有这样大的分别？'巧夫'们写些文章为了炫耀自己，文辞琐碎，专讲排比对偶，拿黄色对白色，将鸟鸣对兽吼。用四言句六言句排比成文，文章从头到尾，一味追求华丽。声调抑扬顿挫，好像演奏乐器一样动听。那些阅读文章的人高兴得手舞足蹈，夸奖之声如同雷鸣。唯独我的思想不愿改变，我喜爱苍劲朴质的文风，因而显得愚笨糊涂、鲁莽粗糙、拙劣枯槁。我不希望得到一时的名声，期待后世的公论。即使旁边堆着万两黄金，我也舍不得卖掉虽破旧却对自己而言很珍贵的东西。我把自己写的文章恭恭敬敬地呈送给那些权贵们看，却被他们掷在一旁不屑一顾。他们皱起眉头，耸着鼻梁，胸中作呕，连连唾口水。我只得心中充满羞愧和怨恨，低着头转身就走。织女星，你主管赐灵巧给人，而我如此窘困，却始终不把灵巧赐给我，为什么只对我这样残酷？我大胆地请求你改变已经造成的祸害，怜惜同情我艰难的处境。请授予我媚人的姿态，改变我顽劣的容貌；把我这端正耿直的心肠变得能善于随机应变；拔掉我这不会说话的舌头，使我善于巧言令色；使我能把文章写得委婉曲折，步履变得轻便，牙齿长得丰美，眉毛更加漂亮；使我能随波逐流，甘愿委曲求全，去博取世人的称赞。公侯、卿士和地方上的权豪大僚，他们究竟都是些什么样的人，为什么能终生享有尊贵的地位？"

我说完后，又跪拜叩头，趴在地上等待。直到半夜，还是得不到答复。于是疲倦地睡去，梦见一个穿青花红裙的人，手里拿着红色符节而来，对我说："织女要我来告诉你，'你的话讲得实在悲苦。你所讲的一切，我都十分了解。你是有选择地去行动，你不去做自己不想做的事情。你所苦苦追求的，一定能够实现。你为什么不按照自己的想法去做，反而来欺骗我呢？你最知羞耻，对那种殷勤取宠的样子和不符合正道的胡言乱语，你宁可受到屈辱，也鄙视它，而做着自己认为应该做的事。你已下定决心，为什么还要胡乱地乞求灵巧呢？坚定信心，坚持你的主张吧！你如果能够实现理想，固然很不错；即使不能实现，也不为耻。凡是我所有的灵巧，实在不敢传授给你'。这是织女要我传达给你的话，现在已经讲完，马上返回天宫，望你千万不要怀疑。"

唉！上天赋予一个人的品性，不能改变。我含着眼泪下拜，很高兴接受织女的指教，初听时我很悲痛，后来就心悦诚服。我决心坚守自己的节操终身不变，纵然因此而死，也不感到畏惧！

◎ 师友箴 ◎

此文精悍短小，是柳氏文集中的"袖珍式"作品，但却流布甚广，深为人知，不愧为一篇劝世箴言。作者开宗明义，以当时社会上不重视选择师长、朋友的现象为忧，因此写下此文以警示自己，并教诫后人。"中焉可师，耻焉可友"是该文主旨，而"道苟在焉，佣丐为偶；道之反是，公侯以走"则又是作者求师交友的一种严肃态度。文章言简意赅，流畅自然，具有警示意义。

【原文】

今之世，为人师者众笑之，举世不师，故道益离；为人友者，不以道而以利，举世无友，故道益弃。呜呼！生于是病矣，歌以为箴。既以儆己，又以诫人。

不师如之何，吾何以成！不友如之何，吾何以增！吾欲从师，可从者谁？借有可从，举世笑之。吾欲取友，谁可取者？借有可取，中道或舍。仲尼不生，牙也久死，二人可作，惧吾不似。

中焉可师，耻焉可友，谨是二物，用惕尔后。道苟在焉，佣丐为偶；道之反是，公侯以走。内考诸古，外考诸物，师乎友乎，敬尔毋忽！

【译文】

在当今的社会上，众人常常讥笑老师，整个社会上都不求师，所以愈加偏离正道；与别人交朋友，不是因为志同道合，完全是利益相关，以致整个社会上没有真正的朋友，因此正道也就更被人抛弃了。唉！我对这种现状实在痛心疾首，于是以这篇歌作为箴言。既用来警诫自己，又用来劝勉别人。

没有老师怎么行？我怎么能有所成就！没有真正的朋友怎么可以？我怎么会有所进步！我想跟从老师学习正道，然而又不知应该跟从谁。如果确有可以跟从的，却又会被整个社会讥笑。我很想交个朋友，但是可以与谁真正成为朋友呢？如果有个人可以交往，又怕在半道中被舍弃。仲尼不会再生，鲍叔牙也早已死亡；即使二人在世，恐怕我的道也与他们的不同。

言行合乎中道的可以为老师，以违背道德的事为耻的可以交朋友；谨慎地用这两条为标准，时时提醒你怎样求师交友。如果能坚持中道的，即使是用人乞丐也可以成为良师高朋；如果背弃中道的，就是公侯卿相也应不接近。内要考察历史，外要考察各种现实，对于从师交友，一定要慎重，不要疏忽大意。

◎ 舜禹之事 ◎

　　此文乃柳宗元论述文中的精品，历来为人所称道。正如题目所示，文章的中心论点虽然是说舜、禹禅让有理，但围绕这个论点，作者又详细讲述舜、禹时候的事，以此来证明禅让的合理性。开篇以曹丕受禅于汉献帝后所说"舜、禹之事，吾知之矣"一语，先为文章设置悬念，具有较强的艺术感染力，引人注目，并使人产生一睹为快的兴趣。接着作者顺水推舟，郑重地赞同曹丕所言，认为他说的话没错，从而自然地将笔触伸向尧、舜、禹的故事。作者不急不躁、娓娓谈来，夹叙夹议，不讲众所皆知的"推位让国"的缘由，而是别出心裁地陈述让位者与受禅者有计划的事先准备。"尧知其道不可，退而自忘；舜知尧之忘己而系舜于人也，进而自系。""舜之与禹也亦然。"作者接连举例来佐证此论，言辞缜密，有理有据。欲辩曹丕所受非议，必讲汉魏历史，文章到此以"丕之父攘祸以立强"来写，称曹操父子三十余年的征伐诸侯、治理天下的功绩，已为曹氏入主天下奠定了基础，因为普天之下的民心已归曹氏。行文到此，既回应了前文引用的曹丕一事，又将"禅让"有理论得透彻明白。

【原文】

　　魏公子丕，由其父得汉禅。还自南郊，谓其人曰："舜、禹之事，吾知之矣。"由丕以来皆笑之。

　　柳先生曰：丕之言若是可也。向者丕若曰："舜、禹之道，吾知之矣。"丕罪也。其事则信。吾见笑者之不知言，未见丕之可笑者也。

　　凡易姓授位，公与私，仁与强，其道不同；而前者忘，后者系，其事同。使以尧之圣；一日得舜而与之天下，能乎？吾见小争于朝，大争于野，其为乱，尧无以已之。何也？尧未忘于人舜未系于人也。尧之得于舜也以圣，舜之得于尧也以圣，两圣独得于天下之上，奈愚人何？其立于朝者，放齐犹曰"朱启明"，而况在野者乎？尧知其道不可，退而自忘；舜知尧之忘己而系舜于人也，进而自系。舜举十六族，去四凶族，使天下咸得其人；命二十二人，兴五教，立礼刑，使天下咸得其理；合时月，正历数，齐律、度、量、权衡，使天下咸得其用。积十余年，人曰："明我者舜也，齐我者舜也，资我者舜也。"天下之在位者，皆舜之人也。而尧隤然，聋其聪，昏其明，愚其圣。人曰："往之所谓尧者果乌在哉？”或曰“耄矣”，曰“匿矣”。又十余年，其思而问者加少矣。至于尧死，天下曰：“久矣，舜之君我也。”夫然后能揖让受终于文祖。舜之与禹也亦然。禹旁行天下，功系于人者多，而自忘也晚。益之自系犹是也，而启贤闻于人，故不能。夫其始系于人也厚，则其忘之也迟。不然，反是。

汉之失德久矣，其不系而忘也甚矣。宦、董、袁、陶之贼生人盈矣，丕之父攘祸以立强，积三十余年，天下之主，曹氏而已，无汉之思也。丕嗣而禅，天下得之以为晚，何以异夫舜、禹之事耶？然则汉非能自忘也，其事自忘也；曹氏非能自系也，其事自系也。公与私，仁与强，其道不同，其忘而系者，无以异也。尧、舜之忘，不使如汉，不能授舜、禹；舜、禹之系，不使如曹氏，不能受之尧、舜。然而世徒探其情而笑之，故曰：笑其言者非也。

问者曰：“尧崩，天下若丧考妣，四海遏密八音三载。子之言忘若甚然，是可不可欤？”曰：是舜归德于尧，史尊尧之德之辞者也。尧之老更一世矣，德乎尧者，盖已死矣，其幼而存者，尧不使之思也。不若是，不能与人天下。

【译文】

魏公子曹丕依靠他父亲曹操打下的基础得到汉朝的禅让。他从南郊祭天回来，对他的群臣说：“现在我完全了解舜禹接受禅让的事宜了。”从曹丕以来人们都讥笑他这句话。

我柳先生说：曹丕这样说是可以的。当时曹丕如果说“我已经懂得了舜禹禅让的道理”，这是曹丕的大错误。然而他讲的是事实，那是符合实际的。我只看到讥笑者不懂得这句话的意思，看不出曹丕有什么值得耻笑的地方。

凡是在改朝换代的情况下禅让帝位，是出于公还是私，是凭借道德还是依靠强力，它所遵循的原则是不一样的；但前代的帝王已被人们遗忘了，继承的君主已为人们所拥护，这种情况是相同的。即使像尧那样圣明，得到舜以后立即就把天下交给他，可以吗？我可以预见那样就会发生动乱，小则在朝廷上引起激烈的辩论，大则在民间发生斗争，那样造成的混乱局面，尧也没有办法收拾。那是什么原因呢？因为尧还没有被人们遗忘，舜还没有被人们拥护。尧信任舜是因为尧圣明，舜得到尧的信任是因为舜圣明，只有圣明的人在被天下人了解他们之前互相了解，对那些不了解他们的能怎么样呢？不要说那些老百姓，就是那个在朝做官的放齐都还不了解舜的圣明，仍然说："丹朱开明。"尧知道那样的办法行不通，就退居幕后让人们慢慢忘掉他；舜知道尧这样做是为了让人们忘掉他而拥护自己，于是就积极主动争取人民对自己的拥护和爱戴。舜选拔了十六个氏族首领，除掉了四个凶恶的氏族首领，使天下人都得到有才能的首领；他任命了二十二个大臣，鼓励五种道德规范，制定礼制刑法，很好地治理天下；正确划分四时月份，整理历法，统一乐律和度、

大禹像

量、权衡，使天下人都能正确地使用。经过十多年后，人们都说："引导我的是舜，治理我的是舜，帮助我的是舜。"天下那些做官的，全都是舜任用的人。然而尧衰老了，耳朵聋了，眼花了，头脑也不清楚了。人们说："从前所说的那个尧究竟去到何处？"有人说："他老了。"也有人说："隐居起来了。"又过了十多年，那些问及思念他的人更加少了。及至尧逝世时，天下的人说："舜当我们的君主已经很久了。"在这样的情况下，舜才在祖庙里接受尧的禅让，继承尧最终放弃了的帝位。舜后来把帝位禅让给禹，也是这样的情况。禹治水走遍天下，人们怀念他的许多功绩，而他退居幕后很迟。伯益也一直没有在人们中间树立威望，取得拥护，而人们又了解启的才能，所以禹最后没有能够把帝位禅让给伯益。君主当初功绩大，对人们的影响深，那么人们不会很快忘记他。不然的话，人们就会很快忘记他。

汉朝的政治腐败已经很久了，它不受拥戴而被人们遗忘的情况十分严重。宦官、董卓、袁氏兄弟、陶谦等人残害百姓，罪恶十分深重。曹丕的父亲曹操平息祸乱，建立强大的权威，经过了三十多年，天下的统治者实际上是曹姓的人了，天下人已渐渐忘却汉朝。曹丕继承曹操而受汉献帝的禅让，天下的人感到他为君已经晚了，这跟舜禹禅让的情况有什么区别呢？然而汉朝的帝王并不像尧舜那样自愿让人们忘记，而是因为他们不得人心而被遗忘；曹氏父子也不能像舜禹那样使人们拥护自己，而是他们建立的功绩获得了人们的拥戴。虽然其中或从公心出发，或由私心出发，或者凭借仁德，或者依仗强力，舜禹禅让和汉魏禅让所依据的原则是不同的，但他们中间一方被遗忘，一方受拥护，这是相同的。尧和舜如果不像汉末帝王一样被人们遗忘，就不可能把帝位传给舜和禹；舜和禹如果不像曹氏父子一样受人们拥护，就不可能从尧和舜那里接受帝位。但是社会上的一般人只是探究曹丕的思想动机就讥笑他。所以我说：讥笑他的言论的人是不对的。

有人问："尧去世时，天下的人好像父母死了一样，全国三年不奏乐。你说人们忘记了他，似乎说得言过其实了，是不是这样说呢？"我回答说：这是舜有意赋予尧很高的功德，以及史书上尊崇尧的德行的说法。尧衰老退居幕后已经有三十年之久了，那些感激怀念尧的人，越来越多地死去了。其中当时年幼还活着的人，尧设法不让他们怀念拥戴自己。如果不这样做，尧就无法把天下禅让给别人。

◎ 梓人传 ◎

梓人，即木工，在封建社会属于巫医、乐师、百工一类，为士大夫所不齿。但柳宗元以极大的热情描写了一位名叫杨潜的建筑工人的高超技艺，对他在营造大厦中所发挥的巨大作用做了高度的评价，这是难能可贵的。篇末的"梓人之道类于相"是全篇的警语。柳宗元认为宰相应像梓人"善运众工"那样，善"择天下之士，使称其职；居天下之人，使安其业"，这表现了他在政治上的远见卓识。

通篇运用对比的写法，叙述和议论结合在一起，读来令人感到合情合理，到今天仍有借鉴意义。

【原文】

裴封叔之第，在光德里。有梓人款其门，愿佣隙宇而处焉。所职寻引、规矩、绳墨，家不居斫斧之器。问其能，曰："吾善度材。视栋宇之制，高深、圆方、短长之宜，吾指使而群工役焉。舍我，众莫能就一宇。故食于官府，吾受禄三倍；作于私家，吾收其直大半焉。"他日，入其室，其床阙足而不能理，曰："将求他工。"余甚笑之，谓其无能而贪禄嗜货者。

其后，京兆尹将饰官署，余往过焉。委群材，会众工。或执斧斤，或执刀锯，皆环立向之。梓人左持引，右执杖，而中处焉。量栋宇之任，视木之能，举挥其杖曰"斧！"彼执斧者奔而右。顾而指曰"锯！"彼执锯者趋而左。俄而斤者斫，刀者削，皆视其色，俟其言，莫敢自断者。其不胜任者，怒而退之，亦莫敢愠焉。画宫于堵，盈尺而曲尽其制，计其毫厘而构大厦，无进退焉。既成，书于上栋曰："某年某月某日某建。"则其姓字也。凡执用之工不在列。余圜视大骇，然后知其术之工大矣。

继而叹曰：彼将舍其手艺，专其心智，而能知体要者欤？吾闻劳心者役人，劳力者役于人，彼其劳心者欤！能者用而智者谋，彼其智者欤！是足为佐天子相天下法矣，物莫近乎此也。

彼为天下者，本于人。其执役者为徒隶，为乡师、里胥；其上为下士，又其上为中士，为上士。又其上为大夫，为卿，为公。离而为六职，判而为百役。外薄四海，有方伯、连帅。郡有守，邑有宰，皆有佐政。其下有胥吏，又其下皆有啬夫、版尹，以就役焉，犹众工之各有执技以食力也。彼佐天子相天下者，举而加焉，指而使焉，条其纲纪而盈缩焉，齐其法制而整顿焉，犹梓人之有规矩、绳墨以定制也。择天下之士，使称其职，居天下之人，使安其业。视都知野，视野知国，视国知天下，其远迩细大，可手据其图而究焉。犹梓人画宫于堵而绩于成也。能者进而由之，使无所德；不能者退而休之，亦莫敢愠。不炫能，不矜名，不亲小劳，不侵众官，日与天下之英才讨论其大经。犹梓人之善运众工而不伐艺也。夫然后相道得而万国理矣。

相道既得，万国既理，天下举首而望曰："吾相之功也。"后之人循迹而慕曰："彼相之才也。"士或谈殷、周之理者，曰伊、傅、周、召，其百执事之勤劳而不得纪焉，犹梓人自名其功而执用者不列也。大哉相乎！通是道者，所谓相而已矣。

其不知体要者反此。以恪勤为公，以簿书为尊，炫能矜名，亲小劳，侵众官，窃取六职百役之事，听听于府庭，而遗其大者远者焉。所谓不通是道者也。犹梓人而不知绳墨之曲直，规矩之方圆，寻引之短长，姑夺众工之斧斤刀锯以佐其艺，又不能备其工，以至败绩用而无所成也。不亦谬欤？

或曰："彼主为室者，倘或发其私智，牵制梓人之虑，夺其世守而道谋是用，虽不能成功，岂其罪邪？亦在任之而已。"

余曰：不然。夫绳墨诚陈，规矩诚设，高者不可抑而下也，狭者不可张而广也。由我则固，不由我则圮。彼将乐去固而就圮也，则卷其术，默其智，悠尔而去，不屈吾道，是诚良梓人耳。其或嗜其货利，忍而不能舍也；丧其制量，屈而不能守也；栋桡屋坏，则曰："非我罪也。"可乎哉？可乎哉？

余谓梓人之道类于相，故书而藏之。

梓人盖古之审曲面势者，今谓之"都料匠"云。余所遇者，杨氏，潜其名。

【译文】

裴封叔的住宅，在光德里。有个木匠师傅敲响了他的大门，想在他那里租间空屋居住。他随身只带有量尺、圆规、曲尺、墨线和墨斗等东西，家里没有木工用的磨刀石和刀斧等工具。问他的技能如何，他说："我善于计算建筑材料。看房屋建筑的规模，考虑怎样用料适合高低、深浅、方圆和长短的需要；随后我就指挥工匠操作。若是没有我，工匠们就无法建成一座房屋。所以，到官府干活，我得到的工资是工人们的三倍；假如到私家工作，我得到的工钱是总收入的大半。"有一天，我到他的屋里去，看见他睡的床缺一只脚，自己却不会修理，说："打算请别的木工来修。"我觉得他很可笑，觉得他是个没有技术却贪图工钱和财物的人。

后来，京兆尹要修建衙门，我经过那里，看到许多建筑材料已经集中了，工人们也都集合了。他们有的拿着斧头，有的拿着刀锯，都围成圈子面对那个木匠师傅站着。木匠师傅左手拿着计算工具，右手拿着一根棒站在中间。他估量房屋的规格，观察哪根木头可以选用，然后挥着手里的那根木棒说："砍！"那拿斧头的工人们就奔向右边。回过头去指着说："锯！"拿锯子的工人们就奔向左边。一会儿，拿斧头的在砍，拿刀子的在削，都看他的脸色，等他发话，没有哪一个敢自己决定怎么干。其中有个别担当不起任务的，他就生气地斥退那个工人，也没有人敢怨恨他。他在墙上画了一座房屋的图样，只有一尺见方的面积，却可以把房屋结构丝毫不差地全部勾画出来，照着图样的尺寸计算来建造大厦，就不会有出入。房屋建成以后，在正梁上题字说："某年某月某日某人建造。"就是他的姓名。所有实际动手造房子的工匠们都不列名，我向四周一看，大吃一惊，这才明白那个木匠师傅的技术确实是十分高超。

接着，我叹口气说：那个木匠师傅可能是放弃了他的手艺，专门发挥他的智力，而且是了解、掌握建筑学的关键的人吧！我听说用脑力的人可以指挥人，用体力的人被人指挥，他大概就是用脑力的人吧！有手艺的人使用他的技能，有智慧的人出谋划策，他也许就是有智慧的人吧！这完全可以成为辅佐帝王、治理国家的法则，事情没有什么比这更近似的了。

治理国家的根本，就在于用人。那些干工作的人，地位最低是服劳役的，稍高一些的是乡长、里长。在他们上面是下士，再上面是中士、上士。再上面是大夫，是卿，是公。分开来说，自下而上是六种官职，下面是各种做具体工作的人。在京城外面，远地有方伯、连帅。郡有郡守，邑有邑宰，他们都有协助工作的副职。在他们下面，有胥吏，再下面还有啬夫、版尹，各自按照职务来做工作。这就像工人们各自利用自己的一技之长来从事劳动那样。那辅佐皇帝、治理国家的宰相，选拔、任命官吏，指挥、使用官吏，分别按照国家的法律规定来升降他们，一律按政府的制度来整顿他们，就像那个木匠师傅依据规矩绳墨来决定房屋的规格一样。选择天下的官吏，使他们适合所担当的职务；安定天下的百姓，使他们专心工作。观察了京城就能了解郊区，观察了郊区就能了解各地，观察了各地就能了解全国。那些远的近的小的大的各种事情，都可以用手按着图纸来决定怎样处理它们。这就像木匠师傅在墙上先画房屋草图照着它建造房屋直到完成一样。有才能的人提拔上来重用他们，也不要求他们感激自己的恩德；没有才能的人就辞退，停止他们的工作，也没有人会怨恨自己。不夸耀自己的才能，不夸张自己的名气，不亲自参加琐碎的事务，不干预官吏们的职权，每天同国家的有高尚德才的人商讨那些有关国计民生的大事，就像那个木匠师傅善于使用每个工人而不卖弄自己的才艺一样。只有这样才能真正掌握做宰相的方法，全国各地也就能治理好了。

周公像

将做宰相的方法真正掌握好了，全国各地真正治理好了，天下的人就会抬头仰望着说："这是我们宰相的功劳呀！"后人也会根据史书记载的事迹向往地说："这是那个宰相的才能呀！"读书人有时谈论殷、周两代的政绩，总是说伊尹、傅说和周公、召公，其他的许许多多的官吏的功劳却没有记载在史书上。就像那个木匠师傅把自己的劳绩写明在梁上，而实际动手造房子的工人们却不能列名一样。宰相真是伟大呀！懂得这个道理的，这才是我们所说的宰相。

那些不晓得宰相职务的关键的人正好与此相反。他们以谨慎勤劳为唯一的美德，将批阅文件当作最高的任务，夸耀自己的才能，夸大自己的名气，亲自参加琐碎的事务并干预下属官员们的职权，侵夺大大小小内外官吏的本职工作，在朝堂上争论不休，却把那些重大深远的国家政事丢诸脑后。这就是我们所说的不知道做宰相的方法的人。就像当了木匠师傅却不晓得绳墨的作用是校正曲直，规矩的作用是确定方圆，寻引的作用是计量长短，随随便便地夺去工人们的斧头和刀锯，来帮助他们干活，又不能完全替代他们所干的各个工种，以至于破坏了功用而没有取得成就，这岂不是很荒谬吗？

有人说："主管造屋的人倘若拿出他的个人之见，牵制木匠师傅的设计，迫使他放弃原来的经验，听取外行人的意见，结果不能成功，难道也是那个木匠师傅的错误吗？不过在于任用他的人罢了。"

我觉得不能这样说。想那绳墨已经确实完备，规矩已经真正定下来，高的就不能压成低的，狭的就不能扩成宽的。照我的设计，房屋就坚固；不照我的设计，房屋就会倒塌。他假如乐意不要坚固而要倒塌，那么，我就隐藏起自己的技术和设计，心安理得地离去，不使我的法则受到扭曲，这才是真正优秀的木匠师傅。或者贪图那些钱财，忍受着不愿意离开他；丢弃自己的正确设计，心甘情愿受委屈不能坚持自己的主张；等到梁断屋塌的时候，却说："这不是我的过错。"可以吗？可以吗？

我认为做木匠师傅的道理跟做宰相的道理相似，因而写了这篇文章并且将之保存起来。

梓人，大概就是古代的审察木材曲直正反形状的人，现在称为"都料匠"。我碰到的那个梓人，姓杨，潜是他的名字。

◎ 与友人论为文书 ◎

柳宗元的这篇《与友人论为文书》并非论作文之艰苦，而是叙述了文人之遇及为文之流弊。

文章第一段破题说一"难"字，既言"得之为难"，又言"知之愈难"。然后将得与知之难分两段论述。言得之难，作者认为一个做文章的人，如果他的见解高明，道理深刻，即使他文章中有败笔也无大碍，但这样的人得名的少，湮没的多。言知之难，作者认为好的作品往往难于被人们接受，并以司马迁、扬雄死后他们的作品才受到重视的事实，指责现今社会并不能正确判定文章优劣，对当世文坛的流弊给予谴责。

文章立论独特，让人信服，从中不难体悟到作者愤世嫉俗的不平之心。

【原文】

古今号文章为难，足下知其所以难乎？非谓比兴之不足，恢拓之不远，钻砺之不工，颇颣之不除也。得之为难，知之愈难耳。苟或得其高朗，探其深赜，虽有芜败，则为日月之蚀也，大圭之瑕也，曷足伤其明黜其宝哉？

且自孔氏以来，兹道大阐。家修人励，刓精竭虑者，几千年矣。其间耗费简札，役用心神者，其可数乎？登文章之箓，波及后代，越不过数十人耳。其余谁不欲争裂绮绣，互攀日月，高视于万物之中，雄峙于百代之下乎？率皆纵臾而不克，踯躅而不进，力蹙势穷，吞志而没。故曰得之为难。

嗟乎！道之显晦，幸不幸系焉；谈之辩讷，升降系焉；鉴之颇正，好恶系焉；交之广狭，屈伸系焉。则彼卓然自得以奋其间者，合乎否乎？是未可知也。而又荣古虐今者，比肩叠迹。大抵生则不遇，死而垂声者众焉。扬雄没而《法言》大兴，马迁生而《史记》未振。彼之二才，且犹若是，况乎未甚闻著者哉！固有文不传于后祀，声遂绝于天下者矣。故曰知之愈难。而为文之士，亦多渔猎前作，戕贼文史，抉其意，抽其华，置齿牙间，遇事蜂起，金声玉耀，诳聋瞽之人，徼一时之声。虽终沦弃，而其夺朱乱雅，为害已甚。是其所以难也。

间闻足下欲观仆文章，退发囊笥，编其芜秽，心悸气动，交于胸中，未知孰胜，故久滞而不往也。今往仆所著赋、颂、碑、碣、文、记、议、论、书、序之文，凡四十八篇，合为一通，想令治书苍头吟讽之也。击辕拊缶，必有所择，顾鉴视其何如耳，还以一字示褒贬焉。

【译文】

　　自古至今，大家都认为写文章是一件难事，您知道难在什么地方吗？不是指运用表现手法不完善，也不是指意境不高远，或构思炼句不精巧，更不是指文理不通的毛病没有去掉。在写文章时，要具有某种独到的见解是很困难的，要了解文章的优劣那就更加困难了。如果能够得到某种高明的见解，探求某种深刻的道理，那么即使文章中夹杂着败笔，那也只是像日月出现亏蚀和宝玉上有瑕疵一样，哪能损害它的光辉、降低它的珍贵价值呢？

　　况且从孔丘以后，写文章的学问大大兴盛起来。形成家家学习、人人勉励、冥思苦想、竭力思考的风气，至此已经近一千年了。在这段时间里，耗费了笔墨纸张、呕心沥血的人，怎么可以数得清呢？但是载入史册，对后代产生影响的人，只不过几十个人罢了！其余那些人，谁不想把文章写得优美动人，争先恐后攀登文坛高峰，凌驾于万物之上，称雄于世代之后呢？但大多竭尽全力却不能达到希求的目的，徘徊而不能前进，以致精疲力竭、处境艰难，至死也没有实现愿望，所以说写文章是很困难的。

　　唉！正确的主张是否得以彰显，在于一个人的际遇好坏；一个人的言谈是否有说服力，在于他的地位高低；评论别人的文章正确与否，在于他的好恶如何；一个人的交往范围宽窄，在于他是否得志。那么那些具有独到见解并在文坛上有所作为的人，他们的文章是否完全符合人们的口味，这还是难以预料的。何况厚古薄今的人，在社会上层出不穷，所以就总体而言，生前怀才不遇，死后却名声显赫的人就很多。扬雄去世后，他的《法言》才在社会上盛行；司马迁活着的时候，人们并不重视他的《史记》。他们这两个有才学的人尚且如此，更何况那些并未写出千古佳作的人呢？这里边确实有文章不能流传后世、名声在社会上埋没的人，所以说要判定文章的优劣就更加困难了。而且那些写文章的人，也多喜欢剽窃前人的作品，割断古代的文史，从中断章取义，摘抄辞藻，把它挂在嘴上四处炫耀，遇到有什么重大事情就蜂拥而起，写一些华而不实的文章，来欺骗那些见识短薄的人，博取一时的名誉。虽然他最终难免被湮没和被唾弃，但那种以假乱真的做法却造成了非常严重的恶果。这就是造成前面所说两难的原因。

　　最近听说您想看我的文章，我回去打开书箱，整理那些不成样子的作品，心头交织着紧张和激动的心情，竟分不清哪一篇更好，所以耽搁了很久，一直没有送上文章。现在我把以前写的赋、颂、碑、碣、文、记、议、论、书、序等几类文章，一共选了48篇，编成一卷送上，想来您会让管理书籍的仆人吟咏诵读的。这些粗糙的东西，也许还有可以借鉴之处，只在您如何鉴别对待罢了，希望用文字表示褒或贬回复。

◎ 答韦中立论师道书 ◎

本文作于元和八年（813年）永州司马任上。韦中立，唐州刺史韦彪之孙，元和十四年（819年）中进士。韦中立曾自京赴永州向柳宗元求教，返京后致书宗元，求宗元为其师，本篇即为宗元复信。

文章前半部分，作者用大量笔墨批评了当时社会"师道不传"的弊病，以"蜀犬吠日"讽刺了那些"不事师"的流俗之辈，并且自谦不敢为师。后半部分详解为文之法，将自己作文的心得体会倾囊相授。可谓辞师之名，示师之实。

文章命意深厚，文因折得势，句奥而生姿。

【原文】

二十一日，宗元白：辱书云欲相师，仆道不笃，业甚浅近，环顾其中，未见可师者。虽常好言论，为文章，甚不自是也。不意吾子自京师来蛮夷间，乃幸见取。仆自卜固无取，假令有取，亦不敢为人师。为众人师且不敢，况敢为吾子师乎？

孟子称"人之患在好为人师"。由魏、晋氏以下，人益不事师。今之世，不闻有师，有辄哗笑之，以为狂人。独韩愈奋不顾流俗，犯笑侮，收召后学，作《师说》，因抗颜而为师。世果群怪聚骂，指目牵引，而增与为言辞。愈以是得狂名，居长安，炊不暇熟，又挈挈而东，如是者数矣。屈子赋曰："邑犬群吠，吠所怪也。"仆往闻庸蜀之南，恒雨少日，日出则犬吠，余以为过言。前六七年，仆来南，二年冬，幸大雪，逾岭，被南越中数州，数州之犬，皆苍黄吠噬狂走者累月，至无雪乃已，然后始信前所闻者。今韩愈既自以为蜀之日，而吾子又欲使吾为越之雪，不以病乎？非独见病，亦以病吾子。然雪与日岂有过哉？顾吠者犬耳。度今天下不吠者几人，而谁敢炫怪于群目，以召闹取怒乎？

仆自谪过以来，益少志虑。居南中九年，增脚气病，渐不喜闹，岂可使呶呶者早暮咈吾耳，骚吾心？则固僵仆烦愦，愈不可过矣。平居望外，遭齿舌不少，独欠为人师耳。

抑又闻之，古者重冠礼，将以责成人之道，是圣人所尤用心者也。数百年来，人不复行。近有孙昌胤者，独发愤行之。既成礼，明日造朝至外廷，荐笏言于卿士曰："某子冠毕。"应之者咸忧然。京兆尹郑叔则怫然曳笏却立曰："何

"四书"书影

预我耶？"廷中皆大笑。天下不以非郑尹而快孙子，何哉？独为所不为也。今之命师者大类此。

吾子行厚而辞深，凡所作，皆恢恢然有古人形貌，虽仆敢为师，亦何所增加也？假而以仆年先吾子，闻道著书之日不后，诚欲往来言所闻，则仆固愿悉陈中所得者。吾子苟自择之，取某事去某事，则可矣。若定是非以教吾子，仆材不足，而又畏前所陈者，其为不敢也决矣。吾子前所欲见吾文，既悉以陈之，非以耀明于子，聊欲以观子气色诚好恶何如也。今书来，言者皆大过。吾子诚非佞誉诬谀之徒，直见爱甚故然耳。

始吾幼且少，为文章，以辞为工。及长，乃知文者以明道，是固不苟为炳炳烺烺，务采色、夸声音而以为能也。凡吾所陈，皆自谓近道，而不知道之果近乎，远乎？吾子好道而可吾文，或者其于道不远矣。故吾每为文章，未尝敢以轻心掉之，惧其剽而不留也；未尝敢以怠心易之，惧其弛而不严也；未尝敢以昏气出之，惧其昧没而杂也；未尝敢以矜气作之，惧其偃蹇而骄也。抑之欲其奥，扬之欲其明，疏之欲其通，廉之欲其节，激而发之欲其清，固而存之欲其重，此吾所以羽翼夫道也。本之《书》以求其质，本之《诗》以求其恒，本之《礼》以求其宜，本之《春秋》以求其断，本之《易》以求其动，此吾所以取道之原也。参之谷梁氏以厉其气，参之《孟》《荀》以畅其支，参之《庄》《老》以肆其端，参之《国语》以博其趣，参之《离骚》以致其幽，参之太史以著其洁，此吾所以旁推交通而以为之文也。凡若此者，果是耶，非耶？有取乎，抑其无取乎？吾子幸观焉择焉，有馀以告焉。苟亟来以广是道，子不有得焉，则我得矣，又何以师云尔哉？取其实而去其名，无招越、蜀吠怪，而为外廷所笑，则幸矣！宗元复白。

【译文】

二十一日，宗元陈述如下：承蒙来信说想要拜我为师，我的道德修养不高，学业也很浅薄，从各方面衡量自己，看不到可以为师的品质。虽然我经常喜欢发议论，写文章，但不认为自己很好。想不到您从京师长安来到这偏远的永州，就荣幸地被您认为我尚有可取之处。我自忖确实没有可以为师的品质，即使尚有可取之处，也不敢当别人的老师。我当一般人的老师都不敢，难道还敢成为您的老师吗？

孟子说："人的毛病就是乐于当别人的老师。"从魏、晋以后，人们愈加不敬重老师。当今的时世，没听说还有好为人师的。如果有这样的人，大家就一起讥笑他，把他说成是狂妄之人。只有韩愈有勇气，不顾社会上的坏风气，敢冒别人的讥笑侮辱，招收学生，还写了一篇《师说》，从而态度严正地当起老师来了。社会上果真群起对他责怪谩骂，他们指指点点，相互会意，竞相诽谤韩愈。韩愈因此得到了"狂人"的称号，居住在京城长安，连饭都来不及煮熟，又匆匆忙忙东去，这样的情况出现不止一次。屈原的赋《九章·怀沙》中说："县城里的狗成群结队，看到不熟识的就狂吠不止。"我以往听说庸国蜀国南面，经常下雨，很少见到太阳，太阳出来狗就对着太阳狂吠，我认为这是夸大其词。六七年前，我来到南方的永州，第二年冬天恰逢下大雪，越过五岭，覆盖南越（今两广）的几个州，这几个州的狗都惊慌失措地吠叫，到处狂奔，接连好几个月，直到雪化尽了为止。从此以后，我才相信以前听到的蜀犬吠日的传闻。现在韩愈既然已经成为蜀地之日，您又想让我成为南越之雪，不是使我感到为难了吗？这不仅是使我为难，也会因此让您难堪。然而雪与日难道有什么错误吗？只是狗狂吠不止啊！料想如今世上见怪不吠的能有几人，那么又有谁敢以不同凡响的行动招引群人侧目而视，引起大家取闹，惹来别人恼怒？

我自从遭贬谪以来，更加缺乏志向没有什么打算，在南方居住了九年，增添了脚气病，渐渐不喜欢热闹，哪里经受得了喧闹的声音，早晚在耳边吵闹，骚扰我的心神？这样一来，那本来困顿烦恼的日子就更加无法过下去了。平时在这里，经常发生意外，遭到别人非难的事不少，就差做人老师一事了。

我又听说，古代很看重成人加冠仪式，表示将要用成年人的标准来要求他，这是圣人特别认真思考的问题。近几百年来，人们不再举行成人仪式了。近来有个叫孙昌胤的人，只有他下决心举行成人礼仪，仪式结束后，第二天上朝去，到达等候朝见的地方时，把笏板插在衣服上，对在等待朝见的同僚们说："我的儿子举行完加冠仪式了。"跟他交谈的人都茫然不知道怎么应答。京兆尹郑叔则生气地倒提着笏板后退一步站稳了说："这与我有什么关系呀！"在场的人都哄然大笑。世上的人没有人认为郑叔则的言行不对，反而取笑孙昌胤，什么原因呢？因为孙昌胤独自做了别人不做的事。如今认为是老师的人跟这事非常相似。

您品行纯厚，文学修养很深，所有的作品恢宏博大，有古人作品的特征，即使我敢于当您的老师，您又能收获什么呢？如果因为我比您年长几岁，闻道著书的时间比您早一些，真的想彼此交谈学习写作的心得体会，那么我一定愿意把我知道的东西全部告诉您。您可以任意选择，决定取舍哪些就可以了。如果要我来判定是非对错来教导您，我的才能不够，而且又畏惧前边所说的难以为师的情况，因此我不敢为师的主意已下定。您以前说想看我的文章，我就把它们全部陈列到您的面前，这不是在您面前要夸耀自己，而只是想借此观察您的表情态度来鉴别我的文章的好坏。如今您来信，实在言过其实了。我知道您确实不是巧言令色、阿谀奉承一类人，只是过分看重我的文章而已。

起初我年轻幼稚，写文章认为讲究辞藻才算巧妙。等到年纪稍长，才明白文章是用来阐明圣人的学说，这本来就不该单纯追求辞采丰富、声韵和谐；不能着意于华丽的辞藻、显耀声韵的悠扬，认为这是能事。凡是我所陈述的，都是我自认为接近圣人之道，然而并不彻底清楚这些究竟与圣人之道距离的远近。您熟悉圣人之道而又赞许我的文章，也许我的那些文章离圣人之道不远了。因此，我每次写文章，从不敢放松要求，担心太轻率不深刻；从不敢以懈怠的态度来进行写作，担心文章结构松散不严密；从不敢随意写出来，担心内容不明、条理不清；从不敢以骄矜的态度写出来，担心文章盛气凌人，不平易。我写文章，不任意挥洒，想要文章体现得深刻；尽情发挥，想要文章显得明快；通顺语气，想要文章流畅；严格遣词造句，想要文章精练有力；反复修改，剔除陈腐的词句，想要使文章清新不落俗套；凝聚保存文章的气势，想要使文章凝重不浮躁，这就是我用来阐明圣人之道的写作态度。根据《尚书》设法做到文章质朴，根据《诗经》设法做到充满艺术感染力，根据《礼记》设法做到进退适宜，根据《春秋》设法做到论点明确，根据《易经》设法做到富于变化，这就是我学习圣人之道的源泉。参考《谷梁传》锻炼语气通畅；参考《孟子》《荀子》使文章内容博大，条理清晰；参考《老子》《庄子》开阔视野；参考《国语》扩大韵致；参考《离骚》达到含义幽深；参考《史记》，使文章的语言简练，这就是我广泛推崇吸取并融会贯通从而作为写文章的准则。凡是像这样做的，到底是对还是错？可取还是不可取？希望您看后做出抉择，抽空把您的看法告诉我。希望常来信阐发这些写文章的方法和态度，这样，您即使没有什么收获，我却很有收获，又还说什么拜我为师呢？我们取交流写文章之道的实质，除去拜师的虚名，不要招来越犬吠雪、蜀犬吠日的事，而致使被朝野所讥笑，那么实在万幸！宗元禀告。

◎ 序 棋 ◎

本文名为《序棋》，似乎是要说棋，其实不然，乃是托物言志之作。

柳宗元所处时期，政治黑暗，官场腐败，庸庸碌碌的人占据高位，有才能的贤德之士却沦为下僚。柳宗元通过相同的棋子经过朱墨点染便区分出贵贱，联想到人的遭遇；对于将人定为高低贵贱的社会现实，作者深恶痛绝。文章无声抨击了那些身居显要而又不懂治国之道的当权者，同时抒发了自己志不得伸的苦闷心情。

【原文】

房生直温，与予二弟游，皆好学。予病其确也，思所以休息之者。得木局，隆其中而规焉，其下方以直，置棋二十有四。贵者半，贱者半，贵曰上，贱曰下，咸自第一至十二，下者二乃敌一，用朱墨以别焉。房于是取二毫，如其第书之。既而抵戏者二人，则视其贱者而贱之，贵者而贵之。其使之击触也，必先贱者，不得已而使贵者，则皆栗焉惕焉，亦鲜克以中。其获也，得朱焉则若有馀，得墨焉则若不足。

余谛睨之，以思其始，则皆类也，房子一书之而轻重若是。适近其手而先焉，非能择其善而朱之，否而墨之也。然而上焉而上，下焉而下，贵焉而贵，贱焉而贱，其易彼而敬此，遂以远焉。然则若世之所以贵贱人者，有异房之贵贱兹棋者欤？无亦近而先之耳！有果能择其善否者欤？其敬而易者，亦从而动心矣，有敢议其善否者欤？其得于贵者，有不气扬而志荡者欤？其得于贱者，有不貌慢而心肆者欤？其所谓贵者，有敢轻而使之者欤？其所谓贱者，有敢避其使之击触者欤？彼朱而墨者，相去千万不啻，有敢以二敌其一者欤？余墨者徒也，观其始与末，有似棋者，故叙。

围棋

【译文】

房生直温，跟我的两个弟弟关系很好，他们都

勤奋好学。我担心他们
过于刻苦，便寻思找一
个让他们休息的方法。
我找到了一个木棋盘，
它中间隆起而呈圆形，
下面是方形的。共摆子
二十四个，一半贵子，
一半贱子。贵的叫上等
子，贱的叫下等子，都
从第一摆到十二。两个
下等子才顶得上一个上
等子，用红色和黑色来
分辨上下。于是房生拿
来两支毛笔，按照棋子

弈棋仕女图

摆放的顺序分别涂上颜色。接着两人开始下棋，于是看着贱子就不重视它，看着贵
子就重视它。他们使棋子互相撞击时，一定先使用贱子，万不得已才使用贵子。然
而这两种棋子都是急速地盲目地往前冲，很少有击中对方的。但在他们赢得对方的
棋子时，得了红的就感到心满意足；得了黑的，就觉得很不高兴。

　　我仔细地观看他们下棋，想到它们开始时，都是同样的棋子，只是房生用笔一
涂颜色便如此分明地区分出贵贱。恰好接近他手边的棋子他就先涂，并不是选择好
的棋子就涂上红的，差的棋子就涂上黑的。然而一经涂上颜色把它定为上等就成了
上等，定为下等就成了下等，定为贵子就成了好的，定为贱子就成了低贱的，人们
轻视贱子而重视贵子，于是差距就很大了。这样看来，像现今世上把人定贵贱的那
种情况，跟房生把棋子分为贵贱又有什么区别呢？不过是哪个离得近哪个先涂。有
哪个是选择好坏而决定的吗？那种对某人尊重、对某人轻视的想法，也跟着上面对
他的态度从而就产生在人们的心里，有谁敢议论他们的好坏呢？那些获得高贵地位
的人，哪有不趾高气扬而意志薄弱的呢？那些地位卑贱的人，哪有不神态萎靡而心
情烦乱的呢？那些所谓高贵的人，有谁敢轻视而对他们进行差使呢？那些所谓卑贱
的人，有谁敢逃避受人驱使去到处奔劳呢？那些地位高贵的人和地位卑贱的人，他
们之间相距非常遥远，有谁敢用两个卑贱者去匹敌一个高贵者呢？我是个地位卑贱
的人，看到人们遭遇的始末，觉得有同棋子相似的地方，所以写了这篇文章。

◎ 愚溪诗序 ◎

　　柳宗元谪居永州期间，曾在风景幽静秀美的冉溪边筑室定居。他感到自己虽有才能和抱负，却因不满现实，不能同流合污，而为世俗所不容，以至于谪居荒远，愚不可及；而这条小溪，虽然清澈明净，却无灌溉之利，舟楫之便，与世无益，同样愚不可及。因而他把这条溪水引为同调，改其名为"愚溪"，并特地写了《八愚诗》及这篇序刻于溪边石上。序中一再以"愚"自喻和喻溪，其实字里行间所蕴含的满是对愚溪不能为世所用的惋惜心情和自己抱负不能施展的愤懑情绪。

【原文】

　　灌水之阳有溪焉，东流入于潇水。或曰："冉氏尝居也，故姓是溪为冉溪。"或曰："可以染也，名之以其能，故谓之染溪。"余以愚触罪，谪潇水上。爱是溪，入二三里，得其尤绝者家焉。古有愚公谷，今余家是溪，而名莫能定，土之居者，犹龂龂然，不可以不更也，故更之为愚溪。

　　愚溪之上，买小丘，为愚丘。自愚丘东北行六十步，得泉焉，又买居之，为愚泉。愚泉凡六穴，皆出山下平地，盖上出也。合流屈曲而南，为愚沟。遂负土累石，塞其隘，为愚池。愚池之东为愚堂。其南为愚亭。池之中为愚岛。嘉木异石错置，皆山水之奇者，以余故，咸以愚辱焉。

　　夫水，智者乐也。今是溪独见辱于愚，何哉？盖其流甚下，不可以灌溉；又峻急多坻石，大舟不可入也；幽邃浅狭，蛟龙不屑，不能兴云雨，无以利世，而适类于余，然则虽辱而愚之，可也！

　　宁武子"邦无道则愚"，智而为愚者也。颜子"终日不违如愚"，睿而为愚者也。皆不得为真愚。今余遭有道而违于理，悖于事，故凡为愚者，莫我若也。夫然，则天下莫能争是溪，余得专而名焉。

　　溪虽莫利于世，而善鉴万类，清莹秀澈，锵鸣金石，能使愚者喜笑眷慕，乐而不能去也。余虽不合于俗，亦颇以文墨自慰，漱涤万物，牢笼百态，而无所避之。以愚辞歌愚溪，则茫然而不违，昏然而同归，超鸿蒙，混希夷，寂寥而莫我知也。于是作《八愚诗》，记于溪石上。

【译文】

灌水的北面有一条溪，向东流入潇水。有人说，过去有个姓冉的曾经住在溪边，所以把这条溪称作冉溪。也有人说，这条溪水可用来染色，因此就用它的功能来称呼它，叫作染溪。我因为愚笨而得罪了权贵，被贬到潇水。我非常喜欢这条溪水，便沿着它找寻了二三里路，找到了一个景致特别好的地方安下了家。古时有个愚公谷，我现在住在这条溪边，溪的名称却不能确定，当地的居民还在争论不休，不能不换个名称了，所以改称愚溪。

我在愚溪的上面买了一座小山丘，叫愚丘。从愚丘向东北走大约六十步，发现了一泓清泉，我又买下来，名为愚泉。愚泉共有六个泉眼，都在山下平地上，原来是

寻愚溪谒柳子庙碑

向上涌出来的。泉水合流后向南曲折前进形成一条沟壑，叫愚沟。于是填土垒石，堵住它的狭窄处，围出了愚池。在愚池的东面又建造了一座愚堂。堂的南面修了一座愚亭。愚池的当中砌了座愚岛。然后种上茂盛的林木，垒出奇特的怪石，林石错落相间，都是山水中最奇险的，可是因为我的缘故，它们全被一个愚字屈辱了。

水，是有智识的人所喜爱的。而今这条溪水偏偏被愚字所屈辱，是为什么呢？因为它的水道太低，不能用来浇灌农田；水流又湍急，中间多巨石，大船不能行驶。偏僻狭窄，蛟龙看不上眼，觉得在这里不能兴云致雨，对世人没有什么益处。这些情况恰好和我的情况类似，因此，虽屈辱它称它为愚，也是可以的啊。

过去，宁武子"在国家动乱时就表现得愚蠢"，那是聪明人装成愚笨。颜回"整天唯唯诺诺，从来不提跟老师相反的意见，似乎很愚蠢"，那是通达的人装成愚人。他们都不能算是真的愚蠢。今天我生逢太平盛世，所作所为却违背事故、人情，所以凡是称为愚笨的人没有哪一个比得上我的。既然如此，那么天底下没有人能同我争夺这条溪，我就能够专擅地给它起名字了。

愚溪虽然没有为世间带来什么利益，但是它善于映照各种事物，清澈明净，能发出像金石那样的铿锵之声，能使愚蠢的人欢笑眷念，快乐得不肯离去。我虽然不适应人情世故，但喜欢用文章来自己抚慰自己，评说天下万物，讲述世间万态，而无所顾忌。用愚辞来歌颂愚溪，就会茫茫然不会相互违背，昏昏然相安在一起，超出自然之气，融合在虚无缥缈、形神俱忘的境界中，清静冷落，没有一个人会知道我。因此，我写了《八愚诗》，镌刻在溪边的石头上。

欧阳修

　　欧阳修（1007～1072年），北宋文学家、史学家。字永叔，号醉翁、六一居士，吉州永丰（今属江西）人。天圣进士。充馆阁校勘，因直言论事贬知夷陵。庆历中任谏官，支持范仲淹，要求在政治上有所改良，被诬贬滁州。后官至翰林学士、枢密副使、参知政事。主张文章应"明道""致用"，对宋初以来靡丽、险怪的文风表示不满，并积极培养后进，是北宋古文运动的领袖。散文说理畅达，抒情委婉，为"唐宋八大家"之一；诗风与其散文近似，语言流畅自然，其词婉丽。有《欧阳文忠公全集》。

一代文宗——欧阳修

欧阳修

欧阳修小档案

姓名： 姓欧阳，名修，字永叔，号醉翁、六一居士。

生卒： 1007—1072 年。

年代： 北宋。

籍贯： 吉州永丰（今江西省吉安市永丰县）人。

职业： 政治家、文学家。

成就： 参与纂写《新唐书》《五代史》，北宋古文运动的代表。

谥号： 文忠。

人生履历

少时求学

　　欧阳修 4 岁丧父，家境贫困，无钱读书。其母便让他以荻画地习字。10 岁左右，他借书抄读，所作文赋，老练如成人。

欧阳修以荻画地

中年为官

欧阳修与宾客在醉翁亭饮酒、赋诗作文

　　欧阳修 24 岁中进士后，先后历任知县、知州、馆阁校勘、翰林学士、枢密副使、参知政事等职，为官期间，始终清正廉洁，刚直不阿，屡遭诬陷贬谪，庆历新政（1043 年）失败后，被贬滁州时，才 40 岁，这时他给自己起了个别号叫"醉翁"，写下了《醉翁亭记》。

　　自范仲淹（1052 年）逝世后，欧阳修对政治改革失去了热情，而将所有的热情都投放到了文学改革上。嘉祐二年（1057 年）二月，欧阳修以翰林学士主持进士考试，提倡平实文风，录取苏轼、苏辙、曾巩等人，对北宋文风转变有很大影响。

晚年倾情山水

　　1071 年，"醉翁"欧阳修退休之后，隐居于颍州西湖之畔，鹤发童颜，像个老顽童，终日混在"集古一千卷，藏书一尤卷，琴一张，棋一局，酒一壶"中间，遂另起了个名号"六一居士"。他自修《新五代史》，竭力考据钻研，对文字反复推敲，不惮一再修改，弄得自己疲惫不堪，最终于 1072 年九月二十二日与世长辞。

欧阳修修撰《新五代史》，此书是唐代以后唯一的私修正史

文学成就

欧阳修

欧阳修是在宋代文学史上最早开创一代文风的文坛领袖。领导了北宋诗文革新运动，继承并发展了韩愈的古文理论。他的散文创作的高度成就与其正确的古文理论相辅相成，从而开创了一代文风。一生著述繁富，成绩斐然。他曾参与合修《新唐书》，并独撰《新五代史》，又编《集古录》，有《欧阳文忠集》传世。仅列举代表作品如下：

● 代表作品		
论文	主旨明确 内容充实	《朋党论》《五代史·伶官传序》《醉翁亭记》《丰乐亭记》《秋声赋》《祭石曼卿文》《卖油翁》
散文	花间风格	《采桑子（群芳过后西湖好）》《诉衷情（清晨帘幕卷轻霜）》《踏莎行（候馆梅残）》《生查子（去年元夜时）》《朝中措（平山栏槛倚晴空）》《蝶恋花（庭院深深深几许）》《玉春楼（洛阳正值芳菲节）》
诗作	革新诗风 反映现实	《戏答元珍》《题滁州醉翁亭》《忆滁州幽谷》《画眉鸟》《早春南征寄洛中诸友》《丰乐亭游春》

张耒

晁补之

秦观

黄庭坚

苏门四学士

正是欧阳文忠堪为人师的道德文章，才有薪火相传的"苏门四学士"黄庭坚、秦观、晁补之、张耒，才有了曾巩、曾布，才有了"中国十一世纪最伟大的改革家"王安石，是欧阳文忠奠基了宋代文化盛世的基础。

◎ 伐树记 ◎

本文写于仁宗天圣九年（1031年）。作者时年二十五岁，刚刚步入仕途，正是胸怀大志、意气风发之时，作者借寓言的形式驳斥了庄子的"才者死不才者生"之说，认为"凡物幸之与不幸，视其处之而已"，表现出作者以为生逢治世明君，必当有所抱负的心态。

文章第二段借园丁之语，道出樗树因"不足养"而被伐，杏树因"将待其实"而幸存的两种情况。这与庄子所讲恰恰相反。于是在第三段中，作者开始质疑庄子"才者死不才者生"之说，认为"才不才各遭其时之可邪"，表现出独立的思考精神。第四段中，作者借客人之语解释了庄子之说与自己所见情况的异同，确认了自己的认识，得出客观环境才是决定事物幸与不幸的原因，并没有什么前定的结果。

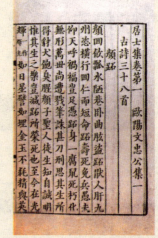

《欧阳文忠公文集》

【原文】

署之东园，久芜不治。修至，始辟之，粪瘠溉枯，为蔬圃十数畦，又植花果桐竹凡百本。

春阳既浮，萌者将动。园之守启曰："园有樗焉，其根壮而叶大。根壮则梗地脉，耗阳气，而新植者不得滋；叶大则阴翳蒙碍，而新植者不得畅以茂。又其材拳曲臃肿，疏轻而不坚，不足养，是宜伐。"因尽薪之。明日，圃之守又曰："圃之南有杏焉，凡其根庇之广可六七尺，其下之地最壤腴，以杏故，特不得蔬，是亦宜薪。"修曰："噫！今杏方春且华，将待其实，若独不能损数畦之广为杏地邪？"因勿伐。

既而悟且叹曰："吁！庄周之说曰：樗、栎以不材终其天年，桂、漆以有用而见伤夭。今樗诚不材矣，然一旦悉翦弃；杏之体最坚密，美泽可用，反见存。岂才不才各遭其时之可否邪？"

他日，客有过修者，仆夫曳薪过堂下，因指而语客以所疑。客曰："是何怪邪？夫以无用处无用，庄周之贵也。以无用而贼有用，乌能免哉！彼杏之有华实也，以有生之具而庇其根，幸矣。若桂、漆之不能逃乎斤斧者，盖有利之者在死，势不得以生也，与乎杏实异矣。今樗之臃肿不材，而以壮大害物，其见伐，诚宜尔，与夫才者死、不才者生之说又异矣。凡物幸之与不幸，视其处之而已。"

客既去，修善其言而记之。

【译文】

衙署的东园，因没有人治理已经荒芜了很长时期了。我来到以后方开始加以整治。在贫瘠的土地上施肥加水，种了菜十几畦，又种植了花卉、果树、梧桐、竹子等约百来株。

春天到来，地气上升，有许多植株都已发芽生长。守园的人告知说："园中有一些臭椿树，它们的根系壮大、枝叶茂盛。根系壮大就阻塞了地脉的疏通，消耗了许多土壤的养分，使得那些新种的花果藤竹得不到滋养；枝繁叶茂则遮挡了阳光，使新种的植物受到影响，不能繁茂地生长。臭椿树的树干扭曲多节，木质疏松不坚硬，不值得种植，应该把它们砍掉。"于是就将臭椿树都砍去了。第二天，守园的人又说："菜园的南边有些杏树，它们的根扎在地下方圆有六七尺，那些地的土壤非常肥沃，但却因为杏树生长的缘故，不便于再种蔬菜，因此也应当砍去。"我说："唉，现在已是春天，杏树就要开花，等到秋天就可以结果实了。你难道不能减少几畦菜地而将这些杏树留下吗？"因此没有砍掉杏树。

事过之后我有所感悟道："庄子说臭椿、栎树因为不是好木材而活到它们应活的年限，桂树、漆树因为有用途而被人们很早就砍伐。现在臭椿确实不能成材，但是人们一下将它们全部砍伐掉了，杏树的木材坚硬质密、色泽好看又可供人们使用，反而存活下来没有被早早砍伐。难道是成材的与不成材的各自遭遇的情况不同而出现不同的结果吗？"

有一天，来了位客人来拜访我，差役正拖着砍下的椿树木柴经过堂前，我就指给客人看并告诉客人对庄子论述的怀疑。客人说："这有什么感到惊讶的？以无用的态度处置对待无用之才正是庄周所崇尚的。自己无用反而侵害有用之才，那还能幸免吗？那些杏树可利用的是花和果，花果只有杏树生存下去才会年年有，因此它幸免于被砍伐。而桂树、漆树不能逃避被砍伐的厄运是因为它们被人们利用的东西只有被砍下来才能利用，所以它们必然无法生存。这与杏树凭借开花结果免于砍伐是不同的啊。而今臭椿高大不成材，反而以高大妨害了别的花木生长，被砍去是理所应当的。与庄子才者死，不才者生之说又是不同的。大约世上万物是否能够幸免于难，要看它所处的地位和用途罢了。"

客人离去后，我认为他说得很对，写此文以记之。

◎ 读李翱文 ◎

　　这是一篇充满忧愤之气的檄文。景祐三年（1036年），作者因为范仲淹被贬鸣不平而第一次遭贬，此文即写于赴任途中。

　　文章开篇通过描述阅读李翱的三篇文章的不同感受，表现出一位忧时愤世的先贤形象，作者初始认为李文"不作可焉"，继之又以李文为"愤世无荐己者"而作，最后则"叹已复读，不自休"。这种层层递进让作者不由得充满了对先贤的仰慕之情，进而生出"恨翱不生于今，不得与之交"的感喟。表达了作者渴望成为贤哲的追求。

　　在树立了李翱以文载道的先贤形象后，作者又以"文起八代之衰，道济天下之溺"的韩愈来对比。指出纵然是韩愈尚且存个人得失之心，而李翱却能一心为国，公而忘私。更进一步树立李翱"愤世热中肠"的先贤形象。

　　文章至此，由读文而引发的感喟达到高潮，就在无所生发之际，作者在结尾猛然一个转折，由古入今，借"翱幸不生今时"之语，转而抨击当世肉食者浑浑噩噩、醉生梦死的现状，愤怒地指出今世尚不如晚唐时，晚唐时尚能容李翱这样的人，而今世却"不肯自忧，又禁他人使皆不得忧"，表达了作者对范仲淹和自己遭贬的愤愤之气。

　　本文堪称欧公文中另类的典范，它有两个鲜明的特点。一是构思精巧，文章以三分之二的篇幅叙述李翱，看似颂赞古人，实则是将其作为铺垫，借李自喻，在结尾处，以寥寥数语，将自己一腔忧愤尽都掷出。二是文章气势磅礴，情感激昂，一反其惯有的淳厚之风。大约是欧公初次遭贬，加之年少气盛（时年三十岁），故而文中郁郁不平之气触手可摘，使得文章极有声势。

【原文】

　　予始读翱《复性书》三篇，曰此《中庸》之义疏尔。智者识其性，当复《中庸》。愚者虽读此，不晓也，不作可焉。又读《与韩侍郎荐贤书》，以谓翱特穷时，愤世无荐己者，故丁宁如此，使其得志亦未必然。以韩为秦汉间好侠行义之一豪隽，亦善论人者也。最后读《幽怀赋》，然后置书而叹，叹已复读，不自休。恨翱不生于今，不得与之交；又恨予不得生翱时，与翱上下其论也。

　　况乃翱一时人，有道而能文者，莫若韩愈。愈尝有赋矣，不过羡二鸟之光荣，叹一饱之无时尔。推是心使光荣而饱，则不复云矣。若翱独不然，其赋曰："众嚣嚣而杂处兮，咸叹老而嗟卑。视予心之不然兮，虑行道之犹非。"又怪神尧以一旅取天下，后世子孙不能以天下取河北，以为忧。呜呼！使当时君子皆易其叹老嗟卑之心为翱所忧之心，则唐之天下岂有乱与亡哉！

然翱幸不生今时，见今之事，则其忧又甚矣。奈何今之人不忧也？余行天下，见人多矣，脱有一人能如翱忧者，又皆贱远，与翱无异。其余光荣而饱者，一闻忧世之言，不以为狂人，则以为病痴子，不怒则笑之矣。呜呼！在位而不肯自忧，又禁他人使皆不得忧，可叹也夫！

景祐三年十月十七日，欧阳修书。

【译文】

我开始读李翱《复性书》三篇时，认为这不过是如同注释《中庸》一书的文章罢了，智者想了解人的本性，不如直接去看《中庸》一书。愚笨的人即使读了这三篇文章，也领会不到其中的意旨。这三篇文章不写也行。后又读到他的《与韩侍郎荐贤书》，认为李翱只是因为在那时贫困，为世上无人举荐自己而痛苦，所以才会在文中反复叮嘱韩愈荐贤。假如他得志于世上，也未必想汲汲于荐贤之事。文中认为韩愈就像秦汉时有侠义风范的豪杰，可说是善于评论人物。最后读到他的《幽怀赋》，读后便生万分感慨，拿起书来再读，又是如此。以至再三再四不能自已。心中直遗憾李翱没有生在今天，而不能同他交往。又叹息自己未能生于李翱的那个时代，不能同他一起探讨这些问题。

与李翱同时代的人当中，怀有圣人之道又擅长作文者，没有能赶上韩愈的。韩愈曾写过《感二鸟赋》，其内容不过是羡慕二鸟的光荣风采，哀叹自己连一顿饱饭都不知道在什么时候能吃到罢了。由此推论韩愈之心，假使他已经显达荣耀，衣食不愁，那么就不会再这么说了。像李翱这个人却不是这样。他的赋中说"大家喧闹着混杂相处在一起，都在感叹自己老了并为自己地位低下而叹息。可我的心中却不是这样想，我所忧虑的是世上所实行的并非圣人之道"。李翱又赋中感慨，当初唐高祖李渊可以指挥一支小部队而得到天下，他的后代子孙却不能用天下之力收复河北，并以此为忧。唉！假如当时的仁人君子，都能将叹老嗟卑的忧己之心，变成李翱那样的忧道忧国之心，那么唐朝所统治的天下，怎么会有动乱和消亡！

然而李翱幸亏没有出生在今天，如果他见到了如今的事情，那么他的忧虑又会更深了。为什么现在的人都不忧道忧国？我到过全国很多地方，所见到的人算是很多了，即使有人能像李翱那样忧道忧国，却远离朝廷，不被重用，那些居官显赫饱食终日的人，一听到有人说些忧虑时局的话，不是认为这个人是个疯子，就认为是个傻子，不是对其发怒，就是对其讽刺。唉！当官的人不肯自己来忧患时局，还禁止他人忧患时局，真是可悲啊。

景祐三年（1036年）十月十七日，欧阳修写。

◎ 朋党论 ◎

宋仁宗庆历初，范仲淹任参知政事，改革弊政，推行新政，起用大批革新之士，朝野上下呈现出欣欣向荣的气象。但是以夏竦、吕夷简等为首的守旧派势力不甘心失势，继续阻挠历史前进的车轮，他们诬蔑攻击范仲淹、韩琦、欧阳修等革新派人士为"朋党"，作者针对他们别有用心的攻击，写了这篇《朋党论》，以正视听。

作者并不回避"朋党"二字，开宗明义指出"朋党之说，自古有之"，理直气壮，直封对方之嘴。但君子"以同道为朋"，是"真朋"。接着纵论史实，援古证今，阐明要治理好国家，必须"退小人之伪朋，用君子之真朋"。最后指出君主应当对此引以为戒，当此革新进取之时，千万不要为小人的胡言乱语而乱了方寸。

【原文】

臣闻朋党之说，自古有之，惟幸人君辨其君子小人而已。大凡君子与君子，以同道为朋，小人与小人，以同利为朋。此自然之理也。

然臣谓小人无朋，惟君子则有之。其故何哉？小人所好者禄利也，所贪者财货也。当其同利之时，暂相党引以为朋者，伪也。及其见利而争先，或利尽而交疏，则反相贼害，虽其兄弟亲戚，不能相保。故臣谓小人无朋，其暂为朋者，伪也。君子则不然。所守者道义，所行者忠信，所惜者名节。以之修身，则同道而相益；以之事国，则同心而共济。终始如一，此君子之朋也。故为人君者，但当退小人之伪朋，用君子之真朋，则天下治矣。

尧之时，小人共工、驩兜等四人为一朋，君子八元、八恺十六人为一朋。舜佐尧，退四凶小人之朋，而进元、恺君子之朋，尧之天下大治。及舜自为天子，而皋、夔、稷、契等二十二人并立于朝，更相称美，更相推让，凡二十二人为一朋，而舜皆用之，天下亦大治。《书》曰："纣有臣亿万，惟亿万心；周有臣三千，惟一心。"纣之时，亿万人各异心，可谓不为朋矣，然纣以亡国。周武王之臣，三千人为一大朋，而周用以兴。后汉献帝时，尽取天下名士囚禁之，目为党人。及黄巾贼起，汉室大乱，后方悔悟，尽解党人而释之，然已无救矣。唐之晚年，渐起朋党之论。及昭宗时，尽杀朝之名士，或投之黄河，曰："此辈清流，可投浊流。"而唐遂亡矣。

夫前世之主，能使人人异心不为朋，莫如纣；能禁绝善人为朋，莫如汉献帝；能诛戮清流之朋，莫如唐昭宗之世。然皆乱亡其国。更相称美、推让而不自疑，莫如舜之二十二臣，舜亦不疑而皆用之。然而后世不诮舜为二十二人朋党所欺，而称舜为聪明之圣者，以能辨君子与小人也。周武之世，举其国之臣三千人共为一朋。自古为朋之多且大，莫如周，然周用此以兴者，善人虽多而不厌也。

夫兴亡治乱之迹，为人君者可以鉴矣！

朋党之争

【译文】

臣听到有对朋党的议论，这是自古以来就有的，我只希望君主区别他们是君子还是小人。大体上，君子和君子是因为有共同的道义才结成朋党的；小人和小人是因为有共同的私利而结成朋党的。这是极为自然的道理。

但是，臣以为小人没有朋党，只有君子才有朋党，那是什么缘故呢？小人喜爱的是俸禄，贪图的是财物。在他们利益一致的时候，暂时彼此勾结形成朋党，那是虚伪的。等到他们看见有利可图时，就争先恐后，力争抢在前头；如果无利就相互疏远，甚而彼此伤害，即使他们的兄弟亲戚，也不能互相顾全。所以，臣以为小人没有朋党，他们暂时结成朋党是虚伪的。君子却不是如此。他们所坚持的是道义，所实行的是忠信，所爱惜的是名誉气节。用这种思想来修养身心，就能共同坚守道义而且互相帮助；用这种思想来治理国家，就能同心合力一起获得成功。始终如一，这就是君子结成的朋党。所以，作为君主，应当斥逐小人结成的假朋党，进用君子结合的真朋党，这样天下就能达到大治了，随之而来的那就是太平景象。

唐尧的时候，小人共工、驩兜等四人结成一个朋党，君子八元、八恺等十六人结成一个朋党。虞舜辅佐唐尧，逐退了四凶小人的朋党，进用了八元、八恺君子的朋党，唐尧的天下因此得到大治，天下太平。等到虞舜自己做了天子，皋陶、后

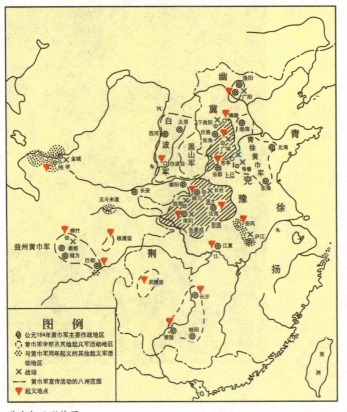

黄巾起义形势图

夔、稷、契等二十二人一起在朝堂上做官，互相尊重，互相谦让，结成一个朋党，虞舜都信用他们，天下也因此得到大治，天下太平。《书经》上说："商纣王有亿万个臣子，就有亿万颗心；周武王有三千个臣子，却只有一颗心。"殷纣王的时候，亿万臣子各自怀着不同的心思，可以说没有结成朋党，但是纣王终于因此亡国。周武王的三千个臣子形成一个大朋党，周朝却因此兴盛起来。后汉献帝时，天下有名望有操行的人士几乎全被逮捕囚禁起来，被视为同党。直到黄巾军起义，汉朝大乱，才后悔醒悟，完全解除了所谓党人的囚禁，并且释放他们，可是已经没有办法挽救天下大乱的局面了。唐朝末年，渐渐兴起了朋党的论调。到了昭宗的时候，朝堂上的名臣被斩尽杀绝，有些人被扔进黄河，说什么："这些人自称'清流'，可以把他们投进'浊流'。"唐朝也随之灭亡了。

那些前代的君主，能够使人人怀着不同的心思而不结成朋党的，没有谁赶得上商纣王；能够禁止贤能的人结成朋党的，没有哪一个赶得上汉献帝；能够杀光"清流"结成的朋党的，没有哪一代比得上唐昭宗统治的时代。可是他们的国家都亡于动乱。互相尊重、谦逊退让而且不自相疑忌的，没有哪个朝代赶得上虞舜时的二十二个臣子；虞舜不怀疑他们，并且都重用他们。因此，后代的人不讥笑虞舜被二十二人结成的朋党所欺骗，反而称赞虞舜是耳聪目明的圣人，因为他能够区分君子和小人。周武王的时候，倡导三千个臣子联合起来结成一个朋党。从古以来结成朋党的人数多、范围广、声势大，没有哪一代赶得上周朝，周朝正是因为用朋党的力量而兴盛，贤能的人虽然多却还不满足啊。

请注意！历史上的太平或者动乱、兴旺或者衰亡的事迹，作为君主的，都是可以借鉴的！

◎ 纵囚论 ◎

唐贞观六年（632年），唐太宗下令把已判死刑的三百九十名罪犯释放回家，并限定他们第二年秋天一定要回来报到接受死刑。第二年九月被释放的罪犯全部自动归案，无一人逃亡。唐太宗将其全部赦免。对这一历史佳话，欧阳修却认为唐太宗此举是不近人情、不可为常法的，是一种"上下交相贼"的行为，指出国家的法治必须"不立异""不逆情"，才能保证法令的贯彻执行，使那些奸佞残暴之徒不敢存侥幸心理以身试法。

【原文】

信义行于君子，而刑戮施于小人。刑入于死者，乃罪大恶极，此又小人之尤甚者也。宁以义死，不苟幸生，而视死如归，此又君子之尤难者也。

方唐太宗之六年，录大辟囚三百余人，纵使还家，约其自归以就死。是以君子之难能，期小人之尤者以必能也。其囚及期，而卒自归无后者。是君子之所难，而小人之所易也。此岂近于人情哉？

或曰：罪大恶极，诚小人矣；及施恩德以临之，可使变而为君子。盖恩德入人之深而移人之速，有如是者矣。

曰：太宗之为此，所以求此名也。然安知夫纵之去也，不意其必来以冀免，所以纵之乎？又安知夫被纵而去也，不意其自归而必获免，所以复来乎？夫意其必来而纵之，是上贼下之情也；意其必免而复来，是下贼上之心也。吾见上下交相贼以成此名也，乌有所谓施恩德与夫知信义者哉？不然，太宗施德于天下，于兹六年矣，不能使小人不为极恶大罪。而一日之恩，能使视死如归，而存信义。此又不通之论也。

然则何为而可？曰：纵而来归，杀之无赦。而又纵之，而又来，则可知为恩德之致尔。然此必无之事也。若夫纵而来归而赦之，可偶一为之尔。若屡为之，则杀人者皆不死。是可为天下之常法乎？不可为常者，其圣人之法乎？是以尧、舜、三王之治，必本于人情，不立异以为高，不逆情以干誉。

【译文】

信用、道义应该用在品德美好的人身上，徒刑、死罪应该施加到品德败坏的人

纵囚归狱图

身上。刑罚判处死罪的，一定是罪大恶极，这又是品德败坏的人当中的特别坏的人。宁肯为正义而死，不肯随便侥幸地活着，因而把牺牲性命看作像回家那样自然，这又是品德好的人当中尤其难得的人。

在唐太宗继位后的第六年，审查了判处杀头的三百多名罪犯，下令释放他们回家，命令他们到时候自己归来接受死刑。这是拿品德好的人难做到的事情，要求品德最坏的人一定要做到。那些罪犯到了期限，终于自动归来，没有一个过期的，这是品德好的人难以做到的事，却成为品德最不好的人容易做到的事。这难道是与人情相近的事吗？

有的人说：罪大恶极，的确是品德坏的无德之人了；但是，等到恩德降临到他身上，可以使他转化成为品德好的人。因为恩德进入人的思想深，改变人的行为就快，是有这样的人的。

我说：唐太宗之所以做这件事，正是因为他想追求以德服人的好名声。然而，怎能知道唐太宗在释放罪犯的时候，没有想到他们一定会回来希望赦免，所以释放他们的呢？又怎么知道罪犯们在被释放回去的时候，没有想到他们只要自动归案就必定获得赦免，所以又归来的呢？如果是唐太宗料到罪犯们一定会归来才释放他们，这就是上面窥测到下面的人心；如果是罪犯们料到唐太宗一定会赦免他们才回来，这就是下面窥测到上面的心思。我只看到上面和下面互相窥测来凑成这种美名，哪里有所谓施舍恩德的皇帝和知道信义的罪犯呢？否则，唐太宗对全国人民施行恩德，到这时已有六年了，六年都不能使品德坏的人不干最坏的事，不犯最大的罪；却用一个短时间的恩德，就能使罪犯们视死如归，而且坚守了信用和道义。这是讲不通的理论呀。

既然如此，那么怎样做才对呢？我说：先释放一批罪犯，如果他们按期归来，就杀掉他们，不要赦免。然后再释放一批罪犯，如果他们又归来，那就可以知道确实是被恩德所感召的了。然而，这是肯定没有的事情。至于释放后能归来就赦免他们，偶尔可以这样做一次；假如一再这样做，那么，杀人的都可以不死了。这能作为治天下的正常法制吗？不能做正常的法制，难道是圣人的法制吗？因此，唐尧、虞舜、夏禹、商汤、周文王的法制，一定要植根在人情之中，不标榜特殊来显示高明，不违背人情去追求名誉。

◎ 本 论 ◎

庆历二年（1042年），欧公作此文上疏宋仁宗，陈述急务五事。文中，欧公针砭时弊，痛切指出宋仁宗时政事之失，并逐一拈来，意在为当时统治者致警。

此论围绕足财、驭兵、立制、任人、尚名五者，揉弄出反正偏全之无穷变相，如花舞风，丝丝入扣。更兼举用五代故事与当世景况相较，正所谓"殷鉴不远，在夏后之世"，从而增添了文章的力度与分量，极具说服力。

尤为难能的，则是本文于低回扼腕之感叹中将政事之失的五方面绝妙地串联贯穿。全文如行云流水般舒展晓畅，悦目怡情。

【原文】

天下之事有本末，其为治者有先后。尧、舜之书略矣，后世之治天下，未尝不取法于三代者，以其推本末而知所先后也。三王之为治也，以理数均天下，以爵地等邦国，以井田域民，以职事任官。天下有定数，邦国有定制，民有定业，官有定职。使下之共上勤而不困，上之治下简而不劳。财足于用而可以备天灾也，兵足以御患而不至于为患也。凡此具矣，然后饰礼乐、兴仁义以教道之。是以其政易行，其民易使，风俗淳厚，而王道成矣。虽有荒子孱孙继之，犹七八百岁而后已。

夫三王之为政，岂有异于人哉？财必取于民，官必养于禄，禁暴必以兵，防民必以刑，与后世之治者大抵同也。然后世常多乱败，而三王独能安全者，何也？三王善推本末，知所先后，而为之有条理。后之有天下者，孰不欲安且治乎？用心益劳而政益不就，谒谒然常恐乱败及之，而辄以至焉者，何也？以其不推本末，不知先后而已。

今之务众矣，所当先者五也。其二者有司之所知，其三者则未之思也。足天下之用，莫先乎财，系天下之安危，莫先乎兵，此有司之所知也。然财丰矣，取之无限而用之无度，则下益屈而上益劳。兵强矣，而不知所以用之，则兵骄而生祸。所以节财、用兵者，莫先乎立制。制已具备，兵已可使，财已足用，所以共守之者，莫先乎任人。是故均财而节兵，立法以制财，任贤以守法，尊名以厉贤，此五者相为用，有天下者之常务，当今之世所先，而执事者之所忽也。

今四海之内非有乱也，上之政令非有暴也，天时水旱非有大故也，君臣上下非不和也。以晏然至广之天下，无一间隙之端，而南夷敢杀天子之命吏，西夷敢有崛强之王，北夷敢有抗礼之帝者，何也？生齿之数日益众，土地之产日益广，公家之用日益急，四夷不服，中国不尊，天下不实者，何也？以五者之不备故也。

请试言其一二。方今农之趣耕，可谓劳矣；工商取利乎山泽，可谓勤矣；上之征赋权易商利之臣，可谓纤悉而无遗矣。然一遇水旱如明道、景祐之间，则天下公私乏绝。是无事之世，民无一岁之备，而国无数年之储也。以此知财之不足也。古之善用兵者，可使之赴水火。今厢、禁之军，有司不敢役，必不得已而暂用之，则谓之借倩。彼兵相谓曰"官倩我"，而官之文符亦曰倩。夫赏者所以酬劳也，今以大礼之故，不劳之赏三年而一小遍，所费八九百万，有司不敢缓月日之期。兵之得赏，不以无功知愧，乃称多量少，比好嫌恶，小不如意，则群聚而呼，持梃欲击天子之大吏。无事之时其犹若此，以此知兵骄也。

夫财用悉出而犹不足者，以无定数也。兵之敢骄者，以用之未得其术。以此知制之不立也。夫财匮兵骄，法制未一，而莫有奋然忘身许国者，以此知不任人也。不任人者，非无人也。彼或挟材蕴知，特以时方恶人之好名，各藏畜收敛，不敢奋露，惟恐近于名以犯时人所恶。是以人人变贤为愚，愚者无所责，贤者被议疾，遂使天下之事将弛废，而莫敢出力以为之。此不尚名之弊者，天下之最大患也。故曰五者之皆废也。

前日五代之乱可谓极矣。五十三年之间，易五姓十三君，而亡国被弑者八，长者不过十余岁，甚者三四岁而亡。夫五代之主岂皆愚者邪，其心岂乐祸乱而不欲为久安之计乎？顾其力有不能为者，时也。当是时也，东有汾晋，西有岐蜀，北有强胡，南有江淮、闽广、吴越、荆潭，天下分为十三四，四面环之。以至狭之中国，又有叛将强臣割而据之，其君天下者，类皆为国日浅，威德未洽，强君武主力而为之，仅以自守，不幸屠子懦孙，不过一再传而复乱败。是以养兵如儿子之啖虎狼，犹恐不为用，尚何敢制？以残弊之民人，赡无赀之征赋，头会箕敛，犹恐不足，尚何曰节财以富民？天下之势方若敝庐，补其奥则隅坏，整其桷则栋倾，枝撑扶持，苟存而已，尚何暇法象，规圜矩方而为制度乎？是以兵无制，用无节，国家无法度，一切苟且而已。

今宋之为宋，八十年矣，外平僭乱，无抗敌之国；内削方镇，无强叛之臣。天下为一，海内晏然。为国不为不久，天下不为不广也。语曰"长袖善舞，多钱善贾"，言有资者其为易也。方今承三圣之基业，据万乘之尊名，以有四海一家之天下，尽大禹贡赋之地莫不内输，惟上之所取，不可谓乏财。六尺之卒，荷戈胜甲，力毂五石之弩、弯二石之弓者数百万，惟上制而令之，不可谓乏兵。

中外之官居职者数千员，官三班吏部常积者又数百，三岁一诏布衣，而应诏者万余人，试礼部者七八千，惟上之择，不可谓乏贤。民不见兵革于今几四十年矣，外振兵武，攘夷狄，内修法度，兴德化，惟上之所为，不可谓无暇。以天子之慈圣仁俭，得一二明智之臣相与而谋之，天下积聚，可如文、景之富；制礼作乐，可如成周之盛；奋发威烈以耀名誉，可如汉武帝、唐太宗之显赫；论道德，可兴尧、舜之治。然而财不足用于上而下已弊，兵不足威于外而敢骄于内，制度不可为万世法而日益丛杂，一切苟且，不异五代之时，此甚可叹也。是所谓居得致之位，当可致之时，又有能致之资，然谁惮而久不为乎？

【译文】

  天下的事情有本有末，治理天下的人有先有后，记录尧、舜之书的文字都很简略，后代治理天下的人，没有不效法夏、商、周三代的，因为他们推究事情的本末才知道做事情的先后。三代的君王治理国家，把贡赋平均分配到天下的百姓，把爵地平等分配给各邦国，用井田制的办法使老百姓安居，用职责任命官吏。全国有规定的贡赋，分封的邦国有规定的制度，百姓有固定的生计，官吏有明确的职责。让百姓勤劳供奉官府而不困乏，政府有效地治理百姓而不过于辛苦。财力足够使用并且可以防备自然灾害，军队能够防御灾祸却不至于制造灾患。这些条件都具备了，然后可以整治礼乐，用仁义来教化引导他们。因此他们的政事容易实施，他们的百姓容易驱使，民风民俗淳朴浑厚，这样王道就实现了。即使出现了荒淫无能的后代继承统治，也能维持统治七八百年。

  三王治理国家，难道有和常人不同的吗？财赋从百姓那里获得，官吏要靠俸禄养活，禁止动乱要使用军队，防备百姓要用刑罚，与后代的统治者使用的方法大致是一样的。但后代经常发生动乱失败，而只有三王能使其安定，为什么？三王善于推究事情的本末，知道先后顺序，做起事情就条理清晰。后来统治天下的人，谁不想使国家安定并且得到治理？但越花费心思治理越达不到目的，内心经常担心混乱败亡的到来，却总是要到来，为什么呢？因为他们不推究本末，不了解先后顺序罢了。

  现在要做的事务很多，需要先做的有五件。其中两件是有关官员知道的，另外三件却还没有被考虑到。满足天下的需用，没有比财赋更紧要，关系天下的安危，没有比军队更重要，这是官吏们知道的事情。但财赋富足了，需求没有限

尧舜禅位图

度，使用也没有限度，那么下面越枯竭上边越辛苦。军队强大了，却不知道如何使用，那么军队骄横就会生发祸乱。因此善于节省财赋，善于使用军队的人，没有不优先创立制度的。制度已经制定完备，军队已经可以使用，财赋已经能满足需要，能让这三者维持稳定没有比任用人更重要的。因此平均财赋并且节约军费，建立法规以约束他们，任用贤良以遵守法规，尊重名流以劝勉贤才。这五件事同时实施，是治理天下的要务，现在的社会需要先办的事情，却是负责的官员忽视的地方。

现在四海之内没有灾乱，朝廷的政令没有欺压百姓，自然界没有大的水灾和旱灾，皇帝和大臣没有上下不和的现象。如此安定广阔的天下，应没有任何问题，但南方的少数民族敢杀害皇帝任命的官吏，西方的少数民族敢出现不驯服的头领，北方的少数民族敢有行平等之礼的皇帝，这是什么原因呢？人口的数量日益增加，土地的产量越来越大，国家的需用越来越急，四方的少数民族不服从，中原的地位不尊贵，全国财源枯竭，天下不安定，为什么？是因为五件事情没有齐备的缘故。

请让我尝试着谈一两件事，现在农民忙于耕作，可称得上很劳累了；做工经商的人为牟利四处奔波，可称得上辛勤了；朝廷设置的控制全国赋税和重要物资专卖的官吏和机构，可以称得上细致完善而没有遗漏了。但是一旦遇到像明道、景祐年间的水旱灾害，全国上下无论公家私人都会贫乏困绝。这样平安无事的年代，百姓没有一年的储备，国家也没有数年的储备。由此知道财产的不富足。古代善于用兵的人，可以让士卒为他们赴汤蹈火。现在厢军和禁军，官吏不敢使用，到不得已的时候暂时使用他们，就称之为暂时借用。那些官兵互相转告说，官吏央求我们了。而调遣军队的公文也称为请求。那赏赐是用来酬谢慰劳的，现在是大礼的原因，即使没有付出任何劳动，三年也要赏赐一遍，用款八九百万，官吏不敢延迟一天。兵士得到赏赐，不因为没有功劳受赏而感到羞愧，而是称赏赐量的多少，比较赏赐的好坏，稍不如意，就聚集起来呼叫，拿棍棒攻击朝廷的官吏。没有事情的时候还像这样，由此知道士兵的骄横。

财物全部都拿出来却依然不能满足的原因，是支出没有规定。兵士敢于骄横的原因，是没有正确地使用他们。因此知道制度没有建立。财物匮乏，兵士骄横，法规制度没有统一，没有奋不顾身以身报国的人，因此知道不善于任用人。不能任用贤人，并不是没有贤人。那些有才干有知识的人，不过因为当时人们正厌恶喜好名声的人，每个人都隐藏收敛，不敢振作暴露，唯恐出了名触犯当时人们所厌恶的东西。因此人人由贤良变为愚钝。愚钝的人没有被指责的地方，贤良的人却遭到讥笑厌恶，就使得天下的事情懈怠荒废，却没有人敢出力。这是不喜欢名声的弊病，是天下最大的忧患。所以说五件事都要荒废。

往日五代的混乱可以说达到了极致，五十三年之间变更了五个姓氏的十三个君王，因为亡国被杀死的有八个。在位时间最长的不过十余年，短的甚至只有三四年。五代的那些君主难道都是愚昧的人吗，他们的心里难道喜欢祸乱而不想实行长治久安吗？但是他们的力量有不能做到的地方，是因为当时的环境和条件的制约。那个时期，东边刘崇的北汉据山西，西边有王建的岐蜀、孟知祥的后蜀占据四川等地，北边有契丹，南边有杨行密的吴据江淮、李昇的南唐据江南、王审之的闽据福建、刘岩的南汉据南海、钱镠的吴越据两浙、马殷的楚据湖南、高季兴的南平据荆南，天下分为十三四，中原被四面围绕。非常狭窄的中原地区却有叛将强臣实行割据，那些统治天下的人，治理国家的时间大都很短，威望德行没有融洽。强暴的君王勇猛的国君凭借武力实施统治，仅仅能够维持统治，不能庇佑懦弱的子孙，不过传位一两次就要陷于乱败。因此养兵就像让童子去吃虎狼的肉，因为害怕不敢吃，哪里还谈得上什么制约！以残破疲惫的百姓，供给没有限度的征赋，横征暴敛还不富足，还谈什么节约财赋以使百姓富足！天下的局势正如一间破屋子，修补内室则墙角坏了，修整椽子则栋梁倾倒，拼命支撑着，勉强存在罢了，哪还有时间制礼作乐，对各方面进行约束，建立健全制度呢？因此军队没有制约，财用没有节制，国家没有法度，一切都只是苟且存在罢了。

至今宋朝存在已经八十年了。对外平息了叛乱，没有能与我们抗衡的敌国；对内消除了藩镇割据，没有强大的叛逆的臣子。天下合而为一，海内太平。建立国家的时间不能说不长，天下不能说不广大。谚语说"长袖善舞，多钱善贾"，说的是有资产的人做起来很容易。现在继承三位圣人的基业，拥有着万乘的尊名，由于有四海一家之天下，所有大禹九州的土地没有不缴纳贡赋的，只任皇帝取用，不能说缺乏财用。强壮的士兵持着戈穿着盔甲，使劲能拉开五石的弩、弯二石的弓箭的士卒有数百万，只听皇帝的管制和命令，不能说缺乏士兵。朝廷内外的官员有数千人，三班院和吏部时常积压的官员又有数百人，三年举行一次科举考试，应试的有一万多人，参加礼部考试的有七八千人，全由皇帝选择，不能说缺少贤良。百姓没有经历战争快四十年了，对外整顿军队，排除夷狄，对内建立法制振兴德化，只听皇帝的命令，不能说没有空闲。以天子这样的慈圣仁俭，能得到聪明智慧的大臣相与协助谋划；天下积聚的财物，能够像汉文帝、汉景帝时期那样富足；制礼作乐，可以像周朝那样兴盛；奋发威烈，以光耀名誉，可以像汉武帝、唐太宗那样声名显赫；论道德可以兴起尧、舜那样天下大治的局面。但是财物还不够朝廷的使用而百姓已经疲惫，军队不能够威慑敌军却敢于在国内骄横，制度不能成为万世的法则却日益细碎杂乱，一切得过且过，与五代的时候没有差异，这真是太让人感到惋惜了。占据着在政治、军事、文化上能达到大治的地位，又有着实现天下大治的有利时机，还有达到大治的资财。那么，究竟害怕什么而长期不思改革图治呢？

◎ 送曾巩秀才序 ◎

此文作于庆历二年（1042年），时曾巩赴礼部应进士举落选，准备归乡，欧公为勉励他而作此序以赠。

全文分三部分，开篇即由曾巩落选切入，批评朝廷选举制度的刻板、教条，导致人才"失多而得少"，为其鸣不平。第二段赞扬曾巩在逆境中不怨天尤人，而继续矢志求学的精神，认为自己也由此认识了曾巩的高尚操守。结尾则安慰曾巩，虽然现在不为人知，但自己却为结识他而感到庆幸，以此勉励他。

这篇文章典型地模仿了韩愈的《送董邵南序》一文，但在文章内涵的表达上不如韩文绵密深远而曲折，语言叙述上也不如其简洁，且舒缓平易，不似韩文充满跌宕起伏的情感色彩。不过，此文中间一段短短五十余字，就表达出三层含义，一为曾巩不怨天尤人的品性，一为作者对其进一步的认识，一为殷切寄望。语言简练，层次分明，深得韩文意味，而"农不咎岁而蓄播是勤"的譬喻尤为精妙贴切。

【原文】

广文曾生，来自南丰，入太学，与其诸生群进于有司。有司敛群材，操尺度，概以一法，考其不中者而弃之。虽有魁垒拔出之材，其一累黍不中尺度，则弃不敢取。幸而得良有司，不过反同众人，叹嗟爱惜，若取舍非己事者，诿曰："有司有法，奈不中何？"有司固不自任其责，而天下之人，亦不以责有司，皆曰："其不中，法也。"不幸有司尺度一失手，则往往失多而得少。噫！有司所操，果良法邪？何其久而不思革也？

况若曾生之业，其大者固已魁垒，其于小者亦可以中尺度，而有司弃之，可怪也。然曾生不非同进，不罪有司，告予以归，思广其学而坚其守。予初骇其文，又壮其志。夫农不咎岁而蓄播是勤，其水旱则已，使一

曾巩像

有获，则岂不多邪？

　　曾生囊其文数十万言来京师，京师之人无求曾生者，然曾生亦不以干也。若予者岂敢求生，而生辱以顾予。是京师之人既不求之，而有司又失之，而独余得也。于其行也，遂见于文，使知生者可以吊有司之失，而贺余之独得也。

【译文】

　　广文馆学生曾巩是南丰县人，进入太学学习，和其他太学生一起赴礼部参加进士考试。试官选拔人才，所衡量的标准都是一致的。即使是十分优秀的人才，只要文章稍不依格式规程，也不能入选。就算遇到优秀的试官，也不过是与众人叹嗟可惜罢了，好像取舍并不是自己的事情，而且推诿说：

曾巩作品《元丰类稿》

"考试有规定的程式，为什么不依照它去答卷呢？"试官固然认为这不是自己的责任，天下的人也不会因此责备试官，都会说："他考不中，是因为不遵循制度。"不幸的是试官掌握的规则往往有疏失、错误，常常是失去的人才多而得到的人才少。唉！试官所依据的真的是好的规则吗？为什么这么久却不进行变革呢？

　　况且像曾巩的学业，在大的方面已经出类拔萃，在小的方面也能合于尺度，试官却舍弃他，真的是非常奇怪。然而曾巩没有非议一起参加考试的太学生，也没有归罪于试官，而是告诉我要回乡，想努力扩展自己的学问，并坚持自己的操守。我认识他时曾惊讶于他的文采，现在则感叹他志向的宏大。农民不埋怨天时而努力耕种，如果遇到水旱灾害而歉收，当然没有办法，但只要一有收成，难道不是会有很多收获吗？

　　曾巩携带数十万字的文章到京城开封，京城里却没有赏识他的人，然而他也没有去请托巴结以求取功名。像我这种见识的人怎敢指望曾生的看顾，然而他却来拜访我。这是因为京城的人既不赏识他，试官又舍弃他，于是我得以独自结识这样一位奇才。在他走的时候，就写成这篇文章，使了解曾巩的人为试官不能识拔他而伤悯，并且祝贺我一人结交了曾巩。

◎ 王彦章画像记 ◎

本文作于庆历三年（1043年），是为后梁名将王彦章之画像而作。

王彦章少年从军，随朱温转战各地，以骁勇著称，因其战功显赫，被封为开国侯，后在与后唐军队交兵中战败被俘，不屈而死。本文记录了王彦章之勇敢善战及高尚情操。欧公于文中对名将贤臣因小人谗害而不被信用表示了惋惜之情，并着重墨描绘德胜大捷，意在凭古吊今。

当是时，李元昊起兵反叛，兵聚西陲，历时已近五年，而朝廷仍粉饰太平，攻守之计不决。欧阳修"独持用奇取胜之议"，朝廷却不以为然，而边将亦多失机会，故欧公写此文在感愤叹息之余借王彦章之善出奇策而警边将之不善用奇。

【原文】

太师王公讳彦章，字子明，郓州寿张人也。事梁，为宣义军节度使，以身死国，葬于郑州之管城。晋天福二年，始赠太师。公在梁以智勇闻，梁、晋之争数百战，其为勇将多矣，而晋人独畏彦章。自乾化后，常与晋战，屡困庄宗于河上。及梁末年，小人赵岩等用事，梁之大臣老将多以谗不见信，皆怒而有怠心，而梁亦尽失河北，事势已去，诸将多怀顾望，独公奋然自必，不少屈懈，志虽不就，卒死以忠。公既死，而梁亦亡矣。悲夫！五代终始才五十年，而更十有三君，五易国而八姓，士之不幸而出乎其时，能不污其身得全其节者鲜矣。公本武人，不知书，其语质，平生尝谓人曰："豹死留皮，人死留名。"盖其义勇忠信，出于天性而然。

予于《五代书》，窃有善善恶恶之志，至于公传，未尝不感愤叹息，惜乎旧史残略，不能备公之事。康定元年，予以节度判官来此，求于滑人，得公之孙睿所录家传，颇多于旧史，其记德胜之战尤详。又言敬翔怒末帝不肯用公，欲自经于帝前。公因用笏画山川，为御史弹而见废。又言公五子，其二同公死节。此皆旧史无之。又云公在滑，以谗自归于京师；而《史》云召之。是时梁兵尽属段凝，京师羸兵不满数千，公得保銮五百人之郓州，以力寡败于中都；而《史》云将五千以往者，亦皆非也。

公之攻德胜也，初受命于帝前，期以三日破敌，梁之将相，闻者皆窃笑。及破南城，果三日。是时庄宗在魏，闻公复用，料公必速攻，自魏驰马来救，已不及矣。庄宗之善料，公之善出奇，何其神哉！今国家罢兵四十年，一旦元昊反，败军杀将，连四五年，而攻守之计至今未决。予尝独持用奇取胜之议，而叹边将屡失其机，时人闻予说者，或笑以为狂，或忽若不闻，虽予亦惑，不能自信。及读公家传，至于德胜之捷，乃知古之名将必出于奇，然后能胜。然非审于为计者不能出奇，奇在速，速在果，此天下伟男子之所为，非拘牵常算之士可到也。

每读其传，未尝不想见其人。后二年，予复来通判州事。岁之正月，过俗所谓铁枪寺者，又得公画像而拜焉。岁久磨灭，隐隐可见，亟命工完理之，而不敢有加焉，惧失其真也。公尤善用枪，当时号王铁枪，公死已百年，至今俗犹以名其寺，重儿牧竖皆知王铁枪之为良将也。一枪之

五代时期鎏金铜观音造像

勇，同时岂无？而公独不朽者，岂其忠义之节使然欤？画已百余年矣，完之复可百年，然公之不泯者，不系乎画之存不存也。而予尤区区如此者，盖其希慕之至焉耳。读其书，尚想乎其人，况得拜其像，识其面目，不忍见其坏也。画既完，因书予所得者于后，而归其人使藏之。

【译文】

太师王彦章，字子明，是郓州寿张人。在后梁任过宣义军节度使，以身殉国，葬在郑州管城。晋天福二年，赠封才将太师的称号。在后梁，他以智勇双全闻名。后梁与后晋为争夺城池进行了几百次战争，勇猛的将领不知有多少，而晋人独独畏惧彦章。自从梁朝乾化年间以后，他经常与晋军作战，无数次将庄宗围困在河上。到了梁朝末年，小人赵岩等专权，梁的大臣老将多因他们的谗言而不被皇帝信任，都心怀愤怒而对国事有所懈怠。而梁朝也因此完全失去了黄河以北之地。大势已去，军中将领对时局都抱观望态度，只有彦章坚持不渝，没有一丝的退却懈怠，报国之志虽未成功，但最终以死尽忠。彦章已去，梁也随即灭亡了，可悲啊！五代从开始到结束，一共才五十年而已，却更换了十三位国君，五次改朝换代，八姓先后掌握政权，士人不幸出生在这个时代，能保持自身不受污染并保全名节的实在太少了！彦章本来是一个带兵打仗的武夫，没有读过多少书，言语质朴，平生经常对人说："豹死留皮，人死留名。"大概他的义烈勇敢、忠诚守信都是出自他的天性。

我编写《五代史》，私下怀有扬善贬恶的意图，写到彦章的传记，深为他的经历

感愤叹息，可惜旧五代史残缺简略，没有详细记载他的事迹。康定元年我因担任节度判官来到滑州，向滑州人寻求有关彦章的资料，终于找到彦章的孙子王睿所记录的《家传》，其内容比旧史中记载的丰富多了，其中记德胜之战尤其详细。《家传》又提到梁朝宰相敬翔因恼怒梁末帝不肯起用彦章，想在末帝面前自杀的事。还提到彦章因为用朝笏在地上指画山川形势，所以被御史弹劾而被罢官。又说彦章有五个儿子，两个与其一道殉国。这些都是旧史没有的。又说彦章在滑州因受谗言自行赶回京师辩白，但是旧史却说是末帝召他回去。后唐军逼境时，后梁的军队当时全归段凝掌握，京城的老弱病残之兵加起来都不足几千，彦章只得到五百名保驾士兵前往郓州去抵御敌军，由于力量单薄而兵败中都。但是旧五代史却说他率领五千人去郓州。这些都是旧五代史记录错误的地方。

彦章进攻德胜城的时候，当初在接受皇帝军令时，保证在三天之内破敌。后梁的将相们听到这样的话都在暗暗发笑。等到攻破德胜城南门的时候，的确只有三天。当时，后唐庄宗在魏州听到彦章又被任用，断定其一定会快速进攻德胜，便从魏州亲自赶到德胜救援，结果已经来不及了。庄宗长于计算预料，彦章善于出奇制胜，这是多么的神奇啊。现在我们宋朝已经有四十年没打过仗了，一旦李元昊起兵造反，便打败我们的军队，杀死我们的将领，接连四五年如此，可是攻守的计策到现在都还没有制定出来。我曾独自坚持出奇制胜的建议，但遗憾边防将领屡次失掉机会。同时人们在听到我的说法时，有的人笑话我认为我太狂妄，有的人根本不予理睬。就是我自己也感到迷惑，不敢确定自己的意见是否正确。等到读了王彦章家传，看到德胜大捷，才知道自古以来的名将必定是出奇才能制胜。不过，不能计划周详的人便难于出奇，并且出奇要迅速果断，这才是天下伟人的举动，不是那些被常规所约束的人能办得到的。

我每次读他的家传，没有一次不想见到他本人。过了两年，我又来到滑州做通判。今年正月，经过百姓所说的铁枪寺前，又找到并拜谒了王彦章的画像。这幅画像因年代久远，磨损得十分厉害，只能隐隐约约地现出彦章的模样。我马上命令画工加以修饰整理，但是不敢有所增添，恐怕失掉了真实的面目。王彦章善使铁枪，那时的人称他"王铁枪"，他虽然离世已有百年，但是现在人们都还在用铁枪作为寺名，连小孩都知道王铁枪是一位良将。当时难道就没有其他的勇士使用铁枪吗？但只有王彦章名垂不朽，难道不是因为他的忠义气节吗？画像已经历时一百多年，修饰整理后又可保存百年。不过，彦章的永垂不朽与否，并不在于画像能否保存。我之所以留心这幅画像，是因为我敬佩他到了极致。读他的书，尚且想象他的模样，何况得以拜谒他的画像，看到了他的模样呢！所以不忍心看到画像的损坏。画像修复好后，便在背后写下了我的感受，然后物归原主，让他好好珍藏。

◎ 原 弊 ◎

这是一篇推究时弊的文章。

本篇立论精辟、高屋建瓴，连结处亦整而不板。欧公以其纡徐委曲、条达疏畅的文笔以及明白易晓的语言指陈时弊，痛快淋漓。文章开宗明义、直入主题，继而提出看法与主张。欧公作文最堪称道之处在于：他不同于两耳不闻窗外事之一般文人严重脱离社会现实，而是以实干家的精神，怀悲梗悬盼之心针对时弊进行分析与探究，并试图加以解决。欧公之宰相之才于文中尽显无遗。

【原文】

孟子曰：养生送死，王道之本。管子曰：仓廪实而知礼节。故农者，天下之本也，而王政所由起也，古之为国者未尝敢忽。而今之为吏者不然，簿书听断而已矣，闻有道农之事，则相与笑之曰："鄙。"夫知赋敛移用之为急，不知务农为先者，是未原为政之本末也。知务农而不知节用以爱农，是未尽务农之方也。

古之为政者，上下相移用以济。下之用力者甚勤，上之用物者有节，民无遗力，国不过费，上爱其下，下给其上，使不相困。三代之法皆如此，而最备于周。周之法曰：井牧其田，十而一之。一夫之力，督之必尽其所任，一日之用，节之必量其所入，一岁之耕，供公与民食皆出其间而常有余，故三年而余一年之备。今乃不然，耕者不复督其力，用者不复计其出入，一岁之耕供公仅足，而民食不过数月。甚者，场功甫毕，簸糠麸而食粃稗，或采橡实畜菜根以延冬春。夫糠核橡实，孟子所谓狗彘之食也，而卒岁之民不免食之。不幸一水旱，则相枕为饿殍。此甚可叹也！

夫三代之为国，公卿士庶之禄廪，兵甲车牛之材用，山川宗庙鬼神之供给，未尝阙也，是皆出于农。而民之所耕，不过今九州之地也。岁之凶荒，亦时时而有，与今无以异。今固尽有向时之地，而制度无过于三代者。昔者用常有余，而今常不足，何也？其为术相反而然也。昔者知务农又知节用，今以不勤之农赡无节之用故也，非徒不勤农，又为众弊以耗之；非徒不量民力以为节，又直不量天力之所任也。

何谓众弊？有诱民之弊，有兼并之弊，有力役之弊，请详言之。今坐华屋享美食而无事者，曰浮图之民；仰衣食而养妻子者，曰兵戎之民。此在三代时，南亩之民也。今之议者，以浮图并周、孔之事曰三教，不可以去。兵戎曰国备，不可以去，浮图不可并周、孔，不言而易知，请试言兵戎之事。国家自景德罢兵，三十三岁矣，兵尝经用者老死今尽，而后来者未尝闻金鼓、识战阵也。生于无事而饱于衣食也，其势不得不骄惰。今卫兵入宿，不自持被而使人持之；禁兵给粮，不自荷而雇人荷之。其骄如此，况肯冒辛苦以战斗乎！前日西边之吏，如高化军、齐宗举两用兵而辄败，此其效也。夫就使兵耐辛苦而能斗战，惟耗农民为之，可也。奈何有为兵之虚名，而其实骄惰无用之人也？

古之凡民长大壮健者皆在南亩，农隙则教之以战。今乃大异，一遇凶岁，则州郡吏以尺度量民之长大而试其壮健者，招之去为禁兵，其次不及尺度而稍怯弱者，籍之以为厢兵。吏招人多者有赏，而民方穷时争投之，故一经凶荒，则所留在南亩者，惟老弱也。而吏方曰："不收为兵，则恐为盗。"噫！苟知一时之不为盗，而不知其终身骄惰而窃食也。古之长大壮健者任耕，而老弱者游惰；今之长大壮健者游惰，而老弱者留耕也。何相反之甚邪！然民尽力乎南亩者，或不免乎狗彘之食，而一去为僧、兵，则终身安佚而享丰腴，则南亩之民不得不日减也。故曰有诱民之弊者，谓此也。其耗之一端也。

古者计口而受田，家给而人足。井田既坏，而兼并乃兴。今大率一户之田及百顷者，养客数十家。其间用主牛而出己力者，用己牛而事主田以分利者，不过十余户。其余皆出产租而侨居者曰浮客，而有畬田。夫此数十家者，素非富而畜积之家也，其春秋神社、婚姻死葬之具，又不幸遇凶荒与公家之事，当其乏时，尝举债于主人，而后偿之，息不两倍则三倍。及其成也，出种与税而后分之，偿三倍之息，尽其所得或不能足。其场功朝毕而暮乏食，则又举之。故冬春举食则指麦于夏而偿，麦偿尽矣，夏秋则指禾于冬而偿也。似此数十家者，常食三倍之物，而一户常尽取百顷之利也。夫主百顷而出税赋者一户，尽力而输一户者数十家也。就使国家有宽征薄赋之恩，是徒益一家之幸，而数十家者困苦常自如也。故曰有兼并之弊者，谓此也。此亦耗之一端也。

民有幸而不役于人，能有田而自耕者，下自二顷至一顷，皆以等书于籍。而公役之多者为大役，少者为小役，至不胜，则贱卖其田，或逃而去。故曰有力役之弊者，谓此也。此亦耗之一端也。

夫此三弊，是其大端。又有奇邪之民去为浮巧之工，与夫兼并商贾之人为僭侈之费，又有贪吏之诛求，赋敛之无名，其弊不可以尽举也，既不劝之使勤，又为众弊以耗之。大抵天下中民之士富且贵者，化粗粝为精善，是一人常食五人之食。为兵者，养父母妻子，而计其馈运之费，是一兵常食五农之食也。

为僧者，养子弟而自丰食，是一僧常食五农之食也。贫民举倍息而食者，是一人常食二人三人之食也。天下几何其不乏也！

何谓不量民力以为节？方今量国用而取之民，未尝量民力而制国用也。古者冢宰制国用，量入以为出，一岁之物三分之，一以给公上，一以给民食，一以备凶荒。今不先制乎国用，而一切临民而取之。故有支移之赋，有和籴之粟，有入中之粟，有和买之绢，有杂料之物，茶盐山泽之利有榷有征。制而不足，则有司屡变其法，以争毫末之利。用心益劳而益不足者，何也？制不先定，而取之无量也。

何谓不量天力之所任？此不知水旱之谓也。夫阴阳在天地间腾降而相推，不能无愆伏，如人身之有血气，不能无疾病也。故善医者不能使人无疾病，疗之而已；善为政者不能使岁无凶荒，备之而已。尧、汤大圣，不能使无水旱，而能备之者也。古者丰年补救之术，三年耕必留一年之蓄，是凡三岁，期一岁以必灾也。此古之善知天者也。今有司之调度，用足一岁而已，是期天岁岁不水旱也。故曰不量天力之所任。是以前二三岁，连遭旱蝗而公私乏食，是期天之无水旱，卒而遇之，无备故也。

夫井田十一之法，不可复用于今。为计者莫如就民而为之制，要在下者尽力而无耗弊，上者量民而用有节，则民与国庶几乎俱富矣。今士大夫方共修太平之基，颇推务本以兴农，故辄原其弊而列之，以俟兴利除害者采于有司也。

【译文】

孟子说：生能够赡养，死能够送终，这是统治天下的根本所在。管子说：家给人足了，人们就会知道讲究礼节。因此农业是治理国家的根本，也是统治者的根基，自古以来治理国家的人都不曾忽视这一点。但是当代的官吏们却不是这样，只知道管理财务赋税、审理案件，听到有关农业的事，便嘲笑道："鄙俗。"其实，只知道收缴赋税支配使用是紧要的事，却不知道从事农业生产是首要大事的，那是不懂得治理国家的主次本末；知道从事农业生产，却不知道节省费用以爱惜农民的劳动，那是没有真正了解发展农业的方法。

古代治理国家的人，上下之间互相协调，下层靠劳动为生的人努力生产，统治者管理懂得节制。《管子》

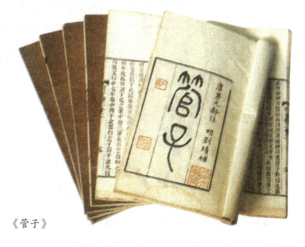

这样百姓不遗余力，国家也不过于浪费，统治者爱惜人民，人民供奉统治者，互不困扰。夏、商、周三代的治国方法都是这样，而周朝时期最为完善。周朝的方法是：田地中有的井田耕种，有的用来放牧，所得的收成，十分抽一分赋税。官府督促每一个老百姓竭尽全力，而官府每一日的花费必定限制在收入范围内。一年耕种所获，供给官府的开支和老百姓的食用，都出自其中而经常有盈余。所以耕种三年就会有一年的储备。现在的情况就不同了，不再督促耕田的人竭尽全力，消费者不再量入为出，一年的收成仅仅够官府使用，供百姓的口粮不过几个月。更严重的是，打谷场上劳作刚结束，人们便开始簸糠麸吃秕稗，或采集橡实、贮藏菜根以度过冬春季节。谷糠橡实，是孟子所说的猪狗之食，现在百姓过年却要吃它了。万一不幸遇上旱涝灾害，那么饿死的人遍地都是，实在可悲可叹啊！

夏、商、周三代治理国家，公卿士庶的俸禄，兵器、甲胄、车牛等军用物品，祭祀山川宗庙鬼神的供品，都没有短缺，由农民来供应。然而那时农民耕种的土地，不过是今天全国的田地。一年中也时常发生灾荒，与今天差不多。今天完全拥有三代时的土地，官俸、军用、祭祀等制度也没有超过三代。但为什么过去的费用经常盈余，而今天却经常短缺呢？原因在于现在统治国家的方法与过去完全不同。过去下懂务农上懂节用，当今却让不勤奋耕种的农民供养不知节制只会享用的君王及统治集团。不但不鼓励农民耕植，还以种种弊端去损耗农民；不仅不根据农民的生产能力节制费用，甚至连上天的承受力也不加考虑。

众弊是指什么？有诱骗农民之弊，有兼并土地之弊，有派遣农民服劳役之弊。具体而言，现在住着豪华的房子，享受美味佳肴而无所事事的人，叫浮图之民；能够靠获得衣服粮食养活妻子儿女的，叫作兵戎之民。这两种人在三代时，都是耕田种地的人。现在一些人议论要把佛教与周公、孔子等同称为三教，认为不可以废除；士兵是国家战备的需要，不能废除。佛教不可以与周公、孔子相提并论，这是不言而喻的。说起兵戎之事，国家从景德年间与辽国议和休战以来，已经有三十三年的时间了。当年征战的士兵，如今已经年老死尽了，而后来当兵的人还没有听见过战斗的锣鼓、经历过战争的场面。出生在太平年代衣食饱暖，必然滋生骄横懒惰情绪。现在入京宿卫的士兵，自己不拿甲胄而让别人替他拿，禁军自己不背分到的口粮却雇别人替他背。骄奢懒惰到这个样子，又怎么肯吃苦冒险去作战呢！前不久西边的将领，如高化军、齐宗举两次用兵都遭到失败，就证明了这一点。假如士兵真能耐住辛苦参加战斗，因此需要农民的供养，还是可以的；可他们空有一个士兵的虚名，其实却是骄惰无用之人。

古代的普通百姓成年健壮的都在田里劳动，农闲时他们学习作战的本领。现在情况完全不同，一遇荒年，州郡的官吏衡量其百姓，健壮的便被招去当禁兵；另外不够资格较瘦弱的，都被送去当厢兵。官吏招兵人数多就会得到奖赏，而老百姓境遇困难时，便争着去当兵。因此一遇灾荒，留在家里耕田种地的只有年老体弱的人了。官吏对此却说："不让他们去当兵，也许他们会去当强盗。"唉！仅知道使他们一时不会成为强盗，却不知道他们将因此一生骄横怠惰变成寄生虫。古时成年健壮的人负责耕田种地，老弱的人无事可做；现在是成年健壮的人游手好闲，而年老体弱的人留下来耕地种田。怎么相反到这种程度呢！既然百姓尽力辛勤劳作，仍不免要吃猪狗之食，而一旦去当和尚、士兵，就会终身安闲，享受美好的食物，那么耕田的人就必然日益减少了。所以所谓的诱民之弊，指的就是这件事。这是损害农民利益的一个方面。

古代根据人口分配田地，家庭供给充沛，人民富足。井田制废除后，兼并土地的风气才盛行起来。现在大约一户人家的田地有上百顷的，就会拥有佃农数十家。他们中间使用主人的牛自己耕种的，或使用自己的牛耕种主人的田从中分成的，不过十余家；其余的都是从外地来租种土地的人，叫作浮客，他们租种的都是新开垦的贫瘠土地。这几十家人，并不富裕，也少有积蓄，一年中还要备办春秋两季的神社及婚丧嫁娶等事。假如不幸遇上荒年和官府的差使，正当家境困窘时，便只好向主人借债，而在以后偿还的时候，利息将达到两倍到三倍。等到收获的时候，除去种子和官府的赋税，再和主人分成，还要付主人三倍的利息，将他们的全部所得来还债有时还不够。他们早上在谷场上收割完，晚上便没有吃的东西了，于是又要借债。所以冬春两季借来糊口的债，希望夏季麦收后还，麦子全部用来还债，夏秋借的债则指望冬季用稻禾偿还。这样的几十家人，日常吃的是付了三倍利息的食物，而一户主人实际上占有了百顷土地的收成。户主占有百顷土地却只交一户的赋税，而几十户人家却要向这一户主人交出自己全部收入。即使国家有宽征薄赋的恩德，受益的只不过是户主一家，而几十家人却困苦如常。因此说有兼并之弊，指的就是这件事，这也是损害农民利益的一个方面。

百姓有幸不被别人奴役，有自己的田地可以耕种的，从二顷到一顷，都按等级登记在官府的簿籍中。而官府的差役，种田多的为大役，少的为小役，至于承担不起的人，只好贱价卖掉田地或外出逃亡。因此所说的力役之弊，指的就是这件事。这也是损害农民利益的一个方面。

以上这三种弊端，都是相当严重的。还有那些灵巧的手艺人，专门从事那些奢侈消费品的生产；以及那些兼并土地的户主、做生意的商人，专门乱花钱、生活奢侈；又有贪官污吏的搜刮勒索、巧立名目的横征暴敛等，各种各样的弊端不胜枚举。官府既不能鼓励农民勤奋耕作，又产生弊端使他们的利益受损。大概天下处于中等生活水平的富贵人，把粗糙的粮食变成别种精巧的食物，就等于一个人经常要吃五个人的食物。当兵的要奉养自己的父母妻子，加上运输等各种费用，就等于一个士兵要由五个农民供养。当和尚的收养徒弟，自己尽情吃喝，那就等于一个和尚要由五个农民供养。贫苦百姓靠借几倍利息的粮食生活，那就等于一个人要吃两三个人的食物。天下怎么能不物资缺乏呢？

什么叫作不判断农民的能力而加以节制呢？现在是根据国家的需要向农民索取，而不是根据农民的生产能力规定国家的费用。古代的冢宰规划国家开支时，根据收入情况计划支出，一年的收入分成三份，一份给公家，一份给农民，一份备饥荒，现在则是不限制国家的费用，一切都向农民索取。因此，要农民到外州县缴纳赋税，额外征收农民的粮食；要商人运粮至边远的地方，凭证到京城或他处支取钱物；向农民预先买下绢匹，实际上是摊派；临时征收各种杂物，茶盐等实行专卖，山林湖泊也要征税。根据规定征收的赋税还不能满足需要，于是官府经常改变法令，与人民争夺微小的利益。这样越是处心积虑，越是感到费用不足，原因是什么呢？正是因为事先没有计划节制费用而又无限量地不断索取。

什么叫不知衡量自然界的承受能力？这是指不知自然界有水旱灾害的变化。天地之间存在的阴阳二气，升腾下降，互相影响，不会失误颠倒，如同人身有气血，不能没有疾病。所以，善于治病的医生，不能叫人都没有疾病，只能加以治疗；善于治理国家的官员，很难使每年都没有饥荒，只能做好救济的准备。像尧、汤这样的大圣人，也不能使天下无水涝旱灾，但却能及时做好准备。古代以丰年补救饥荒的方法就是耕种三年准备一年的积蓄，这是因为事先考虑到三年中有一年可能要闹灾荒，这是古时善于观察天象变化的表现。当今官府的考虑，费用只满足一年的需要就可以了，这是希望年年都不会发生水涝旱灾。所以说是不知衡量自然界的承受能力。因此，前两三年，连续遇到旱灾蝗灾，国家私人都缺乏粮食储备供应，这是希望自然界没有水涝灾害，而突然碰上了，又没有任何准备。

实行井田制，抽取十分之一赋税的方法在今天不可能重新实行。今天不如根据民众的生产能力而作出规定，为的是使下层人民能够努力生产，没有各种弊端去损害他们的利益，上层的官员能够体谅民众的生产能力节制费用，这样民众与国家才有希望繁荣富强。现在士大夫们正共同奠定国家长治久安的基础，尤其重视从基础抓起，兴办农业，因此我就考察其中的利弊，罗列出来，以供兴利除弊的人采纳，以供官府参考。

◎ 释秘演诗集序 ◎

　　本文是作者为和尚秘演的诗集所作的一篇序。但是作者的心思并不在为作序而作序上，而是借作序为两位怀才不为世俗所用的人立传。作者先写石曼卿，然后引出秘演，抓住这两个人相似的性格特征和不幸遭遇进行刻画，形象生动，深刻地表现了他们的高尚情操。同时也表达了作者对他们身处盛世，满怀奇才却不得一展抱负，只能终老诗酒和山水林泉的惋惜之情。

【原文】

　　予少以进士游京师，因得尽交当世之贤豪。然犹以谓国家臣一四海，休兵革，养息天下以无事者四十年；而智谋雄伟非常之士，无所用其能者，往往伏而不出，山林屠贩，必有老死而世莫见者，欲从而求之不可得。其后得吾亡友石曼卿。

　　曼卿为人，廓然有大志。时人不能用其材，曼卿亦不屈以求合。无所放其意，则往往从布衣野老，酣嬉淋漓，颠倒而不厌。予疑所谓伏而不见者，庶几狎而得之，故尝喜从曼卿游，欲因以阴求天下之奇士。

　　浮屠秘演者，与曼卿交最久，亦能遗外世俗，以气节自高。二人欢然无所间。曼卿隐于酒，秘演隐于浮屠，皆奇男子也。然喜为诗歌以自娱。当其极饮大醉，歌吟笑呼，以适天下之乐，何其壮也！一时贤士皆愿从其游，予亦时至其室。十年之间，秘演北渡河，东之济、郓，无所合，困而归。曼卿已死，秘演亦老病。嗟夫！二人者，予乃见其盛衰，则予亦将老矣。

　　夫曼卿诗辞清绝，尤称秘演之作，以为雅健，有诗人之意。秘演状貌雄杰，其胸中浩然，既习于佛，无所用，独其诗可行于世，而懒不自惜。已老，胠其橐，尚得三四百篇，皆可喜者。

　　曼卿死，秘演漠然无所向。闻东南多山水，其巅崖崛

宋代鎏金铜阿嵯耶观音像

169

峥，江涛汹涌，甚可壮也，遂欲往游焉。足以知其老而志在也。于其将行，为叙其诗，因道其盛时，以悲其衰。

【译文】

我年轻时以进士的身份在京城游历，因而能够结识当代很多的贤士豪杰。国家统一，没有战事，使全国人民休养生息，从而太平无事已经四十年了；但那些智谋杰出、志向雄伟的不寻常的人，却没有机会发挥他们的才能，往往隐居不出，山林间或者屠夫商贩中必定有直到老死而没有被世人发现的人才，想寻找他们却找不到。过后，我想到了我死去的朋友石曼卿。

曼卿为人心胸开阔，有博大的志向。当时掌权的人不能用他的才能，曼卿也不肯委曲而苟且。他没有时机施展他的抱负，就常常同老百姓、老农民一起，尽情地喝酒嬉乐而不厌倦。我怀疑那些隐居而没有被发现的，可能会通过接近曼卿找到他们，所以我经常喜欢跟曼卿交往，想通过他来暗中寻求天下杰出的人才。

有个和尚名叫秘演的，与曼卿结交最久，超脱世俗，讲求气节，自视很高。两人同欢而没有丝毫隔阂。曼卿藏身在酒店中，秘演隐居在庙宇里，都是天下的奇男子，他们都喜欢作诗以消遣取乐。他们尽情喝酒、酩酊大醉，唱歌吟诗，欢笑呼喊，

宋代三彩舍利容器

来追求天下的最大快乐时，气势何等雄壮啊！当时的著名人士都愿意追随他们与他们共同游乐，我也经常到他们的住所去。在十年当中，秘演向北渡过黄河，向东到达山东的济、郓一带，但没有什么可交往的，便穷困地回来。如今曼卿已经去世，秘演也年老多病。唉！这两个人，我竟然看到他们从壮年到衰老，现在我也快要老了。

曼卿的诗歌清新绝妙，他尤其赞秘演的作品，认为他的诗高雅刚健，有诗人超凡脱俗的气息。秘演才能出众，他的心里有一股浩然的正气，但由于他已经皈依信仰佛法，没有地方施展他的抱负和才能，只有他的诗可以流传于世，可是他懒散，不珍惜自己的作品。到了晚年，打开他的诗囊，还能得到三四百篇，都是令人喜爱的。

曼卿死后，秘演孤单寂寞没有可以信赖的朋友了，他听说东南多美丽的山水，那里山顶崖岸突出高峻，江涛汹涌澎湃，非常壮观，就想到那里去游览。从这里可以知道他年纪虽老雄心还在啊。当他将要远行的时候，我给他的诗写了一篇序，顺便说说他壮年时期何等的豪放，并为他现在的衰老而悲伤。

◎ 梅圣俞诗集序 ◎

梅尧臣是北宋诗文革新运动中的先驱人物，"其为文章，简古纯粹，不求苟悦于世"，而尤以诗独步当时，所谓"二百年无此作矣"。本文是梅尧臣去世后，作者为其整理诗集时为诗集作的序。作者开篇指出诗"穷而后工"，旗帜鲜明地肯定了创作与生活的关系。梅尧臣一生仕途坎坷，怀才不遇，沉沦下僚，正是由于"穷"，才能比较接近人民，发现人民的疾苦，从而创作出较"工"的诗篇来。

作者对梅尧臣的遭遇表示愤愤不平，对他的作品推崇备至，对其未能"幸得用于朝廷，作为雅、颂，以歌咏大宋之功德，荐之清庙，而追商周鲁《颂》之作者"深表惋惜，充分表达了作者和梅尧臣之间的深厚友情。

【原文】

予闻世谓诗人少达而多穷，夫岂然哉？盖世所传诗者，多出于古穷人之辞也。凡士之蕴其所有，而不得施于世者，多喜自放于山巅水涯之外，见虫鱼草木风云鸟兽之状类，往往探其奇怪。内有忧思感愤之郁积，其兴于怨刺，以道羁臣寡妇之所叹，而写人情之难言，盖愈穷则愈工。然则非诗之能穷人，殆穷者而后工也。

予友梅圣俞，少以荫补为吏，累举进士，辄抑于有司，困于州县，凡十余年。年今五十，犹从辟书，为人之佐。郁其所蓄，不得奋见于事业。其家宛陵，幼习于诗，自为童子，出语已惊其长老。既长，学乎六经仁义之说。其为文章，简古纯粹，不求苟说于世，世之人徒知其诗而已。然时无贤愚，语诗者必求之圣俞。圣俞亦自以其不得志者，乐于诗而发之。故其平生所作，于诗尤多。世既知之矣，而未有荐于上者。昔王文康公尝见而叹曰："二百年无此作矣！"虽知之深，亦不果荐也。若使其幸得用于朝廷，作为雅、颂，以歌咏大宋之功德，荐之清庙，而追商周鲁《颂》之作者，岂不伟欤？奈何使其老不得志而为穷者之诗，乃徒发于虫鱼物类、羁愁感叹之言？世徒喜其工，不知其穷之久而将老也，可不惜哉？

圣俞诗既多，不自收拾。其妻之兄子谢景初，惧其多而易失也，取其自洛阳至于吴兴以来所作，次为十卷。予尝嗜圣俞诗，而患不能尽得之，遽喜谢氏之能类次也，辄序而藏之。

其后十五年，圣俞以疾卒于京师。余既哭而铭之，因索于其家，得其遗稿千余篇，并旧所藏，掇其尤者，六百七十七篇，为一十五卷。呜呼！吾于圣俞诗，论之详矣，故不复云。

【译文】

我听得社会上议论诗人总是很少显贵，很多穷苦的，难道真的是这样吗？那是因为世上流传的诗歌，大都是从穷苦人手里写出来的作品呀。凡是读书人空有学问，却不能在社会上施展，多数喜欢放浪在山顶水边，看到了那些虫、鱼、草、木、风、云、鸟、兽的情状，往往要去探求它们奇异的缘由。或者心里有忧伤、思念、感慨、愤怒的抑郁情绪，他们就从怨恨讽刺出发，来诉说贬官在外的臣子的苦难和寡妇的哀叹，抒发世事人情所难以表达的心情，大概是人越穷苦，诗就作得越好。那么，并非作诗能够使人穷苦，差不多是穷苦的人才能作出好诗啊！

我的朋友梅圣俞，年轻时靠上一辈的恩荫出来做官，屡次考进士，每次都被主考官所压抑，又被州、县小官的职位所拘束，长达十多年。如今年纪五十，才接受聘书做人家的幕友；空负他的才学，不能在事业上奋发有为。他的家在宛陵，从小就学习作诗。当他还是小孩子的时候，写出来的诗已经使长辈们吃惊。长大以后，学习了六经里有关仁义的学说。他做的文章，简练、高古、纯正、精深，不肯迎合世俗以求得世人的喜欢，因此，当代的人只知道他诗作得好罢了。然而，当时不论是会作诗的人还是不会作诗的人，一谈起作诗就必定要向圣俞讨教。圣俞也喜欢把自己那种不得志的心情在诗中表达出来，所以他平生创作的，在诗歌方面尤其多。社会上有人了解他的才学，可是没有向当权者推荐他的人。过去王文康公曾经看到他的诗文，赞叹说："两百年来没有这种好作品了！"虽然了解他的才学这样深，也还是没有推荐他。假如他侥幸能够被朝廷重用，写作雅、颂体的乐章，来歌唱大宋朝的功德，奉献给宗庙，与《商颂》《周颂》和《鲁颂》相媲美，岂不是伟大的功业吗？怎么能使他总是不得志，去写穷苦哀愁的诗，表达虫鱼物类、羁旅忧伤、感慨叹息的情感呢？社会上仅仅喜欢他的诗作得好，不知道他穷苦已久并且快要老了，这能不使人惋惜吗？

圣俞的诗作得多，但自己却不收集整理。他的内侄谢景初怕他诗太多，容易散失，就选取他从洛阳到吴兴这段时间内的作品，编成十卷。我一向酷爱圣俞的诗，担心不能全部读到它，现在出乎意料地全部读到了；我很欣赏谢君能够分类编排圣俞的诗集，就为它写了一篇序，并把它珍藏。

从那时以后又过了十五年，圣俞因病在京逝世。我在哭吊他并且给他写了墓志铭之后，就向他的家属索取遗作，得到他的遗稿一千多篇，连同过去收藏的，选录其中优秀的六百七十七篇，编成一十五卷。可叹啊！我对圣俞的诗，评论得很详细了，所以在这里不再重复了。

◎ 张子野墓志铭 ◎

　　这是一篇为亡友作的墓志铭。此类文体一般只表现两部分内容：人物的身世和对其人的颂赞，故而虽好写，但写好不易。欧公作为一代宗师，这类文章的应酬颇多。这篇文章最大的特点是淳厚质朴。全章以平白话语入文，不溢美，不溢情，将浓浓追思化作一一道来的絮语，唯有反复诵读，才见其中真味。

　　文章第一段阐明写作此文的原因。作者认为自己"有平生之旧、朋友之恩与其可哀者"，此文之作，舍我其谁！作者对亡友的真挚情感已经浓浓溢出。

　　但作者在第二段中并没有顺势而下，大肆渲染，而是宕开笔锋，直追既往，回忆当年欢聚时的乐趣。借"众皆指为长者"之语赞美亡友的风范。既而又追述分别以来，再无欢会之乐，反而一哭尧夫，再哭希深，直至"今又哭吾子野"，感慨盛事无常，相知难得而易逝。痛悼之情于再三压抑之后，势如潮涌，奔泻而出，直道："呜呼，可哀也已！"于是戛然而止。

　　此后则转而叙述亡友的家世，中间夹叙了作者对亡友的直接评述，认为亡友的早逝，有抑郁不得志之处。但也只是片语带过，让人不觉玩味再三。

【原文】

　　吾友张子野既亡之二年，其弟充以书来请曰："吾兄之丧，将以今年三月某日葬于开封，不可以不铭，铭之莫如子宜。"呜呼！予虽不能铭，然乐道天下之善以传焉，况若吾子野者，非独其善可铭，又有平生之旧、朋友之恩与其可哀者，皆宜见于予文，宜其来请于予也。

　　初，天圣九年，予为西京留守推官，是时，陈郡谢希深、南阳张尧夫与吾子野，尚皆无恙。于时一府之士，皆魁杰贤豪，日相往来，饮酒歌呼，上下角逐，争相先后以为笑乐，而尧夫、子野退然其间，不动声气，众皆指为长者。予时尚少，心壮志得，以为洛阳东西之冲，贤豪所聚者多，为适然耳。其后去洛来京师，南走夷陵，并江汉，其行万三四千里，山砠水厓，穷居独游；思从曩人，邈不可得。然虽洛人至今皆以谓无如向时之盛，然后知世之贤豪不常聚，而交游之难得为可惜也。初在洛时，已哭尧夫而铭之；其后六年，又哭希深而铭之；今又哭吾子野而铭之。于是又知非徒相得之难，而善人君子欲使幸而久在于世，亦不可得，呜呼，可哀也已！

子野之世曰：赠太子太师讳某，曾祖也；宣徽北院使、枢密副使、累赠尚书令讳逊，皇祖也；尚书刑部郎中讳敏中，皇考也。曾祖妣李氏，陇西郡夫人；祖妣宋氏，昭化郡夫人，孝章皇后之妹也；妣李氏，永安县太君。

子野家联后姻，世久贵仕，而被服操履甚于寒儒。好学自力，善笔札。天圣二年举进士，历汉阳军司理参军、开封府咸平主簿、河南法曹参军。王文康公、钱思公、谢希深与今参知政事宋公，咸荐其能，改著作佐郎，监郑州酒税、知阆州阆中县，就拜秘书丞。秩满，知亳州鹿邑县。宝元二年二月丁未，以疾卒于官，享年四十有八。子伸，郊社掌坐，次从，次幼未名。女五人，一适人矣。妻刘氏，长安县君。

子野为人，外虽愉怡，中自刻苦，遇人浑浑，不见圭角，而志守端直，临事敢决。平居酒半，脱冠垂头，童然秃且白矣。予固已悲其早衰，而遂止于此，岂其中亦有不自得者邪？

子野讳先，其上世博州高堂人，自曾祖已来，家京师而葬开封，今为开封人也。铭曰：

嗟夫子野，质厚材良。孰屯其亨？孰短其长？岂其中有不自得，而外物有以戕？开封之原，新里之乡，三世于此，其归其藏。

【译文】

我的朋友张子野死后的第二年，他的弟弟张充给我写了一封信，请求道："我哥哥的灵柩将于今年三月的某一天在开封安葬，不可以不写篇墓志铭，给他作墓志铭没有人能比你更合适。"唉！我虽然不善于作墓志铭，但是我乐于传诵天下的好事使之流芳百世。何况我的朋友张子野，不仅他忠善的秉性值得铭记，而且又与我有着旧日老朋友的情谊，他的一生有着值得哀痛的地方，这一切都应该出现在我的文章里，难怪他的弟弟要求我来写墓志铭呢。

天圣九年时，我担任西京留守推官。当时，陈州的谢希深、南阳的张尧夫和我友张子野都还健在。当时留守府的人士都是杰出贤能的人才，每天彼此往来，饮酒唱歌，举行各种竞赛，相互争夺先后以此为乐。但张尧夫与子野两人往往不参与竞赛，他们不动声色，大家都说他们俩是忠厚惇实之人。我那时还年轻，对什么事情都充满信心，认为洛阳是东西交通的枢纽，聚集的人才多，是当然的事情。以后，离开洛阳到京城开封任职，又贬到南方做夷陵县令，由此走遍了长江、汉水一带，行程有一万三四千里。不管是在荒山还是在水滨，无论是独自一人穷困地生活还是游览，都希望能找到昔日的朋友和他们聚在一起，可是再也找不到了。不过，即使是洛阳人也认为现在没有过去那般兴盛了。从此我才知道，世上的杰出人才不可能经常聚集在一起，想要找到这样的人做朋友更是难上加难，实在可惜啊。我还在洛阳时，已经为张尧夫的去世而痛哭，并且为他写了墓志铭；六年后，又为希深的去世痛哭，也写了墓志铭；现在又为我的友人子野撰写墓志铭。这时我又知道了不仅找到这样的朋友很难，连想要使有道德的好人长久活在世上也不可能啊。唉！真是可悲啊！

张子野的家世是：曾祖张某，封赠为太子太师。祖父张逊，曾经出任宣徽北院使、枢密副使，多次封赠至尚书令。父亲张敏中，曾任尚书省刑部郎中。曾祖母李氏封赠为陇西郡夫人。祖母宋氏封赠为昭化郡夫人，她就是孝章皇后的妹妹。母亲李氏封赠为永安县太君。

宋代塔形盖堆塑瓷火葬罐

子野的家庭与皇后有亲戚关系，几代都是大官，但他的装束和举止好像一个贫苦的读书人。子野勤奋好学，善于写文章。天圣二年中进士，历任汉阳军司理参军、开封府咸平县主簿、河南府法曹参军，王文康公、钱思公、谢希深和现任参知政事的宋公，都推崇他的才能，后改任著作佐郎、监郑州酒税、阆州阆中县知县，又调到京城任秘书丞。任职期满后，做亳州鹿邑令。宝元二年二月丁未日因病在任所去世，享年四十八岁。长子张伸，任郊社掌坐，次子张从，还有一个小儿子，年幼没有正式命名。有五个女儿，一个已出嫁。妻子刘氏，赠封为长安县君。

子野为人，外表虽然显得轻松愉悦，而内心很刻苦，对人厚道，不露锋芒，品格端庄正直，遇到事情时勇于决断。平日饮酒到酒酣耳热时便脱下帽子，低下头只见头顶已秃，鬓毛已白。我本来就怜惜他身体早衰，而他竟然这样去世了，难道他内心有不得志的悲痛吗？

子野名先，他的祖籍是博州高唐人，从曾祖以来一直在京城居住，葬在开封，现在应该算是开封人了。铭文是：

啊，子野！品质忠厚，才能优良。谁使他一生屡遭祸殃？谁使他寿命不长？难道他内心不能自得其乐，被外物加以摧残损伤？开封的郊外，新里这个地方，张氏三代人都葬在这里，子野也在这个地方安息。

◎ 苏氏文集序 ◎

此文为欧公为亡友苏舜钦的文集所作的序，因为故友作序，故而文中褒扬、举拔之词俯拾皆是。

苏氏是宋诗文革新运动的先驱，在政治观点上也与作者为同道中人，但苏氏在政治上一直不得志，在文坛上也逊色于后进之士。如何表现这些，作者在构思上作了细致的编排。

文章首先从苏氏文集入手，以文喻人，确立主旨，即"斯文，金玉也，弃掷埋没黄土，不能销蚀"。指出苏氏的文章是精金美玉，不可能被埋没。接着讲"其见遗于一时，必有收而宝之于后世者"。认为苏文即使一时被埋没，也会为后人所赏识。这里已经隐约预示着苏氏其人、其文的命运，然后进一步指出"凡人之情，忽近而贵远""方其摈斥摧挫，流离穷厄之时，文章已自行于天下"，夸耀苏氏之文并不因本人的困厄而不为世人所知，婉转地表达出苏文不著于世的现实状况，而安慰以"贵远"之说。

评价完苏氏之文后，作者在第二段宕开思路，远追唐以来古文运动的艰难发展历程，提出朝廷应爱惜"治世而能文之人"的观点，进而为苏氏因小过而被废弃感到叹息。

第三段作者转而以后学者自居，认为苏氏在宋古文运动中"为于举世不为之时"，进一步推崇苏氏的先驱者地位。

在为苏氏的文学地位极力举拔后，作者在最后一段又转而为其仕途的不顺作解释，认为当世"天子聪明仁圣"，与苏氏一同被斥的人都已被重用，苏氏只因早逝而未逢其时，因之为其惋惜。

但全文因文论文，而对亡友的处世之道与政治观点未加涉及，使人有未窥全貌之感，也使溢美之词无有根系。

【原文】

予友苏子美之亡后四年，始得其平生文章遗稿于太子太傅杜公之家，而集录之以为十卷。子美，杜氏婿也，遂以其集归之，而告于公曰："斯文，金玉也，弃掷埋没粪土，不能销蚀。其见遗于一时，必有收而宝之于后世者。虽其埋没而未出，其精气光怪已能常自发见，而物亦不能掩也。故方其摈斥摧挫、流离穷厄之时，文章已自行于天下，虽其怨家仇人及尝能出力而挤之死者，至其文章，则不能少毁而掩蔽之也。凡人之情，忽近而贵远，子美屈于今世犹若此，其伸于后世宜如何也！公其可无恨。"

予尝考前世义章政理之盛衰，而怪唐太宗致治几乎三王之盛，而文章不能革五代之余习。后百有余年，韩、李之徒出，然后元和之文始复于古。唐衰兵乱，又百余年而圣宋兴，天下一定，晏然无事。又几百年，而古文始盛于今。自古治时少而乱时多，幸时治矣，文章或不能纯粹，或迟久而不相及，何其难之若是欤？岂非难得其人欤？苟一有其人，又幸而及出于治世，世其可不为之贵重而爱惜之欤？嗟吾子美，以一酒食之过，至废为民而流落以死。此其可以叹息流涕，而为当世仁人君子之职位宜与国家乐育贤材者惜也。

子美之齿少于予，而予学古文反在其后。天圣之间，予举进士于有司，见时学者务以言语声偶摘裂，号为时文，以相夸尚。而子美独与其兄才翁及穆参军伯长，作为古歌诗杂文，时人颇共非笑之，而子美不顾也。其后天子患时文之弊，下诏书讽勉学者以近古，由是其风渐息，而学者稍趋于古焉。独子美为于举世不为之时，其始终自守，不牵世俗趋舍，可谓特立之士也。

子美官至大理评事、集贤校理而废，后为湖州长史以卒，享年四十有一。其状貌奇伟，望之昂然，而即之温温，久而愈可爱慕。其材虽高，而人亦不甚嫉忌，其击而去之者，意不在子美也。赖天子聪明仁圣，凡当时所指名而排斥，二三大臣而下，欲以子美为根而累之者，皆蒙保全，今并列于荣宠。虽与子美同时饮酒得罪之人，多一时之豪俊，亦被收采，进显于朝廷。而子美独不幸死矣，岂非其命也？悲夫！庐陵欧阳修序。

【译文】

我的朋友苏子美死后四年，我才在太子太傅杜公家里得到他生前所写的文章遗稿，并把它们集中抄录下来，编成十卷。

子美是杜公的女婿，于是我将编好的文集归还给杜公，并告诉杜公说："这些文章，就像精金美玉，即使被抛弃埋没于粪土之间，也不能使之销蚀。就算是一时被遗弃了，但后世必然会有人将其收集起来当成宝物。虽然这些文章被埋没，但其精灵之气和奇光异彩自己就能显现出来，别的东西也无法将它埋没。所以当苏子美遭到打击、排挤，受到挫折，颠沛流离，处在困境之中的时候，他的文章却已经不胫而走流传于天下。即使是他的那些仇人冤家全力排挤，想置他于死地，对他的文章也不能有哪怕是稍微的诋毁而掩盖其价值。世上人之常情，总是轻近贵远。子美在当世不得志，其文章还能得到如此的待遇，到了后世他的文章该得到人们怎样的重视啊！杜公可以没有任何遗憾了。"

南唐文会图

我曾经考察过前代文章和政治之间兴盛、衰落的关系，觉得奇怪的是唐太宗治理下的国家已接近于古代三王那样的盛世，可是文章却不能革除五代所留下的浮艳风气。一百多年后，韩愈、李翱一班人出现，元和年间的文章才使得古文得以复兴。唐朝衰落，兵荒马乱，又过了一百多年，大宋建立，天下安定统一，太平无事。又过了近百年，古文才在当世兴盛起来。自古以来天下安定之世少，动乱之世多。幸而天下太平了，文章却有的不能臻于精粹完美，有的则久久跟不上时代的步伐。文章之兴盛怎么这么难呢？难道是因为写文章的人才难得吗？如果有这么一个人，有幸出于太平盛世，世人岂可以不把他看得很珍贵而加以爱惜呢？可叹啊，我的子美，因为一顿酒饭的过错，竟至于被罢职为民流落而死，这真是让人扼腕叹息，痛哭流泪，并替那些应该为国家培育贤才的仁人君子感到可惜。

子美的年龄比我轻，但我学习古文反而比他晚。天圣年间，我在礼部考取进士的时候，看见当时的学者专门考察研究语言的声律对偶，讲究词语的典故出处，这样写出来的文章号称"时文"，并互相夸耀推崇。只有子美与其兄才翁和穆伯长参军写作古体诗歌和各类古文，当时人都非议嘲笑他们，但子美不顾这些。之后，天子担忧时文的弊病，下诏书劝勉学者写文章要向古文靠拢。从此崇尚时文的风气渐渐平息，而学者所做的文章渐渐趋向古文。只有子美在全社会不写古文的时候写古文，他自始至终坚定不渝，不因世俗的取舍而取舍，称得上是超凡脱俗的人。

子美官当到大理评事、集贤校理就被罢职，后来在任湖州长史时去世，享年四十一岁。他的身材高大，望上去气宇轩昂，和他接近了便会觉得他为人温和，与他相处得越久就越觉得他可亲可敬。他虽然才高八斗，但人们也并不很嫉妒。那些人打击他，想把他排挤掉，其真实的意图都不是针对子美本人的。幸亏天子聪慧、仁慈、圣明，凡是当时被弹劾者指名道姓、想借子美之案为根由而牵连进的几位大臣，蒙天子保全，如今都处于十分荣耀、深受恩宠的地位。即使是那些与子美同时饮酒而获罪的人，也大多数是当代的英雄豪杰，也被收录任用提拔到朝廷显要位置上。但只有子美不幸死了，这难道是他的命吗？可悲啊！

庐陵欧阳修作序。

◎ 与荆南乐秀才书 ◎

此书为答乐生求文之作。写此文时，欧公已被贬为峡州夷陵令。仕途上的不如意却并未折损欧公之傲岸风骨。故此书中，欧公除自谦其文不足学外，亦寓有对乐生所问举子业之文不屑论之之意。但又恐因此而误导乐秀才，故挈出"顺时"二字告之，以"齐肩于两汉"寄望于乐秀才。然欧公本人对时文却毫不苟同，此书字里行间流露出其风气方坏，决不可顺，志士宁卓然自立，何必随其流而扬其波的内心独白。

【原文】

修顿首白秀才足下：前者舟行往来，屡辱见过。又辱以所业一编，先之启事，及门而贽。田秀才西来，辱书；其后予家奴自府还县，比又辱书。仆有罪之人，人所共弃，而足下见礼如此，何以当之？当之未暇答，宜遂绝，而再辱书；再而未答，益宜绝，而又辱之。何其勤之甚也！如修者，天下穷贱之人尔，安能使足下之切切如是邪？盖足下力学好问，急于自为谋而然也。然蒙索仆所为文字者，此似有所过听也。

仆少从进士举于有司，学为诗赋，以备程试，凡三举而得第。与士君子相识者多，故往往能道仆名字；而又以游从相爱之私，或过称其文字。故使足下闻仆虚名，而欲见其所为者，由此也。仆少孤贫，贪禄仕以养亲，不暇就师穷经，以学圣人之遗业。而涉猎书史，姑随世俗作所谓时文者，皆穿蠹经传，移此俪彼，以为浮薄，惟恐不悦于时人，非有卓然自立之言如古人者。然有司过采，屡以先多士。及得第已来，自以前所为不足以称有司之举而当长者之知，始大改其为，庶几有立。然言出而罪至，学成而身辱，为彼则获誉，为此则受祸，此明效也。夫时文虽曰浮巧，然其为功，亦不易也。仆天资不好而强为之，故比时人之为者尤不工，然已足以取禄仕而窃名誉者，顺时故也。先辈少年志盛，方欲取荣誉于世，则莫若顺时。天圣中，天子下诏书，敕学者去浮华，其后风俗大变。今时之士大夫所为，彬彬有两汉之风矣。先辈往学之，非徒足以顺时取誉而已，如其至之，是至齐肩于两汉之士也。若仆者，其前所为既不足学，其后所为慎不可学，是以徘徊不敢出其所为者，为此也。

在《易》之《困》曰："有言不信。"谓夫人方困时，其言不为人所信也。今可谓困矣，安足为足下所取信哉？辱书既多且切，不敢不答。幸察。

【译文】

欧阳修叩首禀告秀才足下：前几天，我乘船从江上往来，多次让你屈尊过访，又劳你送自己所作的诗文一编，并先以书信告诉我，作为登门拜访我的见面礼。田秀才从西边来，承蒙你寄信问候。后来，我的仆人从江陵府回夷陵县，又带来你的信。我是个获罪的人，大家都嫌弃我，而你却如此以礼相待，我怎么担当得起！你给我写了信，我没有来得及回复，本应因此断绝往来，可是又劳你再次给我写信；再次来信又没有答复，更加就此绝交了，但你还是给我写信，这是何等殷勤啊！像我这样的人，是天下穷困贫贱的人，怎能使你恳切到这种程度呢？我想大概是由于你勤学好问，急于为自己谋求进取吧？然而承蒙你索取我所作的诗文，这可能是你误听了有关我的言过其实的传闻了。

我小的时候，决心从进士的途径被举荐于官府，因而学作诗赋，准备参加按规程举行的科举考试，共考了三次才中进士。因为认识很多士人君子，所以往往能说出我的名字；又因为大家一道游玩学习，私人交情很好，有的人便过分夸奖我的文章。因此使你听到我的虚名，便想看看我写的诗文，恐怕就是这个缘故吧。我年纪很小的时候父亲就死了，家里贫困，贪图利禄以供养亲人，没有时间跟随老师穷究经书，学习圣人留传下来的文化遗产。只是粗略地浏览些书史，姑且追随时俗写些所谓"时文"，那都是在经传中穿凿剽窃，东拼西凑，不过是一些轻浮浅薄的文字，只担心不受时人的欢迎，并非像古人那样，有卓越而自成一家的言论。但是官府误加采纳，多次列名在众人的前面。直到考中进士以来，自认为以前所写的文章实在不值得官府的荐举和长辈的赏识，这才开始大力改变过去的文风，希望在文章学问上有所建树。但是文章刚一写出来便招来罪过，学问有成就了，自身却蒙受耻辱。写以前那样的时文会得到荣誉，写现在这种有独立见解的文章却遭受祸害，这效果真是鲜明啊。时文虽然说轻浮纤巧，但要写得好，也是不容易的。我天性不喜欢时文而勉强去写这种东西，因此，与同时代的人所写的相比并不精巧。然而已经足够用来谋取官位俸禄和窃取名誉了，这都是因为能顺应时俗的缘故。你现在正值青春年华志气远大，正想在社会上博取声誉，那么还不如顺应时俗为好。天圣年间，天子下了诏书，告诫学者要去掉轻浮华丽的文风，从那以后风气大变。现在士大夫中所写的文章，已文质彬彬，有两汉文章的风采了。你去向他们学习，不但足以顺应时俗，博取荣誉，如果达到最佳境界，还能与两汉名家媲美呢。像我这样，以前所写的东西已经不值得学习了，后来所写的东西却又千万不能学，所以我迟迟不敢拿出自己所写的文章，就是这样。

《易经》的《困》卦说："有言不信。"意思是，人在困境中，说的话也没有人相信。我现在可以说是处在困境中了，怎么能够让你相信呢？承蒙你多次来信，态度又是那样的恳切，不敢不予回复。请你明察。

◎ 相州昼锦堂记 ◎

韩琦是北宋名臣，曾出镇西北边境抗击西夏入侵，颇有战功，入朝后又曾与范仲淹等人一道推行庆历新政，官至宰相。韩琦为官颇重名节，为时人所重。欧阳修对韩琦推崇备至，怀着崇敬的心情写下了这篇歌功颂德之文。

作者先说衣锦还乡是今昔相同的"人情之所荣"。接着用"惟大丞相魏国公则不然"一句话把上文撇开，着力歌颂韩琦的"德被生民而功施社稷"的"丰功盛烈"。最后赞美他"不以昔人所夸者为荣，而以为戒"，指出他的荣耀"乃邦家之光"。

【原文】

仕宦而至将相，富贵而归故乡，此人情之所荣，而今昔之所同也。盖士方穷时，困厄闾里，庸人孺子，皆得易而侮之。若季子不礼于其嫂，买臣见弃于其妻。一旦高车驷马，旗旄导前，而骑卒拥后，夹道之人，相与骈肩累迹，瞻望咨嗟；而所谓庸夫愚妇者，奔走骇汗，羞愧俯伏，以自悔罪于车尘马足之间。此一介之士，得志于当时，而意气之盛，昔人比之衣锦之荣者也。

惟大丞相魏国公则不然。公，相人也。世有令德，为时名卿。自公少时，已擢高科，登显仕，海内之士，闻下风而望馀光者，盖亦有年矣。所谓将相而富贵，皆公所宜素有。非如穷厄之人，侥幸得志于一时，出于庸夫愚妇之不意，以惊骇而夸耀之也。然则高牙大纛，不足为公荣；桓圭衮冕，不足为公贵。惟德被生民，而功施社稷，勒之金石，播之声诗，以耀后世，而垂无穷，此公之志，而士亦以此望于公也。岂止夸一时而荣一乡哉？

公在至和中，尝以武康之节，来治于相，乃作昼锦之堂于后圃。既又刻诗于石，以遗相人。其言以快恩仇、矜名誉为可薄，盖不以昔人所夸者为荣，而以为戒。于此见公之视富贵为何

妻不下机

如，而其志岂易量哉！故能出入将相，勤劳王家，而夷险一节。至于临大事，决大议，垂绅正笏，不动声色，而措天下于泰山之安，可谓社稷之臣矣。其丰功盛烈，所以铭彝鼎而被弦歌者，乃邦家之光，非闾里之荣也。余虽不获登公之堂，幸尝窃诵公之诗，乐公之志有成，而喜为天下道也。于是乎书。

【译文】

做官做到大将军或者宰相，富贵还乡，这在人们心理上是荣耀的事，无论现在和从前都一样。大凡读书人不得志的时候，艰难困苦地待在家乡，平常的人甚至孩子们都可以轻视他、欺侮他。如苏秦的嫂嫂不以礼相待苏秦，朱买臣被妻子抛弃。突然有一天发迹了，回乡时乘坐用四匹马拉的高大车子，前边有旗帜引导，后边有骑兵跟从护卫，街道两旁的人挤在一起，肩并肩、脚跟脚地抬头观看，连声赞叹。那些无知的男女，奔走相告，惊骇流汗，羞愧得低头跪倒，在车尘和马蹄之间表示自己的懊悔，并责骂自己。这是一个穷读书人得意于当时，因而意气风发，场面之盛的情况，从前的人把这比作衣锦还乡的荣耀。

大丞相魏国公却不是这样。公是相州人。世代有美德，好几位祖先都是名臣。公在年轻时就已经考中进士，逐步登上显赫的高位。全国的读书人听到他的名声、仰望他的余晖，大概有好多年了。上面所说的做官做到将相衣锦还乡，都是公本来应该早就有的。不像穷困的人侥幸在一时得志，出乎平常男子和无知妇女的意料，因此大吃一惊而夸耀这件事情。但是对公来讲，大将的牙旗和仪仗队的大旗，不足以显示公的荣耀；大臣们手里拿的桓圭、身上穿的衮衣和头上戴的冠冕，不足以显示公的高贵。德泽普及人民，功勋延续到国家，并在金石上镌刻功绩，在诗歌中播唱他的恩德，以他的光辉照耀后代，而且一直传扬下去，没有尽期。这才是公的志向，读书人也按照这个志向对公寄予殷切的希望。而不仅是在一个时期内夸耀，在一个乡里显示荣耀。

公在至和年间，曾经以武康军节度使的名义来治理相州，并在官署的后园中建造了一座昼锦堂。随后又在石碑上刻了诗，把它留给相州人，他在诗中认为满足于报答恩仇、夸耀自己的名誉，都是可鄙的。原来他不把从前人们的称赞引以为荣，而是引以为戒。从这里可以看出公是怎么样看待富贵了，他的志向哪能那么容易估量呢？所以，他能够出将入相，勤奋劳苦地为王家办事，无论是太平还是危险的时候都一样。做到面对大事，决定大策时，袍带不动，稳拿手板，真是从容镇定，不动声色，却把天下安放得好比泰山那样的稳定，可以说是国家的栋梁之臣了。他的丰功伟绩铭刻在彝鼎上、谱写到乐章中，是国家的光彩，不仅仅是乡里的荣耀啊。我虽然不能登上公建造的昼锦堂，幸而曾经私下读过公的诗，高兴地看到公的志向逐渐实现，因而愉快地向天下人说说公的事迹。所以，我写下了这篇文章。

◎ 丰乐亭记 ◎

这是一篇记游文字，但其着眼点在于歌颂北宋初年以来推行的休养生息政策。

作者先简略交代了丰乐亭修建的始末及游赏之乐，继而回顾战争年代，对照当前的和平景象，从而要求人们记住"幸生无事之时"，以思感时报国之事；最后写亭子命名的依据："宣上恩德以与民共乐。"

【原文】

修既治滁之明年，夏，始饮滁水而甘。问诸滁人，得于州南百步之近。其上则丰山耸然而特立；下则幽谷窈然而深藏；中有清泉滃然而仰出。俯仰左右，顾而乐之。于是疏泉凿石，辟地以为亭，而与滁人往游其间。

滁于五代干戈之际，用武之地也。昔太祖皇帝，尝以周师破李景兵十五万于清流山下，生擒其将皇甫晖、姚凤于滁东门之外，遂以平滁。修尝考其山川，按其图记，升高以望清流之关，欲求晖、凤就擒之所。而故老皆无在者，盖天下之平久矣。

自唐失其政，海内分裂，豪杰并起而争，所在为敌国者，何可胜数？及宋受天命，圣人出而四海一，向之凭恃险阻，划削消磨，百年之间，漠然徒见山高而水清。欲问其事，而遗老尽矣。今滁介于江淮之间，舟车商贾、四方宾客之所不至，民生不见外事，而安于畎亩衣食，以乐生送死。而孰知上之功德，休养生息，涵煦于百年之深也！

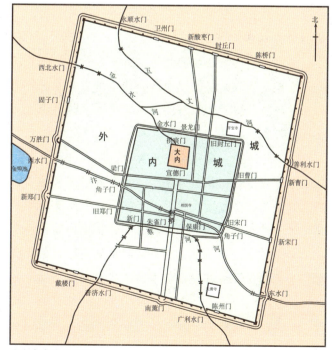

北宋东京城平面图

修之来此，乐其地僻而事简，又爱其俗之安闲。既得斯泉于山谷之间，乃日与滁人仰而望山，俯而听泉；掇幽芳而荫乔木，风霜冰雪，刻露清秀，四时之景，无不可爱。又幸其民乐其岁物之丰成，而喜与予游也，因为本其山川，道其风俗之美，使民知所以安此丰年之乐者，幸生无事之时也。

夫宣上恩德以与民共乐，刺史之事也。遂书以名其亭焉。

【译文】

我治理滁州的第二年夏天，才喝到滁州的水，觉得甘甜。向滁州人询问水源的所在地，在离滁州城南面一百步的近处。它上面是丰山，高耸地矗立着；下面是幽暗的深谷；中间有一股清泉，水势汹涌，向上涌出。我上下左右都看过，很爱这里的风景。因此，我就叫人凿开石头以疏通泉水，整治出一块空地，造了一座亭子，与滁州人去那里游玩。

滁州在五代混战的时候，是各国将军用兵相争的地方。从前，太祖皇帝曾经率领后周军队在清流山下击败李景的十五万军队，在滁州东门外俘虏了他的大将皇甫晖、姚凤，平定了滁州。我曾经考察过滁州地区的山水，查核过滁州地区的地图，登上高山眺望清流关，想寻找皇甫晖、姚凤被活俘的地方。可是，当时的人都已经不在，因为天下太平的时间太久了。

自从唐朝败坏了朝政，全国四分五裂，英雄们起来争夺天下，各自为政，互为敌国不可胜数！直到大宋朝接受天命，圣人出现，全国才统一了。以前凭借险要的割据势力都被铲平消灭，百年之间，静静地只看到山高水清；想要询问那时的情形，可是当年的人已经死光了。如今，滁州处在长江、淮河之间，处在无论是乘船还是坐车的商人，以及四面八方的旅游者都不来的地方，百姓生活在那里而不知道外面的事情，安于耕田种地和穿衣吃饭，快乐地生活，死后被人送进坟墓。谁又晓得这是皇帝的功德，让百姓休养生息，滋润化育长达百年之久呢！

我来到这里，喜欢这地方清静，而且政事简单，又喜爱它的风俗安宁闲适。既然已经在山谷之间找到这泉水，于是就经常同滁州人在这里抬头望丰山，低头听泉声；春天采摘幽香的山花，夏天在乔木下乘凉，到了秋冬两季，经过风霜冰雪，山水更加清楚地显露出它的明净秀美，四季的景色没有不可爱的。又庆幸这里的百姓因为年景的丰收而喜悦，高兴同我一起游玩，因此我推崇这里的山水，称赞这里的风俗美好，使百姓知道能够享受这丰收年景的欢乐，是因为幸运地生活在太平无事的时代。

宣传皇上的恩德与百姓共同欢乐，这是州官职责之内的事情。因此，我写下这篇文章，来给这座亭子命名以记录这里的情况。

◎ 醉翁亭记 ◎

欧阳修在宋仁宗庆历年间被降职滁州，在滁州期间他消极而不消沉，继续推行宋初以来的休养生息政策，给老百姓的耕织提供宽松的社会环境。而他本人则常常在公务之余带领随从寻幽览胜，以诗酒自娱。正所谓"文章太守，挥毫万字，一饮千钟"。本文是一篇游记，开篇介绍了醉翁亭周围优美的自然环境及该亭的由来。接着写山中四时景物的变化，以"四时之景不同，而乐亦无穷"点明"滁人游"之盛况，继而写太守宴游，与民同乐，突出滁人和平安宁的悠闲生活，并以之作为仁宗年间天下太平、四海安宁的一个缩影，突出文章的创作主旨。但我们从"人知从太守游而乐，而不知太守之乐其乐"一句中，仍然可以体悟出作者内心深处"知我者稀"的感喟。

【原文】

环滁皆山也。其西南诸峰，林壑尤美。望之蔚然而深秀者，琅琊也。山行六七里，渐闻水声潺潺，而泻出于两峰之间者，酿泉也。峰回路转，有亭翼然临于泉上者，醉翁亭也。作亭者谁？山之僧智仙也。名之者谁？太守自谓也。太守与客来饮于此，饮少辄醉，而年又最高，故自号曰"醉翁"也。醉翁之意不在酒，在乎山水之间也。山水之乐，得之心而寓之酒也。

若夫日出而林霏开，云归而岩穴暝，晦明变化者，山间之朝暮也。野芳发而幽香，佳木秀而繁阴，风霜高洁，水落而石出者，山间之四时也。朝而往，暮而归，四时之景不同，而乐亦无穷也。

至于负者歌于途，行者休于树，前者呼，后者应，伛偻提携，往来而不绝

醉翁亭记

者，滁人游也。临溪而渔，溪深而鱼肥；酿泉为酒，泉香而酒洌；山肴野蔌，杂然而前陈者，太守宴也。宴酣之乐，非丝非竹，射者中，弈者胜，觥筹交错，起坐而喧哗者，众宾欢也。苍颜白发，颓然乎其间者，太守醉也。

已而夕阳在山，人影散乱，太守归而宾客从也。树林阴翳，鸣声上下，游人去而禽鸟乐也。然禽鸟知山林之乐，而不知人之乐；人知从太守游而乐，而不知太守之乐其乐也。醉能同其乐，醒能述以文者，太守也。太守谓谁？庐陵欧阳修也。

【译文】

滁州在群山环抱之中。滁州西南的许多山峰，林木山谷格外优美。向上望去草木茂盛而且幽深秀丽，那里就是琅琊山。沿着山路向上走六七里，渐渐地听到水声潺潺，走到跟前看到有一股泉水从两座山峰之间倾泻而出，那就是酿泉。山峰回环，道路向上盘绕，那里有座亭子像鸟儿展翅那样高居在酿泉上面，那便是醉翁亭。建造亭子的是谁？是琅琊山开化寺中的智仙和尚。给它命名的是谁？是滁州太守用自己的别号命名的。太守与客人到这里来喝酒，太守喝了一点儿就醉了；而且在这些宾客之中太守年纪又最大，所以给自己起了个别号叫"醉翁"。醉翁的心思可不在酒上，而是沉醉在山水之间。游山玩水的乐趣，在心里体会，寄托在酒中。

太阳出来，树林中的雾气就消散；云雾积聚在山间，岩洞前就昏暗；这些阴暗明亮、变化多端的景象，就是山里的早晨和晚上的景观。野花开放了，闻到阵阵幽香，这是春天的景色；良木长高了，成为一片浓荫，这是夏天的景色；凉风吹来，天高气爽，霜色洁白，这是秋天的景色；水位低落，石头显露，这是冬天的景色，这就是山里的四个季节。早晨出去，傍晚归来，四季的景色不同，而游山的乐趣也就没有穷尽。

至于背东西的人在路上唱歌，行路的人在树下休息，前边的人呼唤，后边的人答应，弯腰曲背的老人和被人搀扶带领的孩子，来来往往，络绎不绝，这是滁州人在这里游玩观赏。到溪边捕鱼，溪水深，鱼儿肥；用泉水酿成酒，泉水香，酒清澈；野味和蔬菜，错杂地摆在前面，这是太守在举行宴会。宴会的快乐，不是丝竹音乐，而是投壶时较量投中多者为胜，下围棋的也较输赢，酒杯酒筹在人们手里传来传去，交错相杂，有的坐着，有的站起来，嘴里不停地呼喊，这是客人们欢乐的表现。苍老的脸庞，雪白的头发，倒在客人中间的，那是太守喝醉了。

傍晚的阳光照在山上，人们的影子凌乱地留在地上，太守回去于是客人们跟随着。在树荫的覆盖下，鸟的叫声忽上忽下，这是游人离开以后它们在尽情欢乐。可是，鸟儿只知道山林中的欢乐，却体会不到人们的欢乐；人们只知道跟着太守游玩而欢乐，却不了解太守沉醉在他自己的乐趣之中。喝醉酒时能够和人们共同欢乐，酒醒以后能够写文章描述欢乐情景的，是太守。太守是谁？是庐陵欧阳修。

◎ 秋声赋 ◎

本文是一篇文赋，借秋声而抒发暮年之感慨。文中开篇写秋风自西南而来，由远而近，由小而大，由轻而猛，绘声绘色，描形摹状，形象生动，宛若一阵秋风正刮起在眼前。继而从"状""容""气""意"四个方面描写秋日景象，突出秋声"摧败零落"之"余烈"。随后说秋声摧败万物是自然界的规律，任何人都不可回避。人生短暂，遗憾的是还有不少人本已"百忧感其心，万事劳其形"，劳累至极，还不忘"思其力之所不及，忧其智之所不能"。如此不知道珍惜自己，其结果必然是"渥然丹者为槁木，黟然黑者为星星"。这比秋声摧败万物更为可怕。全文以散文为主，杂以骈偶、韵语，语言生动形象，句法错落有致，富于音乐美。

【原文】

欧阳子方夜读书，闻有声自西南来者，悚然而听之，曰："异哉！"初淅沥以萧飒，忽奔腾而砰湃，如波涛夜惊，风雨骤至。其触于物也，鏦鏦铮铮，金铁皆鸣；又如赴敌之兵，衔枚疾走，不闻号令，但闻人马之行声。予谓童子："此何声也？汝出视之。"童子曰："星月皎洁，明河在天，四无人声，声在树间。"

予曰："噫嘻，悲哉！此秋声也，胡为乎来哉？盖夫秋之为状也，其色惨淡，烟霏云敛；其容清明，天高日晶；其气栗冽，砭人肌骨；其意萧条，山川寂寥。故其为声也，凄凄切切，呼号愤发。丰草绿缛而争茂，佳木葱茏而可悦；草拂之而色变，木遭之而叶脱；其所以摧败零落者，乃一气之馀烈。夫秋，刑官也，于时为阴；又兵象也，于行为金；是谓天地之义气，常以肃杀而为心。天之于物，春生秋实。故其在乐也，商声主西方之音，夷则为七月之律。商，伤也，物既老而悲伤；夷，戮也，物过盛而当杀。嗟夫！草木无情，有时飘零。人为动物，惟物之灵，百忧感其心，万事劳其形，有动于中，必摇其精。而况思其力之所不及，忧其智之所不能，宜其渥然丹者为槁木，黟然黑者为星星。奈何以非金石之质，欲与草木而争荣？念谁为之戕贼，亦何恨乎秋声？"

童子莫对，垂头而睡。但闻四壁虫声唧唧，如助余之叹息。

【译文】

夜里欧阳子正在读书，忽然听见从西南方向传来的一种声音，惊恐地听着，心

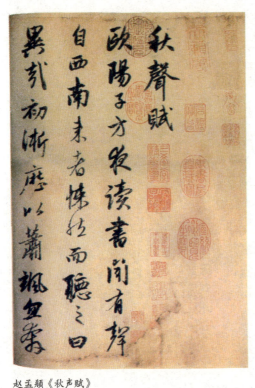

赵孟頫《秋声赋》

里说："奇怪呀！"静静地听着，开始时觉得淅淅沥沥、发出萧瑟的声音，突然像骏马奔腾，海浪澎湃，真像波浪在夜间掀起，狂风暴雨急骤而来。当它接触到物体时，铮铮铮铮，真像许多金属兵器互相碰撞发出许多声响；又像奔赴战场杀敌的士兵，嘴里含着小木棍疾步前进，听不见号令，只听见人马的行走声。我对童儿说："这是什么声音呀？你出去看看。"童儿出去后回来说："洁白的月亮，明亮的星星，银河在天空；四面无人声，声音从树林中发出。"

我听了后叹口气说："哎呀，可悲啊！这是秋天的声音，为什么来得这么快呢？秋天的情景大概是这样吧，它的色彩凄凉惨淡，烟消云散；清爽开朗，天空高远，阳光明净；气候开始寒冷，刺进人的肌肤筋骨；它的意境冷落，山水寂静。所以它发出来的声音，开始时凄凄切切，到后来愤怒地呼啸吼叫。本来，草木碧绿繁密，似乎在竞相生长；挺拔的树青翠浓郁，十分可爱；但是，秋风吹过，草色就改变，树的叶子就迎风而落；它能够摧残草木是草木零落的原因，一股肃杀之气有无穷的威力。秋天是刑官执法的时候，在季节上属于阴；秋天又是打仗的季节，在五行里属于金；这叫作天地的义气，常以严厉杀伐作为它的核心。大自然对于植物，春天促它们生长，秋天使它们结实。秋天在音乐上是商声，代表西方的音调，夷则是属于七月的音律。商，就是伤的意思，植物老了就会败坏；夷，就是杀的意思，植物过了旺盛期就会衰退零落。唉！草木是没有情感的，到了一定的时候就会枯槁零星飘落。人作为动物，是万物中的精灵，忧愁使他的心受到刺激，无数棘手的事情使他的身体感到疲倦，内心受到震动，一定会动摇他的精神。妄想他的能力不可能得到的东西，忧虑他的智慧做不了的事情。这样就会使他丰腴红润的面庞变成像枯干的木头，乌黑而发亮的头发变得稀疏花白。怎么能以非金石般的素质，同草木去争荣？想一想是为什么残害了自己的身心，这样，对秋声也就没有什么怨恨了！"

童儿不回答，低头打盹。只听见四面墙脚下的虫声唧唧，如同陪伴我叹气。

◎ 泷冈阡表 ◎

　　本文是欧阳修于其父死后六十年为其撰写的一篇墓表。此时的欧阳修有各种显赫的荣誉和封号加身，扬名当然不会忘记显亲。表中先自述身世，借母亲之口道父亲生前逸事，称颂其忠孝克位、忠于职守、勤政奉公的美德；次述母亲躬亲抚养，教子有方、勤俭持家的美德；继而写自己不负父母厚望，得以立身晋阶，承皇恩浩荡，光宗耀祖。文章充溢着显亲扬名的封建思想，但这是封建时代知识分子的特定的思想感情，无可厚非。作者父亲对治狱认真负责的态度，作者母亲持家俭朴的作风，以及本文写作上的语言质朴、不尚藻饰等，都是应该肯定的。

【原文】

　　呜呼！惟我皇考崇公，卜吉于泷冈之六十年，其子修，始克表于其阡。非敢缓也，盖有待也。

　　修不幸，生四岁而孤。太夫人守节自誓，居穷，自力于衣食，以长以教，俾至于成人。太夫人告之曰：“汝父为吏，廉而好施与，喜宾客，其俸禄虽薄，常不使有馀，曰：‘毋以是为我累！’故其亡也，无一瓦之覆，一垄之植，以庇而为生。吾何恃而能自守耶？吾于汝父，知其一二，以有待于汝也。自吾为汝家妇，不及事吾姑，然知汝父之能养也。汝孤而幼，吾不能知汝之必有立，然知汝父之必将有后也。吾之始归也，汝父免于母丧方逾年。岁时祭祀，则必涕泣，曰：‘祭而丰，不如养之薄也。’间御酒食，则又涕泣，曰：‘昔常不足，而今有余，其何及也！’吾始一二见之，以为新免于丧适然耳。既而其后常然，至其终身未尝不然。吾虽不及事姑，而以此知汝父之能养也。汝父为吏，尝夜烛治官书，屡废而叹。吾问之，则曰：‘此死狱也，我求其生不得尔。’吾曰：‘生可求乎？’曰：‘求其生而不得，则死者与我皆无恨也；矧求而有得耶！以其有得，则知不求而死者有恨也。夫常求其生，犹失之死，而世常求其死也。’回顾乳者抱汝而立于旁，因指而叹曰：‘术者谓我岁行在戌将死。使其言然，吾不及见儿之立也，后当以我语告之。’其平居教他子弟，常用此语，吾耳熟焉，故能详也。其施于外事，吾不能知，其居于家，无所矜饰，而所为如此，是真发于中者耶！呜呼！其心厚于仁者耶！此吾知汝父之必将有后也。汝其勉之！夫养不必丰，要于孝；利虽不得博于物，要其心之厚于仁。吾不能教汝，此汝父

莲生贵子图

之志也。"修泣而志之，不敢忘。

先公少孤力学。咸平三年，进士及第。为道州判官，泗、绵二州推官，又为泰州判官。享年五十有九，葬沙溪之泷冈。太夫人姓郑氏，考讳德仪，世为江南名族。太夫人恭俭仁爱而有礼。初封福昌县太君，进封乐官、安康、彭城三郡太君。自其家少微时，治其家以俭约，其后常不使过之，曰："吾儿不能苟合于世，俭薄所以居患难也。"其后修贬夷陵，太夫人言笑自若，曰："汝家故贫贱也，吾处之有素矣。汝能安之，吾亦安矣。"

自先公之亡二十年，修始得禄而养。又十有二年，列官于朝，始得赠封其亲。又十年，修为龙图阁直学士、尚书吏部郎中，留守南京。太夫人以疾终于官舍，享年七十有二。又八年，修以非才，入副枢密，遂参政事。又七年而罢。自登二府，天子推恩，褒其三世。盖自嘉祐以来，逢国大庆，必加宠锡。皇曾祖府君累赠金紫光禄大夫、太师、中书令。曾祖妣累封楚国太夫人。皇祖府君累赠金紫光禄大夫、太师、中书令兼尚书令。祖妣累封吴国太夫人。皇考崇公累赠金紫光禄大夫、太师、中书令兼尚书令。皇妣累封越国太夫人。今上初郊，皇考赐爵为崇国公，太夫人进号魏国。

于是小子修泣而言曰："呜呼！为善无不报，而迟速有时，此理之常也。惟我祖考，积善成德，宜享其隆。虽不克有于其躬，而赐爵受封，显荣褒大，实有三朝之锡命。是足以表见于后世，而庇赖其子孙矣。"乃列其世谱，具刻于碑。既又载我皇考崇公之遗训，太夫人之所以教而有待于修者，并揭于阡。俾知夫小子修之德薄能鲜，遭时窃位，而幸全大节，不辱其先者，其来有自。

熙宁三年，岁次庚戌，四月辛酉朔，十有五日乙亥，男推诚、保德、崇仁、翊戴功臣，观文殿学士，特进，行兵部尚书，知青州军州事，兼管内劝农使，充京东路安抚使，上柱国，乐安郡开国公，食邑四千三百户，食实封一千二百户。修表。

【译文】

唉！我的先父崇国公占卜选择吉地安葬在泷冈以后六十年，他的儿子修才能够在他的墓道上建立墓表，这绝不是敢于拖延，而是因为有所期待。

修不幸，四岁的时候，失去父亲。母亲立誓守节，处境贫苦，但她能自食其力；边抚养我，边教育我，使我长大成人。母亲经常告诫我说："你的父亲做官，清廉而爱好施舍，喜欢在宾客中交朋友。他的俸禄虽然少，但常常不让它有余，说：'不要因此成为我的累赘！'所以他死的时候，没有留下一间屋可以寄托，一垄地可以依托，我们就依赖你父亲生前广积善行和希望支撑着过活。要不然，我凭什么能够自己苦守呢？我对你父亲的事情，约略知道一些，因而在你身上有所期待。自从我做你们欧阳家门的媳妇，就已经轮不上我侍奉婆婆，可我知道你父亲是能够孝养双亲的。你失去父亲时年纪还小，我不可能预先知道你一定会有所建树，可是相信你父亲一定会有好后代。我刚嫁到你们家的时候，你父亲除去为母亲穿的孝服正好过了一年。每逢过节祭祀时，就必定掉下眼泪，说：'死后祭祀的丰厚，总不及生前奉养的菲薄。'有时喝点酒吃点肉，又落泪说：'从前经济上经常拮据，如今宽裕了，但却没有来得及奉养双亲啊！'我初始看到一两次，认为这是新除孝服才这样罢了。可是后来他经常这样，直到他逝世前都是这样。我虽然赶不上侍奉婆婆，然而因此晓得你父亲是能够孝养双亲的。你父亲做官时，曾在夜里点了蜡烛批阅公文，一再停手叹气。我问他为什么？他说：'这是一件死罪案子。我想给罪犯寻找一线生机，可是找不到。'我问道：'生机能找到吗？'他说：'找过罪犯的生机但是找不到，这样被判死刑的犯人和我就都没有遗恨了；况且有时也有经过寻找生机因而能活的呢！因为有时能找到，所以知道不去寻找就判决犯人死刑是会有遗恨的。我经常为罪犯寻求生机，还是因为有误判处死的，可是世上做官的人却经常在寻找判定罪犯死刑的根据。'说完，回头看到乳母抱着你站在旁边，就指着你叹了一口气说：'算命的人说我到戌年就要死。假如他的话说对了，我就赶不上看见儿子成人了，以后要把我的这些话告诉他。'他平时教育别人的子弟，经常用这番话，我耳朵里听熟了，所以能够详细地讲出。他在外面做的事情，我不了解。他在家里，没有什么浮夸做作，他所做的事情就是这样，都是真正从内心发出来的！唉！他的心是注重在仁的方面啊！这就是我相信你父亲必定有好后代的依据。你好好努力吧！奉养父母不一定要丰厚，主要在于孝顺；做好事虽然不能普及万物，只要心注重在仁德上就行了。虽然我不能教导你，但这是你父亲的愿望啊。"修忍不住落下泪来，牢记这番教诲，不敢忘记。

先公从小死了父亲，努力学习，咸平三年考中进士。相继做过道州判官和泗、绵二州推官，又做过泰州判官。去世的那年是五十九岁，安葬在沙溪的泷冈。我的母亲姓郑，她的父亲名德仪，世代是江南的名门望族。母亲为人恭敬、节俭、仁慈而且坚守礼法。先封福昌县太君，后进封乐安、安康、彭城三郡太君。自从家境贫穷以后，就用勤俭节约的方法来治理家务，经常不让开支超过必要的用度，说："我儿子在社会上不能随便迎合人家，省吃俭用是度过困境的好办法啊。"以后修降职到夷陵县，母亲谈笑自然，像往常一样，还说："你家本来穷苦，我处在这种环境已经习以为常了。你能够安于这种处境，我也安心了。"

自从先公逝世以后二十年，修才领到俸禄来奉养母亲。又过了十二年，升了官，在朝廷任职，才能够得到皇上的恩典追赠加封自己的尊亲。又过了十年，修做了龙图阁直学士、尚书省吏部郎中，留守南京。母亲因病在官邸逝世，享年七十二岁。又过了八年，修凭着不算高明的才能，却蒙皇上恩德升任枢密副使，就此参与主持国家大政。又过了七年，免去官职。自从进入二府，皇上推广恩德，封赠我的上三代。因此从嘉祐以来，碰到国家有大庆典时，一定给予恩宠和荣耀的封赐。曾祖父连续追赠到金紫光禄大夫、太师、中书令。曾祖母连续加封到楚国太夫人。祖父连续追赠到金紫光禄大夫、太师、中书令兼尚书令。祖母连续加封到吴国太夫人。先父崇国公连续追赠到金紫光禄大夫、太师、中书令兼尚书令。先母连续加封到越国太夫人。当今皇上第一次举行祭天仪式时，先父被赐爵为崇国公，先母封号为魏国太夫人。

因此，小子修边掉泪边说道："确实如此啊！做了好事没有得不到好报的，不过或迟或早有一定的时间，这在情理上是正常的。我的祖先积累善事，养成美德，大概是这样才享受到隆重的封赠。虽然他们不能亲身享有，可是被赏爵位，接受封赠，显贵荣耀，大力表彰，确实有三朝皇帝的恩赏命令。这就足够显示到后代，来庇荫他们的子孙了。"于是排列我家的世代谱系，统统刻在碑上。随后又记录了先父崇国公的遗训，先母的教导和对修有所期待的缘故，一并在墓碑上刻明白，使后来的人了解小子修的德行薄，才能少，碰上时机，就任高官，却侥幸地保全大节，不使自己的祖先蒙受耻辱，它是有来由的。

熙宁三年，岁次庚戌，四月初一辛酉，十五日乙亥，儿子推诚、保德、崇仁、翊戴功臣，观文殿学士，特进，行兵部尚书，知青州军州事，兼管内劝农使，充京东路安抚使，上柱国，乐安郡开国公，食邑四千三百户，食实封一千二百户。修谨撰墓表。

养鱼记

这是一篇非常精彩的短文，作者以小见大，通过小鱼"若自足"，而巨鱼"不得其所"的境况，影射了当世君子"曾不能一日安之于朝堂之上"，而小人却"嚣嚣于廊庙"的现象。

文章分为两段，第一段记自己挖池"以舒忧隘而娱穷独"的事。作者以细致的笔触描绘了做池的经过和池水的清明之状，以及给自己带来的恬然自适的情趣。既不提养鱼之事，也不言他事，仿佛浑然不晓世事之状。然而最后一句"舒忧隘而娱穷独"却隐隐透出了作者志怀高远而不得伸展的心理。

转入第二段，作者开始提及养鱼之事。然而作者似乎并不意在养鱼，而是极为轻描淡写地以两句话便述完此事。转而借童子之口道出一个可怕的现实："以斗斛之水不能广其容，盖活其小者而弃其大者。"以简练的话语点出文章的主旨，而后戛然而止。

整篇文章含而不露，叙而不议，似乎是"此中有真意，欲辨已忘言"，其实体现了欧公一贯的淳厚文风。以饱满的笔法叙写文章的次要部分，作为铺垫，以凝练的笔法点触主旨，点到即止，不再生发议论。

古人云，欧公深得春秋笔法，信乎！

【原文】

折檐之前有隙地，方四五丈，直对非非堂，修竹环绕荫映。未尝植物，因洿以为池，不方不圆，任其地形；不甃不筑，

鲤鱼图

全其自然。纵锸以浚之，汲井以盈之。湛乎汪洋，晶乎清明，微风而波，无波而平，若星若月，精彩下入。予偃息其上，潜形于毫芒；循漪沿岸，渺然有江潮千里之想。斯足以舒忧隘而娱穷独也。

乃求渔者之罟，市数十鱼，童子养之乎其中。童子以为斗斛之水不能广其容，盖活其小者而弃其大者。怪而问之，且以是对。嗟乎！其童子无乃嚚昏而无识矣乎！予观巨鱼枯涸在旁不得其所，而群小鱼游戏乎浅狭之间，有若自足焉，感之而作养鱼记。

【译文】

衙署回廊前的一块空地有四五丈见方，正对着非非堂。此处修竹环绕林荫遮蔽，没有栽种其他植物。我按照地形挖了一个池塘，既不方也不圆；没有用砖砌，也没

鱼藻图

有筑堤岸，完全保留了它自然的形态。我用锹把池塘挖深，打井水把它灌满。池塘清澈见底，波光荡漾，微风一吹便泛起波纹，风一停便水平如镜。星与月映在水中，光亮直透塘底。我在塘边休息时，水中的影像纤毫毕现；绕着水池散步，仿佛徜徉在浩荡的江湖之间。这足以让人抒发内心的忧郁不畅，安慰我这个困窘寡助的人。

我于是请渔人撒网捕鱼，从他那里买了几十条活鱼，叫书童把它们放养在池塘中。书童认为池水太少不能增大容量，于是只把小鱼放养在内，而丢弃大鱼。我感到很奇怪，问他这样做的原因是什么。他把自己的想法讲给我听。啊！真的是书童糊涂而无知吗？我看见大鱼丢在一边干渴枯死，得不到安身之处，而那一群小鱼却在那又浅又窄的池塘中嬉戏，一副悠然自得的样子，我感触很深，于是写了这篇《养鱼记》。

◎ 洛阳牡丹记 ◎

为花作记，古已有之。然以极平常之题翻出极高雅之议论，非欧公不能为此。

本文行文流畅而神理自合。文中，欧公以其丹青圣手般之超然绝尘，只用淡墨轻轻勾勒，无一字溢美，也无争张妆饰之态，却使洛阳牡丹不但未因此而失其秾丽与富贵，反而平添了几分雅趣与风韵。读此记，难免生出"分明一幅牡丹图，水墨淋漓尚未干"之感。

本记之跋尾为点睛之笔。蔡公为欧公之多年好友，相交甚厚，加之其"不肯与人书石，而独喜书余文"并"绝笔于"此记。故此跋文一反前文之平和之气，流露出缠绵凄婉的感伤之情，读之欲泣。

【原文】

花品序第一

牡丹出丹州、延州，东出青州，南亦出越州，而出洛阳者今为天下第一。洛阳所谓丹州花、延州红、青州红者，皆彼土之尤杰者，然来洛阳才得备众花之一种，列第不出三已下，不能独立与洛花敌。而越之花以远罕识，不见齿，然虽越人，亦不敢自誉，以与洛花争高下。是洛阳者，果天下之第一也。洛阳亦有黄芍药、绯桃、瑞莲、千叶李、红郁李之类，皆不减他出者，而洛阳人不甚惜，谓之果子花，曰某花、某花。至牡丹，则不名，直曰花，其意谓天下真花独牡丹，其名之著不假曰牡丹而可知也。其爱重之如此。

说者多言洛阳于三河间，古善地。昔周公以尺寸考日出没，测知寒暑风雨乖与顺于此，此盖天地之中，草木之华得中气之和者多，故独与他方异。予甚以为不然。夫洛阳于周所有之土，四方入贡，道里均，乃九州之中；在天地昆仑旁薄之间，未必中也。又况天地之和气，宜遍被四方上下，不宜限其中以自私。夫中与和者，有常之气，其推于物也，亦宜为有常之形，物之常者，不甚美亦不甚恶。及元气之病也，美恶斅并而不相和入，故物有极美与极恶者，皆得于气之偏也。花之钟其美，与夫瘿木雍肿之钟其恶，丑好虽异，而得一气之偏病则均。洛阳城围数十里，而诸县之花莫及城中者，出其境则不可植焉，岂又偏气之美者独聚此数十里之地乎？此又天地之大，不可考也已。凡物不常有而为害乎人者曰灾，不常有而徒可怪骇不为害者曰妖，语曰："天反时为灾地反物为妖。"此亦草木之妖而万物之一怪也。然比夫瘿木雍肿者，窃独钟其美而见幸于人焉。

余在洛阳，四见春。天圣九年三月，始至洛，其至也晚，见其晚者。明年，会与友人梅圣俞游嵩山少室、缑氏岭、石唐山、紫云洞，既还，不及见。又明年，有悼亡之戚，不暇见。又明年，以留守推官岁满解去，只见其早者。是未尝见其极盛时，然目之所瞩，已不胜其丽焉。

余居府中时，尝谒钱思公于双桂楼下，见一小屏立坐后，细书字满其上。思公指之曰："欲作花品，此是牡丹名，凡九十余种。"余时不暇读之，然余所经见而今人多称者才三十许种，不知思公何从而得之多也。计其余，虽有名而不著，未必佳也。故今所录，但取其特著者而次第之：

姚黄　魏花

细叶寿安　鞓红（亦曰青州红）

牛家黄　潜溪绯

左花　献来红

叶底紫　鹤翎红

添色红　倒晕檀心

朱砂红　九蕊真珠

延州红　多叶紫

粗叶寿安　丹州红

莲花萼　一百五

鹿胎花　甘草黄

一撮红　玉板白

花释名第二

牡丹之名，或以氏，或以州，或以地，或以色，或旌其所异者而志之。姚黄、牛家黄、左花、魏花以姓著，青州、丹州、延州红以州著，细叶、粗叶寿安、潜溪绯以地著，一撮红、鹤翎红、朱砂红、玉板白、多叶紫、甘草黄以色著，献来红、添色红、九蕊真珠、鹿胎花、倒晕檀心、莲花萼、一百五、叶底紫皆志其异者。

姚黄者，千叶黄花，出于民姚氏家。此花之出，于今未十年。姚氏居白司马坡，其地属河阳，然花不传河阳，传洛阳，洛阳亦不甚多，一岁不过数朵。牛家黄亦千叶，出于民牛氏家，比姚黄差小。真宗祀汾阴，还过洛阳，留宴淑景亭，牛氏献此花，名遂著。甘草黄，单叶，色如甘草。洛人善别花，见其树知为某花云。独姚黄易识，其叶嚼之不腥。魏家花者，千叶肉红花，出于魏相仁溥家。始樵者于寿安山中见之，斫以卖魏氏。魏氏池馆甚大，传者云：此花初出时，人有欲阅者，人税十数钱，乃得登舟渡池至花所，魏氏日收十数缗。其后破亡，鬻其园，今普明寺后林池乃其地，寺僧耕之以植桑麦。花传民家甚多，人有数其叶者，云至七百叶。钱思公尝曰："人谓牡丹花王，今姚黄真可为王，而魏花乃后也。"鞓红者，单叶深红花，出青州，亦曰青州红。故张仆射齐贤有第西京贤相坊，自青州以骆驼驮其种，遂传洛中。其色类腰带鞓，故谓之鞓红。献来红者，大，多叶，浅红花。张仆射罢相居洛阳，人有献此花者，因曰献来红。添色红者，多叶花，始开而白，经日渐红，至其落乃类深红。此造化之尤巧者。鹤翎红者，多叶花，其末白而本肉红，如鸿鹄羽色。细

牡丹蕉石图

叶、粗叶寿安者，皆千叶肉红花，出寿安县锦屏山中，细叶者尤佳。倒晕檀心者，多叶红花。凡花近萼色深，至其末渐浅。此花自外深色，近萼反浅白，而深檀点其心，此尤可爱。一撮红者，多叶，浅红花，叶杪深红一点，如人以手指撮之。九蕊真珠红者，千叶红花，叶上有一白点如珠，而叶密蹙其蕊为九丛。一百五者，多叶白花。洛花以谷雨为开候，而此花常至一百五日开，最先。丹州、延州花，皆千叶红花，不知其至洛之因。莲花萼者，多叶红花，青跗三重如莲花萼。左花者，千叶紫花，出民左氏家。叶密而齐如截，亦谓之平头紫。朱砂红者，多叶红花，不知其所出。有民门氏子者，善接花以为生，买地于崇德寺前治花圃，有此花。洛阳豪家尚未有，故其名未甚著，花叶甚鲜，向日视之如猩血。叶底紫者，千叶紫花，其色如墨，亦谓之墨紫花。在丛中，旁必生

牡丹图 恽寿平 清

一大枝，引叶覆其上，其开也，比他花可延十日之久。噫，造物者亦惜之邪！此花之出，比他花最远，传云唐末有中官为观军容使者，花出其家，亦谓之军容紫，岁久失其姓氏矣。玉板白者，单叶白花，叶细长如拍板，其色如玉而深檀心。洛阳人家亦少有，余尝从思公至福严院见之，问寺僧而得其名，其后未尝见也。潜溪绯者，千叶绯花，出于潜溪寺。寺在龙门山后，本唐相李藩别墅，今寺中已无此花，而人家或有之。本是紫花，忽于丛中特出绯者，不过一二朵，明年移在他枝，洛人谓之转枝花，故其接头尤难得。鹿胎花者，多叶紫花，有白点如鹿胎之纹。故苏相禹珪宅今有之。多叶紫，不知其所出。初，姚黄未出时，牛黄为第一；牛黄未出时，魏花为第一；魏花未出时，左花为第一。左花之前，唯有苏家红、贺家红、林家红之头，皆单叶花，当时为第一，自多叶、千叶花出后，此花黜矣，今人不复种也。

牡丹初不载文字，唯以药载《本草》。然于花中不为高第，大抵丹、延已西及褒斜道中尤多，与荆棘无异，土人皆取以为薪。自唐则天已后，洛阳牡丹始盛。然未闻有以名著者，如沈、宋、元、白之流皆善咏花草，计有若今之异者，彼必形于篇咏，而寂无传焉。唯刘梦得有《咏鱼朝恩宅牡丹》诗，但云"一丛千万朵"而已，亦不云其美且异也。谢灵运言永嘉竹间水际多牡丹，今越花不及洛阳甚远，是洛花自古未有若今之盛也。

风俗记第三

洛阳之俗，大抵好花。春时，城中无贵贱，皆插花，虽负担者亦然。花开时，士庶竟为游邀，往往于古寺废宅有池台处，为市井，张幄帘，笙歌之声相闻，最盛于月陂堤、张家园、棠棣坊、长寿寺东街与郭令宅，至花落乃罢。

洛阳至东京六驿，旧不进花，自今徐州李相迪为留守时始进御，岁遣衙校一员，乘驿马，一日一夕至京师。所进不过姚黄、魏花三数朵，以菜叶实竹笼子藉覆之，使马上不动摇，以蜡封对花蒂，乃数日不落。

大抵洛人家家有花而少大树者，盖其不接则不佳。春初时，洛人于寿安山中斫小栽子卖城中，谓之山篦子。人家治地为畦塍种之，至秋乃接。接花工尤著者，谓之门园子，豪家无不邀之。姚黄一接头直钱五千，秋时立契买之，至春见花乃归其直。洛人甚惜此花，不欲传，有权贵求其接头者，或以汤中蘸杀与之。魏花初出时，接头亦直钱五千，今尚直一千。

接时须用社后重阳前，过此不堪矣。花之木去地五七寸许截之，乃接，以泥封裹，用软土拥之，以蒻叶作庵子罩之，不令见风日，惟南向留一小户以达气，至春乃去其覆。此接花之法也。

种花必择善地，尽去旧土，以细土用白敛末一斤和之，盖牡丹根甜，多引虫食，白敛能杀虫。此种花之法也。

浇花亦自有时，或用日未出，或日西时。九月旬日一浇，十月、十一月，三日、二日一浇，正月隔日一浇，二月一日一浇。此浇花之法也。

一本发数朵者，择其小者去之，只留一二朵，谓之打剥，惧分其脉也。花才落，便剪其枝，勿令结子，惧其易老也。春初既去蒻庵，便以棘数枝置花丛上，棘气暖，可以辟霜，不损花芽，他大树亦然。此养花之法也。

花开渐小于旧者，盖有蠹虫损之，必寻其穴，以硫黄簪之。其旁又有小穴如针孔，乃虫所藏处，花工谓之气窗，以大针点硫黄末针之，虫乃死，虫死花复盛，此医花之法也。

乌贼鱼骨以针花树，入其肤，花辄死。此花之忌也。

牡丹记跋尾

右蔡君谟之书，八分、散隶、正楷、行狎、大小草众体皆精。其平生手书小简、残篇断稿，时人得者甚多，惟不肯与人书石，而独喜书余文也。若《陈文惠公神道碑铭》《薛将军碣》《真州东园记》《杭州有美堂记》《相州昼锦堂记》，余家《集古录目序》，皆公之所书。最后又书此记，刻而自藏于其家。方走人于亳，以模本遗予，使者未复于闽，而凶讣已于亳矣，盖其绝笔于斯文也。

於戏！君谟之笔既不可复得，而予亦老病不能文者久矣，于是可不惜哉！故书以传两家子孙。

【译文】

花品序第一

牡丹，出产于丹州、延州，除此之外还有东边的青州，南边的越州，但是出产于洛阳的现在来说是天下最好的。在洛阳称作丹州花、延州红、青州红的，都是其他地方非常突出的品种，但是来到洛阳，只能算做众多品种中的一种，档次只能排列在三等以下，不能和洛阳花相提并论。而越州花因地处偏远人们较少知道，也不见于记载，即使越人，也不敢自称能与洛阳花比高低。由此可知，洛阳花真的是天下第一了。洛阳也有黄芍药、绯桃、瑞莲、千叶李、红郁李之类的花，都不比其他地方出产的花差，但洛阳人不太珍惜，称它们为果子花，或叫什么花、什么花。对牡丹却不这样称呼，直接就叫花。意思是说天下真正的花只有牡丹，它的名气很大，不用说牡丹就可以知道。他们就是这样爱护看重牡丹的。

人们都说洛阳位于三河之间，是古代胜地。昔日周公在这里测量日出和日落，得知寒暑风雨是否调顺。这里居天地之中，花草树木都十分繁盛，是因为得到许多中和之气，所以与其他地方的花不同。我不赞成这种看法。洛阳在周王朝所有国土之中，是接纳各国朝贡的区域，它只是位于周朝国土之中，在整个广大的天地之间未必居中。更何况天地中和之气，应当遍布四面八方上上下下，不应当只局限在当中使其独得。那中和之气，是普通之气，它赋予物体也应当有平常的形态。物体平常的形态不太美也不太难看。当元气失常，美与丑不相融合，所以物体出现极美与极丑的现象都是由于偏气所至。美丽集中体现在花朵之中，畸形丑木汇聚了丑恶之像，丑恶与美好虽然各不相同，但是同样得到偏病之气。洛阳方圆几十里，但各县的花都比不上城中的，迁移出城就难以成活，难道偏气之美只是集中在这几十里的地方吗？因为天地广大难以考察。凡是不常见又危害人的东西叫灾，不常见而只让人感到畏惧却不危害人的叫妖。常言道："天反时为灾，地反物为妖。"洛阳牡丹是草木之妖，是万物中的一怪。但是与那些畸形的丑木相比，因为它具有偏美之气所以受人们喜欢。

我在洛阳，已度过了四个春天。天圣九年（1031年）三月才到洛阳，到达时有些晚，只看到残花凋落。第二年，恰巧与友人梅圣俞游览嵩山的少室山、缑氏岭、石唐山、紫云洞，回来后，没有赶上看。第三年，因有悼念亡故之人的哀伤，没有闲情逸致。第四年，我因留守推官的职位任期已满而离开洛阳，只是见到了未开放的花朵。所以一直没机会看见怒放的花朵。但是所看到的，已是十分的美丽了。

我在河南府衙署时，曾在双桂楼下拜访钱思公，看到一个小屏风立在他的座位后边，上面写满小字。思公指着说道："准备评断花的等级，这是牡丹名，有九十多种。"我那时没空读，但是我所见到听到，现在人们经常说到的才三十来种，不知道思公从哪里得到这么多。别的，虽然有名也不显赫，不一定好。所以现在所收录的，只取其中最有名的排列如下：

姚黄　魏花

细叶寿安　鞓红（又名青州红）

牛家黄　潜溪绯

左花　献来红

叶底紫　鹤翎红

添色红　倒晕檀心

朱砂红　九蕊真珠

延州红　多叶紫

粗叶寿安　丹州红

莲花萼　一百五

鹿胎花　甘草黄

一撮红　玉板白

花释名第二

给牡丹花起名字，有的用姓氏，有的用州名，有的用地名，有的用颜色，有的按照其特殊的地方起名。姚黄、牛家黄、左花、魏花用姓起名，青州、丹州、延州红用州起名，细叶寿安、粗叶寿安、潜溪绯用地名命名，一撮红、鹤翎红、朱砂红、玉板白、多叶紫、甘草黄用它们的颜色起名，献来红、添色红、九蕊真珠、鹿胎花、倒晕檀心、莲花萼、一百五、叶底紫都按照它们独特的地方起名。

姚黄是千瓣的黄色花，出自百姓姚氏家中。这种花出现之后，到现在还不到十年。姚氏家住在白司马坡，那个地方属河阳。然而姚黄不传河阳却传到洛阳。洛阳也不是很多，一年只不过开几朵。牛家黄也是千瓣，出自百姓牛氏家中，花朵比起姚黄来小一些。宋真宗到汾阴祭祀土神，回来时路过洛阳，在淑景亭用宴，牛氏献上这种花，所以得到这个名字。甘草黄是单叶花，颜色像甘草。洛阳人善于识别花，看到它的枝干便知道是什么花。只有姚黄识别起来比较容

牡丹图　郎世宁

易，它的叶子嚼起来没有腥味。魏家花是千瓣肉红色的花，出自魏相仁溥家。一开始砍柴的人在寿安的山中见到它，挖出来卖给魏氏。魏氏家庭院水池很大，相传，这种花最初出现时，有想看的人，每人收费十几个钱，才能坐船渡过水池到达花生长的地方，魏氏每日收入达十几缗（一缗等于一千钱）。以后魏家破落，把庭院卖了，现在普明寺后边树林边的池塘就是。寺庙中僧人在那块地上栽种桑麦。花有很多流传到百姓家中，有人数它的花瓣，说有七百瓣。钱思公曾说："人们评判牡丹花王，姚黄真可以算得上王了，魏花排在后面。"鞓红是单瓣深红色的花，出自青州，也叫青州红。以前张仆射齐贤有宅第在西京贤相坊，从青州用骆驼运来花种，接着就流传于洛阳。它的颜色像腰带，因此叫鞓红。献来红花朵大、花瓣多，浅红色。张仆射被罢免宰相以后居住洛阳，有人献这种花给他，所以叫作献来红。添色红是多瓣花，刚刚开放的时候是白色，几天后逐渐变红，到其败落时呈深红色。这是天地造化的精巧之处。鹤翎红是多瓣花，其花瓣末端白色，花心处呈肉红色，如同鸿鹄的羽毛一样。细叶、粗叶寿安都是千瓣肉红色花，出自寿安县锦屏山中，相对来说细叶更好。倒晕檀心是多瓣红花。通常花朵近萼色深，到末端逐渐变浅。这种花外深，近萼却变浅白，深绛色点缀在花心，尤为可爱。一撮红是多瓣浅红色的花，花瓣的末端有一点深红，好像被人拿手压过。九蕊真珠是千瓣红色花，花瓣上有一白点像珠子，它的花瓣厚实，花蕊是九丛。一百五是多瓣白色花。洛阳的花以谷雨当作开放的季节，而这种花以冬至后一百零五日为开放的季节，在众花中开放最早。丹州、延州花都是千瓣红色花，不清楚它们怎么到洛阳来的。莲花萼是多瓣红花，青色花萼三层就像莲花萼。左花是千瓣紫色花，来自百姓左氏家。花瓣密而整齐如同切过，也叫平头紫。朱砂红是多瓣红花，不知道它的出处。有个做园丁的百姓，靠嫁接花木维持生计，买下崇德寺前的土地做花圃，其中就有这种花。洛阳富贵人家还没有，所以它的名字不太为人所知。其花瓣颜色非常鲜艳，向着太阳观看呈血红色。叶底紫是千瓣紫色花，它的颜色像墨水一样，又叫墨紫花。在一丛中，旁

牡丹图　恽寿平

边常长出一个大枝，生出叶子覆盖在花丛之上。开花的时候，比其他花可多活十余天。噫，造物者也怜惜它吗！与其他花比起来这种花的起源要早。传说唐朝末年有个宦官是监军使，花就出自他家，也叫军容紫，时间一长不知道他的姓氏了。玉板白是单瓣白色花，花瓣细长像拍板，其色如玉花心为深绛色。洛阳人家也很少见，我随思公到福严院见过，向僧人询问知道其名，以后就没有见到过。潜溪绯是千瓣大红色花，来自潜溪寺。寺庙在龙门山后面，原本为唐宪宗时的宰相李藩的别墅。现在寺中已经没有这种花，但在一般人的家中也许有这种花。花本来是紫花，偶然于丛中长出一两朵大红色的来，第二年移接在其他枝上，洛阳人称之转枝花，所以那接头特别难得到。鹿胎花是多瓣紫色花，有白色斑点像鹿胎上的斑纹。前世苏相禹珪的院子现在还有。多叶紫，不了解它的出处。

起先，姚黄没出现时牛黄排在第一；牛黄没出现时魏花排在第一；魏花没出现时左花排在第一。在左花之前，只有苏家红、贺家红、林家红这些单瓣花，当时排在第一。自从多瓣、千瓣花出现后，这些花就被淘汰，如今人们不再种了。

一开始没有文字记载牡丹，只是作为药记载于《本草》之中。当时在花中不排在前边，可能丹州、青州西部及终南山谷中最多，与荆棘没有什么两样，当地人们都用它当柴烧。从唐代武则天以后，洛阳牡丹开始流行起来。但是没有听说有以名称为人所知的，如沈佺期、宋之问、元稹、白居易之流，都擅长吟咏花草，大概当时要有像今天这样奇异的花，他们肯定要写在诗篇中，但是没有流传下来。只有刘禹锡有《咏鱼朝恩宅牡丹》诗，只是说"一丛千万朵"罢了，也没有说其美与奇异。谢灵运说永嘉年间竹丛间、水边多牡丹，如今越花远远不如洛阳牡丹，从此来看，洛阳牡丹古代没有现在繁盛。

风俗记第三

洛阳的风俗大概是爱好牡丹。春天，城里的人不管贵贱，都插花，即使挑担子的人也是这样。花开时节，官吏百姓竞相游览，常常在古寺废宅有池塘亭台的地方，形成街市，搭好帐篷，笙歌之声此起彼伏。数月陂堤、张家园、棠棣坊、长寿寺东街郭令宅最热闹，直到花落时节才肯停止。洛阳到东京有六驿站，以前不进贡牡丹，从徐州李相迪做留守时开始进贡，每年派衙校一名，骑马只要一天一夜就能到京城。所进的贡品只有姚黄、魏花寥寥数朵，用菜叶充实竹笼子，以使花在运送途中不来回摇晃，用蜡封住花蒂，保持花开数日不凋谢。

洛阳人家家有牡丹却少有长大的，因为花不经过嫁接不能成为好花。初春时节，洛阳人在寿安山中砍下苗木到城中去卖，叫作山篦子。家中修整土地插种，到秋天才嫁接。接花工中最好的叫门园子，富人家没有不请的。姚黄一嫁接就值五千，秋天订立契约买回去，到春天开花才付钱。洛阳人尤其爱惜这种花，不外传，有权贵想要嫁接的花，就用沸水烫死。魏花刚刚出现时，嫁接的花也值五千，现在仍价值一千。

嫁接时必须在秋社日以后重阳节以前，超过这个时间就不行了。花的枝干在距地面五至七寸的地方截下来，嫁接后用泥包裹起来，用松土围起来，用嫩蒲叶做成覆盖物盖起来，不能让它见到风和阳光，只是朝南的方向留一个小窗户用来透气，到春天才去掉这些覆盖物。嫁接花木用的就是这个方法。

种花一定挑选土质好的地方，去掉旧土，用细土与一斤白蔹末混合。因为牡丹根甜，爱招引虫子来吃，白蔹能杀虫。这是种花的方式。

浇花也有时间要求，或者太阳没出来之前，或者太阳西落的时候。九月十天浇一次，十月、十一月三、两天浇一次，正月隔一天浇一次，二月一天浇一次。这是浇花的方法。

一棵长出几朵花来的，挑选小的去掉，只留下一两朵，叫打剥，这是因为怕花太多，分散营养，花一落，就把枝条剪去，不要让它结籽，这是因为怕它容易变老。初春就把弱苗去掉，用荆棘枝放置在花丛上，荆棘发暖，能够避霜，阻止花芽受损，其他长大的花也是这样。这是养花的方法。

花朵越开越小的，是由于有虫子损伤它，一定要寻找到其洞穴，用发簪将硫黄放进洞中。它的旁边还有像针孔一样的小穴，是虫子藏身之处，花工称它为气窗，用针点硫黄末放入小孔，虫子就死了，虫子死后花重新又茂盛起来。这是给花治病的措施。用乌贼鱼骨刺花秆，进入表皮，花就死了，这是花忌讳的地方。

牡丹记跋尾

右边是蔡君谟的书法，他的书法八分、散隶、正楷、行狎、大小草众体全都很精通。他一生所写的小简、残篇断稿，现在很多人手中都有，唯独不肯给人写石刻，除了书写我的作品。如《陈文惠公神道碑铭》《薛将军碣》《真州东园记》《杭州有美堂记》《相州昼锦堂记》，我家中《集古录目序》全是蔡公所书。最后又写这篇记，刻下藏于家中。刚刚派人来亳州将模本送给我，来的人还没回到闽，噩耗已传到亳州。这篇文章是他的绝笔之作。

唉！君谟的书法不能够再得到，我也年老体弱很久不能写文章了。对于它能不珍惜吗！所以写出来以传给两家的后代。

苏 洵

苏洵（1009～1066年），字明允，号老泉，眉州眉山（今属四川）人。考进士未中，乃发愤读书，通六经、百家之说。嘉祐间，携子轼、辙入京师开封，为欧阳修、韩琦所重，荐为秘书省校书郎，以文安县主簿与修《太常因革礼》一百卷，书成而卒。其诗文明畅、雄健，为"唐宋八大家"之一，与二子合称"三苏"。有《嘉祐集》《老泉文钞》。

一代才臣——苏洵

苏洵

苏洵小档案

姓名： 姓苏，名洵，字明允，号老泉。
生卒： 1009—1066 年。
年代： 北宋。
籍贯： 眉州眉山（今属四川）人。
职业： 文学家。
成就： 唐宋八大家之一。

家世渊源

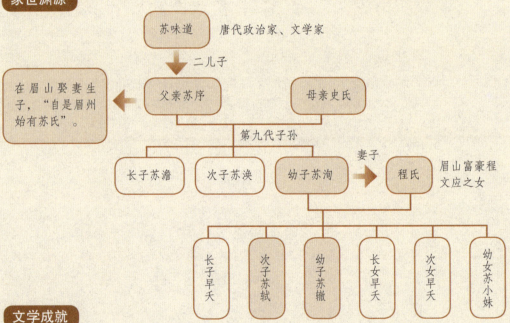

苏味道　唐代政治家、文学家

二儿子

在眉山娶妻生子，"自是眉州始有苏氏"。 ← 父亲苏序　　母亲史氏

第九代子孙

长子苏澹　　次子苏涣　　幼子苏洵 → 妻子 程氏　眉山富豪程文应之女

长子早夭　　次子苏轼　　幼子苏辙　　长女早夭　　次女早夭　　幼女苏小妹

文学成就

论文： 切中时弊，如《权书》10 篇，《衡论》《上皇帝书》《六国论》。
散文： 论点鲜明，论据有力，语言锋利，纵横恣肆，具有雄辩的说服力。如《送石昌言使北引》《张益州画像记》《木假山记》。
诗作： 擅写五古，质朴苍劲。如《欧阳永叔白兔》《忆山送人》《颜书》《答二任》《送吴待制中复知潭州二首》。
注：
苏洵著作，宋代以多种版本流行，原本大都散佚，今存者有北宋刊《类编增广老苏先生大全文集》残卷。通行本有《四部丛刊》影宋钞本、《嘉祐集》15 卷。

苏洵发愤

苏洵25岁时立下决心发奋读书。

苏洵年少喜爱游历四方，二十五岁那年，被史彦辅和陈公美两人拉着，把峨眉山玩了个遍。游山途中，他们又听说西北数百里外的岷山景色也十分壮美，当即便启程去岷山游历，一玩又是半载。饱览岷山秀色之后，苏洵回到家中，发现妻子面有忧色，一再追问下才知道，原来他的夫人从没指望着自己的夫君有一天能够光宗耀祖，将所有的期望全都寄托在两个儿子苏轼、苏辙身上，终日教他们读书认字，日渐精力不足。苏洵知道后，意识到自己再这样散漫下去，将来可能会沦落到被儿子们耻笑的地步，这才开始认认真真思考起自己和家庭的未来。

不久，苏洵的母亲史夫人病故，他的二哥苏涣从外地赶回家为母亲守丧。兄弟两个好不容易凑到了一起，便谈起各自的前途。苏涣认为，既然苏洵喜欢游山玩水，可以借此编一本苏家族谱出来。苏洵一听，觉得还挺有意思，便答应下来。之后苏洵便专心研究历史，把《史记》《汉书》，还有更早的《左传》《战国策》等都摆在床头，读了个通透。这时他才发现自己心有余而力不足，必须发愤读书，才能将心中所感付诸文字。于是，苏洵下定决心苦读诗书，还不忘教育自己两个儿子。

仕途生涯

仁宗嘉祐元年（1056年）	他带领苏轼、苏辙到汴京，谒翰林学士欧阳修。欧阳修很赞赏他的《权书》《衡论》《几策》等文章，认为可与贾谊、刘向相媲美，于是向朝廷推荐。一时公卿士大夫争相传诵，文名因而大盛。
嘉祐二年（1057年）	二子苏轼、苏辙同榜应试及第，轰动京师。
嘉祐三年（1058年）	仁宗召他到舍人院参加考试，他推托有病，不肯应诏。
嘉祐五年（1060年）	经韩琦推荐任秘书省校书郎，后为霸州文安县主簿，又授命与陈州项城（今属河南）县令姚辟同修礼书《太常因革礼》一百卷。书成不久，即去世，追赠光禄寺丞。

◎ 管仲论 ◎

　　自古善霸莫过齐桓公。管仲辅佐齐桓公九合诸侯，一匡天下，可谓王佐之杰。历代之能臣没有不推崇管仲的。但苏洵评价管仲并不仅仅看他是如何辅佐齐桓公开创霸业的，而是着眼于其继往而未能开来，致使齐国的霸业在他死后不久即被葬送。本文从齐桓公称霸及其死后发生内乱的史实进行分析，认为鲍叔举贤，所以齐国强盛；管仲不举贤，所以齐国发生内乱。着重论述了管仲不举贤的过错，说明举贤和不举贤事关国家盛衰和安危，一个国家如果没有一支稳定连续的人才队伍，单凭某个精英是不可能保证国家的长治久安的。即使这个精英是管仲、诸葛亮一类的人，也无济于事。

【原文】

　　管仲相威公，霸诸侯，攘夷狄，终其身，齐国富强，诸侯不敢叛。管仲死，竖刁、易牙、开方用，威公薨于乱，五公子争立，其祸蔓延，讫简公，齐无宁岁。

　　夫功之成，非成于成之日，盖必有所由起；祸之作，不作于作之日，亦必有所由兆。故齐之治也，吾不曰管仲，而曰鲍叔；及其乱也，吾不曰竖刁、易牙、开方，而曰管仲。何则？竖刁、易牙、开方三子，彼固乱人国者，顾其用之者，威公也。夫有舜而后知放四凶，有仲尼而后知去少正卯。彼威公何人也？顾其使威公得用三子者，管仲也。

　　仲之疾也，公问之相。当是时也，吾意以仲且举天下之贤者以对，而其言乃不过曰"竖刁、易牙、开方三子，非人情，不可近"而已。呜呼！仲以为威公果能不用三子矣乎？仲与威公处几年矣，亦知威公之为人矣乎？威公声不绝于耳，色不绝于目，而非三子者，则无以遂其欲。彼其初之所以不用者，徒以有仲焉耳。一日无仲，则三子者可以弹冠而相庆矣。仲以为将死之言可以絷威公之手足耶？夫齐国不患有三子，而患无仲。有仲，则三子者，三匹夫耳。不然，天下岂少三子之徒哉？虽威公幸而听仲，诛此三人，而其余者，仲能悉数而去之耶？呜呼！仲可谓不知本者矣。因威公之问，举天下之贤者以自代，则仲虽死，而齐国未为无仲也。夫何患三子者，不言可也。

　　五伯莫盛于威、文。文公之才，不过威公，其臣又皆不及仲。灵公之虐，不如孝公之宽厚。文公死，诸侯不敢叛晋。晋袭文公之余威，得为诸侯之盟主百余年。何者？其君虽不肖，而尚有老成人焉。威公之薨也，一败涂地，无惑也，彼独恃一管仲，而仲则死矣。

夫天下未尝无贤者，盖有有臣无君者矣。桓公在焉，而曰天下不复

齐桓公与管仲画像砖

有管仲者，吾不信也。仲之书，有记其将死，论鲍叔、宾胥无之为人，且各疏其短。是其心以为数子者，皆不足以托国，而又逆知其将死，则其书诞谩不足信也。吾观史鰌，以不能进蘧伯玉而退弥子瑕，故有身后之谏。萧何且死，举曹参以自代。大臣之用心，固宜如此也。夫国以一人兴，以一人亡。贤者不悲其身之死，而忧其国之衰。故必复有贤者，而后可以死。彼管仲者，何以死哉？

【译文】

管仲辅佐齐桓公（为避宋钦宗讳，故改桓为威），称霸诸侯，排斥夷狄，直到他死，齐国都富强，诸侯不敢背叛。管仲死后，竖刁、易牙、开方被桓公重用，桓公在动乱中死去，五个儿子争夺君位；从此，祸乱不断蔓延，愈演愈烈，直到简公的时候，齐国没有一年是安定的。

功业的完成，并不是在成功的那一天成就的，必定有它的原因；祸乱的发生，并不是始于祸乱发生的那一天，必定有它的征兆。所以齐国的大治，我认为不是管仲的功劳，而是鲍叔的功劳；到了动乱的时候，我认为不是竖刁、易牙、开方的罪过，而是管仲的罪过。为什么呢？因为竖刁、易牙、开方这三个人，他们固然是搅乱国家的人，但是重用他们的是齐桓公。众所周知，有了帝舜这才知道流放四个恶人；有了孔仲尼这才除去少正卯。那齐桓公又是什么样的人呢？使齐桓公能够重用这三个人的是管仲啊！

管仲病重的时候，齐桓公询问他谁能胜任宰相。在这个时候，我以为管仲会推举天下的贤人，而他却只说："竖刁、易牙、开方三个人的行为不近人情、不能重

管仲像

用。"遗憾啊！管仲认为只要他一句话，桓公就真的不会任用那三个人了吗？管仲和桓公相处许多年了，也知道桓公的为人吧？桓公是个流连于声色犬马之人，如果没有这三个人，就没有别的办法满足他的欲望。起初他们不被重用的原因，只因为有管仲罢了，一旦没有管仲，那么三个人就可以弹去帽子上的灰尘互相庆贺了。管仲认为自己快要死时说的话，可以束缚桓公的手脚啊！其实齐国不怕有这三个人，就怕没管仲。有了管仲，这三个人不过是三个普通的人罢了。天下像这三个人一样的人难道还少吗？就是桓公幸而听信管仲的话，杀掉这三个人，但是其余的那些人，管仲能够全部除去他们吗？可叹啊，管仲可以说是不懂得治本的人。假如借桓公询问的时机，推荐国内的贤人来替代自己，那么管仲即使死了，齐国却不能说没有管仲那样的人。为什么要怕这三个人呢，不说他们是怎么样的人也行啊。

　　春秋五霸，论强盛，莫过齐晋。晋文公的才能不超过齐桓公，他的臣子的才能都不及管仲。晋灵公残暴，不如齐孝公的宽大、忠厚。但是，晋文公死后，各国都不敢叛离晋国，晋国承袭文公留下的国威，还能够做各国的盟主一百多年。为什么呢？因为晋国的君主虽然不成才，但还有一些老成可靠的臣子在啊！桓公死后，齐国一败涂地，用不着疑惑，因为他只靠一个管仲，可是管仲已经死了。

　　天下怎么能没有贤能的人，大概只有有贤能的臣子却没有英明的君主的情况。桓公在世的时候，说天下不会再有像管仲这样的能人了，我是不相信的。管仲的书里记载他在将死的时候，评论鲍叔、宾胥无的为人，而且分别指明他们的短处。这是在他心里这几个人都不具备托付治理国家重任的能力，可是又预料到自己快要死了，可见这部书荒诞无稽，不值得相信的。我看春秋时期的史鳅，因为不能劝卫灵公任用蘧伯玉、罢斥弥子瑕，所以有死后的规劝；汉朝的萧何，在他将要死的时候，举荐曹参来代替自己。大臣的用心，本来应该这样。一个国家，既可以因为一个人而兴旺，也可以因为一个人而灭亡。贤能的人不为自己的身亡而悲伤，却担心他的国家的衰弱。所以，一定要再找一个贤能的继任者才能死而瞑目。那么管仲为什么不能在临终前这样做呢？

◎ 心 术 ◎

本文是苏洵《权书》中的一篇军事论文。开篇强调为将者必须有良好的心理素质，然后逐节自成段落，有条不紊地从几个方面阐述了军事上的战略战术思想，有一定的见解。文章纵横捭阖，抵掌而谈，颇有几分先秦策士风范。

【原文】

为将之道，当先治心，泰山崩于前而色不变，麋鹿兴于左而目不瞬。然后可以制利害，可以待敌。

凡兵上义；不义，虽利勿动。非一动之为利害，而他日将有所不可措手足也。夫惟义可以怒士，士以义怒，可与百战。

凡战之道，未战养其财，将战养其力，既战养其气，既胜养其心。谨烽燧，严斥堠，使耕者无所顾忌，所以养其财；丰犒而优游之，所以养其力；小胜益急，小挫益厉，所以养其气；用人不尽其所欲为，所以养其心。故士常蓄其怒、怀其欲而不尽。怒不尽则有馀勇，欲不尽则有馀贪。故虽并天下而士不厌兵。此黄帝之所以七十战而兵不殆也。不养其心，一战而胜，不可用矣。

凡将欲智而严，凡士欲愚。智则不可测，严则不可犯，故士皆委己而听命，夫安得不愚？夫惟士愚，而后可与之皆死。

凡兵之动，知敌之主，知敌之将，而后可以动于险。邓艾缒兵于蜀中，非刘禅之庸，则百万之师可以坐缚，彼固有所侮而动也。故古之贤将，能以兵尝敌，而又以敌自尝，故去就可以决。

凡主将之道，知理而后可以举兵，知势而后可以加兵，知节而后可以用兵。知理则不屈，知势则不沮，知节则不穷。见小利不动，见小患不避，小利小患，不足以辱吾技也。夫然后可以支大利大患。夫惟养技而自爱者，无敌于天下，故一忍可以支百勇，一静可以制百动。

兵有长短，敌我一也。敢问："吾之所长，吾出而用之，彼将不与吾校；吾之所短，吾蔽而置之，彼将强与吾角，奈何？"曰："吾之所短，吾抗而暴之，使之疑而却；吾之所长，吾阴而养之，使之狎而堕其中，此用长短之术也。"

善用兵者，使之无所顾，有所恃。无所顾，则知死之不足惜；有所恃，则知不至于必败。尺箠当猛虎，奋呼而操击；徒手遇蜥蜴，变色而却步，人之情

战争壁画

也。知此者，可以将矣。祖裼而案剑，则乌获不敢逼；冠胄衣甲，据兵而寝，则童子弯弓而杀之矣。故善用兵者以形固。夫能以形固，则力有余矣。

【译文】

　　为将之道，必须首先锻炼和培养思想上的韧性和镇定。即使泰山在你的面前突然坍塌下来，你也能够神色不动；麋鹿从身旁忽然蹿跳出来，你也能够眼睛不眨。因为只有这样，才能掌握和控制有利或不利的形势，才能抵挡任何敌人。

　　凡属军事，都应重视正义。假如正义不在我方即使有利也不要轻举妄动。并不是顾虑行动会失败，而是怕将来会落到进退维艰的地步。只有正义，才能激励士兵，从而屡战屡胜。

　　通常作战的规律是在战前，应该调聚军用的物资；即将打仗时，应该积蓄部队的实力；已经交战的时候，应该激励士兵的勇气；战胜以后应该锻炼、培养全军的昂扬斗志。谨慎地做好及时报警的工作，严密地布置侦察的工作，要使百姓没有什么后顾之忧，休养生息，这就是积聚军用物资的途径；丰厚地犒赏慰劳战士，使他们得到整顿，这就是积蓄士兵力量的途径；取得了小的战果，更要着重教育士兵，遭遇小挫折，更要激励他们，这就是激励士兵勇气的措施；用人时不彻底实现他们的愿望，这就是锻炼培养部队昂扬斗志的方法。士兵们经常滋生着怒气，一心向往的愿望没有全部满足。怒气不宣泄就有多余的勇气，愿望不满足，就常有所求。因此，就是遍征世界，士兵们也不会厌恶战争。这就是黄帝打了七十次仗，部队却没有松懈情绪的原因啊。不去锻炼培养部队的昂扬斗志，一次战役可能胜利，但是以后就不能有效了。

凡是大将，要机智而且威严，而作为士兵要老实。机智，就不可以预测；威严，就不可以侵犯。所以士兵们都心甘情愿交出自己的生命来听从大将的命令，怎么能够不忠诚呢？正因为士兵们忠心耿耿，这才能够同他们一道拼死作战。

凡是军队出征，必须了解敌方的首脑，了解敌方的大将，这才可以向险地进发。邓艾在攻打蜀国时，用绳子拴住士兵，从山顶上坠送下去，如果不是刘禅的昏庸，即使邓艾有一百万的军队，也绝对会束手就缚；邓艾肯定是了解敌方情况后才敢轻视他们而大胆发动进攻的。所以，古代有才能的大将，会用一部分兵力去试探敌方的情况，并能够利用敌人的进攻来调整自己的部署，撤退或是进攻，均可以正确地决策。

做好主将的要求是，只有明白事理，才可以动员士兵；了解形势，才可以统率士兵；善于调遣，才可以指挥士兵。因为明白事理，就不会多走弯路；了解形势，就不会丧失信心；善于调遣，就不会穷于应付。不为微利所动，不被微难所迫，因为小的利益和小的困难是不值得虚费气力的。这样，才有可能应付、承受大的利益和大的困难。只有善于练就本领而且懂得自爱的人，才能所向无敌。所以，一次忍耐可以抵挡对手的多次猛攻，一次镇静可以制伏对手的多次行动。

每个军队都有它的优势和劣势，这是敌我双方一样的。有人问："我们擅长的，我们就发挥它，应用它，可是他们却不同我们较量；我们不擅长的，我们就掩饰它，不用它，可是他们会强迫我们一决高下。怎么办？"我说："我们薄弱的，我们就径直地暴露它，使他们因产生怀疑而退却。我们擅长的，我们就掩蔽锋芒暗暗地磨砺它，使他们产生轻慢心理而落进我们设置的圈套当中。这就是处理长处和短处的方法。"

善于用兵的人，能够使部队没有后顾之忧，而有所依仗。如果排除了顾忌，就会晓得打仗牺牲是不值得惋惜的；如果有了依仗，就会晓得作战不至于一定失败。手里拿着一根尺把长的鞭子，一旦碰上猛虎，也会奋起高呼，出手打击；一个人空着手，突然遇到四脚蛇，也会怕得面容失色，向后倒退。这是人之常情啊。明白这个道理后，就可以指挥军队了。假如赤身裸体地举起剑来，那么即使是古代著名的大力士乌获也不敢轻易逼近你。假如戴了盔，穿上甲，靠在武器上睡觉，却只要一个孩子就可以拉开弓射杀你了。所以，善于用兵的人应该利用有利形势来保存力量。能够利用有利形势来保存力量，他的力量就会永无穷竭了。

◎ 六国论 ◎

战国时期，各诸侯国经过多年的攻伐、吞并，逐渐形成七雄对峙的局面。其中，秦自"商鞅变法"开始，国力日盛。其余六国因国力不足以与秦抗衡，就转而采取"割地赂秦"政策。此项政策延续百余年，在此期间，虽然六国宗室得以保全，却也在一定程度上成就了秦的霸业。

此文总结战国六国相继破灭于秦的教训，指出"割地赂秦"政策的实施不仅损害了割地者的国力，而且使未割地者因此而失去强援，无法独完。

作者作此文是针对当时北宋王朝厚赂契丹之做法有感而发，目的在于讽谏当朝统治者"以天下之大"，应避免"从六国破亡之故事"。

【原文】

六国破灭，非兵不利、战不善，弊在赂秦。赂秦而力亏，破灭之道也。或曰：六国互丧，率赂秦耶？曰：不赂者以赂者丧。盖失强援，不能独完。故曰：弊在赂秦也。秦以攻取之外，小则获邑，大则得城。较秦之所得，与战胜而得者其实百倍；诸侯之所亡，与战败而亡者其实亦百倍。则秦之所大欲，诸侯之所大患，固不在战矣。思厥先祖父暴霜露、斩荆棘，以有尺寸之地；子孙视之不甚惜，举以予人，如弃草芥，今日割五城，明日割十城，然后得一夕安寝。起视四境，而秦兵又至矣。然则诸侯之地有限，暴秦之欲无厌；奉之弥繁，侵之愈急：故不战而强弱胜负已判矣！至于颠覆，理固宜然。古人云："以地事秦，犹抱薪救火，薪不尽，火不灭。"此言得之。

齐人未尝赂秦，终继五国迁灭，何哉？与嬴而不助五国也。五国既丧，齐亦不免矣。燕、赵之君，始有远略，能守其土，义不赂秦。是故燕虽小国而后亡，斯用兵之效也。至丹以荆卿为计，始速祸焉。赵尝五战于秦，二败而三胜。后秦击赵者再，李牧连却之。洎牧以谗诛，邯郸为郡，惜其用武而不终也！且燕、赵处秦革灭殆尽之际，可谓智力孤危，战败而亡，诚不得已。向使三国各爱其地，齐人勿附于秦，刺客不行，良将犹在；则胜负之数，存亡之理，当与秦相较，或未易量。

呜呼！以赂秦之地封天下之谋臣，以事秦之心礼天下之奇才，并力西向，则吾恐秦人食之不得下咽也。悲夫！有如此之势，而为秦人积威之所劫，日削月割，以趋于亡。为国者无使为积威之所劫哉！

夫六国与秦皆诸侯，其势弱于秦，而犹有可以不赂而胜之之势。苟以天下之大，而从六国破亡之故事，是又在六国下矣！

【译文】

六国的灭亡，不是武器不好、不善于打仗，症结是出在贿赂秦国上。由于贿赂秦国而致使国力亏损，因此六国的灭亡是肯定的。有人问："六国相继都灭亡了，难道都是贿赂秦国的缘故吗？"我回答说："不贿赂秦国的国家是因为受到贿赂秦国的国家的牵连而遭到灭亡的。由于这些不贿赂秦国的国家一旦失去了强大的外援，那就不能保证安全了。所以我说，问题是出在贿赂秦国上。"秦国除了靠军事进攻掠夺城邑之外，还能从其他国家送给它的小贿赂中获得小城，从大贿赂中得到大城。两相比较，秦国靠贿赂所得到的要比靠战胜所得多上一百倍；诸侯国因贿赂而失去的也要比因失败失去的多上一百倍。由此可见，秦国最希望的、诸侯最吃亏的，确实不在交战上。六国的先祖和父辈靠着顶风冒雪、披荆斩棘，才得来了一小块国土，但他们的子孙们却将这些土地视如草芥，拿来给了别人。今天割让五座城、明天割让十座城，之后能换来睡上一晚的踏实觉；但等到第二天天亮起来环视四方边境，却看到秦国的军队又来了。这样一来，诸侯的土地是有限的，而强暴的秦国的欲望却是无尽头的，因此六国奉送给秦国的土地越多，那秦国对六国的侵略就越急，所以不用交战而双方的强弱胜负就已经能看清楚了。最后六国落到了灭亡的境地，从道理上讲也的确是应该的。古人说："用土地去侍奉秦国，就如同抱着木柴去救火一样；木柴没有烧完，火也就不会熄灭。"这话说得是很有道理的。

荆轲刺秦画像砖

战国时期赵长城遗址

齐国人从来就没有拿土地去贿赂过秦国，但终于也跟在五国之后而被秦国灭亡了。这是为什么呢？这是因为齐国与嬴姓的秦国结交而不去支援五国的缘故。五国丧亡后，齐国的亡国也就不可避免了。燕国和赵国的国君在一开始是很有长远的战略眼光的，能够守住他们的国土，能够坚持正义，不去贿赂秦国。因此，燕国虽然是一个小国，但却到最后才被秦国灭亡。这就是用兵对抗秦国的成效。到燕太子丹把对付秦国的希望寄托在荆轲身上之后，这才加快了燕国的灾祸到来。赵国曾经与秦国五次交战，两次失败，三次胜利。后来，秦国又一再进攻赵国，但都被李牧连连击败了。等到李牧被谗言害死之后，赵国的都城邯郸这才变成了秦国的一个郡。只可惜赵国用武力反抗秦国而没有能坚持到最后。况且，燕国和赵国当时正处于秦国已经快要将其他几国消灭干净了的时候，可以说它们的计谋和力量都已经由于孤立无援而陷入困境了，所以它们因战败而灭亡，确实也是没有办法的事情了。假如以前韩、魏、楚三国都各自珍爱自己的土地，齐国人不去依附秦国，燕国不派遣刺客，赵国的良将仍然还在，那么，不管是从命运上，还是从道理上讲，六国都应该能与秦国相抗衡，双方的胜负存亡也就很难估计了。

唉！如果六国把贿赂秦国的土地用来封给天下有计策的臣子，把侍奉秦国的心用来礼貌地对待天下的奇才，大家同心协力对付西边的秦国，那么，我想恐怕秦国人纵然是把六国吃到了嘴里也是咽不下去的。真可悲呀！有这样的势力，但却被秦国人逐渐积累起来的威势所吓倒，国力日削月割，最后灭亡了。统治国家的人啊，不要被敌人逐渐累积起来的威势所吓倒呀！

六国与秦国都是诸侯国，六国的势力要比秦国衰弱，然而却仍然具有可以不用贿赂就能战胜秦国的势头。如果我们有如此大的国家，而在六国灭亡之后又去重演六国灭亡的故事，那就连六国也比不上了。

◎ 项 籍 ◎

项籍即项羽。秦末，天下大乱，群雄并起。秦二世元年（前209年），项籍起事，兵锋所至，锐不可当。先渡黄河，破釜沉舟，大败秦军于巨鹿，威震诸侯；后因刘邦惧其威势而迎之入关，得以屠咸阳、焚宫室、尽掠货宝东归。汉元年（前206年）二月，分封诸侯，违楚怀王"先入关者王关中"之约，"以巴、蜀亦关中地"为由，徙刘邦为汉王，自立为西楚霸王，定都彭城。五月，楚汉战争爆发。至汉五年（前202年）十二月，被围垓下，兵败身亡。

本文通过总结项籍先盛后衰之教训，指出其虽有百战百胜取天下之才，然终未能有天下者，因其虽"有取天下之才，而无取天下之虑"。文末以诸葛孔明据西蜀之喻作结，发人深省，耐人寻味。

【原文】

吾尝论项籍有取天下之才，而无取天下之虑；曹操有取天下之虑，而无取天下之量；刘备有取天下之量，而无取天下之才。故三人者，终其身无成焉！

且夫不有所弃，不可以得天下之势；不有所忍，不可以尽天下之利。是故地有所不取，城有所不攻，胜有所不就，败有所不避；其来不喜，其去不怒；肆天下之所为而徐制其后，乃克有济。

呜呼！项籍有百战百胜之才而死于垓下，无惑也！吾于其战巨鹿也，见其虑之不长，量之不大，未尝不怪其死于垓下之晚也。方籍之渡河，沛公始整兵向关，籍于此时若急引军趋秦，及其锋而用之，可以据咸阳，制天下。不知出此，而区区与秦将争一旦之命；既全巨鹿，而犹徘徊河南、新安间，至函谷，则沛公入咸阳数月矣。夫秦人既已安沛公而仇籍，则其势不得强而臣。故籍虽迁沛公汉中，而卒都彭城，使沛公得还定三秦，则天下之势在汉不在楚。楚虽百战百胜，尚何益哉！故曰：兆垓下之死者，巨鹿之战也。

或曰："虽然，籍必能入秦乎？"曰："项梁死，章邯谓楚不足虑，故移兵伐赵，有轻楚心，而良将劲兵尽于巨鹿。籍诚能以必死之士，击其轻敌寡弱之师，入之易耳。且亡秦之守关，与沛公之守，善否可知也；沛公之攻关，与籍之攻，善否又可知也。以秦之守而沛公攻入之，沛公之守而籍攻入之；然则亡秦之守，籍不能入哉？"

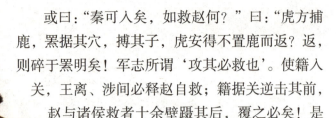
项羽像

或曰："秦可入矣，如救赵何？"曰："虎方捕鹿，罴据其穴，搏其子，虎安得不置鹿而返？返，则碎于罴明矣！军志所谓'攻其必救也'。使籍入关，王离、涉间必释赵自救；籍据关逆击其前，赵与诸侯救者十余壁蹑其后，覆之必矣！是籍一举解赵之围，而收功于秦也。战国时，魏伐赵，齐救之。田忌引兵疾走大梁，因存赵而破魏。彼宋义号知兵，殊不达此，屯安阳不进，而曰待秦敝。吾恐秦未敝，而沛公先据关矣。籍与义俱失焉。"是故古之取天下者，常先图所守。诸葛孔明弃荆州而就西蜀，吾知其无能为也。且彼未尝见大险也，彼以为剑门者可以不亡也。吾尝观蜀之险：其守不可出，其出不可继，兢兢而自守犹且不给，而何足以制中原哉？若夫秦、汉之故都，沃土千里，洪河大山，真可以控天下，又乌事夫不可以措足如剑门者而后曰险哉！今夫富人必居四通五达之都，使其财布出于天下，然后可以收天下之利。有小丈夫者，得一金，椟而藏诸家，拒户而守之。呜呼！是求不失也，非求富也。大盗至，劫而取之，又焉知其果不失也。

【译文】

我曾经论说过项籍有夺取天下的能力，但却没有夺取天下的计划；曹操有夺取天下的计划，但却没有夺取天下的气度；刘玄德有夺取天下的气量，但却没有夺取天下的才能。因此，这三个人终身都没有取得成就。

没有必要的放弃，就不可以得到天下有利的态势；没有必要的忍耐，就不可以全部获得天下的利益。所以，有些土地有必要不取，有些城市有必要不攻，有些胜利有必要不要，有些失败有必要不避。得到了土地和城市，没有必要高兴；失去了土地和城市，用不着气恼；听任天下人为所欲为，然后逐渐在后面控制住局势，才能获得成功。

哎呀！项籍有百战百胜的才能但却死在了垓下。但这没有什么不可理解的。我观察他在巨鹿作战，就已经看出了他考虑不周全、气量不够大的短处，因此历来都奇怪他那么迟才死在垓下。当项籍刚渡过黄河的时候，沛公才开始整兵向关中进发。项籍在这个时候如果火速带领军队向秦地开进，乘着沛公的推进而利用沛公，那就可以据守咸阳而控制天下。项籍不知道这个道理，反而愚蠢地去跟秦将抢夺一时的胜负。而且，保全了巨鹿之后，还在黄河以南和新安之间徘徊。等他到达函谷关时，沛公已待在咸阳有好几个月了。秦人既然已经接受了沛公而仇恨项籍，那么，项籍就势必不可能强迫秦人称臣服从。因此，项籍虽然把沛公迁往汉中，最后自己把都城定在彭城，但结果还是让沛公回头来平定了三秦。这样看来，天下的大势在汉一方，而不在楚一方。楚方虽然百战百胜，但那又有什么用呢！所以我说："巨鹿之战已经昭示了垓下的灭亡。"

有人说："虽然是这样，但项籍就肯定能进入秦地吗？"我答："项梁死后，章邯认为楚军不值得担忧了，所以就调走军队去讨伐赵军，轻视楚军，而把良将劲兵全部集合到了巨鹿。项籍如果能用决心战死的将士攻击秦朝轻敌寡弱的军队，那么，要进入关中是不困难的。而且，垂死的秦朝对函谷关的防守，与沛公对函谷关的防守，好坏一看就能分清。沛公对关中的进攻能力，与项籍的进攻能力，好坏一看也能看出。秦朝防守，沛公攻了进去；沛公防守，项籍攻了进去。既然如此，那当垂死的秦朝防守时，项籍应该能攻进去吧？"

有人问："秦地可以攻入。但是，这与救援赵国相比，哪个更为有利呢？"我答："老虎刚捕到鹿，熊便占据了它的窝，捕到了它的儿子，老虎又怎能不丢下鹿而返回去呢？它一回去就会被熊撕碎。这是很显然的。这就是兵书上所说的'攻其必救'。假如项籍进入关中，王离、涉间就必然会丢开赵军回救关中；项籍此时占据函谷关在秦军前面反向攻击，赵军与十几座军营的诸侯援军紧逼在秦军后面，那么肯定能全歼秦军！这样，项籍既能一举解除秦军对赵军的包围，而且还能在秦地获得最后成功。战国时期，魏国讨伐赵国，齐国救助赵国。田忌带领兵马急速挺进大梁，从而守住了赵国而且攻破了魏国。那个宋义号称通晓军事，却不懂这个道理，屯驻在安阳，不继续前进，说是等待秦军困顿。我想，恐怕秦军还没有疲惫，沛公就已经先占据了关中了。项籍和宋义都在这个问题上失策了。"所以，古代夺取天下的人常常要先安排好自己的根据地。诸葛孔明放弃荆州而来到西蜀，我就知道他是不可能有作为的。况且他从未见过特别险要的地形。他以为剑门这地方可以不失守。我曾经观察过蜀中的险要地势，它仅能扼守而不能出击，一出击后勤供应就不能保证；小心谨慎而自我保全，仍然难以维持，怎么能够控制中原呢？至于秦朝、汉朝的故都，那里土地肥沃，大河大山，真正能够控制天下，既然如此，又何必去经营那如剑门一样不能立足的地方，然后才说此地险要呢？现在，富人必定要居住在四通八达的大城市，让他的钱财流通于天下，然后才可以收取天下之利。那小气之人，得到一个金匣子后便会藏在家里，关上门而看守着它。哎呀！这只是想保住它不丢失，而不是想要致富。如果来了大强盗，强行把它劫走了，那又怎么能够知道它的确就不会失去呢？

◎ 御 将 ◎

对于将领的选拔和任用，历来是见仁，见智。此文作者独辟蹊径，认为御将之道，应把将领分为贤将、才将，并根据才将之能力，分辨其才大、才小，提出要针对将领自身不同的特点而采取不同的领导方式。

全文结构严谨，主次分明，侧重于议论才将及才大之将。先以马牛比喻才将之可用，继而引出"结以重恩，示以赤心"的御才将之道；再以骐骥、养鹰一喻以及高帝待韩信之事为证，进一步提出"先赏之说，可施之才大者；不先赏之说，可施之才小者"的论点。

文中所议虽有侧重，却无褒贬，其对于贤将及才小之将的论述虽着墨不多，一笔带过，却也丰满、生动，可谓字字珠玑。

【原文】

人君御臣，相易而将难。将有二：有贤将，有才将；而御才将尤难。御相以礼，御将以术；御贤将之术以信，御才将之术以智。不以礼，不以信，是不为也；不以术，不以智，是不能也。故曰：御将难，而御才将尤难。

六畜，其初皆兽也。彼虎豹能搏、能噬，而马亦能蹄，牛亦能触。先王知能搏、能噬者不可以人力制，故杀之；杀之不能，驱之而后已。蹄者可驭以羁绁，触者可拘以楅衡，故先王不忍弃其才而废天下之用。如曰是能蹄，是能触，当与虎豹并杀而齐驱，则是天下无骐骥，终无以服乘耶？

先王之选才也，自非大奸剧恶如虎豹之不可以变其搏噬者，未尝不欲制之以术，而全其才以适于用。况为将者，又不可责以廉隅细谨，顾其才何如耳。汉之卫、霍、赵充国，唐之李靖、李勣，贤将也；汉之韩信、黥布、彭越，唐之薛万彻、侯君集、盛彦师，才将也。贤将既不多有，得才者而任之可也。苟又曰是难御，则是不肖者而后可也。结以重恩，示以赤心，美田宅，丰饮馔，歌童舞女，以极其口腹耳目之欲，而折之以威，此先王之所以御才将者也。

近之论者或曰：将之所以毕智竭虑，犯霜露、蹈白刃而不辞者，冀赏耳；为国家者，不如勿先赏以邀其成功。或曰：赏所以使人，不先赏，人不为我用。是皆一隅之说，非通论也。将之才固有小大，杰然于庸将之中者，才小者也；

杰然于才将之中者，才大者也。才小志亦小，才大志亦大，人君当观其才之小大，而为之制御之术以称其志。一隅之说不可用也。

夫养骐骥者，丰其刍粒，洁其羁络，居之新闲，浴之清泉，而后责之千里。彼骐骥者，其志常在千里也，夫岂以一饱而废其志哉？至于养鹰则不然，获一雉，饲以一雀；获一兔，饲以一鼠。彼知不尽力于击搏，则其势无所得食，故然后为我用。才大者，骐骥也，不先赏之，是养骐骥者饥之而责其千里，不可得也；才小者，鹰也，先赏之，是养鹰者饱之而求其击搏，亦不可得也。是故先赏之说，可施之才大者，不先赏之说，可施之才小者。兼而用之，可也。

昔者，汉高祖一见韩信而授以上将，解衣衣之，推食哺之；一见黥布而以为淮南王，供具饮食如王者；一见彭越而以为相国。当是时，三人者未有功于汉也。厥后追项籍垓下，与信约期而不至，损数千里之地以界之，如弃敝屣。项氏未灭，天下未定，而三人者，已极富贵矣。何则？高帝知三人者之志大，不极于富贵，则不为我用。虽极于富贵而不灭项氏，不定天下，则其志不已也。

至于樊哙、滕公、灌婴之徒则不然，拔一城，陷一阵，而后增数级之爵，否则，终岁不迁也。项氏已灭，天下已定，樊哙、滕公、灌婴之徒，计百战之功，而后爵之通侯。夫岂高帝至此而啬哉？知其才小而志小，虽不先赏，不怨；而先赏之，则彼将泰然自满，而不复以立功为事故也。噫！方韩信之立于齐，蒯通、武涉之说未去也。当是之时而夺之王，汉其殆哉。夫人岂不欲三分天下而自立者，而彼则曰："汉王不夺我齐也。"故齐不捐，则韩信不怀；韩信不怀，则天下非汉之有。呜呼！高帝可谓知大计矣。

争功图

【译文】

　　君主统治臣子，宰相容易而将领难。将领有两种：有德才兼备的将领，有才干超群的将领。而驾驭才干超群的将领尤其难。驾驭宰相用礼制，驾驭将领用权变；驾驭德才兼备的将领要借助诚实守信，驾驭才干超群的将领要凭借智慧。不用礼法，不讲诚信，就无力驾驭宰相与贤将；不用权变，不用智慧，就不能统御才将。所以说：驾驭将领难，而驾驭才干超群的将领尤其难。

　　马、牛、羊、猪、犬、鸡这六种家畜，起初都是野兽。那老虎和豹子能扑人、能咬人，而马能踢，牛也能用角抵。先王明白能扑人、能咬人的野兽是不可以用人力来制服的，所以把它们杀掉；不能杀掉它们，就把它们赶跑了事。踢人的野兽可以用绳索来制服它们，用角抵人的野兽能够用横木绑在角上来限制它们，所以先王不忍心遗弃它们而不让天下人利用。如果说它们能踢人，它们能用角抵人，就应该与虎豹一起杀掉、一同赶跑，那如此一来天下就不会有好马，结果人们也就不能用它们来供自己骑乘了！

　　先王选拔有才能的人，只要不是特别奸狡凶恶、就像老虎和豹子一样不能改变那扑人、咬人恶习的人，那就没有不想用手段来制伏他们，从而保证他们的才能加以恰当使用的，作为将领的人更是如此！不能用行为端正、小心谨慎来要求他们，而只能是看他们的才能如何而已。汉朝的卫青、霍去病、赵充国和唐朝的李靖、李勣，是文武双全的将领；汉朝的韩信、黥布、彭越和唐朝的薛万彻、侯君集、盛彦师，是才干卓越的将领。德才兼备的将领既然不多，那得到才干超群的将领就应该任用。如果认为这些人难被统领，那么，对这些人采用后面的方法也就可以了。用重恩来拉拢他们，用诚心打动他们，送给他们良田美宅，让他们常享佳肴美馔，赏给他们歌童和舞女，用这些来在最大限度上满足他们的口腹耳目的欲望，而用自己的权威来使他们折服。这些就是先王之所以能统领才干超群的将领的缘故。

　　近来在谈论这件事的人中间，有的说："将领之所以能够费尽心机，顶风霜、冒雨露，投身刀剑丛中而无所畏惧的原因，不过就是希望得到奖赏罢了。统治国家的人，不如先别奖赏，以鼓舞他们成功。"有的说："奖赏是用来让人出力的。不先奖赏，那人们就不会出力。"这些说法都是片面的，不是完整的理论。将领的才能的确有小有大：在平庸的将领中鹤立鸡群的人，是才能小的人；在有才干的将领中鹤立鸡群的人，是能力大的人。才能小志气也就小，才能大志向也就大。君主应当观察他们才能的大小，从而制定驾驭他们的方法，以符合他们的志向。不能采用片面的说法。

　　养好马的人，为马提供丰盛的草料，为马整理笼头缰绳，让马住在新马棚，用

清泉为马洗浴，然后责令它奔驰千
里。好马的志向常常在驰骋千
里，岂能因为一顿饱餐而抛弃了自己的
志向呢！说到养鹰就不同了。它捕
获一只野鸡，就喂它一只雀鸟；它
捕获一只兔子，就喂它一只老鼠。
它知道如果自己不尽力去拼搏，那
势必就没有办法得到食物，所以它
以后就能为自己出力。才能大的人
是好马，如果不先奖励他们，那就
是养好马的人让马饿着肚子而责令
马奔驰千里，这是不可能的事情；

韩信像

才能小的人是鹰，假如先奖赏他们，那就是养鹰的人让鹰吃饱了而请求鹰去搏击，
也是不可能的事情。所以，先奖赏的说法，可以对才能大的人施行；后奖赏的方
法，可以对才能小的人施行；两者兼而用之，也是可以的。

　　以前，汉高祖一见到韩信便授予他上将，脱下自己的衣服给他穿，把自己吃的
饭让给他吃；一见到黥布便任命他为淮南王，让他的用品和饮食都如同诸侯王一
样；一见到彭越，便任命他为相国。那时，这三人对汉朝还没有功劳。其后，汉高
祖追逐项籍到了垓下，与韩信约定了会师的日子，但韩信却不到来，于是汉高祖舍
弃了数千里的地方，把它送给了韩信，就如同扔掉一双破鞋一样。项氏还没有消
灭，天下还没有平定，但这三人却已经达到富贵的顶点了。汉高祖这样做的缘故是
什么呢？因为汉高祖知道这三人的志向远大，不达到富贵的顶点，那他们是不会为
他效力的。而且，即使是达到了富贵的顶点，如果不消灭项氏，不平定天下，那他
们也不会有志得意满的一天。至于樊哙、滕公、灌婴之流却不一样。他们攻夺一
城，攻陷一阵，然后才能增加几级爵位，否则，一年到头也不予以升职。项氏被消
灭，天下平定后，樊哙、滕公、灌婴之流，累计百战的战功，然后才被封为列侯。
汉高祖哪能一到他们这儿就吝啬起来了呢？而是因为汉高祖知道他们的才能小而且
志气也小，即便是不先奖赏，他们也不会有不满；但要是先奖赏他们，那他们就将
心满意足，而不再把立功当成大事了。哎呀！当时韩信刚被立为齐王，蒯通、武涉
就来游说他背叛，在这种时候如果免去了韩信的王位，那汉朝可就危险了！人哪有
不愿三分天下而自立称王的呢？可韩信却说："汉王是不会剥夺我齐王王位的。"所
以，如果不舍弃齐地，那韩信就不会被安抚下来；如果韩信不被安定下来，那天下
就不是汉王所有了。啊！汉高祖可以称得上是懂得大计的人。

◎重远◎

本文言辞正大精实，苏洵的一片忧国忧民之情于此可见。作者开篇引用武王之事，说明了"近之可忧，未若远之可忧之深"的道理。先作一层浅笔于前，然后转入远之可忧，更甚于近，便是深一层笔墨，这是文家运用的浅深之法。文章中幅着重论述了河朔、陕右、广南、川峡之间的相互关系及其重要性，指出边远之地官吏的任用尤为重要。其间对远方之民的生活状况、心理状态描写得曲折真实，笔笔洞悉。

【原文】

武王不泄迩，不忘远，仁矣乎？曰：非仁也，势也。天下之势犹一身。一身之中，手足病于外，则腹心为之深思静虑于内，而求其所以疗之之术；腹心病于内，则手足为之奔掉于外，而求其所以疗之之物。腹心手足之相救，非待仁而后然。吾故曰：武王之不泄迩，不忘远，非仁也，势也。势如此其急，而古之君独武王然者，何也？人皆知一身之势，而武王知天下之势也。夫不知一身之势者，一身危；而不知天下之势者，天下不危乎哉？秦之保关中，自以为子孙万世帝王之业，而陈胜、吴广乃楚人也。由此观之，天下之势，远近如一。

然以吾言之，近之可忧，未若远之可忧之深也。

周武王像

近之官吏贤邪，民誉之歌之；不贤邪，讥之谤之。誉歌讥谤者众则必传，传则必达于朝廷，是官吏之贤否易知也。一夫不获其所，诉之刺史，刺史不问，则裹粮走京师，缓不过旬月，挝鼓叫号，而有司不得不省矣。是民有冤易诉也。吏之贤否易知，而民之冤易诉，乱何从始邪？

远方之民，虽使盗跖为之郡守，梼杌饕餮为之县令，郡县之民，群嘲而聚骂者虽千百为辈，朝廷不知也。白日执人于市，诬以杀人，虽其兄弟妻子闻之，亦不过诉之刺史。不幸而刺史又抑之，则死且无告矣。彼见郡守、县令据案执笔，吏卒旁列，棰械满前，骇然而丧胆矣。则其谓京师天子所居者，当复如何？而又行数千里，费且百万，富者尚或难之，而贫者又何能乎？故其民常多怨而易动。吾故曰：近之可忧，未若远之可忧之深也。

国家分十八路，河朔、陕右、广南、川峡实为要区。河朔、陕右，二寇之防，而中国之所恃以安；广南、川峡，货财之源，而河朔、陕右之所恃以全。其势之轻重何如哉？曩者北胡骄恣，西寇悖叛，河朔、陕右，尤所加恤，一郡守、一县令，未尝不择。至于广南、川峡，则例以为远官，审官差除，取具临时；窜谪量移，往往而至。凡朝廷稍所优异者，不复官之广南、川峡，而其人亦以广南、川峡之官为失职庸人，无所归，故常聚于此。呜呼！知河朔、陕右之可重，而不知河朔、陕右之所恃以全之地不可轻，是欲富其仓而芜其田，仓不可得而富也。矧其地控制南夷、氐蛮，最为要害。土之所产又极富衍，明珠大贝、纨锦布帛，皆极精好，陆负水载，出境而其利百倍。然而关讥、门征、儌雇之费，非百姓私力所能办，故贪官专其利，而齐民受其病。不招权、不鬻狱者，世俗遂指以为廉吏矣，而招权鬻狱者又岂尽无？呜呼！吏不能皆廉，而廉者又止如此，是斯民不得一日安也。方今赋取日重，科敛日烦，罢弊之民不任，官吏复有所规求于其间矣。淳化中，李顺窃发于蜀，州郡数十望风奔溃；近者智高乱广南，乘胜取九城如反掌。国家设城池，养士卒，蓄器械，储米粟以为战守备；而凶竖一起，若涉无人之境者，吏不肖也。

今夫以一身任一方之责者，莫若漕刑。广南、川峡既为天下要区，而其中之郡县又有为广南、川峡之要区者，其牧宰之贤否，实一方所以安危。幸而贤则已。其戕民黩货，的然有罪可诛者，漕刑固亦得以举劾。若夫庸陋巽懦不才而无过者，漕刑虽贤明，其势不得易置，此犹敝车蹩辟马而求仆夫之善御也。郡县有败事，不以责漕刑则不可；责之，则彼必曰："败事者某所，治某所者，某人也。吾将何所归罪？"故莫若使漕刑自举其人而任之。他日有败事，则谓之曰："尔谓此人堪此职也，今不堪此职，是尔欺我也。责有所在，罪无所逃。"然而择之不得其人者，盖寡矣。其余郡县，虽非一方之所以安危者，亦当诏审官，俾勿轻授。赃吏冗流，勿措其间，则民虽在千里外，无异于处畿甸中矣。

【译文】

周武王不轻视近处、不忘远方，是由于仁爱的缘故吗？我说："不是仁爱，而是态势。"天下的形势好比一个人的身体。在一个人的身体中，手和足有疾病了，那腹和心就为它们深思静虑，而寻求能治疗它们的办法；腹和心病了，那手和足就为它们忙碌，而寻求能治疗它们的药物。腹和心、手和足的相互帮助，并不是要等待有了仁爱以后才能这样做的。因此我说："周武王不轻视近处、不忘远方，不是仁爱，而是形势所迫。"态势是如此的急迫，但古代的君主唯独周武王能够这样做。这是什么原因呢？这是因为：人人都能知道自己身体的态势，但周武王却能知道天下的态势。一个人假如不知道自己身体的态势，那自己的身体就不安康了；而统治天下的人如果不知道天下的态势，那天下不就太危险了吗？秦朝据守关中，并把这个作为子孙万世帝王的基业，而陈胜、吴广却是楚人。由此可见，天下的态势，不论远近都是一样的。

然而，照我的观点，近处可担忧的，还不如远方可担忧的更深。

离京城近的官吏如果贤明，那民众就会赞誉他们、歌颂他们；如果不贤明，就会讥笑他们、痛骂他们。被赞誉、歌颂、讥讽、痛骂的，众人就必定会流传，一传播就一定会传达到朝廷。因此，官吏的好坏很容易被朝廷知道。一个人在州县找不到告状的地方，那他就会向刺史告状；如果刺史不受理，就携带干粮走到京城，再慢也不过需要十天半月；他在京城一击鼓叫嚷，那有关机关就不得不受理了。所以，民众有了冤情也容易上诉。官吏的好坏容易知道，而且民众的冤情也容易上诉，那动乱又怎么能发生呢？

边远地方民众的状况就不一样了。即使是让盗跖任职那里的州郡太守，让凶恶贪婪的人担任那里的县令，郡县的民众成群结队地嘲讽而且聚在一起痛骂他们，虽然有成千上万的人结成了群体，但朝廷并不知道。白天在街市上抓住一个人，并诬告他杀人，即使是他的兄弟和妻子儿女知道了，也不过是向刺史申冤。假如不幸刺史又驳下状纸，那他就死定了，并且无处申冤。远方的民众一看到郡守、县令坐在桌前，手执毛笔，小官小兵在两旁站立，面前摆满了刑具，就会心惊肉跳、被吓破了胆。于是，他们就会说京城是天子居住的地方，是不是应当去京师告状呢？然而，又得行走数千里路，费用还要花费百万，有钱人都感到难办，那穷人又怎么能办到呢？因此那里的民众常常多怨气而且容易不安。所以我说："近处可担忧的，还不如远方可忧虑的更深。"

国家分为十八路，河朔、陕右、广南、川峡是重要的地区。河朔、陕右，是防御辽、夏两大胡虏的地区，而中原就是靠着这两路来保持安定的。广南、川峡，是货物和钱财由来的地区，而河朔、陕右是靠着这两路来保全的。这种态势的轻重又如何呢？以前，由于北胡深入、西寇反叛，朝廷对河朔、陕右特别注重抚恤，每一位郡守、每一位县令，从来就没有不进行挑选的。至于广南、川峡，朝廷却把这两路的官员看作远官，审官院向这两路委派官吏，都是一临时委任，那些被贬官放逐而遇赦的官员，往往便到了这两路做官。凡是稍微受到朝廷优待的官员，就不再到广南、川峡任职，而这些人也把到广南、川峡做官的看成失职的庸人，因为没有可回去的地方，才常常聚到了那里。啊！知道河朔、陕右应当重视，而不知道那些保全河朔、陕右的地方不能轻视的做法，就如同想要让仓库里装满粮食但又荒芜出产粮食的土地一样，因此仓库是不可能满储粮食的。何况，广南、川峡控制着南夷、氐蛮，最为要害。其土地的出产又极其丰富，明珠大贝、纨锦布帛，都极其精美；陆上搬运、水上运载的货物，一出境就能获利百倍。然而，关口检查和贡纳、雇人搬运的花销，都不是老百姓个人力量所能办得了的，因而贪官便垄断了这些利益，受苦的只有老百姓。不招揽权势、不买卖官司的人，社会上便认为他们是廉明的官吏了，而在这些廉洁的官吏中，又怎么会完全没有招揽权势和买卖官司的呢？哎呀！官吏不能都廉洁，而廉洁的官吏又只能达到这种程度，所以这些地区的民众就得不到一日的安宁。如今赋税的征收日益繁重，苛捐杂税日益繁多，疲惫穷困的民众不能负担，而官吏还进行搜刮。淳化年间，李顺在蜀地作乱，数十个州郡都望风崩溃。最近，侬智高在广南作乱，乘胜攻取了九座城市，就如同翻一下手掌那样简单。国家设立城池、养育士卒、积蓄武器、储蓄米粟，把这些作为攻战和防守的准备；然而凶恶的歹徒起来作乱，就似乎走在没有人的地方一样，这都是源于官吏的过失。

　　如今，以一身承担着一方责任的人，谁也无法同转运使、提点刑狱相比。广南、川峡既然是天下的关键地区，而且其中的郡县有的又是广南、川峡的要害地区，那么，这些地方的长官是好是坏，就决定着一方的安危。如果有幸，他们是好人，那是不言而喻的。对于那些残害民众、贪赃枉法、罪行确凿、可以诛杀的官吏，转运使、提点刑狱确实也可以撤他们的职。但是，像那些庸俗怯懦、没有才能又没有过失的官吏，转运使、提点刑狱即便是贤明，但势必也不能撤换他们。这就好比是破车瘸马而又要让赶车人擅长驾驭，让车跑得飞快一样。郡守、县令有了差错，不因此而责怪转运使、提点刑狱，那是不行的。但如果责怪他们，那他们就会说："出了问题的是在什么什么地方，治理什么什么地方的又是什么什么人。我能有什么可以被埋怨的？"因此，不如让转运使、提点刑狱自己举荐人来任用。假如后来出了问题，那就对他们说："你说这人能够胜任这个职位，现在他不能够胜任这个职位，是你欺骗了我。这是你的职责所在，那罪责就无法逃脱。"这样一来，挑选出来的官吏中即便还有不能够胜任的人，那情形也少了。其余的郡县，即使不是决定着一方安危的，也应当诏令审官院，让他们不要轻易授予人官职；曾犯有贪污罪的官吏、编派以外的官吏，不要安排到广南、川峡。这样，民众虽然处在千里之外，但与处在京城及周围地区的也没有什么两样了。

◎ 六经论 ◎

《易》论

苏洵此文行文雄放，笔力坚劲，有俯视一世之气概。

作者本是论《易》，却先从《礼》说起。《礼》与《易》均是圣人之道，前半篇只说《礼》为天下人制定了行为规范，然后笔锋一转，说圣人忧其道之废而作《易》。点出《易》把礼法抽象化了，来神化天下人的精神，从而使天下人对礼制尊而不废。此文虽非经术正论，但以《易》之神奇，扶《礼》之衰落，立论是独具匠心、前所未有的，新奇可喜。

【原文】

圣人之道，得礼而信，得《易》而尊。信之而不可废，尊之而不敢废。故圣人之道所以不废者，礼为之明，而《易》为之幽也。

生民之初，无贵贱，无尊卑，无长幼，不耕而不饥，不蚕而不寒，故其民逸。民之苦劳而乐逸也，若水之走下。而圣人者，独为之君臣，而使天下贵役贱；为之父子，而使天下尊役卑；为之兄弟，而使天下长役幼。蚕而后衣，耕而后食，率天下而劳之。一圣人之力，固非足以胜天下之民之众，而其所以能夺其乐而易之以其所苦，而天下之民亦遂肯弃逸而即劳，欣然戴之以为君师，而遵蹈其法制者，礼则使然也。圣人之始作礼也，其说曰："天下无贵贱，无尊卑，无长幼，是人之相杀无已也；不耕而食鸟兽之肉，不蚕而衣鸟兽之皮，是鸟兽与人相食无已也。有贵贱，有尊卑，有长幼，则人不相杀；食吾之所耕，而衣吾之所蚕，则鸟兽与人不相食。"人之好生也甚于逸，而恶死也甚于劳，圣人夺其逸死而与之劳生，此虽三尺竖子知所趋避矣。故其道之所以信于天下而不可废者，礼为之明也。

虽然，明则易达，易达则亵，亵则易废。圣人惧其道之废，而天下复于乱也，然后作《易》。观天地之象以为爻，通阴阳之变以为卦，考鬼神之情以为辞。探之茫茫，索之冥冥；童而习之，白首而不得其源。故天下视圣人如神之幽，如天之高；尊其人，而其教亦随而尊。故其道之所以尊于天下而不敢废者，《易》为之幽也。凡人之所以见信者，以其中无所不可测者也；人之所以获尊者，以其中有所不可窥者也。是以礼无所不可测，而《易》有所不可窥，故天下之人信圣人之道而尊之。不然，则《易》者岂圣人务为新奇秘怪以夸后世邪？圣人不因天下之至神，则无所施其教。卜筮者，天下之至神也。而卜者，听乎天而人不预焉者也；筮者，决之天而营之人者也。龟，漫而无理者也；灼荆而钻之，方功义弓，惟其所为，而人何预焉？圣人曰：是纯乎天技耳，技何所施吾教？于是取筮。夫筮之所以或为阳、或为阴者，必自分而为二始；挂一，吾知其为一而挂之也；揲之以四，吾知其为四而揲之也；归奇于扐，吾知其为一、为二、为三、为四而归之也，人也。分而为二，吾不知其为几而分之也，天也。圣人曰：是天人参焉，道也，道有所施吾教矣。于是因而作《易》，以神天下之耳目，而其道遂尊而不废。此圣人用其机权以持天下之心，而济其道于无穷也。

【译文】

圣人的政治主张，得到礼法承认后就使人奉行，得到《易经》承认后就使人尊重。奉行它就不能废除，尊重它就不敢废除。因此圣人的政治主张能不被废除的原因，就是礼法把它具体化，而《易经》把它抽象化了。

最初的人类，没有贵贱的区别，没有尊卑的区别，没有长幼的区别；不用耕种就能找到吃的，不用养蚕就能找到穿的；因而那时的民众是很安闲的。民众厌恶劳动而喜欢安闲，就像水往低处流一样。然而，圣人却为人们制定了君臣关系，从而使天下高贵的人统治下贱的人；为人们制定了父子关系，从而使天下高辈分的人受到辈分低的人的尊重；为人们制定了兄弟关系，从而使天下年幼的人敬重年长的人。让人们先养蚕而后穿衣，先耕种而后吃饭，率领天下人让他们都劳动。一位圣人的力量，虽然不足以胜过天下的民众，而能剥夺人们所喜欢的，用人们所厌恶的来替换它，而且天下的民众也竟然愿意放弃安闲而去劳动，欣然拥戴圣人为君主和导师，从而遵循他的法令和制度的原因，就是礼法使人们这样做。圣人最初制定礼法的时候，他劝说人们："如果天下没有贵贱、没有尊卑、没有长幼的区别，那人们就会相互残害，没有个完结；如果人们不耕种而去吃鸟兽的肉，不养蚕而

《周易》书影

去穿鸟兽的皮，那鸟兽就会与人类相互残害，没有个完结。如果有了贵贱、有了尊卑、有了长幼的区分，那人们就不会相互杀戮了；如果吃自己所耕种的粮食，穿自己饲养的蚕吐的丝制成的衣服，那鸟兽就不会与人类相互残害了。"人们喜欢生命超过了喜欢安逸，而且厌恶死亡也超过了厌恶劳动。圣人剥夺人们的安逸和死亡，而给予人们劳动和生命，这即便是三尺高的儿童也知道什么是该喜欢、什么是该躲避的。所以，圣人的政治主张能够让天下奉行，而且不被废除的原因，就是礼法把它具体化了。

尽管如此，但具体化了的就容易让人明白，明白了就容易让人轻视，轻视了就容易让人废除掉。圣人惧怕他的政治主张被废除，而天下又再次大乱，因此，他在这之后就写了《易经》。他审视天地的形态来作为"爻"，贯通阴阳的变化来作为"卦"，考察鬼神的状况来作为"辞"。让人探究起来看不明白，摸索起来无路可寻；从小时候开始学习它，到白了头也不能穷究其根源；因而天下的人看圣人就如同精灵一样无形，如同上天一样高远，对他产生了尊敬，他的教化也就随之被人尊重。所以，圣人的政治主张能让天下人敬重而不敢废除的原因，就是《易经》把它抽象化了。凡是能够被人们信任的东西，是因为其中没有人们看不清的名堂；凡是能够获得人们尊重的东西，是由于有些事情人们不明白。由于礼法人们都看得清，而《易经》人们却有不明白的地方，所以天下的人奉行圣人的政治主张而且尊重它。不然的话，那《易经》岂不就成了圣人为了夸耀后世而追求新奇怪异的东西了吗？如果圣人不利用天下最神秘的思想体系，那他就无法实施他的教化了。卜筮，就是天下最玄妙的。然而，"卜"是听任于上天而人不参与的东西；"筮"是由上天决定的而由人来经营的东西。龟的背壳，是散漫而没有纹理的东西，人们用烧红了的荆条钻它，那裂开的裂纹是成"方"、成"功"、成"义"，还是成"弓"字形，只能听凭它怎样裂开，人哪能参与呢？因此，圣人说："这纯粹是上天的技术罢了。用这技术怎么能推行我的教化呢？"于是，圣人采用了"筮"的办法。"筮"能或者成为阳或者成为阴的原因，是它第一步一定是从"分而为二"开始的。第二步是"挂一"，知道它为"一"，因而把这一放到左手小指上；第三步是"揲之以四"，知道它为"四"，便可以把蓍草分四次分为几份；第四步是"归奇于扐"，知道它为一、为二、为三、为四，便可以把蓍草的奇零之数拿出夹在左手的手指之间。是人把它分而为二的，但一分下去，又不清楚它到底能分为多少个等份，这就是天意了。因此圣人说："这就是上天和人类共同参验的原则。用这个原则能实施我的教化了。"于是，写了《易经》，用来神化天下人的所见所闻，从而他的政治主张最终得到了尊重而不能废除。这是圣人用他的机智和权变来约束天下人的机心，从而使他的政治主张获得了无穷无尽的支持。

◎ 史论（上）◎

本文通篇说史，皆以经陪说。作者认为，经与史有同有异。同者是史书与经书的出现是由于担心小人而写的，要起到教化世风人心的作用；而异者是经书的优长是道理、法度，而史书的优长是事情、文辞。两者的关系是经史相辅，经书不采用史书的记述，就无法印证它的褒贬；史书不采用经书的原则，就无法衡量它的轻重。经书不是一代的实录，而史书也不是万世的常法。两者虽然体裁不相沿袭，但在手法上确实是相互补充的。整篇文章，条理清晰，前后呼应，语意连贯，喻理相承，以论经史异同，阐出作史源流。

【原文】

史何为而作乎？其有忧也。何忧乎？忧小人也。何由知之？以其名知之。楚之史曰《梼杌》；梼杌，四凶之一也。

君子不待褒而劝，不待贬而惩；然则，史之所惩劝者，独小人耳。仲尼之志大，故其忧愈大；忧愈大，故其作愈大。是以因史修经，卒之论其效者，必曰"乱臣贼子惧"。由是知史与经皆忧小人而作，其义一也。

其义一，其体二，故曰"史"焉，曰"经"焉。大凡文之用四：事以实之，辞以章之，道以通之，法以检之。此经、史所兼而有之者也。虽然，经以道法胜，史以事辞胜。经不得史无以证其褒贬，史不得经无以酌其轻重；经非一代之实录，史非万世之常法。体不相沿，而用实相资焉。

夫《易》《礼》《乐》《诗》《书》，言圣人之道与法详矣，然弗验

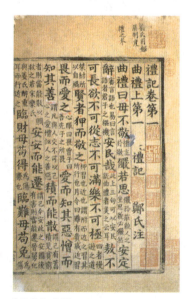

《周礼》书影

之行事。仲尼惧后世以是为圣人之私言，故因赴告策书以修《春秋》，旌善而惩恶，此经之道也；犹惧后世以为己之臆断，故本《周礼》以为凡，此经之法也。至于事则举其略，辞则务于简。吾故曰："经以道法胜。"

史则不然：事既曲详，辞亦夸耀，所谓褒贬，"论赞"之外无几。吾故曰："史以事辞胜。"使后人不知史而观经，则所褒莫见其善状，所贬弗闻其恶实。吾故曰："经不得史，无以证其褒贬。"使后人不通经而专史，则称赞不知所法，惩劝不知所祖。吾故曰："史不得经，无以酌其轻重。"

经或从伪赴而书，或隐晦而不书，若此者众，皆适于"教"而已。吾故曰："经非一代之实录。"史之一纪、一世家、一传，其间美恶得失固不可以一二数。则其论赞数十百言之中，安能事为之褒贬，使天下之人动有所法如《春秋》哉？吾故曰："史非万世之常法。"

夫规矩准绳所以制器，器所待而正者也。然而不得器则规无所效其圆，矩无所用其方，准无所施其平，绳无所措其直。史待经而正，不得史则经晦。吾故曰："体不相沿，而用实相资焉。"噫！一规，一矩，一准，一绳，足以制万器。后之人其务希迁、固实录可也，慎无若王通、陆长源辈，嚣嚣然冗且僭，则善矣。

【译文】

为什么要写历史？因为写历史的人有担忧。担忧什么呢？担忧小人。怎么知道？这是从史书的名字知道的。楚国的史书叫《梼杌》，梼杌就是大恶人之一。

君子不用等别人给他好的评价就可以努力，不用等别人给他坏的评价就能够改正错误。既然如此，那史书所批判和激励的作用就只是对于小人罢了。仲尼的志向大，因此他的担忧就越大。担忧越大，因此他的著作就越大。所以他便凭借历史来撰写"经"，后来评论他著述效果的人，必然会说"乱臣贼子感到害怕"。由此可知，史书与经书的出现是由于担心小人而写的，它们的意义是一致的。

它们的意义是一致的，但体裁却不同，因此才叫作史，才叫作经。一般说来，写文章的笔法有四种：用叙事来充实它，用文辞来修饰它，用道理来贯通它，用法度来限制它。这是经书、史书同时都具有的东西。尽管

"五经"书影

如此，但经书的优长是道理、法度，史书的优长是事情、文辞。经书没有史书记述，就无法印证它的褒贬；史书不采用经书的准则，就无法斟酌它的轻重。经书不是一代的实录，史书不是万世的常法。虽然它们的体裁各不相同，但在手法上确实是相互补充的。

《易经》《周礼》《乐记》《诗经》《尚书》论述圣人的理论和方法已经很详尽了，但却没有用历史来证明。仲尼害怕后世把这些书看成圣人的个人言论，所以便利用赴告、策书来撰写《春秋》以表彰善而批判恶，这就是经书的目的。他还担心后世把《春秋》看成他自己的主观推断，因此又依据《周礼》来作为纲要，经书的方法就是这样。至于具体事情，那就是列举它的梗概；至于文辞，那就是务求简练。因此我说："经书的优长是道理、法度。"

史书就不一样了。事情曲折而详细，文辞夸大而炫耀；所谓赞扬与批判，在"论"和"赞"之外就没有什么了。因此我说："史书的优长是事情、文辞。"如果让后人光看经书以了解历史，那经书所表彰的就看不到它好在什么地方、所批判的就不知道它坏在什么地方。因而我说："经书不采用史书的记述，就无法印证它的褒贬。"假如让后人不精通经书就专去攻史书，那事物的称呼就不知道该怎样确定，批判和激励就不知道该本着什么原则。所以我说："史书不采用经书的原则，就无法衡量它的轻重。"

经书的内容有的是利用假赴告而写出来的，有的是由于隐瞒忌讳而不写出来。像这样的情况并不少见，都只是适宜教育人罢了。所以我说："经书不是一代的实录。"史书的一篇"纪"、一篇"世家"、一篇"传"，其中的善恶得失，的确不是简单一数就能够数清楚的；因此在它"论""赞"的数十百字中，又怎能像《春秋》一样，专门从事对事物的褒贬，让天下人一动就有可遵循的准则呢？因此我说："史书不是万世的常法。"

圆规、方尺、水平仪、墨线之所以能制造器物，是由于器物要等着它们去作规定。但是，没有器物那圆规就无法体现它的圆，方尺就无法发挥它的方，水平仪就无法施展它的平，墨线就无法利用它的直。史书需要经书才能有原则，而没有史书，那经书就会难以理解。所以我说："尽管它们的体裁不相沿袭，但在手法上确实是相互有帮助的。"啊！一把圆规、一把方尺、一个水平仪、一条墨线，就足以制造上万的器物。后人务求达到司马迁、班固的实录的境地，那就可以了；一定不要像王通、陆长源等人那样絮絮叨叨，既平庸低劣又不守本分，那就很好了。

◎ 史论（下）◎

　　本文是一篇史评之作。作者逐一批评了司马迁《史记》、班固《汉书》、范晔《后汉书》和陈寿《三国志》体例与内容等方面的谬失。清代沈德潜云："论未必皆当，然读古人书，正须如此搜抉，庶无眼光不到之病。"此文言辞简洁、犀利，如酷吏断狱，体现了作者本人治史严谨的作风。

【原文】

　　或问："子之论史，钩抉仲尼、迁、固潜法隐义，善矣。仲尼则非吾所可评，吾惟意迁、固非圣人，其能如仲尼无一可指之失乎？"

　　曰："迁喜杂说，不顾道所可否；固贵谀伪，贱死义。大者此既陈议矣，又欲寸量铢称以摘其失，则烦不可举，今姑告尔其尤大、彰明者焉。

　　"迁之辞，淳健简直，足称一家，而乃裂取六经、传记，杂于其间，以破碎汩乱其体。五帝、三代《纪》多《尚书》之文，齐、鲁、晋、楚、宋、卫、陈、郑、吴、越《世家》多《左传》《国语》之文，《孔子世家》《仲尼弟子传》多《论语》之文。夫《尚书》《左传》《国语》《论语》之文非不善也，杂之则不善也。今夫绣绘锦縠，衣服之穷美者也，尺寸而割之，错而纫之以为服，则绨缯之不若。迁之书无乃类是乎。其《自叙》曰：'谈为太史公。'又曰：'太史公遭李陵之祸。'是与父无异称也。先儒反谓固没彪之名，不若迁让美于谈。吾不知迁于《纪》、于《表》、于《书》、于《世家》、于《列传》，所谓'太史公'者，果其父耶，抑其身耶？此迁之失也。

　　"固赞汉自创业至麟趾之间，袭蹈迁论以足其书者过半。且褒贤贬不肖，诚己意也，尽己意而已，今又剿他人之言以足之；彼既言矣，申言之何益？及其传迁、扬雄，皆取其《自叙》，屑屑然曲记其世系。固于他载，岂若是之备哉？彼迁、雄自叙可也，己因之非也。此固之失也。"

　　或曰："迁、固之失既尔，迁、固之后为史者多矣，范晔、陈寿实巨擘焉，然亦有失乎？"

　　曰："乌免哉！晔之史之传，若《酷吏》《宦者》《列女》《独行》，多失其人。间尤甚者，董宣以忠毅概之《酷吏》；郑众、吕强以廉明直谅概之《宦者》；蔡琰以忍耻妻胡概之《列女》；李善、王忱以深仁厚义概之《独行》，与夫前书张汤不载于《酷吏》，《史记》姚、杜、仇、赵之徒不载于《游侠》，远矣。又其是非颇与圣人异。论窦武、何进，则戒以宋襄之违天；论西域，则惜张骞、班勇之遗佛书。是欲将相苟免以为顺天乎？中国叛圣人以奉戎神乎？此晔之失也。

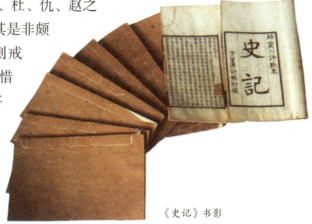

《史记》书影

"寿之志三国也，纪魏而传吴、蜀。夫三国鼎立称帝，魏之不能有吴、蜀，犹吴、蜀之不能有魏也。寿独以帝当魏，而以臣视吴、蜀，吴、蜀于魏何有而然哉？此寿之失也。"

噫！固讥迁失，而固亦未为得；晔讥固失，而晔益甚；至寿复尔。史之才诚难矣！后之史宜以是为鉴，无徒讥之也。

【译文】

有人问："您论说史书，挖掘出仲尼、司马迁、班固潜在的法度和隐藏的意义，很好。仲尼，那不是我所能够评价的。我只想说，司马迁、班固不是圣人，他们能像仲尼那样没有任何可以指责的过错吗？"

我说："司马迁喜欢杂家的学说，不顾圣人的原则是肯定还是否定；班固重视谄媚和虚伪圆滑，看不起为道义而死。已经说过大的方面了，但还要想一寸一寸地量、一钱一钱地称，以挑出他们的过失，那就麻烦得不能枚举了。如今，姑且告诉你他们那些最大和最明显的失误吧。

"司马迁的行文醇和、雄健、简洁、明白，能算得上是自成一家。然而，他却割取六经、传记，把它们与自己的文章混杂在一起，因而破碎和扰乱了他文章的整体。《五帝本纪》和夏、殷、商三代的《本纪》中有许多《尚书》的文字，齐、鲁、晋、楚、宋、卫、陈、郑、吴、越的《世家》中有许多《左传》《国语》的文字，《孔子世家》《仲尼弟子传》有许多《论语》的文字。《尚书》《左传》《国语》《论语》的文字，不是不好，但把它们杂糅在一起就不好了。如今，绣、绘、锦、縠是衣服中最美的，但是如果把它们一尺一寸地割下来、拼凑到一起而缝制成衣服，那就连绨缯这一类粗糙的、没有色彩的丝织品都比不上了。司马迁的书无非就类似这样！司马迁在《自叙》中说：'司马谈担任太史公。'又说：'太史公固李陵而遭遇灾难。'这同他父亲的称谓是一样的。前辈的儒家人士反倒说班固埋没了他父亲班彪的名字，不如司马迁把荣誉让给了司马谈。我不知道司马迁在《本纪》《表》《书》《世家》《列传》中所谓的太史公，究竟是他父亲呢，还是他自己？这是司马迁的过失。

"班固称道汉朝，从汉高祖创业到汉武帝太始二年之间，抄袭司马迁的言论来凑足他的书的东西超过了一半。而且，表彰好人而贬低坏人，如果真是自己的意思，那把自己的意思说明白就行了，但他却剽窃他人的言论来凑足自己书的内容，别人既然已经说过了，那重复他人的话不就没有意义了吗？到班固为司马迁、扬雄写传记时，传记的内容都来自司马迁、扬雄的《自叙》，琐碎曲折地记述了他们的世系。班固对其他人物的记载，哪有像这两人这样齐全的呢？这些内容，司马迁、扬雄自我叙述是可以的，但班固自身还照着这样叙述，那就不对了。这是班固的过失。"

有人说："司马迁、班固的过失，你说尽了。司马迁、班固以后写历史的人还多着呢，范晔、陈寿是后世中最优秀的人，然而，他们也有过失吗？"

我说："哪能免得了呢！范晔史书中的传记，如《酷吏》《宦者》《列女》《独行》，人物分类有许多不恰当的地方。其中特别严重的是：董宣忠贞刚毅，而被放到了《酷吏》中；郑众、吕强廉洁严明、正直诚实，而被放到了《宦者》中；蔡琰遭受耻辱做了胡人的妻子，而被放到了《列女》中；李善、王忳有深仁厚义，而被放到了《独行》中。这与《汉书》中不把张汤写进《酷吏》中，《史记》不把姚、杜、仇、赵之流放进《游侠》中，两相对比，就有着很大的差距了。而且，他与圣人的是非标准有很大区别。论说窦武、何进，却用宋襄公违背天命来告诫人们；论说西域，却对张骞、班勇遗失佛书感到惋惜。这是不是想让窦武、何进与宦官相安以求免祸，以为这才是顺应天意呢？这是不是想让中国背叛圣人来信奉外国的神灵呢？这是范晔的过错。

"陈寿记述三国的历史，用本纪的文体来写魏国，而用传记的体例来写吴国、蜀国。三国鼎立、各自称帝，魏国境域不包括吴国、蜀国，就像吴国、蜀国领土不包括魏国一样。但陈寿却独自认为做皇帝的应当是魏国，所以把吴国、蜀国视为魏国的臣属国。对魏国、吴国、蜀国来说哪有这种事情呢？这是陈寿的过失。"

唉！班固批评司马迁的过失，但班固也没能做到没有过失；范晔指责班固的过失，但范晔的过失更多；到陈寿也避免不了这种情况。写历史的才能确实是很难具备的！以后写历史的应当把这些作为借鉴，不要只是去指责别人。

◎ 利者义之和论 ◎

义即道德。德政为历代有识之统治者所尊崇，统治阶级大力提倡以德感人，以德服人，以德治天下。作者在文中着力将道德与纯道德加以区别，认为"不能以徒义加天下"，即空泛的纯道德只能成为"圣人戕天下之器"，却不能挽救现实社会中"伯夷、叔齐殉大义以饿于首阳之山"，而"天下之人安视其死而不悲"的麻木状况。从而引发出"利在则义存，利亡则义丧"的观点。

作者写此文是用以谏诤当朝统治者在施政过程中应该做到利、义相合，指出只有当"义利、利义相为用"时，才会真正实现"天下运诸掌"的目的。

【原文】

义者，所以宜天下，而亦所以拂天下之心。苟宜也，宜乎其拂天下之心也。求宜乎小人邪，求宜乎君子邪？求宜乎君子也，吾未见其不以至正而能也。抗至正而行，宜乎其拂天下之心也。然则义者，圣人戕天下之器也。伯夷、叔齐殉大义以饿于首阳之山，天下之人安视其死而不悲也。天下而果好义也，伯夷、叔齐其不以饿死矣。虽然，非义之罪也，徒义之罪。武王以天命诛独夫纣，揭大义而行，夫何恤天下之人？而其发粟散财，何如此之汲汲也？意者虽武王亦不能以徒义加天下也。《乾·文言》曰："利者，义之和。"又曰："利物足以和义。"呜呼！尽之矣。君子之耻言利，亦耻言夫徒利而已。圣人聚天下之刚以为义，其支派分裂而四出者为直、为断、为勇、为怒，于五行为金，于五声为商。

凡天下之言刚者，皆义属也。是其为道决裂惨杀而难行者也。虽然，无之则天下将流荡忘反，而无以节制之也。故君子欲行之，必即于利。即于利，则其为力也易，戾于利，则其为力也艰。利在则义存，利亡则义丧。故君子乐以趋徒义，而小人悦

采薇图

怿以奔利义。必也天下无小人，而后吾之徒义始行矣。呜呼难哉！圣人灭人国，杀人父，刑人子，而天下喜乐之，有利义也。与人以千乘之富而人不奢，爵人以九命之贵而人不骄，有义利也。义利、利义相为用，而天下运诸掌矣。五色必有丹而色和，五味必有甘而味和，义必有利而义和。《文言》之所云，虽以论天德，而《易》之道本因天以言人事。说《易》者不求之人，故吾犹有言也。

【译文】

　　道德可以适合天下，但又可以违背天下的人心。要让它适宜天下，那它违背天下人心就不可避免。要求它适用于小人呢，还是要求它适用于君子呢？当然是要求它适用于君子，我从来没有看到过道德不凭借极其端正的品行就能树立起来的。持极其端正的品行而推行道德，那它肯定就会违背天下的人心。既然如此，那道德就是圣人迫使天下的工具了。伯夷、叔齐为大义献身，在首阳山上挨饿，天下人怎么可能看着他们饿死而不悲伤呢？天下果真崇尚道德的话，那伯夷、叔齐也就不会饿死了。尽管如此，这并不是道德的过错，而是纯道德的罪过。周武王凭借天命诛杀众叛亲离的商纣王，在大义的旗帜下讨伐商朝，可他为什么又要抚恤天下人，而且是那样迫切地给民众分发粮食和财物呢？我想其中的原因就是：即使是周武王，他也不能用空泛的道德来强加于天下。《乾·文言》说："功利是道德的相反相成。"又说："从物质上得到的利益，完全能使道德更完美。"啊，这样道理就说明白了！君子不好意思说功利，也只不过是不好意思说纯功利罢了。圣人汇合天下的"刚"，把它作为正义，它的各种基本表现形式分开四出，表现为正直、果断、勇敢、愤怒；而在五行中表现为"金"；在五声中表现为"商"。凡是天下称为"刚"的东西，都包含在正义的范畴中。这样，它作为道德，推行起来就十分困难，因为它具有强制性，特别生硬粗暴。尽管如此，如果没有道德规范，那天下的人就会为所欲为，而且社会也不能制约他们了。因此，君子想要推行道德，那就必须把道德和功利联系在一起。把道德和功利联系起来，那推行道德也就简单了；如果抛开功利，那推行道德也就艰难了。有了功利，道德才能存在；没有功利，道德就会沦亡。所以，君子喜欢追求纯道德，而小人乐于追求利益，这是肯定的；只有天下没有了小人以后，那我们的纯道德才能推行起来。唉，这也太难了！圣人攻陷别人的国家、杀害别人的父亲、用刑罚残害别人的儿子，但却受到天下的喜爱。原因就是有利义。让某人做国君，但在富有中这人却不奢侈；封某人为公爵，但在高贵中这人却不骄傲，原因就是有义利。义利和利义相互作用，就可以随心所欲地管理天下了。在五色中必须有红色，颜色才能调和；在五味中必须有甜味，味道才能调和；在道德中必须有功利，道德才能完美。《文言》上所说的话虽然是谈论天德，但《周易》的原理原本就是利用上天来说明人类事情的。因为解说《周易》的人不把《周易》的理论运用到人类身上，因此我才提出了自己的看法。

◎ 仲兄字文甫说 ◎

仲兄即作者之二哥，指苏涣，原字公群。据《周易》卦辞所释："……涣者，散释之名……涣是离散之号也……能为群物散其险害。"在此句中可释为"涣"与"群"同时命名一人时，不吉。

苏洵作文，喜谈"神来兴会"。他从仲兄易字"文甫"谈起，借题发挥，拿"风水相遭而成文"作比喻，陈述其对文学创作过程的看法，提出写作文章要达到无意为文，而不能不为文的境界。

本文妙在对风水之形诸多变态的描绘，写得有色有声，令人目眩，拍案叫绝。

【原文】

洵读《易》至《涣》之六四曰："涣其群，元吉。"曰："嗟夫！群者，圣人所欲涣以混一天下者也。盖余仲兄名涣，而字公群，则是以圣人之所欲解散涤荡者以自命也，而可乎？"他日以告，兄曰："子可无为我易之？"洵曰："唯。"既而曰："请以文甫易之，如何？"

且兄尝见夫水之与风乎？油然而行，渊然而留，浮洄汪洋，满而上浮者，是水也，而风实起之。蓬蓬然而发乎太空，不终日而行乎四方，荡乎其无形，飘乎其远来，既往而不知其迹之所存者，是风也，而水实形之。今夫风水之相遭乎大泽之陂也，纡余委蛇，蜿蜒沦涟，安而相推，怒而相凌，舒而如云，蹙而如鳞，疾而如驰，徐而如洄，揖让旋辟，相顾而不前，其繁如縠，其乱如雾，纷纭郁扰，百里若一，汩乎顺流，至乎沧海之滨，滂薄汹涌，号怒相轧，交横绸缪，放乎空虚，掉乎无垠，横流逆折，溃旋倾侧，宛转胶戾。回者如轮，萦者如带，直者如燧，奔者如焰，跳者如鹭，跃者如鲤，殊状异态，而风水之极观备矣！故曰："风行水上涣。"此亦天下之至文也。

然而此二物者，岂有求乎文哉？无意乎相求，不期而相遭，而文生焉。是其为文也，非水之文也，非风之文也。二物者，非能为文，而不能不为文也。物之相使，而文出于其间也，故曰：此天下之至文也。今夫玉非不温然美矣，而不得以为文；刻镂组绣，非不文矣，而不可以论乎自然。故夫天下之无营而文生之者，唯水与风而已。

昔者君子之处于世，不求有功，不得已而功成，则天下以为贤；不求有言，不得已而言出，则天下以为口实。呜呼！此不可与他人道之，唯吾兄可也。

【译文】

我读《周易》，读到《涣》之六四的时候，看见它的卦辞说："涣其群，元吉。"不禁发生感慨："哎呀！这里的'涣'，是圣人想要分散的、以便统一天下的群体。我二哥名涣而字公群，那就是用圣人想要分开消散的东西来给自己命名了，这样能行吗？"后来有一天，我把这个意思说给二哥听，二哥说："你是否能为我另起个名字？"我回答说："可以。"不久，我对二哥说："请用'文甫'二字，怎么样？"

二哥曾见过水兴起风的情景吗？流动时像油一样滑润、静止时像深渊一样沉静、积聚时像汪洋一样广阔、充足时就会上浮的，是水，但实际上是风把它兴起来的。从太空中蓬勃地产生、不用一天时间就可以走遍四方、空荡荡无影无形、轻飘飘来自远方、过去后就找不到它的踪迹的，是风，但实际上是水把它表现出来的。如今，风和水在大湖的湖面上相遇，曲折延伸，蜿蜒相连；平静时相互谦让，愤怒时相互欺凌；舒展时像云朵一样，收缩时像鱼鳞一样；快速推进时像飞奔一样，徐缓漫步时像回旋一样；相互谦让，不肯前进；它们繁杂得如同皱纹纱，它们迷乱得就如同浓雾；纷纭郁结，方圆百里都是一片茫茫。猛然间畅通后，它们便顺流而下，一泻千里，到达海边；波涛汹涌，怒号倾轧，交横缠绕；它们在空虚中释放，在无垠中回转；波涌浪翻，起伏澎湃，蜿蜒曲折；旋涡如同车轮，回流如同长带；浪尖如同燃烧的烽火，水波如同跳动的火焰；浪花如同飞起的白鹭，波光如同跃起的鲤鱼。形状各异，姿态奇异，具备了风水最美景观。因此我说："'涣'的意思就是风经过水上。"这是天下最美的景观。

然而，这两样东西是特意去追求美丽的景致的吗？它们无意去相求，不期而相遇，却产生出了美丽景致。这是景致的美丽，不是水的美丽，不是风的美丽。这两者不是能变成美丽的景致；而是它们相遇必然会变成美丽的景致；物体共同作用，由此而产生出了美丽的景致；所以我说："这是天下最美的景致。"如今，玉石并不是不滑润美丽，但它却不可能变成美丽景致；雕刻、镂花、编织、刺绣并不是不美丽，但它们却不能与自然相比；所以，天下并非人工造就而产生出美丽景致的，只能是水和风罢了。

从前的君子处世，不追求什么功绩，却在不经意间取得了功绩，那么，天下就会认为这很了不起；不刻意要说出什么话，无意中说出了什么话，那么，天下就会流传开了。啊！这些话不能与其他人谈论，只能同我哥哥谈论。

曾 巩

　　曾巩（1019～1083年），字子固，宋建昌南丰（今江西南丰县）人，人称南丰先生。12岁写文章，嘉祐二年（1057年）中进士，曾长期编校史馆书籍和担任知州。官至中书舍人。曾巩笃于友爱，其父亡后，他对四弟九妹的教养尽心尽力，在古代传为佳话。做地方官员时，体恤民情，政绩卓然。一生以文学名世，《宋史》称其文章"上下驰骤，愈出而愈工，本愿六经，斟酌于司马迁、韩愈，一时工作文词者，鲜能过也"。著有《元丰类稿》《隆平集》。

千秋醇儒——曾巩

曾巩

曾巩小档案

姓名：姓曾，名巩，字子固。

别称：南丰先生。

生卒：1019—1083 年。

年代：北宋。

籍贯：建昌南丰（今属江西）人。

职业：政治家、散文家。

成就：唐宋八大家之一、兴教劝学。

文学成就

文学	散文	议论性散文	剖析微言，阐明疑义，卓然自立，分析辩难，不露锋芒。代表作：《唐论》。
		记叙性散文	记事翔实而有情致，论理切题而又生动。如《寄欧阳舍人书》《上福州执政书》。
	诗词	诗	存诗 400 余首，以七绝的成就最高，精深，工密，颇有风致。如《西楼》《城南》《咏柳》等。
		词	诗不如韩、柳、欧、王与苏轼，却胜于苏洵、苏辙。仅存《赏南枝》一首。曾被选译成英文，在国外发行。
	应用文	《元丰类稿》和《隆平集》	

后人评价

曾巩是唐宋八大家之一。他在当代和后代古文家的心目中地位是不低的。他的成就虽然不及韩、柳、欧、苏，但有相当的影响。

王安石

王安石说："曾子文章众无有，水之江汉星之斗。"

苏轼认为："曾子独超轶，孤芳陋群妍。"

苏轼

苏辙

苏辙用"儒术远追齐稷下，文词近比汉京西"来概括曾巩的学术成就。

茅坤

明代唐宋派的王慎中、唐顺之、茅坤、归有光作文都推尊曾巩。明代散文家茅坤编《唐宋八大家文钞》，将曾巩正式列为八大家之一，这更奠定了他在散文史上的重要地位。

人生履历

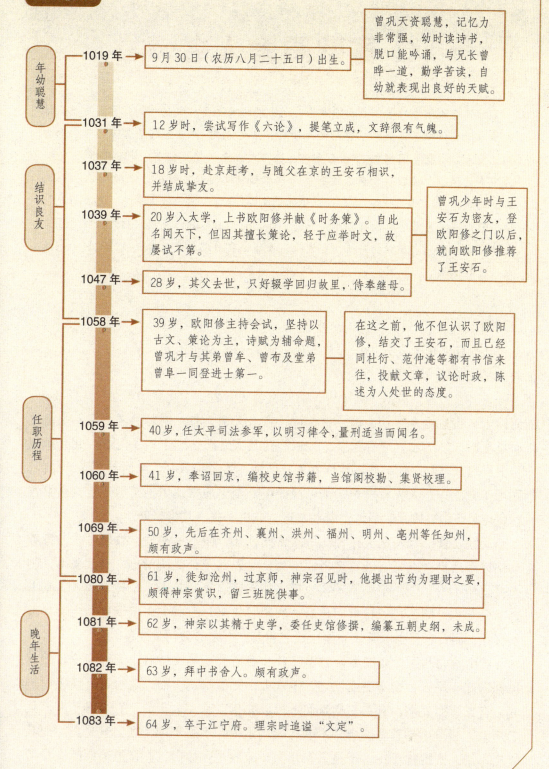

年幼聪慧

1019年 → 9月30日（农历八月二十五日）出生。

曾巩天资聪慧，记忆力非常强，幼时读诗书，脱口能吟诵，与兄长曾晔一道，勤学苦读，自幼就表现出良好的天赋。

1031年 → 12岁时，尝试写作《六论》，提笔立成，文辞很有气魄。

结识良友

1037年 → 18岁时，赴京赶考，与随父在京的王安石相识，并结成挚友。

1039年 → 20岁入太学，上书欧阳修并献《时务策》。自此名闻天下，但因其擅长策论，轻于应举时文，故屡试不第。

曾巩少年时与王安石为密友，登欧阳修之门以后，就向欧阳修推荐了王安石。

1047年 → 28岁，其父去世，只好辍学回归故里，侍奉继母。

任职历程

1058年 → 39岁，欧阳修主持会试，坚持以古文、策论为主，诗赋为辅命题，曾巩才与其弟曾牟、曾布及堂弟曾阜一同登进士第一。

在这之前，他不但认识了欧阳修，结交了王安石，而且已经同杜衍、范仲淹等都有书信来往，投献文章，议论时政，陈述为人处世的态度。

1059年 → 40岁，任太平司法参军，以明习律令，量刑适当而闻名。

1060年 → 41岁，奉诏回京，编校史馆书籍，当馆阁校勘、集贤校理。

1069年 → 50岁，先后在齐州、襄州、洪州、福州、明州、亳州等任知州，颇有政声。

1080年 → 61岁，徙知沧州，过京师，神宗召见时，他提出节约为理财之要，颇得神宗赏识，留三班院供事。

1081年 → 62岁，神宗以其精于史学，委任史馆修撰，编纂五朝史纲，未成。

1082年 → 63岁，拜中书舍人。颇有政声。

晚年生活

1083年 → 64岁，卒于江宁府。理宗时追谥"文定"。

◎ 寄欧阳舍人书 ◎

　　曾巩是欧阳修的学生，欧阳修为其逝去的祖父写了一篇墓碑铭，曾巩写了此信表示感谢。信中开篇强调"铭志之著于世，义近于史"，墓志铭与墓碑铭对于死者意义重大，不能等闲视之，"千百年来，公卿大夫至于里巷之士，莫不有铭"，但流传下来的很少，原因在于世人没有真正意识到铭志的意义所在，"托之非人，书之非公与是"。因而要写出一篇百世流传的铭志，"非畜道德而能文章者，无以为也"，欧阳修的道德文章堪称数百年难得一遇，能亲自为自己的祖父撰写铭文，对自己来说确实是一件光宗耀祖的事情。全文缘情设语，发自肺腑毫无半点做作之嫌，感激之情真而不媚。

【原文】

　　巩顿首再拜舍人先生：去秋人还，蒙赐书，及所撰先大父墓碑铭，反复观诵，感与惭并。

　　夫铭志之著于世，义近于史，而亦有与史异者。盖史之于善恶，无所不书；而铭者，盖古之人有功、德、材、行、志、义之美者，惧后世之不知，则必铭而见之。或纳于庙，或存于墓，一也。苟其人之恶，则于铭乎何有？此其所以与史异也。其辞之作，所以使死者无有所憾，生者得致其严。而善人喜于见传，则勇于自立；恶人无有所纪，则以愧而惧。至于通材达识，义烈节士，嘉言善状，皆见于篇，则足为后法。警劝之道，非近乎史，其将安近？

　　及世之衰，为人之子孙者，一欲褒扬其亲，而不本乎理。故虽恶人，皆务勒铭以夸后世。立言者既莫之拒而不为，又以其子孙之所请也，书其恶焉，则人情之所不得，于是乎铭始不实。后之作铭者，当观其人。苟托之非人，则书之非公与是，则不足以行世而传后。故千百年来，公卿大夫至于里巷之士，莫不有铭，而传者盖少。其故非他，托之非人，书之非公与是故也。

　　然则孰为其人，而能尽公与是欤？非畜道德而能文章者，无以为也。盖有道德者之于恶人，则不受而铭之，于众人，则能辨焉。而人之行，有情善而迹非，有意奸而外淑，有善恶相悬而不可以实指，有实大于名，有名侈于实。犹之用人，非畜道德者恶能辨之不惑，议之不徇？不惑不徇，则公且是矣。而其辞之不工，则世犹不传。于是又在其文章兼胜焉。故曰，非畜道德而能文章者无以为也，岂非然哉？

　　然畜道德而能文章者，虽或并世而有，亦或数十年或一二百年而有之。其传之难如此，其遇之难又如此。若先生之道德文章，固所谓数百年而有者也。先祖之言行卓卓，幸遇而得铭，其公与是，其传世行后无疑也。而世之学者，每观传记所书古人之事，至其所可感，则往往慸然不知涕之流落也，况其子孙也哉！况巩也哉！其追晞祖德而思所以传之之由，则知先生推一赐于巩而及其三世。其感与报，宜若何而图之？抑又思若巩之浅薄滞拙，而先生进之；先祖之屯蹶否塞以死，而先生显之。则世之魁闳豪杰不世出之士，其谁不愿进于门？潜遁幽抑之士，其谁不有望于世？善谁不为？而恶谁不愧以惧？为人之父祖者，孰不欲教其子孙？为人之子孙者，孰不欲宠荣其父祖？此数美者，一归于先生。

　　既拜赐之辱，且敢进其所以然。所谕世族之次，敢不承教而加详焉？愧甚，不宣。

【译文】

　　去年秋天有人归来，带给我您赐予的一封信以及您为先祖父所撰写的一篇墓碑铭。我反复阅读，感激和惭愧的心情不禁交织在一起。

　　铭志这类文章在世上长存，意义跟史书相近，但也有与史书不同的地方。这是因为史书对一个人的好坏没有不写上去的，而铭志却是因为古代的人在功业、道德、才能、行为、理想和气节等方面有突出表现，恐怕后代人不知道，就用铭志的方式来加以显扬。有的安放在祠堂，有的安放在坟墓，用意都是一样的。如果这个人是坏人，那么铭上能记载什么呢？这就是它跟史书不同的地方。写铭志文章，是为了让死的人没有什么遗憾，活的人能够表达他们的敬意。好人愿意被后代人传颂，那么就会勇于使自己成为人们学习的模范；坏人感到没有什么可以记载下来的功绩，就会因此既惭愧，又惧怕。至于渊博的学识、高明的见识、正义的业绩、节烈的事迹、美好的言论、善良的行为，全部在铭志文章中显示出来，就能够使后代人效法。警恶劝善的道理，不跟史书相近，那会跟什么相近呢？

　　等到社会风气败坏时，作为子孙的，都想要褒扬他们死去的尊长，却不遵循实际情况。所以，就算是坏人，他的子孙也一定要给他树碑刻铭，向后代人夸耀。那些写铭志文章的人，既不能拒绝他们，又因为是死者子孙的请求，写死者的坏事吧，那么在人情上就过不去，这样，铭志文章的内容开始不真实了。后代写铭志的人，还要看其是什么样的人。假如委托给一个不合适的人，那么他写的铭志就不会公正和真实，也就不能够在当代流传，被后代传诵。所以千百年来，从大小官员到普通百姓，几乎没有人没有铭志，可是传下来的却很少，那缘故不是别的，而是委托的人是不合适的，因而写的铭志就不可能公正和真实。

　　既然这样，那么谁是那种适合的人，写的铭志能够完全达到公正和真实呢？不是具备很高的道德修养和善于写文章的人是没有办法做到的。因为具有很高的道德修养的人，对于坏人，就不接受其委托去写铭志；对于一般人，也可以辨别他的好坏。人的表现，有心地好而事迹不好的；有内心奸邪而外表善良的；有好坏相差极远却不能够具体指出的；有实际比名气大的，也有名过其实的。如同用人才那样，不是具备很高道德修养的人，怎么能够在区分他们时不被蒙蔽，在评议他们时不徇私情？假使不被蒙蔽，不徇私情，那就能够做到公正而且真实了。但是假如他的文章写得不好，那么世上也不会流传，因此，问题就在于他的文章和道德是否同样好了。所以说只有具备很高的道德修养而又善于写文章的人才能够做到，难道不是如此吗？

　　然而，具备很高的道德修养而又善于写文章的人，虽然当代可能就有，但也可能隔几十年甚至一二百年才有这样的人。铭志的流传本就困难，要碰上能写铭志的人又是这样的困难。先生的道德文章，当然是上面所说的要隔几百年才有的了。先祖父的言与行是卓越的，幸亏碰到您，才能够写得如此公正和真实，这篇铭文在当代传诵、传于后代，是毫无疑义的了。社会上的读书人，每次观看传记中写的古人事迹，特别是那些值得感动的地方，就往往悲痛得不觉落泪，何况是他们的子孙呢？更不用说是我了。追慕自己祖先的德行，考虑之所以流传的根由，就知道先生以此赐给我，实际上是使我家祖孙三代都蒙受恩德，我感激和报答的心情应当怎样来实现呢？不过，又想到像我这样学识浅薄、资质笨拙的人，先生都勉励有加；先祖父处境艰难、屡遭挫折，郁郁不得志直到逝世，先生却赞扬他，那么，社会上那些有伟大理想、杰出抱负的不常碰到的读书人，谁不愿意进您的门下？避世隐居的读书人，谁不对前途抱有很大希望？好人谁不希望做？做坏事谁不感到既惭愧又惧怕？身为父亲、祖父的人，哪一个不想教育好自己的儿子、孙子？做儿子、孙子的人，哪一个不想使自己的父亲、祖父荣耀？这几桩好事，应该完全归功于先生。

　　既拜领了您的赐予，再向您陈述我之所以这样感激的原因。来信中所说关于我家族系统的次序，我会恭敬地接受您的教诲再作一次详细的增补。很惭愧，我的心意不能在信里全部表达出来。

◎ 赠黎安二生序 ◎

　　曾巩是北宋诗文革新运动的重要理论家和创作家。黎生和安生是苏轼向曾巩推荐的两位年轻人，他们也爱好古文。黎生补江陵府司法参军，临行前请作者写文，并以此去驳斥那些嘲笑古文的乡里俗人。作者在文中以自嘲的口吻对那些人嘲笑古文的态度作了有力的回答，劝告二生不要"合乎世""同乎俗"，要"信乎古""志乎道"，应该坚定自己对文学改革的态度，把诗文革新运动进行到底。文章从一个侧面反映了当时文学改革运动中革新派与守旧派的激烈斗争。

【原文】

　　赵郡苏轼，予之同年友也。自蜀以书至京师遗予，称蜀之士，曰黎生、安生者。既而黎生携其文数十万言，安生携其文亦数千言，辱以顾予。读其文，诚闳壮隽伟，善反复驰骋，穷尽事理，而其才力之放纵，若不可极者也。二生固可谓魁奇特起之士，而苏君固可谓善知人者也。

　　顷之，黎生补江陵府司法参军，将行，请予言以为赠。予曰："予之知生，既得之于心矣，乃将以言相求于外邪？"黎生曰："生与安生之学于斯文，里之人皆笑以为迂阔。今求子之言，盖将解惑于里人。"予闻之，自顾而笑。

　　夫世之迂阔，孰有甚于予乎？知信乎古，而不知合乎世；知志乎道，而不知同乎俗。此余所以困于今而不自知也。世之迂阔，孰有甚于予乎？今生之迂，特以文不近俗，迂之小者耳，患为笑于里之人。若予之迂大矣，使生持吾言而归，且重得罪，庸讵止于笑乎？然则若予之于生，将何言哉？谓予之迂为善，则其患若此；谓为不善，则有以合乎世，必违乎古，有以同乎俗，必离乎道矣。生其无急于解里人之惑，则于是焉，必能择而取之。遂书以

苏轼像

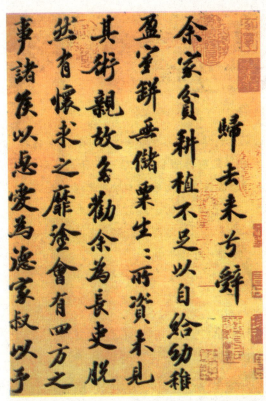

苏轼《归去来兮辞》

赠二生，并示苏君以为何如也。

【译文】

　　赵郡苏轼是我的同年好友。他把信从四川寄到京城给我，称赞四川的两位年轻书生黎生和安生。过了不久，黎生带了他的几十万字的文章，安生也带了他的几千字的文章，到我这里来。我读了他们的文章，觉得内容确实宏大，意味深远，文意纵横驰骋，事理透彻；他们的才华是那样的出众，似乎不能看到尽头。二生固然可以说是奇特杰出的人才，苏君当然也可以说是善于识人的。

　　不久，黎生补江陵府司法参军的缺，快要上任时，请求我以言相赠。我说："我了解你，而且已经在内心深处留下你的印象了，你需要让我用言语加以表示吗？"黎生说："我和安生学习这种古文，同乡的人都笑话我们，认为我们脱离现实。现在请您写的这篇文章，是打算给同乡人看的，以解除他们的迷惑。"我听了他的话，想想自己，不觉好笑起来。

　　世上不合时宜的人，有哪一个比得上我呢？只知道相信古人的话，却不知道同当代的风气迎合一致；只知对圣贤之道立志钻研，却不知同世俗一致。这就是我到现在还穷困的原因，而且自己还没有觉醒啊。比一比世上不合时宜的人，有哪一个能超过我呢？如今，你的不合时宜，仅仅是因为写出来的文章跟世俗崇尚的文体不相符合，是不合时宜的小问题，只是担心被同乡的人讥笑。像我的不合时宜可就大了，如果你拿着我的文章回去，将会使你的过错加重，就不仅仅是被讥笑了。既然如此，那么像我这样的人面对你，应该说什么呢？说我的不合时宜是对的吧，那么它的后患就是这样。说不对吧，那么就与现时的风气迎合了，而对于古人的话就必定违背；对于世俗的风尚有所相同，对于圣贤之道必定就远离了。希望你不要急于消除同乡人的迷惑，这样，就一定能够经过选择获得正确的认识。于是，我写下这几句话把它送给二生，并且打算给苏君看看，不知道苏君认为我的话怎样。

◎ 太祖皇帝总序 ◎

安史之乱后，唐王朝急速衰败，后期藩镇割据愈演愈烈，直接导致五代十国混乱局面的产生。

赵匡胤自陈桥兵变"黄袍加身"，建立宋朝，先后灭亡各割据势力，实现了天下统一。为了巩固统治，赵匡胤采取了一系列旨在加强中央集权的措施：以文臣知州事，削藩镇兵权；绳赃吏重法，以绝祸乱之源；务农兴学，慎刑薄敛，与百姓休息。

曾巩呈上的这篇太祖总序，论述了赵匡胤继五代残局之后，建国立业，恢复强化封建政权的种种措施。并将宋太祖与汉高祖作比，认为汉高祖"十不及"于宋太祖，极力赞颂了宋太祖的丰功伟绩。

【原文】

盖唐之敝，自天宝已后，纪纲寖坏，不能自振，以至于失天下。五代兴起，五十馀年之间，更八姓十有四君，危亡之变数矣。其尤甚也，契丹遂入中国，擅立名号。当是时，天地五行人事之理反易缪乱，不同夷狄者亡几耳。

太祖为天下所戴，践尊位，以生民为任，故劝农桑，薄赋敛，缓刑罚，除旧政之不便民者，诏令勉核相属，推其心，无一日不在百姓也。知方镇之病民也，故设通判之员，使敛以绳墨。忧吏之不良也，故数使在位举

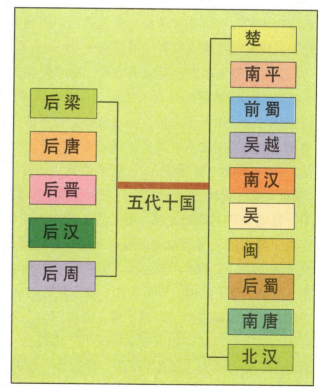

五代十国

其所知。患吏或受赇，或不奉法也，故罪至死徙，一无所贷。原其意，盖以谓遭世大衰，不如是，吏不知禁，不能救民于焚溺之中也。征伐既下诸国，必先已逋欠，涤烦苛，赒乏绝，雪冤滞，惠农民，拔人才，申命郡邑，反复不倦。或遇水旱，辄蔬食请祷，欲移灾于己。其于群臣，有恩旧，有劳能，待之各尽其分，以位贵之，以财富之，有男使尚主，有女使嫁宗室，其予人之周也如此。即材可用，虽仇不废；不可用，虽光显矣，不处以势。其有罪多纵贷之，或赐之使自愧。及至坚明约束以整齐天下者，亦使之不能逾也。

强僭之国，皆接以恩礼。商贾往来不禁，有出境犯其令者，乃为之置市边邑，使两利。有所乏少，常赈助之。征伐所加，必其罪暴著，师出未尝不以义也。其君长已降，及就俘执，道路劳问迎致，使者相望。既至，罪不数辱之，优假秩禄，及其宗亲吏属，赐以田宅，使子孙世守，拥护保全，皆得以寿考终。

自晋既覆灭，契丹浸大，中国惴畏不敢当。太祖拔用材武护西北边，宠以非常之恩，任属专，听信明。常遣戍卒，戒之曰："我犹赦汝，郭进杀汝矣。"有讼进者，谓曰："进军政严，此必犯进法。"送进，使杀之。关市租赋，诸将得恣用，不问出入。以其故，士附，斗者尽力，谍者尽情，边臣可诿者，皆十馀年不易其任。然位不过巡检使，众不过三五千人。盖任专则势便，位不极则士励，兵少则用约，御将亦多术矣。总其所长，能兼用之，故能省费息民，振新集之众，屈凭陵之寇也。

盖太祖笃于孝友，有天下之行；聪明智勇，有天下之材；仁心爱人，有天下之志；包含遍覆，有天下之量。守之以勤俭恭慎，虚心纳谏。鉴于粤、蜀，以奢侈为戒。思天下之重，不复游畋。封拜诸子，务自约损，不尽循故典。收纳学士大夫，用之不求其备，或守难进之节，亦不夺也。晚喜读书，劝诸将以学，曰："欲使之知治道也。"兼覆夷夏，从容以德。江南平，览捷书而泣曰："师征不义，而顾令吾民死兵，彼何负哉！"秦州已入，尚波于之地，却而不受。钱俶来朝，复归之越。契丹愿听盟约，逡巡退抑，不自矜伐。天下大势，连数十城之镇，割其故地，以小其力；易动难畜之兵，敛置怀服，以消其难。至于举贤良，崇孝弟，缀礼乐，明考课，虽宇内初辑，然庶政大体，弥纶备具；遗文故事，施于后世，皆可为法。民于是时，从死更生，室家相保；士农工贾，各还其职；鸟兽草木，亦莫不遂。前世旧臣，备将相、处腹心爪牙之任者，一旦回心，奉令北向，如素委质。天下广都通邑，兼地千里，德怀二三之臣，负众自用，令之不从、召之不至者，尚数十，皆束衽来庭，代易奔走，如水凑下。粤、蜀、吴、楚、瓯、闽之君，分天下为八九，曰帝与王，传子及孙，更数十岁者，编名囚虏，并聚阙下。四海之内，混齐为一。海东之国高丽，极南交趾，西戎吐蕃、回纥，北狄契丹，皆请吏奉贡。天地所养，通途之属，莫不内附。当是时，更立天下，与民为始，天地五行人事之理，乱而复正。盖太祖之于受命，非如前世之君，图众以智，图柄以力，其处心积虑，非一夕一日，在于取天下也。其在天者历数，在人者群臣万民，三军之士不归周，归太祖，未有知其所以然者，所谓天也。及其传天下也，舍子属弟。是则太祖之受天下，与舜受之尧，禹受之舜，其揆一也。其传天下，与

宋太祖像

尧传之舜，舜传之禹，其揆一也。受天下及传天下，视天与人而已，非其心未尝有天下，岂能如是哉！

世以太祖为不世出之主，与汉高祖同。盖太祖为人有大度，意豁如也，知人善任使，与汉高祖同，固然也。太祖承自天宝以后，更五代二百馀年极敝之天下；汉祖承全盛之秦，二世之末，天下始乱，所因之势既殊。太祖开建帝业，作则垂宪，后常可行；汉祖初定海内而已，不及一。太祖立折杖法，脱民榜笞死祸，定著常刑，一本宽大；汉祖虽约法三章，然肉刑三族之诛，至孝文始去，不及二。太祖功臣，皆故等夷，及位定，上下相安，始终一意；汉祖疑间诸将，夷灭其家，不及三。太祖削大弱强，藩臣遵职；汉祖封国，过制反者更起，累世乃定，不及四。太祖征伐必克；汉祖数战辄北，不及五。太祖文武自出，群臣莫及；汉祖非得三杰之助，不得无失，不及六。开宝之初，南海先下；赵陀分越而帝，汉祖不能禁，不及七。太祖不用兵革，契丹自附；汉祖折厄白登，身仅免祸，不及八。太祖后宫二百，问愿归者，复去四之一；汉祖溺于衽席，女祸及宗，不及九。太祖明于大计，以属天下；汉祖择嗣不审，几坠厥世，不及十也。汉祖所不能及，其大者如此。

是自三代以来，拨乱之主，未有及太祖也。三代盛矣，然禹之孙太康失国，汤之孙太甲放废。文武之后世三四传，昭王不返于楚。由汉以下，变故之

密，盖不可胜道也。太祖经始大基，流风馀泽，所被者远。五圣遵业，至今百有二十馀年。上下和乐，无变容动色之虑，接于耳目，治安久长，自三代以来所未有也。维太祖创始传后，比迹尧舜，纲理天下，轶于汉祖；太平之业，施于无穷，三代所不及。成功盛德，其至矣哉！盖唐天宝十四载，天下户八百九十一万。太祖元年，户九十六万；末年，天下既定，户三百九万。今上元丰二年，户一千三百九十一万。六圣之德泽，覆露生养，斯其所以盛也。本原事实，其所由致此，有自也哉。

【译文】

总的讲来，唐朝的衰败，是从玄宗天宝以后，朝廷纲纪开始逐渐被破坏，没办法再自我振兴，直至丧失天下的。五代继唐兴起，整整五十多年间，更换了八个姓氏的中原王朝和十四位君主，危亡的交替真是太频繁了。其中最严重的，是契丹直接进入中原，擅自定立中原皇帝的名位和称号。这段时期，天地和木火土金水的五行顺序以及人间事体的原有规律简直颠倒过来，荒谬错乱了，中原和少数部族不同的地方，已经为数不多了。

太祖被天下所拥戴，登上帝位，把拯救百姓作为自己的责任，所以鼓励农业生产，减轻赋税，轻用刑罚，废除过去朝政对百姓不合适的地方。下达诏令予以劝勉、验核，一道接着一道。推究太祖的用心，全都在百姓的身上啊！太祖深知各地方军事长官给百姓带来的祸害，所以设立通判的职位，使通判靠法规约束他们。又担心官吏不贤良，所以又多次责成在位的官员荐举自己所了解的人才。忧虑官员有的接受贿赂，某些不奉守法令，所以对官员定罪，直至定到死刑和流放，一个也不宽恕轻饶。细想太祖的本意，或许是认为遭遇社会大衰乱，如果不如此，官吏就不知道法禁，也就不能把百姓从水深火热中拯救出来。征伐各个独立的政权取胜以后，必定会首先免除当地百姓拖欠的赋税，废除各项严酷的刑法，赈济穷困的人，昭雪积压的冤案，让农民得到实惠，选拔人才，命令州郡办好事，孜孜不倦。有时遇到水旱灾害，就用粗食淡饭，对上天祷告，希望把灾祸转降到自己身上。众臣僚有的属于老部下，有的属于吃苦耐劳的人，太祖对待他们都恰到好处，用官位让他们显贵起来，赐予钱财让他们豪富起来。有儿子的，就让他的儿子匹配公主；有女儿的，就让他的女儿嫁给宗室。太祖赐给别人的，竟然周全到如此地步。如果是贤才确实可以任用，即便是仇人也不废弃他；如果不可任用，尽管让他光耀显贵了，却不授给他重要职位。他们犯下罪过，大多予以宽容赦免，或对他们再进行赏赐，让他们内心感到惭愧。至于在决心宣明约束来使天下全都遵守的问题上，也让这些臣僚不能够随意超越。

对于那些割据称号的国家，也全都用恩惠赏赐来相待。商贾往来不加禁止，有越出所在国境而触犯本国法令的，就替他们在边境城镇设立交易的场所，使双方都有利。哪个国家出现了贫乏的情况，就时常帮助它们。征伐所指向的对象，一定是他罪恶昭著，出兵从未不按照道义来决定。对方君主已经归降或被生擒活捉，在路上予以慰劳问候，迎接招待，派出的使者接连不断。来到京师以后，对他们的罪过不再列举使他们再蒙羞辱。而是给他们很高的官位和优厚的俸禄，并且连带他们的亲属和下属官员，赐给土地和房子，让他们子子孙孙代代享用。对这些君主照顾保护，使他们全都得以享尽天年才去世。

自从后晋灭亡以后，契丹逐渐强大，中原地区害怕畏惧，无法抗衡。太祖选拔任用军事人才守卫西北边境，用超出常规的恩礼重用他们，专一嘱托信用，听取告发的言语时，也分辨得明明白白。曾经派遣戍卒到边境，告诫他们说："一旦犯错，就算我能赦免你们，可郭进还是会斩杀你们的。"某人控告郭进，太祖说："郭进的军令非常严厉，这个人一定是触犯了军法。"于是把他交给郭进，郭进斩了他。边关贸易的税收和租赋，众将可以随意使用，根本不查问收支的情况，出于这个原因，兵士都归附将领，参加战斗的人都拼死出力，负责刺探敌情的人都能得到全部的敌情。边区臣僚可以委托的，全都是十多年不调换他们的职务，然而官位也不会超过巡检使，手下军队也超不过三五千人。主要原因是委任专一处理灵活，官位不到最高品级就会自励，军队人数少就调遣简单，驾驭将领的方法灵活多样。综合这些方法的好处，能够各方面都加以运用，所以能够节省军费，使民心安定，振作起新汇聚成的部队，挫败进犯的敌军。

总的说来，太祖力行孝顺和友爱，具有天下人值得称道的德行；聪明、机智、勇猛，具有天下人未及的才能；用仁慈之心爱护百姓，具有包揽宇宙之志；无不涵容，具有容天下人的度量。靠勤俭恭敬和慎重来守持，虚心采纳劝谏的话语。从南汉、后蜀吸取经验，把奢侈作为鉴戒。考虑治理天下的大事，不再游赏和打猎。封拜自己的儿子，务必自行降低官爵级别，不完全沿用从前的制度。接纳学者和士大夫，使用他们不求全责备，有人持守不愿做官的节操，不会勉强他。晚

契丹佛像

年喜欢读书，并勉励众将学习，说："这样做是为了了解治国的原则与方法。"同时感化中原和周边地区，通过仁德从容处理。平定南唐后，观览报捷书竟落泪说："出兵讨伐不义的国家，可反过来又让我大宋百姓死在战场上，他们有什么罪过呢？"秦州已经收复，可西夏首领尚波于的领地，却退还给他。吴越国主钱俶前来朝拜，又让他返回吴越。契丹愿意订立盟约，太祖随后立刻退让谦抑，不炫耀自身武力。而那些势力强大、数十城连成一片的藩镇，分割他们原来的辖区，使他们的力量减弱。那些容易反叛、很难管辖的部队，收聚屯置，让他们从内心归服，以便消除他们可能造成的祸难。至于提拔有才能的人，推崇孝顺友爱的人，重建礼乐制度，确立考核官员的办法，尽管天下刚刚安定，然而各种政务和基本原则，都筹划安排得合理详细。这些遗留下来的典章和惯例，运用到后世，都可以成为规则。老百姓在这一时期，从死亡中获得新生，家庭都幸福安定。读书人、耕田人、手艺人和买卖人，各自回归到自身的本业。鸟兽草木，也都正常生长。前代各个国家的臣僚，身居将帅宰相，担任同君主关系最亲近的职位的人，一旦回心转意，接受大宋命令，归顺投降，还可以像从前那样为国效力。占据天下名城重镇、辖有地盘上千里而又心存他念的人，依仗众兵自行其是。拒不服从命令、征召而不前来的人，还有几十个，全都整理好衣服前来朝见，愿意替天子奔走效劳，就像水在低处汇聚似的；南汉、后蜀、吴越、荆南、南唐、福建的君主，把天下割裂成八九块，称帝称王，传给儿子又传给后代，历经几十年的，都被编入了囚徒俘虏的花名册，也一起聚集到天子脚下。天下范围内，形成统一的局面。大海东部的高丽国，最南端的交趾，西部的吐蕃部族、回纥部族，北部的契丹部族，全都俯首称臣，进献贡品。天地所生养和大路所通向的各处人民，全都归附了。在这一时期，重新定立天下，与百姓再度从头开始，天地和木火土金水五行的顺序以及人间万物的固有规律，又恢复正常了。这是由于太祖承受天命，并不像前代的君主，用智诈来愚弄百姓，用暴力来谋取帝位。太祖处心积虑，并不是只考虑一朝一夕，目的在于取得整个天下。由上天决定的是那定数，由人决定的是那群臣万民。三军众将士不归附后周，却归向太祖，这里面还没有谁清楚原因，这就是人们所说的天意。等到太祖传付天下，舍弃亲生的儿子，却交给自己的弟弟。这就说明，太祖承受天下，就和舜从尧那里、大禹从舜那里接替帝位一样。他传位给自己的弟弟，就和尧传帝位给舜，舜传帝位给大禹一样，太祖承受天下和传付天下，随上天和世人变化罢了。如果不是太祖心中有天下，又哪里能够做到这样呢？

　　世上认为太祖是好多年才会出现的明主，与汉高祖相同。这是因为太祖为人具有恢宏的气度，意气特别的豁达，能善解人意又善于任用驱使，这些与汉高祖原本是一样的。但太祖承接的是天宝以后、历经五代二百多年战乱之后极其破败的天下，而汉高祖承接在极盛的秦朝、秦二世的末年，这时天下刚刚出现动乱，二人承接的形势虽然不同。而太祖开创建立帝业，树立法则，垂示准绳，后世永久可以奉行，汉高祖不过初步平定海内而已，这是他不及太祖的第一点。太祖制定折杖法，使百姓从被鞭挞抽打不免死去的灾难中解脱出来，确定常用的刑罚也完全本着宽大的原则；而汉高祖尽管约法三章，但是肉刑和诛灭三族的酷刑到孝文帝时才废除，这是他不及太祖的第二点。太祖的功臣都是过去的同僚，帝位稳定后，上下相安，由始至终一条心；而汉高祖猜疑离间各位将帅，灭绝他们的整个家族，这是他不及太祖的第三点。太祖削弱强大的藩镇，各地守臣都遵奉职守；而汉高祖封立诸侯王国，不遵守规则、反叛的事件接连出现，过了好几代才安定下来，这是他不及太祖的第四点。太祖征伐必定取胜，而汉高祖屡次作战，每战必败，这是他赶不上太祖的第五点。太祖文谋武略都是自己想出来的，群臣谁都无法达到；而汉高祖得不到萧何、张良、韩信的协助，就必定会出大错，这是他不及太祖的第六点。开宝初年，南汉最先被攻取下来；而西汉时赵陀占据南越称帝，汉高祖没办法阻止，这是他不及太祖的第七点。太祖不动用武力，契丹就自动归附；而汉高祖在白登遭受匈奴的围困，自身仅仅免于被擒，这是他不及太祖的第八点。太祖后宫只有二百人，询问她们当中愿意回家的，只保留四分之三；而汉高祖被枕边风吹得迷迷糊糊，吕后专权的祸害危及刘氏政权，这是他不及太祖的第九点。太祖对帝位传授非常明白，把天下交给同胞弟弟；而汉高祖择选继位人不慎重，几乎丧失掉刘氏天下，这是他不及太祖的第十点。汉高祖赶不上太祖的地方，重要的就是以上讲的。

这表明，从夏、商、周三代以来，平定祸乱的君主，无人能赶得上太祖。三代确实很兴盛了，然而大禹的孙子太康丧失了统治权，商汤的孙子太甲被大臣驱逐废掉，周文王和周武王以后传了三四代，周昭王去楚国就没有能够返回来。自西汉以下，突发事变的频繁，多得数不清。太祖经营筹划帝业的根基，遗留传布开的风气和泽惠，波及的范围都特别深远。五位大宋圣帝遵承帝业，至今已有一百二十多年了。上下和乐，没有让人听到焦虑的消息，长治久安的局面从三代以来是未曾出现过的。太祖创业传给后世，追比尧舜，治理天下，超越汉高祖，太平的基业延续到世世代代，连三代也赶不上。成就的功业和盛大的仁德，真是达到极致了。唐朝天宝十四载，全国户口共有八百九十一万。太祖建隆元年（960年），户口仅九十六万；到开宝九年（976年），天下已经太平，户口达到三百零九万。当今皇上元丰二年（1080年），户口已增至一千三百九十一万。六位大宋圣帝的仁德恩泽，像上天的雨露那样滋润民众，这是兴盛的原因所在啊！追溯推究这些事实能够至此，确实是有来由的呀！

◎ 序越州鉴湖图 ◎

本文讲述了越州鉴湖自汉顺帝永和五年（140年）开凿后九百七十五年的历史变迁。鉴湖先是"无荒废之田、水旱之岁者也。由汉以来几千载，其利未尝废也"；然后是"宋兴，民始有盗湖为田者……然自此吏益慢法，而奸民浸起，至于治平之间，盗湖为田者凡八千余户，为田七百余顷，而湖废几尽矣……每岁少雨，田未病而湖盖已先涸矣"。

面对鉴湖由利变为害，于是"人争为计说"，但终因为"法令不行""至于修水土之利，则又费材动众，从古所难""则吾之吏，孰肯任难当之怨，来易至之责，以待未然之功乎"而导致"说虽博而未尝行，法虽密而未尝举""田者日多、湖日废"。曾巩面对这种情况，他认为"诚能收众说而考其可否，用其可者，而以在我者润泽之，令言必行，法必举，则何功之不可成，何利之不可复哉"。这也是曾巩写此文的目的。

【原文】

鉴湖，一曰南湖，南并山，北属州城漕渠，东西距江，汉顺帝永和五年，会稽太守马臻之所为也，至今九百七十有五年矣。其周三百五十有八里，凡水

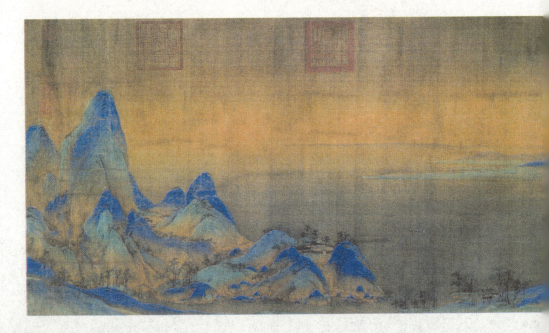

之出于东南者皆委之。州之东，自城至于东江，其北堤石楗二，阴沟十有九，通民田，田之南属漕渠、北东西属江者皆溉之。州之东六十里，曰东城至于东江，其南堤阴沟十有四，通民田，田之北抵漕渠、南并山、西并堤、东属江者皆溉之。州之西三十里，曰柯山斗门，通民田，田之东并城、南并堤、北滨漕渠、西属江者皆溉之。总之，溉山阴、会稽两县十四乡之田九千顷。非湖能溉田九千顷而已，盖田之至江者尽于九千顷也。其东曰曹娥斗门，曰蒿口斗门，水之循南堤而东者，由之以入于东江。其西曰广陵斗门，曰新迳斗门，水之循北堤而西者，由之以入于西江。其北曰朱储斗门，去湖最远。盖因三江之上、两山之间，疏为二门，而以时视田中之水，小溢则纵其一，大溢则尽纵之，使入于三江之口。所谓湖高于田丈余，田又高海丈余，水少则泄湖溉田，水多则泄田中水入海，故无荒废之田、水旱之岁者也。由汉以来几千载，其利未尝废也。

宋兴，民始有盗湖为田者。祥符之间二十七户，庆历之间二户，为田四顷。当是时，三司转运司犹下书切责州县，使复田为湖。然自此吏益慢法，而奸民浸起，至于治平之间，盗湖为田者凡八千余户，为田七百余顷，而湖废几尽矣。其仅存者，东为漕渠，自州至于东城六十里，南通若耶溪，自樵风泾至于桐坞，十里皆水，广不能十余文，每岁少雨，田未病而湖盖已先涸矣。

自此以来，人争为计说。蒋堂则谓宜有罚以禁侵耕，有赏以开告者。杜杞则谓盗湖为田者，利在纵湖水，一雨则放声以动州县，而斗门辄发。故为之立石则水，一在五云桥，水深八尺有五寸，会稽主之；一在跨湖桥，水深四尺有

千里江山图

五寸，山阴主之。而斗门之钥，使皆纳于州，水溢则遣官视则，而谨其闭纵。又以谓宜益理堤防斗门，其敢田者拔其苗，责其力以复湖，而重其罚。犹以为未也，又以谓宜加两县之长以提举之名，课其督察而为之殿赏。吴奎则谓每岁农隙，当僦人浚湖，积其泥涂以为丘阜，使县主役，而州与转运使、提点刑狱督摄赏罚之。张次山则谓湖废，仅有存者难卒复，宜益广漕路及他便利处，使可漕及注民田里，置石柱以识之，柱之内禁敢田者。刁约则谓宜斥湖三之一与民为田，而益堤使高一丈，则湖可不开，而其利自复。范师道、施元长则谓重侵耕之禁，犹不能使民无犯，而斥湖与民，则侵者孰御？又以湖水较之，高于城中之水，或三尺有六寸，或二尺有六寸，而益堤壅水使高，则水之败城郭庐舍可必也。张伯玉则谓日役五千人浚湖，使至五尺，当十五岁毕，至三尺，当九岁毕。然恐工起之日，浮议外摇，役夫内溃，则虽有智者，犹不能必其成。若日役五千人，益堤使高八尺，当一岁毕。其竹木之费，凡九十二万有三千，计越之户二十万有六千，赋之而复其租，其势易足，如此，则利可坐收，而人不烦弊。陈宗言、赵诚复以水势高下难之，又以谓宜从吴奎之议，以岁月复湖。当是时，都水善其言，又以谓宜增赏罚之令。其为说如此，可谓博矣。朝廷未尝不听用著之于法，故罚有自钱三百至于千，又至于五万，刑有杖百至于徒二年，其文可谓密矣。然而田者不止而日愈多，湖不加浚而日愈废，其故何哉？法令不行，而苟且之俗胜也。

昔谢灵运从宋文帝求会稽回踵湖为田，太守孟汎不听，又求休崲湖为田，汎又不听，灵运至以语诋之。则利于请湖为田，越之风俗旧矣。然南湖縠汉历吴、晋以来，接于唐，又接于钱佔父子之有此州，其利未尝废者。彼或以区区之地当天下，或以数州为镇，或以一国自王，内有供养禄廪之须，外有贡输问馈之奉，非得晏然而已也。故强水土之政以力本利农，亦皆有数，而钱佔之法最详，至今尚多传于人者，则其利之不废，有以也。

近世则不然，天下为一，而安于承平之故，在位者重举事而乐因循。而请湖为田者，其言语气力往往足以动人。至于修水土之利，则又费材动众，从古所难。故郑国之役，以谓足以疲秦，而西门豹之治邺渠，人亦以为烦苦，其故如此。则吾之吏，孰肯任难当之怨，来易至之责，以待未然之功乎？故说虽博而未尝行，法虽密而未尝举，田者之所以日多，湖之所以日废，繇是而已。故以谓法令不行，而苟且之俗胜者，岂非然哉！

夫千岁之湖，废兴利害，较然易见。然自庆历以来三十余年，遭吏治之因循，至于既废，而世犹莫寤其所以然，况于事之隐微难得，而考者縠苟简之故，而弛坏于冥冥之中，又可知其所以然乎？

今谓湖不必复者，曰湖田之入既饶矣，此游谈之士为利于侵耕者言之也。夫湖未尽废，则湖下之田旱，此方今之害，而众人之所睹也；使湖尽废，则湖之为田亦旱矣，此将来之害，而众人之所未睹也。故曰此游谈之士为利于侵耕者言之，而非实知利害者也。谓湖不必浚者，曰益堤壅水而已，此好辩之士为乐闻苟简者言之也。夫以地势较之，壅水使高，必败城郭，此议者之所已言也；以地势较之，浚湖使下，然后不失其旧，不失其旧，然后不失其宜，此议者之所未言也。又山阴之石则为四尺有五寸，会稽之石则几倍之，壅水使高，则会稽得尺，山阴得半，地之洼隆不并，则益堤未为有补也。故曰此好辩之士为乐闻苟简者言之，而又非实知利害者也。

二者既不可用，而欲禁侵耕，开告者，则有赏罚之法矣；欲谨水之畜泄，则有闭纵之法矣；欲痛绝敢田者，则拔其苗，责其力以复湖，而重其罚，又有法矣；或欲任其责于州县与转运使、提点刑狱，或欲以每岁农隙浚湖，或欲禁田石柱之内者，又皆有法矣。欲知浚湖之浅深，用工若干，为日几何；欲知增堤竹木之费几何，使之安出；欲知浚湖之泥涂积之何所，又已计之矣。欲知工起之日，或浮议外摇，役夫内溃，则不可以必其成，又已论之矣。诚能收众说而考其可否，用其可者，而以在我者润泽之，令言必行，法必举，则何功之不可成，何利之不可复哉！

巩初蒙恩通判此州，问湖之废兴于人，求有能言利害之实者。及到官，然后问图于两县，问书于州与河渠司，至于参核之而图成，熟究之而书具，然后利害之实明。故为论次，庶夫计议者有考焉。

熙宁二年冬卧龙斋。

【译文】

鉴湖，又名南湖。湖南面紧靠山，湖北面同越州州城运粮的水道相通，东面和西面直接通到东江、西江。它是由会稽太守马臻于东汉顺帝永和五年开凿而成的，迄今为止已有九百七十五年了。鉴湖总面积三百五十八里，凡是河流从东南面流过来的，全都注入湖中。在越州东部，从州城到东江，湖的北堤有石楗两座，地下水道十九条，通向百姓的田地。只要是田地南面与运粮水道相联结而北、东、西三面靠江的，都能得到灌溉。离越州东部六十里，从东城一直到东江，湖的南边堤岸有地下水道十四条，通向百姓的田地。凡田地北面直达运粮水道而南面靠山、西面傍堤、东面与东江相连的，都能得到灌溉。离越州西部三十里处，有个闸门叫作柯山斗门，通向百姓的田地。凡田地东面依傍州城、南面傍堤、北面临近运粮水道、西面与西江相连的，也都能得到灌溉。总共算来，一共灌溉山阴、会稽两县十四乡的田地九千顷。这并不是鉴湖最多能够灌溉田地九千顷，而是由于田地到东、西两江只有九千顷。湖东的闸门叫作曹娥斗门和蒿口斗门,湖水顺南堤向东流的,通过这两座闸门注入东江。湖西的闸门叫作广陵斗门和新径斗门,湖水顺北堤向西流的,通过这两座闸门注入西江。湖北的闸门叫作朱储斗门,离湖最远。这两座闸门是沿着曹娥江、钱清江、浙江的上游和两山之间的地势修造成的,根据农时察看田地中的水情,水显得有些满就打开一个闸门,让它流出去,如果太满便打开两个闸门让它流出去,流到三江的会聚处。这就是人们所说的湖水比农田高一丈多,农田又比海高一丈多,水少就放湖水灌溉农田,水多就放出农田中的水让它流入海中,所以没有荒芜废弃的农田,也没有涝年和旱年。从东汉至今几乎近千年,鉴湖给人带来的好处未曾间断过。

大宋建立后,开始有围湖造田的人。大中祥符年间有二十七户,庆历年间有两户,共造田四顷。在那时候,中央三司和地方转运司还下达文书严厉地责问州县,勒令把造成的农田恢复为湖。然而自此以后官吏越来越轻视法令,而狡猾的百姓也逐渐增多起来,到了治平年间,围湖造田的人家总共八千多户,造田七百多顷,鉴湖几乎完全淤废了。湖面残余的,东部是运粮水道,从越州到东城六十里,南面与若耶溪相通;从樵风泾到桐坞,十里都是水,宽度还达不到十多丈,每年雨水少时,农田还未出现干旱,而鉴湖已经早就干枯了。

此后,人们争相提出对策。蒋堂主张应有惩罚,以便禁止占湖种田;同时也要有奖赏,用来鼓励揭发的人。杜杞认为围湖造田的人,把对自己的好处盯在排放掉湖水上,天一下雨,就高喊水满快放水,声音惊动州县,而闸门就因此打开了。所以要就此竖立石制水位标志,一块设在五云桥,水深八尺五寸,由会稽县负责;一块设在跨湖桥,水深四尺五寸,由山阴县负责。而打开闸门的钥匙,全都交到州里。水满外流时就派遣官员去察看水位标志,慎重处理关闸还是开闸的问题。又认为应该加强鉴湖堤防和闸门的治理,有敢围湖造田的,就拔掉他们的秧苗,命令他们自己出力把田恢复为湖,同时对他们进行重罚。做到这一步依旧不够,还应当给山阴、会稽两县的长官加上提举的头衔,考核他们督察鉴湖的政绩并排定等级。吴奎主张每年农闲时,应当雇用民工疏通鉴湖,把淤泥堆积起来形成小山,由两县负责工役,而州与转运使、提点刑狱监督协助并进行赏罚。张次山认为鉴湖已经淤废,只剩下部分保留下来的,很难很快恢复,应当加宽加长运粮水道和其他便利的地方,使湖水能运粮以及流入百姓的农田里,并竖立石柱来标明范围,在石柱范围以内严禁造田。刁约建议应划出鉴湖三分之一给百姓造田,同时加固湖堤,使高度达到一丈,这样湖就可以不往外泄水,而鉴湖水利自然便会恢复。范师道、施元长认为加重对围湖造田的惩罚,依旧不能保证百姓不违犯,如果划出湖面让百姓造田,那继续扩大范围的人又该用什么办法来控制?再拿湖水来说,高过城中的水,有时是三尺六寸,有时是二尺六寸,而加固堤防拦阻湖水使它增高,那么湖水冲毁城郭房屋是可以肯定的。张伯玉建议每天动用五千人疏通鉴湖，让湖底达到五尺，预计十五年能完工；达到三尺，预计九年能完工。但是开工的那一天，可能会有各种谣言煽动，造成服役的人逃散，这样即使由精明强干的人负责工程，依然不能够保证会成功。如果每天动用五千人，加固堤防，使高度达到八尺，预计一年便能完工。关于竹木的费用，总计九十二万三千贯。统计越州共有二十万六千户，向他们征收竹木税而免掉他们的田赋，很容易筹到这项费用。这样做不仅可以保证鉴湖的水利，又不劳民。陈宗言、赵诚二人用水势的高低对张伯玉的主张进行责难，认为应当依从吴奎的建议，经由一定的时日来恢复鉴湖。在这时，中央都水监感到陈、赵二人的意见可以行用，又强调应当增加设立赏罚的法令。有关鉴湖的主张像上面所说，可以称得上是很广泛了。朝廷听从采纳了并在法令上做出明文规定，罚款有从三百贯到一千贯，或到五万贯的；判刑有从杖责一百下到服劳役两年的。这些规定可以称得上是很严密了，但是围湖造田的人却一天比一天更多，湖非但没有进一步疏通反而一天比一天更为淤废，其中的原因究竟是什么呢？就在于法令得不到贯彻执行，反倒是得过且过的习气占据上风。

以前谢灵运向宋文帝恩请赐给会稽郡的回踵湖作为自己的庄园，会稽太守孟顗不应允；又请求赐给休崲湖作为自己的庄园，孟顗也不应允，因而导致谢灵运用言语诋毁孟顗。这表明围湖造田为自己谋利的习俗由来已久了。但是由东汉历经吴国、晋朝以来，延续到唐朝，再延续到五代十国钱俶父子，南湖的水利未曾出现间断，原因是这些朝代有的把这狭小的区域当成自己的称霸之处，有的依靠几个州成为藩镇，有的通过一个小国自称为王，对内有供养军队、发放官员俸禄的需要，对外要向大国进贡、向敌国馈赠，并非能够太平度日。所以强化农田水利为政务之根本，有利农业的发展，而钱俶实施的办法最为详密，到现在还有很多在人们当中流传。这样一来，鉴湖水利不间断，也就确有它的缘由了。

近代却并非如此。天下统一，安于太平，掌权的人喜欢按老规矩办事。请求围湖造田的人，他们的言辞和权势又往往足以打动人。而兴修水利工程，会耗费各种工料，兴师动众，自古以来就是让人感到难办的事情。郑国渠的兴修让人认为足以使秦国疲乏，而西门豹整治邺渠也使人们感到很繁重劳苦。兴修水利的本来情况就是如此，所以我朝的官吏，又有谁甘愿承当那难以承担的怨恨，招来很容易临头的训斥，去指望那结果并不肯定的功劳呢？所以建议虽然很广泛却未曾实施，法令虽然很严密却未曾执行，造田的人一天比一天增多，鉴湖一天比一天淤废，原因便出在这里。我认为法令得不到贯彻执行，而得过且过的习气占据上风正出于此。

存在了一千年的鉴湖，是兴是废，是得其利还是受其害，显然可以一眼看出来，可是从庆历以来三十多年中，地方官吏处理政务因循守旧，导致鉴湖已经淤废。而社会上仍然没弄明白其中的原因，只是议论那些隐约微妙、很难查考清楚的事情，由于偷懒瞎糊弄而使湖在无形中废弛败坏，难道能够搞清其中的原因吗？

现在主张鉴湖不一定要恢复的人，强调湖田的收入已经很可观了，这是到处煽动的人在为围湖造田的人谋求私利做辩护。鉴湖还没完全淤废，但湖下的农田已经出现干旱现象，这正是目前的大祸害，也是大家都看得到的。假设鉴湖完全淤废，围湖所造的农田也会干旱，这是将来的大祸害，却是众人都没看出来的。因此说这纯属到处作煽动的人为围湖造田的人谋求私利做辩护，他们并不是真正了解利害所在的人。现今主张鉴湖不一定要疏通的人，强调加固堤防、拦阻湖水就行了，这是喜好诡辩的人在为偷懒瞎糊弄的人作鼓吹。按照地势来权衡，堵住湖水让它增高水位，就必然会冲毁城郭，这是提建议的人已经讲过的了。依照地势来权衡，疏通鉴湖使它水位下降，然后才不会丧失掉它那原貌；不丧失掉它那原貌，然后才会不丧失掉它的功用。这是提建议的人没有讲到的。另外山阴县的水位标志为四尺五寸，而会稽县的水位标志几乎是山阴县的一倍，堵住湖水让它增高水位，如果会稽县增高一尺，山阴县才增高五寸，地势高低并不一致，这样一来，加固堤防并没有什么裨益。因此说这纯属喜好诡辩的人在为偷懒瞎糊弄人的人作辩护，他们也不是真正了解利害所在的人。

以上两种主张都不可采纳，而禁止围湖造田、鼓励举报人，已经具有赏罚的法令。慎重对待湖水的蓄积和排泄，已经具有开闸和关闸的规定。严厉禁绝胆敢围湖造田之人的对策，便是要拔掉他们的秧苗，让他们自己出力把田恢复为湖，同时加重对他们的处罚，这也有具体措施了。把治理的任务交付给州县以及转运使、提点刑狱，在每年农闲时节疏通鉴湖，在石柱范围以内禁止围湖造田，这几种对策也都有具体措施了。想要确知疏通鉴湖的深浅尺度，用工多少，工期多长；想要确知巩固堤防所需竹木费多少，使这笔费用从哪里去筹集；想要确知疏通鉴湖挖出的淤泥堆积在什么地方，这些问题都已经详细思考过。工程开工那一天，可能会有各种议论煽动，服劳役的人可能会逃散，不能指望最后一定会成功，这也已经论述到了。面对这一切，如果还能够汇集众人的主张，考察每种主张可行与否，采用那些可行的主张，并通过主管者自身的看法进行修订补充，让宣布了的东西一定贯彻执行，使法令一定付诸实施，这样一来，还有什么工程不能够完成？还有什么水利不能够恢复呢？

曾巩我当初蒙受朝廷恩典担任越州通判，向人们询问鉴湖废兴的情况，寻求真能讲出利害所在的人。后来来到任所，向山阴、会稽两县查问鉴湖的地图，向州与河渠司查问有关鉴湖的书籍，在相互参照验核后，新的鉴湖图绘成了，反复探究编成了一部新的书，利害所在便显而易见了，所以写了这篇序进行系统论述，希望谋划鉴湖怎么整治的人能够有所参考。

熙宁二年（1069年）冬于卧龙斋。

◎ 送蔡元振序 ◎

蔡元振即将到汀州去做从事，前去请教曾巩。曾巩便写了此序赠给他，以表关怀之意。曾巩先谈论了"古之州从事"和"今之州从事"的区别，然后表达了对蔡君的期望，即"汀诚为治州也，蔡君可拱而坐也；诚未治也，人皆观君也，无激也，无同也，惟其义而已矣，蔡君之任也。其异日官于朝，一于是而已矣，亦蔡君之任也，可不懋软？"

【原文】

古之州从事，皆自辟士，士亦择所从，故宾主相得也。如不得其志，去之可也。今之州从事，皆命于朝，非惟守不得择士，士亦不得择所从，宾主岂尽相得哉！如不得其志，未可以辄去也。故守之治，从事无为可也；守之不治，从事举其政，亦势然也。议者不原其势，以为州之政当一出于守，从事举其政，则为立异，为侵官。噫！从事可否其州事，职也，不惟其同守之同，则舍己之是而求与之同，可乎？不可也。州为不治矣，守不自任其责，己亦莫之任也，可乎？不可也。则举其政，其孰为立异邪？其孰为侵官邪？议者未之思也。虽然，迹其所以然，岂士之所喜然哉！故曰亦势然也。

今四方之从事，惟其守之同者多矣。幸而材，从事视其政之缺，不过室于叹、途于议而已，脱然莫以为己事。反是焉则激，激亦奚以为也？求能自任其责者少矣。为从事乃尔，为公卿大夫士于朝，不尔

宋代官员幞头、朝服、腰带复原图

者其几邪！

　　临川蔡君从事于汀，始试其为政也。汀诚为治州也，蔡君可拱而坐也；诚未治也，人皆观君也，无激也，无同也，惟其义而已矣，蔡君之任也。其异日官于朝，一于是而已矣，亦蔡君之任也，可不懋欤？其行也，来求吾文，故序以送之。

【译文】

　　古时的州从事，都是由州刺史或郡太守自己征召士人来担当，士人也有权选择所愿归从的地方长官，所以幕宾和主人相互合得来。如果士人实现不了自己的意愿和主张，离职而去也可以。现今的州从事，全都是朝廷任命，不单单是知州无权选择士人，士人也无权选择所愿归从的知州。如此一来，幕宾和主人怎能全部都合得来呢？如果士人实现不了自己的意愿与主张，也不允许擅自就离职而去。因此如果知州把州郡治理得很好，从事就没什么可做的；如果知州把州郡治理得很差，从事就应承担起知州的州政，这也是客观形势造成的。议论政事的人，不推究客观形势，却认为一州的州政，应当全都由知州编排部署；从事承担起知州的州政，就属于另起炉灶，就属于超越权限。哎呀！从事对所在州的事务表示赞成或反对，这是他的职责啊！仅仅是为与知州合拍，就放弃自己的正确主张，这样做可以吗？不可以呀！一州已经被治理得很糟糕，知州不愿意承当起他的职责，从事本人也不把职责承当起来，这样做可以吗？不可以呀！这样看来，从事承担起知州的州政，怎么算是另起炉灶呢？怎么算是超越权限呢？由此看来议论政事的人对此未进行思索啊。追寻那造成这种情况的根源，哪里是士人所乐意这样的呢？也只是客观形势造成这种情况的啊！

　　现今四方各地的州从事，只为同所在州知州合拍的人，真是太多了。侥幸有很能干的州从事，看到州政的缺陷，也只是在家中慨叹一番，在路上议论几句而已，然后把它放在一边，不当成是自己该管的事；与此相反真去管，又容易管得过火，这又有什么用呢？确实能够主动担负起本身职责的人，实在太少了。当州从事都这样，而在朝廷上当公卿大夫士的不这样的，又有几位呢？

　　临川士人蔡元振君，到汀州去当从事官，这是第一次考验他为政怎样哩。汀州如果是治理得很好的州，蔡君就可以拱手安坐了；若是还未得到治理，人们就都看蔡君了。不管得过火，不曲意同知州合拍，只管如何符合原则就如何做罢了，这是蔡君的责任哪！等他日后有一天在朝廷供职，也完全照这样做就行了，这也是蔡君的责任哪，应用来自勉啊！他去赴任，前来求取我的文字，因而写下这篇序，送他上路。

◎ 答王深甫论扬雄书 ◎

曾巩素与王深甫、常夷甫等人交厚。几人以文章相尚，学问商榷，每有剀切之语，为世所闻。对于扬雄的评价，在他们之间引起了分歧，掀起了一场讨论，曾巩此文即为此而作。

【原文】

蒙疏示巩，谓扬雄处王莽之际，合于箕子之明夷。常夷甫以谓纣为继世，箕子乃同姓之臣，事与雄不同。又谓《美新》之文，恐箕子不为也。又谓雄非有求于莽，特于义命有所未尽。巩思之恐皆不然。

方纣之乱，微子、箕子、比干三子者，盖皆谏而不从，则相与谋，以谓去之可也，任其难可也，各以其所守自献于先生，不必同也。此见于《书》三子之志也。三子之志，或去或任其难，乃人臣不易之大义，非同姓独然者也。于是微子去之，比干谏而死，箕子谏而不从，至辱于囚奴。夫任其难者，箕子之志也，其谏而不从，至辱于囚奴，盖尽其志矣，不如比干之死，所谓各以其所守自献于先王，不必同也。当其辱于囚奴而就之，乃所谓明夷也。然而不去，非怀禄也；不死，非畏死也；辱于囚奴而就之，非无耻也。在我者，固彼之所不能易也。故曰内难而能正其志，又曰箕子之贞，明不可息也。此箕子之事，见于《书》《易》《论语》，其说不同，而其终始可考者如此也。

雄遭王莽之际，有所不得去，又不必死，辱于仕莽而就之，固所谓明夷也。然雄之言著于书，行著于史者，可得而考。不去非怀禄也，不死非畏死也，辱于仕莽而就之，非无耻也。在我者亦彼之所不能易也，故吾以谓与箕子合。吾之所谓与箕子合者如此，非谓合其事纣之初也。

至于《美新》之文，则非可已

扬雄《方言》书影

而不已者也。若可已而不已，则乡里自好者不为也，况若雄者乎！且较其轻重，辱于仕莽为重矣。雄不得已而已，则于其轻者，其得已哉！箕子者至辱于囚奴而就之，则于《美新》，安知其不为？而为之亦岂有累哉？不曰坚乎，磨而不磷；不曰白乎，涅而不淄。顾在我者如何耳。若此者，孔子所不能免。故于南子，非所欲见也；于阳虎，非所欲敬也。见所不见，敬所不敬，此《法言》所谓诎身所以伸道者也。

然则非雄所以自见者欤？孟子有言曰："天下有道，小德役大德，小贤役大贤；天下无道，小役大，弱役强。二者皆天也，顺天者存，逆天者亡。"而孔子之见南子，亦曰："予所否者，天厌之！天厌之！"则雄于义命，岂有不尽哉？

又云：介甫以谓雄之，仕合于孔子无不可之义。夷甫以谓无不可者，圣人微妙之处，神而不可知者也。雄德不逮圣人，强学力行，而于义命有所未尽，故于仕莽之际，不能无差。又谓以《美新》考之，则投阁之事，不可谓之无也。夫孔子所谓无不可者，则孟子所谓圣之时也。而孟子历叙伯夷以降，终曰："乃所愿，则学孔子。"雄亦为《太玄赋》，称夷齐之徒，而亦曰："我异于是，执《太玄》兮。荡然肆志，不拘挛兮。"以二子之志，足以自知而任己者如此，则无不可者，非二子之所不可学也。在我者不及二子，则宜有可有不可，以学孔子之无可无不可，然后为善学孔子。此言有以瘝学者，然不得施于雄也。前世之传者，以谓伊尹以割烹要汤，孔子主痈疽、瘠环，孟子皆断以为非伊尹、孔子之事。盖以理考之，知其不然也。观雄之所自立，故介甫以谓世传其投阁者妄，岂不亦犹孟子之意哉？

巩自度学每有所进，则于雄书每有所得。介甫亦以为然。则雄之言，不几于测之而愈深，穷之而愈远者乎？故于雄之事有所不通，必且求其意。况若雄处莽之际，考之于经而不缪，质之于圣人而无疑，固不待议论而后明者也。为告夷甫，或以为未尽，愿更疏示。

【译文】

承蒙逐条开示我：您觉得扬雄处在王莽篡汉自立的时代，同殷末箕子遭难而自我晦藏的做法相符合。常夷甫却认为纣王属于按正常顺序承继王位的君主，箕子是同样身为子姓的大臣，事体与扬雄不同；又认为《剧秦美新》这类谀文，恐怕箕子根本不会写；又认为扬雄不是对王莽有什么希求，只是他在执守道义和顺从命运的问题上，还有尚未完全弄明白的地方。我思索你们二位的这些高见，觉得恐怕都不确实真切。

正当纣王昏乱到极点的时候，微子、箕子、比干这三位先生，也许都因劝谏而不听从，就一起谋议，认为离开他也行，担负起劝谏杀身的祸难也行，各自不妨依照本人所执守的信条，分别向先王奉献忠心，不一定要行动都一样。这是在《书经》上能够看到的这三位先生的心志。这三位先生的心志，有的要离去，有的要担负起劝谏杀身的祸难，都属于为人臣的不可更改的大道义，不是只有与国君同姓的人才应当这样做的。因此微子离开了纣王，比干力谏而被剖心死去，箕子加以劝谏却拒不听从，直至辱没到当奴隶被囚禁。大抵说来，担负起劝谏杀身的祸难，是箕子的心志。他加以劝谏却不被听从，直至辱没到当奴隶，被囚禁，这恐怕已经尽到他那心志了。他不像比干那样去死，就正属于所说的各自依照本人所执守的信条，分别向先王献出忠心，不一定非得行动都一样啊！适值箕子辱没到当奴隶被囚禁却甘愿承受这种现状，这才是所说的遭难而自我晦藏呢！但是他不像微子那样离去，不是留恋官位俸禄；他不像比干那样去死，并非害怕丧命；他辱没到当奴隶，被囚禁，不是厚颜无耻；由自己掌握的处世原则与行事标准，原本就是像纣王那样的人所不能够改变的。因此《易经》上说他："朝廷中有难却能端正自己的心志，坚持正道。"又说："箕子的占问吉利，是指他的明德不可灭啊！"箕子的事迹在《书经》《易经》《论语》上可以看到，这三部经典的说法虽不一样，而事迹来龙去脉可以考知，都基本如此啊！

扬雄遇到王莽篡汉自立的时代，存在着不能离去的因素，又不一定非得去死，辱没到给王莽当官却甘愿承受这种现状，这原本就属于所说的遭难而自我晦藏啊！扬雄的言论在他的著作中明显摆着，行迹亦在史书上明显写着，可以见得到并能够考证。他不离去，并非留恋官位俸禄；他不去死，不是害怕丧命；他辱没到给王莽当官而甘愿承受这种现状，也非厚颜无耻；由自己掌握的处世原则与行事标准，也是像王莽那样的人所不能够改变。由此我认为他与箕子的做法相符合。我所讲的与箕子的做法相符合的地方就像这样，不是说他同箕子侍奉纣王的起初情形相符呀！

至于《剧秦美新》这类谀文，就属于不能不写的东西了。假若可写不可写的话，那么，就算是受乡里尊重的人也不会去写，何况扬雄这样的人呢！姑且验证核实一下他所面临的轻重问题：辱没到给王莽当官，已经是最重的了。扬雄对此因为没办法而已，那么，在轻的方面，他能作罢吗？像箕子这等人物，辱没到当奴隶被囚禁而甘愿承受，那么，对于《剧秦美新》这类谀文，又如何能知道他不会写呢？就是写了，又有什么不光彩呢？常言道，最坚固的东西磨也磨不薄，最洁白的东西染也染不黑，只是决定于自己掌握的处世原则和行事标准如何罢了。像这类情况，就是孔子也不能避免掉的。因此对于卫灵公夫人南子，不是内心想要拜见的；对于鲁国季氏家臣阳虎，不是内心想要恭敬的，却还要拜见所不想拜见的南子，恭敬所不想恭敬的阳虎，这正是《法言》所说的委屈自身用来伸张道义啊！

既然如此，那么，这不正是扬雄自己显现自己心志的地方吗？孟子有番话说："天下政治清明，道德不高的人就被道德高尚的人所支配。天下政治黑暗，力量小的就被力量大的所支配，力量弱的就被力量强的所支配。此两种现象，都是由上天决定的。顺从上天意志的人就生存，违背上天意志的人就灭亡。"而孔子拜见南子以后也发誓说："我若是不对的话，上天厌弃我吧！上天厌弃我吧！"如此看来，扬雄在执守道义和顺从命运的问题上，哪里还存在着没有彻底弄明白的地方呢？

来信还谈到：王介甫认为扬雄在"新"朝做官，符合孔子所讲的"没什么不可以"的意旨。常夷甫认为"没什么不可以"这种做法，是圣人精微奥妙的地方，属于玄妙而一般人无法测知的东西。扬雄的道德赶不上圣人，他努力学习，努力践行，然而在执守道义和顺从命运的问题上，还有尚未彻底弄明白的地方，因而给王莽当官的时候，不能没有差错。又认为依据《剧秦美新》这类谀文来考察，那么，他从天禄阁往下跳的事情，不能说从未发生过。这样说来，孔子所讲的"没什么不可以"这种话，正是孟子所谈的"圣人中识时务的人"这种意思。而孟子一个接一个叙述伯夷以下的圣人，最后表态说："至于我所希望的，是学习孔子。"扬雄也撰写《太玄赋》，称赞伯夷、叔齐这些人，并在末尾表态说："我和他们不一样，执守我那《太玄》啊！摒除一切，按我心志做，绝不拘束啊！"根据孟子和扬雄这两位先生的心志，足以自己明了该怎么办，但他们用来作为自己重任的，却是一个要学习孔子，一个要执守《太玄》，那么，"没什么不可以"这种做法，也并非这两位先生所不能学习的。由自己掌握的处世原则与行事标准赶不上这两位先生，那就当然应该有可以也有不可以了。经由学习孔子的"没有什么可以，也没什么不可以"的做法，然后够得上是善于学习孔子。这种讲法很有道理来使求学的人有感悟，但却没理由加到扬雄的头上。前代流传的说法，认为伊尹借助切肉做菜的手艺到商汤那里捞官，孔子将卫国的宦官痈疽、齐国的宦官瘠环当成寄宿之家的主人，孟子对此都作断定，认为根本就不是伊尹、孔子干过的事情。因为大致上由事理来考察，就清楚它们压根就不是那么回事。察测扬雄已经立起的言行，所以王介甫认为世上映传的关于他从天禄阁跳下去的说法纯属虚无妄言，这难道不和孟子的意思一个样吗？

我暗自想道：学问每次有所增进，就会对扬雄的著作有所收获。王介甫也认为是这样。这样看来，扬雄的学说，不接近它不知道它的深奥，不穷尽它不知道它的远阔。因此对扬雄的事情不明白的地方，必定要寻求他的原意。扬雄处在王莽篡汉自立的时代，他的所作所为放到经典意旨上去考察却不乖谬，拿圣人行事的原则去质疑求证却无可置疑，这些都是不需要议论半天以后才明了的事。请替我转告常夷甫，有的地方还觉得没说透，希望再逐条示知。

◎ 宜黄县县学记 ◎

曾巩这篇学记，历来备受推崇，古文论家非常看重此文，甚至以为"可废诸家学记"。

全文始终围绕一个"学"字展开论述。先叙古人之建学，后代之废学，后叙宜黄之立学，末勉励士子近学。行文不用间架，每段末尾大多设撰一感叹句、反诘句或疑问句，可谓含蕴无穷。

姚鼐评此文曰："随笔曲注，而浑雄博厚之气跃然纸上。"

【原文】

古之人，自家至于天子之国皆有学，自幼至于长，未尝去于学之中。学有《诗》《书》六艺、弦歌洗爵、俯仰之容、升降之节，以习其心体、耳目、手足之举措；又有祭祀、乡射、养老之礼，以习其恭让；进材、论狱、出兵授捷之法，习其从事。师友以解其惑，劝惩以勉其进，戒其不率，其所以为具如此。而其大要，则务使人人学其性，不独防其邪僻放肆也。虽有刚柔缓急之异，皆可以进之于中，而无过不及。使其识之明，气之充于其心，则用之于进退语默之际，而无不得其宜；临之以祸福死生之故，而无足动其意者。为天下之士，所以养其身之备如此，则又使知天地事物之变，古今治乱之理，至于损益废置、先后始终之要，无所不知。其在堂户之上，而四海九州之业、万世之策皆得，及出而履天下之任，列百官之中，则随所施为，无不可者。何则？其素所学问然也。

盖凡人之起居、饮食、动作之小事，至于修身为国家天下之大体，皆自学出，而无斯须去于教也。其动于视听四支者，必使其洽于内；其谨于初者，必使其要于终。驯之以自然，而待之以积久。噫！何其至也。故

雪窗读书图

其俗之成，则刑罚措；其材之成，则三公百官得其士；其为法之永，则中材可以守；其入人之深，则虽更衰世而不乱。为教之极至此，鼓舞天下，而人不知其从之，岂用力也哉？

及三代衰，圣人之制作尽坏，千馀年之间，学有存者，亦非古法。人之体性之举动，唯其所自肆，而临政治人之方，固不素讲。士有聪明朴茂之质，而无教养之渐，则其材之不成，固然。盖以不学未成之材，而为天下之吏，又承衰弊之后，而治不教之民。呜呼！仁政之所以不行，贼盗刑罚之所以积，其不以此也欤！

宋兴几百年矣。庆历三年，天子图当世之务，而以学为先，于是天下之学乃得立。而方此之时，抚州之宜黄犹不能有学。士之学者皆相率而寓于州，以群聚讲习。其明年，天下之学复废，士亦皆散去，而春秋释奠之事以著于令，则常以庙祀孔氏，庙不复理。皇祐元年，会令李君详至，始议立学。而县之士某某与其徒皆自以谓得发愤于此，莫不相励而趋为之。故其材不赋而羡，匠不发而多。其成也，积屋之区若干，而门序正位，讲艺之堂、栖士之舍皆足。积器之数若干，而祀饮寝食之用皆具。其像孔氏而下，从祭之士皆备。其书经史百氏、翰林子墨之文章无外求者。其相基会作之本末，总为日若干而已，何其周且速也！

当四方学废之初，有司之议，固以谓学者人情之所不乐。及观此学之作，在其废学数年之后，唯其令之一唱，而四境之内响应而图之，如恐不及。则夫言人之情不乐于学者，其果然也欤？

宜黄之学者，固多良士。而李君之为令，威行爱立，讼清事举，其政又良也。夫及良令之时，而顺其慕学发愤之俗，作为宫室教肄之所，以至图书器用之须，莫不皆有，以养其良材之士。虽古之去今远矣，然圣人之典籍皆在，其言可考，其法可求，使其相与学而明之，礼乐节文之详，固有所不得为者。若夫正心修身，为国家天下之大务，则在其进之而已。使一人之行修移之于一家，一家之行修移之于乡邻族党，则一县之风俗成，人材出矣。教化之行，道德之归，非远人也，可不勉欤！县之士来请曰："愿有记。"其记之。十二月某日也。

【译文】

古时候的人，从家庭居住地直到天子的京都，都设有学校。他们从幼年直到成年，从未从学习状态中脱离开过。学习的内容有《诗》《书》和礼、乐、射、御、书、数这六项技能，有演奏和朗诵各地采集来的诗歌，洗涤酒杯再向客人敬酒的酬答礼仪，低头和抬头的姿势，进来和退下的步法，使内心、身体、耳目和手脚的一整套符合规范的动作形成习惯。也有祭祀、乡射、养老这类典礼，来培养其端庄严肃、谦逊推让的容止。还有进用优秀人才、区分轻重审断案件、出兵祝胜、凯旋献

捷的程式，来熟悉自己将来所要承担的
职事。通过老师和学友来解开疑难问题，
凭借奖励和惩处手段来勉励人们不断上
进，令人们对不遵从教诲引起警惕。古
代所订立的施教内容、方法与学规如上
之详细绵密，而其要旨，正是在于务必
让人人在各自的善良本性上自觉地体会
领悟、陶冶和提高，不单单是防止人们
邪僻放肆啊！尽管学生存在着性情上刚
强或柔弱、缓慢或急躁的差别，却都能
使他们步入不偏不倚的境地，不再有过分
或赶不上的倾向。致使他们在内心深处
识见洞明，正气充沛。这样，一旦身处前
进、退避、表态不表态的时候，就没有

白鹿洞书院

得不到最合适的处理的；一旦把祸福死生的利害关系摆到他们面前，也没有足可以动
摇他们的意志的。要令他们成为天下的士子，对他们进行身心培养的完备程度竟然到
此地步。进而又让他们了解天地事物的变化、古今治乱的道理，直至典章制度减裁增
补、废止创设、先行与后续、起始与终结的关键点，没有一处不清楚的。他们身处堂
室门户之上，可有关四海九州的统辖大业永久保持和巩固政权的策略，却全都了然于
胸。等到步入仕途，担当起天下的大任，位居百官的行列中，就会根据所施行的事
项，没有一宗应对不了的。为什么呢？这是他们平时所学习请教到的东西造就的。

　　大致说来，凡属人们作息、饮食、日常活动这类小事，直至修养好自身，掌握
治理国家天下的要领，都从学习中得出来，而片刻也脱离不开教导啊！在耳目四肢
要做的那些事情，必然叫它同内心协调一致；在起始就谨慎对待的那些方面，必然
叫它贯彻到底。用自然而然来使他们循序渐进，用积久而成来等待他们完全合格。
哎呀！这教得多么到家啊！因此，那样一种风俗形成，刑罚就搁置不用了；那样一
等人才造就，三公百官就获得足能胜任的士子了。它作为法式坚持下去，中等资质
的人就可以做到安分守己；它深入人心，即使经历衰败的时代，人们也不会动乱。
进行教导的极致达到这般地步，鼓舞全天下，使人们自然而然地遵循礼制法度，这
哪里还用得上动用强制性的力量呢？

　　等到夏、商、周三代衰落以后，圣人创设的教育制度全部被破坏。一千多年之
间，学校教育仍有留存的，也不是那古代的良法了。世人体现性情的举动，只管任
从他本人随意；而居官当政、治理民众的方法，根本就不再平时作讲求。士子具备

聪明和朴实厚道的资质，却没有教导培养的渐进过程，结果无法培养出理想的人才，也在情理之中。让那些不曾真正学习、尚未造就的人才去做天下各地的官吏，在世道衰颓凋敝之后，硬去治理未曾教化过的百姓。哎呀呀！仁政之所以得不到推行，贼寇强盗和国家刑罚之所以长期消灭不掉，这种局面难道不是因为以上原因吗？

大宋兴起，已经几百年了。庆历三年（1043 年），圣明天子谋求当世的要务，而把兴学列为首位，天下各地的学校得以设立。可正值此时，抚州辖领的宜黄县仍然不具备条件拥有学校。士子中求学的人，都一个接一个寄宿在抚州州学，大家聚集在一起讲论研习。第二年，天下各地的学校再次废止，士子也都离散而去。但是春秋两季祭奠先圣先师的大事，因在法令上作出过永远遵守执行的规定，就常借孔庙祭祀孔老夫子，孔庙又不再作修整。皇祐元年（1049 年）正赶上县令李详到任，才头一次商议设立学校。而县中士子某某以及他的追随者，都自以为在这时获得机会发愤求学，没有谁不相互激励而趋向振兴地方的文教事业。因此，所需物料不摊派还有剩余，工匠不征调还远远超额。县学的建成，累计起房屋建筑区共有许多处，而门墙和先圣祭室、讲诵经典的厅堂，供士子住宿的房间，一所也不缺少。累计起器物的数目共有若干件，而祭祀、饮水、睡觉、吃饭的用品，一件也不少。校内的雕像与画像，从孔老夫子以下，直到陪从受祭的贤士，一个也不缺失。所需的图书，无论经典史籍、诸子百家，还是文人墨客的文章，没有要向外边寻借的。从择定基址到施工，从头到尾才总共用了若干天。这是多么周全又迅速啊！

正当四方学校刚要废止时，朝廷主管部门的讨论意见坚持认为，兴建学校属于人们普遍都不感兴趣的事情。宜黄县学的修建是在那次废止学校的几年以后，只不过该县县令一倡导，全县境内就群起响应，并且谋划操办这件大事，县民唯恐自己赶不上一般。由此来看，当初说人们普遍对办学校不感兴趣的人，他那种说法当真不错吗？

宜黄县求学的人，本来就有很多优秀的士子。而李君担任该县县令，权威得到贯彻，仁爱得到树立，争讼平息，政事大有起色，他所实行的县政很好哩！趁贤良县令在任的时候，随顺当地向往求学、发愤用功的习俗，修建学宫堂室，图书、器物、用具等必需品无不应有尽有，培养那本来属于良才的士子。尽管古代距离今世已经很遥远了，然而圣人的典籍都还保存着，他们讲过的那些话仍可以考察，他们制定的那些法则仍可以求取，特让士子共同学习并明确它。其中礼乐方面各种仪式的详细规定，固然存在着不能再全部照办的东西，至于使内心纯正、修养好自身，肩负起治理国家天下的重任，就在于怎样叫士子们朝这目标迈进了。先使一个人的品行得到修明，推广到一家去；一家品行得到修明，再推广到乡里邻居、同一族的亲属去，这样，整个县的风俗就形成了，人才就涌现出来了。教化的推行，道德的归属，并不远离世人啊！能够不劝勉吗？宜黄县的士子前来请求说："希望有篇记文。"这篇记文记于十二月的某一天。

◎ 学舍记 ◎

据本文"今天子至和之初"，知写于至和元年（1054 年）。这篇实是作者三十六岁前的自传，提供了入仕前的第一手资料，是了解研究曾巩生平和思想的重要文献，可以和作者的《读书》诗参看。后来归有光的名文《项脊轩志》亦规模此文。

茅坤引王慎中云："此亦是先生独出一体，在韩、欧未有。然大意亦自《醉翁亭》《真州东园》二篇体中变出，又自不同也。"

【原文】

子幼则从先生受书，然是时，方乐与家人童子嬉戏上下，未知好也。十六七时，窥六经之言与古今文章，有过人者，知好之，则于是锐意欲与之并。而是时，家事亦滋出。自斯以来，西北则行陈、蔡、谯、苦、睢、汴、淮、泗，出于京师；东方则绝江舟漕河之渠，逾五湖，并封、禺、会稽之山，出于东海上；南方则载大江，临夏口而望洞庭，转彭蠡，上庚岭，隬真阳之泷，至南海上。此予之所涉世而奔走也。蛟鱼汹涌湍石之川，巅崖莽林佈岮之聚，与夫雨旸寒燠风波雾毒不测之危，此予之所单游远寓，而冒犯以勤也。衣食药物，庐舍器用，箕笤碎细之间，此予之所经营以养也。天倾地坏，殊州独哭，数千里之远，抱丧而南，积时之劳，乃毕大事，此予之所遭祸而忧艰也。太夫人所志，与夫弟婚妹嫁，四时之祠，属人外亲之问，王事之输，此予之所皇皇而不足也。予于是力疲意耗，而又多疾，言之所序，盖其一二之粗也。得其闲时，挟书以学，于夫为身治人，世用之损益，考观讲解，有不能至者。故不得专力尽思，琢雕文章，以载私心难见之情，而追古今之作者为并，以足予之所好慕，此予之所自视而嗟也。

今天子至和之初，予之侵扰多事故益甚，予之力无以为，乃休于家，而即其旁之草舍以学。或疾其卑，或议其隘者，予顾而笑曰："是予之宜也。予之劳心困形，以役于事者，有以为之矣。予之卑巷穷庐，冗衣奢饭，苣苋之羹，隐约而安者，固予之所以遂其志而有待也。予之疾则有之，可以进于道者，学之有不至。至于文章，平生所好慕，为之有不暇也。若夫土坚木好高大之观，固世之聪明豪隽挟长而有恃者所得为，若予之拙，岂能易而志彼哉？"遂历道其少长出处，与夫好慕之心，以为《学舍记》。

【译文】

我幼年就跟从教书的先生读书，然而那时候喜欢同家人孩子们打闹玩耍，还不知道喜欢书籍。十六七岁时，看"六经"的话语和古今的文章，蕴含着超越常人的见解，懂得了喜爱它，于是想学习并达到这种境界。可就在此时，家中的倒霉事也一桩接一桩发生了。从那时以来，在西北历经陈州、蔡州、谯县、苦县和睢水、汴水、淮水、泗水，又从都城离开；在东方乘船渡过大江和运粮的水道，越过五湖，沿着封山、禺山、会稽山前进，又从东海出发；在南方在长江上漂流，抵临夏口，远望洞庭湖，转向彭蠡泽，登上大庾岭，自真阳县到达泷水县，直至南海岸边。这是我踏进社会而四处奔波的情形。那蛟龙巨鱼出没、波浪拍击河石的长川，那陡峭的山崖、茂密的森林和野兽毒蛇聚合成一体的地方，以及暴雨淋头、各种反常的气象和水中风波、林间毒雾等不可预测的危险，这是我独身游历、寄居远方而甘冒风险的常事。家中穿的、吃的和药物，房屋和各种用具，簸箕箧筐之类的琐碎出入，这是我所操办、用来养活一家大小的事务。老父亲突然去世，在他乡我独自一个人悲声痛哭，从数千里以外守护灵柩南返故乡，又经过很久的操劳，才办完安葬的大事，这是我遭受祸难而丧父的情形。祖母临终前的遗愿，以及弟弟们的娶亲，妹妹们的出嫁，四季例行的祭祀活动，内外亲属的日常交往，向官府缴纳租税，这是我忙得不可开交而又处理不周全的事情。我在这些事情上耗尽了精力，而又自身多病。以上所讲的那些情况，还仅仅是一两个方面的粗略情况。获得一点儿轻闲时光，就挟起书本去学习，对于修养好自身、治理民众、世上该采取的措施应增补或减损哪些，考察讲解起来，就不能十分周全细致了。所以做不到集中精力，竭尽思虑，写不出精雕细刻文章来表达自己心中难以表现的情感。追比古今的文人，与他们站在同列，实现我的理想，这是我自行察照起来而深为感叹的呀！

如今正当大宋至和初年，而我受到的干扰和遭遇事故的不断增多，靠我的力量根本就应付不了，于是在家休养，到宅旁的草房去学习。有人抱怨它太低矮，有人讥笑它太狭小，我四面观看，笑着说："这对我是最合适的地方。我劳损心力、困顿形体并且被家事所役使，是有理由的啊。我住在小巷破屋，身穿烂衣服，食用糙米饭，口喝野菜汤，隐遁却安心，正是为实现抱负并且有所期待啊！我所忌恨的东西也有，那就是可以进入圣贤之道，学问却有不到家的地方。至于文章，是我平生的爱好与追求，写起来有时间不够用的感觉。至于那些砖土坚固、木料上乘、外观高大的建筑，原本属于世上聪明豪俊、具有优越条件而势力强大的人才能去修建的。像我这样笨拙的人，哪里能够改变过来并去追求那大房舍呢？"于是逐项讲述自己从小孩子到成年人的经历，以及爱好和向往的心态，写成了这篇《学舍记》。

◎《战国策》目录序 ◎

嘉祐五年（1060年）至治平二年（1065年），曾巩入史馆，校勘了许多古籍，《战国策》即其中之一。凡经校书都要作篇"目录序"，包括作者、篇数，兼及撰写、流传与整编简况，着笔不多。曾巩向来认为"为文志在明道"，因而他在序中最着力处，涉及书的内容得失，借题发挥，因文生义。

曾巩在本文中主张"法变道不变"的思想。

【原文】

刘向所定《战国策》三十三篇，《崇文总目》称第十一篇者阙，臣访之士大夫家，始尽得其书，正其误谬而疑其不可考者，然后《战国策》三十三篇复完。叙曰：

向叙此书，言"周之先，明教化，修法度，所以大治。及其后，谋诈用，而仁义之路塞，所以大乱"。其说既美矣。卒以谓"此书战国之谋士度时君之所能行，不得不然"。则可谓惑于流俗，而不笃于自信者也。

夫孔孟之时，去周之初已数百岁，其旧法已亡，旧俗已熄久矣。二子乃独明先王之道，以谓不可改者，岂将强天下之主以后世之所不可为哉？亦将因其所遇之时、所遭之变而为当世之法，使不失乎先王之意而已。二帝三王之治，其变固殊，其法固异，而其为国家天下之意，本末先后，未尝不同也。二子之道，如是而已。盖法者所以适变也，不必尽同；道者所以立本也，不可不一，此理之不易者也。故二子者守此，岂好为异论哉？能勿苟而已矣，可谓不惑乎流俗而笃于自信者也。

战国之游士则不然，不知道之可信，

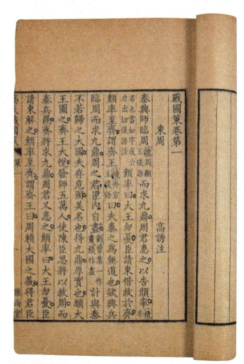

《战国策》

而乐于说之易合，其设心注意，偷为一切之计而已。故论诈之便而讳其败，言战之善而蔽其患，其相率而为之者，莫不有利焉，而不胜其害也；有得焉，而不胜其失也。卒至苏秦、商鞅、孙膑、吴起、李斯之徒以亡其身，而诸侯及秦用之者，亦灭其国，其为世之大祸明矣，而俗犹莫之寤也。惟先王之道，因时适变，为法不同，而考之无疵，用之无弊，故古之圣贤未有以此而易彼也。

或曰："邪说之害正也，宜放而绝之，则此书之不泯其可乎？"对曰："君子之禁邪说也，固将明其说于天下，使当世之人皆知其说之不可从，然后以禁，则齐；使后世之人皆知其说之不可为，然后以戒，则明，岂必灭其籍哉？放而绝之，莫善于是。是以孟子之书，有为神农之言者，有为墨子之言者，皆著而非之。至于此书之作，则上继春秋，下至楚汉之起，二百四五十年之间，载其行事，固不可得而废也。"

此书有高诱注者二十一篇，或曰三十二篇，《崇文总目》存者八篇，今存者十篇云。

【译文】

西汉刘向所校定的《战国策》三十三篇，《崇文总目》中说，只是其中的第十一篇原文已经找不到了。为臣我访求士大夫各家藏书，得到这部书的所有传本，订正传本中的错误讹谬，而对那些无法考辨清楚的问题暂不定论，这样做之后，《战国策》三十三篇就完整无缺。

臣下我特撰书序说：刘向为这部书作叙录，倡言周代以前，宣传阐述教育感化，整顿法规制度，所以天下大治。之后的一段时间，谋略诈术兴用，而仁德道义的正路阻塞，所以天下大乱。他这种说法，本来已经是很有道理了。可最后又认为，这部书属于战国的谋士揣度当代国君所能采用的方法，不得不这样做。如此认为，他就是被流风世俗所迷惑，而缺乏自信了。

总的说来，孔子和孟子时代，距离周朝初期已经数百年了。当初的旧法式已经消亡、古老的习惯已经泯灭很久了。这两位老夫子明了先王以仁义治国的总原则，认为这是不可更改的，其目的并不是打算用后世已经不运用的那一套去勉强天下君主去照办。他们只是打算随顺他们所生活的时期，所碰上的变故，确立起当世的治国方法，叫它与先王本意相符。从唐尧、虞舜到夏禹、商汤、周文王与武王的治绩，各自所做的变更本来就不相同，各自采取的方法本来就存在差异，可他们治理好国家天下的本意，由前及后的过程，先行后续的步骤，却未尝不相同啊！这两位老夫子的主张，不过如此罢了。一般讲，治国方法是用来适应时世变化的东西，不尽相同；以仁义治国的总原则是用来定立根基的东西，却不能不完全一致。这属于道理上无法更改的问题，所以这两位老夫子执守这一条，怎么会是喜好提出与众不同的主张呢？其实能够做到不随便更改就已经不错了。这才真正称得上是不被流风世俗所迷惑，而很有自信啊！

战国时代四处游说的策士，就不会如此。他们不懂得信守仁义治国的总原则，却对游说容易打动君主大感兴趣。这些人心里想的，意念所关注的是随便施展一时的权宜对策罢了。因而就随意谈论诈术的便捷，却避讳败亡那一面；盛

战国服饰复原图

言争战的好处，却掩盖祸患那一面。这些策士都是捞取到私利而又承受不起那与之俱来的危难的；没有一个不是暂有所得而又承受不起那与之俱来的损失的。而到苏秦、商鞅、孙膑、吴起、李斯出现，都由此丢掉了自身性命；诸侯各国以及秦朝信用他们的那些君主，则使自己的国家遭到灭亡。这些人、这些事是世间的巨大灾祸，这已很清楚了，可世俗却仍旧没有省悟啊！只有先王以仁义治国的总原则，可以依据时势，顺时而变，指导订立出不同的治国方法，而考察它不存在缺点，施用它不存在弊端。所以古代的圣王贤君，从来没有用另一条替换它的。

有人也许会说："邪伪的学说侵害正道，按理应该排斥禁绝它。那么，这部书仍不是该泯灭吗？"我对答道："君子禁绝邪伪的学说，本来应把它那学说向全天下讲清楚，使当代的人都不相信那学说，然后再来禁绝，这样才齐备；让后世的人都知道它那学说不能够作为参照，然后再来警戒，这样才能让道理更显明。为什么非得泯灭它不可呢？让它流传于世并通过它使邪伪学说不行于世，没有哪种办法比这样更好的了。所以孟子写的书，对当时出现的倡行神农氏学说的人，倡行墨子学说的人，都专门标出并指明他们的荒谬之处。至于这部书的编撰，上续《春秋》，下至楚汉相争的兴起，大约总共二百四十五年之间，载述该阶段的事迹，根本就不能够废弃啊！"

这部书带有东汉高诱注解的，计有二十一篇，有的说是三十二篇。《崇文总目》实际上带注的为八篇，现今校定本实存带注的为十篇。

◎ 南轩记 ◎

这是一篇具有座右铭作用的题壁文，可与《学舍记》合观。

【原文】

得邻之莱地蕃之，树竹木灌蔬于其间，结茅以自休，嚣然而乐。世固有处廊庙之贵，抗万乘之富，吾不愿易也。

人之性不同，于是知伏闲隐隩，吾性所最宜。驱之就烦，非其器所长，况使之争于势利、爱恶、毁誉之间邪？然吾亲之养无以修，吾之昆弟饭菽藿羹之无以继，吾之役于物，或田于食，或野于宿，不得常此处也，其能无焰然于心邪？少而思，凡吾之拂性苦形而役于物者，有以为之矣。士固有所勤，有所肆识，其皆受之于天而顺之，则吾亦无处而非其乐，独何必休于是邪？顾吾之所好者远，无与处于是也。然而六艺百家史氏之籍，笺疏之书，与夫论美刺非、感微托远、山镵冢刻、浮夸诡异之文章，下至兵权、历法、星官、乐工、山农、野圃、方言、地记、佛老所传，吾悉得于此，皆伏羲以来，下更秦汉至今，圣人贤者魁杰之材，殚岁月，愁精思，日夜各推所长，分辨万事之说，其于天地万物，小大之际，修身理人，国家天下治乱安危存亡之致，罔不毕载。处与吾俱，可当所谓益者之友非邪？

吾窥圣人旨意所出，以去疑解蔽，贤人智者所称事引类，始终之概以自广，养吾心以忠，约守而恕行之。其过也改，趋之以勇，而至之以不止，此吾之所以求于内者。得其时则行，守深山长谷而不出者，非也。不得其时则止，仆仆然求行其道者，亦非也。吾之不足于义，或爱而誉之者，过也。吾之足于义，或恶而毁之者，亦过也。彼何与于我哉？此吾之所任乎天与人者。然则吾之所学者虽博，而所守者可谓简；所言虽近而易知，而所任者可谓重也。

书之南轩之壁间，蚤夜览观焉，以自进也。南丰曾巩记。

【译文】

得到邻近杂草丛生的一块地，围上篱笆，栽上竹木，在其中灌水种蔬菜，搭建起草房来给自己休息，悠闲又快乐。世上固然有身在朝廷的显贵，财富与国君抗衡的富商，但我却不愿意和他们交换位置。

人的性情各不相同，因此而明白处于闲散的生活状态中，隐居在僻静的处所，对我的性情来说最为适合。迫使我去做繁杂的事情，本来就不是我的长处所在，何况还要让人到那势利、爱憎、毁誉中间去斡旋呢？然而我母亲的赡养没条件达到最完善的地步，我兄弟们的粗食淡饭也得想办法顿顿吃得上。我被解决这些生活问题所驱使，有时在田地里用饭，有时在野外住宿，不能够经常待在这草房中，哪能在心里不急躁呢？不过冷静一下再想想，我违背自己的性情，劳苦自己的身体，被生活问题所驱使，也是有理由的。读书人原本就有该勤苦的事，也有该快意的事，明白这些都是从上天那里承受下来的，进而顺从它，那我也就没有任何地方不是该欢乐的了。为什么偏偏非要在这草房里休息才算好呢？回想我所喜爱的东西很深奥，与身在这草房中没有什么太大的关系。但是六经、诸子百家、史家的著述、注解之类的书籍，以及上到谈论美好事物、讽刺丑恶现象、对细微的东西深有感触而寄托又深远、凿于山崖、镌刻于墓石、浮夸又诡调怪异的文章，下到用兵谋略、历法、星象、乐舞、音律、农作物种植、方言、地理、佛教道教所传授的教义法术，我都在这草房中获取到。它们都属于从伏羲以来，历经秦朝汉朝直到当代，圣贤和奇才穷尽岁月经过精密思索日夜推究所精通的学问，分析辨清各种事物的论断，对于天地万物、小事与大道的关系、修养好自身、治理人民、国家天下治乱安危存亡的最高表现，没有不详尽记述的。这样一来，草房与我在一起，可以够得上人们所说的充实自己的好友吧？

我窥探圣人主旨用意的出发点，用它来消除疑惑，解开蒙昧。贤人和明智者称说事物，连及类属，勾勒出自始至终的大概情形，用它来扩充自己。用忠诚来培植我的心性，紧紧约束住节操，按宽容的原则去办事，有过错就改正，凭借勇敢去对待所要奔赴的事业，靠永不止息来实现最高的目标，这些都是我要从内心来加以探求的东西。得到适当的时机就应去施行，如果还守身在深山长谷而不出世，显然也是不对的。得不到适当的时机就作罢，如果还要不辞劳苦地去践行自己的主张，显然也是不对的。我在适宜问题的处理上做得还不够，却有人喜爱我而对我加以称赞，这是不正确的。我在适宜问题的处理上做得很充分，却有人厌恶我而对我进行诋毁，这也是不正确的。这两种态度，与我又有什么相干呢？进退适宜，正是我对上天和世人所应担当的。既然如此，那么我所研究的学问虽然很广博，但所持守的却可以称得上简要；所讲论的东西尽管浅显，很容易了解，但所承当的却可以称得上重大。

把以上这些话写在南轩的墙壁上，早晚看看它，用来勉励自己上进。南丰曾巩记。

◎ 鹅湖院佛殿记 ◎

本想请名人题文装饰一下门面，没想到题文却记曰：自西方用兵，天子、宰相与士大夫劳于议谋，材武之士劳于力，农工商之民劳于赋敛。惟学佛之人不劳于谋议，不用其力，不出赋敛，食与寝自如也。僧绍元为何得到这样莫名其妙的题文，文中自有其意。

【原文】

庆历某年某月日，信州铅山县鹅湖院佛殿成，僧绍元来请记，遂为之记曰：自西方用兵，天子、宰相与士大夫劳于议谋，材武之士劳于力，农工商之民劳于赋敛。而天子尝减乘舆掖庭诸费，大臣亦往往辞赐钱，士大夫或暴露其身，材武之士或秉义而死，农工商之民或失其业。惟学佛之人不劳于谋议，不用其力，不出赋敛，食与寝自如也。资其宫之侈，非国则民力焉，而天下皆以为当然，予不知其何以然也。今是殿之费，十万不已，必百万也；百万不已，必千万也；或累累而千万之不可知也。其费如是广，欲勿记其日时，其得邪？而请予文者，又绍元也。故云尔。

【译文】

庆历某年某月某日，信州铅山县鹅湖院新建的佛殿落成。该院的僧人绍元前来请求写篇记文，于是为他作记说：自从朝廷在西方对夏用兵，天子、宰相和士大夫都在为计议谋划操劳，身怀武艺的将士都以武力效劳，农民、工匠、商人等大宋的百姓都为缴纳赋税愁劳；而天子时常减少车驾、后宫等诸项费用的支出，朝廷大臣也常常辞谢例行的赏钱，士大夫有的冒着生命危险同敌方进行公开交涉，身怀武艺的将士有的秉持道义战死，农民、工匠、商人这些大宋的百姓有的丧失谋生本行。只有学习佛法的人，不在谋划计议国事上操劳，不拿出他们的气力，不缴纳赋税，吃饭与睡觉该怎么样仍然怎么样。赞助他们增修扩建庙宇，使用的不是国家就是百姓的财力物力，可全天下却都认为理所应当，我真不明白这种心理为什么竟会成为这样。如今建造这样一座佛殿的费用，十万不够，必定会增到一百万，一百万不够，必定会增到一千万，甚至一增再增，增到一千万还不知道到极限没有呢！它所耗费的费用这样浩大，想不记下它落成的日期年月，能叫人办得到吗？而请求我写文章的人，又是绍元和尚，所以讲了上面那番话。

◎ 熙宁转对疏 ◎

转对，亦称轮对。宋袭唐旧制，在京官依每五日轮一人，入内殿指陈时政得失。

宋神宗即位，锐意更张。熙宁元年（1068年）四月起用王安石"越次入对"。本文则担心神宗在"更制变俗之际"，被"邪情邪说"溺蔽，而用之无补，行不见效。此疏自然不会让神宗满意。不久便将其调到越州去做通判。

【原文】

准御史台告报臣僚朝辞日具转对，臣愚浅薄，恐言不足采。然臣窃观唐太宗即位之初，延群臣与论天下之事，而能绌封伦，用魏郑公之说，所以成贞观之治。周世宗初即位，亦延群臣，使陈当世之务，而能知王朴之可用，故显德之政，亦独能变五代之因循。夫当众说之驰骋，而以独见之言，陈未形之得失，此听者之所难也。然二君能辨之于群众之中而用之，以收一时之效，此后世之士，所以常感知言之少，而颂二君之明也。今陛下始承天序，亦诏群臣，使以次对。然且将岁馀，未闻取一人，得一言，岂当世固乏人，不足以当陛下之意欤？抑所以延问者，特用累世之故事，而不必求其实欤？臣愚窃计，殆进言者未有以当陛下之意也。陛下明智大略，固将比迹于唐虞三代之盛，如太宗、世宗之所至，恐不足以望陛下，故臣之所言，亦不敢效二臣之卑近。伏惟陛下超然独观于世俗之表，详思臣言

帝王图

而择其中，则二君之明，岂足道于后世，而士之怀抱忠义者，岂复感知言之少乎？臣所言如左。

臣伏以陛下恭俭慈仁，有能承祖宗之德；聪明睿知，有能任天下之材。即位以来，早朝晏罢，广问兼听，有更制变俗、比迹唐虞之志，此非群臣之所能及也。然而所遇之时，在天则有日食星变之异，在地则有震动陷裂、水泉涌溢之灾，在人则有饥馑流亡、讹言相惊之患，三者皆非常之变也。及从而察今之天下，则风俗日以薄恶，纪纲日以弛坏，百司庶务，一切文具而已。内外之任，则不足于人材；公私之计，则不足于食货。近则不能不以盗贼为虑，远则不能不以夷狄为忧。海内智谋之士，常恐天下之势不得以久安也。以陛下之明，而所遇之时如此，陛下有更制变俗、比迹唐虞之志，则亦在正其本而已矣。《易》曰：正其本，万事理。臣以谓正其本者，在陛下得之于心而已。

臣观《洪范》所以和同天人之际，使之无间，而要其所以为始者，思也；《大学》所以诚意正心修身，治其国家天下，而要其所以为始者，致其知也。故臣以谓正其本者，在得之于心而已。得之于心者，其术非他，学焉而已矣。此致其知所以为大学之道也。古之圣人，舜禹成汤文武，未有不由学而成，而傅说、周公之辅其君，未尝不勉之以学。故孟子以谓学焉而后有为，则汤以王，齐桓公以霸，皆不劳而能也。盖学所以成人主之功德如此。诚能磨砻长养，至于有以自得，则天下之事在于理者，未有不能尽也。能尽天下之理，则天下之事物接于我者，无以累其内；天下之以言语接于我者，无以蔽其外。夫然则循理而已矣，邪情之所不能入也；从善而已矣，邪说之所不能乱也。如是而用之以持久，资之以不息，则积其小者必至于大，积其微者必至于显。古之人自可欲之善而充之，至于不可知之神，自十五之学而积之，至于从心之不逾矩，岂他道哉？由是而已矣。故曰："念终始典于学。"又曰："学然后知不足。"孔子亦曰："吾学不厌。"盖如此者，孔子之所不能已也。人能使事物之接于我者，不能累其内，所以治内也；言语之接于我者不能蔽其外，所以应外也。有以治内，此所以成德化也；有以应外，此所以成法度也。德化、法度既成，所以发育万物，而和同天人之际也。

自周衰以来，道术不明。为人君者，莫知学先王之道以明其心；为人臣者，莫知引其君以及先王之道也。一切苟简，溺于流俗末世之卑浅，以先王之道为迂远而难遵。人主虽有聪明敏达之质，而无磨砻长养之具，至于不能有以自得，则天下之事，在于理者有所不能尽也。不能尽天下之理，则天下之以事物接于我者，足以累其内；天下之以言语接于我者，足以蔽其外。夫然，故欲循理而邪情足以害之，欲从善而邪说足以乱之。如是，而用之以持久，则愈甚无补；行之以不息，则不能见效。其弊则至于邪情胜而正理灭，邪说长而正论消，天下之所以不治而有至于乱者，以是而已矣。此周衰以来，人主之所以可传于后世者少也。可传于后世者，若汉之文帝、宣帝，唐之太宗，皆可谓有美质矣。由其学不能远而所知者陋，故足以贤于近世之庸主矣。若夫议唐虞三代之盛德，则彼乌足以云乎？由其如此，故自周衰以来，千有馀年，天下之言理者，亦皆卑近浅陋，以趋世主之所便，而言先王之道者，皆绌而不省。故以孔子之圣，孟子之贤，而犹不遇也。

今去孔孟之时又远矣，臣之所言，乃周衰以来千有馀年，所谓迂远而难遵者也。然臣敢献之于陛下者，臣观先王之所已试，其言最近而非远，其用最要而非迂，故不敢不以告者，此臣所以事陛下区区之志也。伏惟陛下有自然之圣质，而渐渍于道义之日又不为不久，然臣以谓陛下有更制变俗、比迹唐虞之志，则在得之于心。得之于心，则在学焉而已者。臣愚以谓陛下宜观《洪范》《大学》之所陈，知治道之所本不在于他；观傅说、周公之所戒，知学者非明主之所宜已也。陛下有更制变俗、比迹唐虞之志，则当恳诚恻怛，以讲明旧学而推广之，务当于道德之体要，不取乎口耳之小知，不急乎朝夕之近效，复之熟之，使圣心之所存，从容于自得之地，则万事之在于理者，未有不能尽也。能尽万事之理，则内不累于天下之物，外不累于天下之言。然后明先王之道而行之，邪情之所不能入也；合天下之正论而用之，邪说之所不能乱也。如是而用之以持久，资之以不息，则虽细必巨，虽微必显。以陛下之聪明而充之，以至于不可知之神；以陛下之睿知而积之，以至于从心所欲之不逾矩，夫岂远哉？顾勉强如何耳。夫然，故内成德化，外成法度，以发育万物，而和同天人之际，甚易也。若夫移风俗之薄恶，振纪纲之弛坏，变百司庶务之文具，属天下之士使称其位，理天下之财使赡其用，近者使之亲附，远者使之服从，海内之势使之常安，则惟陛下之所欲，何求而不得，何为而不成乎？未有若是而福应不臻，而变异不消者也。如圣心之所存，未及于此，内未能无秋毫之累，外未能无纤芥之蔽，则臣恐欲法先王之政，而智虑有所未审；欲用天下之智谋材谞之士，而议论有所未一，于国家天下愈甚无补，而风俗纲纪愈以衰坏也。非独如此，自古所以安危治乱之几，未尝不出于此。

臣幸蒙降问，言天下之细务，而无益于得失之数者，非臣所以事陛下区区之志也。辄不自知其固陋，而敢言国家之大体。惟陛下审察而择其宜，天下幸甚。

【译文】

遵奉御史台通知，臣僚在离开朝廷到地方上去赴任的当天，要按次序详尽陈奏朝政得失，可臣下我愚昧浅薄，恐怕所提出的意见不足以采纳。可是臣下我私下观察唐太宗在刚刚登上帝位之后，就召集群臣谋划天下的事务，可以摒弃封伦的主张，采用魏郑公魏徵的建议，于是实现了贞观年间的大治。后周世宗刚刚登上帝位，也召集群臣，让他们陈奏当代应下气力立即解决的问题，能够看出王朴可以信用，因此显德年间的国政，也独自能够改变五代时期因循守旧的状况。面对众人的说法各逞己见，而其中谁能以具有独到见解的言论，陈述出尚未显现出来的得失所在，这是听取者很不容易做出分辨的事情。然而唐太宗和后周世宗这两位君主可以在众人中分辨出来并采用它们，收到一个阶段的显著成效，这是后世士子常常感到能了解建议本身价值的人太少，因而称颂这两位君主英明的原因。如今陛下开始承受帝位传接的统系，也下诏命令群臣，让他们按次序提出看法，可是一年多快要过去了，也没听说择取到哪个人，获得到什么好建议。这难道真是当今本来就缺乏人才，不足以符合陛下的希望吗？还是用来请教询问的东西，仅是历代的旧有惯例，而不必探求实务呢？臣下我很愚昧，私下想来，也许还是进献意见的人，没有真能符合陛下希望的呀！陛下明智，深远的筹划本来就打算追比唐尧、虞舜和夏、商、周三代的隆盛局面，像唐太宗、后周世宗所达到的大治景象，恐怕还不足以成为陛下追求的目标，所以臣下我所提的建议，也不敢效仿魏徵、王朴这两位臣子光顾眼前如何。跪拜敬请陛下超脱于世俗表面现象而独自观察，认真思考臣下我的建议而择取那合适的东西，如此一来，唐太宗和后周世宗这两位君主的英明，又哪里足以在后世被人提起，而士子中心怀忠诚节义的人，又怎会还感叹提出有价值建议的人太少呢？臣下我提出的建议如下：

臣下我跪拜以为陛下恭谨、节俭、慈祥、仁厚，具有确能继承祖宗大业的德行；耳聪目明，敏锐机智，具有确能治理天下的才干。登上帝位以来，提早上朝，很晚才休息，广泛询问，多方面听取意见，拥有改革制度、转变风气、追比唐尧、虞舜的志向，这都不是群臣所能赶得上的。可是即位所遇到的年代，在天却有日蚀、星变这类灾异，在地却有严重地震与洪水这类灾害，在人却有极度饥饿而四处逃亡、谣言传播而递相惊恐的祸患。这三种情况，全都是异乎寻常的变故啊！进一步察看现今天下的情况，社会风气一天比一天败坏，朝廷纲纪一天比一天废弛，各个机构，众多政务，全都是徒有空文而已。朝廷和地方官员的任用，在合适的人选上显得不充足；公家与私人的开销，在财物上也显得不富裕。近处有个把盗贼的忧虑，远方又有少数部族侵扰边境的问题。海内怀有智谋的人士，常常担心天下的局势不能够长治久安啊！凭借陛下的圣明，而所遇到的年代竟如此，陛下具有改革制度、转变风气，追比唐尧、虞舜的志向，也仅仅是在于端正根本罢了。《易经》上说，端正根本，各种事情都可以得到解决。臣下我认为端正根本，在于陛下从内心确有心得而已。

臣下发现《尚书·洪范》用来协调统一上天和人事的关系，让它们不出现漏洞，而探究那最初做起的东西，就是要思考啊！《礼记·大学》用来使意念真诚、端正心志、修养好自身，进一步治理好国家、全天下，而探究那最先做起的东西，就是要充实那知识啊！因此臣下认为端正根本，在于从内心确有心得而已。从内心确有心得，具体的办法不是别的，而是学习而已。这是充实知识构成博学可以为政的准则的原因。古代的圣人，如虞舜、夏禹、商汤、周文王与武王，无不是通过学习而成功的，当时传说，周公这些大臣辅佐他们的君王，也未尝不用学习来勉励自己的君王。所以孟子认为学习了，然后才会大有所为。像商汤凭借学习而称王天下，齐桓公凭借学习而称霸诸侯，都不费气力却能实现目标。因为学习会助成君主的功绩德业竟像这样，确实能反复磨砺，长久积累，一直到真有办法自有心得，那天下众事在道理之中的，就没有不能弄得特别清楚的了。能够把天下的道理弄得特别清楚，自己就不会役于万物，我也不会被各种言论所蒙蔽。做到这样，只是按道理办事，邪恶的用意根本不能侵入进来；依从正确意见，邪恶的说法根本不能淆乱什么。如此而长久地施用，不停地借助学习，就可以积聚起点点滴滴的东西，必定会发展到博大，就会积聚起细微的东西，必定会发展到显著。古人在求知欲的驱策下不断充实自己，一直发展到妙不可测的神悟；由十五岁进入高等学府学知识来不断积累，一直发展到随心所欲而不超越规矩。这怎么会是什么别的途径呢？原因就是学习罢了。因此经典上说："牢记由始到终要经常学习。"还说："学习了，然后才知道自己不足的地方。"孔子也说："我对学习从来不感到满足。"学习这样的大事，连孔子也不能罢休啊！能够使我接触到的事物不成为我的羁绊，就要修养心性！能够不被各种言论所蒙蔽，以应对外部！有办法来修养心性，这是用以实现道德教化啊！有办法来应对外部，这是用以确立起制度法令啊！道德教化和制度法令已经形成，这是用来让万物得到生长发育，协调和统一上天与人事的关系啊！

自从周朝衰败以来，圣帝明王的治国原则与方法不明确。身为君主的人，不知道学习古代圣帝明王的治国原则与方法，以便让自己内心明亮；作为臣僚的人，也不懂得引导自己的君主懂得古代圣帝明王的治国原则与方法。一律都是草草率率，简单行事，沉溺在流行风气与衰败时代的低下浅近之中，把古代圣帝明王的治国原则和方法看成是迂阔不切实际，难以遵行。君主尽管具有耳聪目明、敏锐通达的天资，却没有反复磨砺、长久积累的训练，使得不能自有心得。这样一来，就不能够把天下众事的道理弄得特别清楚了。不能把天下事的道理弄得特别清楚，我就会被万事万物所迷惑而不得解，也会被诸多言论所蒙蔽。形成这种情况之后，因此原想

臣子觐见

按道理办事，但邪恶的用意足以破坏它；原想依从正确的意见，但邪恶的说法足以淆乱它。如此而长久地施用，就会越来越没有什么补益；不停地实行，也根本不会见效。它那弊害也会发展到邪说占上风，而真理却泯灭；邪说向前进，而正确的议论却往后退。天下得不到治理而有发展成动乱的，也就因为这个原因罢了。这个原因也造成周朝衰败以来，君主能够名扬后世的很少。可以名扬后世的，像汉朝的文帝、宣帝，唐朝的太宗，都可以称得上具有杰出的天赋了，可是因为他们的学问达不到广远，所了解的东西很浅陋，因此只能比近代平庸的君主要贤明得多，至于讲论起唐尧、虞舜和夏、商、周三代的盛大仁德，他们又如何值得一提呢！因为情况像这样，因此从周朝衰败以来，历经一千多年，天下讲论治国方略的，也全都是低下、近便、浅陋，迎合在位君主喜好的玩意，然而讲论古代圣帝明王治国原则与方法的，全都抛在一旁，不予理会。因此凭借孔子的圣明、孟子的贤能，仍然得不到重用。

现今距离孔子、孟子的时代又非常遥远了，而臣下我所谈论的，正是周朝衰败以来，历经一千多年，而被世人说成迂阔不切实际、难以遵行的那一套。然而臣下我敢向陛下进献的理由，在于臣下我观察古代圣帝明王已做过尝试，那些说法最切近而并非远离当今，它那功用最紧要而并非迂阔，因此不敢不把它禀告。这是臣下我侍奉陛下的内心想法啊！跪拜想来，陛下拥有天生的圣明资质，而且渐次沉浸在道德仁义的时间又不是不长久，然而臣下我认为陛下具有改革制度、转变风气，追比唐尧、虞舜的志向，还是在于从内心确有心得。从内心确有心得，又在于学习罢了。以臣下的愚见，陛下应当观阅《尚书·洪范》《礼记·大学》所讲述的内容，明白治国之道的根本并不在于其他方面；观阅殷朝傅说，西周周公告诫商王、周天子的言语，明白学习这件事决不是英明君主所应停止的。陛下拥有改革制度、转变风气，追比唐尧、虞舜的志向，就应当诚恳痛切地来讲求辨明古代的学问，加以发挥和延伸，一定要同道德的大纲要领相切合，不倾向说一说、听一听的表面了解，不急于求成，反复体察，深思熟虑，使圣心所虑从容应对。这样一来，各种事情的道理，就没有不能弄得特别清楚的。能够把各种事情的道理弄得特别清楚，就不会被天下的事物所拖累，就不会被天下的言论所牵制。然后宣明古代圣帝明王的治国原则和方法，加以施行，邪风恶俗也就根本无法侵入进来了。聚合天下正统的议论，加以采用，邪说也就根本不能混淆扰乱什么了。如此而长久地施用，不断地借助，尽管细小，也必定会变得博大；尽管细微，也必定会变得显著。凭借陛下的聪明智慧予以扩充，直至达到妙不可测的神悟；凭借陛下的敏锐机智进行积累，直至达到随心所欲而不超越规矩。这怎么会做不得呢？只是气力下得怎么样罢了。做到这样以后，则在内部形成道德教化，在外部形成制度法令，用来让万物得到生长发育，协调和统一上天与人事的关系，就非常容易了。至于改变败坏的社会风气，振作起废弛的朝廷纲纪，改变各个机构和众多政务只是徒有空文的状况，激励天下的士人，让他们全都胜任、称职，料理天下的财物，让各种用项都充足，近处的盗贼让他们都亲近归附朝廷，远处的少数部族让他们都归服顺从，海内的局势让它一直平安，所有事都随顺陛下的意愿办，又有什么求取而无法得到呢？又有什么想做而做不到呢？世上从来就没有如此而吉祥的兆应却不来到、变故灾异却不消亡的事情啊！如果圣明内心所投注的，没有投注到这里，内心还不能做到没有任何的被拖累，还不能做到不被任何言论所蒙蔽，臣下我恐怕陛下打算效法古代圣帝明王的朝政，而计划安排却有不仔细的地方；准备起用天下具有智谋才干的士子，然而各方面的意见却有不一致的反应，这对国家天下只会更加没有补益，而社会风气、朝廷纲纪也只会越来越败坏衰颓。事情还不只如此，自古以来安危治乱的苗头，从未不从这里萌生出来。

臣下我有幸蒙受询问，假如只讲些治理天下的细小事务，对朝政得失的固有规律没有什么补益，这绝非臣下我侍奉陛下的内心想法。自己原本就很浅陋却没有自知之明，而敢讲论国家的大政方针，只希望陛下认真察照而择取其中适宜的东西，天下简直就幸运至极了。

◎ 襄州宜城县长渠记 ◎

熙宁六年（1073年）夏天，曾巩改知襄州。赴任不久，襄州秋冬旱象连续。熙宁八年（1075年）秋又大旱，"独长渠之田无害"，这事引起他的极大关注。此前赴襄州途中，曾与修理长渠的主持者孙曼叔会面，获悉修渠始末，并接受了孙曼叔请他保护长渠的委托。又对长渠的历史和现状做了调查，便以水利关乎"民之利害"的责任感，写了这篇记文。

【原文】

荆及康狼，楚之西山也。水出二山之间，东南而流，春秋之世曰鄢水，左丘明《传》，鲁桓公十有三年，"楚屈瑕伐罗""及鄢，乱次以济"是也。其后曰夷水，《水经》所谓汉水又南过宜城县东，夷水注之是也。又其后曰蛮水，郦道元所谓夷水避桓温父名，改曰蛮水是也。秦昭王三十八年，使白起将，攻楚，去鄢百里，立堨，壅是水为渠以灌鄢。鄢，楚都也，遂拔之。秦既得鄢，以为县。汉惠帝三年，改曰宜城。宋孝武帝永初元年，筑宜城之大堤为城，今县治是也。而更谓鄢曰故城。鄢入秦，而白起所为渠因不废。引鄢水以灌田，田皆为沃壤，今长渠是也。

长渠至宋至和二年，久隳不治，而田数苦旱，川饮者无所取。令孙永曼叔率民田渠下者，理渠之坏塞，而去其浅隘，遂完故堨，使水还渠中。自二月丙午始作，至三月癸未而毕，田之受渠水者，皆复其旧。曼叔又与民为约束，时其蓄泄，而止其侵争，民皆以为宜也。

盖鄢水之出西山，初弃于无用，及白起资以祸楚，而后世顾赖其利。郦道元以谓溉田三千馀顷，至今千有馀年，而曼叔又举众力而复之，使并渠之民，足食而甘饮，其馀粟散于四方。盖水出于西山诸谷者其源广，而流于东南者其势下，至今千有馀年，而山川高下之形势无改，故曼叔得因其故迹，兴于既废。使水之源流，与地之高下，一有易于古，则曼叔虽力，亦莫能复也。

夫水莫大于四渎，而河盖数徙，失禹之故道，至于济水，又王莽时而绝，况于众流之细，其通塞岂得如常？而后世欲行水溉田者，往往务蹑古人之遗迹，不考夫山川形势古今之同异，故用力多而收功少，是亦其不思也欤？

初，曼叔之复此渠，白其事于知襄州事张瑰唐公。公听之不疑，沮止者不用，故曼叔能以有成。则渠之复，自夫二人者也。方二人者之有为，盖将任其职，非有求于世也。及其后言渠竭者蜂出，然其心盖或有求，故多诡而少实，独长渠之利较然，而二人者之志愈明也。

熙宁六年，余为襄州，过京师，曼叔时为开封，访余于东门，为余道长渠之事，而诿余以考其约束之废举。余至而问焉，民皆以谓贤君之约束，相与守之，传数十年如其初也。余为之定著令，上司农。八年，曼叔去开封，为汝阴，始以书告之。而是秋大旱，独长渠之田无害也。夫宜知其山川与民之利害者，皆为州者之任，故予不得不书以告后之人，而又使之知夫作之所以始也。曼叔今为尚书兵部郎中、龙图阁直学士。八月丁丑曾巩记。

【译文】

荆山和康狼山，属于楚国的西山。有条河水源自两座山谷之间，沿东南方向奔流，在春秋时代名为鄢水。左丘明《左传》上记载的：鲁桓公十三年（前699年），"楚国大臣屈瑕讨伐罗国""抵达鄢水，军队不成行列乱渡河"，说的就是这里。从那之后，改称夷水，《水经》上所说的汉水又朝南，经过宜城县东，夷水注入进来，指的就是这里。再以后又叫蛮水，郦道元《水经注》中所说的夷水是为回避东晋权臣桓温父亲的名讳，更名蛮水，指的也是这里。秦昭王三十八年（前269年），秦国白起担任将领进攻楚国，白起距离鄢邑一百里，堆立土石拦堵这条河水成为干渠来淹灌鄢邑，鄢邑当时是楚国的都城，随即攻下了它。秦国攻下鄢邑以后，把它设置为县。汉惠帝三年（前192年），改县名为宜城。南朝宋武帝永初元年（前420年），增筑宜城的大堤变成城池，就是现今的县治所在；而把鄢邑又改称故城，以示区别。鄢邑归入秦国，但是白起所筑成的干渠照原样没废弃，转而利用它导引鄢水来灌溉农田，农田都变为肥沃的土地，这就是现在的长渠。

长渠保留到我大宋至和二年（1055年），长久毁坏而未曾进行整修，而农田多次被干旱所困扰，有心想在漏水处取水来饮用的人们，也无水可取。县令孙永，字曼叔率领在长渠灌溉区种田的百姓，修补长渠毁坏和阻塞的地段，把原来浅而窄的地方，加深加宽，把原来的堤堰整修一新，使河水重新流入渠内。从二月丙午（十八日）开始动工，至三月癸未（二十五日）完工。农田承受渠水灌溉的地块，都恢复了受益的原状。孙曼叔又和民众约定下管理

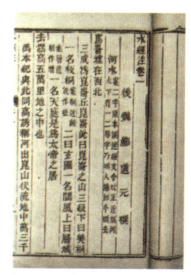

《水经注》书影

和使用的办法，要按农时节令进行储水与排水，止息住各方的侵害与争抢行为，民众都觉得很合适。

大致上说来，鄢水由楚国西山发源，开始被人们弃置未加利用；等到白起借助它来给楚国造成祸难，可后世反而却仰赖起它的益处。郦道元以为它能灌溉农田三千多顷，到如今已经有一千多年了，而孙曼叔又动用全部民力修复它，使得整个长渠灌溉区的百姓食用充足，饮水感到甘甜，他们剩余的谷米又售卖到四方各地。大体上讲，来自楚国西山各山谷的河水，它的源头很多；但朝东南方向奔流的，它所随顺的地势必须低下，延续到现在一千多年了，可山川高低的天然形势并没有改变，因而孙曼叔得以遵循故道，在已荒废的情况下又兴复了它。假设那河水的源头和流向以及地势的高低同古时候完全不一样了，那么，即使孙曼叔很能干，也没办法修复它。

一般说来，河流没有比长江、黄河、淮河、济水更大的了。然而黄河多次改道，逐渐失去了大禹治水时所确定的旧河道的轮廓。而济水，又在王莽时断绝了流程。何况对众多细小的河流来讲，它们通畅与堵塞的原状，又怎么能保持不变？后世打算视察河流引它灌溉农田的人，往往无论如何都要紧紧追随古人的遗迹来行事，却不考察山川形势从古至今的异同变动，因此投入的力量很多，收到的功效却非常少。这也是他们不动脑筋造成的吧！

开始，孙曼叔要修复这条长渠，特向襄州知事张瑰唐公禀报此事。张公听从他的动议而不疑虑，有要阻挠和制止的意见也不采纳，因此孙曼叔能够取得成功。如此看来，长渠的修复，那是得自这两个人哪！正在这二人有所作为的时候，恐怕是打算履行自己的职责，不是想向世间求取名声啊。到他们以后，讲论修渠筑堤的人像马蜂一样拥出来，然而这些人的本意，有的也许是要求取名声，因此诡辩多却缺少实效。只有长渠的收益显明可见，而孙、张二人的本意由此更加鲜亮。

熙宁六年（1070年），我出任襄州知事，路过京师，那时，孙曼叔正担任开封府尹这一要职，在东门特来拜访我，向我讲述了长渠这桩事，并委托我考察一下长渠管理使用办法废弛或仍在施用的情况。我到任后立即询问，老百姓都认为贤明长官约定下的管理使用办法，要共同恪守它，一直沿用了几十年，和当初一样。我为他们进而定立成永远遵行的法令，上报给司农。八年（1072年），孙曼叔调离开封，出任汝阴郡的行政长官，我才第一次写信告诉他上述情况。而本年秋季，旱灾十分严重，仅长渠灌溉区的农田没受到损害。由此来看，应当了解本辖区山川和百姓利害所在，全都属于知州分内的责任。所以，我只好把长渠一事记下来告知给后来做官的人，同时又使他们明了在任内兴利应当首先着手的地方。孙曼叔现在担任尚书兵部郎中、龙图阁直学士。八月丁丑这天，曾巩记文。

◎ 议经费 ◎

元丰三年（1088年）十月，曾巩将赴沧州，要求进见被神宗允准，不久又被留判三班院。据本文末自注"元丰三年十一月二十一日垂拱殿进呈"，当为已供职三班院所作，《宋史》本传亦列入此时。神宗对本篇特别激赏："以节用为理财之要，世之言理财者，未有及此。"本文所记录的北宋前期的经济史料，亦很重要。

【原文】

臣闻古者以三十年之通制国用，使有九年之蓄。而制国有用者，必于岁杪，盖量入而为出。国之所不可俭者，祭祀也。然不过用数之仂，则先王养财之意可知矣。盖用之有节，则天下虽贫，其富易致也。汉唐之始，天下之用常屈矣，文帝、太宗能用财有节，故公私有余，所谓天下虽贫，其富易致也。用之无节，则天下虽富，其贫亦易致也。汉唐之盛时，天下之用常裕矣，武帝、明皇不能节以制度，故公私耗竭，所谓天下虽富，其贫亦易致也。

宋兴，承五代之敝，六圣相继，与民休息，故生齿既庶，而财用有余。且以景德、皇祐、治平校之：景德户七百三十万，垦田一百七十万顷；皇祐户一千九十万，垦田二百二十五万顷；治平户一千二百九十万，垦田四百三十万顷。天下岁入，皇祐、治平皆一亿万以上，岁费亦一亿万以上。景德官一万余员，皇祐二万余员，治平并幕职、州县官三千三百余员，总二万四千员。景德郊费六百万，皇祐一千二百万，治平一千三百万。以二者校之，官之众一倍于景德，郊之费亦一倍于景德。官之数不同如此，则皇祐、治平入官之门多于景德也。郊之费不同如此，则皇祐、治平用财之端，多于景德也。诚诏有司按寻载籍，而讲求其故，使官之数、入者之多门可考而知，郊之费、用财之多端可考而知。然后各议其可罢者罢之，可损者损之。使天下之人，如皇

宋神宗永裕陵文官像

祐、治平之盛，而天下之用、官之数、郊之费皆同于景德，二者所省者盖半矣。则又以类而推之。天下之费，有约于旧而浮于今者，有约于今而浮于旧者。其浮者必求其所以浮之自而杜之，其约者必本其所以约之由而从之。如是而力行，以岁入一亿万以上计之，所省者十之一，则岁有余财一万万。驯致不已，至于所省者十之三，则岁有余财三万万。以三十年之通计之，当有余财九亿万，可以为十五年之蓄。自古国家之富，未有及此也。古者言九年之蓄者，计每岁之入存十之三耳，盖约而言之也。今臣之所陈，亦约而言之。今其数不能尽同，然要其大致，必不远也。前世于凋瘵之时，犹能易贫而为富。今吾以全盛之势，用财有节，其所省者一，则吾之一也，其所省者二，则吾之二也。前世之所难，吾之所易，可不论而知也。伏惟陛下冲静质约，天性自然。乘舆器服，尚方所造，未尝用一奇巧。嫔嫱左右，掖廷之间，位号多阙。躬履节俭，为天下先。所以忧悯元元，更张庶事之意，诚至恻怛，格于上下。其于明法度以养天下之财，又非陛下之所难也。臣诚不自撰，敢献其区区之愚，惟陛下裁择，取进止。

元丰三年十一月二十一日垂拱殿进呈。

【译文】

臣下我听说古代依三十年来通盘筹划国家的财政收支，在这三十年中要有九年的积蓄。而具体筹划国家财政收支，一定要在每年年底进行，这是由于要根据收入来决定支出啊！国家财政不能节省的一项支出，就是祭祀大礼，可是数额也不超过全年总收入里的那个零头。这样一来，古代圣帝明王储存财富的用意就可以了解了。如果支出有节制，那么尽管天下贫困，国家富裕也容易实现。汉朝和唐朝建立的初期，天下的用度常常非常拮据，可汉文帝、唐太宗能够用财有节制，因此公家和私人都有结余。这就是臣下我所讲的天下尽管贫困，国家富裕也容易实现的例证。反过来，用财没有节制，即使天下富足，国家贫困也容易。汉朝和唐朝兴盛的时期，天下的用度常常很宽裕，可是汉武帝、唐明皇不能够按制度规定去节制财政支出，所以公家和私人全都耗费枯竭。这正是臣下我所讲的天下尽管富足，国家贫困也容易的例证。

我大宋朝兴起，承接五代破败的局面，六位圣帝递相接续，使百姓休养生息，所以不但人口众多，而且财用仍有结余。姑且拿景德、皇祐、治平这三个阶段的情况进行比较：景德年间户口数是七百三十万，垦田数为一百七十万顷；到皇祐年间户口数是一千零九十万，垦田数有二百二十五万顷；到治平年间户口数为一千二百九十万，垦田数是四百三十万顷。全国每年的总收入，皇祐年间和治平年间都在一亿万贯以上，可每年的总支出也在一亿万贯以上。景德年间全国官员有一万多名，到皇祐年间增至两万多名，而治平年间加上三千三百多名幕职州县官在内，共计两万四千名。景德年间在京师郊外举行祭天大礼的费用为六百万贯，皇祐年间为一千二百万贯，治平年间是一千三百万贯。以这两宗事来比较，官员人数的众多，比景德年间增加了一倍；而在京师郊外举行祭天大礼的费用也比景德年间增加了一倍。官员的数额既然如此不同，那就表明皇祐年间、治平年间出仕为官的途径比景德年间要广。在京师郊外举行祭天大礼的费用既然如此不同，那就说明皇祐年间、治平年间用财的项目比景德年间要多。果真下诏命令主管部门验核有关的典籍，讲论探求其中的原因，使官员的数目、出仕的多种途径能够考察清楚而胸中有数，使在京师郊外举行祭天大礼的费用、用财的多种项目能够考察清楚而胸中有数，再分别讨论其中可以去除的部分而去除掉，可以减省的部分而予以减省。使全国的总收入仍像皇祐年间、治平年间那样丰厚，而全国的总支出、官员的数额、在京师郊外举行祭天大礼的费用都和景德年间相同，仅这两项所节省下来的支出就将近一半了。既然如此，就再进一步类推，全国的费用有过去支出少而现在却支出多的，有如今支出少而过去却支出多的。对那些支出多的项目一定要找出多的原因而加以杜绝，对那些支出少的项目务必要依据支出少的原因而维持不变。如此来大力实行，按照每年总收入在一亿万贯以上来计算，所节省的比例为十分之一，就能每年有剩余的钱财一万万贯。逐渐推进而不中断，达到所节省的比例是十分之三，就会每年有剩余的钱财三万万贯。按照三十年来进行通盘计算，就能有剩余的钱财九亿万贯，可以形成十五年的储备。自古以来国家的富足，没有能赶得上这种储备数量的。古代所说九年的储备，是核计每年的总收入留存下十分之三罢了，这是约略的估算。如今臣下我所陈奏的，也属于约略的估算。如今具体的数目不能与实际完全相同，然而验核那大概的情形，一定不会相差太远。过去的王朝在凋敝的年代还能够变穷为富，如今我朝凭借全面兴盛的国势，用财有节制，能够节省出一份，就是我朝的一份积蓄；能够节省出两份，就是我朝的两份积蓄。过去的王朝很难办到的，在我朝却很容易办到，这是可以不加申论就会很清楚地知道的。跪拜想来，陛下淡泊沉静、质朴简约，天性就是如此。车辆马匹和用具服饰，凡由尚方这一机构制造的，从没使用过一件奇特精巧的玩意。左右嫔妃，掖庭女官，都还配备不全，亲自践行节俭，成为全天下的表率。用以忧虑悯惜百姓、革新各种政事的心意，极是诚恳痛切，感动天地。在宣明法度来积储国家财富的问题上，也不是陛下难以做到的。臣下我确实不自量力，鼓起斗胆献呈上这小小的一点愚见，谨愿陛下裁决择定。等待领取圣旨。

元丰三年（1080 年）十一月二十一日垂拱殿进呈。

◎ 苏明允哀辞 ◎

苏洵乃一代文豪，其陨落自然令人哀伤。苏洵的文章："其雄壮俊伟，若决江河而下也；其辉光明白，若引星辰而上也。"苏洵的影响："于是三人之文章盛传于世，得而读之者皆为之惊，或叹不可及，或慕而效之，自京师至于海隅障徼，学士大夫莫不人知其名，家有其书。"他死后，"自天子辅臣至闾巷之士，皆闻而哀之"。苏洵的遗产："明允所为文，有集二十卷行于世，所集《太常因革礼》者一百卷，更定《谥法》二卷，藏于有司，又为《易传》未成。"基于以上三点，曾巩为何要作哀词、哀词的内容如何，尽在其中。

【原文】

明允姓苏氏，讳洵，眉州眉山人也。始举进士，又举茂材异等，皆不中。归，焚其所为文，闭户读书，居五六年，所有既富矣，乃始复为文。盖少或百字，多或千言，其指事析理，引物托喻，侈能尽之约，远能见之近，大能使之微，小能使之著，烦能不乱，肆能不流。其雄壮俊伟，若决江河而下也；其辉光明白，若引星辰而上也。其略如是。以余之所言，于余之所不言，可推而知也。明允每于其穷达得丧，忧叹哀乐，念有所属，必发之于此。于古今治乱兴坏，是非可否之际，意有所择，亦必发之于此。于应接酬酢万事之变者，虽错出于外，而用心于内者，未尝不在此也。嘉祐初，始与其二子轼、辙复去蜀，游京师。今参知政事欧阳公修为翰林学士，得其文而异之，以献于上。既而欧阳公为礼部，又得其二子之文，擢之高等。于是三人之文章盛传于世，得而读之者皆为之惊，或叹不可及，或慕而效之，自京师至于海隅障徼，学士大夫莫不人知其名，家有其

宋代彩绘法事僧乐砖雕

书。既而明允召试舍人院，不至，特用为秘书省校书郎。顷之，以为霸州文安县主簿，编纂太常礼书。而轼、辙又以贤良方正策入等。于是三人者尤见于当时，而其名益重于天下。治平三年春，明允上其礼书，未报。四月戊申以疾卒，享年五十有八。自天子辅臣至闾巷之士，皆闻而哀之。明允所为文，有集二十卷行于世，所集《太常因革礼》者一百卷，更定《谥法》二卷，藏于有司，又为《易传》未成。读其书者，则其人之所存可知也。明允为人聪明辨智，遇人气和而色温，而好为策谋，务一出己见，不肯蹑故迹。颇喜言兵，慨然有志于功名者也。二子，轼为殿中丞、直史馆，辙为大名府推官。其年，以明允之丧归葬于蜀也，既请欧阳公为其铭，又请予为辞以哀之，曰："铭将纳之于圹中，而辞将刻之冢上也。"余辞不得已，乃为其文。曰：

嗟明允兮邦之良，气甚夷兮志则强。阅今古兮辨兴亡，惊一世兮擅文章。御六马兮驰无疆，决大河兮啮浮桑。粲星斗兮射精光，众伏玩兮雕肺肠。自京师兮洎幽荒，矧二子兮与翱翔。唱律吕兮和宫商，羽峨峨兮势方飏。孰云命兮变不常，奄忽逝兮汴之阳。维自著兮炜煌煌，在后人兮庆弥长。嗟明允兮庸何伤！

【译文】

明允姓苏氏，名洵，是眉州眉山县人。最初被举荐参加进士科考试，又被举荐参加茂才异等考试，都没有被录取。回到家乡，把自己所写的文章全都烧掉，关起门来读书。经过了五六年，胸中的积累已经丰富了，这才又重新开始写文章。短的上百字，长的上千字，指陈事物，剖析道理，援引物类，寄托喻义，繁多的内容能够集纳在简要中，深远的义旨能从浅近中显现出来，重大的内容能够让它变得精微，细微的用意能够让它变得显著，头绪很多能够让它不杂乱，笔势放纵能够做到不平泛。他的文章雄壮峻伟，就像冲破堤坝的江河向下奔流；他那文章的光辉闪耀，就像引动星辰往上升腾。苏洵文章的大概情况，就是这个样。通过我所谈到的，就可以推知我所没讲的。明允常常对自己的穷困与通达，所得与所失，忧虑与慨叹，悲哀与欢乐，只要产生某种想法，就一定在文章中抒发出来。对古今的大治与乱亡，兴盛与衰败，正确与错误，认同与否决，只要做出某种选择，也一定要在文章中表达出来。对于人世间的应酬往来，各种事态的变化，尽管在表面上表现得交织错杂，而在内心经过思考的，也未曾不在文章中予以反映。嘉祐初年，明允第一次与自己的两个儿子苏轼、苏辙离开蜀地，游历京师。当今参知政事欧阳修那时正担任翰林学士，有一次看见明允的文章而深为惊异，把它献给皇上。不久欧阳公主持科举考试，又看见明允两个儿子的文章，把他们录取在进士科中的高等。于是苏氏父子三人的文章在民间广泛流传，得到而阅读的人都为他们感到惊奇，有的慨叹自己比不上，有的仰慕而加以效仿，从京师一直到海角边陲，求学之士和士大夫没有人不知道他们的名字的，家家都存有他们的著作。不久明允被宣召到舍人院考试，他没去参加，朝廷特地任命他为秘书省校书郎。不久，又被任命为霸州文安县主簿，在任内开始编纂太常礼书。而且苏轼、苏辙兄弟二人又凭借贤良方正科考试所作对策被录取。于是父子三人更在当代显得非常突出，而他们的名字也在整个天下更加被看重。治平三年（1066年）春季，明允向朝廷献上他所编成的礼书，还没有得到答复，就在四月戊申这一天因病去世，享年五十八岁。从天子、辅政大臣一直到民间的读书人，听到这个消息都为他感到悲哀。明允所写的文章，有文集二十卷在民间流传。所编集的《太常因革礼》为一百卷，修订的《谥法》为二卷，都在主管部门收藏着。又撰写过《易传》，没有完成。阅读一个人的著作，这个人所具有的特点就可以从中了解到。明允为人聪明，善于辨析又机智，待人气色温和，喜好策略谋划，务求完全出自个人的见解，不愿意跟在别人的后面。特别喜欢谈论军事，是一个慨然有志于功业名利的人物。明允的两个儿子，苏轼是殿中丞、直史馆，苏辙是大名府推官。在逝世这一年，由于明允灵柩运回到蜀地安葬，二子恳请欧阳公为他撰写墓志铭，又请我写哀词来悼念他，说是："墓志铭要放入坟墓中，哀词要镌刻在坟头上。"我推辞但是推辞不掉，于是写下这篇哀词，言道：

嗟叹明允啊！你这国家的贤良！气色非常平和啊，可是意志却那样刚强！纵观古今啊，辨析历代的兴亡；震惊一世啊，那般地擅写文章！犹如驾驭六匹马牵引的车辆啊，驰骋在没有边际的大地上；犹似冲决堤防的大河啊，直接扑向海中的浮桑。好似星辰北斗那样灿烂啊，迸射出天地精华之气的光芒；众人翻来覆去地欣赏啊，就像是在雕琢肺肠。从那京师啊，一直传播到最遥远的地方；何况还有两个儿子啊，与你共同翱翔。父亲唱得有力铿锵啊，二子应和明畅；羽翼矫健不寻常啊，那番气势正在张扬。谁说命运啊变化无常，可你却突然逝世在汴梁。只有你那著作啊，熠熠闪光；后人得到的啊，那庆幸的心绪越来越绵长。嗟叹明允啊，还有什么悲伤！

◎ 洪渥传 ◎

此篇人物传记，作年诸家年谱无载。据文中"予少与渥相识"语，推测作者与其人年龄差别不会太大，此文对传主"盖棺定论"，盖为作者晚年之作。宋神宗称曾巩"史学见称士类"，曾将五朝史事大典交他总领，任虽不终，而记北宋前五朝事的《隆平集》，就是依托他的大名而行世。曾集传记仅存三篇，均属小人物。此篇传主是个极普通的地方小吏，也只记述其人如何待兄，平淡无奇，却具有真正"动俗"的力量。

【原文】

洪渥，抚州临川人。为人和平，与人游，初不甚欢，久而有味。家贫，以进士从乡举，有能赋名。初进于有司，辄连黜，久之乃得官。官不自驰骋，又久不进，卒监黄州麻城之茶场以死。死不能归葬，亦不能还其孥。渥里中人闻渥死，无贤愚皆恨失之。予少与渥相识，而不深知其为人。渥死，乃闻有兄年七十余，渥得官时，兄已老，不可与俱行。渥至官，量口用俸，掇其余以归，买田百亩居其兄，复去而之官，则心安焉。渥既死，兄无子，数使人至麻城抚其孥，欲返之而居以其田，其孥盖弱力不能自致，其兄益已老矣，无可奈何，则念辄悲之。其经营之犹不已，忘其老也。渥兄弟如此无愧矣。渥平居若不可任以事，及至赴人之急，早夜不少懈，其与人真有恩者也。予观古今豪杰士传，论人行义，不列于史者，往往务撝奇以动俗，亦或事高而不可为继，或伸一人之善而诬天下以不及，虽归之辅教警世，然考之中庸或过矣。如渥之所存，盖人之所易到，故载之云。

宋代持笏朝臣俑

【译文】

洪渥是抚州临川县人。为人心平气和，与别人交往，开始时显得不特别欢洽，时间长了，却蛮有那么点儿味道。他

宋代孝子送终俑群

家境贫寒，凭借应进士科考试者的身份参加州府主持的初级考试，赢得擅长作赋的名声。开始被选送到朝廷主管部门，接着被随意打入落榜的行列，过了很长时间后才获得官职。做官不主动四处奔走经营，又长期得不到提升，最终只充任监黄州麻城之茶场直至去世。死后穷得没有办法把棺柩运回故乡下葬，也没有办法使妻子儿女返回老家居住。乡里人听说洪渥死去，不管贤能的人还是愚笨的人，都遗憾失去了他。我从小时候就和洪渥互相认识，但不深切了解他的为人。洪渥死后，才听说他有一位兄长，年纪七十多岁了。洪渥获得官职时，他兄长已经很老了，没有办法与洪渥一起走。洪渥到达任所后，计算着家庭大小人口来使用俸禄，积攒起剩余的钱带回来，购买田地一百亩，归他兄长谋生，又离去回到任所，心里这才安宁。洪渥去世后，他的兄长没有儿子，多次派人到麻城县去慰抚洪渥的妻子儿女，打算让他们回来，把那百亩田地归还他们谋生。可洪渥的妻子儿女由于寡弱，力量不能够独自解决生活来源问题。他的兄长年事更高，也没有办法，想到洪家的这种状况，就感到悲伤，他仍然经营田地没有停息，忘记了自己已经年老。洪渥兄弟生前死后互相这样，真是没有谁对不起谁的了。洪渥平时好像不能把什么事委托给他办理，等到帮人解救急难，早晚一点儿也不松懈，他对人是真的有恩德的啊！我纵览古今豪杰高士传这类书籍，系统编排世人不在正史上载列的典范行为，往往致力于采摘奇特的举动来惊动世俗，也有的事迹太高尚以致无法叫人接着做出来，还有的张扬某个人的善行却用谁都赶不上来诬蔑天下人。虽然这都归结到辅助名教，但是把它放到最适中又正常的标准上来考察，有的就太过分了。像洪渥所留存的事迹，大致上属于人人都容易做到的，所以载述它。

王安石

　　王安石（1021 ～ 1086 年），字介甫，号半山，江西抚州人。他是宋神宗时的宰相，曾倡导变法，是一位进步的政治家。其诗、词均独具一格，为时人所尊崇。有《临川先生文集》存。

变法通儒——王安石

王安石

王安石小档案

姓名：姓王，名安石，字介甫，号半山。

生卒：1021—1086 年。

年代：北宋。

籍贯：临川（今江西省东乡县上池村）人。

职业：文学家、政治家、改革家。

成就：唐宋八大家之一。

人生简表		
1021 年 12 月 18 日	出生在一个小官吏家庭。	父亲王曾益曾为临江军判官，一生在南北各地做了几任州县官。王安石少年好读书，记忆力强，受到较好的教育。
1042 年	21 岁，考中进士，授淮南节度判官。	
1058 年	37 岁，上万言书，主张改革政治。	
1069 年	48 岁，为参知政事，次年拜相，积极推行新法，并取得了一定成就。	
1074 年	53 岁，由于保守派的反对，罢相。	
1075 年	54 岁，再相，九年再罢，后退居金陵。	
1086 年	65 岁，病死于江宁（今江苏南京市）钟山，谥号"文"，又称王文公。	

文学成就

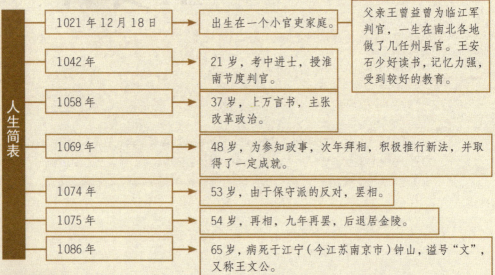

●代表作品		
论文	多揭露时弊、反映社会矛盾，具有较浓厚的政治色彩。	《临川集》《临川集拾遗》《临川先生歌曲》《临川先生文集》
散文	长于说理，精于修辞，内容亦能反映社会现实。	《感事》《兼并》《省兵》《收盐》《河北民》《试院中》《歌元丰》《贾生》
诗作	"作品瘦削雅素，一洗五代旧习。"（刘熙载《艺概·词曲概》）	《桂枝香·金陵怀古》

王安石变法

变法背景

三冗两积

| 募兵、禁军、顿兵 | 一官多职、科举、恩荫 | 养兵养官、战争赔款 | 守内虚外，更戍法（分散军权） |

冗兵 + **冗官** → **冗费**

军队战斗力弱，战辽、西夏多败

积贫局面　　**积弱局面**

变法措施

一定程度上改善了三冗两积局面。

富国之法　　**强兵之法**　　**取士之法**

| 青苗法 | 方田均税法 | 均输法 | 募役法 | 农田水利法 | 市易法 | 省兵法 | 保甲法 | 保马法 | 将兵法 | 改革科举制 | 整顿太学 | 在州郡广设学校学 |

变法结果：失败

原因分析

1085年，宋神宗去世，哲宗继位，太皇太后高氏临朝听政，起用司马光，结果新法逐渐被废除，变法派相继被排挤出朝廷，史称"元祐更化"。

| 触犯大地主、大官僚利益，遭到激烈反对。 | 执行过程中用人不当，出现一些危害百姓的现象，引起民间不满。 | 推行新法操之过急。 | 宋神宗在变法后期的动摇及其去世，使保守派重新得势。 |

我对王安石是抱着一种崇敬的念头的。他有政见，有魄力，而最难得的是他比较以人民为本位。他在历史上出现的太早了，孤独无辅，形成了一个屈原以来的历史上的大悲剧。

郭沫若

◎ 材 论 ◎

本文论述了人才对天下治乱安危的极端重要性，提出统治者对人才的访求和任用是否持积极态度，能否为人才的产生创造良好的环境是人才能否涌现的关键。

本文中着重论述选才之道，先以驽骥作比，谏谕统治者对人才应"试之之道，在当其所能"，又以南越之髀用之不得其方，则效用大异来说明统治者对人才应"铢量其能而审处之"，借以阐明正确的选才之道，并抒发其在位者未及深思而妄言"天下果无材"之哀，提出只有对人才采取正确的态度才会促使贤才辈出的观点。

【原文】

天下之患，不患材之不众，患上之人不欲其众，不患士之不欲为，患上之人不使其为也。夫材之用，国之栋梁也，得之则安以荣，失之则亡以辱。然上之人不欲其众、不使其为者，何也？是有三蔽焉。其尤蔽者，以为吾之位可以去辱绝危，终身无天下之患，材之得失无补于治乱之数，故偃然肆吾之志，而卒入于败乱危辱，此一蔽也。又或以谓吾之爵禄富贵，足以诱天下之士，荣辱忧戚在我，吾可以坐骄天下之士，将无不趋我者，则亦卒入于败乱危辱而已，此亦一蔽也。又或不求所以养育取用之道，而谒谒然以为天下实无材，则亦卒入于败乱危辱而已，此亦一蔽也。此三蔽者，其为患则同，然而用心非不善而犹可以论其失者，独以天下为无材者耳。盖其心非不欲用天下之材，特未知其故也。且人之有材能者，其形何以异于人哉？惟其遇事而事治，画策而利害得，治国而国安利，此其所以异于人也。上之人苟不能精察之，审用之，则虽抱皋、夔、稷、契之智，且不能自异于众，况其下者乎？世之蔽者方曰："人之有异能于其身，犹锥之在囊，其末立见，故未有有其实而不可见者也。"此徒有见于锥之在囊，而固未睹夫马之在厩也。驽骥杂处，饮水食刍，嘶鸣蹄啮，求其所以异者，蔑矣。及其引重车，取夷路，不屡策，不烦御，一顿其辔而千里已至矣。当是之时，使驽马并驱，则虽倾轮绝勒，败筋伤骨，不舍昼夜而追之，辽乎其不可以及也，夫然后骐骥騕褭与驽骀别矣。古之人君，知其如此，故不以天下为无材，尽其道以求而试之，试之之道，在当其所能而已。夫南越之修簳，镞以百炼之精金，羽以秋鹗之劲翮，加强弩之上而彉千步之外，虽有犀兕之捍，无不立穿而死者，此天下之利器，而决胜觌武之所宝也，然用以敲扑，则无以异于朽槁之挺。是知虽得天下之瑰材桀智，而用之不得其方，亦若此矣。古之人君，知其如此，于是铢量其能而审处之，使大者、小者、长者、短者、强者、弱者无不适其任者焉。如是则士之愚蒙鄙陋者，皆能奋其所知以效小事，况其贤能智力卓荦者乎？呜呼！后之在位者，盖未尝求其说而试之以实也，而坐曰"天下果无材"，亦未之思而已矣。或曰："古之人于材有以教育成就之，而子独言其求而用之者，何也？"曰："因天下法度未立之先，必先索天下之材而用之。如能用天下之材，则能复先王之法度，能复先王之法度，则天下之小事无不如先王时矣，况教育成就人才之大者乎？此吾所以独言求而用之之道也。"噫！今天下盖尝患无材。吾闻之：六国合从，而辩说之材出；刘、项并世，而筹划战斗之徒起；唐太宗欲治，而谟谋谏诤之佐来。此数辈者，方此数君未出之时，盖未尝有也。人君苟欲之，斯至矣。（今亦患上之不求之，不用之耳。）天下之广，人物之众，而曰果无材可用者，吾不信也。

【译文】

　　管理天下的忧患，不在于担心人才不多，而是担心在上位的人不想使人才众多；不担心士人不想有所作为，而是担心在上位的人不让他有所作为。可以任用的人才都是国家的中流砥柱，得到人才国家就会安宁繁荣，失去人才国家就会覆灭受辱。身居上位的人却不想使人才众多、不让他有所作为是出于什么原因呢？这是因为有三种偏见。其中最大的偏见，是认为自己的地位可以消除侮辱断绝危患，一生都不存在危害国家的事情，人才的得失对于兴盛衰败的命数是没有用处的，所以就心安理得地为所欲为，最终导致败亡危难。还有人以为自己的爵位俸禄富贵，足以吸引天下的士人，荣辱喜忧都决定于自己，可以坐着傲视天下士人，没有人不奉承他，

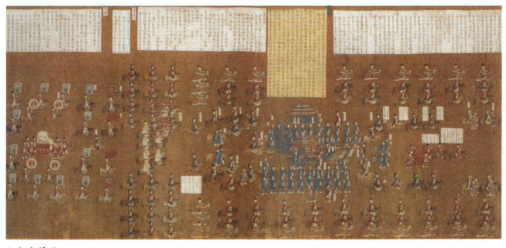

大驾卤簿图

但最终也走到了败亡危难受辱的地步，这又是一种偏见。又有人不去寻求培养、挑选、任用人才的办法，只是满怀忧虑地认为天下没有有才能的人，那么最终也会导致败亡危难受辱的局面，这又是一种偏见。以上三种偏见产生的祸患一样，其用心并不是不好尚且能够评论其失误，最可怕的是那种认为天下没有人才的。他的内心并非不想任用天下的人才，只是不明白罢了。况且有才能的人，在外形上和其他人有什么分别呢？只是他们遇到什么事都可以办好，筹划对策可以切中利害关系，治理国家会向好的方向发展，这是他们与别人不同的地方。身居上位的人如果不能仔细观察、审慎任用，即使他们有皋、夔、稷、契那样的智慧，也不能和众人区别开来，更不用说是职位低的人了。世上有偏见的人会说："身怀奇异才能的人，好比锥子放在了皮囊之中，他的锋芒马上就能表现出来，因此向来没有有本事而不能显露的事。"这些人只看到了锥子放在皮囊里，却没看到马厩里的马匹。劣马和良马混杂在一起，喝水吃草，鸣叫踏咬，要找出它们的不同之处太困难了。等到用它们拉车，走在平坦的路上，良马不用多次挥鞭，也不用驾驭，一抖缰绳就可奔驰千里。与此同时，让劣马与良骥并驾齐驱，即使把缰绳拉断了，伤筋动骨、昼夜不止地奔跑，劣马也远远赶不上良马。这样以后才能辨别出骐骥骙衰和驽骀的分别。古代的君主，懂得这个道理，因此不认为天下没有人才，他们用尽所有的办法去发掘人才并加以测试，测试的方法和他本身的能力一致。南越的长箭，箭头用的是经过千锤百炼的精铁，括羽用的是秋鹗的硬翮，搭在质量好的弓箭上就能够射到千步以外，即使对方用犀牛皮的铠甲保护，也无不立刻穿透而死，这种天下出奇的锋利武器是制胜的宝物，但如果用来敲打东西，就和枯槁腐朽的木棍没有区别。由此可以知道即使得到了杰出的人才，不按正确的方法使用，也会像这样。古代的君主明白这个道理，于是估量每个人的才能而谨慎地为其安排职位，使能力各异的人全都适合各自的工作。像这样即使是蠢笨鄙陋的士人，也都能够竭尽全力做好一些小事，更何况那些有着卓越智慧的人呢？唉！后代的官员，并没有寻求过这种学说并运用到实际的工作中去，反而凭空说世间没有人才，也根本没有认真思考过。有人说："古代有一整套培养造就人才的办法，你却只谈到了搜求和任用人才，这是为什么呢？"我的意见是："天下的法制没有确立之前，一定要先搜求天下的人才加以任用。如果能寻求到天下的人才，就能恢复先王的法度，能恢复先王的法度，那么天下的小事就都像先王的时代一样了，何况像教育造就人才这样的大事呢？因此我才只说搜求和任用人才的方法。"噫！现在的天下总担心没有人才。我听说，东方六国采用合纵的谋略，游说智辩的人才就出现了；刘邦和项羽并存于当世，策划战斗的人就出现了；唐太宗想治理好天下，出谋划策勇于进谏的副手就出现了。这几种人在这几位帝王出现前不存在，如果国君想得到他们，他们自然会出现。（如今的问题是统治者不寻求人才，不任用人才。）天下这样广大，人物这样众多，却说没有人才可以使用，我不相信。

◎ 风 俗 ◎

有感于当时社会风俗之陋，荆公言他人之所未言，作成此文。文中处处流露出众人皆醉我独醒之意蕴，其拳拳之心，跃然纸上。

本文开篇即点出"风俗之变，迁染民志，关之盛衰，不可不慎"。此警策奇笔提纲挈领，亦为文章之血脉。针对社会上奢靡之风盛行，以及重商趋利等弊端，荆公极意论驳、大加挞伐，言简而所思远。在当时世风日下之时，荆公振臂高呼，激昂文字，以图匡扶天下，唤醒世人，廓清奢华、颓废之风，并为此开出一剂良药，提供一服解决顽疾之方，不失其政治家之本色。

本文立意高远，义理明晰，严正有体，行文畅达舒展，自首至尾，如一笔书，其纡余从容之风令人叹美。

【原文】

夫天之所爱育者民也，民之所系仰者君也。圣人上承天之意，下为民之主，其要在安利之。而安利之要，不在于它，在乎正风俗而已。故风俗之变，迁染民志，关之盛衰，不可不慎也。君子制俗以俭，其弊为奢。奢而不制，弊将若之何？夫如是，则有殚极财力僭渎拟伦以追时好者矣。且天地之生财也有时，人之为力也有限，而日夜之费无穷，以有时之财，有限之力，以给无穷之费，若不为制，所谓积之涓涓而泄之浩浩，如之何使斯民不贫且滥也？国家奄有诸夏，四圣继统，制度以定矣，纪纲以缉矣，赋敛不伤于民矣，徭役以均矣，升平之运，未有盛于今矣，固当家给人足，无一夫不获其所矣。然而婺人之子，短褐未尽完，趋末之民，巧伪未尽抑，其故何也？殆风俗有所未尽

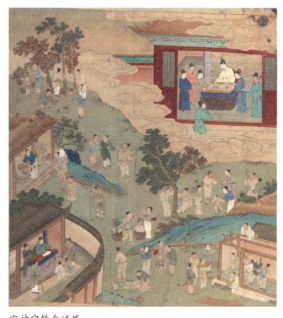

宋神宗轸念流民

清明上河图（局部）

淳欤？且圣人之化，自近及远，由内及外。是以京师者风俗之枢机也，四方之所面内而依仿也。加之士民富庶，财物毕会，难以俭率，易以奢变。至于发一端，作一事，衣冠车马之奇，器物服玩之具，旦更奇制，夕染诸夏。工者矜能于无用，商者通货于难得，岁加一岁，巧眩之性不可穷，好尚之势多所易。故物有未弊而见毁于人，人有循旧而见嗤于俗。富者竞以自胜，贫者耻其不若，且曰："彼人也，我人也，彼为奉养若此之丽，而我反不及！"由是转相慕效，务尽鲜明，使愚下之人，有逞一时之嗜欲，破终身之资产，而不自知也。且山林不能给野火，江海不能实漏卮，淳朴之风散，则贪饕之行成，贪饕之行成，则上下之力匮。如此则人无完行，士无廉声，尚陵逼者为时宜，守检押者为鄙野。节义之民少，兼并之家多，富者财产满布州域，贫者困穷不免于沟壑。夫人之为性，心充体逸则乐生，心郁体劳则思死，若是之俗，何法令之能避哉？故刑罚所以不措者此也。且坏崖破岩之水，原自涓涓；干云蔽日之木，起于青葱。禁微则易，救末者难。所宣略依古之王制，命市纳贾，以观好恶。有作奇技淫巧以疑众者，纠罚之；下至物器馔具，为之品制以节之；工商逐末者，重租税以困辱之。民见末业之无用，而又为纠罚困辱，不得不趋田亩；田亩辟，则民无饥矣。以此显示众庶，未有辇毂之内治而天下不治矣。

【译文】

　　上天喜爱抚育的对象是百姓，百姓追随的是君主。圣人对上承继上天的意志，对下做万民之主，主要在于使百姓安定并对他们给予恩惠。这样做的要点不在别的，只在于端正风俗而已。所以风俗改变了，逐渐波及百姓的思想，关系着国家的兴亡，不可以不慎重。君子用节俭制约风俗，弊端是讲究奢华。奢华却不加以制止，又该怎么解决这些缺陷呢？像这样，就会竭尽财力超越自己的等级去追求时尚。并且天地生产财物是有固定时间的，人作的努力也有限，而日夜的花费无止无休，用有季节限制的财力和有限的人力去供应无止境的消费，假如不加限制，就变成了所说的一点一滴积攒起来却马上花了出去，怎么会不使百姓贫苦呢？国家遍及华夏，继承四圣的道统，用制度求得安定，用法纪聚合百姓，收取赋税不会伤及百姓，徭役平均分配，升平的国运从来没有像今天这样兴盛，本来应该家给人足，没有一个人不会得其所需。可是穷人的孩子连粗布短衣也穿不上，商人巧饰不实的行为没有完全得到抑制，什么缘故呢？大概是风俗还没有变得完全淳厚吧？圣人的教化，从近处扩及远处，从内部影响到外部，所以京城是风俗的关键所在，四面八方都注视着京城并加以仿效。加上士民富庶，各种财物汇集，崇尚节俭很困难，而向奢侈改变很简单，甚至于开创一种潮流，凡是新奇的衣帽车马、器物玩乐的用具，早晨出了新鲜款式，傍晚就会风行于四方。手工艺者把工艺全部用于生产那些无实际用途的奢侈品，商人囤积居奇，年复一年，喜欢工巧炫目的本性没有穷尽，崇尚的风尚多次改变。所以有的东西还没有破旧就被人毁掉了，有人遵循旧的风俗就被人嘲笑。富人相互之间攀比，穷人把比不上别人当作耻辱，而且说："他是人，我也是人，他的奉养这样豪华，我却比不上。"从此竞相仿效，一定要力求鲜艳醒目，一些愚昧的人为了满足一时的欲望，陷入破产的地步，自己却还不知道。况且山林不能供得上野火的焚烧，江海也受不住不停地泄漏，淳朴的风俗没落了，贪婪的风俗形成了，国家上下财力跟着匮乏。如此一来每个人都不再有良好的品行，士人没有廉洁的声誉，崇尚欺压逼迫成了风尚，坚持法度成为鄙陋。主张节义的百姓减少了，兼并他人的家庭多了，富人的财产遍及各州县，穷人走投无路死在路边。人的本性，内心充实身体安逸才感到活着是种乐趣，心情郁闷身体劳苦就想到死亡。像这样的风俗，什么样的法令才能避免呢？刑罚不能实施就是这个原因。冲毁河岸的洪水源自涓涓细流；遮挡云彩、太阳的大树从郁郁葱葱的小树长起。禁止微小的坏事简单，到了最后再抢救就困难了。应该做的是要完全依照古代先王的制度，确定市集容纳商贾，观察他们的好恶。有用各种奇特技艺迷惑民众的，把他关起来进行惩处；至于各种饮用器具，要定出不同身份使用相应的器物，用等级加以限制；对手工艺者和商人加重租税，使他们贫困和屈辱。百姓看到他们的行业没有用处，又受到拘禁、处罚、贫困和屈辱，不得不回归农业。土地都开垦出来，百姓就不会饥饿了。如果把这些展示给大家看，就不会再有说京城治理好了而天下却管理不好的。

◎ 游褒禅山记 ◎

本文是一篇游记，但作者将描写、叙述和议论结合得很紧密，表达了对人生进取的深沉感喟。文章指出"夫夷以近，则游者众；险以远，则至者少。而世之奇伟、瑰怪、非常之观，常在于险远，而人之所罕至焉，故非有志者不能至也"。人生在世进德修业，必须自始至终有坚忍不拔的毅力，努力开拓，才能达到比较高的境界。那些本来通过努力就可以达到较高境界的人由于没有努力坚持，致使功亏一篑，这在别人看来是好笑的，而自己最终也会为自己没有能坚持到底而后悔不已。一个人只要矢志不渝，朝着自己的目标尽了自己最大的努力，即使没有达到也会觉得问心无愧，无怨无悔。

【原文】

褒禅山，亦谓之华山。唐浮图慧褒始舍于其址，而卒葬之，以故其后名之曰褒禅。今所谓慧空禅院者，褒之庐冢也。距其院东五里，所谓华山洞者，以其乃华山之阳名之也。距洞百馀步，有碑仆道。其文漫灭，独其为文犹可识，曰"花山"。今言"华"，如"华实"之"华"者，盖音谬也。

其下平旷，有泉侧出，而记游者甚众，所谓前洞也。由山以上五六里，有穴窈然，入之甚寒，问其深，则其好游者不能穷也，谓之后洞。予与四人拥火以入，入之愈深，其进愈难，而其见愈奇。有怠而欲出者，曰："不出，火且尽。"遂与之俱出。盖予所至，比好游者尚不能十一，然视其左右来而记之者已少。盖其又深，则其至又加少矣。方是时，予之力尚足以入，火尚足以明也。既其出，则或咎其欲出者，而予亦悔其随之，而不得极夫游之乐也。

于是予有叹焉。古人之观于天地、山川、草木、虫鱼、鸟兽，往往有得，以其求思之深而无不在也。夫夷以近，则游者众；险以远，则至者少。而世之奇伟、瑰怪、非常之观，常在于险远，而人之所罕至焉，故非有志者不能至也。有志矣，不随以止也，然力不足者，亦不能至也。有志与力，而又不随以怠，至于幽暗昏惑，而无物以相之，亦不能至也。然力足以至焉，于人为可讥，而在己为有悔；尽吾志也，而不能至者，可以无悔矣，其孰能讥之乎？此予之所得也。

予于仆碑，又以悲夫古书之不存，后世之谬其传而莫能名者，何可胜道也哉！此所以学者不可以不深思而慎取之也。

四人者：庐陵萧君圭君玉，长乐王回深父，予弟安国平父、安上纯父。

【译文】

　　褒禅山，又叫华山。唐朝的和尚慧褒曾在这个地方居住，后来葬在这里，从那以后就把这座山称为褒禅山。今天所说的慧空禅院，就是当年慧褒和尚房屋和坟墓的所在地。距离慧空禅院东面五里路，有个地方叫作华山洞，因为它是在华山的南面，所以这样命名它。距离华山洞一百多步，有块石碑倒在路旁，碑上的文字已经模糊不清了，不过从其中残存的还有字形的字，能辨认出是"花山"。如今华山的"华"，好像是"华实"的"华"字，大概是音读错了。

　　洞的下面平坦开阔，有一股泉水从它的旁边涌出，在洞壁上题字留念的人很多，这就是所谓前洞。从山路向上走五六里，有一个洞，幽暗深邃，走进洞内感到身上凉意很重。问它有多深，就是那些喜欢游览的人也不能走到它的尽头，人们把它叫作后洞。我和四个人拿着火把走进去，进洞越深，前进就越困难，看到的景观也越奇妙。有疲倦得不想再进去的人，就说："不出去的话，火把就要烧完了。"于是我就跟他们一同退了出来。大概我们所到的地方，跟爱好游览的人所到的相比还不到十分之一，可是观察洞的两旁，来过这里而且题字留念的人却不多。因为洞越深，到的人就越少了。但这个时候，我的体力还能够前进，火把还可以照明。大家出来以后，就有人责怪那个要出来的人，我也懊悔自己跟着他们一道出来，因而不能尽享游览的乐趣。

　　因此，我有些感慨。古代的人对于天地、山水、草木、虫鱼、鸟兽等经过观察，往往会有心得，这是由于他们思考问题深刻而且没有什么不思索的。那些平坦而且近的地方，游览的人就多；危险而且偏远的地方，去的人就少。然而世上奇妙、雄伟、壮丽、怪异、非同平常的景色，常常在危险而且偏远的地方，人们却很少到那里去。所以，没有坚强意志的人是无法到达的；有了坚强意志，不轻易地停止不前，但是体力不充沛的人，也是无法到达的；有了坚强意志和充沛体力，不马虎、懒惰，碰到幽深昏暗看不清楚的地方，却没有像火把那样的东西去帮助他，也是不能到达的。可是体力足够到达而停止不前，这在旁人是可以讥讽的，在自己是要懊悔的。假如尽到了我的最大努力还不能到达的话，就可以不用懊悔了，谁又能够讥讽呢？这就是我的心得啊。

　　对于倒在地上的石碑，我又有些叹惜那些古代书籍不容易保存，后代人错误地传下去，结果不能弄清事情真相的情况，怎么能够说得完呢！这就是做学问的人不能不深刻地思考、慎重地选取的原因。

　　同我一道游览的四个人，是庐陵萧君圭，表字君玉；长乐王回，表字深父；我的四弟安国，表字平父；七弟安上，表字纯父。

◎ 谏官论 ◎

　　本文论述了谏官的地位、名分、职责以及君主应如何对待谏官等问题。谏官，也就是专掌谏诤君主及时政得失的官员。在等级森严的封建社会里，天子的三公是高贵的人，而士的地位低贱，谏官就是天子手下的士。他们的责任重大，在历史上一直功不可没。唐太宗能够"从谏如流""有所开说，太宗必虚己纳之"，所以出现了繁盛一时的"贞观之治"。他们的地位与职责不相符，"今命之以士，而责之以三公，士之位而受三公之责，非古之道也"。因而作者引用孔子的话表达了自己的观点："必也正名乎！"

【原文】

　　以贤治不肖，以贵治贱，古之道也。所谓贵者，何也？公卿、大夫是也。所谓贱者，何也？士、庶人是也。同是人也，或为公卿，或为士，何也？为其不能公卿也，故使之为士；为其贤于士也，故使之为公卿。此所谓以贤治不肖，以贵治贱也。今之谏官者，天子之所谓士也，其贵，则天子之三公也。惟三公以安危治乱存亡之故，无所不任其责，至于一官之废，一事之不得，无所不当言。故其位在卿大夫之上，所以贵之也。其道德必称其位，所谓以贤也。至士则不然：修一官而百官之废不可以预也，守一事而百事之失可以毋言也。称其德，副其材，而命之以位也；循其名，做其分，以事其上而不敢过也。此君臣之分也，上下之道。今命之以士，而责之以三公，士之位而受三公之责，非

古之道也。孔子曰："必也正名乎！"正名也者，所以正分也。然且为之，非所谓正名也。身不能正名，而可以正天下之名者，未之有也。倅蛙为士师。孟子曰："似也，为其可以言也。"蛙谏于王而不用，致为臣而去。孟子曰："有言责者，不得其言则去；有官守者，不得其职则去。"然则有官守者莫不有言责，有言责者莫不有官守，士师之谏于王是也。其谏也，盖以其官而已矣，是古之道也。古者官师相规，工执艺事以谏。其或不能谏，谓之不恭，则有常刑。盖自公卿至于百工，各以其职谏，则君孰与为不善？自公卿至于百工，皆失其职，以阿上之所好，则谏官者，乃天子之所谓士耳，吾未见其能为也。待之以轻，而要之以重，非所以使臣之道也。其待己也轻，而取重任焉，非所以事君之道也。不得已，若唐之太宗，庶乎其或可也。虽然，有道而知命者，果以为可乎？未之能处也。唐太宗之时，所谓谏官者，与丞弼俱进于前，故一言之谬，一事之失，可救之于将然，不使其命已布于天下，然后从而争之也。君不失其所以为君，臣不失其所以为臣，其亦庶乎其近古也。今也上之所欲为，丞弼所以言于上，皆不得而知也。及其命之已出，然后从而争之。上听之而改，则是士制命而君听也；不听而遂行，则是臣不得其言而君耻过也。臣不得其言，士制命而君听。二者，上下所以相悖而否乱之势也。然且为之，其亦不知其道矣。及其谆谆而不用，然后知道之不行，其亦辨之晚矣。或曰："《周官》之师氏、保氏、司徒之属而大夫之秩也。"曰："尝闻周公为师，而召公为保矣，《周官》则未之学也。"

【译文】

　　用贤能的人管理无能的人，用高贵的人管理低贱的人，是自古以来的规律。什么人是贵呢？是公卿、大夫。什么人是贱呢？是士、庶人。一样是人，有的做公卿，有的做士，这是什么原因呢？因为他不能做公卿，所以让他做士；因为他比士

唐太宗十八学士图

贤明，所以让他做公卿。这就是所说的用贤能治无能，用高贵治低贱。现在的谏官，就是天子手下的士，那些高贵的，是天子的三公。也只有三公因为关系到国家的安危治乱存亡，无论什么事情都必须尽到职责，即便一个官员的撤换，一件事情没有成功，都应该劝谏，因此他的地位在公卿大夫之上，用来显示出他的高贵。他的道德水准必须符合他的地位，这就是所说的用贤能的人统治。至于士就不是这样，做好一个官而其他百官的撤换可以不干涉，守好一件事而其他事情有再多的错误也可以不说话。符合他的道德，适于他的才能，任命他的官位。保持着自己的声望，安守着自己的本分，侍奉皇上不敢犯错误，这是君臣的分别和分辨上下的方法。现在用士给他命名，却用三公的责任要求他，处士的地位却受到与三公一样的要求，并非是古人的行为。孔子说："一定要辨正名分！"辨正名分用来辨正职责。可是这样做并非是所说的辨正名分。自己不能辨正名分，却可以辨正天下人名分的事情，从来没有过。蚳蛙做了士。孟子说："很相近，因为他能够发表言论。"蚳蛙劝谏大王却不被听用，这使臣子不得不辞官回家。孟子说："有言论职责的人不能发言就离开，有官守职责的不能履行职务就离开。"但有官守职责的就一定有言论职责，有言论职责的也都有官守职责，士师劝谏国君就是这种情形。他劝谏时是由于官职所在，这就是古代的做法。古时候官员各自进谏，百工各自以从事的手工艺活动劝谏。有时不能劝谏，就是不尊敬，就会有常设的刑罚。从公卿到百工各以他们的职责劝谏，那么国君又能和谁一起做不好的事呢？从公卿到百工，都放弃职权来奉迎皇上的喜好，那么这些谏官就是天子所说的士，我没有见过他们能做什么事情。对他很轻视要求却很高，这不是指挥臣子的做法。对自己要求很低又想掌握权力，也不是侍奉国君的方法。实在迫不得已，像唐太宗那样，恐怕还或许可能。即使这样，身怀道术能知晓天命的人，果真认为这样做可行吗？实际上并不能泰然处之。唐太宗的时候，做谏官的和丞相等辅佐大臣一起在皇帝跟前站立，所以有一句话说错、一件事情做错，都可以解救于未然，不让错误的命令昭示于整个天下，随后再以理抗争。国君不失为国君，大臣也不失为大臣，这样做恐怕基本上也靠近古代的做法了。现在皇上想做的事，丞相等人对皇上所说的话都不得而知，等到要求已经发出，然后再去论争。皇上听从劝告而改过，就是士制订命令皇上听从。如果皇上不听从而一意孤行，就是臣子没有尽到进言的责任，而国君也会为自己的过失感到惭愧。臣子没有尽到用言论劝谏的责任，士制定命令而国君听从，这两方面是上下相悖而造成混乱局面的原因。这样做也算是不知道劝谏的方法了。若等到臣子的劝诫不被采用，然后才知道这种方法行不通，再去辨别也太晚了。有人说："《周官》里的师氏、保氏、司徒之类的官职就是大夫的排列顺序。"我说："我以前听说过周公做师氏，召公做保氏，《周官》却没有学习过。"

◎ 伯 夷 ◎

　　伯夷是商末孤竹君之长子。孤竹君将死，遗命立次子叔齐为嗣。及卒，叔齐让位，伯夷逃避。周武王伐商，伯夷叩马而谏，以为不仁。武王灭商，伯夷隐居首阳山，不食周粟而死。这是许多人都认同的事。孔子、孟子因之称伯夷为圣人。在本文，王安石提出了个人的看法，认为叩马而谏，不食周粟不可信，并进行了有力的论证。作者这种不"人云亦云"的质疑精神值得肯定。

　　茅坤评此文时，说："行文好，所论伯夷处犹是千年只眼。"

【原文】

　　事有出于千世之前，圣贤辩之甚详而明，然后世不深考之，因以偏见独识，遂以为说，既失其本，而学士大夫共守之不为变者，盖有之矣。伯夷是已。夫伯夷，古之论有孔子、孟子焉。以孔、孟之可信而又辩之反复不一，是愈益可信也。孔子曰："不念旧恶，求仁而得仁，饿于首阳之下，逸民也。"孟子曰："伯夷非其君不事，不立恶人之朝，避纣居北海之滨，目不视恶色，不事不肖，百世之师也。"故孔、孟皆以伯夷遭纣之恶，不念以怨，不忍事之，以求其仁，饿而避，不自降辱，以待天下之清，而号为圣人耳。然则司马迁以为武王伐纣，伯夷叩马而谏，天下宗周而耻之，义不食周粟而为《采薇》之歌。韩子因之，亦为之颂，以为微二子，乱臣贼子接迹于后世，是大不然也。夫商衰而纣以不仁残天下，天下孰不病纣？而尤者，伯夷也。尝与太公闻西伯善养老，则往归焉。当是之时，欲夷纣者，二人之心，岂有异邪？及武王一奋，太公相之，遂出元元于涂炭之中，伯夷乃不与，何哉？盖二老所谓天下之大老，行年八十馀，而春秋固已高矣。自海滨而趋文王之都，计亦数千里之远，文王之兴，以至武王之世，岁亦不下十数，岂伯夷欲归西伯而志不遂，乃死于北海邪？抑来而死于道路邪？抑其至文王之都而不足以及武王之世而死邪？如果而言伯夷，其亦理有不存者也。且武王倡大义于天下，太公相而成之，而独以为非，岂伯夷乎？天下之道二，仁与不仁也。纣之为君，不仁也；武王之为君，仁也。伯夷固不事不仁之纣，以待仁而后出；武王之仁焉，又不事之，则伯夷何处乎？余故曰：圣贤辩之甚明，而后世偏见独识者之失其本也。呜呼，使伯夷之不死，以及武王之时，其烈岂独太公哉！

【译文】

发生在千年以前的事情，圣贤都已经讲解得很详细很明了，但后代的人不加以深入研究，完全凭借着偏执的见解和个人的学识提出某种说法，已经失去了事情的本来面目，而学士大夫又一起拘泥错误不加改变的情况，还是有的，例如关于伯夷的说法就是这样。古代议论到伯夷的有孔子、孟子。像孔、孟这样可信的圣贤不止一次谈论到伯夷，因此他的事情就十分令人信服。孔子说："不记着过去的仇恨，想求得仁就得到仁，饿死在首阳山下，是个隐逸的人才。"孟子说："不是仁厚的君主伯夷就不去侍奉，不站在奸人的朝堂之上，为避开商纣就隐居在北海的海边，眼睛不看不好的颜色，不侍奉无道的君主，伯夷可以当后朝历代的老师。"所以孔子、孟子都认为伯夷处于商纣那样糟糕的时代，不记挂自己的仇怨，又不想在糟糕的环境下辅佐他，为了求得仁，忍受着饥饿而离开了混乱的俗世，不降低自己的身份蒙受耻辱，等待天下变得清明的时代的到来，所以被大家叫作圣人。但司马迁认为在周武王伐纣时，伯夷拦住武王的马劝他不要讨伐商纣，天下都尊奉周为天子，伯夷却当作羞耻，坚持道义不吃周朝的粮食，才作了《采薇歌》这首诗。韩愈同意了这种说法，也为伯夷作了颂，认为如果不存在伯夷、叔齐这两个人，乱臣贼子就会在后代接连出现。这种观点是大错特错。商代国运衰亡而商纣用暴政对待天下，天下的人谁不痛恨他？而特别痛恨商纣的，就是伯夷。他曾经和太公听说西伯善于赡养老人，就一起归附了西伯。这个时候，两个人想铲除商纣的愿望有什么不同吗？可是当武王发动起义时，太公辅佐着他，把黎民百姓从水深火热中拯救出来，而伯夷竟然没有参与这件事，为什么呢？大概两位老人是天下最有声望的了，而且年龄已经八十多岁，已经是高龄老人了。从海边到达文王的都城，计算起来也有几千里那样遥远，从文王兴盛到武王的时代，也不少于十几年，难道伯夷想顺服西伯而志向竟不能实现，死在北海之滨了吗？还是死在前往西岐的路上了呢？还是到达了文王的都城却没有活到武王的时代呢？如果这样说，依理推断那时他已经不在了。并且武王为了天下百姓提倡大义，太公辅佐他成就大业，单单认为他们不应该这样做的，难道会是伯夷吗？统治天下有两种情形，仁和不仁。商纣做天子就是不仁，武王做天子就是仁。伯夷起初是不愿侍奉不仁的商纣而期望仁义的天子，后来出现了仁义的武王，又不去侍奉他，那么伯夷到底要怎么样呢？所以我说，圣贤分辨这件事已经很明白了，而后代拘泥于偏执成见和个人见识的人却没看清事情的本来面目。唉！如果那时候伯夷没有死，到了武王伐纣的时候，积极参加的会只有太公一个人吗？

◎ 答韩求仁书 ◎

本文旨在为韩求仁解惑。其意虽未能尽应于义理，然其辞气芳洁，风味邈然。文章自成一格。

文中之遣词庄重严谨、张弛有度。于学问之所知处，荆公知无不言，言无不尽，细细讲解，娓娓道来，似促膝而坐之两人，说者如做忘年神游，听者如同沐浴春风；然于学问之未明处，荆公亦不遮掩，而是直言以告。正所谓："人非生而知之者，孰能无惑？"于师亦然。关键是对学问应采取怎样的态度。在此，荆公并未明言，然于其字句间"求实"二字隐约可见；对于学问之歧途，荆公亦现身说法，以"慎之"相告。用其前车之鉴警谕后辈，其谆谆殷盼、提携之意溢于言表。

【原文】

比承手笔，问以所疑，哀荒久不为报。勤勤之意，不可以虚辱，故略以所闻致左右，不自知其中否也，唯求仁所择尔。

盖序《诗》者不知何人，然非达先王之法言者不能为也。故其言约而明，肆而深，要当精思而熟讲之尔，不当疑其有失也。二《南》皆文王之诗，而其所系不同者，《周南》之诗，其志美，其道盛。微至于趋趋武夫、《兔置》之人，远至于江汉、汝坟之域，久至于衰世之公子，皆有以成其德。《召南》则不能与于此。此其所以为诸侯之风，而系之召公者也。夫事出于一人，而其不同如此者，盖所入有浅深，而所施有久近故尔。所谓《小雅》《大雅》者，《诗》之《序》固曰："政有小大，故有《小雅》焉，有《大雅》焉。"然所谓《大雅》者，积众小而为大，故《小雅》之末，有疑于《大雅》者，此不可不知也。又作诗者，其志各有所主，其言及于大，而志之所主者小，其言及于小，而志之所主者大，此又不可不知也。司马迁以为《大雅》言王公大人，而德逮黎庶，《小

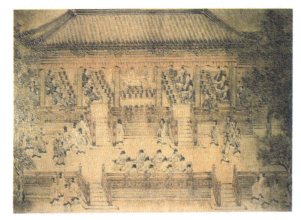

《诗经·小雅·鹿鸣》诗意图

雅》讥小己之得失，而其流及上。此言可用也。又宣王之《大雅》，其善疑于小；而幽王之《小雅》，其恶疑于大。盖宣王之善微矣，其大者如此而已；幽王之恶大矣，其小者犹如此也。凡《序》言刺某者，一人之事也；言刺时者，非一人之事也。刺言其事，疾言其情。或言其事，或言其情，其实一也。何以知其如此？《墙有茨》"卫人刺其上也"，而卒曰"国人疾之，而不可道也"，是以知其如此也。刺乱，为乱者作也；闵乱，为遭乱者作也。何以知其如此？平王之《扬之水》，先束薪而后束楚，忽之《扬之水》，先束楚而后束薪。周之乱在上，而郑之乱在下故也。乱在上则刺其上，乱在下则闵其上，是以知其如此也。管、蔡为乱，成王幼冲，周公作《鸱鸮》以遗王，非疾成王而刺之也，特以救乱而已，故不言刺乱也。言刺乱、刺褊、刺奢、刺荒，序其所刺之事也。言刺时者，明非一人之事尔，非谓其不乱也。《关雎》之诗，所谓"悠哉悠哉，辗转反侧"者，孔子所谓"哀而不伤"者也。《何彼秾矣》之诗所谓"平王"者，犹格王、宁王而已，非东周之平王也；所谓"齐侯"者，犹康侯、宁侯而已，非营丘之齐侯也。《郑·缁衣》之诗宜也、好也、席也。此其先后之序也。此诗言武公父子善善之无已，故《序》曰"以明有国善善之功焉"。席，多也；宜者，以言其所善之当也；多者，以言其所善之众也。《缁衣》者，君臣同朝之服也；"适子之馆者"，就之也；为之改作缁衣而授之以粲者，举而养之也。能就之，又能举而养之，此所以为有国者之善善，而异于匹夫之善善也。夫有国善善如此，则优于天下矣，其能父子善于其职，而国人美之，不亦宜乎？《生民》之诗，所谓"是任是负，以归肇祀"者，言后稷既开国，任负所种之谷以归而肇祀尔，非以谓兆帝祀于郊也。所谓"卬盛于豆，于豆于登，其香始升，上帝居歆"者，言我既为天子得祀郊，则盛于豆登，其香始升，而上帝居歆尔，非以为后稷得郊也。其卒曰"故臭亶时，庶无罪悔，以迄于今"者，言上帝所以居歆，何臭之亶时乎？乃以后稷肇祀，则庶无罪悔，以迄于今，得郊祀之时尔。盖所谓"文武之功，起于后稷，故推以配天"者此也。卫有邶、鄘之诗，而说者以谓卫后世并邶、鄘而取之，理或然也。既无所受之，则疑而阙之可也。

意诚而心正，心正则无所为而不正。故孔子曰："《诗》三百，一言以蔽之，曰思无邪。"此诗之言，故曰《诗》三百，一言以蔽之也，非以它经为有异乎此也。吾之所受者为此，则彼者吾之所弃也。所谓"彼哉彼哉"者，盖孔子之所弃也。孔子曰"管仲如其仁"，仁也。扬子谓"屈原如其智"，不智也。犹之《诗》以不明为明，又以不明为昏。考其辞之终始，则其文虽同，不害其意异也。忠足以尽己，恕足以尽物，虽孔子之道，又何以加于此？而论者或以谓孔子之道，神明不测，非忠恕之所能尽。虽然，此非所以告曾子者也。"好勇过我"也者，所谓能勇而不能怯者也。能勇而不能怯，非成材也，故孔子无所取。古者凤鸟至，河出图，皆圣人在上之时。其言"凤鸟不至，河不出图"者，盖曰无圣人在上而已矣。颜子具圣人之体而微，所谓美人也。其于尊五美，屏四恶，非待教也。若夫郑声佞人，则由外铄我者也。虽若颜子者，不放而远之，则其于为邦也，不能无败。《书》曰："能哲而惠，何忧乎骧兜？何畏乎巧言令色孔壬。"由此观之，佞人者，尧、舜之所难，而况于颜子者乎？夫佞人之所以入人者，言而已。言之入人，不如声之深，则郑声之可畏，固又甚矣。孔子曰："如有所誉，其有所试矣。"谓颜子"三月不违仁"者，盖有所试矣。虽然，颜子之行，非终于此，其后孔子告之以"克己复礼"而"请事斯语"矣。夫能言动视听以礼，则盖已终身未尝违仁，非特三月而已也。语道之全，则无不在也，无不为也，学者所不能据也，而不可以不心存焉。道之在我者为德，德可据也。以德爱者为仁，仁譬则左也，义譬则右也。德以仁为主，故君子在仁义之间，所当依者仁而已。孔子之去鲁也，知者以为为无礼也，乃孔子则欲以微罪行也。以微罪行也者，依于仁而已。礼，体此者也；智，知此者也；信，信此者也。孔子曰"志于道，据于德，依于仁"，而不及乎义、礼、智、信者，其说盖如此也。扬子曰："道以道之，德以得之，仁以人之，义以宜之，礼以体之，天也。合则浑，离则散，一人而兼统四体者，其身全乎。"老子曰："失道而后德，失德而后仁，失仁而后义，失义而后礼。"扬子言其合，老子言其离，此其所以异也。韩文公知"道有君子有小人，德有凶有吉"，而不知仁义之无以异于道德，此为不知道德也。管仲九合诸侯，一匡天下，此孟子所谓天之大任者也；不能如大人正己而物正，此孔子所谓小器者也。言各有所当，非相违也。

昔之论人者，或谓之圣人，或谓之贤人，或谓之君子，或谓之仁人，或谓之善人，或谓之士。《微子》一篇，记古之人出处去就，盖略有次序。其终所记八士者，其行特可谓之士而已矣。当记此时，此八人之行，盖犹有所见，今亡矣，其行不可得而考也。无君子小人，至于五世则流泽尽，泽尽则服尽，而尊亲之礼息。万世莫不尊亲者，孔子也。故孟子曰："予未得为孔子徒也，予私淑诸人也。"孟子所谓"市廛而不征，法而不廛者"，先儒以国中之地谓之廛，以《周官》考之，此说是也。廛而不征者，赋其市地之廛，而不征其货；法而不廛者，治之以市官之法，而不赋其廛。或廛而不征，或法而不廛，盖制商贾者恶其盛，盛则人去本者众；又恶其衰，衰则货不通。故制法以权之，稍盛则廛而不征，已衰则法而不廛。文王之时，关讥而不征，及周公制礼，则凶荒札丧，然后无征，盖所以权之也。贡者，夏后氏之法，而孟子以为不善者。不善，非夏后氏之罪也，时而已矣。责难于君者，吾闻之矣，责善于友者，吾闻之矣。

虽然，其于君也，曰"以道事之，不可则止"；其于友也，曰"忠告而善道之，不可则止"。王欢于孟子，非君也，非友也。彼未尝谋于孟子，则孟子未尝与之言，不亦宜乎？

求仁所问于《易》者，尚非《易》之蕴也。能尽于《诗》《书》《论语》之言，则此皆不问而可知。某尝学《易》矣，读而思之，自以为如此，则书之以待知《易》者质其义。当是时，未可以学《易》也，唯无师友之故，不得其序，以过于进取，乃今而后，知昔之为可悔。而其书往往已为不知者所传，追思之，未尝不愧也。以某之愧悔，故亦欲求仁慎之。盖以求仁才能而好问如此，某所以告于左右者，不敢不尽，冀有以亮之而已。至于《春秋》三传，既不足信，故于诸经尤为难知，辱问皆不果答，亦冀有以亮之。

【译文】

接到你的信，问我你的疑难，很不好意思搁置了很久没有回信。你勤于求学，不可以辱没了，因此简略地把我所知道的告诉你，我自己不知道对不对，只有让你来选择了。

作《诗经》序言的不知道是谁，然而不是通达了先王的意旨的人不能做到这一点。因此他的言辞简洁明了，恣肆又深奥，一定要仔细地考虑和熟练地讲解它，不应该怀疑这里面有不对的地方。《周南》《召南》都是文王所作的诗，但所说的事情不同。《周南》里的诗，含义美好，道义十分丰富。小到赳赳武夫和《兔罝》里的人，远到长江、汉水、汝山的地区，久远到处于衰亡时代的卿大夫，都能够成就他们的德行。《召南》却不能这样，这是诸侯国的风诗，却托为召公所作，事情出自于一个人，两首诗的差异如此之大，可能是因为进入的有深浅，而所施行的有长久和时近的分别。所谓《小雅》《大雅》，《诗经》的《序》里固然说过："国事有大有小，因此有了《小雅》，有了《大雅》。"然而所谓《大雅》其实是积聚了众多小的事情而成为大的，所以《小雅》末尾的诗，有人怀疑是《大雅》，这不可以不知道。再加上写诗的人，他们的意旨各有寄托，有些说的事情大而目的所在却小，有的说的事情小而思想所在却很大，不可以不了解这些。司马迁认为《大雅》说的是王公大臣的事，而其德政却施及平民，《小雅》讽刺个人的得失，意旨却指向上层。这个看法可以采用。又宣王的《大雅》，他的好处被猜测为很小，而幽王作的《小雅》，他的恶行被怀疑为很大。可能宣王的善行太小了，他的大的地方仅止于此而已，幽王的恶行太大了，其中小的止于这些罢了。凡《序》中说"刺某"的一定是一个小人的事情，说"刺时"的就不是一个人的事了。"刺"是说事情，"疾"是说自己的情感，有的说事实，有的写情感，它们的主旨都是相同的。从哪里知道的这些呢？《墙有茨》说"卫人讽刺他们的君主"，而最后又说："国中的人厌恶这些，却不能说呀！"因此知道应该是这样。讲述作乱的事，是作乱的人作的；忧愁乱世，是遭遇乱世的人作的。从哪里知道的

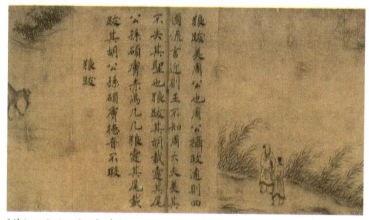

《诗经·豳风·狼跋》诗意图

这些呢？平王的《扬之水》，先捆了柴再捆草，忽作的《扬之水》，先捆了草再捆柴。那是由于周的混乱出在上层，而郑国的混乱是从下层开始的缘故。乱出现在上层就讥刺上层，乱出现于下层就关心上层，因此从这里我知道了这个理由。管叔、蔡叔作乱的时候，成王还年少，周公作《鸱鸮》一诗给成王，并不是恨成王而讥刺他，而是为了拯救乱世而作的，所以不说是"刺乱"。说"刺乱""刺褊""刺奢""刺荒"，为所说的事情作序。说讥刺时政的，能够了解到不只是个人的问题，但并不是说不杂乱。《关雎》一诗所说的"悠哉悠哉，辗转反侧"，孔子说是"悲哀却不过分"。《何彼秾矣》一诗中提到的"平王"，就像是格王、宁王，不是东周的平王，提到的"齐侯"就像是康侯、宁侯，不是营丘的齐侯。《郑风·缁衣》一诗，序中说是"宜也""好也""席也"，这是前后不一样的序。这首诗说武公父子做善事没有止境，因此《序》说"使有国家的人明白为善的功业"。"席"，就是多；"宜"，是说其所做善举的恰当；"多"是说善行所施及的人之多。《缁衣》是君臣共同朝贺时的服装；"适子之馆"是靠近他；为他做了缁衣再给予他、提拔他、培养他。能够接近他，同时任用他培养他，这就是做君主的善行，与匹夫的善行有所不同，假如君主的善行是这样，那么就会超出天下的诸侯，那些父子都忠于职守，国内的人都称赞他们，不是很合适吗？《生民》一诗中所说的"是任是负，以归肇祀"，是说后稷建国之后，背着所种的谷子用在祭祀礼上，而不是说在郊外作祭祀。所谓"印盛于豆，于豆于登，其香始升，上帝居歆"，是说作为天子进行郊祀，把祭祀用品放在豆和登中，它们的香气上升，上天享用它，而不是后稷的郊祭。《序》最后说"故臭亶时，庶无罪悔，以迄于今"，意思是馨香浓烈又及时，对于后稷的祭祀，没有什么罪过，一直到了今天。这就是所谓的"文、武德业，都是起于后稷的，因此把他与天相提并论"。卫周有《邶风》《鄘风》，说卫在后来吞并了邶、鄘而得来的，可能是这样。既然找不到根据，那么疑虑并且存缺就可以了。

意旨诚实则心就正，心正了那么做什么事都正。因此孔子说："《诗经》三百首诗，用一句话总结它，就是说思想没有邪念。"这是孔子在说诗，"《诗经》三百首，用一句话总结它"，并不是认为其他的经与此不同。我所接受的是这些，则其他东西就是我要遗弃的。所谓"彼哉彼哉"就是孔子所要丢弃的。孔子说"管仲很仁"是仁，扬雄说"屈原有智慧"是不智呀！就像《诗经》中以不明为明，又以不明为昏暗一样。研究它，即使文辞相同，并不妨碍意义的不同。忠心足以使自己完全奉献，恕足以施及于所有的事物，就是孔子的道又能够比这多些什么呢？而评论的人认为孔子的道，连神明也不能明了，并不是忠、恕可以概括完全的。虽然如此，可是这并不是孔子告诉曾子的。"好勇过我"（喜好大勇超过我的），是只能勇却不能软弱的人，能勇却不能怯并不能成才，因此，孔子不采用。古代时，凤凰来到，黄河献出书，都出现在圣人当政的时期。孔子说"凤鸟不至，河不出图"（凤凰不来，黄河不献出图书），可能是说君位上没有圣人，颜渊具有孔子的大体却小于孔圣人，是所谓的美人。他尊重五美而抛弃四恶不是等待教诲呀！郑卫之音和奸诈之人是外来消损我们的，即使是颜渊这样的人，如果不使这些东西远离自己，那么对于国家来说，也不能不衰。《尚书》说："能贤明并且正直那么又忧虑驩兜（古之大恶人）干什么呢？又为什么害怕巧言令色的大奸佞呢？"从此可知，奸佞之人，对于尧、舜来说也是他们的烦难之事，况且对于颜渊呢？奸佞之人之所以能打动人心，是靠言辞。言辞在打动人上又不如声音深入，因此郑声的可怕，自然更厉害了。孔子说："就像有声誉一样，他一定是尝试过的。"说颜渊"三个月不违反仁道"，大概是有所尝试吧。虽然如此，颜渊的行为没有在此终止，后来孔子劝告他"克制自己恢复礼教"，叫他遵照这句话。能够说话、行动、观看、倾听都遵守礼的规定，那么就可终生不违背仁道了，不仅仅止于三个月。这说出了道的全部，是无处不在，没什么不能做的，探求学问的人不可不遵循它，不可以不存心于此呀！道在我身上的体现就是德，德是可以拥有的。以德来爱就是仁，仁就像左，义就像右。德是以仁为主的，所以君子在仁义二者之中，所应当依附的是仁。孔子离开鲁国，知道的人认为是违礼的做法，这是孔子想去除罪行。去除罪行，是依附于仁。礼是表现仁的，智慧是明白仁道的，信义，是相信这些。孔子说"存志于求道，依据德行，依附于仁"，而不说义、礼、智、信，他的说法大概是这样吧。扬雄说："道用来说明，德用来获得，仁用来爱人，义用来使之相宜，礼用来体现，这就是天道。合在一起就浑然一体，分开了就各自分离，一个人兼有了四体，他就全面了。"老子说："四体之中，失去了道，然后就只剩下德了，失去了德这一体就成了仁，失去了仁这一体就成了义，失去了义就成了礼。"扬雄说合的一方面，老子说的是相离的一方面，这是有不同的原因。韩愈明白"道有君子之道也有小人之道，德也有凶有吉"，却不知道仁义和道德没有不同，这是不明白道、德呀！管仲九次集合诸侯，匡清天下，这就是孟子所说的天降大任的人；管仲不能像圣人那样使自己正了就可以使物正，这就是孔子说的小器呀！他们所说的有各自不同的范围，不是相互违背的。

过去评判人，或称之为圣人，或称之为贤人，或称之为君子，或称之为仁人，或称之为善人，或称之为士。《微子》这篇作品，记叙了古人的行为举止，大概大致有一定次序。篇末所记叙的"八士"，他们的行为仅可称之为"士"而已。当时记述这些的时候，这八个人的行为大概还就像看见了一样，如今消失了，他们的行为不能考察到了。无论君子和小人，至五代之后亲缘关系就终止了，亲缘关系终止了，那么丧服的五服也就到头了，所以尊敬亲人的礼节就没有了。千秋万代都崇拜的人是孔子。所以孟子说："我没有能成为孔子的徒弟，我是私淑于他们的。"孟子所说的"市廛而不征，法而不廛"，是说先代的儒士把国都的土地叫"廛"，用《周官》来考察它，这个说法是真实的。"廛而不征"是收他卖地的廛，而不收缴财物。"法而不廛"是说用市官的法律来管理，不收他的土地。或者"廛而不征"，或者"法而不廛"，可能是限制商人，厌恶他们的兴盛，商人这个行业兴盛了，那么人们离开自己本业（农业）的就多了，可是又担心商业衰落，因为商业不兴，货物就不流通。因此用法律来权衡，稍微兴盛得超过原则就"廛而不征"，不景气就"法而不廛"。文王的时候，关口上只是查问却不征收税金，到了周公设立礼法时，则规定天下收成不好才不再征收，这大概是权衡的缘故。进献贡品，是夏代的法律，而孟子认为不好。不好，并不是夏后氏的过错，是时代的原因，责难君主的，我听说了，批评朋友的，我也听说过。虽然如此，对于君主，就说"用道来侍奉他，不可以就停止"；对于朋友就说"忠告他并且很好地劝说他，不可以然后就停止"。王欢对于孟子，不是君主，也不是朋友，他和孟子并没有什么交情，因此孟子没和他说过话，这不一样非常恰当吗？

求仁所问的关于《易》的问题，并不是《易》的深刻内涵。能够完全明白《诗经》《尚书》《论语》里的话，那么这些不问也能够知道了。我曾经学过《易》，读了后进行思考，我自认为是这样，于是写下来等待明白《易》的人来探求它的义理。那时候，本不应该学《易》，是由于老师朋友不在身边的缘故，不能明白其中的顺序，只是过于想求知进取，现在知道过去的行为值得后悔。而那本书已经被不明白的人传抄了，回想这件事，很惭愧。因为我的惭愧和后悔，因而请你慎重。你有才又不耻下问，因此我不敢不把知道的告诉你，希望能指导你。至于《春秋三传》，不足以信，在诸经书中最难懂，问题都不能回答，也希望能启发你。

◎ 上运使孙司谏书 ◎

荆公作此文于鄞县任上。当时，孙甫正任右司谏兼两浙转运使。二人之间官品相差悬殊。正因为如此，荆公以一县吏而能直陈民之利害于运使，其气魄之恢宏可见矣。

本文开宗明义，直入主题，毫无低眉折腰之态，其铮铮风骨可敬可叹，隐然有治天下舍我其谁之意。继之以绵密之思虑，层层结网，言之有据，切责"令吏民出钱购人捕盐"之弊，其志量政略令居上位而不谙下情者汗颜。及至提出对文书"追而改之"之论，亦属情理使然，有水到渠成之妙。

【原文】

伏见阁下令吏民出钱购人捕盐，窃以为过矣。海旁之盐，虽日杀人而禁之，势不止也。今重诱之使相捕告，则州县之狱必蕃，而民之陷刑者将众，无赖奸人将乘此势，于海旁渔业之地搔动艚户，使不得成其业。艚户失业，则必有合而为盗，贼杀以相仇者，此不可不以为虑也。鄞于州为大邑，某为县于此两年，见所谓大户者，其田多不过百亩，少者至不满百亩。百亩之直，为钱百千，其尤良田，乃直二百千而已。大抵数口之家，养生送死，皆自田出，州县百须，又出于其家。方今田桑之家，尤不可时得者，钱也。今责购而不可得，则其间必有鬻田以应责者。夫使良民鬻田以赏无赖告讦之人，非所以为政也。又其间必有扞州县之令而不时出钱者，州县不得不鞭械以督之。鞭械吏民，使之出钱，以应捕盐之购，又非所以为政也。且吏治宜何所师法也？必曰："古之君子。"重告讦之利以败俗，广诛求之害，急较固之法，以失百姓之心，因国家不得已之禁而又重之，古之君子盖未有然者也。犯者不休，告者不止，巢盐之额不复于旧，则购之势未见其止也。购将安出哉？出于吏之家而已，吏固多贫而无有也；出于大户之家而已，大家将有由此而破产失职者。安有仁人在上，而令下有失职之民乎？在上之仁人有所为，则世辄指以为师，故不可不慎也。使世之在上者，指阁下之为此而师之，独不害阁下之义乎？上好是物，下必有甚者。阁下之为方尔，而有司或以谓将请于阁下，求增购赏，以励告者。故某窃以谓阁下之欲有为，不可不慎也。

天下之吏，不由先王之道而主于利。其所谓利者，又非所以为利也，非一日之积也。公家日以窘，而民日以穷而怨。常恐天下之势，积而不已，以至于此，虽力排之，已若无奈何，又从而为之辞，其与抱薪救火何异？窃独为阁下惜此也。在阁下之势，必欲变今之法，令如古之为，固未能也。非不能也，势不可也。循今之法而无所变，有何不可，而必欲重之乎？伏惟阁下，常立天子之侧，而论古今所以存亡治乱，将大有为于世，而复之乎二帝、三代之隆，顾欲为而不得者也。如此等事，岂待讲说而明？今退而当财利责，盖迫于公家用调之不足，其势不得不权事势而为此，以纾一切之急也。虽然，阁下亦过矣，非所以得财利而救一切之道。阁下于古书无所不观，观之于书，以古已然之事验之，其易知较然，不待某辞说也。枉尺直寻而利，古人尚不肯为，安有此而可为者乎？今之时，士之在下者，浸渍成俗，苟以顺从为得，而上之人亦往往憎人之言，言有忤己者，辄怒而不听之。故下情不得自言于上，而上不得闻其过，恣所欲为。上可以使下之人自言者惟阁下，其职不得不自言者，某也，伏惟留思而幸听之。文书虽已施行，追而改之，若犹愈于遂行而不反也。干犯云云。

【译文】

我看到阁下要求民众出钱来雇人抓捕偷盐的人，我认为有点过分了。海边的盐，就是每天杀人来阻止人们取用，其势头也是止不住的。现在用重利诱使人们相互抓捕举报，那么州里县里的监狱一定会人满为患，而民众被处以刑罚的一定会很多，这样奸邪无赖的人一定会趁这个机会在海边渔业发达的地区内扰乱渔民，使他们不能继续劳动。渔民失去了产业，必定会集合起来去当强盗，互相砍杀有仇的人，这是不能不思考的。鄞县是州里的大县，我在这里做了两年县官了，我见到的所谓大户人家，田产最多的也不过百亩，少的还不到一百亩。百亩地的价值可能有一百千钱，其中最好的田一百亩也不过值二百千钱而已。大概数口人的家庭，养活生者发送死者的费用都得从田里出，州县的需求又要从他们的家庭收入中获得。现在种田人家最不能按时得到的就是钱了。目前责令雇人而无钱，那么人们中间一定会有卖

农耕图刻石

田得钱来应付税收的。让良民用卖田的钱去赏给无赖们，不是办理政事的方法。并且人们中间也一定会有违抗州县的要求而不按时交钱的，州县的官员又不得不用皮鞭和军械来监督他们。用皮鞭和军械来制伏民众，让他们出钱去满足抓捕偷盐人的赏金，这也是不正确的施政方式。官吏们管理政事所要师法的是什么呢？一定是古代的君子。重视告发的好处而败坏风俗，广泛处罚，加紧不良的法规，失去民心，按着国家不得已而作的禁令行事并加重它，古代的君子可能没有这样的。违背禁令的人不停止，那么告发的人也不会停止，卖盐的钱还赶不上以前多，那么赏金也不会停止发放。那么赏金从哪里出呢？来自小吏的家，小吏大多穷苦；出自大户人家，那么大户人家一定会有因此而破产并且失去职业的。怎么会有仁人在上位，但却让他的子民有失去产业的呢？在上位的仁人有了作为，世上的人就把这作为师法的对象，所以不能不谨慎从事。如果使当世的在上位者，指着阁下的行为而仿效，这不就损害了先生的道义了吗？上级喜欢这个东西，下级一定会有更甚于此的。阁下这样做，有关部门可能认为要请求您增加赏金以奖励告发者。因此我认为阁下想有所作为，不可以不慎重。

　　天下的官吏，不依照先王的治国之道，而只以追求利益为主。他们认为的好处，又不是真正的有利之处，这并不是一天就积累下来的。国家日益困顿，民众天天因为贫困而生仇恨之心。我常常害怕天下的形势越来越严峻，以至到了无可挽回的地步，就是努力去改变，也是无可奈何，只好顺从它为它作说辞，这和抱着柴草去救火有什么分别呢？我认为阁下是清楚这点的。阁下所处的形势，必须要改革如今的法律，如果像古代那样行事，一定是不可能的，也不是不可能，而是在这种情况下不行。按着现代的法令来行事有什么不可以的呢？为什么一定要加重处罚呢？我认为阁下经常站在天子身旁谈论古今治乱的道理，一定将有大作为，而使目前的形势恢复到炎、黄二帝和夏、商、周三代时的兴盛，只是想有所作为而不可得。像这样的事，难道要等别人来讲才明白吗？现在退一步而用税金来做赏金，可能是迫于国家的费用不足，因此不得不权衡形势而这样做，以解一切急务。虽然如此，您做得也太过头了，这不是能得到财物利益而解决事情的方法。阁下对于古书没有什么不看的，看了书，用古代已发生的事来检验这方法，是很容易了解的，不用我多说了。用尺来代替寻而获利，古人也不这样做，怎么会有人认为这可行呢？如今的时事，士人处于下位的，都浸淫于流俗，只是以服从上级为正确，而在上的人又往往憎恨别人的指责，说话有冒犯他的就发怒不听。因此，下面的情况不能告诉在上者，而在上者也不能听到别人说自己的错误，一味放肆自己的行为。在上的人能让在下之人进言的只有阁下，而因其职守不得不说的是我，希望您真心听从。文书虽然已经施行，但追回改过就像赶上去再行进而不回头一样。冒犯了。

◎ 慈溪县学记 ◎

此记议论醇正、严劲紧束。文章先以"天下不可一日而无政教，故学不可一日而亡于天下"统领全篇，暗寓规劝、谏谕之意。再言古者立学造士，以见学之所系；继而转承至学废而庙兴之由及慈溪不得有学之故。及至林君肇至一段，则言林君之即庙为学，起杜为师。接之以慈溪风俗之醇美，以见教化之易兴。末则以喜其将行，忧其不继，借以说明此记以告来者之意。其起承转合浑然天成，无斧凿之痕，非深于学不能记其学如此。

【原文】

天下不可一日而无政教，故学不可一日而亡于天下。古者井天下之田，而党庠、遂序、国学之法立乎其中。乡射饮酒、春秋合乐、养老劳农、尊贤使能、考艺选言之政，至于受成、献馘、讯囚之事，无不出于学。于此养天下智仁、圣义、忠和之士，以至一偏之伎、一曲之学，无所不养。而又取士大夫之材行完洁，而其施设已尝试于位而去者，以为之师。释奠、释菜，以教不忘其学之所自；迁徙、逼逐，以勉其怠而除其恶。则士朝夕所见所闻，无非所以治天下国家之道，其服习必于仁义，而所学必皆尽其材。一日取以备公卿大夫百执事之选，则其材行皆已素定，而士之备选者，其施设亦皆素所见闻而已，不待阅习而后能者也。古之在上者，事不虑而尽，功不为而足，其要如此而已。此二帝、三王所以治天下国家而立学之本意也。

后世无井田之法，而学亦或存或废。大抵所以治天下国家者，不复皆出于学。而学之士，群居族处，为师弟子之位者，讲章句、课文字而已。至其陵夷之久，则四方之学者，废而为庙，以祀孔子于天下，斫木抟土，如浮屠、道士法，为王者像。州县吏春秋帅其属释奠于其堂，而学士者或不豫焉。盖庙之作，出于学废，而近世之法然也。今天子即位若干年，颇修法度，而革近世之不然者。当此之时，学稍稍立于天下矣，犹曰县之士满二百人，乃得立学。于是慈溪之士，不得有学，而为孔子庙如故，庙又坏不治。今刘君在中言于州，使民出钱，将修而作之，未及为而去。时庆历某年也。

后林君肇至，则曰："古之所以为学者，吾不得而见，而法者，吾不可以毋循也。虽然，吾之人民于此，不可以无教。"即因民钱作孔子庙，如今之所云，而治其四旁为学舍，讲堂其中，帅县之子弟，起先生杜君醇为之师，而兴于学。噫！林君其有道者耶！夫吏者，无变今之法，而不失古之实，此有道者之所能也。林君之为，其几于此矣。林君固贤令，而慈溪小邑，无珍产淫货，以来四方游贩之民；田桑之美，有以自足，无水旱之忧。无游贩之民，故其俗一而不杂；有以自足，故人慎刑而易治。而吾所见其邑之士，亦多美茂之材，易成也。杜君者，越之隐君子，其学行宜为人师者也。夫以小邑得贤令，又得宜为人师者为之师，而以修醇一易治之俗，而进美茂易成之材，虽拘于法，限于势，不得尽如古之所为，吾固信其教化之将行，而风俗之成也。夫教化可以美风俗，虽然，必久而后至于善。而今之吏，其势不能以久也。吾虽喜且幸其将行，而又忧夫来者之不吾继也，于是本其意以告来者。

【译文】

　　天下不能一天没有政治和教化，因而天下的学校一天都不可以废去。古代把天下的田地用路分割成井状，而乡里的学校和国家的学校的体制在这基础上建立起来。射猎喝酒、春秋之际的同乐、养活老人劳动农人、尊重贤人任用能人、考核技术选择忠言，直至接受投降、献上敌人的首领、审问犯人这些知识技能与习惯都是由学校进行培养的。在这里培养天下有智慧仁义、贤明节义和忠诚谦和的人，甚至一种技术、一首曲调的学问，都要培养。又让士大夫之中才能行为完善而高洁，并已经做过官又离了职的，来做老师。分析祭祀和菜礼，以教导学生不要忘记所学的东西的来源；用迁徙和驱逐来去除他们的懒惰和恶行。士子们朝夕所见的无非是怎样管理天下的方法，他们所服从和学习的必定是仁义，而所学的东西一定会尽显他们的才智。以备一旦有一天被选作公卿大夫和执事，那么他们的才能和行为已经被

岳麓书院

确定，而且可供选择的士人，他们对于事务也是平常见惯了的，不用再学习就可以负责起来。古代在上位的人，对于事务不用考虑就可以做好，不立功勋而功勋就已经足够了，其要点就是这样。这就是炎、黄二帝和尧、舜、禹三王治理天下而建立学校的原意。

　　后来的朝代没了井田法，而学校也是有存在的也有废弃了的。所以大多数治理国家的人不

再都从学校中出来。而求学的人聚集在一起，教导学生的老师只是讲讲经书的章句和文字而已。大道衰落了很长时间以后，不求学的人就废学而立庙，来祭祀孔子，砍木头团泥土，像和尚、道士那样为孔子建了王者之像。州县的官员在春、秋两季带领属下到庙里祭孔子，而求学者有的还不参加。大概庙的建立是由于学校的废除，这是近世以来的法度。现在天子已经即位几年了，大大地修缮了法度，而废除了近世以来不对的地方。这时候，学校才在天下稍稍兴起，可还是说县里的学生满二百人的才可以建立学校。所以慈溪县的学生不能有学校，

孔庙杏坛

而还像过去那样祭祀孔子庙而庙又破败了。现在刘君上书州里，让民众出钱来修建孔子庙，但还没动工他就走了。那是庆历某年的事。

后来林肇先生来了，他说："古代怎样建学校我没见过，而如今的法令我又不得不服从。虽然如此，但我的子民不可以没有教化。"随即用民众的钱修了孔子庙，像现在所说的又在四周建了学校的房舍，在其中建了讲堂，带领县中的子弟任用杜醇先生做老师，而兴起了学校。哎！林君是有道的人呀！做官吏的不变今天的法度，而又不失古代法度的本质，这是有道的人才能做的。林君的作为，不止于此。林君是有德的县令，慈溪是小县，没有什么珍贵的出产，而使四方的商人来到这里；但也有田地和桑林，能够自足，没有水旱灾害。没有商人，因而风俗淳朴而不混乱；有可以自足的资源，因而人们对处罚十分小心而很容易治理。而我所见到的县中的人才，也多是良才美质，容易成就的。杜君，是越地的隐居的君子，他的学问和德行很适合做老师。小小的县邑得到了贤明的县令，又有适宜的人做教师，便可以完善淳朴易于成就的风俗，而进献有美质又易于成材的人才，虽然被法规和形势制约，不能完全像古人那样，但我还是坚定地认为这里的教化会流行，而风俗也会形成。教化可以使风俗美化，但只有长久的行使之后才能达到完满，而现在的官员不能长久地在这里做官。我虽然高兴他将要离去，但又担心后来者不能继续，所以将他的本意告诉后来者。

◎ 祭范颍州文 ◎

　　本文为悼念范仲淹而作。范公自罢政事后六七年间连贬徙邓、杭、青三州，皇祐四年（1052 年），仁宗命他徙知颍州。在途经徐州时奄然长逝。本文即作于此年。文中深切缅怀了"庆历新政"主持者的功绩，并对其迅速夭折的悲剧发出慨然长叹。

　　荆公为人多气岸，不妄交，所交者皆天下名贤，故于其殁而祭。其文多奇崛之气、悲怆之思，读之令人不禁掩卷涕洟。本文中，荆公对于范公极力摹写，其用字造语，皆奇创动人，中间所叙事略多为细事，然音节高亢，有力揭示与烘托了范公之大节。

【原文】

　　呜呼我公，一世之师。由初迄终，名节无疵。明肃之盛，身危志殖。瑶华失位，又随以斥。治功亟闻，尹帝之都。闭奸兴良，稚子歌呼。赫赫之家，万首俯趋。独绳其私，以走江湖。士争留公，蹈祸不栗。有危其辞，谒与俱出。风俗之衰，骇正怡邪。蹇蹇我初，人以疑嗟。力行不回，慕者兴起。儒先酋首，以节相侈。公之在贬，愈勇为忠。稽前引古，谊不营躬。外更三州，施有余泽。如醨河江，以灌寻尺。宿赃自解，不以刑如。猾盗涵仁，终老无邪。讲艺弦歌，慕来千里。沟川障泽，田桑有喜。戎孽猘狂，敢齮我疆。铸印刻符，公屏一方。取将于伍，后常名显。收士至佐，维邦之彦。声之所加，虏不敢濒。以其馀威，走敌完邻。昔也始至，疮痍满道。药之养之，内外完好。既其无为，饮酒笑歌。百城晏眠，吏士委蛇。上嘉曰材，以副枢密。稽首辞让，至于六七。遂参宰相，厘我典常。扶贤赞杰，乱冗除荒。官更于朝，士变于乡。百治具修，偷堕勉强。彼阙不遂，归侍帝侧。卒屏于外，身屯道塞。谓宜耆老，尚有以为。神乎孰忍，使至于斯。盖公之才，犹不尽试。肆其经纶，功孰与计？自公之贵，厩库逾空。和其色辞，傲讦以容。化于妇妾，不靡珠玉。翼翼公子，弊绨恶粟。闵死怜穷，惟是之奢。孤女以嫁，男成厥家。孰埋于深？孰铄乎厚？其传其详，以法永久。硕人今亡，邦国之忧。矧鄙不肖，辱公知尤。承凶万里，不往而留。涕洟驰辞，以赞醪羞。

【译文】

哎！我的先生，您是举国上下的师长。从开始到终结，您的名节没有一点瑕疵。清明严肃之气十分浩大，身虽处于危难志向却更坚定。正道被摈弃，您大声疾呼斥责这不正之风。您建立的业绩，在京城中广为传颂，您摈弃奸邪之徒奖掖良善之士，连小孩子都为您的明智之举欢呼称颂，从王公贵族到老百姓都对您无比钦佩。别人为了私欲而诽谤您，使您颠沛流离。士人们争着挽留您，就是因此而受到处罚也不怕，一旦有对您不利的话语人们就争着来为您辩护。风俗败落之后，人们就害怕正气而对邪气感到舒心。您最初艰难地跋涉，人们又是怀疑，又是嗟叹。而您仍努力实践自己的愿望不因为别人的疑嗟而回头。因此，仰慕您的人渐渐多了起来。您是先辈的大儒之首，您行事总是以骨气为重。您在被贬之后，更加忠勇。您按照古圣先贤之道行事，努力地进行工作。换到三州去做官，您又在那里施行恩惠，您的恩泽就像江河之水，给人民很多关爱。窝藏赃物的人自首之后，您就不再加之以刑罚。狡猾的盗贼被您的仁义所感动，一直到老都再没有邪念。千里之外的人都慕名而来为您歌唱。水沟和河流都被治理，田地桑木都生长良好。可恶的外族头领骄狂异常，竟然敢攻打我们的国土。皇上命人出征，您也在其中。在行伍之中做了将领，您的名字后来也得以显扬，您招收士人来辅助军事，选用了国中的杰出人才。您的名声之大，连胡人也不敢再来犯边。借着您的余威，赶走了敌人，使我们的国土、人民都完好无损。后来到了颖州，这里破旧不堪，您治理它，使这里到处都变得很好。然后无为而治，喝酒歌唱笑傲山林。到处是人民安定，官吏逊良。皇上夸奖您是人才，想封您做枢密副使，您上疏辞让有六七次之多。后来当了宰相，您就清理了法令规章，提拔优秀的人才，开拓未经治理的地方。朝廷上官吏们在改变，乡村之中士人们也发生了变化。各种制度都得到了完善，使不良之行没有发生的可能。以后您的措施没有被执行，就随侍在皇帝身边。最后又被摒弃于外，生活窘迫，大道不被知闻。您说自己虽然老了，可仍有余力做事。神怎么能忍心，就让事情发展到了这一步呢？先生的才华，仍不能完全发挥出来，谈论起经典来，谁又可以和您相提并论呢？自从先生发达之后，家里的钱财就不足了。您的言辞与面貌都十分和蔼，表现出孤傲的品性。教导妻妾们不要多用珠宝，儿子们不要厌恶一般的衣物和粮食。您怜悯死者和穷人，对于他们好善乐施。您把孤女都嫁出去了，男子成了家。谁对圣人之道了解得比您深，谁的品德比您更好？我为您作传，希望后来人永久地仿效。大人现在死去了，这是国家的忧患。那些不肖之徒却仍为侮辱您而不遗余力。在万里之外听到了您去世的凶信，我却不能亲自前去，我哭着写下祭辞，以当作祭酒的辅助之物。

◎ 子贡 ◎

　　这是一篇置疑的文章。作者开篇就提出怀疑——史传上记载的子贡的事迹是流传错误，认为子贡不是儒生。作者有条不紊地从三个方面论证了这个观点。"夫所谓儒者，用于君则忧君之忧，食于民则患民之患，在下而不用则修身而已。"而子贡只是孔子的学生，是普通的老百姓，此其一。《史记》上说子贡为了救鲁国而到处游说，而使五个国家发生了战乱，这个说法不合情理，此其二。作者觉得在当时的社会环境下，不会为了自己国家的安全而使诡诈去消灭别的国家，因为这样不合乎道义此其三。所谓"己所不欲，勿施于人"。全文论点鲜明，论证周密，文笔明白晓畅。

【原文】

　　予读史所载子贡事，疑传之者妄，不然，子贡安得为儒哉？夫所谓儒者，用于君则忧君之忧，食于民则患民之患，在下而不用则修身而已。当尧之时，天下之民患于浩水，尧以为忧，故禹于九年之间三过其门而不一省其子也。回之生，天下之民患有甚于浩水，天下之君忧有甚于尧，然回以禹之贤而独乐陋巷之间，曾不以天下忧患介其意也。夫二人者，岂不同道哉？所遇之时则异矣。盖生于禹之时，而由回之行，则是杨朱也；生于回之时，而由禹之行，则是墨翟也。故曰：贤者用于君则以君之忧为忧，食于民则以民之患为患，在下而不用于君则修其身而已。何忧患之与哉？夫所谓忧君之忧，患民之患者，亦以义也。苟不义而能释君之忧，除民之患，贤者亦不为矣。《史记》曰：齐伐鲁，孔子闻之，曰："鲁，坟墓之国。国危如此，二三子何为莫出？"子贡因行，说齐以伐吴，说吴以救鲁，复说越，复说晋，五国由是交兵。或强，或破，或乱，或霸，卒以存鲁。观其言，迹其事，仪、秦、轸、代无以异也。嗟乎，孔子曰："己所不欲，勿施于人。"己以坟墓之国而欲全之，则齐、吴之人，岂无是心哉，奈何使之乱欤？吾所以知传者之妄，一也。于史考之，当是时，孔子、子贡为匹夫，非有卿、相之位，万钟之禄也，何以忧患为哉？然则异于颜回之道矣。吾所以知传者之妄，二也。坟墓之国，虽君子之所重，然岂有忧患而谋为不义哉？借使有忧患为谋之义，则岂可以变诈之说亡人之国，而求自存哉？吾所以知其传者之妄，三也。子贡之行，虽不能尽当于道，然孔子之贤弟子也，固不宜至于此，矧曰孔子使之也。太史公曰："学者多称七十子之徒，誉者或过其实，毁者或损其真。"子贡虽好辩，讵至于此邪？亦所谓毁损其真者哉！

【译文】

我读史传上记载的子贡的事迹，怀疑是流传错误，不然，子贡怎么会成为儒生呢？所说的儒生，侍奉国君就为国君分忧，吃百姓的粮食就为百姓忧虑，处于下位不被任用就修养自身而已。尧做天子时，天下人民苦于洪水的祸患，尧把洪水当作自己的忧愁，所以禹治水九年屡次经过家门都没有去看一看自己的儿子。颜回出生时，天下百姓的忧患比洪水还要严重，天子的忧虑也比尧厉害。但颜回像禹那样贤能却在陋巷中自己怡然自乐，一点也不介意天下人的忧患。这两个人难道不是一条路上的人吗？他们处于不同的时代而已。出生在禹的时代却有颜回的举动的人是杨朱；出生在颜回的时代却有禹的行为的人是墨翟。所以说贤能的人被国君任用，就把国君的忧虑当作自己的忧虑；吃苍生的粮食，就把百姓的忧患当作自己的忧患；处于下位不被国君任用，就修养自身罢了。和忧患有什么联系呢？所说的为国君的忧虑而忧虑，为百姓的忧患而忧患，也要根据道义。假如不讲道义也能解除国君的忧虑、排除百姓的忧患，有才能的人也不会去做的。《史记》上记载：齐国攻打鲁国，孔子听说了这件事，就说："鲁国是我们的父母之邦。国家已经如此危急，你们为什么还不出国去想办法？"于是子贡出国游说齐国去进攻吴国，游说吴国去救援鲁国，再去游说越国、晋国，从这以后这五个国家发生了战乱，有的强大了，有的败亡了，有的混乱了，有的称霸了，最终使鲁国保留下来。看他说的话和他做的事，和苏秦、张仪、陈轸、苏代没什么区别。唉！孔子说："自己不想要的，也不要强加给其他人。"自己想使自己的祖国保存下来，那么齐国、吴国的人难道就没有这种心吗？为什么使别的国家发生战争呢？我知道流传失误，这是第一个理由。从史实来考察，那时，孔子、子贡只是普通的平民百姓，并没有卿相的地位，万钟的俸禄，哪里用得着忧虑呢？这样就和颜回的处世原则相违背了。我知道流传失误，这是第二个理由。父母之邦，即使被君子所重视，难道可以因为有忧患而进行不义的谋划吗？假如有为了忧患出谋划策的道义，难道能够用权变诡诈的说法消灭别人的国家、使自己的国家保存下来吗？我知道流传失误，这是第三个理由。子贡的行径虽然不能说完全合乎道义，却是孔子的好学生，原来不应该这样做，假装说是孔子让他做的。太史公说："学者都称赞孔子的七十个学生，有的赞誉者言过其实，有的诋毁者破坏了事情的本来面目。"子贡即使喜好辩论，难道会达到这种地步吗？这也是所说的遮盖了事情的真相啊。

◎ 大人论 ◎

　　大人，即有德之人。在文中，作者认为神、圣、大人三者都是圣人的名称。之所以称呼不同，是因三者指代不同，"由其道而言谓之神，由其德而言谓之圣，由其事业而言谓之大人"。古之人，必先敬德修业，然后才能成为圣，然后才能成为神，即"神非圣则不显，圣非大则不形"。作者在文章末尾批评了那种认为"德业之卑，不足以道"的观点，并反问"夫为君子者，皆弃德业而不为，则万物何以得其生乎"，言辞恳切，令人警醒。

　　文章充满辩证的哲学意味，需细细品读，方可领悟其中三昧。

【原文】

　　孟子曰："充实而有光辉之谓大，大而化之之谓圣，圣而不可知之之谓神。"夫此三者，皆圣人之名，而所以称之之不同者，所指异也。由其道而言谓之神，由其德而言谓之圣，由其事业而言谓之大人。古之圣人，其道未尝不入于神，而其所称止乎圣人者，以其道存乎虚无寂寞不可见之间。苟存乎人，则所谓德也。是以人之道虽神，而不得以神自名，名乎其德而已。夫神虽至矣，不圣则不显，圣虽显矣，不大则不形。故曰，此三者圣人之名，而所以称之之不同者，所指异也。《易》曰："蓍之德圆而神，卦之德方以智。"夫《易》之为书，圣人之道于是乎尽矣，而称卦以智不称以神者，以其存乎爻也。存乎爻，则道之用见于器，而刚柔有所定之矣。刚柔有所定之，则非其所谓化也。且《易》之道，于《乾》为至，而《乾》之盛，莫盛于二、五，而二、五之辞皆称"利见大人"，言二爻之相求也。夫二爻之道，岂不至于神矣乎？而止称大人者，则所谓见于器而刚柔有所定尔。盖刚柔有所定，则圣人之事业也；称其事业以大人，则其道之为神，德之为圣，可知也。孔子曰："显诸仁，藏诸用，鼓万物而不与圣人同忧，盛德大业，至矣哉。"此言神之所为也。神之所为，虽至而无所见于天下。仁而后著，用而后功，圣人以此洗心，退藏于密，及其仁济万物而不穷，用通万世而不倦也，则所谓圣矣。故神之所为，当在于盛德大业。德则所谓圣，业则所谓大也。世盖有自为之道而未尝知此者，以为德业之卑，不足以为道，道之至，在于神耳，于是弃德业而不为。夫为君子者，皆弃德业而不为，则万物何以得其生乎？故孔子称神而卒之以德业之至，以明其不可弃。盖神之用在乎德业之间，则德业之至可知矣。故曰神非圣则不显，圣非大则不形。此天地之全，古人之大体也。

【译文】

　　孟子说："充实而有光芒叫作大，自己才德兼备又能教化万民叫作圣，圣到了不可了解的地步叫作神。"这三者都是圣人的名称，之所以称呼不同，因为指代的不同。从道来说叫作神，从德来说叫作圣，从工作来说叫作大人。古代的圣人，他的道并不是没有到神的地步，但他的称呼却只保持在圣的地步，是因为他的道只存在于虚无缥缈看不见的地方。如果存在于人民群众之间就是所说的德。因此人的道虽然奇妙，却不能用神来称呼自己，叫作德还可以。神虽然是至高境界，不到圣却不显露；圣虽然显露，达不到大的程度就体现不出来。所以说，三者都是圣人的名称，之所以称呼不同，因为指代不一样。《易经》上说："蓍的德圆而神，卦的德方以智。"《易》这本书，完全包含了圣人之道，但把卦称作智不叫作神，这是由于它存在于爻中。存在于爻中，道的作用通过器用表现出来，刚柔被器用决定。刚柔决定于器用，就不是所说的变化。并且《易经》的道理，《乾》卦是最高的，可是《乾》卦的极盛在二、五爻，二、五爻的爻辞都说"利见大人"，是说两爻互相求证。这二爻的道理，难道达不到神的程度吗？却只说"大人"，就是指由器用表现出来而刚柔被器用决定。刚柔由外物决定，这是圣人的事业，把这种事业叫作大人，那么它的道是神，德是圣，就可以明白了。孔子说："在仁中表现出来，藏在使用之中，鼓动万物而不和圣人有相同的忧虑，盛德大业就达到了顶点。"意思是说神做的事。神做的事虽然达到极致但在天下却没有显示。有了仁然后表现出来，使用以后才会有功绩，圣人用这些洗涤心灵，随后把它放在秘密之处，等他用仁拯济万物而无穷无尽，通行于万代而不知劳苦，就是所说的圣了。所以神做的事情体现在盛德大业上。德就是所谓的圣，业就是所谓的大。世上有自己从事的道可是从来没有人了解这一点，认为德业不值一提，道的极致在于神，于是放弃了德业不去做。做君子的人都舍弃了德业不去做，万物怎么能获得生命呢？所以孔子称赞神，但最终把德业的实现当作神，以便表示德业不可以放弃。神的运用存在于德和业之间，那么德业的实现就可以了解了。所以说没有圣，神就不会显露；没有大，圣就不能体现。这是天地的全部，古人的大体观点。

◎ 老 子 ◎

老子，姓李，名耳，又名老聃，春秋时期战国人。相传为道家学派创始人。老子主张"无为"而治，甚至主张社会倒退回"小国寡民"的时代。其著作《道德经》比较详细地叙述了无为的思想。老子的思想，不仅在今天看来是消极的，在当时也是消极的。王安石作为一个锐意进取的政治家，对这种思想无疑持批判态度。他的这篇文章，便体现了他对老子的无为思想的否定，认为"亦近于愚矣"。

【原文】

道有本有末。本者，万物之所以生也；末者，万物之所以成也。本者出之自然，故不假乎人之力，而万物以生也；末者涉乎形器，故待人力而后万物以成也。夫其不假人之力而万物以生，则是圣人可以无言也、无为也；至乎有待于人力而万物以成，则是圣人之所以不能无言也、无为也。故昔圣人之在上，而以万物为己任者，必制四术焉。四术者，礼、乐、刑、政是也，所以成万物者也。故圣人唯务修其成万物者，不言其生万物者，盖生者尸之于自然，非人力之所得与矣。老子者独不然，以为涉乎形器者，皆不足言也、不足为也，故抵去礼、乐、刑、政，而唯道之称焉。是不察于理而务高之过矣。夫道之自然者，又何预乎？唯其涉乎形器，是以必待于人之言也、人之为也。其书曰："三十辐共一毂，当其无，有车之用。"夫毂辐之用，固在于车之无用，然工之琢削未尝及于无者，盖无出于自然之力，可以无与也。今之治车者，知治其毂辐而未尝及于无也，然而车以成者，盖毂辐具，则无必为用矣。如其知无为用，而不治毂辐，则为车之术固已疏矣。

老子骑牛图

今知无之为车用，无之为天下用，然不知所以为用也。故无之所以为车用者，以有毂辐也；无之所以为天下用者，以有礼、乐、刑、政也。如其废毂辐于车，废礼、乐、刑、政于天下，而坐求其无之为用也，则亦近于愚矣。

【译文】

道有根本有末流。根本是万物生长的基础，末流是万物成材的条件。根本出于自然，所以不用假借人力就可以体现出来，万物依靠它生长；末流涉及外形器用，所以要依靠人力然后万物才会成长。不用假

老子像

借人力万物可以依靠它生长，圣人能够不用说、不用做；到了要依靠人力然后万物才能长成，这就是圣人不能不说、不能不做的原因。因此圣人执政时，把万物生长、成材当作自己的职责，一定要有四种治理措施。这四种措施就是礼法、音乐、刑罚、政治，这是万物成长的条件。圣人尽心于培养万物成材，而不说使万物生长，可能是因为生长的东西效法自然，不是人力能够实现的。老子却不这样，认为涉及外形和器用的都不值一提、不值得去做，所以抵触取消礼法、音乐、刑罚、政治，只称讲道。这是不能洞察事理而又要求过高的错误。道是自然的东西，又为什么要进行干涉呢？只是因为涉及外形器用，一定要等人去说，等人去做。《老子》上讲："三十车辐共用一毂，因为它是空的才会安在车上。"毂辐能有用处，本来就在于车，工匠砍削雕琢木料从来没有达到无的地步，是没有用到自然的威力。现在造车的人知道造出毂辐即使没有达到无的地步，也可以把车造成，是因为毂和辐备好了，那么无就有了用处。如果明白无的用处却不去造辐和毂，那么造车的技术必然就生疏了。无可以用于造车，用于治理天下，是有所依托的。无可以用于造车是因为有了毂和辐；无能用于管理天下是因为有了礼法、音乐、刑罚和政治。假如在车上废弃了毂和辐，在天下废弃了礼法、音乐、刑罚和政治，只是坐着等待无发生作用，也是近乎于愚蠢了。

◎ 荀 卿 ◎

本文围绕"智"与"仁"表达了两种不同的观点。荀子认为：智者应先使人知己，然后才能知道别人，才能自己知道自己；仁者应先使人爱己，然后才能爱别人，才能自己爱自己。王安石则认为：智者应先了解自己，然后才能了解别人，才能让别人了解自己；仁者应先爱自己，然后才能爱别人，才能让别人爱自己。

文章论辩有力，譬喻生动鲜明，文字洗练。

【原文】

荀卿载孔子之言曰："'由，智者若何？仁者若何？'子路曰：'智者使人知己，仁者使人爱己。'子曰：'可谓士矣。'子曰：'赐，智者若何？仁者若何？'子贡曰：'智者知人，仁者爱人。'子曰：'可谓士君子矣。'子曰：'回，智者若何？仁者若何？'颜渊曰：'智者知己，仁者爱己。'子曰：'可谓明君子矣。'"是诚孔子之言欤？吾知其非也。夫能近见而后能远察，能利狭而后能泽广，明天下之理也。故古之欲知人者，必先求知己，欲爱人者，必先求爱己，此亦理之所必然，而君子之所不能易者也。请以事之近而天下之所共知者谕之。今有人于此，不能见太山于咫尺之内者，则虽天下之至愚，知其不能察秋毫于百步之外也，盖不能见于近，则不能察于远明矣。而荀卿以谓知己者贤于知人者，是犹能察秋毫于百步之外者为不若见太山于咫尺之内者之明也。今有人于此，食不足以厌其腹，衣不足以周其体者，则虽天下之至愚，知其不能以赡足乡党也，盖不能利于狭，则不能泽于广明矣。而荀卿以谓爱己者贤于爱人者，是犹以赡足乡党为不若食足以厌腹、衣足以周体者之富也。由是言之，荀卿之言，其不察理已甚矣。故知己者，智之端也，可推以知人也；爱己者，仁之端也，可推以爱人也。夫能尽智仁之道，然后能使人知己、爱己，是故能使人知己、爱己者，未有不能知人、爱人者也。能知人、爱人者，未有不能知己、爱己者也。今荀卿之言，一切反之，吾是以知其非孔子之言，而为荀卿之妄矣。杨子曰："自爱，仁之至也。"盖言能自爱之道则足以爱人耳，非谓不能爱人而能爱己者也。噫，古之人爱人不能爱己者有之矣，然非吾所谓爱人，而墨翟之道也。若夫能知人而不能知己者，亦非吾所谓知人矣。

【译文】

　　荀卿记录了孔子的话说："'仲由，智者怎么样，仁者怎么样？'子路说：'智者使人了解自己，仁者使人爱自己。'孔子说：'可以算是士了。'孔子又问：'赐，智者怎么样，仁者怎么样？'子贡说：'智者了解别人，仁者爱别人。'孔子说：'你可以算是士中的君子了。'孔子又问：'颜回，智者怎么样，仁者怎么样？'颜渊说：'智者了解自己，仁者爱自己。'孔子说：'可以算是明君子了。'"这真的是孔子说的话吗？我知道不是。能看到近的然后能观察到远的，能施利给小范围然后才能泽被广大，算是能了解天下的事理了。古代人想了解别人，必须要首先了解自己，想要爱别人一定先要爱自己，这也是理所当然，是君子也改变不了的道理。用身边人所共知的事情来作个比方。现在有一个人，在咫尺之内都不能看见太山，即使天下最笨的人，也知道他不能看到百步之外的细小毫毛，这是不能看到近处的东西就不能看清楚远方。而荀卿认为了解自己的人比了解他人者更智慧，这就好比能看到百步之外细小毫毛的人比不上在咫尺之内看到太山的人看得清楚。如今有这样一个人，食不果腹、衣不蔽体，即使天下最愚蠢的人也明白他不能供养同乡，不能在小范围内施利也就不能泽被广大。而荀卿以为爱自己的人比爱别人的人贤明，这就好比这种人奉养同乡比不上那种食能果腹、衣能蔽体的人有钱。由此来说，荀卿所说的话非常不能明察事理。明白自身是智慧的起始，可以推广去了解别人；爱自己是仁的开端，可以推广去爱别人。能完全推行智和仁，然后让别人了解自己、爱自己。所以能使别人了解自己、爱自己的人，没有不能了解别人、爱别人的。能了解别人爱别人的人，没有不能了解自己、爱自己的。荀卿所说的话完全与此相反，因此我知道这并非孔子的话，是荀卿自己捏造的。杨子说："爱自己是仁的极致。"是说能够爱自己就能够爱别人，并不是说不能爱人却能爱自己。噫，古人爱别人却不能爱自己的人是有的，但并不是我所说的爱别人，而是墨翟所说的爱别人。至于能了解别人却不能了解自己的情形，也不是我所说的了解别人。

孔子讲学

◎ 复仇解 ◎

　　本文对复仇行为进行了分析。作者认为：在治世，不应采取个人复仇行动，而应当上告，通过统治者"施刑于其仇"；反对个人直接或"书于士"而实施的复仇。而在乱世无处伸冤时，则可以复仇；然而在有"复仇之禁"，复仇行为会带来杀身之祸，因而使家庭绝嗣的情况下，则应将仇恨深藏于心，不去进行复仇。全文层层论辩，由仇之缘起，讲到古说，再讲到处仇之道。行文流畅，"极意论驳，自成一家之言"。

【原文】

　　或问复仇，对曰：非治世之道也。明天子在上，自方伯、诸侯以至于有司，各修其职，其能杀不辜者少矣。不幸而有焉，则其子弟以告于有司，有司不能听；以告于其君，其君不能听；以告于方伯，方伯不能听；以告于天子，则天子诛其不能听者，而为之施刑于其仇。乱世则天子、诸侯、方伯皆不可以告。故《书》说纣曰："凡有辜罪，乃罔恒获。小民方兴，相为敌仇。"盖仇之所以兴，以上之不可告，辜罪之不常获也。方是时，有父兄之仇而辄杀之者，君子权其势，恕其情而与之，可也。故复仇之义，见于《春秋传》，见于《礼记》，为乱世之为子弟者言之也。《春秋传》以为父受诛，子复仇，不可也。此言不敢以身之私，而害天下之公。又以为父不受诛，子复仇，可也。此言不以有可绝之义，废不可绝之恩也。《周官》之说曰："凡复仇者，书于士，杀之无罪。"疑此非周公之法也。凡所以有复仇者，以天下之乱，而士之不能听也。有士矣，不能听其杀人之罪以施行，而使为人之子弟者仇之，然则何取于士而禄之也？古之于杀人，其听之可谓尽矣，犹惧其未也，曰："与其杀不辜，宁失不经。"今书于士则杀之无罪，则所谓复仇者，果所谓可仇者乎？庸讵知其不独有可言者乎？就当听其罪矣，则不杀于士师，而使仇者杀之，何也？故疑此非周公之法也。或曰："世乱而有复仇之禁，则宁杀身以复仇乎？将无复仇而以存人之祀乎？"曰：可以复仇而不复，非孝也；复仇而殄祀，亦非孝也。以仇未复之耻，居之终身焉，盖可也。仇之不复者，天也。不忘复仇者，己也。克己以畏天，心不忘其亲，不亦可矣。

【译文】

有人问复仇的事情，我回答他说：这不是太平盛世的做法。贤明的天子在位，从方伯、诸侯一直到各有关部门，各自实施他们的职责，被误杀的无辜者就很少了。如果不幸有了这种事，那么无辜者的子弟告到有关部门，有关部门不能处理；告到国君那里，国君不能处理；告到方伯那里，方伯也不能处理；告到天子那里，天子责备那些不能处理的人，而天子就为他处罚了他的仇人。到了乱世，天子、诸侯、方伯就都不能告了。所以《尚

纣王无道，妲己害政

书》上说纣王：只要是犯有枉杀无辜罪行的人，只要你搜罗总能捉得到。百姓作乱，相互间变成仇敌。仇恨之所以出现，是因为上司不能上诉，无辜的罪行不能经常获得昭雪。在这个时候，有杀死自己父亲、兄长的仇恨，那么就杀掉仇人。君子权衡情况，饶恕了他并和他结交是可以的。所以复仇的大义记录在《春秋传》里、《礼记》里，替那些身处乱世的人申诉。在《春秋传》里认为父亲被杀、儿子为父报仇是不可以的，意思是说不敢因为私人恩怨而危害天下。又认为父亲没有被杀，儿子为父报仇是可以的，意思是说不因为有可断绝的义气放弃不可断绝的恩情。《周官》上说："凡是复仇的人，上书给掌管的人，杀了他不算有罪。"我猜测这不是周公制定的法律。那些借机复仇的人，是因为天下处于乱世，司法长官不能处理才出现的。有了司法官员，不让他办理杀人的罪行去执行法律，却让那些做子弟的人复仇杀人，那还要司法长官并给他俸禄干什么？古代对杀人的罪行，处理时可以说考虑到各个方面了，但还害怕有没想到的事情，说："与其杀掉无辜者，哪如放过证据不足的人呢？"现在上报给司法长官，杀了他不算犯罪，果真是所说的可以报仇的人吗？又哪里知道他没有辩解的言辞呢？当处理他的罪行时，不被司法长官杀掉，却让仇人杀了他，这是什么缘故呢？所以我怀疑这不是周公制定的法律。有人说："世道大乱就禁止人们复仇，那么是宁愿杀掉自身去复仇呢？还是不去复仇而保存后代呢？"我认为：能够复仇却不去做，是不孝；去复仇却没有了后代，也是不孝。不去复仇的耻辱，牢记终生是可以的。不能复仇，这是天意。不忘记复仇，决定于自身。抑制自己敬畏上天，心中不忘记自己的亲人，不也是可以的吗？

◎ 答司马谏议书 ◎

司马谏议，即司马光，为反对王安石变法的守旧派核心人物，也是著名历史学家，当时任翰林学士兼侍读学士、右谏议大夫。王安石身为宰相，实施新法，遇到了包括司马光在内的重重阻力，因而激愤地说："人习于苟且非一日，士大夫多以不恤国事，同俗自媚于众为善。"作者在文中拿盘庚迁都作比较，从而表达了自己不后悔的志向。全文字里行间体现了王安石傲岸倔犟的性格，也从侧面体现了他自负的心理。

【原文】

某启：昨日蒙教，窃以为与君实游处相好之日久，而议事每不合，所操之术多异故也。虽欲强聒，终必不蒙见察，故略上报，不复一一自辩。重念蒙君实视遇厚，于反复不宜卤莽，故今具道所以，冀君实或见恕也。

盖儒者所争，尤在于名实。名实已明，而天下之理得矣。今君实所以见教者，以为侵官、生事、征利、拒谏，以致天下怨谤也。某则以谓受命于人主，议法度而修之于朝廷，以授之于有司，不为侵官；举先王之政，以兴利除弊，不为生事；为天下理财，不为征利；辟邪说，难壬人，不为拒谏。至于怨谤之多，则固前知其如此也。

司马光《宁州帖卷》

人习于苟且非一日，士大夫多以不恤国事，同俗自媚于众为善。上乃欲变此，而某不量敌之众寡，欲出力助上以抗之，则众何为而不汹汹然？盘庚之迁，胥怨者民也，非特朝廷士大夫而已。盘庚不为怨者改其度，度义而后动，是而不见可悔故也。如君实责我在位久，未能

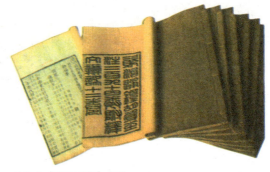

司马光《资治通鉴》书影

助上大有为，以膏泽斯民，则某知罪矣。如曰今日当一切不事事，守前所为而已，则非某之所敢知。无由会晤，不任区区向往之至。

【译文】

安石启：昨天多谢您来信指教，我认为和您长期交往相好，却每每讨论问题不能取得一致的看法，是因为我们彼此所持的政见多有不同。我虽然想强辩，但考虑到怎么样也不会被了解，因而只是简单地回答您，不再一一自辩了。又想到您对我的爱护与重视，因此在来往书信中不宜草率冒失，故而现在我详细地说一说事情的原委，希望您能够宽恕我。

大概儒者所争论的事情，侧重于名声和实际。一旦名声和实际的问题明了了，天下的是非曲直之理也就把握住了。您现在用来教导我的观点是：认为我冒犯了官员的权利，生事扰民，与人民争夺财物，拒绝纳谏，因此招致了天下人的仇恨和诽谤。但我却认为：接受了皇帝的命令，在朝廷之上议论法律和制度并且修改使之完善，然后交给有关部门去实施，不是侵犯官员的权利；应用和施行古代贤君的政策，以使有利的政策得到施行，去除弊端，不是扰民滋事；为天下理财，不是为了取得利益；批评不正确的言论，驳斥小人，不是拒绝纳谏。至于仇恨和诽谤的增多，那是我在做这些事之前就知道的。

人们习惯于因循守旧并不是一天了，士大夫们大都不体恤国情，而且以与流俗相合和讨好众人为正确的行事之道。因此皇上才想改变这种情况，而我也不考虑政敌的力量有多么大，只是想着出力辅佐皇上来反抗这种势力，因此，众人怎么会不穷凶极恶地抨击我呢？盘庚迁都之时，有怨言的是老百姓，不仅仅是士大夫们。盘庚没有由于有人埋怨就改变自己的想法，那是因为他认为自己的想法是合理的然后再行动，因此没有可以后悔的原因。如果您责怪我在这个位子上很久了却还没能帮助皇上大有作为，以使人民受到实惠，那么，我已经知罪了。如果说目前我们应该什么事都不做，只是墨守前代的陈规就行了，那么我就不敢接受了。没有机会和您见面，但我仍对您十分景仰。

◎ 君子斋记 ◎

　　斋名叫君子，所立志自然卓尔不群。古代形成这个称呼，是"故天下之有德，通谓之君子"。后世或有德无位，或有位而无德，于是君子的称呼就有以位称之，也有以德称之。此文首先提起"君子"二字，接着将德位分说，然后又将德位合说，而归之于重实，有勉励之意。之后提到君子斋，得出"独仁不足以为君子，独智不足以为君子，仁足以尽性，智足以穷理，而又通乎命，此古文人所以为君子也"。

　　全文论辩方法独特，剖析道理深入透彻，"固已兼备众美乃尔"。

【原文】

　　天子、诸侯谓之君，卿大夫谓之子。古之为此名也，所以命天下之有德。故天下之有德，通谓之君子。有天子、诸侯、卿大夫之位而无其德，可以谓之君子，盖称其位也；有天子、诸侯、卿大夫之德而无其位，可以谓之君子，盖称其德也。位在外也，遇而有之，则人以其名予之，而以貌事之；德在我也，求而有之，则人以其实予之，而心服之。夫人服之以貌而不以心，与之以名而不以实，能以其位终身而无谪者，盖亦幸而已矣。故古之人以名为羞，以实为慊，不务服人之貌，而思有以服人之心。非独如此也，以为求在外者不可以力得也。故虽穷困屈辱，乐之而弗去，非以夫穷困屈辱为人之乐者在是也，以夫穷困屈辱不足以概吾心为可乐也已。

　　河南裴君主簿于洛阳，治斋于其官而命之曰"君子"。裴君岂慕夫在外者而欲有之乎？岂以为世之小人众，而躬行君子者独我乎？由前则失己，由后则失人。吾知裴君不为是也，亦曰勉于德而已。盖所以榜于其前，朝夕出

士的崛起

人观焉，思古人之所以为君子，而务及之也。独仁不足以为君子。独智不足以为君子，仁足以尽性，智足以穷理，而又通乎命，此古之人所以为君子也。虽然，古之人不云乎："德崟如毛，毛犹有伦。"未有欲之而不得也。然则裴君之为君子也，孰御焉。故余嘉其志而乐为道之。

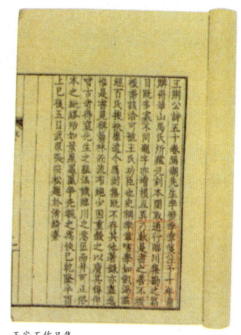

王安石作品集

【译文】

天子、诸侯叫作君，卿大夫叫作子。古代形成这个称呼，是为了用来命名天下的有德之士。因此天下有德行的人，一般叫作君子。有天子、诸侯、卿大夫的职位而无其品德，可以叫作君子，是称呼其职位；有天子、诸侯、卿大夫之德而无其位，可以谓之君子，盖称其德也。职位是外在的东西，遇到了就获得了，所以人们就把这个名字给他，并对他毕恭毕敬；德是内在的涵养，追求才可以得到，人们因为其实质而给他君子的称呼，而且心里很敬佩他。人对于地位尊贵的人表面上表示敬服，但未必出自于真心，因此给他们君子的称号却不一定认为他们是君子。能终生享有富贵的是幸运罢了。因此古代的人以声望为羞耻，而以实在为欣慰，不贪求有服人的外表，而想有服人之心的地方。不仅如此，人们认为寻求外在的东西也不一定因为努力就可以得到。因此，虽然处于贫穷屈辱的地位，仍以之为乐而不舍得离开这种生活，不是因为穷困和屈辱使人愉快，而是因为穷困屈辱还不足以使自己的心受到震撼。

河南人裴君在南阳做主簿，在官邸建立了一个书斋叫作"君子"。裴君难道是羡慕外在的名声而想拥有它吗？难道是因为世上小人众多而奉行圣人之道的只有他自己吗？因为前者就会失去自己，因为后者就会失去他人。我明白裴君不是这样的，只不过用道德勉励自己而已。大概是把它写在自己面前，每天出入看看它，思考古代人成为君子的措施而去追求它。仅仅有仁不足以成为君子，仅仅有智慧也不足以成为君子，仁义足以使人性尽显，智慧足以了解道理，通达命数，这才是古代人称作的君子。虽然是这样，然而古代的人不是也说过："德就像毛一样，毛还是有纹理的。"没有想获取而得不到的。可是裴君作为君子，谁能妨碍呢？因此我嘉许他的志向而乐于为他说说。

◎ 桂州新城记 ◎

城郭，是有形的屏障。智勇，则是无形的屏障。必须有有形的屏障，智勇才能得以使用。"盖夫城郭之不设，兵甲之不戒，虽有智勇，犹不能以胜一日之变也。"余公为天子经略一方，虽素有威名，但也不能离开城郭。"盖公之信于民也久，而费之欲以卫其材。"作者在文中引用了南仲、山甫的事迹，从侧面赞美了余公的方略。全文词意含蓄，其赞扬余公时，"亦兼有抑扬，不轻易下一语"。

【原文】

侬智高反南方，出入十有二州。十有二州之守吏，或死或不死，而无一人能守其州者，岂其材皆不足欤？盖夫城郭之不设，甲兵之不戒，虽有智勇，犹不能以胜一日之变也。唯天子亦以为任其罪者不独守吏，故特推恩褒广死节，而一切贷其失职。于是遂推选士大夫所论以为能者，付之经略，而今尚书户部侍郎余公靖当广西焉。寇平之明年，蛮越接和，乃大城桂州。其方六里，其木、甓、瓦、石之材，以枚数之，至四百万有奇。用人之力，以工数之，至一十余万。凡所以守之具，无一求而有不给者焉。以至和元年八月始作，而以二年之六月成。夫其为役亦大矣。盖公之信于民也久，而费之欲以卫其材，劳之欲以休其力，以故为是有大费与大劳，而人莫或以为勤也。

古者君臣、父子、夫妇、兄弟、朋友之礼失，则夷狄横而窥中国。方是时，中国非无城郭也，卒于陵夷、毁顿、陷灭而不救。然则城郭者，先王有之，而非所以恃而为存也。及至喟然觉悟，兴起旧政，则城郭之修也，又尝不敢以为后。盖有其患而图之无其具，有其具而守之非其人，有其人而治之无其法，能以久存而无败者，皆未之闻也。故文王之兴也，有四夷之难，则城于朔方，而以南仲；宣王之起也，有诸侯之患，则城于东方，而以仲山甫。此二臣之德，协于其君，于为国之本末与其所先后，可谓知之矣。虑之以悄悄之劳，而发之以赫赫之名，承之以翼翼之勤，而续明明之功，卒所以攘夷狄而中国以全安者，盖其君臣如此，而守卫之有其具也。今余公亦以文武之材，当明天子承平日久，欲补弊立废之时，镇抚一方，修耻其民，其勤于今，与周之有南仲、仲山甫盖等矣，是宜有纪也。故其将吏相与谋而来取文，将刻之城隅，而以告后之人焉。至和二年九月丙辰，群牧判官、太常博士王某记。

【译文】

　　侬智高在南方叛乱，他的军队出入过十二个州。十二个州的守将有死的有没死的，但没有一个人能守住他们的州城。难道是他们的才能不够吗？城郭不设防，兵器都没准备，就是有才智和英勇，也不能承受某一天发生变故。天子也认为承担罪责的不应只是守城的官吏，因此只是褒奖死节的人，其他的人都认为失职。于是推选士大夫们认为有才能的人，委托他们去经略当地，而现在尚书户部侍郎余靖去守卫广西。贼寇被平息的第二年，蛮越之人与汉人和好，所以拓宽桂州的防务。这座城方圆六里，它用的木头、砖瓦和石料之类的原料，可能有四百多万。所用人力，以工来数大概有十几万。凡是用来守

宋代武士复原图

城的工具，尽数供应。从至和元年（1054年）八月开始施工，在至和二年（1055年）六月完工。做这件事所用的劳役可以说很多。因为长久以来余公为百姓所信任，尔后人们出钱修城以维护余公的材具，并自己动手以使余公节省力量，即使有了这样大的资费与大的劳役，而人们也没有说太累的。

　　古时，君臣、父子、夫妇、兄弟、朋友之间的礼数丧失了，那么夷狄就会强横并且想占据中原。那时候，国家之内不是没有城邦，最后却衰败而不可救药。可是先王也有城郭，但他们并不靠城郭来生存。等到忽然大喊着觉悟了，起用旧时的措施，那么城郭的修建也不敢落后。有患难而没有防御的设施，有了设施而镇守的又不是正确的人，有了镇守的人而又管理不得法，这样能够长久存在而不灭亡的，从来没有听说过。因此文王兴起的时候有蛮族的侵犯，就在北方建城，以南仲来镇守；周宣王出现的时候，有诸侯的变乱，就在东方建城，让仲山甫去镇守。凭这两个大臣的品德，辅助他们的君主，这对于治理国家的本末先后是很明白的。用默默的劳作成就赫赫的威名，用努力来承继前人的功业，延续功德，最后之所以能抵御外敌而使中原安定，是因为君臣有这样的德行，而守卫又有工具。现在余公也以自己文武之才能，处于明君在位太平日久，欲补足弊端并使废弃之处再次建立起来之时，他镇守抚平一方，教导人民，他在今天就像是周代的南仲和仲山甫呀！这应当有所记录。因此他的部下相互商量让我来写文章，刻在城角上，示以后人。至和二年（1055年）九月丙辰日，群牧判官、太常博士王安石记。

◎ 彰武军节度使侍中曹穆公行状 ◎

状为一种文体名，即向上级陈述意见或事实的文书。本状为叙实之作，对北宋骁将曹玮之才略、功绩与生平进行陈述。虽为白描勾勒，却已使其风韵跃然纸上，读之令人仰慕。

曹穆公乃一代名将，在平边攘敌过程中多有建树，以常胜之绩令犯边者胆寒。其为人心志高洁，不以功勋为傲。始终专心国事，不改初衷。其间虽也遭贬被徙，却并未泯其志向。终以老弱之躯为国靖难，直至捐躯任上。其言、其行可昭日月，凛凛正气彪炳青史，足以为后世边将之楷模。

【原文】

公讳玮，字宝臣，真定府灵寿县人。少以荫为天平、武宁二军牙内都虞候。至道中，李继迁盗据河西银、夏等州，后又击诸部并其众。李继隆、范廷召等数出无功，而朝廷终弃灵武，继迁遂强，屡入边州为寇。当是时，公为东头供奉官、阁门祗侯，年十九，太宗问大臣"谁可使当继迁者"，武惠王以公应诏。太宗以知渭州，而欲除诸司使以遣之，武惠王为公固让，乃以本官知渭州。真宗即位，改内殿崇班、阁门通事舍人、西上阁门副使，移知镇戎军。当是时，继迁虐使其众，人多怨者。公即移书言朝廷恩信，抚纳之厚以动之。羌人得书，往往感泣，于是康奴诸族皆内附。

咸平六年，继迁死，其子德明求保塞。公上书言："继迁擅中国要害地，终身旅拒，使谋臣狼顾而忧。方其国危子弱，不即捕灭，后更盛强，无以息民。"当是时，朝廷欲以恩致德明，寝其书不用。而河西大族延家妙等，遂拔其部人来归。诸将犹豫，未知所以应。公曰："德明野心，去就尚疑，今不急折其羽翮，而长养就之，其飞必矣。"即自将骑士入天都山取之内徙。德明由此遂弱，而至死不敢窥边。

大中祥符元年，召还，除西上阁门使、邠宁环庆路兵马都钤辖兼知邠州。东封，迁东上阁门使、高州刺史，再移真定府定州路都钤辖。已而又以为泾原路都钤辖兼知渭州。公乃图泾原、环庆两路山川城郭、战守之要以献，真宗留其一枢密院，而以其一付本路，使诸将出兵皆按图议事。祀汾阴，迁四方馆使。初，章埋骄于武延咸泊，拔臧掘强于平凉，公皆诛之。而汧渭之间，遂无一羌犯塞。八年，迁英州团练使知秦州，秦西南羌角厮啰、宗哥立遵始大，遵献方物，求称赞普。公上书言："夷狄无厌，足其求必轻中国。"大臣方疑其事，会得公书，遂不许，而犹以为保顺军节度使。公曰："我狙遵矣，又将为寇。吾治兵以俟尔。"遵使其舅赏样丹招熟户郭厮敦为乡导，公即诱样丹捕厮敦，而许以一州。样丹终杀厮敦，公遂奏以为颍州刺史，而样丹亦举南市城以献。先是，张吉知秦州生事，熟户多去为遵耳目，及公诛厮敦，即皆惶恐避逃，公许之人赎自首，还故地，而至者数千人，后遂帖服，皆为用。至明年，啰、遵果悉

北宋通天冠复原图

众号十万，寇三都。公帅三将破之，追北至沙州，所俘斩以万计。事闻，除客省使、康州防御使。其后又破灭马波、叱腊、鬼留等诸羌。啰、遵遂以穷孤逃入碛中。而公斥境陇上，置弓门、威远凡十寨，自是秦人无事矣。

天禧三年召还，除华州观察使。以西人之怙公也，复以为鄜延路马步军都部署。四年，遂除宣徽北院使、镇国军节度观察留后，签署枢密院事。丁晋公用事，稍除不附己者，既贬寇莱公，即指公为党，改宣徽南院使，出为环庆路都署，又降容州观察使，知莱州。晋公贬，乃以公为华州观察使，知青州。天圣三年，除彰化军节度观察留后，知天雄军，又移知永兴军，而诏使来朝，至则除昭武军节度使而复还之。天圣五年，以疾病求知孟州，得之。会言事者以公宿将，有威名，不当置之闲处，乃以为真定路马步军都部署，知定州。七年，换彰武军节度使。八年正月，薨于位，年五十八。皇帝为罢朝两日，赠侍中，谥曰武穆。公为将几四十年，用兵未尝败衄，尤有功于西方。旧羌杀中国人得以羊马赎死如羌法，公以谓如此非所尊中国而爱吾人，奏请不许其赎；又请补内附羌百族以为上军主，假以勋阶爵秩如王官，至今皆为成法。陕西岁取边人为弓箭手而无所给，公以塞上废地募人为之，若干亩出一卒，若干亩出一马，至其重敛发兵戍守，至今边赖以实。所募皆为精兵。在渭州取陇外笼干川筑城，置兵以守，曰："后当有用此者。"及李元昊叛兵数出，卒以笼干川为德顺将军，而自陇以西，公所措置，人悉以为便也。自三都之战，威震四海。角厮啰闻公姓名，即以手加颡。在天雄，契丹使过魏地，辄阴勒其从人无得高语疾驱。至多惮公，不敢仰视。契丹既请盟，真宗于兵事尤重慎，即有边〔事〕，手

诏诘难至十馀反。而公每守一议，终无以夺。真宗后愈听信，有论边事者，往往密以付公可否。好读书，所如必载书数两，兼通《春秋》《公羊》《谷梁》《左氏传》，而尤熟于《左氏》。始娶潘氏，冯翊郡夫人，忠武军节度使、同中书门下平章事韩国公美之子。后娶沈氏，安国太夫人，故相左仆射伦之孙，光禄少卿继宗之子。子男四人：僖，礼宾使，知仪州，当元昊叛时，以策说大将，不能用反罪之，迁韶州以死；倚，终内殿崇班；侯，供备库副使，拒元昊于瓦亭，战死，赠宁州刺史；倩，右侍禁。一女子，适四方馆使、荣州刺史王德基。孙五人：谅、讽，东头供奉官；谊，右侍禁、阁门祗侯；谞，三班奉职；谘，右班殿直。

【译文】

　　曹公名玮，字宝臣，是真定府灵寿县人。少年时就凭借祖上的余荫做了天平军、武宁军的牙内都虞侯。至道年间，李继迁反叛，占据了河西的银州、夏州等地，后又攻击河西羌诸部，并合并了那里的士兵。李继隆、范廷召等人数次出兵平叛都没有效果，而朝廷也最终放弃了灵武，之后李继迁的力量更强了，屡次进入边防的州府作乱。那时候，曹公身为东头供奉官、阁门祗侯，刚十九岁，太宗问大臣："谁可以作为抵挡李继迁的人呢？"武惠王举荐曹公应诏出征。太宗派他去做渭州知州，而且要让他当诸司使，武惠王为曹公推辞，因而他就以本官做了渭州知州。真宗登基，改做内殿崇班、阁门通事舍人、西上阁门副使，移官做了镇戎军节度使。那时

西夏王陵是西夏历代帝王和达官贵戚的埋葬地。陵园内有九座西夏帝王陵墓，近二百座陪葬墓似众星拱月布列其周围。西夏王陵糅合了汉族传统风格与本族特色，气势宏伟，号称塞外戈壁的"金字塔"。

候，李继迁对待下属十分暴戾，人们大多怨恨他。曹公就去信表明朝廷的恩德和信义，说要抚慰他们、厚待他们以打动他们。羌人得到书信之后，往往感动得流泪，于是羌的康奴等部族都内附于大宋。

咸平六年（1003年），李继迁死了，他的儿子李德明要求保护要塞。曹公上书说："李继迁把守着中原的关键之地，他一生以军队和朝廷相抗，危害着国家安全。现在他国家危险儿子弱小，如不马上灭掉他，以后强盛起来，就不能使人民安全地生活了。"那时候，朝廷想以恩惠来安抚李德明，因而不用曹公之计。河西的大族如延家妙等，就带着族人来归顺。诸将都十分犹豫，不知道怎样处置。曹公说："李德明的野心是叛是顺还不明白，如果现在不打击他的势力，折其羽翼，而是培养他，那么他很快就要飞起来。"因此就自带兵士进入天都山，带了延家妙等族回来。李德明的势力从此就削弱了，直到死也不敢再侵略边境。

大中祥符元年（1008年），曹公还京，作了西上阁门使、邠宁环庆路兵马都钤辖兼邠州知州。又向东调任，做了东上邠门使、高州刺史，又移官做了真定府定州路都钤辖。之后又派他做江原路都钤辖兼渭州知州。曹公把泾原、环庆两路的山川城郭、战争守卫的要地画图献给皇上，真宗把其中一份放在枢密院，把另一份给了本路，让诸将出兵时按地图来商量。祭祀汾阴，迁官做了四方馆使。起初，章埋在武延咸湖地区非常强大，拔藏在平凉地区崛起，曹公都灭了他们。后来在汧水、渭水之间再没有一个羌部敢于冒犯边塞。大中祥符八年（1015年），升迁做了英州团练使秦州知州。秦州西南的羌部角厮啰、宗哥立遵开始强大起来，宗哥立遵供奏上地方特产，要求被封作赞普。曹公上书说："夷狄之族没有满足的时候，要是满足了他们的要求，一定会蔑视中原大宋王朝。"大臣们也怀疑这件事不行，再加上曹公的书信，因而没有准许羌人的请求。只让他做了保顺军节度使。曹公说："我看遵又要成为贼寇了，我带兵等候着他。"遵让他的舅舅赏样丹去招郭厮敦做向导准备反叛。曹公就诱使样丹去捉拿厮敦，并且许给他做知州。样丹最终杀了厮敦，曹公就推举他做颍州刺史，而样丹也把南市城献上了。在此之前，张吉当秦州知州时常闹事，因此熟户们都做了遵的耳目，等到曹公杀了厮敦，熟户们都害怕地逃跑了，曹公准许他们自首，回到旧有之地。回来的有几千人，后来都很顺从，都被曹公所用。到了第二年，啰、遵二部果然带领全部人马号称十万，入侵三都。曹公带领三个将领击败了他们，并且向北追逐他们直到沙州，所杀和俘虏的有上万人。皇上知道这件事后，封他做了客省使、康州防御使。之后，他又打败了马波、叱腊、鬼留等羌部。啰、遵由于穷困势孤而逃入了沙漠。而曹公在陇上修筑工事，设置了弓门、威远等十个军寨，从此秦州再无羌人侵犯。

天禧三年（1019年），把他召回内地当了华州观察使。因为西部的外族人害怕曹公，又让他做了鄜延路马步军都部署。天禧四年（1020年），当了宣徽北院使、镇国军节度使观察留后，签署枢密院事。丁晋公掌权的时候，排挤不服从自己的人，先贬了寇准，又指曹公为寇准的同党，改官为宣徽南院使，离开京城做了环庆路都署，后降职为容州观察使、莱州知州。丁晋公被贬之后，皇上封他做了华州观察使、青州知州。天圣三年（1025年），做了彰化军节度观察留后、天雄军节度使，又调任永兴军节度使，皇上下诏让他回朝，到了之后就做了昭武军节度使，后来又让他官复原职。天圣五年（1027年），由于生病，求做孟州知州，获得了准许。正遇上谏官认为曹公是老将领，有威名，不应当放在无足轻重之地，因而改官做了真定路马步军都部署、定州知州。天圣七年（1029年），又换作彰武军节度使。天圣八年（1030年）正月，死于任上，时年五十八岁。皇帝为他罢朝两天，赠官侍中，谥号为武穆。曹公做统帅将近四十年，用兵从来没有败过，尤其在西部边境上立功很多。按惯例，羌人杀了汉人要用羊马来赎罪，曹公说这样做是不尊重汉人不爱自己的子民，上奏请皇上不让他们赎罪，又请求把归顺的有一百多族人的羌人补作军官，并给予勋位如同王公大官，如今这都成了定规。陕西每年招募弓箭手但没有给养，曹公用塞上的废地招人来种，若干亩出一名士兵，若干亩出一匹马，用他们交上来的税来募兵守边，至今边疆凭借这个方法得以充实。他所招募的都是精兵。在渭州时，用陇外的笼干川来筑城，派兵保护说："以后可能会用到。"等到李元昊的叛兵屡次出击时，最后在笼干川成就了德顺将军，而从陇向西，曹公所修建的军事设施后世的人都觉得很方便。从三都之战后，曹公的威名闻于天下，角厮啰听到曹公的名字，就把手放到头上。在天雄时，契丹使者经过魏州之地，都私下里要求随从不要高声说话，不要快速地骑马。到了之后，大多很畏惧曹公，不敢仰视他。契丹请求会盟，真宗对于用兵的事情十分重视和谨慎。一有了边防上的问题，就下诏责备曹公，每每十余次，但曹公总是坚持自己的意见，始终也没有被皇上劝服。真宗后来十分听信他，有关于边防事务的讨论，一定要请曹公来看是否可以。曹公爱好读书，所到之地一定带上书。他兼通《春秋》《公羊》《谷梁》《左氏传》，而对于《左传》特别熟悉。起初娶了潘氏，潘氏被册封为冯翊郡夫人，潘氏是忠武军节度使、同中书门下平章事韩国公潘美的女儿。后娶了沈氏，沈氏被封为安国太夫人，是从前的宰相左仆射沈伦的孙女，光禄少卿沈继宗的女儿。有儿子四个：曹僖，官位是礼宾使、仪州知州，在李元昊叛乱时，向大将献上计策，大将不用反而加罪于他，内迁韶州知州，死在那里；曹倚，官终内殿崇班；曹俣，供备库副使，在瓦亭抵抗李元昊时战死了，赠官宁州刺史；曹倩，当了右侍禁。有一个女儿，嫁给了四方馆使、荣州刺史王德基。有五个孙子：曹谅、曹讽做了东头供奉官；曹谊，做了右侍禁、阁门祗侯；曹谞，做了三班奉职；曹谘，做了右班殿直。

苏 轼

苏轼（1037～1101年），字子瞻，号东坡居士，眉州眉山（今四川眉山市）人。少时博通经史，才华横溢。仁宗嘉祐二年（1057年）进士。苏轼是北宋后期的文坛领袖，诗、词、文都称大家，在我国文学史上占有突出的地位。散文为唐宋八大家之一，与欧阳修并称"欧、苏"。他的诗宏肆雄放，清新豪健，自由驰骋，卷舒自如。又以文为诗，将纵横透辟的议论、博大精深的才学和喷薄欲出的感情熔于一炉，代表了宋诗的新转变。苏轼与黄庭坚并称"苏、黄"，其词风格豪放，扩大了词的题材，"无意不可入，无事不可言"，丰富了词的艺术表现力，为豪放词派的创始人，与辛弃疾并称"苏、辛"，对后世文学影响深远。

由于苏轼在政治上长期失意，一生的经历坎坷不平，尽管他能经常保持乐观、豪迈的精神，但他的词里有时也会流露出一些消极的、逃避现实的、追求解脱的老庄思想，这种思想不时使他产生矛盾看法，使他有时也要寄托诗词来表现自己对政治现实不满的心情。有《东坡七集》《东坡乐府》传世。

百代楷模——苏轼

苏轼

苏轼小档案

姓名： 姓苏，名轼，字子瞻，号东坡。
生卒： 1037—1101 年。
年代： 北宋。
籍贯： 北宋眉州眉山（今四川省眉山市）人。
职业： 政治家、文学家。
成就： 唐宋八大家之一，豪放派词人主要代表之一，宋代文学最高成就的代表。

家庭成员

姓名（称谓）　●简介	
苏序（祖父）	暂无
苏洵（父亲）	苏洵，唐宋八大家之一，曾作《名二子说》说明替儿子命名的来由。
程氏（母亲）	眉山富豪程文应之女，十八岁时嫁时年十九岁的苏洵。婚后相夫教子、操持家务。苏轼一生思想深受母亲影响。
苏八娘（姐姐）	亦称苏小妹，长苏轼一岁，成年后嫁表兄，婚后不得志，抑郁而终。
苏辙（弟弟）	唐宋八大家之一。

文学成就

词作： 苏轼对词体进行了革新，突破了词为"艳科"的传统格局，提高了词的文学地位，使词从音乐的附属品转变为一种独立的抒情诗体，从根本上改变了词的发展方向。

诗作： 苏轼对社会的看法和对人生的思考都毫无掩饰地表现在其文学作品中，其中又以诗歌最为淋漓酣畅。在苏轼笔下几乎没有不能入诗的题材。

文章： 苏轼主张文章应像客观世界一样，文理自然，姿态横生。正是在这种独特的文学思想指导下，苏轼的散文呈现出多姿多彩的艺术风貌。

书法：苏轼擅长行书、楷书，与黄庭坚、米芾、蔡襄并称为宋四家。

绘画：苏轼擅长画墨竹，且绘画重视神似，主张画要有寄托，而且明确提出了"士人画"的概念，对以后"文人画"的发展奠定了一定的理论基础。

宦海生涯

第一阶段：1056—1068 年，赴京赶考高中。相关人物——欧阳修

苏轼赴京考试

1056 年，苏轼赴京赶考，得第二名，获主考官、文坛领袖欧阳修的赏识一时声名大噪。1061 年应中制科考试，入第三等，为"百年第一"，授大理评事，签书凤翔府判官。此后直至 1069 年，他的仕途生活在宦海生涯中算是惬意的。

欧阳修

第二阶段：1069—1084 年，因反对新法自请出京。相关人物——王安石

苏轼出京任职

1069 年，宰相王安石开始变法，苏轼的许多师友，包括恩师欧阳修在内，因反对新法与王安石政见不和，被迫离京。1071 年，苏轼上疏谈论新法的弊病，王安石让御史在皇帝跟前说他的过失，苏轼于是请求出京任职。此后，苏轼先后被派往杭州、密州、徐州、湖州等地任职。

王安石

第三阶段：1085—1100 年，因反对旧党被一贬再贬。相关人物——司马光

苏轼被一贬再贬

1085 年，宋哲宗即位，司马光重新被启用为相，以王安石为首的新党被打压。苏轼复为朝奉郎知登州。不久，他对旧党执政后暴露出的腐败现象进行了抨击，由此，他引起了保守势力的极力反对，遭诬告陷害。苏轼至此是既不能容于新党，又不能见谅于旧党，因而再度自求外调。

此后苏轼被一贬再贬，从扬州到定州，从定州到惠阳，职务越来越低。徽宗即位后，苏轼被调廉州安置、舒州团练副使、永州安置。1100 年大赦，复任朝奉郎，北归途中，于 1101 年 8 月 24 日卒于常州。

司马光

◎ 秋阳赋 ◎

大家为文，初似随意信手，绵绵密密，娓娓道来。仔细品味，才猛然察觉迂路曲折处，别有洞天。

东坡可谓深谙此道。文中所述的秋阳、阔公子等，皆为信手拈来的道具，在各自立场鲜明的问答之中，作者的悲悯情怀和良苦用心跃然纸上。

此篇行文如流风泻水，不可遏止；情感深挚如秋日暖阳，炙烤魂灵。文中比兴手法运用娴熟，关于夏雨秋阳的大段描述绘声绘色，原形毕露而又文采斐然。作者与所谓德才兼备的雅公子之格调情操，相映成趣而又高下立判。其对于底层百姓的关注与同情几乎让人泣下，而文末所彰显的朴素辩证观亦颇能启迪心智，发人深省。

【原文】

越王之孙，有贤公子，宅于不土之里，而咏无言之诗。以告东坡居士曰："吾心皎然，如秋阳之明；吾气肃然，如秋阳之清；吾好善而欲成之，如秋阳之坚百谷；吾恶恶而欲刑之，如秋阳之陨群木。夫是以乐而赋之。子以为何如？"

居士笑曰："公子何自知秋阳哉？生于华屋之下，而长游于朝廷之上，出拥大盖，入侍帷幄，暑至于温，寒至于凉而已矣。何自知秋阳哉？若予者，乃真知之。方夏潦之淫也，云蒸雨泄，雷电发越，江湖为一，后土冒没，舟行城郭，鱼龙入室。菌衣生于用器，蛙蚓行于几席。夜违湿而五迁，昼燎衣而三易。是犹未足病也。骄于三吴，有田一廛。禾已实而生耳，稻方秀而泥蟠。沟塍交通，墙壁颓穿。面垢落況之涂，目眩湿薪之烟。釜甑其空，四邻悄然。鹳鹤鸣于户庭，妇宵兴而永叹。计有食其几何，矧无衣于穷年。忽釜星之杂出，又灯花之双悬。清风西来，鼓钟其镗。奴婢喜而告余，此雨止之祥也。早作而占之，则长庚澹其不芒矣。浴于旸谷，升于扶桑。曾未转盼，而倒景飞于屋梁矣。方是时也，如醉而醒，如暗而鸣，如痿而起行，如还故乡初见父兄。公子亦有此乐乎？"公子曰："善哉！吾虽不身履，而可以意知也。"

居士曰："日行于天，南北异宜。赫然而炎非其虐，穆然而温非其慈。且今之温者，昔之炎者也。云何以夏为盾而以冬力衰乎？吾侪小人，轻愠易喜。彼冬夏之畏爱，乃群狙之三四。自今知之，可以无惑。居不沫户，出不仰笠，暑不言病，以无忘秋阳之德。"公子拊掌，一笑而起。

【译文】

越王的孙子，有一位德才兼备的公子，在宛如仙境的地方建了一座宅地，而且经常吟咏没有实际内容的诗。他告诉东坡居士说："我的心纯洁且明亮，好像秋天的阳光一样明媚；我的气度庄重伟岸，就像秋天的阳光一样清秀美丽；我喜爱善良的人而且总想帮助他们成功，正如秋阳照耀各种粮食成熟；我厌恶丑恶并且总想革除这些坏的东西，好比秋阳横扫各种树木的败叶。于是用音乐来诠释我的情感，你认为如何呢？"

东坡笑着对他说："公子你怎么知道秋阳的感情呢？你出生在富贵华丽的房屋之内，且经常畅游在朝廷的金殿之上，出门乘坐着戴有华盖的车辇，入宫有锦绣的帷幄，酷暑时节你感觉的是温暖和煦，严寒之时你最多感受凉意而已。你怎么会知道秋阳呢！像我这样的人，才有可能真正知道秋阳。到夏天阴雨连绵积水成潦涝，炎热的蒸气上升为云，之后又变成倾泻的大雨，雷电使得暴雨越发凶猛，大江和大湖连成一片，大地被淹没在洪水中，小船行走在昔日的城郭中，鱼龙水族游到人的房子里。蘑菇之类的真菌生长在人的生活用具当中，青蛙、蚯蚓行走在人的案几和床席之上。夜里躲避水湿而五次更换地方，白天反复烤干湿透多次的衣服。这些还不足以忧虑，躬耕在三吴（吴兴、吴郡、会稽古称三吴），有一块家居的土地。谷子已经成熟而且生了芽，稻子已经抽了穗而倒伏在泥水中。沟渠与田埂相通，墙壁倒塌而屋破。满脸沾着从房顶落下的涂粉之垢，眼睛里流着被潮湿的柴薪沤出的烟熏出的泪水。做饭的锅和甑子都是空的，四邻八舍都是一片死静。鹳和鹤一类的水鸟在屋顶鸣叫，妇人在深夜里起来长叹。计算剩下的食物还能维持几天，有没有衣服度过这一年。忽然锅中冒出金星，油灯上结出双影，显示出好兆头。清风从西面吹来，钟鼓声响起来。家中奴仆和婢女高兴地告诉我，这是大雨停止的祥兆。我很早就起来观察占卜，长庚星淡淡的没有什么光泽。早晨眺望东方，看着太阳从扶桑升起来。还没有来得及企盼，而一道彩虹飞悬在屋顶之上。此时，我就像醉了一样，又像大梦初醒，像哑巴想高声大喊，像偏瘫而勉强行走，像回到家乡刚刚见到父母兄弟。公子你可有这样的感觉和欣喜吗？"公子说："很好！我虽然没有亲身经历，但可以想象得到。"

东坡居士说："太阳在天上行走，南北看到的不同。火红的太阳酷热并不是它施虐于人，穆然温和的样子也并不是它对人的慈悲。何况今天温暖的太阳，就是昨天那个酷热的太阳。怎么能说在夏天防备太阳而在冬天认为它衰竭了呢？我辈这些小民，时常发怒且容易欣喜。世人对于冬天和夏天的恐惧和喜爱，就像《庄子·齐物论》中讲述的那个楚国人养的一群猴一样，朝三暮四。从现在明白这个道理，可以没有疑惑了。居家不必封门闭户，出门不必头戴斗笠，酷暑不必说害怕，不要遗忘秋阳的光照之德。"公子听了以后拍手称是，一笑而起。

◎ 洞庭春色赋 ◎

此篇赋为苏轼饮酒兴起而作。

这篇赋的篇名，给人的感觉好像是对洞庭湖春日之景的描写与咏叹，但实际上要咏叹的是一种酒，一种名为"洞庭春色"的酒。

文章从酿酒用的橘子入手，引起"宜贤王之达观，寄逸想于人寰"的感叹，通过一连串信手拈来却又入情入理的想象，渲染出安定郡王的翩然风度。"命黄头之千奴，卷震泽而与俱还"，一句话使作者豪放的语言风格得到充分展现。文章随后讲到公子德麟慷慨赠酒，作者饮后醉意蒙眬，追范蠡、吊夫差、悲西子，可见作者已饮"洞庭春色"酒至酣畅淋漓。

故即兴作赋，此可为咏酒之名篇。

【原文】

安定郡王以黄柑酿酒，名之曰洞庭春色，其犹子德麟得之以饷余，戏作赋曰：

吾闻橘中之乐，不减商山。岂霜余之不食，而四老人者游戏于其间？悟此世之泡幻，藏千里于一斑。举枣叶之有余，纳芥子其何艰。宜贤王之达观，寄逸想于人寰。袅袅兮春风，泛天宇兮清闲。吹洞庭之白浪，涨北渚之苍湾。携佳人而往游，勒雾鬓与风鬟。命黄头之千奴，卷震泽而与俱还。糁以二米之禾，藉以三脊之菅。忽云蒸而冰解，旋珠零而涕潸。翠勺银罂，紫络青纶。随属车之鸱夷，款木门之铜镮。分帝觞之余沥，幸公子之破悭。我洗盏而起尝，散腰足之痹顽。尽三江于一吸，吞鱼龙之神奸。醉梦纷纭，始如髦蛮。鼓巴山之桂楫，扣林屋之琼关。卧松风之瑟缩，揭春溜之淙潺。追范蠡于渺茫，吊夫差之茕鳏。属此觞于西子，洗亡国之愁颜。惊罗袜之尘飞，失舞袖之弓弯。觉而赋之，以授公子曰："乌乎噫嘻，吾言夸矣，公子其为我删之。"

【译文】

安定郡王用黄柑酿酒，命名为"洞庭春色"，他的侄子赵德麟得到后赏给我，我戏作这篇赋：

我听说在橘林中游玩，自然少不了要说到商山（今陕西省商县东南）。怎能说霜后的橘子不能吃，秦末汉初东园公等四位老人不是就在橘林中游戏吗？感悟这人世间的泡影，把千里江山隐藏在一瓣橘子的斑点之中。手举大枣的叶子很容易，汇集芥子却是多么困难。应该像贤德的安定王这样豁达开朗，把超脱的想象寄托于人世间。犹如袅袅的春风，清闲地飘荡在天宇之上。吹动洞庭的滔滔白浪，涨满了北方大河的苍湾。携着佳人一起去那里游览，让清风吹拂我们的鬓发和佳人的发髻。让黄色的骏马带领许多随从，卷起震撼湖泽的威力一起奔腾而来。掺糅上江米和大米的稻草，铺垫上三棱形的菅草。忽然间蒸气升腾冰水化解，随即酿出的酒犹如珍珠像泪水一样滴落下来。用翡翠色的勺子和银质的酒器，穿戴上装饰着紫色珠络的青色纶巾。随着运酒车上类似猫头鹰状的酒囊，叩敲木门上的铜环。分享帝王酒觞里剩下的那一部分残酒，所幸的是公子德麟并不吝啬。我急忙洗净了酒杯起来品尝，驱散腰腿麻木憋痛的顽疾。好像三江的大水都在这一口豪饮之中，气吞大江中的鱼龙和神鬼。忽而如醉，忽而如梦，脑子里景色纷纭，开始有些疯疯癫癫。摇起用巴山上桂树做成的船桨，叩开林间琼楼仙屋的门。醉卧在凛冽松风中瑟瑟地缩紧身体，掬起春天里潺潺的清泉。追随着春秋时期越国的名士范蠡到渺茫的幻影之中，追忆和凭吊吴王夫差那孤单的身影，叮嘱不幸的西施姑娘用这杯酒，洗刷因亡国的愁怨而衰老的容颜。跌跌撞撞地赶路，衣服鞋袜惊起阵阵涤尘，失去了舞动袍袖、弯腰弓背的姿势。醒来后作了这篇赋，呈送给公子说："哈哈！我的话夸张夸大了，敬请公子替我作些删改。"

洞庭湖边岳阳楼

◎ 中山松醪赋 ◎

　　此篇赋首先对松枝以"千岁妙质"，而作为火把仅燃烧少时、无异于蒿草的命运表示感慨；随后记述将松枝制成松醪的过程；继而对松醪之"幽姿"大加赞赏；最后描述饮后奇效，不仅病痛全无，还能跨山入海，与仙人共饮，令人神往。

　　这篇文章结构明朗，语言朴实。对松枝作为火把的命运的描述，折射出作者怀才不遇的郁闷心志。然而作者以松枝自喻，虽不能为建大厦之栋梁之材，但还可以做成松醪以修身养性，与仙人同醉。由此可见作者随遇而安的豁达胸怀。

【原文】

　　始余宵济于衡漳，车徒涉而夜号。爇松明而识浅，散星宿于亭皋。郁风中之香雾，若诉予以不遭。岂千岁之妙质，而死斤斧于鸿毛。效区区之寸明，曾何异于束蒿。烂文章之纠缠，惊节解而流膏。嗟构厦其已远，尚药石之可曹。

屈原像

收薄用于桑榆，制中山之松醪。救尔灰烬之中，免尔萤爝之劳。取通明于盘错，出肪泽于烹熬。与黍麦而皆熟，沸春声之嘈嘈。味甘余而小苦，叹幽姿之独高。知甘酸之易坏，笑凉州之葡萄。似玉池之生肥，非内府之蒸羔。酌以瘿藤之纹樽，荐以石蟹之霜螯。曾日饮之几何，觉天刑之可逃。投拄杖而起行，罢儿童之抑搔。望西山之咫尺，欲褰裳以游遨。跨超峰之奔鹿，接挂壁之飞猱。遂从此而入海，渺翻天之云涛。使夫嵇、阮之伦，与八仙之群豪。或骑麟而翳凤，争楂挈而瓢操。颠倒白纶巾，淋漓宫锦袍。追东坡而不可及，归铺歠其醨糟。漱松风于齿牙，犹足以赋《远游》而续《离骚》也。

【译文】

以前我曾在夜间乘船横渡衡水和漳水，乘车或徒步跋涉在夜间。点燃松树枝，以便能看清道路的深浅，火星散落在沿途的亭子和道路旁。微风吹拂，松烟散发着浓浓的香气，好像在对我诉说着不幸的遭遇。千年造就的良好的质地，却死在斧子砍劈之下轻如鸿毛。为人类贡献出短短的光明，又何曾有别于一束蒿草？斑斓的色彩和花纹纠缠在一起，振动它的节解就会流出松脂。叹惜被用来建筑高楼大厦的久

松下闲吟图

远历史，还被作为中药广泛应用。在日落时分采集少量的松枝，制成中山松醪（因为是在中山故地定州酿造的，故名中山松醪）。为的是把你从被人焚烧的灰烬之中拯救出来，免除你被做成火把的厄运。从盘根错节里取出你透明的汁液，通过烹煮渗出你的脂肪。跟黍米、麦子一起煮熟，蒸煮时沸腾烹溅而发出嘈杂的声响。酿出的酒味道甘而余味略有点苦，惊叹幽雅的姿态独具风味。由此知道甘酸的食物容易腐败变坏，因此讥笑凉州的葡萄酒原来是腐败变坏的葡萄做成的。像在玉池中肥美的肉食，而绝不是宫廷内府的蒸羔。斟满刻有樱桃紫藤花纹的酒杯，再配上螃蟹那白白的双螯。每天喝上几回、饮上几杯，顿时感到苍天降给人的一切苦痛都可以解除。由于松醪可以治疗风湿苦痛，所以我把拐杖扔到一边站起来行走，从此不再用小童每天给我捶背按摩。眺望定州西面的太行山一下子就觉得近在咫尺，真想穿上华贵的服饰前去游玩一番。骑上跨越高山峻岭的奔鹿，拉住倒悬在绝壁上的飞猴。随即从这里飞入大海，使翻天的云海波涛也显得渺小。使唤出三国的才子嵇康、阮籍之辈，与八仙成为一起的豪放群体。或者骑上麒麟驾着长风，像历史上的刘伶那样争着执酒器甚至拿起水瓢豪饮。反着穿戴白色的纶巾，淋湿了锦绣的官袍。紧紧地追赶，东坡居士却终究赶不上，回到酿酒作坊里大吃一通酒糟。用松风来洗漱牙齿，还可以作一篇赋，名为《远游》，用来续屈原老夫子的《离骚》。

◎ 韩干画马赞 ◎

东坡于绘画一途，亦造诣精深。他曾屡屡宣扬重"神似"、轻"形似"的艺术观，并以自己独具个性的创作实践着这一主张。

本文用生动的笔触逼真地再现了韩干的骏马图：四骏纷陈，而笔法各异；或昂首摆尾，或踩蹄嘶鸣，或涉水顾盼……盎盎有生趣，不能不惊叹于作者观察之细致，描摹之精准传神，读之如睹其画。

作者的本意还远不止于此，末尾笔锋陡转，点睛般叩响了画外之音。寥寥数句，意蕴悠远，似无奈又似有意，似叹良骥又似自怜自叹。东坡之神韵，彰显无余。

【原文】

韩干之马四。其一在陆，骧首奋鬣，若有所望，顿足而长鸣。其一欲涉，尻高首下，择所由济，趑趄而未成。其二在水，前者反顾，若以鼻语；后者不应，欲饮而留行。以为厩马也，则前无羁络，后无箠策；以为野马也，则隅目耸耳，丰臆细尾，皆中度程，萧然如贤大夫贵公子，相与解带脱帽，临水而濯缨。遂欲高举远引，友麋鹿而终天年，则不可得矣，盖优哉游哉，聊以卒岁而无营。

【译文】

韩干画的这幅画有四匹马：一匹在陆地，高高地昂起头摆动着鬣毛，好像在向前眺望，踩着蹄子发出长长的嘶鸣；另一匹正准备涉水，臀部高而马头低，正在选择过河的路径，徘徊迂回而尚没下水；其他两匹都在水中，前面的一匹正在回头顾盼，好像要用鼻子与后面的马交谈，后面的那一匹对前面的马没有回应，而是想饮水停止不前。我以为他画的好像是养在马厩中的马，可是前面却没有戴笼头，后面没有挂马鞭的配饰；说它是野马吧，可又长着有棱有角的眼睛和高耸的耳朵，丰满健壮的前胸以及细细的尾巴，都是良马的标准尺度，就好像贤德的大夫、高贵的公子，争相解开腰带，摘掉帽子，在水边洗涤帽顶的缨子。于是准备高飞远去，与麋鹿为友享尽自己的年寿，可又不可能达到。但是，它们既然不能回归山林，也就只好姑且悠悠荡荡，任他生老病死而无所追求。

◎ 桂酒颂 ◎

这是一篇很有深意的状物文赋,作者巧借桂酒咏志抒情。

篇首即寻根溯源,引史为据,说明了桂酒的来历与出处,尤其是浓墨重彩地描绘了桂与桂酒的特点与效用,叙述精当,裁剪合理。

但本文的精华与核心却在后半部分,作者自叙贬谪之后,身处蛮夷之地,有幸与桂酒为伴,驱瘴怡神,驰枨胸怀。"故为之颂,以遗后之有道而居夷者。"令人心伤而神碎,东坡所特有的悲悯与旷达之气亦隐隐充溢其间。

文末歌赋则洋洋洒洒,一气呵成,言之有物,沉郁深远,着实为全篇增色不少。

【原文】

《礼》曰:"丧有疾,饮酒食肉,必有草木之滋焉。姜桂之谓也。"古者非丧食,不彻姜桂。《楚辞》曰:"奠桂酒兮椒浆。"是桂可以为酒也。《本草》:桂有小毒,而菌桂、牡桂皆无毒,大略皆主温中,利肝肺气,杀三虫,轻身坚骨,养神发色,使常如童子,疗心腹冷疾,为百药先,无所畏。陶隐居云:《仙经》,服三桂,以葱涕合云母,蒸为水。而孙思邈亦云:久服,可行水上。此轻身之效也。吾谪居海上,法当数饮酒以御瘴,而岭南无酒禁。有隐者,以桂酒方授吾,酿成而玉色,香味超然,非人间物也。东坡先生曰:"酒,天禄也。其成坏美恶,世以兆主人之吉凶,吾得此,岂非天哉!"故为之颂,以遗后之有道而居夷者。其法盖刻石置之罗浮铁桥之下,非忘世求道者莫至焉。其词曰:

中原百国东南倾,流膏输液归南溟。祝融司方发其英,沐日浴月百宝生。

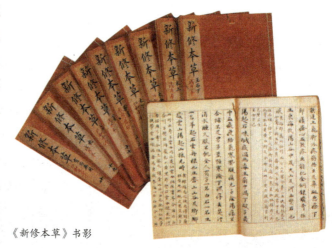
《新修本草》书影

水娠黄金山空青，丹砂昼晒珠夜明。百卉甘辛角芳馨，旃檀沈水乃公卿。大夫芝兰士蕙蘅，桂君独立冬鲜荣。无所慑畏时靡争，酿为我醪淳而清。甘终不坏醉不醒，辅安五神伐三彭。肌肤渥丹身毛轻，冷然风飞冈水行。谁其传者疑方平，教我常作醉中醒。

【译文】

《礼记》中说："遇到丧事如果患病，饮酒吃肉时，必定要有草木的滋润。那就需要姜和桂之类的食物。"古代的人不是丧食，一般不吃姜和桂。《楚辞》中说："奠礼用桂酒和花椒水。"这说明桂是可以制成酒的。《本草》说：桂（肉桂）有很小的毒性，而菌桂（小桂）和牡桂（木桂）都没有毒，大概都是主温中和，利肝利肺气，杀三种寄生虫，舒筋活血壮骨，养精神改善颜面的颜色，使人能够保持年轻，治疗心腹发冷的疾病，它是各种中草药中首选的药物，不需有什么担忧。东晋隐士陶潜（陶渊明）说：《仙经》载，服三桂（肉桂、菌桂、桂皮）用大葱汁和上云母，蒸成汤水后服用。而唐代大医学家孙思邈也说：长期服用，便可以在水上行走，这是一种有效的轻身之法。我被贬谪居住在海边，按常理应每天饮几次酒，用以驱赶和抵御潮湿瘴气，而当时在岭南也没有禁酒的法令。有一位隐士，把制作桂酒的方法传授给我，酿成的酒呈现玉色，香味也超过其他的酒，真好像不是人间之物，宛如仙境之味一般。东坡居士说："酒这东西，是大自然赋予的一种福分。它的好坏美恶，在人世上往往是其主人吉凶的征兆，我得到这么好的酒，难道不是天意吗？"所以为它作颂，用来传给以后那些有道有德而被贬谪居住在蛮夷边地的人。这种方法都刻在石头上放置在罗浮铁桥下面，不是忘却尘世而执意求道的人是不会到那里去。我的颂词说：

中原百国向东南倾斜，大地的营养顺着一条条河流淌入了南海。远古传说中的祝融氏控制的这片土地生长出精英，沐浴着日月的光辉生长着百种宝物。水中孕育着黄金，山间幽雅青绿，朱砂经过白天的暴晒显现出来而晚上有夜明珠熠熠生辉。各种花卉散发出不同的味道角逐芳香，旃檀生出的檀香汁液乃是公卿贵族享用的珍宝，士大夫喜欢这里的芝兰，一般的读书人都崇尚蕙兰和蘅草，桂树之君则是独立于冬季的鲜荣之物。没有任何畏惧又与世无争，用它酿成我的醪酒真是醇香清新。甘洌而不坏，醉后不醒，具有安定五神治疗三消（上消多饮、中消多食、下消多尿）的功效。肌肤红润，身体轻盈，飘然若仙，像风一样在水上行走。是谁传授这种妙方的呢？怀疑是传说中的神仙席方平，教我经常能够在酒醉中保持清醒。

◎ 孟轲论 ◎

此篇文章是苏轼论文中的名篇。

文章论证严密，从孔夫子自评"予一以贯之"，至对《诗经》和《春秋》的思想进行分析，得出"王道易，王政难"的观点；继而提出孟子深于《诗经》而长于《春秋》，故"其道始于至粗，而极于至精"的论点；最后引用孟子的话并加以剖析，对此论点予以充分论证。

通篇结构严谨，条理分明，将孟子之所以为"亚圣"的思想从根本上一层层进行剖析，最终使其明白确切地展现出来。

【原文】

昔者仲尼自卫反鲁，纲罗三代之旧闻，盖经礼三百，曲礼三千，终年不能究其说。夫子谓子贡曰："赐，尔以吾为多学而识之者欤？非也，予一以贯之。"

天下苦其难而莫之能用也，不知夫子之有以贯之也。是故尧、舜、禹、汤、文、武、周公之法度礼乐刑政，与当世之贤人君子百氏之书，百工之技艺，九州之内，四海之外，九夷八蛮之事，荒忽诞谩而不可考者，杂然皆列乎胸中，而有卓然不可乱者，此固有以一之也。是以博学而不乱，深思而不惑，非天下之至精，其孰能与于此？

盖尝求之于六经，至于《诗》与《春秋》之际，而后知圣人之道，始终本末，各有条理。夫正化之本，始于天下之易行。天下固知有父子也，父子不相贼，而足以为孝矣。天下固知有兄弟也，兄弟不相夺，而足以为悌矣。孝悌足而王

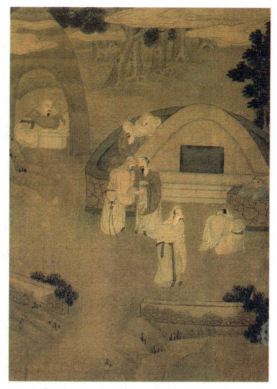

子贡庐墓图

道备，此固非有深远而难见，勤苦而难行者也。故《诗》之为教也，使人歌舞佚乐，无所不至，要在于不失正焉而已矣。虽然，圣人固有所甚畏也。一失容者，礼之所由废也。一失言者，义之所由亡也。君臣之相攘，上下之相残，天下大乱，未尝不始于此道。是故《春秋》力争于毫厘之间，而深明乎疑似之际，截然其有所必不可为也。不观于《诗》，无以见王道之易。不观于《春秋》，无以知王政之难。

自孔子没，诸子各以所闻著书，而皆不得其源流，故其言无有统要，若孟子，可谓深于《诗》而长于《春秋》者矣。其道始于至粗，而极于至精。充乎天地，放乎四海，而毫厘有所必计。至宽而不可犯，至密而不可察，此其中必有所守，而后世或未之见也。

且孟子尝有言矣："人能充其无欲害人之心，而仁不可胜用也。人能充其无欲为穿窬之心，而义不可胜用也。士未可以言而言，是以言饸之也。可以言而不言，是以不言饸之也。是皆穿窬之类也。"唯其不为穿窬也，而义至于不可胜用。唯其未可以言而言、可以言而不言也，而其罪遂至于穿窬。故曰：其道始于至粗，而极于至精。充乎天地，放乎四海，而毫厘有所必计。呜呼，此其所以为孟子欤！后之观孟子者，无观之他，亦观诸此而已矣。

孔子去鲁图

【译文】

古时的孔子从卫国返回鲁国，搜集了夏、商、周三个朝代的旧闻，汇集经礼三百卷，曲礼三千卷，但是直到他临终也没能把他的学说编纂完整。孔子对子贡说："你说，你是不是认为我是学识多且见识广的人呢？其实不是，我只是一个坚持有始有终的人。"天下人都怜悯他屡遭苦难却始终没有得到重用，却不知道这位夫子一贯坚持的态度。所以，尧、舜、大禹、商汤、周文王、周武王、周公的法度、礼乐和刑政，以及当世的贤人君子、诸子百家的书籍，各种工匠的技艺，九州之内，四海之外，周边九夷八蛮的事情，以及荒诞不经而又难以考证的事情，这些都混然汇集在心中，要做到条理清晰毫不混乱，这就必须有一定之规。所以他博学而不混乱，深思而不受迷惑，如果不是对天下学问达到至诚至精的地步，有谁能够达到这个境界呢？

大凡曾经潜心研究六经的人，只有读懂了《诗经》与《春秋》后，才能够明白圣人的道理，事物的开始、结束和本末，各有一定的规律。匡正行为和教化人民的根本，就是要从天下人容易做的事情开始。天下人都知道父子关系，父子不相互侵害，就足以形成敬孝老人的风气；天下人都知道有兄弟之情，兄弟之间不相互掠夺，这就足以形成"悌"的民风。孝悌这种民风浓郁了，建立王道的条件就具备了。这些道理本来并不深远或难以理解，也不是需要付出很大辛苦而难以做到的。所以《诗经》教化民众的作用，不仅仅是教会人们歌舞娱乐，无所不会，重要的在于不要失去正派的风范。显然，圣人本来对此也是有所担心的，因为一旦失去节制，礼仪就会由此而废止。一旦胡言乱语，仁义就会因此而丧失。君臣之间相互对抗，上下之间相互残杀，天下必定大乱，其中原因未必不是因为这种乐道（歌舞娱乐）。所以，《春秋》一书努力在细小的事件之间，深刻揭示历史的是非疑惑，深刻剖析历史上一些绝对不可以重演的行为。不看《诗经》就不会知道建立王道的容易；不看《春秋》就不会知道建立王政的艰难。

自从孔子去世之后，诸子百家各自用他们的见闻著书立说，却都没有真正把握孔子学说的源流，所以他们的言论多不得要领。可是像孟轲，可以说是深刻理解了《诗经》而又专长研究《春秋》的人。他讲的道理从浅显之处开始，进而阐明了其中的微言大义。宏大到天地之间，传播于四海之内，毫厘之间的细微事物都有所论述。相当广泛而没有出现漏洞，相当细密而没有出现谬误，这其中必定有他一定的信念，而后世学者们可能还没有理解。

而且孟子曾说过："每个人都能够怀着一颗不想去害人的善良之心，这个世道上的仁德就可以用之不尽了。每个人都能够怀着一颗不想去穿墙偷盗之心，世间的义也就用不完了。士大夫们说一些自己不应该说的话，是为了用这些话骗取某些利益；而有些该说的话不说，是以这种不说话的方式得到利益。这些都是类似偷窃的行为。"唯有不为得到私利而言行，世间的"义"才能成为用之不尽的财富。唯有那些爱说不该说的话或者该说的话不说的言行，其罪孽与偷盗一样。所以说：孟子的道理开始于非常浅显的常识，而在精密之处又达到顶点，充满天地之间，传播于四海之内外，而毫厘之间的细小事物都有所论述。呜呼，这正是他之所以成为亚圣的道理！后世研究孟子的人，不研究其他的方面，也必须重视这一领域。

◎ 荀卿论 ◎

此篇是论述荀卿的言谈行为对其弟子李斯的影响，由此阐明师道的重要性。

本文论述的特色是对比。以孔夫子谨小慎微，对弟子言谈有度且举止循规蹈矩的教育方式，与荀卿对弟子喜出惊人之语、行为无所顾忌的方式形成鲜明对比，来论述为人师表的意义。

荀卿言谈狂妄、性格桀骜，所以他的弟子李斯"青出于蓝而胜于蓝"，摒弃了老师知礼守法的教育，却承其狂妄进而行为更加放肆，做出了"焚书坑儒"的千古罪事。由此可见为人师表于弟子品行干系重大。

【原文】

尝读《孔子世家》，观其言语文章，循循莫不有规矩，不敢放言高论，言必称先王，然后知圣人忧天下之深也。茫乎不知其畔岸，而非远也；浩乎不知其津涯，而非深也。其所言者，匹夫匹妇之所共知；而所行者，圣人有所不能尽也。呜呼！是亦足矣。使后世有能尽吾说者，虽为圣人无难，而不能者，不失为寡过而已矣。

子路之勇，子贡之辩，冉有之智，此三者，皆天下之所谓难能而可贵者也。然三子者，每不为夫子之所悦。颜渊默然不见其所能，若无以异于众人者，而夫子亟称之。且夫学圣人者，岂必其言之云尔哉？亦观其意之所向而已。夫子以为后世必有不能行其说者矣，必有窃其说而为不义者矣。是故其言平易正直，而不敢为非常可喜之论，要在于不可易也。

昔者常怪李斯事荀卿，既而焚灭其书，大变古先圣王之法，于其师之道，不啻若寇仇。及今观荀卿之书，然后知李斯之所以事秦者皆出于荀卿，而不足怪也。

荀卿者，喜为异说而不让，敢为高论而不顾者也。其言愚人之所惊，小人之所喜也。子思、孟轲，世之所谓贤人君子也。荀卿独曰："乱天下者，子思、孟轲也。"天下之人，如此其众也；仁人义士，如此其多也。荀卿独曰："人性恶。桀、纣，性也。尧、舜，伪也。"由是观之，意其为人必也刚愎不逊，而自许太过。彼李斯者，又特甚者耳。

今夫小人之为不善，犹必有所顾忌，是以夏、商之亡，桀、纣之残暴，而先王之法度、礼乐、刑政，犹未至于绝灭而不可考者，是桀、纣犹有所存而不敢尽废也。彼李斯者，独能奋而不顾，焚烧夫子之六经，烹灭三代之诸侯，破坏周公之井田，此亦必有所恃者矣。彼见其师历诋天下之贤人，自是其愚，以为古先圣王皆无足法者。不知荀卿特以快一时之论，而荀卿亦不知其祸之至于此也。

其父杀人报仇，荀卿明王道，述礼乐，而李斯以其学乱天下，其高谈异论有以激之也。孔、孟之论，未尝异也，而天下卒无有及者。苟天下果无有及者，则尚安以求异为哉！

【译文】

曾经读《史记·孔子世家》，观察他所有的语言文章，都是循规蹈矩，往往不敢放开发表言论，说话一定要先称先王如何如何，由此可以知道他作为圣人为天下黎民深深忧虑的情怀。茫然不知这苦海的岸畔，其实并不遥远。浩渺而不知道他渡过的渡口，其实并不太深。他说的一些道理，连一般没知识的农夫和村妇都知道。但是他的行动，说明圣人也有不能做尽的事。唉咳！这也就够了。使后世的人们有可

孔子与弟子

能做圣人没做完的事。虽然是圣人不怕困难，但也有不能做的事，这不能不说是很小的过错而已。

子路的勇敢，子贡的善辩，冉有的智慧，这三者，都是天下人以为难能可贵的。但是，这三个人，常常不被孔子喜欢。颜渊喜欢沉默，看不出他有什么能耐，好像与一般众人没有什么区别，但孔子非常赞赏他。而且后世学习孔圣人的人们，难道不是都要先学会他的言论再学其他贤人的言论吗？也是为了观察他心意中向往的东西。孔子认为后世必定会有否定他的学说的人，也必定会有人曲解他的学说而做不义的事。所以他说的话正直而又平易近人，而不敢用非常令人喜欢的高论，重要的就在于不能随心所欲地篡改。

过去，常有人怪李斯因为曾经师从于荀卿，然而随后参与了秦始皇"焚书坑儒"的活动，大肆更改古代圣明君王的法度，这对于他老师（荀卿）的思想而言，无异于一个贼寇仇敌所为。如今再看荀卿的著作，然后就明白了李斯为什么到秦国做官，确实是因为他的老师荀卿，这就不足为怪了。

荀卿其人，喜欢创立标新立异的学说但不善于谦让，敢于创立高论而不顾后果。他的话让愚蠢的人为之震惊，让贪图小利的小人为之欣喜。子思、孟轲，是世人所说的贤人君子。只有荀卿认为："搞乱天下的人，就是子思、孟轲之辈。"天下的人，如此众多，天下的仁人义士，也是如此多。却唯有荀卿认为："人性险恶。夏桀、殷纣王，正是人的本性使然；而尧、舜等明君，实际是一种伪装。"从这方面来看，他的为人也必定是刚愎自用、桀骜不驯的，而对自己则放纵太过。他的弟子李斯，又在这方面特别突出。

如今小人干一些恶劣的事情，有时还一定要有所顾忌，因为有夏、商两朝灭亡的历史教训，桀、纣的残暴，也没有使过去贤明君王的法度、礼乐、刑政达到灭绝而不能考证的地步，即使桀、纣时代也还保留了一些法度、礼乐而不敢全部废除。而唯有那个李斯，能够奋起而不顾一切，焚烧孔子的六经，诛灭三代诸侯，破坏周公的井田制，这种胆大妄为的行动必定是有所依仗。看他的老师荀卿谩骂天下的贤能之人，自然是一种愚蠢的行为，认为古代圣明的帝王都不足以效法。荀卿他乘一时痛快发表的言论，连自己也不知道遗留的灾祸竟达到这般地步。

他的父亲杀人报仇，荀卿却明白王道法度，讲述礼乐，而李斯则利用他的学说扰乱天下，他的高深怪诞的言论发挥了激发李斯的作用。孔孟的言论，没有标新立异，且天下还没有能够与之相比的。荀卿的言论如果真是天下没有可以与之相比的，就是始终坚持以标新立异为目标。

◎ 上韩太尉书 ◎

此篇为上呈太尉韩琦的文书。

文章博古论今，将汉朝时朝廷的兴盛衰败与当时大臣们对天下事的态度联系起来一一列举，并对此加以分析、批判和感叹，最后得出君子应忠义仁德，作为朝廷大臣更应时时磨砺情操，为国为君尽心尽力。随后一针见血地指出太尉韩琦身为朝廷大臣却无所作为，从而请求一见详谈。

整篇文字洋洋洒洒，声疾色厉的同时又不失文采飞扬，对太尉韩琦而言，真可谓当头棒喝。

【原文】

轼生二十有二年矣。自七八岁知读书，及壮大，不能晓习时事，独好观前世盛衰之迹，与其一时风俗之变。自三代以来，颇能论著。

以为西汉之衰，其大臣守寻常，不务大略。东汉之末，士大夫多奇节，而不循正道。元、成之间，天下无事，公卿将相安其禄位，顾其子孙，各欲树私恩，买田宅，为不可动之计，低回畏避，以苟岁月，而皆依仿儒术六经之言，而取其近似者，以为口实。孔子曰："恶居下流而讪上，恶讦以为直。"而刘歆、谷永之徒，又相与弥缝其阙而缘饰之。故其衰也，靡然如蛟龙释其风云之势而安于豢畜之乐，终以不悟，使其肩披股裂登于匹夫之俎，岂不悲哉！其后桓、灵之君，惩往昔之弊，而欲树人主之威权，故颇用严刑，以督责臣下。忠臣义士，不容于朝廷，故群起于草野，相与力为险怪惊世之行，使天下豪俊奔走于其门，得为之执鞭，而其自喜，不啻若卿相之荣。于是天下之士，嚣然皆有无用之虚名，而不适于实效。故其亡也，如人之病狂，不知堂宇宫室之为安，而号呼奔走，以自颠仆。昔者太公治

韩琦像

369

东坡博古图

齐，举贤而尚功。周公曰："后世必有篡弑之臣。"周公治鲁，亲亲而尊尊。太公曰："后世浸微矣。"汉之事迹，诚大类此。岂其当时公卿士大夫之行，与其风俗之刚柔，各有以致之邪？古之君子，刚毅正直，而守之以宽，忠恕仁厚，而发之以义。故其在朝廷，则士大夫皆自洗濯磨淬，戮力于王事，而不敢为非常可怪之行，此三代王政之所由兴也。曾子曰："上失其道，民散久矣。"天下之人，幸而有不为阿附、苟容之事者，则务为侗傥矫异，求如东汉之君子，惟恐不及，可悲也已。

轼自幼时，闻富公与太尉皆号为宽厚长者，然终不可犯以非义。及来京师，而二公同时在两府。愚不能知其心，窃于道涂，望其容貌，宽然如有容，见恶不怒，见善不喜，岂古所为大臣者欤？夫循循者固不能有所为，而翘翘者又非圣人之中道，是以愿见太尉，得闻一言，足矣。太尉与大人最厚，而又尝辱问其姓名，此尤不可以不见。今已后矣。不宣。轼再拜。

【译文】

我苏轼出生已经二十二年。从七八岁时懂得读书，到了长大以后，不能明白和适应时局变化，唯独喜欢观看以前历朝历代盛衰的轨迹，和当时风俗的变迁。自从夏、商、周三代以来的故事，我自以为很能够论述。

我认为西汉王朝的衰败，是因他的大臣们固守寻常的事情，不谋求大的思路。东汉末年，士大夫多有奇特怪异的节操，不遵循正道。汉元帝和汉成帝之间，天下太平无事，公卿将相只安于他们的官位和俸禄，考虑子孙产业，各自都想建树自己的家族产业，买田购宅，谋求不动产业大计，对于朝政国事，大都敷衍或者躲避，以求安岁月，可是人人又都依据孔孟儒术和六经的言论，寻找与他们的行为相近似的地方，从而为自己的行为寻找根据。孔子说过："恶人居卑微的地位而讽刺毁谤比他位高德重的人，把对别人的恶意攻击和揭发看作直率。"而西汉王莽时期的刘歆和谷永等人，又争相弥合其中不合时宜的缺憾而极力进行粉饰。之所以导致汉室的衰亡，就像是蛟龙丢失了腾云驭风的气势而安然享受被豢养的家畜的欢乐，始终没有悔悟，使得它肩膀、脊背被刀劈斧砍，成为屠夫案板上的肉，这怎么能不悲哀？在此之后的汉桓帝和汉灵帝，曾经痛革前朝的弊端，而想树立君主的权威，所以使用酷刑很多，为的是监督和制裁驾下大臣。忠臣义士，往往不被朝廷容纳，因此他们被迫揭竿而起集于草野之中，争相努力做一些惊动朝野的事，使得天下有抱负的豪俊之士纷纷投奔到他们的门下，得以为他们效力，而这些人因此沾沾自喜，不再崇尚做丞相公卿的荣耀。于是天下的读书人轻狂浮躁，人人都有一些虚名，而不再重视实效。因此汉之所以衰亡，就好像人得了疯狂病，不知道堂宇宫室的安宁，而呼号奔走，以至颠沛流离。过去的姜太公治理齐国，任用贤能而重视功绩。周公说："如此下去后世一定有篡位弑君的奸臣。"周公治理鲁国，则任人唯亲、唯亲至尊。姜太公就说："鲁国的后世一定会衰弱。"汉朝的事情，真是与此类似。怎么能归咎于当时公卿士大夫的行为和当时风俗的变化而由此导致这种局面呢？古代有贤德的人物，刚毅正直，而心胸宽广，忠诚宽容、仁德厚道，而处世为人都从义气出发。所以他们在朝廷从政，士大夫们人人都善于自我洗礼、磨砺情操，全心全意替君王做事，而不敢有出格怪诞的行为，这正是夏、商、周三代王朝兴盛的原因。曾子说过："君王失去他的规范，国民就会长久散乱。"天下的人中，所幸的是有一批不善阿谀奉承、依附权贵、苟且虚荣之事的人物，那么务必要为人倜傥矫正怪异，学习东汉一些贤德人物，唯恐赶不上他们的品德，而徒自伤感！

我幼年时，就听说过富弼公与韩琦太尉的大名，人们都称颂你们是宽厚仁德的长者，终生绝不做任何不仁不义的事情。等我到了京师，而两位仁公同时分别在相府与太尉府。我不能知道你们的心境，但暗地里道听途说，并观望你们的容貌，宽厚之德正如你们的容貌，看见恶行而不震怒，见到善举也不欣喜，难道这就是古代所说的大臣吗？所以处处遵循你们一言一行的人不能有所作为，而处处仰慕你们的人又不为圣贤倡导的正道，所以我希望面见太尉，亲自听你一言，就足够了。太尉与富大人交情最为深厚，而又承蒙您曾问过我的姓名，因此更不能不前往拜见。今天的时间已经很晚了，不再多言。苏轼再次叩拜。

◎ 上梅直讲书 ◎

本文是作者于宋仁宗嘉祐二年（1057年）考中进士后写给梅尧臣的一封信。这次礼部试题是《刑赏忠厚之至论》，主考官是欧阳修，梅尧臣是参评官。苏轼之文出类拔萃，深受欧、梅二人赞赏，认为能"不为世俗之文"。本拟拔置第一，因怀疑是曾巩所作，而曾巩是欧阳修的学生，又和欧阳修是江西同乡，需要避嫌；加上文中的"皋陶曰杀之三，尧曰宥之三"不明出处，恐人质问无法回答，就录取为第二名。发榜以后，作者写了这封信给梅尧臣，表示对欧、梅的感激心情。信中开篇慨叹知己难遇，以周公之贤及辅政大臣之尊尚不见知于召公及管、蔡，孔子之道又如何让列国诸侯接受？其他人要想见知于世，其难就更可想而知了。继而写欧阳修、梅尧臣为当世奇才，有古圣贤之风，自己对二人仰慕已久，如今能亲自接受其考核、指点，并受其首肯称赞，颇感受宠若惊，最后表明自己愿终身接受其教诲，"从师而问焉"。全文写得开阖自如，虽是表示感激之情，却毫不落俗，也无半点故作姿态、矫揉造作之感，不愧是大家手笔。

【原文】

轼每读《诗》至《鸱鸮》，读《书》至《君奭》，常窃悲周公之不遇。及观《史》，见孔子厄于陈、蔡之间而弦歌之声不绝；颜渊、仲由之徒，相与问答。夫子曰："'匪兕匪虎，率彼旷野。'吾道非耶？吾何为于此？"颜渊曰："夫子之道至大，故天下莫能容。虽然，不容何病？不容然后见君子。"夫子油然而笑曰："回！使尔多财，吾为尔宰。"夫天下虽不能容，而其徒自足以相乐如此。乃今知周公之富贵，有不如夫子之贫贱。夫以召公之贤，以管、蔡之亲，而不知其心，则周公谁与乐其富贵？而夫子之所与共贫贱者，皆天下之贤才，则亦足以乐乎此矣。

轼七八岁时，始知读书。闻今天下有欧阳公者，其为人如古孟轲、韩愈之徒；而又有梅公者，从之游，而与之上下其议论。其后益壮，始能读其文词，想见其为人，意其飘然脱去世俗之乐而自乐其乐也。方学为对偶声律之文，求升斗之禄，自度无以进见于诸公之间。来京师逾年，未尝窥其门。今年春，天下之士群至于礼部，执事与欧阳公实亲试之。轼不自意，获在第二。既而闻之人，执事爱其文，以为有孟轲之风。而欧阳公亦以其能不为世俗之文也而取焉。是以在此。非左右为之先容，非亲旧为之请属，而向之十馀年间，闻其名而不得见者，一朝为知己。退而思之，人不可以苟富贵，亦不可以徒贫贱。有大贤焉而为其徒，则亦足恃矣。苟其侥一时之幸，从车骑数十人，使间巷小民聚观而赞叹之，亦何以易此乐也！传曰："不怨天，不尤人"，盖"优哉游哉，可以卒岁"。执事名满天下，而位不过五品，其容色温然而不怒，其文章宽厚敦朴而无怨言。此必有所乐乎斯道也，轼愿与闻焉。

【译文】

　　我每次读《诗经》读到《鸱鸮》这一章，读《书经》读到《君奭》这一篇，就常常私下为周公的孤独而悲伤。等到后来阅读《史记》，才知道孔子在陈、蔡二国之间被禁困时，仍然弹琴、唱歌，琴声、歌声不绝于耳；依然跟颜渊、仲由这班学生谈笑风生。孔子说："'不是犀牛，不是老虎，却在那旷野里奔驰'，是我推行的'道'不对吗？我怎么会落到这个地步？"颜渊回答说："老师要推行的道博大精深，所以天下不能容纳；即使如此，不能容纳又有什么妨害呢？不能容纳才显得您是个有才德的人。"孔子会心地笑起来，说："回，如果你发了财，我就做你的家臣。"天下的君主虽然都不能接受孔子推行的道，他和他的学生却能够做到自我平衡，互相和乐。于是明白周公虽然富贵，也有不及孔子贫贱的地方。凭召公那样的贤能，凭管叔、蔡叔那样的亲近，都不能领会周公的心思，那么周公又能跟谁一道享受那富贵呢？与孔子共处贫贱的，都是天下的贤才，那么，在这方面也就足够快乐的了。

　　我七八岁的时候，才懂得读书。听说现在世间有个欧阳公，他的为人如同古时的孟轲、韩愈这一些人；又有一个梅公，跟他交游，而且可同他评议古今。后来，年纪渐渐大了，才得以读到他们的文章，仿佛体会到他们的为人，想必他们能潇洒地脱离世俗的乐趣而自娱其乐。刚刚学作诗赋时，希望获得些许的利禄，自己估量没有机会可以进见诸公。来京城已经一年多了，从来不曾到门上拜访。今年春，天下书生成群结队地到礼部应试，您和欧阳公能亲自主持考试。自己不曾想到，录取在第二。不久听说，您喜爱我的文章，以为有孟轲的风格，欧阳公也因为我能够不写世俗崇尚的文章而垂青于我。因为在录取我的这件事上，并不是你们左右的人为我推荐，也不是亲戚朋友代我求情，以前十多年中对你们是只闻名而不能谋面，现在却在一朝之间结为知己。退一步想想这件事，我认为人是不能够随随便便地获得富贵，也不可能总是贫贱，结识大贤人而成为他的学生，也就足够依靠了。如果在某时侥幸拥有富贵，后边跟着几十个坐车骑马的侍从，使得里弄小百姓聚集观看他，而且赞美他，又怎么能够换取成为你们学生的这种乐趣呢？解说经义的书上讲得好："不怨上天，不怪别人"；"从容悠闲，自得其乐，也能够度过所有的年月。"您名扬天下，官阶却不过五品，您的气色温和，一点也不恼怒，您的文章宽阔、深厚、诚实、质朴，一点都没有怨恨的言辞，这一定有乐于此道的道理。我希望聆听您的教诲。

◎ 答秦太虚书 ◎

此篇为苏轼写给秦太虚的一封回信。

文章开始尽述"异乡衰病，触目凄感"，可想作者在谪居中遭遇的种种不幸。然而在随后的叙述中，作者乐观豁达的性情渐渐显露，虽异乡谪居，连遭痛失亲人的打击，且生活清苦，但作者仍然自得其乐，入道观养炼，与山水为伴，与友人同乐，时时"掀髯一笑"，其安之若素的豪情令人肃然起敬。

本文虽为一封书信，但东坡先生随遇而安的豁达性格跃然纸上，尤为动人。

【原文】

轼启。五月末，舍弟来，得手书劳问甚厚，日欲裁谢，因循至今，递中复辱教，感愧益甚。比日履兹初寒，起居何如。轼寓居粗遣，但舍弟初到筠州，即丧一女子，而轼亦丧一老乳母，悼念未衰，又得乡信，堂兄中舍九月中逝去。异乡衰病，触目凄感，念人命脆弱如此。又承见喻，中间得疾不轻，且喜复健。

吾侪渐衰，不可复作少年调度，当速用道书方士之言，厚自养炼。谪居无事，颇窥其一二。已借得本州大庆观道堂三间，冬至后，当入此室，四十九日乃出，自非废放，安得就此。太虚他日一为仕宦所縻，欲求四十九日闲，岂可复得耶？当及今为之。但择平时所谓简要易行者，日夜为之，寝食之外，不治他事，但满此期，根本立矣。此后纵复出从人事，事已则心返，自不能废矣。此书到日，恐已不及，然亦不须用冬至也。

寄示诗文，皆超然胜绝，娓娓焉来逼人矣。如我辈，亦不劳逼也。太虚未免求禄仕，方应举求之，应举不可必。窃为君谋，宜多著书，如所示论兵及盗贼等数篇，但似此得数十首，当卓然有可用之实者，不须及时事也。但旋作此书，亦不可废应举，此书若成，聊复相示，当有知君者，想喻此意也。

公择近过此，相聚数日，说太虚不离口。莘老未尝得书，知未暇通问。程公辟须其子履中哀词，轼本自求作，今岂可食言。但得罪以来，不复作文字，自持颇严，若复一作，则决坏藩墙，今后仍复衮衮多言矣。

初到黄，廪入既绝，人口不少，私甚忧之。但痛自节俭，日用不得过百五十，每月朔便取四千五百钱，断为三十块，挂屋梁上。平旦用画叉挑取一块，即藏去叉，仍以大竹筒别贮用不尽者，以待宾客，此贾耘老法也。度囊中尚可支一岁有余，至时，别作经画，水到渠成，不须预虑。以此，胸中都无一事。

所居对岸武昌，山水佳绝，有蜀人王生在邑中，往往为风涛所隔，不能即归，则王生能为杀鸡炊黍，至数日不厌。又有潘生者，作酒店樊口，棹小舟径至店下，村酒亦自醇酽。柑橘椑柿极多，大芋长尺余，不减蜀中。外县米斗二十，有水路可致。羊肉如北方，猪、牛、獐、鹿如土，鱼、蟹不论钱。岐亭监酒胡定之，载书万卷随行，喜借

苏轼品茗图

人看。黄州曹官数人，皆家善庖馔，喜作会。太虚视此数事，吾事岂不既济矣乎！欲与太虚言者无穷，但纸尽耳。展读至此，想见掀髯一笑也。

子骏固吾所畏，其子亦可喜，曾与相见否？此中有黄冈少府张舜臣者，其兄尧臣，皆云与太虚相熟。儿子每蒙批问，适会葬老乳母，今勾当作坟，未暇拜书。岁晚苦寒，惟万万自重。李端叔一书，托为达之。夜中微被酒，书不成字，不罪！不罪！不宣。轼再拜。

【译文】

苏轼启：五月末，我弟弟来，带来你写给我的信，劳你在信中情意深厚地慰问我。我每天都想写回信致谢，一直拖到今天。现在又收到你通过驿车寄给我的信，让我更加感激和惭愧。最近已进入初寒天气，你的生活、身体好吗？我寄居在这里，大致上还过得去。但我弟弟刚到筠州，就死去一个女儿，我的老奶妈也去世了。哀悼之情还未消去，又收到家里来的信，信中说我的堂兄太子中舍苏不欺也在九月中旬去世。我在异乡既老又病，看到的都是些凄凉的事物，想到人的生命就这样脆弱！又蒙你（在信中）告诉我，你有段时间病得很重，令我高兴的是你现在康复了。

我们都渐渐老了，不能再像年轻时那样对待自己了。应赶紧用道家之书上说的方术之士的方法，好好地保养、锻炼自己的身体。我在谪居之地闲来无事，了解了（道家修炼的）一些方法。我已经向本州的天庆观借好了三间道堂，冬至后就搬进去住，住满四十九天后才出来。要不是被贬、被流放，怎么能这样做呢？你以后一被官务束缚，想要求得四十九天的空闲，哪能再得到呢？应该现在抓紧时间进行。只要选择你平时所谓的简明扼要、容易实施的方法日夜修炼，除了睡觉、吃饭之外，不做其他事情，只要满了（四十九天的）期限，养身的根本就建立了。从此以后你即使再出来处理人间事务，事情一做完心思就返回（到那种境界里去了），自然就不会停止修

炼的事了。你收到这封信时，恐怕已过冬至日，但你也不必从冬至日开始修炼。

你寄来给我看的诗文，都写得十分高超，美妙到了极点，娓娓道来，有一种逼人的才华。像我这样的人也用不着逼了。你以后免不了要求官、求俸禄，要通过科举考试求官俸，参加科举考试不一定能够中举，我私下里为你考虑过，可以多写些书。像你寄示的论兵和论盗贼的这些文章都写得很好，只要像这样的写它数十篇，有明显的实用价值，不一定要触及现在的事。但你这些时日写这类书时，也不能忘记了做参加科举考试的准备。这本书要是写好了，最好也给我看看，肯定有人明白你的用心。想来你会了解这个意思的吧。

李公择最近从此路过与我相聚了几天，他一直说到你，简直不离口。未曾得到孙莘老的信，我知道他没时间写信。程公辟等着我为他儿子履中写的悼念文章，这本来是我自己要求写的，现在怎么能不履行诺言呢？然而自从我获罪以来，不再写文章，自己控制得很严格，如果再一写，就会冲破限制，从此以后又会滔滔不绝地多嘴了。

我刚到黄州，薪俸已断，家中人口不少，我自己很为此事担忧，只好厉行节约之法，每天的费用不能够超过一百五十钱，每个月初一就取出四千五百钱，分为三十份，把它们悬挂到屋梁上，每天清晨用把挂书画的长柄叉子挑下一份来，就把叉子藏过，把那些每天用不完的钱仍旧放到大竹筒里贮存起来，用来招待客人。这是贾耘想出来的老办法。我计算了一下，钱囊中的钱还可以用一年多的时间，到时候另外筹划。水到渠成，不用预先考虑。这样一来，我心中记挂的事就一件也没有了。

我所住的江对岸就是武昌，山水美到极致，有位老家在蜀地的王生住在城里，（我去了以后）经常被江中风涛阻隔，不能立刻回来，那王生就为我杀鸡做饭，有时在他那里住几天，他一点也不厌烦。又有一个姓潘的年轻人，在樊口开了家酒店，我常常乘小船径直到他的酒店旁，那里有乡村酿的酒，味道很醇酽。这里柑子、橘子、椑子、柿子很多，芋头大得长达一尺多，不比蜀地的差。外县的米一斗二十钱，从水路可以运来，这里的羊肉价格和北方一样，猪肉、牛肉、獐肉、鹿肉价格贱得如同泥土一样，鱼、蟹根本就不计算价钱了。岐亭的监酒胡定之，随车载有万卷书，喜欢借给别人看。黄州官署里的几个官员，家里人都善于做菜，喜欢举行宴会。太虚你看看这些事，我的生活不是还过得去吗？我想与你说的话无穷无尽，但纸用完了。你打开信读到这里，可以想见我掀起胡子呵呵一笑。

鲜于子骏一直是我敬畏的人，他的儿子也十分可爱，你曾与他见过面了吗？这里有位黄冈少府张舜臣，还有他的哥哥尧臣，都说和你熟悉。每次蒙你问及我的儿子，这次恰巧遇上埋葬我老奶妈的事，他现在正料理做坟墓的事，来不及给你写信。又快到年末岁尾了，天气非常寒冷，请你千万自己保重。我写给李端叔的一封信，麻烦你转交给他。晚上我喝酒稍稍过量，字写得很不像样子，不要怪罪，不要怪罪。别的不一一细说了。苏轼再拜。

◎ 喜雨亭记 ◎

　　本文写于宋仁宗嘉祐七年（1062年），作者时任凤翔府（治所在今陕西凤翔县）签书判官。文章开篇指出："亭以雨名，志喜也。"之所以以雨命名，是因为雨带来了好事，故而"喜则以名扬"。继而写造亭、得雨，以及久旱得雨后的喜悦心情，并联系人民的忧乐，说明这几场雨的确意义不凡，最后以灵活的笔调归结到亭名的由来，饶有余味，令人玩索。

【原文】

　　亭以雨名，志喜也。古者有喜则以名物，示不忘也。周公得禾，以名其书；汉武得鼎，以名其年；叔孙胜敌，以名其子：其喜之大小不齐，其示不忘一也。

　　予至扶风之明年，始治官舍，为亭于堂之北，而凿池其南，引流种树，以为休息之所。是岁之春，雨麦于岐山之阳，其占为有年。既而弥月不雨，民方以为忧。越三月，乙卯乃雨，甲子又雨，民以为未足；丁卯大雨，三日乃止。官吏相与庆于庭，商贾相与歌于市，农夫相与忭于野，忧者以喜，病者以愈，而吾亭适成。

　　于是举酒于亭上，以属客而告之曰："五日不雨可乎？"曰："五日不雨则无麦。""十日不雨可乎？"曰："十日不雨则无禾。""无麦无禾，岁且荐饥，狱讼繁兴，而盗贼滋炽。则吾与二三子，虽欲优游以乐于此亭，其可得耶？今天不遗斯民，始旱而赐之以雨，使吾与二三子，得相与优游而乐于此亭者，皆雨之赐也。其又可忘耶？"

　　既以名亭，又从而歌之，曰："使天而雨珠，寒者不得以为襦；使天而雨玉，饥者不得以为粟。一雨三日，伊谁之力？民曰太守，太守不有；归之天子，天子曰不然。归之造物，造物不自以为功；归之太空，太空冥冥，不可得而名。吾以名吾亭。"

【译文】

　　亭子用"雨"字来命名，是为了记述一件喜事。古代凡是有了喜事，就用这件喜事本身来命名人或事物，表示永远铭记。例如周公获得了周成王转送给他的一株长得特别茁壮的禾，就用它命名自己的文章；汉武帝获得了宝鼎，就用它命名自己

山雨欲来图

的年号；叔孙得臣击败敌人，俘虏了敌方国君，就用他的名字来命名自己的儿子。他们的喜事各不相同，可是他们表示永不忘记的初衷是完全一样的。

我到任扶风的第二年，才修建了一座地方官居住的房屋，并且在厅堂的北面建造了一座亭子，还在它的南面开凿了一个池塘，引导流水进来，种植树木，把它作为休息的场所。这年的春天，在岐山的南面天空中落下许多麦子，经过占卜，那卦辞说年成一定很好。后来整个月不降雨水，百姓正为此忧心。过了三个月，到四月初二才有雨；十一日又下雨，百姓还认为不够。十四日下大雨，下了三天方才停止。官吏在官厅里一道庆贺，商人在市场上一道欢歌，农民在田野中共同欣喜。愁闷的人因而喜悦，患病的人因而痊愈，我的亭子也刚好在这个时候落成。

这样，就在亭子里设宴欢庆，我向客人劝酒并且问道："再过五天不下雨，能行吗？"回答道："再过五天不下雨，就会全旱死麦子。""那么，再过十天不下雨，又怎样？"回答说："再过十天不下雨，就没有稻禾。""如果既收不到麦子，又收不到稻子，就会不断发生灾荒，各种诉讼也会陆续多起来，盗贼也会更加猖獗，那么我和诸位先生即使想悠闲自得地在这座亭子里游乐，又怎么能够做到呢？现在，老天爷不遗忘这里的百姓，开始干旱时就把大雨赐给他们，而且使我和诸位先生能够一道悠闲自得地在这座亭子里喝酒取乐，都是雨的功绩呀。怎么可以忘记呢？"

我既然用它来命名亭子，接着又赞美它，说："倘使老天爷撒珍珠，身上冷的人不能够用它当衣服；倘若老天爷降宝玉，肚里饿的人不能够用它当粮食。一场雨下了三天，是谁的功劳？百姓称是太守，太守不敢居功；把它归功于皇帝，皇帝不同意。把它归功于造物主，造物主不认为这是自己的功劳。把它归功于太空，太空深远昏暗，不能够明白表示。于是，我就用它来命名我的亭子。"

◎ 凌虚台记 ◎

　　本文写于作者在凤翔府任签书判官时，当时凤翔知府陈希亮建了一座台，名叫凌虚台，让作者写文以记之。文章叙述凌虚台建造的原因及经过，抒发登台眺望之感受，感叹古今兴废无常，指出应当去探索真正的"足恃者"，反映了作者积极乐观和追求理想的精神面貌。

【原文】

　　国于南山之下，宜若起居饮食与山接也。四方之山，莫高于终南；而都邑之丽山者，莫近于扶风。以至近求最高，其势必得。而太守之居，未尝知有山焉。虽非事之所以损益，而物理有不当然者。此凌虚之所为筑也。

　　方其未筑也，太守陈公杖履逍遥于其下。见山之出于林木之上者，累累如人之旅行于墙外而见其髻也。曰："是必有异。"使工凿其前为方池，以其土筑台，高出于屋之檐而止。然后人之至于其上者，恍然不知台之高，而以为山之踊跃奋迅而出也。公曰："是宜名凌虚。"以告其从事苏轼，而求文以为记。

　　轼复于公曰："物之废兴成毁，不可得而知也。昔者荒草野田，霜露之所蒙翳，狐虺之所窜伏。方是时，岂知有凌虚台耶？废兴成毁，相寻于无穷，则台之复为荒草野田，皆不可知也。尝试与公登台而望，其东则秦穆之祈年、橐泉也，其南则汉武之长杨、五柞，而其北则隋之仁寿，唐之九成也。计其一时之盛，宏杰诡丽，坚固而不可动者，岂特百倍于台而已哉？然而数世之后，欲求其仿佛，而破瓦颓垣，无复存者，既已化为禾黍荆棘丘虚陇亩矣，而况于此台欤！夫台犹不足恃以长久，而况于人事之得丧，忽往而忽来者欤！而或者欲以夸世而自足，则过矣。盖世有足恃者，而不在乎台之存亡也。"

　　既已言于公，退而为之记。

【译文】

　　国都建在终南山的山脚下，似乎是人们说在起居饮食方面时时同山相关的。天下的山，没有哪一座能比终南山高；城市靠近终南山的，没有哪一个会比扶风近。从极近的地方去寻找最高的目标，按情理讲，一定能找到。可是太守生活在扶风，却从来不曾知道有座终南山。这虽然不是对政事有坏处或者有好处的问题，但从事

高阁凌空图

理上来说却是不应该的。这就是凌虚台建造的缘由。

当它还没有动工建造的时候，太守陈公在它的下面悠闲自在地扶杖散步，望见山峰超出在树林之上，连绵不绝，仿佛人们在墙外行走，只看到他们的发髻那样。陈公赞叹说："这里一定有特殊的景色。"于是差遣工匠在它的前边挖掘修成一个方方的池塘，拿挖出来的泥土造了一座高台。造到比一般房屋的屋脊高出一些就完工了。这样，来到台上的人仿佛不知道台升高了，还以为是山峰突然跳跃奔跑出来。陈公说："这座台应该起名叫'凌虚'。"就把这层想法告诉他的从事苏轼，而且要求写文章把它记述下来。

苏轼对陈公回复说："事物的荒废、兴起、成功和毁坏都是不可预料的。从前这里是荒草野地，被霜、露覆盖，狐狸、毒蛇潜伏其中；那个时候，怎么会料到有凌虚台的存在呢？荒废、兴起、成功和毁坏，在永远地互相循环着，这座台或许再度成为荒草野地都是不能预料的。曾经和您试着登台眺望，它的东边就是秦穆公的祈年宫和橐泉宫的所在地，它的南边就是汉武帝的长杨宫和五柞宫的所在地，它的北面就是隋朝的仁寿宫，后为唐朝的九成宫的所在地。估计它们在一个时期内的盛况、宏伟、特出、奇异和华美，坚固得不可动摇，哪里只是胜过凌虚台百倍而已呢？然而数代以后，想寻找它们大概的模样，恐怕就连破瓦颓墙也不复存在了，而且早已衍变成庄稼地、灌木丛、土堆或田埂了，何况这座凌虚台呢？一座台尚且不能依靠什么求得长久存在，更何况人事的得失，忽去忽回的呢？如果有人想凭借这座台在世上夸耀、自满，那就太可笑了。因为世上真正有可以用来凭借的，但与台的存在或者消失是没有关系的。"

我把这意见向陈公申说以后，回去就作了这篇记。

◎ 超然台记 ◎

本文作于宋神宗熙宁三年（1070 年），时作者调任密州（治所在今山东诸城市）知州，到任第二年修复了一座台，弟弟苏辙给它起名为"超然"台，他因名而生感写下了这篇记。由于作者在政治上屡受挫折，面对冷酷纷争的社会现实，文中流露出超然物外、随遇而安的消极处世思想。在写作上，文章把记叙、议论、描写融为一体，处处体现"超然"色彩；笔调晓畅洒脱，纯出自然，也有"超然"的情致。

【原文】

凡物皆有可观。苟有可观，皆有可乐，非必怪奇伟丽者也。铺糟啜醨，皆可以醉；果蔬草木，皆可以饱。推此类也，吾安往而不乐？

夫所为求福而辞祸者，以福可喜而祸可悲也。人之所欲无穷，而物之可以足吾欲者有尽。美恶之辨战于中，而去取之择交乎前，则可乐者常少，而可悲者常多。是谓求祸而辞福。夫求祸而辞福，岂人之情也哉？物有以盖之矣！彼游于物之内，而不游于物之外。物非有大小也，自其内而观之，未有不高且大者也。彼挟其高大以临我，则我常眩乱反复，如隙中之观斗，又乌知胜负之所在？是以美恶横生，而忧乐出焉，可不大哀乎！

予自钱塘移守胶西，释舟楫之安，而服车马之劳；去雕墙之美，而庇采椽之居；背湖山之观，而行桑麻之野。始至之日，岁比不登，盗贼满野，狱讼充斥，而斋厨索然，日食杞菊，人固疑予之不乐也。处之期年，而貌加丰，发之白者，日以反黑。予既乐其风俗之淳，而其吏民亦安予之拙也。于是治其园圃，洁其庭宇，伐安丘、高密之木，以修补破败，为苟完之计。而园之北，因城以为台者旧矣，稍葺而新之。

时相与登览，放意肆志焉。南望马耳、常山，出没隐见，若近若远，庶几有隐君子乎？而其东则庐山，秦人卢敖之所从遁也。西望穆陵，隐然如城郭，师尚父、齐桓公之遗烈，犹有存者。北俯潍水，慨然太息，思淮阴之功，而吊其不终。台高而安，深而明，夏凉而冬温。雨雪之朝，风月之夕，予未尝不在，客未尝不从。撷园蔬，取池鱼，酿秫酒，瀹脱粟而食之，曰："乐哉游乎！"

方是时，予弟子由，适在济南，闻而赋之，且名其台曰："超然。"以见予之无所往而不乐者，盖游于物之外也。

【译文】

凡是物品都有值得观赏的地方。只要有值得观赏的地方，就有能使人获得欢乐的地方，并不一定是要怪异、特殊、雄伟和美丽的物品。食用酒糟、饮淡酒，都可以令人醉；吃果子、蔬菜甚至草根、树皮，也都可以使人充饥。如果把这类事物扩大一下，那么我去往哪里会不欢乐呢？

人们之所以要追求幸福、消除灾祸，是由于幸福能使人欢乐，灾祸会使人悲伤。人的欲望是无止境的，事物中能够满足我欲望的却是有限的。美好、丑恶的辨别在内心里冲撞，舍弃、求取的选择掺杂在面前，这样可以使人欢乐的事物常常会很少，可以使人悲伤的事物却往往会很多。此可谓追求灾祸，推掉幸福。追求灾祸，推掉幸福，难道是人之常情吗？那是因为有什么外物左右了他们。他们生活在事物的里面，而不是在事物的外面。事物原本没有大小之分，如果从它的内部来分析它，那是绝对高而且大的。它依仗它的高大来逼迫我，我就会时常眼花心乱，是非难辨，仿佛在缝隙中观看争斗，又怎么看清胜败的所在呢？因此，美好、丑恶的念头交错衍生，忧愁、欢乐的情绪就会闪现，能够不令人大大伤心吗？

我从钱塘改到胶西任职，放弃了坐船的舒适，却去适应乘车骑马的辛苦；搬离装饰漂亮的宅子，却来居住在简陋的房屋里；远离了有山有水的美景，却散步在种桑麻的田野里。刚上任的时候，接连几年没有收成，盗贼遍布郊野，案件充斥官衙，厨房里冷凄凄的，每月只能用杞菊之类充饥。人们当然怀疑我不欢乐。在这里过了整整一年，我的面貌却更加丰满，头发日渐黑起来。我既喜欢这里的风俗淳朴，这里的官吏和百姓也习惯于我的笨拙质朴。这时候，我就派人修葺这里的园子，打扫这里的庭院，采伐安丘、高密两地的树木，来修补破旧败坏的地方，只做简单修缮的打算。园子的北面，有一座依城墙建筑的台，已经破旧了，稍微修葺了一番，让它换新颜。

我经常和客人们一起登台观览，在那里随心所欲，尽情享受。向南面眺望马耳山和常山，它罩在云雾中，忽隐忽现，有时好像很近，有时好像很远，也许那里隐居着贤人吧！那东面就是庐山，是秦代卢敖避世的所在。向西面望是穆陵，隐约地似座城，姜太公、齐桓公的遗迹还有留存的。向北面低头望到潍水，感慨地不由叹起气来，想到韩信的功绩，悼念他的没有善终。这座台高而且稳固，深广而且宽敞，夏天清凉，冬天温暖；碰上降雨、下雪的早晨，或者清风明月的夜晚，就都有我的身影，客人们也随我而往。我们时常采园里的菜，捕池中的鱼，酿高粱酒，煮糙米饭来吃，还赞叹着说："游览得尽兴而返呀！"

那时，我的弟弟子由恰巧在济南，听到这件事就作诗赞颂它，并且给这座台起名叫"超然"，来表示我随意到哪里没有不欢乐的，因为我能够逍遥在"物"外呀！

◎ 放鹤亭记 ◎

本文作于宋神宗元丰元年（1078年），当时苏轼为彭城太守，云龙山人张君在彭城东山筑亭览胜，享受隐逸之乐，并给亭子取名为"放鹤亭"，苏轼为之作文，以记其隐逸之趣。文中极言隐居之乐，即使是"南面之君"也不能享受到。因为执政与隐逸是不可兼而得之的，君王如果在其位而不谋其政，去附庸风雅追求隐逸之乐，必将招致亡国之祸；只有不问世事的隐者才能尽情享受隐逸之乐。春秋时卫懿公因好鹤亡国；西晋时刘伶、阮籍却以嗜酒全身就是极好的证明。文中叙事、写景、议论，次序井然；结尾似有招隐之意。

【原文】

熙宁十年秋，彭城大水，云龙山人张君之草堂，水及其半扉。明年春，水落，迁于故居之东，东山之麓。升高而望，得异境焉，作亭于其上。彭城之山，冈岭四合，隐然如大环，独缺其西一面，而山人之亭，适当其缺。春夏之交，草木际天，秋冬雪月，千里一色。风雨晦明之间，俯仰百变。山人有二鹤，甚驯而善飞。旦则望西山之缺而放焉，纵其所如，或立于陂田，或翔于云表，暮则傃东山而归，故名之曰"放鹤亭"。

郡守苏轼，时从宾佐僚吏，往见山人，饮酒于斯亭而乐之。挹山人而告之曰："子知隐居之乐乎？虽南面之君，未可与易也。《易》曰：'鸣鹤在阴，其子和之。'《诗》曰：'鹤鸣于九皋，声闻于天。'盖其为物清远闲放，超然于尘埃之外，故《易》《诗》人以比贤人君子。隐德之士，狎而玩之，宜若有益而无损者；然卫懿公好鹤则亡其国。周公作《酒诰》，卫武公作《抑戒》，以为荒惑败乱，无若酒者；而刘伶、阮籍之徒，以此全其身而名后世。嗟夫！南面之君，虽清远闲放如鹤者，犹不得好；好之则亡其国。而山林遁世之士，虽荒惑败乱如酒者，犹不能为害，而况于鹤乎？由此观之，其为乐未可以同日而语也。"

山人欣然而笑曰："有是哉？"乃作放鹤招鹤之歌曰："鹤飞去兮，西山之缺。高翔而下览兮，择所适。翻然敛翼，宛将集兮，忽何所见，矫然而复击。独终日于涧谷之间兮，啄苍苔而履白石。鹤归来兮，东山之阴。其下有人兮，黄冠草履，葛衣而鼓琴。躬耕而食兮，其馀以汝饱。归来归来兮，西山不可以久留。"

【译文】

熙宁十年（1077 年）秋，彭城暴发洪水时，云龙山人张君的草屋不能幸免，洪水漫过他家半个柴门。第二年春天，洪水退去，山人搬到原来住处的东面，在东山的山脚下。山人登高眺望，找到了一块奇异的地方，就在那里造了一座亭子。彭城周围是山，冈岭四面围拢，隐约地像个大环，只缺它的正西一面，所以山人的亭子刚巧对准那个缺口。春夏两季交替的时候，草木茂盛，似乎要到达天空；秋月冬雪，使广阔的大地千里一色；在刮风、下雨、阴暗、晴朗的时候，景色瞬息万变。山人有两只鹤，很驯服，而且很会飞。早晨，山人就望着西山的缺口把它们放出去，不管它们，让它们尽情飞翔。它们有时站在池塘边、田野里，有时飞到云层的上面，傍晚，它们就朝东山飞回，所以给亭子起名叫"放鹤亭"。

郡守苏轼时常带着幕友和下属去看望山人，在这座亭子里喝酒，感到很快乐。苏轼斟了杯酒给山人喝，并且告诉他说："您知道隐居的快乐吗？即便是朝南坐的君主，也不愿意跟他交换。《易经》上说：'鹤在山的北面叫，幼鹤与之应和。'《诗经》上说：'鹤在沼泽上鸣叫，声音可传到天上。'这是因为作为鸟类来说，鹤的品格清高、淡远、安闲、自在，超脱在尘世的外面，所以《易经》和《诗经》的作者把它比成明智的人。有才能的人和品德高尚的人，跟它亲昵，跟它玩耍，好像是有利而无害。然而，卫懿公爱好玩鹤，便丧失了自己的国家。周公作《酒诰》，卫武公作《抑戒》，都认为荒废事业，迷惑性情，败坏和搅乱国家的，没有什么像酒那样严重的了；可是刘伶、阮籍这班人却因此保全了自身，而且名声传到了后代。可叹啊！君主，即便是清高、淡远、安闲、自在像鹤那样的，也不能有自己的爱好；如果有爱好，就会丧失自己的国家。然而，在山林间逃避世俗的人，即便是喜欢荒废事业、迷惑性情、败坏和搅乱国家的像酒那样的东西，也不会成为祸害，何况爱好鹤呢？从这一点来看，国君和隐士的快乐是不可以放在一起讲的。"

山人听了我的话，高兴地微笑着说："有这样的道理吗？"于是，就作放鹤和招鹤的歌，说："鹤飞去呀，望着西山的缺口。在高空飞翔，向下面俯瞰，选择它们认为应该去的地方。很快地回过身体，收起翅膀，似乎打算飞下来休息；忽然看到什么东西，又昂首飞上天空，准备再奋然一击。怎么能整天徘徊在溪涧、山谷之间，嘴啄青苔，脚踏白石？鹤归来了，在东山的北面。那下边有个人，头戴道帽，足蹬草鞋，身穿葛衣，正坐着弹琴。他亲自种田，用富余的粮食喂你。归来吧！归来吧！白天玩耍的西山不能够长久停留。"

◎ 石钟山记 ◎

本文是一篇释疑之作。江西湖口有一座神奇的石钟山，但其何以命名为石钟山，前人说法不一。作者经过实地调查，做出了自己的解答，认为"事不目见耳闻"，就不能"臆断其有无"，并作此文以"叹郦元之简，而笑李渤之陋"。作者这种求实精神是值得肯定的。

【原文】

《水经》云："彭蠡之口，有石钟山焉。"郦元以为下临深潭，微风鼓浪，水石相搏，声如洪钟。是说也，人常疑之。今以钟磬置水中，虽大风浪不能鸣也，而况石乎？至唐李渤，始访其遗踪，得双石于潭上，扣而聆之，南声函胡，北音清越，桴止响腾，余韵徐歇。自以为得之矣。然是说也，余尤疑之。石之铿然有声者，所在皆是也，而此独以钟名，何哉？

元丰七年六月丁丑，余自齐安舟行适临汝。而长子迈将赴饶之德兴尉，送之至湖口，因得观所谓石钟者。寺僧使小童持斧，于乱石间择其一二扣之，硿硿焉，余固笑而不信也。至莫夜月明，独与迈乘小舟，至绝壁下。大石侧立千尺，如猛兽奇鬼，森然欲搏人。而山上栖鹘，闻人声亦惊起，磔磔云霄间。又有若老人咳且笑于山谷中者，或曰："此鹳鹤也。"余方心动欲还，而大声发于水上，噌吰如钟鼓不绝。舟人大恐。徐而察之，则山下皆石穴罅，不知其浅深，微波入焉，涵澹澎湃而为此也。舟回至两山间，将入港口，有大石当中流，可坐百人，空中而多窍，与风水相吞吐，有窾坎镗鞳之声，与向之噌吰者相应，如乐作焉。因笑谓迈曰："汝识之乎？噌吰者，周景王之无射也；窾坎镗鞳者，魏庄子之歌钟也。古之人不余欺也。"

事不目见耳闻，而臆断其有无，可乎？郦元之所见闻，殆与余同，而言之不详；士大夫终不肯以小舟夜泊绝壁之下，故莫能知；而渔工水师，虽知而不能言，此世所以不传也。而陋者乃以斧斤考击而求之，自以为得其实。余是以记之，盖叹郦元之简，而笑李渤之陋也。

【译文】

《水经》说："彭蠡湖的入口处，有一座石钟山。"郦元认为山下面对深潭，轻风吹动波浪，湖水和石头互相碰撞，发出声音就像撞击大钟一样，所以命名为石钟山。这个说法，人们往往怀疑它。现在就是把钟磬放在水里，即便有大风浪也不能发出声响啊，更何况石头呢？到了唐朝李渤，才开始探访石钟山传说的真实情况，他在深潭边上找到了两块石头，敲打石头听它们的声音，南面的一块声音低沉模糊，北面的一块声音清脆高昂，就像鼓槌停止敲打了，声音还在回响，余声过了一段时间才慢慢地停下来。于是他自认为找到石钟山命名的缘由了。然而这个说法，我尤其怀疑它，因为石头经过敲打铿铿地发出声响的，到处都这样，可是这座山独独用钟来命名，是什么道理呢？

元丰七年六月初九丁丑日，我从齐安乘船到临汝去。大儿子迈要往饶州德兴县就任县尉，我送他到湖口，因而能够看到传说的石钟。庙里的和尚叫一个小童拿着斧头，在乱石间挑了其中的一二块来敲打，硿硿地响，我当然觉得好笑，不相信。到了那天夜里，月光明亮，我独自和儿子迈乘坐小船，到陡峭的崖壁下面。岩石耸立身旁，高达千尺，像凶猛的野兽、奇怪的鬼魅，阴沉沉地想要扑击人似的。山上宿巢的猛禽鹘鸟，听见人声也惊醒高飞，在云端里磔磔地乱叫。又有如同老年人在山谷中边咳边笑的声音，有人说："这就是鹳鹤。"我心里刚刚惊恐想回去，忽然从水上发出一种很大的声音，噌噌吰吰地像撞钟击鼓一般连续不断。船家很害怕。我慢慢地察看它，原来山下有许多小石洞和石缝，不晓得它们的深浅，微小的波浪冲进小洞和裂缝，震荡撞击，才造成这种声音。小船回到两座山之间，快要进入港口，有一块大石头挡在水中，大约可坐百余人，里面空空的，有很多小洞，同风浪互相吞吐，发出的声音，跟刚才的噌噌吰吰的声音彼此应和，就像乐队演奏那样。我就笑着对迈说："你懂得这种音乐吗？那噌噌吰吰的响声是周景王的无射钟，那窾坎镗鞳的响声是魏庄子的歌钟。古代的人并没有欺骗我们呀！"

事情如果不是亲眼看见，亲耳听到，就凭主观想象断定它们有或者没有，可以吗？郦元看到、听到的，可能和我相同，但是说得不详细。那些士大夫们始终不肯在夜里把小船停泊在悬崖峭壁下面，所以没有人能够知道真相。而渔夫船夫，虽然知道却不能讲清楚，这就是石钟山名称的由来在世上不流传的缘故啊！可是那浅见薄识的人居然拿斧头去敲石块来寻求它的缘由，自以为得到了石钟山命名的真实情况。我所以记下这件事，是因为叹惜郦元的简略，笑话李渤的浅陋啊！

◎ 潮州韩文公庙碑 ◎

　　韩愈因谏迎佛骨触怒了宪宗皇帝，被贬为潮州刺史。潮州远隔帝乡，天荒地老，贫穷落后，自然环境十分恶劣。韩愈上任后因俗施教，移风化俗，结果潮州大治，潮之民竞相称颂其功德，历代不衰。宋哲宗元祐年间，潮州吏民重修韩公庙，宋神宗元丰元年（1078 年）诏封韩愈为"昌黎伯"，潮州韩公庙亦名为"昌黎伯韩文公之庙"，苏轼为其写下了这篇碑文。文中高度评价了韩愈在古文运动中的丰功伟绩："文起八代之衰，而道济天下之溺；忠犯人主之怒，而勇夺三军之帅。"赞扬了他在潮州任所的政绩，语多溢美，充满景仰之情。文章气势磅礴，风格雄健，直逼韩文。

【原文】

　　匹夫而为百世师，一言而为天下法。是皆有以参天地之化，关盛衰之运，其生也有自来，其逝也有所为。故申、吕自岳降，傅说为列星，古今所传，不可诬也。孟子曰："我善养吾浩然之气。"是气也，寓于寻常之中，而塞乎天地之间。卒然遇之，则王公失其贵，晋、楚失其富，良、平失其智，贲、育失其勇，仪、秦失其辨。是孰使之然哉？其必有不依形而立，不恃力而行，不待生而存，不随死而亡者矣。故在天为星辰，在地为河岳，幽则为鬼神，而明则复为人。此理之常，无足怪者。

　　自东汉以来，道丧文弊，异端并起，历唐贞观、开元之盛，辅以房、杜、姚、宋而不能救。独韩文公起布衣，谈笑而麾之，天下靡然从公，复归于正，盖三百年于此矣。文起八代之衰，而道济天下之溺；忠犯人主之怒，而勇夺三军之帅：此岂非参天地，关盛衰，浩然而独存者乎？

　　盖尝论天人之辨，以谓人无所不至，惟天不容伪。智可以欺王公，不可以欺豚鱼；力可以得天下，不可以得匹夫匹妇之心。故公之精诚，能开衡山之云，而不能回宪宗之惑；能驯鳄鱼之暴，而不能弭皇甫镈、李逢吉之谤；能信于南海之民，

韩愈像

庙食百世，而不能使其身一日安于朝廷之上。盖公之所能者天也，其所不能者人也。

始潮人未知学，公命进士赵德为之师。自是潮之士，皆笃于文行，延及齐民，至于今，号称易治。信乎孔子之言，"君子学道则爱人，小人学道则易使也"。潮人之事公也，饮食必祭，水旱疾疫，凡有求必祷焉。而庙在刺史公堂之后，民以出入为艰。前太守欲请诸朝作新庙，不果。元祐五年，朝散郎王君涤来守是邦，凡所以养士治民者，一以公为师。民既悦服，则出令曰："愿新公庙者，听。"民欢趋之，卜地于州城之南七里，期年而庙成。

或曰："公去国万里，而谪于潮，不能一岁而归。没而有知，其不眷恋于潮也，审矣。"轼曰："不然！公之神在天下者，如水之在地中，无所往而不在也。而潮人独信之深，思之至，焄蒿凄怆，若或见之。譬如凿井得泉，而曰水专在是，岂理也哉？"元丰元年，诏封公昌黎伯，故榜曰："昌黎伯韩文公之庙。"潮人请书其事于石，因为作诗以遗之，使歌以祀公。其辞曰：

公昔骑龙白云乡，手抉云汉分天章。天孙为织云锦裳，飘然乘风来帝旁。下与浊世扫秕糠，西游咸池略扶桑，草木衣被昭回光。追逐李、杜参翱翔，汗流籍、湜走且僵，灭没倒影不能望。作书诋佛讥君王，要观南海窥衡湘，历舜九嶷吊英、皇。祝融先驱海若藏，约束蛟鳄如驱羊。钧天无人帝悲伤，讴吟下诏遣巫阳。爣牲鸡卜羞我觞，於粲荔丹与蕉黄。公不少留我涕滂，翩然被发下大荒。

【译文】

一个普通人能够做千百代人学习的表率，一句话可以成为天下人学习的准则。这都可以和化育万物的天地相提并论，影响到时代命运的兴旺或者衰败。他的降生是有渊源的，死去以后对后世也是有作用的。所以，申伯、吕侯由山神下凡，传说死后成为天上的列星，从古到今传说的事，不可能都是捏造的啊。孟子说："我善于培养我的盛大正直的气。"这股气寄托在平常生活之中，而充盈在天地之间。如果忽然碰上它，那么，王、公的尊贵，晋国、楚国的富有，张良、陈平的智慧，孟贲、夏育的勇力，张仪、苏秦的辩才都会黯然失色。这是谁使它这样的呢？那一定有不凭借形体就能站立、不依靠力量就能行走、不等待出生就存在、不跟随死亡而消失的东西。所以，在天上是星宿，在地面是河山，在幽暗地方就是鬼神，而在光明地方又复生为人。这是事理的正常现象，不值得奇怪。

自从东汉以来，道德沦亡，文风败坏，邪门歪道一齐出现。即使经历了唐朝贞观、开元的兴盛时期，依靠房玄龄、杜如晦、姚崇、宋璟等名臣辅佐，还不能挽

三苏祠

救。唯独韩文公从普通人中奋起，从容指挥古文运动，天下人倾倒于他的为人与文风而跟着他走，使道德文章又回到正路上来，到现在大概有三百年了。他的文章振兴了东汉后八个朝代的文风的衰落，他的道德挽救了天下人的沉迷，他的忠诚曾经冒犯过皇帝，他的勇气能够折服三军的元帅：这难道不是可以和化育万物的天地相提并论，影响到时代命运的兴盛或者衰败吗？他不正是刚正之气独自存在的伟人吗？

我曾经议论过天和人的分别，以为人是没有什么事不能做出来的，只有天不容许人作伪。人的智慧可以用它欺骗尊贵的王、公，却不能够用它欺骗智慧低微的猪、鱼。人的力量可以用它取得天下，却不能够用它取得普通男女的真诚拥戴。所以，公的纯正一心能够消散衡山的阴云，却不能够挽回唐宪宗的执迷不悟；能够驯服鳄鱼的凶暴，却不能够阻止皇甫镈和李逢吉的诽谤；能够在南海的百姓中取得信任，享受世代香火，却不能够使自己的身体在朝堂之上有一天的平安。这是因为公能够适应的是天道，不能够适应的是人事呀。

公初到任之时，潮州的读书人不晓得学习圣贤之道，公推荐进士赵德做他们的老师。从此，潮州的读书人都对文章和品行专心致志地学习，并逐渐影响到一般的百姓，到如今，潮州是出名的容易管理的地方。孔子的话是可信的："品行端正有学识的人学了圣贤之道，就会爱惜别人，百姓学了圣贤之道，就懂得了礼节，容易治理。"潮州人是这样信奉公的：吃喝时一定要祭奠，碰到水涝、干旱、疾病和瘟疫，凡是有所要求必定要到祠堂里去祈祷。可是祠堂在州官衙门大堂的后面，百姓以为出出进进不方便，前任州官把这个情况向朝廷反映，并申请造一座新的祠堂，朝廷不同意，没能办成。元祐五年，朝散郎王涤来管理这个地方，关于教育读书人、治理老百姓的方法，完全仿效公的做法。老百姓心悦诚服，王君就出一道命令说："愿意修建一座公的新祠堂的前来待命！"老百姓高兴地赶来参加这个工程。于是在潮州的南面离城七里选定了一块地方，立即动工，只花了一年时间新祠堂就落成了。

有人说："公离开京城上万里路，被降职到潮州来，不到一年就调任。公死后如果还有在天之灵，他对于潮州不会怀有深切的思念，这是很自然的。"我说："不对！公的精神留在天下，如同水在地下，没有什么地方不能到达。而且潮州人对公信仰特别深厚，想念恳切，怀着悲伤的心情去祭奠他，在香烟缭绕中好像看到他。譬如挖一眼井得到了水，却说水本来就在这里，这难道合乎情理吗？"元丰元年，皇帝下令封公为昌黎伯，所以祠堂的匾额上写着："昌黎伯韩文公之庙"。潮州人请我把这件事写下来刻在石碑上，我就作了一首诗拿来送给他们，叫他们歌唱它来祭奠公。那歌词说：

从前，公骑着龙在天上遨游，他的文章就像是双手拨开白云能呈现出银河和日月星辰的辉光；织女替公织了一件云锦的衣裳，公穿着它轻快地趁风来到天帝的旁边。天帝派公下凡，在混乱的人间扫除道德文章方面的歪风邪气；公在西边游览了咸池，巡视了扶桑；公的教化遍及草木，反射出像星辰般的光芒。公追随李白、杜甫与他们一起比翼飞翔；使皇甫湜和张籍汗流浃背地追赶，快要倒下了，公的道德光辉在天上炫耀夺目不能望到。公上疏斥责佛、讥刺君王，被降职到南海，中途观察了衡山、湘水，经过帝舜埋葬的九嶷山，凭吊了娥皇和女英。祝融替公在前边开路，海若躲藏起来了，管束蛟龙、鳄鱼，好像驱赶羊群一般。天上缺少人才，上帝感到悲伤，于是派遣巫阳唱着歌到下界来招公回来。用鸡卜选了个好日子，为公准备了牺牲、美酒等祭品，还有色彩鲜艳的果品，荔枝红红的，香蕉黄黄的。公不肯稍微停留，使我们泪下如雨；愿公轻快地到那太阳降落的地方。

◎ 乞校正陆贽奏议进御札子 ◎

陆贽是中唐德宗朝的名臣，以道德文章为时人及后世所重，其所著奏议更堪称历代名臣奏疏之典范，后人将其编为《陆宣公奏议》流传于世。宋哲宗元祐年间，苏轼同吕希哲、吴安诗等人共同校正了《陆宣公奏议》，把它呈献给哲宗时写了这篇札子。文中高度赞扬了陆贽的才学及品德，谓其"才本王佐，学为帝师。论深切于事情，言不离于道德。智如子房，而文则过；辩如贾谊，而术不疏。上以格君心之非，下以通天下之志"。希望哲宗皇帝能抽空反复熟读陆贽奏议，"发圣性之高明，成治功于岁月"。文章多用排句偶句，征引史实，有条不紊，比喻确切，对照鲜明。

【原文】

臣等猥以空疏，备员讲读。圣明天纵，学问日新。臣等才有限而道无穷，心欲言而口不逮，以此自愧，莫知所为。

窃谓人臣之纳忠，譬如医者之用药，药虽进于医手，方多传于古人，若已经效于世间，不必皆从于己出。

伏见唐宰相陆贽，才本王佐，学为帝师。论深切于事情，言不离于道德。智如子房，而文则过；辩如贾谊，而术不疏。上以格君心之非，下以通天下之志。但其不幸，仕不遇时。德宗以苛刻为能，而贽谏之以忠厚；德宗以猜忌为术，而贽劝之以推诚；德宗好用兵，而贽以消兵为先；德宗好聚财，而贽以散财为急。至于用人听言之法，治边御将之方，罪己以收人心，改过以应天道，去小人以除民患，惜名器以待有功，如此之流，未易悉数。可谓进苦口之药石，针害身之膏肓。使德宗尽用其言，则贞观可得而复。

臣每退自西阁，即私相告言，以陛下圣明，必喜贽议论。但使圣贤之相契，即如臣主之同时。昔冯唐论颇、牧之贤，则汉文为之太息；魏相条晁、董之对，则孝宣以致中兴。若陛下能自得师，则莫若近取诸贽。夫六经三史，诸子百家，非无可观，皆足为治。但圣言幽远，末学支离，譬如山海之崇深，难以一二而推择。如贽之论，开卷了然。聚古今之精英，实治乱之龟鉴。臣等欲取其奏议，稍加校正，缮写进呈。愿陛下置之坐隅，如见贽面；反复熟读，如与贽言，必能发圣性之高明，成治功于岁月。臣等不胜区区之意，取进止。

【译文】

臣等凭着空虚浅薄的才学，在翰林讲读人员中充个数目。皇上的聪明智慧是上天赋予的，学问天天更新。臣等才学有限，可是圣贤之道没有穷尽，心里想讲的，口头却不能表达清楚。因此自觉惭愧，不知道怎么办。

臣等私下认为臣子敬纳忠言，譬如医生使用药物。药物虽然从医生手里取得，药方却多数是由古人传下来的；假使已经在社会上经过实践确有疗效，就不一定都要从自己手里再创造出来。

臣等听说唐朝宰相陆贽，天生是辅佐帝王的良材，学识可以做帝王的师傅。他的议论很切合事理人情，语言从不离开圣贤的道德。智慧堪比张良，文才却胜过张良；辩才不逊于贾谊，辩术却并不粗疏。上可以纠正君王想法的错误，下可以开导天下百姓的思想。只是他很不幸，出来做官没有碰上适当的时候。唐德宗一味苛刻，陆贽却拿忠实仁厚来规劝他；德宗把猜疑妒忌当作待人的方法，陆贽却拿赤诚相见来规劝他；德宗喜欢出兵打仗，陆贽却认为消除战争是目前首先要做的事情；德宗喜欢搜刮钱财，陆贽却认为散发钱物给天下臣民是当前的急务。至于任用人才、倾听意见的方法，治理边地、驾驭将帅的策略，归罪自己来收拢人心，改正过错来顺应天象，罢斥奸臣来消除百姓的隐患，珍惜爵位和车服仪制来等待有功之臣这一类的合理建议，是不容易完全列举出来的。他的奏议可以说是进献了苦口的良药，针治了危害身体的重病。倘使德宗全部采纳了他的建议，那么"贞观之治"就有可能再次出现。

臣等每次从西阁下来，就私下相互谈论，认为皇上天赋聪明，一定喜欢陆贽的议论。只要皇上这样的圣主和陆贽那样的贤臣意见相合，那就如同圣主、贤臣处在同一个时代了。过去，冯唐评论了廉颇、李牧的贤能，汉文帝因为没有像他们那样的将领而长长地叹息；魏相分别陈述了晁错、董仲舒回答当时皇帝的言论，汉宣帝就用这些意见得以中兴。假如皇上能够自己找寻到师傅，那就不如近一点直接选取陆贽。从前的六部经书和三部史书，以及诸子百家的著作，并非没有可以效仿的，而且都足以用它来治理国家。不过圣人的言论精深奥妙，后人的注释却支离破碎，好比山、海的高大深广，很难凭一两个方面来选择那些有用的东西。但陆贽的议论，一打开书就清清楚楚的。它汇集了从古到今政见的精华，确实是国家治乱的很好借鉴。臣等想选取他的奏议，稍微加以校正，抄写一部献上。希望皇上把它放在座位的桌子旁边，如同亲见陆贽的面一样；反复熟读它，好像同陆贽谈话一般。这样，它一定能够启发皇上圣明的天资，在短时间内完成太平盛世的崇高事业。臣等说不尽微小的心意，请决定用或者不用！

◎ 方山子传 ◎

　　本文是宋神宗元丰初年作者被贬为黄州团练前往赴任，路过岐亭时，遇到老朋友陈季常后，为他作的传。方山子是陈季常的别号。文中记叙了陈季常年轻时的任侠行为和眼前怡然自得的隐居生活。文中穿插了十九年前陈季常于岐山下射猎一事，突出其勇武多智的品质，而今虽然已归隐山林，但"精悍之色，犹见于眉间"，可见其未能一展抱负，只是生不逢时而已。文末写陈季常不愿凭借祖宗的功勋而进入仕途，亦不恋其万贯家资而毅然归隐，赞扬了其特立独行的耿介性格。由于作者抓住了人物的性格特点来刻画，人物形象栩栩如生，呼之欲出。

【原文】

　　方山子，光、黄间隐人也。少时慕朱家、郭解为人，闾里之侠皆宗之。稍壮，折节读书，欲以此驰骋当世，然终不遇。晚乃遁于光、黄间，曰岐亭。庵居蔬食，不与世相闻；弃车马，毁冠服，徒步往来山中，人莫识也，见其所著帽，方耸而高，曰："此岂古方山冠之遗像乎？"因谓之方山子。

　　余谪居于黄，过岐亭，适见焉。曰："呜呼！此吾故人陈慥季常也。何为而在此？"方山子亦矍然，问余所以至此者。余告之故。俯而不答，仰而笑，呼余宿其家。环堵萧然，而妻子奴婢，皆有自得之意。

　　余既耸然异之，独念方山子少时，使酒好剑，用财如粪土。前十有九年，余在岐山，见方山子从两骑，挟二矢，游西山。鹊起于前，使骑逐而射之，不获；方山子怒马独出，一发得之。因与余马上论用兵及古今成败，自谓一时豪士。今几日耳，精悍之色，犹见于眉间，而岂山中之人哉？

　　然方山子世有勋阀，当得官，使从事于其间，今已显闻。而其家在洛阳，园宅壮丽，与公侯等。河北有田，岁得帛千匹，亦足以富乐。皆弃不取，独来穷山中，此岂无得而然哉？

　　余闻光、黄间多异人，往往佯狂垢污，不可得而见。方山子傥见之欤？

【译文】

　　方山子是在光州和黄州之间山里隐居的人。他年轻时向往并学习汉朝侠客朱家、郭解的为人，乡里讲侠义的人都以他为榜样而敬重他。年纪渐渐大了，就改变了从前的志向和行为，努力读书，想凭借这条道路在当代大干一场，可是始终碰不到机

高士图

会。到了晚年，就隐居在光州和黄州之间山里的一个名叫岐亭的小镇上，住草屋，吃蔬菜，不同社会接触；放弃原有的车和马不坐，毁坏原有的帽子和衣服不穿戴，平时总是步行往来于山里，没人认识他，看见他戴的帽子方型而且高高地耸起，猜测说："这莫非是古代方山冠的老式样吧！"因此都叫他方山子。

我降职外调到黄州，路过岐亭镇，刚巧碰见他，吃惊地说："哎呀！这是我的老友陈季常啊。为什么在这里？"方山子也吃惊地注视着我，问我为什么到这里来。我告诉他来这里的缘故。他低着头不回答，接着抬起头来大笑，招呼我住在他家里。他家里空空的只看到周围有四堵墙，可是他的妻、儿和奴婢都有自得其乐的神气。

我既肃然起敬又感到他非同常人，又想方山子年轻时纵酒任性，喜弄刀剑，用钱如同丢弃粪土那样。十九年前，我在岐山下看见方山子带领两个骑马的仆人，自己挂了两袋箭，到西山打猎游玩。一只喜鹊在前边惊飞起来，方山子叫骑马的仆人追赶射它，没有射中；方山子猛抽坐骑使马愤怒奔驰，独自追去，一箭就射中了那只喜鹊。于是，他就在马上跟我谈论用兵方法和古往今来用兵的成败之道，自以为是当代的豪杰。到今天已过去多少时间了，但精明强悍的神色，还在两条眉毛之间隐隐显露出来，难道他真的是在荒山里隐居的人吗？

方山子家里世代有功勋，应当得到庇荫做官，假使他能够从事政事，那么现在他一定是个有名望、有地位的人了。再说，他的家原在洛阳，花园住宅宏伟华丽，跟公侯的府第一样；在黄河北岸还有大片土地，每年可以收取成千匹丝织品，也足够他享受富裕快乐的生活。他都放弃不要，偏偏来这荒山里受苦。这难道不是因为他独有会心之处才会如此的吗？

我听说光州和黄州之间有很多奇怪的人，他们往往装疯，衣衫不整，不能够见到他们的真面目。方山子或者见过他们吧！

苏　辙

苏辙（1039～1112年），字子由、同叔，号颍滨遗老，宋眉州眉山（今属四川）人。嘉祐进士，授商州军事推官。神宗时因反对王安石变法之青苗法，出为陈州教授、齐州掌书记监、筠州盐酒税。哲宗立，召为右司谏，建议司马光缓行废除新法，累官至尚书右丞，进门下侍郎。绍圣初，出知汝州，谪徙雷州、循州、永州、岳州，后筑室许州。徽宗时，以提举宫观致仕。其文汪洋澹泊，与其父洵、其兄轼并称"三苏"，同为"唐宋八大家"之一。有《栾城集》《春秋集解》《诗集传》。

儒雅学士——苏辙

苏辙

苏辙小档案

姓名：姓苏，名辙，字子由。

生卒：1039—1112 年。

年代：北宋。

籍贯：眉州眉山（今四川省眉山市）人。

职业：文学家、政治家、诗人。

成就：唐宋八大家之一，三苏之一。

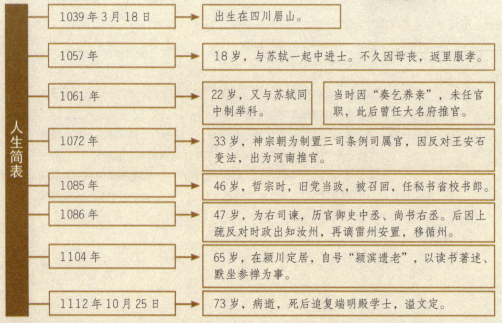

人生简表

1039 年 3 月 18 日	出生在四川眉山。
1057 年	18 岁，与苏轼一起中进士。不久因母丧，返里服孝。
1061 年	22 岁，又与苏轼同中制举科。｜当时因"奏乞养亲"，未任官职，此后曾任大名府推官。
1072 年	33 岁，神宗朝为制置三司条例司属官，因反对王安石变法，出为河南推官。
1085 年	46 岁，哲宗时，旧党当政，被召回，任秘书省校书郎。
1086 年	47 岁，为右司谏，历官御史中丞、尚书右丞。后因上疏反对时政出知汝州，再谪雷州安置，移循州。
1104 年	65 岁，在颍川定居，自号"颍滨遗老"，以读书著述、默坐参禅为事。
1112 年 10 月 25 日	73 岁，病逝，死后追复端明殿学士，谥文定。

文学成就

		作品
论文	感情平和，文笔挥洒，行文委婉，跌宕起伏。	《答张文潜书》
散文	赋物细致逼真，富于诗意。	《墨竹赋》
诗作	反映现实生活，抒写个人生活感受。	《秋稼》《南斋竹》《诗病五事》

三苏——苏洵、苏轼、苏辙

王辟之

"三苏"并称始见于宋王辟之《渑水燕谈录》。该书卷四"才识条"说："苏氏文章擅天下，目其文曰'三苏'，盖洵为老苏，轼为大苏，辙为小苏也。"

苏氏父子积极参加和推进了欧阳修倡导的古文运动，他们在散文创作上都取得了很高的成就，后来俱被列入"唐宋八大家"。

父亲苏洵

唐宋八大家之一
擅长于散文，尤其擅长政论，议论明畅，笔势雄健，代表作《六国论》。

唐宋八大家之一，宋代文学最高成就的代表
文、诗、词三方面都达到了极高的造诣，堪称宋代文学最高成就的代表。在苏轼笔下几乎没有不能入诗的题材。他对词体进行了全面的改革，提高了词的文学地位。他的散文代表了北宋文学鼎盛时期的成就。

一门父子三词客，千古文章八大家。
——清人张鹏翮

苏轼

唐宋八大家之一
生平学问深受其父兄影响，以儒学为主，最倾慕孟子而又遍观百家。他擅长政论和史论，在政论中纵谈天下大事，颇能一针见血。

苏辙

苏轼、苏辙兄弟名字由来

苏洵《名二子说》：
轮、辐、盖、轸，皆有职乎车，而轼独若无所为者。虽然，去轼，则吾未见其为完车也。轼乎，吾惧汝之不外饰也。天下之车莫不由辙，而言车之功者，辙不与焉。虽然，车仆马毙，而患亦不及辙，是辙者，善处乎祸福之间也。辙乎，吾知免矣。

★"轼"，车前横木，可供凭靠依附瞭望之用，论重要性，自然不比车轮、车辐、车篷、车轴，但缺少它，就不是一辆完整而方便好用的车子。以"轼"为名，就是希望儿子长大后不要成为只能作"外饰"好看的东西，要当个有用的人。

★"辙"，车轮子在地上碾过的痕迹，久之即成车道，"车辙"。论车之功劳，自然不会联系到辙，但切成为行车的指标依据，一旦离开了它也许就会发生车仆马毙的车祸，当然也就不会牵连到辙。以"辙"为名，就是希望儿子将来既能为国家建功立业，但又不会闯祸惹事。

◎ 六国论 ◎

本文是一篇读史评论，写六国之所以败亡的原因。文章从军事战略的高度剖析了东方六国斗不过西鄙之秦的关键在于没有很好地贯彻合纵抗秦的外交策略，尤其是齐、楚、燕、赵没有很好地团结韩、魏二国，致使二国归附强秦，秦军得以假其道东征南伐，各个击破。

【原文】

尝读六国世家，窃怪天下之诸侯，以五倍之地，十倍之众，发愤西向，以攻山西千里之秦，而不免于灭亡。常为之深思远虑，以为必有可以自安之计。盖未尝不咎其当时之士虑患之疏而见利之浅，且不知天下之势也。

夫秦之所与诸侯争天下者，不在齐、楚、燕、赵也，而在韩、魏之郊；诸侯之所与秦争天下者，不在齐、楚、燕、赵也，而在韩、魏之野。秦之有韩、魏，譬如人之有腹心之疾也。韩、魏塞秦之冲，而蔽山东之诸侯，故夫天下之所重者，莫如韩、魏也。

昔者范雎用于秦而收韩，商鞅用于秦而收魏。昭王未得韩、魏之心，而出兵以攻齐之刚、寿，而范雎以为忧，然则秦之所忌者可见矣。秦之用兵于燕、赵，秦之危事也。越韩过魏，而攻人之国都，燕、赵拒之于前，而韩、魏乘之于后，此危道也。而秦之攻燕、赵，未尝有韩、魏之忧，则韩、魏之附秦故也。夫韩、魏，诸侯之障，而使秦人得出入于其间，此岂知天下之势耶？委区区之韩、魏以当强虎狼之秦，彼安得不折而入于秦哉！韩、魏折而入于秦，然后秦人得通其兵于东诸侯，而使天下遍受其祸。

夫韩、魏不能独当秦，而天下之诸侯藉之以蔽其西，故莫如厚韩亲魏以摈秦。秦人不敢逾韩、魏以窥齐、楚、燕、赵之国，而齐、楚、燕、赵之国因得以自完于其间矣。以四无事之国，佐当寇之韩、魏，使韩、魏无东顾之忧，而为天下出身以当秦兵。以二国委秦，而四国休息于内，以阴助其急。若此，可以应夫无穷，彼秦者将何为哉？不知出此，而乃贪疆场尺寸之利，背盟败约，以自相屠灭。秦兵未出，而天下诸侯已自困矣。至于秦人得伺其隙以取其国，可不悲哉！

【译文】

我曾经研读过《史记》中的六国世家，奇怪这些诸侯国，凭着五倍于秦的土地，十倍于秦的军民，决心向西进兵，去攻打崤山以西方圆不过千里的秦国，却免不了被消灭。我时常为他们深入地思考，长远地谋划，认为他们必定有可以保全自己的办法。因而不得不责备当时的那些谋士考虑问题不周全，疏忽了潜伏着的祸患，目光短浅，只看到眼前的小利，并且不了解天下的大势。

当时秦国同六国争夺天下的要害地方，不是在齐、楚、燕、赵四国的广大地区，而是在韩、魏二国的郊野；六国同秦国争夺天下的关键地方，也不是在齐、楚、燕、赵四国的广大地区，而是在韩、魏二国的郊野。秦国一旦占有了韩、魏，对于其他四国来说，好比人有腹心的疾病一样。韩、魏二国挡住了秦国的要道，遮蔽着崤山以东的四国，所以那时天下的最重要的地方，没有哪里赶得上韩、魏二国了。

从前，范雎被秦国重用后就主张收服韩国，商鞅被秦国重用后又建议制伏魏国。秦昭王还没有得到韩、魏二国的真心降服，就出兵攻打齐国的刚、寿两处地方，范雎因此而担忧，那么，秦国最忌讳的地方就可以看出来了。秦国出兵到燕、赵二国去，是秦国冒险的事情。因为秦国越过韩、魏二国去攻打别人的国都，若燕、赵二国在前面抗拒它，韩、魏二国乘机在后面截击它，这在军事上是冒险的做法。然而秦国在攻打燕、赵二国的时候，不曾有韩、魏二国从后面袭击的忧患，那是因为韩、魏二国归附秦国的缘故。韩、魏二国是其他国家的屏障，却让秦国人能够在它们中间随便出入，这难道可以说那些谋士了解天下大势吗？抛弃小小的韩、魏二国，让它们独自去抵挡强暴得像虎狼那样的秦国，它们怎么能够不转身去投入秦国的怀抱呢？韩、魏二国转身去投入秦国怀抱，这样，秦国人就能够让他的部队通过两国到达崤山以东的各国，从而使普天之下遭受它的灾祸。

韩、魏二国是不能够独自抵挡秦国的，天下的诸侯却想依靠它们来挡住那来自西方的侵略，所以不如团结亲近韩国和魏国，使韩、魏断绝同秦国的关系，以抵抗秦国的侵略。这样，秦国人就不敢越过韩、魏二国来窥伺齐、楚、燕、赵这些国家，而齐、楚、燕、赵这些国家也就能够因此而得以保全自己了。以这四个没有战事的国家，去帮助面对敌人的韩、魏二国，使韩、魏二国没有来自东面的后顾之忧，他们就能够为天下挺身而出，去抵挡秦国的军队。以两个国家的兵力去对付秦国，四个国家休养生息，来暗中援助这两个国家以解除危急。假如这样，就可以长久地应付下去，那秦国还能有什么作为呢？六国不知道做出这样的决策，却贪图边境上的尺寸土地的利益，背弃誓言，撕毁协定，而且在自己营垒里互相屠杀、吞并。秦兵还没有出关，而天下各国却已经自己搞得疲惫不堪了，结果使得秦国人能够利用这个机会，去进攻、占领他们，这不正是六国的悲剧吗？

◎ 上枢密韩太尉书 ◎

　　本文是宋仁宗嘉祐二年（1057年）作者考中进士后即将回乡待选时写给韩太尉请求谒见的一封信。信中表达了自己对文章风格的看法，认为文章的风格取决于作家的精神修养、生活阅历，很切合作者当时的身份和口吻。随后写自己少时在家熟读诸子之书，继而离家"求天下奇闻壮观，以知天下之广大"，入京师后，遍交群贤以广见识，如今即将离京，深以未能聆听"才略冠天下"的韩太尉的教诲为憾事，表达了渴求一见的迫切心情。文章写得从容不迫，气概不凡，疏荡而又奇气，很能打动人心。

【原文】

　　太尉执事：辙生好为文，思之至深。以为文者气之所形，然文不可以学而能，气可以养而致。孟子曰："吾善养吾浩然之气。"今观其文章，宽厚宏博，充乎天地之间，称其气之小大。太史公行天下，周览四海名山大川，与燕、赵间豪俊交游，故其文疏荡，颇有奇气。此二子者，岂尝执笔学为如此之文哉？其气充乎其中而溢乎其貌，动乎其言而见乎其文，而不自知也。

　　辙生十有九年矣。其居家所与游者，不过其邻里乡党之人。所见不过数百里之间，无高山大野可登览以自广。百氏之书虽无所不读，然皆古人之陈迹，不足以激发其志气。恐遂汩没，故决然舍去，求天下奇闻壮观，以知天地之广大。过秦、汉之故都，恣观终南、嵩、华之高；北顾黄河之奔流，慨然想见古之豪杰。至京师，仰观天子宫阙之壮，与仓廪府库城池苑囿之富且大也，而后知天下之巨丽。见翰林欧阳公，听其议论之宏辩，观其容貌之秀伟，与其门人贤士大夫游，而后知天下之文章聚乎此也。太尉以才略冠天下，天下之所恃以无忧，四夷之所惮以不敢发，入则周公、召公，出则方叔、召虎，而辙也未之见焉。

　　且夫人之学也，不志其大，虽多而何为？辙之来也，于山见终南、嵩、华之高，于水见黄河之大且深，于人见欧阳公，而犹以为未见太尉也。故愿得观贤人之光耀，闻一言以自壮，然后可以尽天下之大观而无憾者矣。

　　辙年少，未能通习吏事。向之来，非有取于斗升之禄，偶然得之，非其所乐。然幸得赐归待选，使得优游数年之间，将以益治其文，且学为政。太尉苟以为可教而辱教之，又幸矣。

【译文】

太尉执事：我平生喜欢写文章，对于怎样写好文章这件事想得很深刻。我认为文章是一个人气质的负载，但是写好文章不是靠单纯学习就能够做到的，而气质却可以通过加强修养而得到。孟子曾经说过："我善于修养使我具有博大刚正的气质。"今天看他的文章，内容开阔，思想深厚、宏大、广博，充盈在天地之间，同他气质完全相称。司马迁游览天下，看遍整个中国的名山大川，同燕、赵之间的英雄豪杰们交友，所以他的文章流畅奔放，有一种很奇特的气概。这两个人难道曾经拿着笔学过这样的文章吗？那种正气充满了他们的胸膛，在他们的面貌上流露出来，在他们的语言中表达出来，在他们的文章中显露出来，但自己却不知道是怎样做出来的。

我出生已经十九年了，在家时所交往的人，不过是自己的邻居或者同乡的人；看到的也仅限于几百里路以内，没有什么高山旷野可以登临游览，来广大自己的心胸。诸子百家的著作虽然无所不读，然而都是古代人的思想和语言，不能够激发自己的豪情壮志。我害怕就此消沉，所以断然离开他们，访求天下奇闻美景，来了解天地之间的宽广浩大。经过秦汉两朝的故都，尽情游览高耸的终南山、嵩山和华山，向北眺望黄河，可以看到它奔腾的急流，感慨万千地想象着古时候的英雄豪杰。到了京城，抬头看到皇帝壮丽的宫殿，以及众多高大宏阔的粮仓、兵库、城池、花园，这才知道天下的广阔美丽。谒见了翰林学士欧阳公，听到他雄辩的议论，看到他清秀伟岸的长相，与跟他学习的那些贤明的士大夫交游，这才知道天下的好文章都汇集在这里。太尉凭着雄才大略，成为天下一流大臣，国家放心依靠而用不着担忧，四方夷人有所惧怕而不敢进犯。您在朝廷相当于周公、召公，带兵在外则相当于方叔、召虎，可是我却没有见到您。

再说，一个人学习，若不留意重要的地方，就是学得再多又有什么用呢？我来到这里很有收获：山，我看到了终南山、嵩山和华山的高峻；水，我见识了黄河的宽广和深邃；人，我看到了欧阳公，但还是以没有见到太尉而遗憾。所以，希望能够瞻仰您的光辉，听到您简短的教导来充实自己，这样，才能够真正看遍天下的雄伟人物，也就没有什么遗憾了。

我年纪轻轻，还没有熟习行政事务。先前来京应试的时候，不是为了获取些微的俸禄，偶然考中了并且做了官，也不是自己喜欢的。然而，幸亏得到朝廷恩赐，准我回乡等待选拔，使我能够有几年的空闲时间可用，因此打算趁此加紧自己文章的进修，并且学习治理政事。太尉如果认为我还可以教导而屈尊教我，那么这就是我的幸运了。

◎ 上两制诸公书 ◎

本文写于嘉祐年（1060 年）。两制，内制和外制的合称。唐宋时由中书舍人或知制诰所掌的皇帝的诰命称外制，由翰林学士所掌之诰命称内制。

此文看似在说圣道高深，其实纯粹是在叙说作者自己的治学。一般的读书人，开始时都必须博览群书，方可深思自得其终，然后能饱足。但作者此文，反从得效处，倒写到用工处。故前面说圣人之道，与人各足。然后引工匠等人以喻其理，引颜渊诸人以实其事，见得自己亦曾有得圣道一番过来。接着说到圣人之道，不明告天下，见得圣道虽予人以各足，然学者必须深求自得，以见自己亦曾深求一番过来。又说到圣人之微言，散坏于异说，见得学者欲深思求得，必先博综群言，以见自己亦尝博综一番过来。通篇文字，处处自叙为学甘苦，也表明自己非不学之士，以此进质群公，也算不卑不亢了。

全文如汹涌之涛，汪洋浩瀚之势不可当。作者的渊博学识与才情亦可见一斑。

【原文】

辙读书至于诸子百家纷纭同异之辩，后世工巧组绣钻研离析之学，盖尝喟然太息，以为圣人之道，譬如山海薮泽之奥，人之入于其中者，莫不皆得其所欲，充足饱满，各自以为有余，而无慕乎其外。

今夫班输、共工，旦而操斧斤以游其丛林，取其大者以为楹，小者以为桷，圆者以为轮，挺者以为轴，长者扰云霓，短者蔽牛马，大者拥丘陵，小者伏榛莽，芟夷蹶取，皆自以为尽山林之奇怪矣。而猎夫渔师，结网聚饵，左强弓，右毒矢，陆攻则毙象犀，水伐则执鲛鳝，熊罴虎豹之皮毛，鼋龟犀兕之骨革，上尽飞鸟，下及走兽昆虫之类，纷纷籍籍，折翅捩足，鳞鬣委顿，纵横满前，肉登鼎俎，膏润砧几，皮革齿骨，披裂四出，被于器用。求珠之工，隋侯夜光，间以额玭，磊落的皪，充满其家。求金之工，辉赫晃荡，铿锵交戛，遍为天下冠冕佩带饮食之饰。此数者皆自以为能尽山海之珍，然山海之藏，终满而莫见其尽。

昔者夫子及其生而从之游者，盖三千余人。是三千人者，莫不皆有得于其师，是以从之周旋奔走，逐于宋、鲁，饥饿于陈、蔡，困厄而莫有去之者，是诚有得乎尔也。盖颜渊见于夫子，出而告人曰："吾能知之。"子路、子贡、冉有出而告人亦曰："吾知之。"下而至于邦巽、孔忠、公西舆、公西箴，此数子者，门人之下第者也，窃窥于道德之光华，而有闻于议论之末，皆以自得于一世。其后田子方、段干木之徒，讲之不详，乃窃以为虚无淡泊之说。而吴起、禽滑厘之类，又以猖狂于战国。盖夫子之道，分散四布，

亚圣庙

后之人得其遗波余泽者至于如此。而杨朱、墨翟、庄周、邹衍、田骈、慎到、韩非、申不害之徒，又不见夫子之大道，皇皇惑乱，譬如陷于大泽之陂，荆榛棘茨，蹊隧灭绝，求以自致于通衢而不可得，乃妄冒蒺藜，蹈崖谷，崎岖缭绕，而不能自止。何者？彼亦自以为己之得之也。

　　辙尝怪古之圣人，既已知之矣，而不遂以明告天下而著之六经。六经之说皆微见其端，而非所以破天下之疑惑，使之一见而寤者，是以世之君子纷纷至此而不可执也。今夫《易》者，圣人之所以尽天下刚柔喜怒之情、勇敢畏惧之性，而寓之八物。因八物之相遇，吉凶得失之际，以教天下之趋利避害，盖亦如是而已。而世之说者，王氏、韩氏至以老子之虚无，京房、焦贡至以阴阳灾异之数。言《诗》者不言咏歌勤苦酒食燕乐之际，极欢极戚而不违于道，而言五际子午卯酉之事。言《书》者不言其君臣之欢，吁俞嗟叹，有以深感天下，而论其《费誓》《秦誓》之不当作也。夫孔子岂不知后世之至此极欤？其意以为后之学者，无所据依感发以自尽其才，是以设为六经而使之求之。盖又欲其深思而得之也，是以不为明著其说，使天下各以其所长而求之。故曰："仁者见之谓之仁，智者见之谓之智。"而子贡亦曰："在人，贤者识其大者，不贤者识其小者。"夫使仁者效其仁，智者效其智，大者推明其大，而不遗其小，小者乐致其小，以自附于大，各因其才而尽其力，以求其至微至密之地，则天下将有终身于其说而无倦者矣。至于后世不明其意，患乎异说之多而学者之难明也，于是举圣人之微言而折之以一人之私意，而传疏之学横放于天下，由是学者愈怠，而圣人之说益以不明。今夫使天下之人因说者之异同，得以纵观博览，而辩其是非，论其可否，推其精粗，而后至于微密之际，则讲之当益深，守之当益固。《孟子》曰："君子深造之以道，欲其自得之也。自得之，则居之安。居之安，则

资之深。资之深，则取之左右逢其原。故君子欲其自得之也。"

昔者辙之始学也，得一书，伏而读之，不求其传，而惟其书之知，求之而莫得，则反复而思之，至于终日而莫见，而后退而求其传。何者？惧其入于心之易，而守之不坚也。及既长，乃观百家之书，纵横颠倒，可喜可愕，无所不读，泛然无所适从。盖晚而读《孟子》，而后遍观乎百家而不乱也。而世之言者曰：学者不可以读天下之杂说，不幸而见之，则小道异术将乘间而入于其中。虽扬雄尚然，曰："吾不观非圣之书。"以为世之贤人所以自养其心者，如人之弱子幼弟不当出而置之于纷华杂扰之地，此何其不思之甚也！古之所谓知道者，邪词入之而不能荡，诐词犯之而不能诈，爵禄不能使之骄，贫贱不能使之辱。如使深居自闭于闺闼之中，兀然颓然而曰"知道知道"云者，此乃所谓腐儒者也。

古者伯夷隘，柳下惠不恭，隘与不恭，是君子之所不为也。而孔子曰：伯夷、叔齐"不降其志，不辱其身"；"柳下惠、少连降志而辱身，言中伦，行中虑"；"虞仲、夷逸隐居放言，身中清，废中权。而我则异于是，无可无不可"。夫伯夷、柳下惠，是君子之所不为，而不弃于孔子，此孟子所谓孔子集大成者也。至于孟子，恶乡原之败俗，而知於陵仲子之不可常也。美禹、稷之汲汲于天下，而知颜氏之自乐之非固也；知天下之诸侯其所取之为盗，而知王者之不必尽诛也，知贤者之不可召，而知召之役之为义也。故士之言学者皆曰孔孟。何者？以其知道而已。

今辙山林之匹夫，其才术技艺无以大过于中人，而何敢自附于孟子？然其所以泛观天下之异说，三代以来，兴亡治乱之际，而皎然其有以折之者，盖其学出于《孟子》而不可诬也。今年春，天子将求直言之士，而辙适来调官京师，舍人杨公不知其不肖，取其鄙野之文五十篇而荐之，俾与明诏之末。伏惟执事方今之伟人，而朝之名卿也，其德业之所服，声华之所耀，孰不欲一见以效薄技于左右？夫其五十篇之文，从中而下，则执事亦既见之矣。是以不敢复以为献，姑述其所以为学之道，而执事试观焉。

【译文】

苏辙我每每阅读到诸子百家不同学说之间纷繁杂乱的辩难争论以及后代那些精心编织、条分缕析、近乎钻牛角尖的所谓学问，曾经感慨嗟叹，觉得圣人之道就像山海湖泽那样深不可测，人们凡是进入其中的，都能够有所收获，并且每个人都会感到收获巨大，充足有余，再也不羡慕别的什么了。

假如现在有公输班和共工二人，他们早晨起来，手拿刀斧走入森林之中，砍取大树用做厅堂前的柱子，砍伐小树用做橡子，圆形的用做车轮，挺直的用做车轴。树林里的树木，高的耸入云端，矮的也能遮蔽住牛马，树冠大的就像山丘，小的则匍匐在地，就像荆棘草木。他们斧劈刀砍，脚推手拿，都自以为把山林里珍稀罕见的东西全得到了。而那些猎户们则是左手持着强弓，右手拿着毒箭；渔夫们结网备饵。前者在陆地上进攻，则把大象、犀牛击毙；后者在江河中征伐，则把鲨鱼、黄鳝收入网底。于是，熊黑虎豹的华丽皮毛，鼋龟犀兕的珍奇骨革，上至天上飞鸟，下至地面走兽，不是折翅就是断腿，鱼类的鳞片和动物的鬣毛散落得满眼皆是。它们的肉或是被摆在俎案上，或是被放到鼎里煮，油脂把切肉的砧板都浸透了。至于它们的皮革、牙齿与骨头，则被分劈开来，制成各种供人使用的器具。那些采集珍珠的工人，则获得隋侯、夜光以及其他各种明亮的珍珠，家里堆得满满的。那些寻求金银的人，则把得到的金银经过铿锵作响的加工锻敲，全部制成服装和餐具的光彩显耀、光芒四射的装饰品。这些人，他们自己都以为全部占有了山海的珍宝。然而，山海所蕴含隐藏的奇珍异宝却始终都是满满的，没人能看到它有穷尽的时候。

赶上孔夫子活着并随之游学的人，大略有三千人。这三千人，都从他们的老师那里学有所获。所以，他们跟随孔子到处奔波周旋，在宋、鲁两国曾被驱逐，在陈、蔡两国曾粮草断绝，忍受饥饿，处境非常困难也没有人离开他，这说明这些人确实是从他那里有所收获的。颜渊拜见过孔子，出来后对人说："我能领会他的学说。"子路、子贡和冉有，出来后也对人说："我们理解他的学说。"学生中往下数到邦巽、孔忠、公西舆、公西葳，这几位都是孔子门人中最下等的，他们不如子路、颜渊幸运，只能在远处瞻望一下孔夫子那德高望重的风采，坐在远处听一听人家的议论，但即使只能这样聆听孔子教诲，他们也觉得一生都有收获。这之后，田子方、段干木一班人，探究不清，未得要领，于是就私下倡导起虚无淡泊的学说；而吴起、禽滑厘一伙人，又以他们自己的所得在战国时代猖狂妄行。总之，孔子的学说分布到四面八方，后来的人多少受点影响的，就也能达到这种境地。而杨朱、墨翟、庄周、邹衍、田骈、慎到、韩非、申不害这些人，则没有与孔夫子博大的学说接触过，惊恐惑乱，就好像被困在大沼泽的岸边，荆棘遍地，无路可寻，想使自己走上四通八达的大道，却无论如何也做不到，于是就胡乱地蹂踩荆棘灌木，踩踏峡谷，在回旋颠簸的山谷里冲横不停。为什么呢？因为他们也都自以为获得了真理。

苏辙我曾经觉得迷惑不解，古代的圣人既然一切都清楚了，却怎么不明白地告诉普天下的人，清清楚楚地在《诗》《书》《礼》《易》《乐》《春秋》六部经典里写出来？六部经典里的学说都只是稍微显露了一点端倪，而不解释破除天下人们的困惑与疑问，让人一看就彻底醒悟，所以弄得世上有德有才的人们众说纷纭到了这种程度而不能控制。实际上，《易经》是圣人把世人凡夫俗子所具有的刚柔喜怒的感情和勇敢畏惧的本性，寄托在八种图形里，靠着八种图形的不同变化，预示出某种吉凶得失，并且以此来教育引导人们懂得趋利避灾，不过如此而已。而世上解释《易经》的人们，王弼、韩康伯却用老子的虚无学说来阐述，而京房、焦贡一些人则更以阴阳灾变的术数来加以牵强附会。讲《诗》的人，不谈其中写到劳动的艰苦辛劳或宴饮的愉快享乐，即使是欢乐到极点或者悲伤到极点的时候也不违背正道，却大谈什么阴阳五行一套学说。解释《尚书》的人，不谈书里表现出来的君臣关系融洽，足够打动天下的人，却只知道指责《费誓》《秦誓》两篇不应该写。孔子难道不知道后世的人们会走到这种极端吗？他的意思不过是，恐怕后来的学者缺乏凭借感发，以便发挥出自己的才能来，所以才写作六经，让人们从中探求；而又想使他们先自己思索一番而后有所得，所以不把话说得明白透彻，希望天下的人各凭自己的特长去探求。因此，孔子说："有仁德的人见到它就认为是'仁'，有智慧的人见到它就认为是'智'。"而子贡也说："对人们来说，贤能的人可以懂得把握它大的方面，不贤能的人可以明白它小的方面。"假使有仁德的人发挥其"仁"的天性，有智慧的人发挥其"智"的本领，能究明大的方面而又不忽略小的方面，只能理解小的也乐于获得小的方面而又自觉地依附于大的方面，天下每一个人都凭借自己的才能而使尽全力，以探求经典中最细微隐妙的真谛，那么，天下的人们就会终身孜孜求学而没有倦怠的了。可是，到了后世，一些人不懂得贤圣的人的意思，他们担心不同学说太多，求学的人难以明白圣人真正想告诉世人的意思，于是就把圣人那些隐微的话按照自己的意见加以解释。这样一来，传、疏一类学问就遍布于天下，而求学的人们就更加懒惰，圣人的学说因此也就越发晦涩让人不懂了。如果让天下的人在众说纷纭当中广泛地阅览，自己去辨别谁是谁非，讨论谁可谁不可，判断谁精深谁粗浅，而后逐步达到经典中的细微隐秘之处，这样，探求得才能更深，坚持得也就会牢固。《孟子》说："有德才的人深刻领会一种思想体系，是想通过自己钻研来获得。自己探索才会安稳地将探求来的据为己有，如此才会积累得深厚，积累深厚才会广采博取，左右逢源。所以，有德有才的人总是希望通过自己的努力钻研探索来获得。"

以前，苏辙我开始学习的时候，得到一本经典著作就伏在书桌上阅读，并不去寻找经文的注解，而只阅读经文本身。自己探求没有收获，就反复思考，直到思考一整天也没什么想法见解，这才退一步找来注解经文的书看。为什么呢？我是害怕如果很轻易地就理解了，那么，以后，就会记得不牢固。等到年龄大了，才阅读各家各派的著作，众说纷纭，莫衷一是，使我既高兴又惊愕，于是就阅览群书，结果却使自己飘飘忽忽，无所适从了。后来阅读了《孟子》一书，再回过头来阅读各家各派的书籍，心中就有了一定之规，再也不被迷乱了。可是，世上一些人却说，钻研学问的人不能阅读儒家经典以外的学说，如果万一不幸见到了，那么，旁门左道、异端邪说就会钻入大脑。即使是像扬雄这样的人也是如此，说什么"我不读不合圣人之道的书"。他们认为，世上贤能的人用来修身养性的方法，就像人们家里弱小的子弟，不能抱出门放在人事纷繁、扰攘杂乱的地方。这种论调，实在是欠考虑！古代的所谓洞察事物规律的人，与邪僻不正的话接触了也不会动摇，面对偏颇怪异的言论也不会受到欺骗，功名利禄不能使他们变得骄横傲慢，贫困低贱也不能使他们自感屈辱。如果深居内室，不与外界往来，整天都是一副浑然无知、萎靡不振的样子，而嘴里却念念有词，夸耀自己"洞察真理，洞察真理"，这只不过是人们所说的迂腐的读书人罢了。

古代的伯夷狭隘偏执，柳下惠对人不恭敬。有德才的人都不会狭隘偏执与对人不恭敬，但孔子却说：伯夷、叔齐"不降低他们的志向，不辱没他们的身躯"；"柳下惠、少连降低志向而辱没自身，但言论合乎伦理，行为经过考虑"；"虞仲、夷逸隐居山林，放肆直言，乱尘俗世之中不以身出仕，合乎纯洁的原则；自我废弃以避祸患，可以算是善变。而我却同他们的行为不一样，既无所谓行，也无所谓不行，怎么都可以"。伯夷、柳下惠的行为，一般有德有才的人都不干，但孔子并不会完全否定这种做法，这正是孟子所说的孔子是一位集大成的人。至于孟子，厌恶乡原那种虚伪的言行会败坏风俗，因而清楚於陵仲子那种自洁行为不可能持久；赞美大禹、后稷真诚恳切地为天下的人们奔忙，因而知道颜回自得其乐的做法不会固定不变；知道天下的王公官僚所索取的都是不义之财，因而推知即使有王者出来，也不会例外，未必全要屠杀；明白贤能的人是不应该受人召的，但却认为应召去服徭役是符合准则的。所以，追求学问的人谈起学习的榜样来，无不以孔孟为榜样。为什么呢？因为他们真正掌握了规律性的知识罢了。

苏辙我是草野中的一个极普通的人，才艺也没有什么可以大大超过常人的地方，哪里敢自我比附于孟子呢？不过，我博览天下各种不同的学说，分析三代以来历朝兴亡治乱的原因，对它们能够有一种清清楚楚的判断，原因就在于我的学问源于《孟子》，这是不欺骗人的。今年春天，皇上要寻求敢于直言的人士，苏辙我正好调官来到京师，中书舍人杨公不了解我不贤能，拿了我五十篇浅薄粗陋的文章向皇上推荐，使我得以最末一位的资格参与制科考试。您是当今的伟人，朝廷的功臣，道德业绩覆盖四方，声气风采照耀天下，谁不想见一见您，以便向您奉献浅薄的技艺呢？我的那五十篇文章，朝廷会下发，料想您已经见到了，所以不敢再呈上献给您看。如今姑且讲述一下我的治学态度与方法，希望您尝试着看一看。

◎ 上昭文富丞相书 ◎

此文写于嘉祐六年（1061年）。昭文富丞相，宋承唐制，以上相为昭文馆大学士、监修国史。富丞相即富弼，于至和三年（1056年），召拜同中书门下平章事、集贤殿大学士，与文彦博共执相柄。

【原文】

辙，西蜀之人，行年二十有二，幸得天子一命之爵，饥寒穷困之忧不至于心，其身又无力役劳苦之患，其所任职不过簿书米盐之间，而且未获从事以得自尽。方其闲居，不胜思虑之多，不忍自弃，以为天子宽惠与天下无所忌讳，而辙不于其强壮闲暇之时早有所发明，以自致其志，而复何事？恭惟天子设制策之科，将以待天下豪俊魁垒之人。是以辙不自量，而自与于此。

盖天下之事，上自三王以来以至于今世，其所论述亦已略备矣，而犹有所不释于心。夫古之帝王，岂必多才而自为之？为之有要，而居之有道。是故以汉高皇帝之恢廓慢易，而足以吞项氏之强；汉文皇帝之宽厚长者，而足以服天下之奸诈。何者？任人而人为之用也，是以不劳而功成。至于武帝，材力有余，聪明睿智过于高、文，然而施之天下，时有所折而不遂。何者？不委之人而自为用也。由此观之，则夫天子之责亦在任人而已。窃惟当今天下之人，其所谓有才而可大用者，非明公而谁？推之公卿之间而最为有功；列之士民之上而最为有德；播之夷狄之域而最为有勇。是三者亦非明公而谁？而明公实为宰相，则夫吾君之所以为君之事，盖已毕矣。

古之圣人，高拱无为，而望夫百世之后，以为明主贤君者，盖亦如是而可也。然而天下之未治，则果谁耶？下而求之郡县之吏，则曰："非我能。"上而求之朝廷百官，则曰："非我责。"明公之立于此也，其又将何辞？嗟夫，盖亦尝有以秦越人之事说明公者欤？昔者秦越人以医闻天下，天下之人皆以越人为命。越人不在，则有病而死者，莫不自以为吾病之非真病，而死之非真死也。他日，有病者焉，遇越人而属之曰："吾捐身以予子，子自为子之才治之，而无为我治之也。"越人曰："嗟夫，难哉！夫子之病，虽不至于死，而难以愈。急治之，则伤子之四肢；而缓治之，则劳苦而不肯去。吾非不能去也，而畏是二者。

夫伤子之四肢，而后可以除子之病，则天下以我
为不工；而病之不去，则天下以我为非医。此二
者，所以交战于吾心而不释也。"既而见其人，其
人曰："夫子则知医之医，而未知非医之医欤？今
夫非医之医者，有所冒行而不顾，是以能应变于无
穷。今子守法密微而用意于万全者，则是子犹知医
之医而已。"天下之事，急之则丧，缓之则得，而
过缓则无及。孔子曰："道之难行也，我知之矣。
知者过之，不肖者不及也。"夫天下患于不知，而
又有知而过之者，则是道之果难行也。

昔者，世之贤人，患夫世之爱其爵禄，而不忍
以其身尝试于艰难也。故其上之人，奋不顾身以搏
天下之公利而忘其私。在下者亦不敢自爱，叫号纷
呶，以攻讦其上之短。是二者可谓贤于天下之士
矣，而犹未免为不知。何者？不知自安其身之为安
天下之人，自重其发之为重君子之势，而轻用之于
寻常之事，则是犹匹夫之亮耳。

伏自明公执政，于今五年，天下不闻慷慨激烈
之名，而日闻敦厚之声。意者明公其知之矣，而犹
有越人之病也。辙读《三国志》，尝见曹公与袁绍
相持久而不决，以问贾诩，诩曰："公明胜绍，勇
胜绍，用人胜绍，决机胜绍。绍兵百倍于公，公画
地而与之相守，半年而绍不得战，则公之胜形已可
见矣。而久不决，意者顾万全之过耳。"夫事有不
同，而其意相似。今天下之所以仰首而望明公者，岂亦此之故欤？明公其略思
其说，当有以解天下之望者。不宣。辙再拜。

文潞公园图
文彦博，别称文潞公。

【译文】

苏辙我是西南蜀中人，现已二十二岁，侥幸考中进士，皇帝赐予我一个官职。
从此，不再因为饥寒穷困而心生忧愁，身体也免除了干活劳累的忧患，职责又不过
是管管账簿米盐一类小事，再说目前还没有正式上任。当此闲居之时，我虽然还没
有为国家干什么事，但却已思考了许多问题，并没有放纵自己懒散地混日子。我觉
得，如今皇帝对百姓宽厚恩惠，政治气候宽松，没有什么忌讳。在国有明君、国家

安宁的大好形势之下，苏辙我如果不趁体力充沛、时间充裕的时候有所作为和成就，以便将来实现自己的抱负，还能做什么呢？正好皇帝开设了"制科"的考试科目，用来挑选全国最有才学的人，所以苏辙我便不自量力，准备参与这一考试。

关于治理国家的有关事项，从远古的三王直到现在，议论已经是多种多样了，该讲的基本上都已经讲到了。不过，在我的心里，依然存在着一些疑虑。那些王朝历代以来的统治者们，难道一定是凭借自己的突出才能，自己去开创事业的吗？其实并非如此，他们不过是能够抓住时机把握规律而已。正因为如此，汉高祖宽宏简慢，却能使项羽溃败；汉文帝一派宽厚长者的姿态，却使天下的奸诈之人折服。为什么呢？原因就在于他们能够慧眼识才、任贤纳士，而这些人又乐于为他们效劳，所以他们用不着自己费力，便可征服天下，实现抱负。到了汉武帝，自己的才力出众，聪明智慧也超过了汉高祖和汉文帝，但他在治理国家上，却经常遭受到失败，不能随心所愿。这又是为什么呢？原因就在于他不把治国大事委托给别人而一味地自己去干。由此看来，皇帝的职责，也就在于纳用有才德的人为他做事罢了。我暗自思忖，如今天下的人民之中，能称得上英才豪杰而又值得朝廷重用的，除了贤明的您以外，还有谁呢？在朝廷的王公官僚之中最有功劳，在士人百姓当中最有威信，在周边少数民族区域中最受敬畏，能身兼这三方面功德威望的人，除了贤明的您以外，还有谁呢？而贤明的您正是我们的宰相。这说明，我们的皇帝完成了身为皇帝的那些应尽的职责啊！

古代那些庸碌无所作为、希望百世以后能被视为贤明君主的杰出的帝王，也不过做到这样便可以了。然而，国家仍未被治理得好，这责任到底在谁呢？如果把责任归咎到下边州县的官吏身上，他们会争辩说："这不是我们能做到的。"如果把责任推给上边朝廷里的官员们，他们又会反驳说："这不是我们的责任。"那么，在这种情况下，贤明的您作为宰相，又如何解释这个呢？啊！曾经有人对您讲过秦越人的故事吗？从前，秦越人以医术闻名于天下，天下的人都把秦越人当作自己的生命。当秦越人不在的时候，因为生病而死去的人，都认为自己的病不是真病，死也不是真死。直到这么一天，有一位病人遇到秦越人，告诉他

秦越人像

说："我把我的身体捐献给您，您只管为了您的才能去治疗，而不要为了医治好我的病而治疗。"秦越人说："啊！这可太难了。您的病虽然还不至于有生命危险，但要治好也不容易。如果抓紧时间治疗，病可以治好，然而会让您四肢伤残；要是慢慢地来治疗，那您受苦不说，病还除不了。我不是不能给您彻底治好，而是有这两点的顾忌。因为，如果让您的四肢伤残而治好您的病，天下的人就会以为我的医术不高明；若慢慢地治疗，病治不好，不具有当一个医生的资格。这两点正是我心里反反复复思考而不能解除的顾忌。"后来秦越人又见到那个人，那人说："您只是一位医术高明的医生，恐怕还不知道有不是医生的医生吧？所谓不是医生的医生，根本不加考虑就干起来，没有任何顾忌，所以能够做到随机应变。如今，您谨慎地抱着严密细微的法度，又想做到完全成功，所以您还只能算是一位仅通医术的医生罢了。"天下的事情，办得匆忙了可能会做错，办慢了可能对，而办得太慢了又可能办不成。孔子说："制度法规难以贯彻，我是知道的。因为，圣贤有才能的人往往会思虑过多，而愚蠢鲁钝的人又无法明白领会这些思想。"天下怕的是人们什么也不懂，但却偏偏又有过于谨小慎微的人。如此看来，制度法规确实是难以贯彻的了。

从前，世上贤明的人，担心世人爱惜爵位、功名利禄而不愿意舍身冒险，所以，为了做出表率，身处高位的就奋不顾身地去为天下的公理斗争，而不为自身后果有所顾虑；地位低下的也不敢爱惜自己，总是大声疾呼，呵斥职位在上的人的失误过错。这两种人可以说比天下的一般人要强得多了，但还不免列入不明智的一类。为什么呢？因为他们不懂得不轻易舍身正是为了保护天下百姓的安定，不懂得不随便地指责什么正是为了加重有道德、有知识的人的分量；而轻率地为一些琐碎之事轻易地舍身或随便地指责，这只不过是匹夫的忠诚正直罢了。

我想，自从贤明的您执掌国家大政以来，至今已有五年，天下不再有以慷慨激烈来争名的人，而每天听到的都是一片敦实温厚的声音，可见贤明的您是属于明智的人了。但我以为您也有和秦越人一样的缺点和不足。苏辙我曾经阅读《三国志》，看到曹操与袁绍两军相持，长久不能取胜，曹操不明白缘由便请教贾诩，贾诩说："无论从哪方面比，您的才能都超过袁绍：勇武超过袁绍，善于用人超过袁绍，当机决断的能力也超过袁绍。袁绍的军队实力比您的强一百倍，您画出地域与他相持，经过了半年时间，袁绍也不敢与您交战。这说明，您获胜的形势早已经明显可见了。之所以久久不能决出胜负，我猜想，您是过分谨慎，担心万一考虑不全面，会败于袁绍吧？"具体事情虽然不同，但道理却有相似之处。如今天下的人都仰起头来盼望贤明的您了，大概也正是这个缘故吧！希望贤明的您能思考一下我提出的意见和想法。我相信，只要这样做，天下人所企盼您的事您就必定能够完成。不再一一细说。苏辙再拜。

◎ 新 论 ◎

苏辙有三篇新论，写于宋仁宗嘉祐七年（1062年）。文章主要对北宋社会的突出问题提出新的看法，故曰"新论"。

在此文中，作者通过士大夫对待国家形势的不同而引出自己对当前国家形势的论述，即"今世之弊，患在欲治天下而不立为治之地"。作者旁征博引，举了大量事例论述古代治理国家的人因才能各异，所以成就的事业各不相同，但他们能够有所建树，都是因为首先确立了治国的基础，即"未尝不先为其地也"。文章重点引用了齐桓公任用管仲从而使齐国国力强盛壮大最终成为霸主，晋文公治理晋国成为继齐桓公之后的第二个霸主的事例，最后再次有力地提出自己的观点：莫若先立其地，其地立，而天下定矣。

整篇文章写得气概非凡，作者的才华横溢在他气势磅礴、一吐为快的笔势中。同时，字里行间流露出作者忧国忧民的悲悯情怀。

【原文】

古之君子，因天下之治，以安其成功；因天下之乱，以济其所不足。不诬治以为乱，不援乱以为治。援乱以为治，是愚其君也；诬治以为乱，是胁其君也。愚君胁君，是君子之所不忍而世俗之所侥幸也。故莫若言天下之诚势，试请言当今之势。

当今天下之事，治而不至于安，乱而不至于危，纪纲粗立而不举，无急变而有缓病，此天下之所共知，而不可欺者也。然而世之言事者，为大则曰无乱，为异则曰有变。以为无乱，则可以无所复为，以为有变，则其势常至于更制，是二者皆非今世之忠言至计也。

今世之弊，患在欲治天下而不立为治之地。夫有意于为治而无其地，譬犹欲耕而无其田，欲贾而无其财，虽有钼耰车马、精心强力，而无所施之。故古之圣人将治天下，常先为其所无有而补其所不足，使天下凡可以无患而后徜徉翱翔，惟其所欲为而无所不可，此所谓为治之地也。为治之地既立，然后从其所有而施之。植之以禾而生禾，播之以菽而生菽，艺之以松柏梧槚，丛莽朴樕，无不盛茂而如意。是故施之以仁义，动之以礼乐，安而受之而为王；齐之以刑法，作之以信义，安而受之而为霸；督之以勤俭，厉之以勇力，安而受之而为强国。其下有其地而无以施之，而犹得以安存。最下者，抱其所有伥伥然无地而施之，抚左而右动，镇前而后起，不得以安全而救患之不给。故夫王霸之略，富强之利，是为治之具而非为治之地也。有其地而无其具，其弊不过于无功。有其具而无其地，吾不知其所以用之。

昔之君子，惟其才之不同，故其成功不齐。然其能有立于世，未始不先为其地也。古者伏羲、神农、黄帝既有天下，则建其父子，立其君臣，正其夫妇，联其兄弟，殖之五种，服牛乘马，作为宫室、衣服、器械，以利天下。天下之人，生有以养，死有以葬，欢乐有以相爱，哀戚有以相吊，而后伏羲、神农、黄帝之道得行于其间。凡今世之所谓长幼之节、生养之道者，是上古为治之地也。至于尧舜三代之君，皆因其所阙而时补之。故尧命羲和历日月以授民时，舜命禹平水土以定民居，命益驱鸟兽以安民生，命弃播百谷以济民饥。三代之间，治其井田沟洫步亩之法、比闾族党州乡之制。夫家卒乘车马之数，冠婚丧祭之节，岁时交会之礼，养生除害之术，所以利安其人者，凡皆已定而后施其圣人之德。是故施之而无所龃龉。举今《周官》三百六十人之所治者，皆其所以为治之地，而圣人之德不与也。故周之衰也，其《诗》曰："虽无老成人，尚有典刑。"由此言之，幽、厉之际天下乱矣，而文、武之法犹在也。文、武之法犹在，而天下不免于乱，则幽、厉之所以施之者不仁也。施之者不仁而遗法尚在，故天下虽乱而不至于遂亡。及其甚也，法度大坏，欲为治者，无容足之地，泛泛乎如乘舟无楫而浮乎江湖，幸而无振风之忧，则悠然惟水之所漂，东西南北，非吾心也，不幸而遇风则覆没而不能止。故三季之极，乘之以暴君，加之以虐政，则天下涂地而莫之救。然世之贤人，起于乱亡之中，将以治其国家，亦必于此焉先之。齐桓用管仲，辨四民之业，连五家之兵，卒伍整于里，军旅整于郊。相地而衰征，山林川泽各致其时，陵阜陆墐各均其宜。邑乡县属各立其正，举齐国之地，如画一之可数。于是北伐山戎，南伐楚，九合诸侯，存邢卫，定鲁之社稷，西尊周室，施义于天下，天下称伯。晋文反国，属其百官，

晋文公复国图卷

赋职任功，轻关易道，通商宽农，懋穑劝分，省财足用，利器明德，举善援能，政平民阜，财用不匮，然后入定襄王，救宋卫，大败荆人于城濮，追齐桓之烈，天下称之曰二伯。其后子产用之于郑，大夫种用之于越，商鞅用之于秦，诸葛孔明用之于蜀，王猛用之于苻坚，而其国皆以富强。是数人者，虽其所施之不同，而其所以为地者一也。夫惟其所以为地者一，故其国皆以安存。惟其所施之不同，故王霸之不齐，长短之不一。是二者不可不察也。

当今之世，无惑乎天下之不跻于大治而亦不陷于大乱也，祖宗之法具存而不举，百姓之患略备而未极，贤人君子不知尤其地之不立，而罪其所施之不当。种之不生，而不知其无容种之地也，是亦大惑而已矣。且夫其不跻于大治与不陷于大乱，是在治乱之间也，徘徊彷徨于治乱之间而不能自立，虽授之以贤才，无所为用，不幸而加之以不肖，天下遂败而不可治。故曰：莫若先立其地，其地立，而天下定矣。

【译文】

古代品性正直的士大夫，既顺应国家的政治稳定而安享它的成就，也根据国家动荡混乱的局势，采取补救措施。既不把"治"诬蔑为"乱"，也不把"乱"附会为"治"。把"乱"附会为"治"，这是在欺骗皇帝；把"治"诬蔑成"乱"，这是在要挟皇帝。欺骗皇帝和要挟皇帝，这是正直的人所不忍干的事情，而世俗小人却常常通过这种方式来实现其卑鄙的企图。所以，最好不过的是讲出国家现在真正的局面和形势。请允许我讲当今的国家大势。

现在的国家情形，说是治平吧，却没有达到安稳的程度；说是混乱吧，还不至于立即就有危险。各种法制都已粗略地建立起来，却未能遵守执行；国家不会很快就有什么急剧的变故，但却逐渐出现各种隐患。这些是天下人都知道的，谁都明白，无法欺骗。但是，国家的那些负有言责的士大夫们，有的好大喜功，粉饰太平，就说"没有乱子"；有的追求标新立异，就说"有变故"。以为"没有乱子"，那就意味着无事可做；而以为"有变故"，那趋势就往往意味着要更改制度。这两种意见，对国家当前的形势来说，不是诚实的评价和上选的计策。

国家现在的毛病，在于主观上想治理国家却不去确立治理国家的基础。想治理国家却没有基础，就像是想耕耘没有土地，想做生意却无资本。这样，即使是有锄耰等农具和车马等运输工具，并且一心一意、身强体壮，也没用武之地。所以，古代帝王将要治理国家，常常是先从没有的事情上做起，同时把不足的方面弥补起来，从而使天下的人都可以无忧无虑，自由自在地往来，随心所欲。这就是所谓治理国家的基础。治国的基础既已确立，然后就依据自己所有的东西逐一施行。这样，种粟长粟，种豆得豆，种植松树、柏树、梧桐、楸木，或者是莽竹、朴樕，无论是什么，都会长得枝繁叶茂，遂心如意。在这样的基础上，如果能用仁义教化人，用礼乐规范人，治理国家的人就可以安享其成而为帝王；如果是用行政法律统治人们的行为，用诚实忠义鼓励人们的精神，那么，治理国家的人就可以安享其成而为霸主；如果是用勤劳俭朴督促人，用勇敢强壮磨砺人，国家便会强大。比这低一等，如果是只确立了基础却没有什么别的措施办法，那国家还是可以安然存在的。最低一等是，手里有一些措施办法，却心中茫然不知，没有地方去施行。安抚左边的，右边的又动了；压下前边的，后边的又起来了。结果，根本得不到安全，连救助祸患都忙不过来。因此，称帝王、做霸主的策略，有利于富足强盛的措施，这些都是治理国家的工具而不是治理国家的基础。有了基础而没工具，其弊病不过是无法建功立业；而如果是仅有工具却没有基础，工具就无用武之地。

禹王治水

　　古代治理国家的人，因才能各异，所以成就的事业各不相同。但是，他们所以都能够有所建树，未尝不是因为首先确立治国的基础。远古时代的伏羲、神农、黄帝，他们统治天下，就为父子、君臣、夫妇、兄弟之间的关系制定了一系列的规则。播种各种粮食作物，用牛载重，用马代步，还修屋建房，制作衣服和各种器具，以便利人民。天下的人，活的时候有食物及其他各种物品来维持生存，进行生活，死了也有棺木等来埋葬；欢乐时有相爱的对象，悲哀时也有人慰问。这样，伏羲、神农、黄帝他们的那些策略才有可能在人们中间实行。凡是现在人们所说的长幼礼节、赡养制度，这些都是上古时代治理国家的基础。至于尧、舜以及夏、商、周三代的帝王，他们也都是首先针对基本制度不健全的地方，随时补充。所以，尧命令羲和根据日月运行的规律定出四时节令，教授百姓，以便不违

周幽王烽火戏诸侯

农时。舜命令大禹治水，以便使百姓有一个安定的居住环境；命令伯益驱逐鸷禽猛兽，以便使百姓的生命不受危害；命令后稷播种粮食，以便使百姓免受饥饿困苦。夏、商、周三代的时候，还制定了井田、沟洫、步亩等农业生产方面的法令制度，建立了比、间、族、党、州、乡等一整套地方基层组织，澄清了全国男女人口、军队和车马的数量，规定了冠礼祭祀、婚丧嫁娶的法度和逢年过节交往聚会的礼节，教给百姓有利健康、免除灾害的办法。总之，凡是有利于百姓生活安定的各种制度都已确立，然后才用圣贤之人的高尚品节来教导百姓臣民，因而百姓感到非常自然，没有任何不融洽的地方。周代总共有三百六十种官吏所管理的事情，都是属于国家治理基础范围之内，而圣人的高尚思想品德教育还不在其中。所以，到周代没落的时候，《诗经》上说："虽然没有了德高望重的老臣，但那足以垂范后世的法度依然留存。"由此可见，周幽王、周厉王的时候，天下的确是动荡混乱了，但周文王、周武王时代制定的法度还是存在的。他们制定的法度还存在，而天下却不能避免出现混乱局面，这说明周幽王、周厉王实在是暴政统治啊。不过，尽管他们实行暴政，因为文王、武王的法度还存在，所以国家大乱，却还不至于马上就灭亡，及至后来情况更加严重，文王、武王的法度遭到彻底破坏，抱着治理国家理想的人无所措手足。他们就像坐在没有桨的船上，飘忽不定地游浮于江湖上，如果运气好，不碰上大风，那就只能随江水漂流游荡，至于东西南北，究竟会往哪个方向漂，就不由自主了。万一不幸而碰上大风，那就肯定要船翻人亡，无法制止。所以，到了夏、商、周三代的末期，暴君统治，实行暴政，天下的百姓就如陷入泥淖之中，再也无法拯救了。然而，世上一些德才兼备之人，他们在国家混乱衰亡的时候兴起，准备治理他们的国家，也必定是首先确定治国的根本制度。齐桓公任用管仲，所做的事情就是把士、农、工、商各行各业分开，各得其所，各司其职，又建立了一套完善的军事编制。这样，从都城到乡野之地，就都有了军容整齐的武装力量。又根据土地肥沃与贫瘠状况进行征税，这样，就使得从山林川泽到高原丘陵，都既不失农时，又负担合理，从而促进了生产的发展。此外，又划分了国都之外的各级行政区域，并一一确立了主管行政的官员。如此一治理，整个齐国的土地就变得整齐一律，简直都可以数出来了。经过整顿，齐国国力强盛壮大，他们就向北进攻山戎，向南讨伐楚国，九次会合天下的诸侯，出力挽救了邢、卫两个小国的危亡，帮助安定了鲁国，到西面对周天子表示尊崇，又在天下普施道义，因而天下各国诸侯都称齐桓公为霸主。晋文公返回晋国之后，接见所有的官员大臣，任用有功的人，授给他们职权，减税灭盗，使道路畅通，搞活商业，减轻农民负担，鼓励农耕，对救济贫乏的富人进行奖励，节省财物，满足国用，器具便利，道德昌明，举荐道德高尚的人，提拔才能出众的人，因而政治清明，人民富足，国家也变得财力雄厚。在此基础上，晋文公又辅佐襄王平定叛乱，援救了被攻打的宋、卫两个国家，在著名的城濮之战中，大败强大的楚国，建立的功业简直可与齐桓公媲美。所以，天下的诸侯就把他称为继齐桓公之后的第二个霸主。后来，子产用此法治理郑国，文种把这种办法用在越国，商鞅把这种办法用在秦国，诸葛孔明用此法治理蜀汉，王猛把这种办法用在符坚的前秦，结果，他们的国家都因此而得以富强。以上这些人，虽然具体实施方法不相同，但他们在首先确立治理国家的制度这一点上却是完全相同的。正因为他们都是先将国家的制度确立下来了，所以他们的国家才得以安然存在；也正因为他们的具体做法不一致，有高低优劣的区别，所以才有的为王，有的称霸，有的统治时间长，有的却国家早亡。这两个方面，切不可不加辨别，同一而论。

　　对于国家当前的状况，绝不可自以为是糊里糊涂，以为尽管没达到大治的程度，但也还没陷于大混乱的境地。祖辈制定的法度都遗存下来了，但却未能真正执行。老百姓的祸患，各种各样，大体都有了，只是还没有达到极端。官僚士大夫们不知道责怪治理国家的纪纲、法度没有确立，却只知道指责一些具体措施不适当。作物的种子不能生芽成长，却不知道是因为没有用来播种的地方，这也实在是太糊涂了。况且，国家既未治理适当也没陷于混乱的境地，这本身就说明正处在治乱之间。本来已经处于治与乱两者之间，却还踌躇茫然，不能独立强盛，在这种情况下，即使是有贤能的人出来，才能也无处施展。而万一不幸，让不贤的人执掌大权，那么，国家必定是要灭亡了。所以我认为：最好是先确立治理国家的基础，治国的基础一旦确立，那天下就会安定了。

◎ 墨竹赋 ◎

竹子是古今文人墨客竞相歌咏的对象，历来备受尊崇，被描绘得超绝尘世，俨然高士。苏辙此篇明面上是评论文与可的墨竹图，而实则借物喻人，通过对画中竹子的赞叹，抒发了作者以竹为精神寄托的高洁气质。"性刚洁而疏直，姿婵娟以闲媚。涉寒暑之徂变，傲冰雪之凌厉。"竹子的这种秉性，正是作者的追求。

此文笔精墨妙，文字遒劲秀丽，行文自然洒脱，易于诵记。且文章寓意深刻，读之令人振奋，有一种特殊的美感，是一篇声情并茂的感人的古文佳作。

【原文】

与可以墨为竹，视之良竹也。客见而惊焉，曰："今夫受命于天，赋形于地，涵濡雨露，振荡风气，春而萌芽，夏而解驰，散柯布叶，逮冬而遂。性刚洁而疏直，姿婵娟以闲媚。涉寒暑之徂变，傲冰雪之凌厉。均一气于草木，嗟壤同而性异。信物生之自然，虽造化其能使。今子研青松之煤，运脱兔之毫，睥睨墙堵，振洒缯绡，须臾而成。郁乎萧骚，曲直横斜，秾纤庳高，窃造物之潜思，赋生意于崇朝。子岂诚有道者耶？"与可听然而笑曰："夫予之所好者道也，放乎竹矣。始予隐乎崇山之阳，庐乎修竹之林，视听漠然，无概乎予心，朝与竹乎为游，暮与竹乎为朋，饮食乎竹间，偃息乎竹阴。观竹之变也多矣。若夫风止雨霁，山空日出。猗猗其长，森乎满谷，叶如翠羽，筠如苍玉。澹乎自持，凄兮欲滴，蝉鸣鸟噪，人响寂历。忽依风而长啸，眇掩冉以终日。笋含箨而将坠，根得土而横逸，绝涧谷而蔓延，散子孙乎千忆。至若丛薄之余，斤斧所施，山石荦埆，荆棘生之。蹇将抽而莫达，纷既折而犹持，气虽伤而益壮，身已病而增奇。凄风号怒乎隙穴，飞雪凝沍乎陂池。悲众木之无赖，虽百围而莫支。犹复苍然于既寒之后，凛乎无可怜之姿。追松柏以自偶，窃仁人之所为，此则竹之所以为竹也。始也余见而悦之，今也悦之而不自知也。忽乎忘笔之在手与纸之在前，勃然而兴，而修竹森然。虽天造之无朕，亦何以异于兹焉？"客曰："盖予闻之。庖丁，解牛者也，而养生者取之。轮扁，斫轮者也，而读书者与之。万物一理也，其所从为之者异尔，况夫夫子之托于斯竹也。而予以为有道者非耶？"与可曰："唯唯。"

【译文】

文与可用墨画竹子，看上去如同真的竹子。客人看见他画的墨竹惊叹道："竹子接受大自然赋予的生命，在大地上生长成形。享受雨露的滋润，听凭风露的振荡。春天萌生发芽，夏季就挣脱笋壳，茁壮生长，竹子的枝叶渐渐地舒展开来，到冬天便长成了。竹子的品性刚正纯洁而又疏离独立，姿态优美而又娴雅妩媚，历经寒暑，仍傲视凌厉的冰雪。和草木一样共同接受天地之气，生长在同样的土壤中，而品性迥异。这确实是万物的自然生长过程，即使是老天爷，大概也指挥不了吧？如今，您研磨松烟做成的墨，挥动兔毛制成的笔，或者在墙壁上斜视作画，或者在绢帛上奋笔挥洒，用不了一会儿就成就一幅竹子的画图，看上去长得茁壮茂盛，仿佛还能听到微风轻拂枝叶发出的声音。有的曲，有的直，有的横，有的斜；或浓密，或纤细，或矮小，或高大；形态各异，姿态横生，简直就像窃取了造物主已经想好还没有表现出来的构思，赋予竹子如在清晨一般的生机。您难道确实是已经掌握了这其中规律的人吗？"

文与可赞同地笑着说："我所喜爱、追求的就是事物的规律已经不仅限于对竹子的具体认识了。起先，我隐居在高山的向阳处，在优美的竹林里结庐而住。无论是双眼看见的，还是双耳听见的，都觉得很冷漠，一点儿也不关心。白天与竹子集结为游伴，晚上把竹子当成朋友。在竹林中吃喝，在竹荫下躺倒休息。天长日久，我观察到竹子的变化实在是太多了。比如在风静雨停的时候，太阳出来，山色空明，竹子旺盛地生长，漫山遍谷都是繁茂的一片。竹叶就像翡翠鸟的羽毛，竹皮如同青色的美玉。那竹子淡泊恬静，独立不倚，竹叶上凝结的让人感到有一丝寒意的晶莹露滴，仿佛就要滚落下来。这时，远近没有一点儿人的声响，只听见蝉叫鸟鸣。忽然风起，竹子就随风偃仰，发

墨竹图

东坡题竹图

出悠长的啸声。辽阔的竹林，一整天都是那样东倒西歪。竹笋紧裹在笋壳里往外长，似乎就要掉下来的样子；而竹根只要有土，就向周围延展生长。它们穿过山谷，四处蔓延，让新繁殖出来的成千上万的子孙后代散布在山野里。至于杂草丛生的边缘地带，经常会被刀斧砍伐；而满山乱石之处，则又荆棘丛生。在这种恶劣的自然环境里，竹笋艰难地将要抽芽，而不能畅达生长；竹子被纷纷砍断，却还直立不倒。它们的元气尽管受到损害，却越发显得苗壮；身体正因为有了伤残，才更增加了一种独特的魅力。凄厉的寒风在缝隙洞穴间怒吼，大雪把池塘都凝固冻结。在这样的严寒之中，众多的树木都无可奈何，即使是百围粗的大树也经受不了，真让人不得不为此感到悲伤哀叹。而竹子却在寒冷过去之后，还能呈现出青翠的颜色，神气让人敬畏，却没有一丝一毫让人感到可怜的姿态。它们把自己与松柏相配、并列，效仿有仁德的人的行为，这就是竹子所以成为竹子的独特品质。刚开始，我看到这些觉得非常喜欢。现在，我仍然喜欢竹子的这些特殊品格，但自己却已经不觉得了。一瞬间，我忘记了手里的笔和面前的纸，猛然站起来，奋笔挥洒，葱郁优美的一幅墨竹图就画成了。即使是造物主化育，天衣无缝，与我用墨绘出的竹子相比起来，又能有什么不同呢？"客人说："我听说，庖丁，只是一个宰牛剔骨的屠夫而已，而注意于摄养身心的人却从中吸取了有益的经验；轮扁，只是一个砍伐树木制造车轮的工匠，而读书人却十分赞同他的意见。由此可见，世间万物的规律都是共通的、一样的。只不过是各种行业的具体做法互不相同罢了。况且，您把自己的精神寄托在这种高洁的竹子身上，我把您当作掌握了这其中奥妙规律的人，这难道不对吗？"文与可说："对！对！"

◎ 黄州快哉亭记 ◎

此文作于宋神宗元丰六年（1083 年），时作者监筠州盐酒税，游张梦得所建之快哉亭，有感而写下了此文。文中极力渲染登临"快哉亭"之所见胜景及古人风流遗迹，进而联想到楚襄王与景差、宋玉游兰台时关于风有雌雄之分的论争，发出了"士生于世，使其中不自得，将何往而非病？使其中坦然，不以物伤性，将何适而非快"的感喟，并借此赞扬了快哉亭的主人张梦得"不以谪为患，收会稽之馀功，而自放山水之间"的旷达胸襟。同时也表达了作者不以得失为怀的思想感情。笔势雄浑而又灵活多变。

【原文】

江出西陵，始得平地，其流奔放肆大。南合湘、沅，北合汉、沔，其势益张。至于赤壁之下，波流浸灌，与海相若。清河张君梦得，谪居齐安，即其庐之西南为亭，以览观江流之胜。而余兄子瞻名之曰"快哉"。

盖亭之所见，南北百里，东西一舍。涛澜汹涌，风云开阖。昼则舟楫出没于其前，夜则鱼龙悲啸于其下。变化倏忽，动心骇目，不可久视。今乃得玩之几席之上，举目而足。西望武昌诸山，冈陵起伏，草木行列，烟消日出，渔夫、樵父之舍，皆可指数。此其所以为"快哉"者也。至于长洲之滨，故城之墟，曹孟德、孙仲谋之所睥睨，周瑜、陆逊之所驰骛。其流风遗迹，亦足以称快世俗。

昔楚襄王从宋玉、景差于兰台之宫，有风飒然至者，王披襟当之，曰："快哉此风！寡人所与庶人共者耶？"宋玉曰："此独大王之雄风耳，庶人安得共之？"玉之言，盖有讽焉。夫风无雄雌之异，而人有遇不遇之变。楚王之所以为乐，与庶人之所以为忧，此则人之变也，而风何与焉？士生于世，使其中不自得，将何往而非病？使其中坦然，不以物伤性，将何适而非快？今张君不以谪为患，窃会计之余功，而自放山水之间，此其中宜有以过人者。将蓬户瓮牖，无所不快，而况乎濯长江之清流，挹西山之白云，穷耳目之胜以自适也哉！不然，连山绝壑，长林古木，振之以清风，照之以明月，此皆骚人思士之所以悲伤憔悴而不能胜者，乌睹其为快也哉！

【译文】

　　长江从西陵峡流出，刚到平坦的地方，它的水流便逐渐湍急强大起来。当它与南面的沅水和湘水，北面的汉水和沔水汇合时，它的水势更加强大。到了赤壁的下面，水流越来越大，简直跟大海相似了。清河张梦得君，降职到了齐安，在靠近他住宅的西南方建造了一座亭子，在此欣赏江水的美景。我的哥哥子瞻给它起了个名字叫"快哉"。

　　亭子上能望到的，从南到北约有一百里，从东到西约有三十里。波涛汹涌澎湃，风吹着云使云忽然散开又忽然聚合。白天，就看见船只在亭子的前面来来往往；夜晚，则听到鱼龙在亭子下面悲壮的啸声。景色变化快而飘忽不定，使人惊心动魄，目不暇接。如今能够靠着几案，坐在这里尽情欣赏这些景色。向西眺望武昌的山，冈峦丘陵，高低起伏，草木一行行，一排排，雾气消散，太阳出来，渔人和砍柴人的屋舍都可以指明数清。这就是命名为"快哉"的原因啊！至于长洲边上，故城废墟上，是曹孟德、孙仲谋曾经窥伺过的地方，周瑜、陆逊尽显才智谋略的疆场，他们留下来的影响和事迹，也足够被世人所称道。

　　过去，楚襄王带领宋玉、景差在兰台宫玩赏，有一阵风飒飒吹来，襄王对着风敞开衣襟，说："这阵风很畅快呀！我跟百姓能共同享受到的吧？"宋玉说："这不过是大王的雄风罢了，百姓怎么可以跟大王共同享受它呢？"宋玉的话原是含有讥讽意味的。风并没有雄雌的分别，人却有得意和不得意的区别。楚襄王觉得欢快的原因和老百姓觉得愁苦的原因都是不同的，这就是人的境遇的差别，与风有什么关系呢？读书人活在世上，假使他的心里不能泰然自得，那么走到哪里会没有愁苦呢？

三苏祠古亭之一

假使他的心里坦然，不会因身外之物而伤害性情，那么走到哪里会不快乐呢？现在，张君不因为降职而感到愁苦，他利用办公以外余下的精力和时间，让自己在山水之间尽情游玩欣赏，他的心里大概是有什么超越一般人的东西吧。这样，他就是在非常贫困的环境中也没有什么不快乐的了，更何况在长江的清流中荡涤污垢，从西山的白云中寻找欢乐，竭尽耳目所能看到听到的美好景物，从而使自己畅快呢！如果不是这样，那么绵延的山岭，幽深的峡谷，繁茂的森林，古老的树木，清风的吹拂，明月的照映，这些都成为诗人和思士悲伤颓废而不能忍受的原因，哪能看到它有什么快活的地方呢！

◎ 为兄轼下狱上书 ◎

真情是文章的灵魂。此文通篇充满情感，真切动人，感人肺腑，作者为替下狱的兄长苏轼求情，便用饱含哀痛、急迫与披肝沥胆般的真挚笔墨，向最高统治者婉转陈言。作者情愿以免除自己的官职来赎苏轼的罪过，兄弟手足之情可谓深矣。虽是求情文字，不免有违心逢迎的痕迹，但整体上的感觉仍然不卑不亢，没有摇尾乞怜之态。此文貌似平铺直叙，实则暗布玄机，巧妙地贯穿着一条通幽曲径。文字平实而富有震撼力，一股发自内心的真情给文章增添了分量。

【原文】

臣闻困急而呼天，疾痛而呼父母者，人之至情也。臣虽草芥之微，而有危迫之恳，惟天地父母哀而怜之。

臣早失怙恃，惟兄轼一人，相须为命。今者窃闻其得罪逮捕赴狱，举家惊号，忧在不测。臣窃思念，轼居家在官，无大过恶，惟是轼性愚直，好谈古今得失，前后上章论事，其言不一。陛下圣德广大，不加谴责。轼狂狷寡虑，窃恃天地包含之恩，不自抑畏。顷年通判杭州及知密州日，每遇物托兴，作为歌诗，语或轻发，向者曾经臣寮缴进，陛下置而不问。轼感荷恩贷，自此深自悔咎，不敢复有所为。但其旧诗已自传播。臣诚哀轼愚于自信，不知文字轻易，迹涉不逊，虽改过自新，而已陷于刑辟，不可救止。轼之将就逮也，使谓臣曰："轼早衰多病，必死于牢狱，死固分也。然所恨者，少抱有为之志，而遇不世出之主，虽龃龉于当年，终欲效尺寸于晚节。今遇此祸，虽欲改过自新，洗心以事明主，其道无由。况立朝最孤，左右亲近，必无为言者。惟兄弟之亲，试求哀于陛下而已。"臣窃哀其志，不胜手足之情，故为冒死一言。

昔汉淳于公得罪，其女子缇萦，请没为官婢，以赎其父。汉文因之，遂罢肉刑。今臣蝼蚁之诚，虽万万不及缇萦，而陛下聪明仁圣，过于汉文远甚。臣欲乞纳在身官，以赎兄轼，非敢望末减其罪，但得免下狱死为幸。兄轼所犯，若显有文字，必不敢拒抗不承，以重得罪。若蒙陛下哀怜，赦其万死，使得出于牢狱，则死而复生，宜何以报！臣愿与兄轼，洗心改过，粉骨报效，惟陛下所使，死而后已。臣不胜孤危迫切，无所告诉，归诚陛下，惟宽其狂妄，特许所乞，臣无任祈天请命激切陨越之至。

【译文】

臣下我听说，穷困急迫的时候呼天抢地，极度悲痛的时候呼唤父母，这是人的最本能的一种感情。臣下我尽管如草芥一般卑微，但却有危急紧迫的请求，希望皇上给予哀悯怜惜。

臣下我很小双亲早逝，只有和兄长苏轼相依为命。如今听说他获罪，被捕入狱，全家人都惊惧呼号，担心将会有不可预测的大祸临头。臣下我暗自思想，兄长苏轼不论是在家里还是在朝廷为官，并没有大的过错罪恶，只是天性愚钝刚直，喜欢谈论古今的成败得失，前前后后给朝廷上奏状论时事，发表过不少言论。陛下圣德广大，始终没有加以追查责问。苏轼狂妄偏激而又缺少思虑，自恃有皇上给予的宽容的恩惠，便不加克制，无所顾忌。近年来在任杭州通判与密州知州的日子里，常常触景生情，托物寄兴，作了一些诗，其中有的话就说得很轻率。以前有的臣僚就曾经向朝廷上奏过他的诗，结果陛下放置一边，并没追查。苏轼感谢皇上的恩惠与宽待，从此以后便深深地悔过自新，不敢再写这类诗，但他的那些旧诗却早就流传开来，已经无法挽回。臣下我确实哀怜苏轼过于盲目自信，不知道在文字上流于轻率简慢，客观上就会造成对朝廷不恭敬的嫌疑。尽管他已改过自新，却已经触犯了刑法，无法弥补。苏轼在被逮捕之前，让人对臣下我说："苏轼未老先衰，又多疾病，肯定将老死于牢狱之中。死本来是该得的。但遗憾的是，我少年时抱着有一番作为的志向，又遇上并不是每个时代都能出现的圣明的君主，尽管正当壮年，与朝廷有些不融洽，但一直想着能在晚年向朝廷报效尺寸之功。如今遇上这一患难，纵然想改过自新，洗心革面，来为圣明的君主效力，也没办法做到了。况且，我在朝廷里又最孤立无援，皇上周围亲近的人，肯定没有帮我说情。只有兄弟之亲还可托赖，请试着向陛下乞求哀怜吧！"臣下我暗自哀怜他的志向，又割不断手足情谊，所以冒着触犯死罪的危险，为他说一次情。

从前，汉代的淳于意犯罪当受肉刑，他的女儿缇萦上书请求将自己没入官当奴婢，为父亲赎罪。汉文帝受到感动，因此就取消了肉刑。如今，臣下我微不足道的一点诚心，尽管比不上缇萦的万分之一，但陛下的聪明仁圣，却远远超过了汉文帝。臣下我请求免除自己现有的官阶来赎兄苏轼之罪，不敢奢望能减轻他的罪过，只要能救他出牢狱让他不会老死在那里，那就是万幸了。我兄长苏轼犯的罪，如果确实明显地有文字在，那他肯定不敢拒不承认，罪上加罪。假使承蒙陛下哀怜，赦免了他的该当万死之罪，使他能够从牢狱里出来，那就等于是死而复生，该用什么来报效皇上的恩德呢？臣下我真心愿意与兄苏轼洗心改过，粉身碎骨，来报效皇上，一切听从陛下的驱使，直到生命结束为止。臣下我禁不住孤立、危急、紧迫、急切，而又没有地方去诉说，所以只能寄希望于陛下了。希望陛下宽贷我的狂妄举动，准许我的请求。臣下我祈求皇上赦免兄长的罪，留下他的性命，心情万分急切，已经到了极点，实在无法承受了。

◎ 卜居赋并引 ◎

　　"所遇而安，孰匪吾宅？"这样的处世态度来之不易，苏辙颠沛一生，东奔西走，早就领悟到了人生之真谛。虽然老年落寞，心怀强烈的回归故里的愿望，而且其父也有遗愿，希望他叶落归根，把家安在蜀地眉山一带，但是在现实面前，他想到"老死所未能免……此心了然，或未随物沦散，然则卜居之地，惟所遇可也……"因此写下此文，以表心迹。他认为只要自己不忘故乡与祖先，不管居住在什么地方都无所谓。文章充满豁达坦然，闪耀着朴素的哲理之光。此文感情真挚，具有发人深思的韵味。

【原文】

　　昔予先君以布衣学四方，尝过洛阳，爱其山川，慨然有卜居意，而贫不能遂。予年将五十，与兄子瞻皆仕于朝，哀囊中之余，将以成就先志，而获罪于时，相继出走。予初守临汝，不数月而南迁。道出颍川，顾犹有后忧，乃留一子居焉，曰："姑糊口于是。"既而自筠迁雷，自雷迁循，凡七年而归。颍川之西三十里，有田二顷，而僦庐以居。西望故乡，犹数千里，势不能返，则又曰："姑寓于此。"居五年，筑室于城之西，稍益买田，几倍其故，曰："可以止矣。"盖卜居于此，初非吾意也。昔先君相彭、眉之间，为归全之宅，指其庚壬曰："此而兄弟之居也。"今子瞻不幸已藏于郏山矣，予年七十有三，异日当追蹈前约，然则颍川亦非予居也。昔贡少翁为御史大夫，年八十一，家在琅邪。有一子，年十二，自忧不得归葬。元帝哀之，许以王命办护其丧。谯允南年七十二终洛阳，家在巴西，遗令其子轻棺以归。今予废弃久矣，少翁之宠，非所敢望，而允南旧事，庶几可得。然平昔好道，今三十余年矣，老死所未能免，而道术之余，此心了然，或未随物沦散。然则卜居之地，惟所遇可也，作《卜居赋》，以示知者。

　　吾将卜居，居于何所？西望吾乡，山谷重阻。兄弟沦丧，顾有诸子。吾将归居，归与谁处？寄籍颍川，筑室耕田。食粟饮水，若将终焉。念我先君，昔有遗言。父子相从，归安老泉。阅岁四十，松竹森然。诸子送我，历井扪天。汝不忘我，我不忘先。庶几百年，归扫故阡。我师孔公，师其致一。亦入瞿昙，老聃之室。此心皎然，与物皆寂。身则有尽，惟心不没。所遇而安，孰匪吾宅？西从吾父，东从吾子。四方上下，安有常处？老聃有言：夫惟不居，是以不去。

【译文】

从前，我父亲曾作为平民到各地游学，曾经到过洛阳，喜爱那里的山川景色，感叹不已，产生了在洛阳选择一个地方筑室定居的意向，只是因为贫穷才没有如愿。我将近五十岁的时候，与哥哥子瞻两人同时在朝廷中任职，当时本想把积攒下来的钱集中起来买地筑室，以实现父亲的遗愿，可就在此时，兄弟两人都得罪朝廷被贬庶，相继离开京师。我开始时出守临汝，没几个月又被南迁。路过颍川的时候，想到以后可能会遭受更大的灾患，于是就让一个儿子留下来住在颍川，对他说："你就姑且在这里糊口吧。"后来，我又从筠州被迁谪到雷州，从雷州迁谪到循州，一直过了七年我才被赦免北归。我曾在颍川西边三十里的地方买下过二顷田，于是就租赁房子在这里住下了。向西遥望故乡，还有好几千里远，而当时的形势又不能回去，于是心里想说："暂且就住在这里吧。"过了五年，在颍川城西边自己盖了房子，又买下了一些田，总数差不多比原先增加一倍，这时才对自己说："可以在这里定居了。"实际上我起初并不想在这里定居。早先，我父亲经过观察，把彭州、眉州之间的地方定为安葬之地，并且指着它的西北方位说："将来你们兄弟两人就在这里居住吧。"如今，子瞻已经去世，埋葬在郏城县的嵩阳峨眉山；我也已经七十三岁，以后我还要努力实现父亲的志愿。既然如此，那么，颍川也就不是我永久定居的地方了。从前，西汉的贡少翁任御史大夫，已经八十一岁，老家在琅琊，只有一个十二岁的儿子，担心自己死后无法回故乡安葬。汉元帝哀怜他，特地准许，等他死后将其棺材送回家乡安葬。三国时的谯允南，七十二岁时死在洛阳，老家在巴西郡，临终前就告诉他儿子，率先准备一口轻便的棺材，他死后便能运回家乡安葬。现在，我已经退出官场、赋闲家居很久了，不敢奢望能有少翁那样的荣宠，但像谯允南那种死后归葬的事或许还可以实现。不过，我平常就喜爱道家思想，受道家思想感染，至今已有三十多年了。衰老死亡自然是不能避免的，但我几十年学道的结果，对一切都已看得清清楚

苏辙像

三苏故宅

楚，即使死了以后，这颗心也决不会随着尸体的腐朽而埋没散失，它将永远系念着我的家乡。既然如此，那么，定居的地方也就无所谓了，随遇而安即可。所以，我写作了这篇《卜居赋》，让了解我的人来阅读。

我将要选择地点定居下来，究竟该住在哪里呢？向西遥望我的家乡，只见层峦叠嶂，山势险要。兄弟二人虽已沉沦埋没，环视左右，还有好多后代。我想回到老家居住，但回去后和谁住在一起呢？只好寄宿暂住在颖川，在这里盖起房，耕田种地，自食其力。每天起来吃着这里的小米，喝着这里的水，就好像要老死在这里了。想到去世的父亲曾经留过这样的遗言：父子要在一起，都回归老翁泉旁。四十年过去了，父亲坟地里种下的松树、竹子都已枝叶繁茂。孩子们送我回归故乡，摸着天空和星辰，行进在山高入云的蜀道上。你们不忘我，我也决不会忘记祖先。或许我死了之后，能回乡祭祖扫墓。我以孔夫子为师，效法他矢志不渝，始终如一。也兼学释氏、道家吸取他们合理的东西。我的心明亮，我的躯体也与我的心一样都异常地沉着静谧。我的躯体终有一天会腐朽而埋没消失，但我的心不会随之消失。碰到什么地方就在什么地方安居下来，哪里不可以是我的住宅呢？我向西居住可以追随我的父亲，向东居住能依从我的儿子。上下天地，左右四方，哪里有什么永久居住的地方呢？老子曾经说过：只因为不定居，所以才不存在去与不去的问题。

◎ 秦 论 ◎

康熙《御选古文渊鉴》卷五十一云："拔度嬴秦国势终始，竖议高卓，迥出意表。"这是对苏辙《秦论》的高度评价。此文立意较高，作文自然流畅，气势雄强，充满自信。其论据严肃、典型，环环相扣，步步深入，有不容置辩的气势，是一篇成功的政论文。

【原文】

秦人居诸侯之地，而有万乘之志，侵辱六国，斩伐天下，不数十年之间，而得志于海内。至其后世，再传而遂亡。刘季起于匹夫，斩刈豪杰，蹴秦诛楚，以有天下。而其子孙，数十世而不绝。盖秦、汉之事，其所以起者不同，而其所以取之者无以相远也。

然刘、项奋臂于间阎之中，率天下蜂起之兵西向以攻秦，无一成之聚，一夫之众，驱罢弊适戍之人，以求所非望，得之则生，失之则死。以匹夫而图天下，其势不得不疾战以趋利，是以冒万死求一生而不顾。今秦拥千里之地，而乘累世之业，虽闭关而守之，畜威养兵，拊循士卒，而诸侯谁敢谋秦？观天下之衅，而后出兵以乘其弊，天下夫谁敢抗。而惠文、武昭之君，乃以万乘之资，而用匹夫，所以图天下之势，疾战而不顾其后，此宜其能以取天下，而亦能以亡之也。夫刘、项之势，天下皆非吾有，起于草莽之中，因乱而争之，故虽驰天下之人，以争一旦之命，而民犹有待于戡定，以息肩于此。故以疾战定天下，天下既安，而下无背叛之志。若夫六国之际，诸侯各有分地，而秦乃欲以力征，强服四海，不爱先王之遗黎，以为子孙之谋，而竭其力以争邻国之利，六国虽灭，而秦民之心已散矣。故秦之所以谋天下者，匹夫特起之势，而非所以承祖宗之业以求其不失者也。

昔者尝闻之：周人之兴数百年，而后至于文、武。文、武之际，三分天下而有其二，然商之诸侯犹有所未服，纣之众，未可以不击而自解也。故以文、武之贤，退而修德，以待其自溃。诚以为后稷、公刘、太王、王季勤劳不懈，而后能至于此，故其发之不可轻，而用之有时也。嗟夫！秦人举累世之资，一用而不复惜，其先王之泽，已竭于取天下，而尚欲求以为国，亦已惑矣。

【译文】

秦国的统治者在战国时代处于诸侯的位置上，但却胸怀统治全国的志向。于是，它就侵略齐、楚、燕、韩、赵、魏其他六国，讨伐征服全国。结果，不到几十年，秦人就统一了全国，秦始皇就成为全国的最高主宰。然而，国家统一以后，却只传了两代便灭亡了。刘邦身为普通百姓，起而造反，斩伐英雄豪杰，践踏秦国，诛杀项羽，夺取了天下，灭秦建汉，并且传了几十代而政权仍然延续不绝。秦、汉两朝政权，他们的起点是不同的，但他们夺取天下的做法却是相似的。

然而，刘邦、项羽是自民间揭竿起义，率领着全国蜂拥而起的士兵向西攻打秦国。他们原本连十平方里的地盘也没有，手下连一兵一卒也没有，只有疲乏困顿征守边疆的人，来实现他们的非分之想的目的。他们只有达到目的才能够活下来，否则便只有死路一条。作为一介草民来争夺天下，这种形势就决定了只能速战速决，所以他们能不惜冒着万死的危险去求得一线生机。秦国本来方圆上千平方里的土地，又有几代祖先创下的基业，即使是闭住函谷关维持现有的局面，只要积蓄威力，培养士兵，安抚自己的百姓，其他六国哪敢讨伐秦国？这样，只要静观天下的形势，发现有机可乘的时候再出兵，又有谁敢于抵抗呢？然而，身为一国之君却采用普通草民夺取天下的办法，只图速战速决，而不管其他。这样做的结果，固然可以很快夺取天下，但迅速灭亡也就有情可原了。刘邦、项羽当时的形势是，他们一无所有，他们只是在民间起来造反，想趁混乱之机夺取天下。所以，他们即使驱赶着天下的人们争夺国家政权，而老百姓也渴望混乱平定以后能有喘息的时间。他们速战速决平定天下，天下平定以后，老百姓自然便不再存有背叛他们的想法。至于战国时期，全国划为各个诸侯国，而秦国却想用武力来强行征服天下。他们不爱惜百姓的生命，也不为子孙考虑，而是竭尽全力去争夺邻国的利益。这样，其余六国尽管被消灭了，但秦国自己百姓的心也已经不再齐向秦国了。因此，秦国平定天下的办法，只是普通草民造反时采用的策略，而不是继承了祖宗的基业并务求不丧失的人所应当采取的。

从前，我曾经听说，周代的兴起，经过好几百年之后才到了文王、武王时期。周代在文王、武王的时候，三分天下已经有其二。但是商代的诸侯中仍有对周心存不满不愿服从的，商纣王的军队也还没有到不攻自垮的程度。所以，贤能的文王、武王，并不急于攻取，而是把精力用在修缮自己的德行上，静待时机，等候商朝自己崩溃。他们确实是从内心深处感到，周代经过后稷、公刘、太王、王季这些先王不懈的勤劳奋斗，才有了如今的大好形势，来之不易。所以他们决不轻举妄动，而要等待最合适的时机。啊！秦国把几代人积累的资本，一次性地用到夺取天下的战役中而不可惜。他们虽然平定了天下，但也因此而把历代祖宗遗留下来的恩泽消耗殆尽。而且还想凭借这些来维护国家政权，这是一错再错了。

◎ 汉 论 ◎

本文借汉朝事例说论"王道"，其观点鲜明，论述有力，行文自然。虽其思想酸腐，是封建士大夫文人的愚忠的一种体现，但文章写得灵活、生动，有理有据，不愧是论史议政的成功之作。

【原文】

古之圣人，制为君臣之分，天子以其一身，立乎天下之上，安受天下之奉己而不辞。天下之人，奇才壮士，争出其力，自尽于天子之下，而无所逃遁。此二者何为如此也？

天下之事，固其贤者为之也。仁人君子尽心以制天下之事，而无所不成；武夫猛士竭其力以翦天下之暴乱，而无所不定。此其类非不智且勇也，然而不得其君，则其心常鳃鳃然，旷四海而不能以自安，功成事业立，缺然反顾，而莫之能受。是以天下之贤才，其才虽足以取之，而常喜天下之有贤君者，利其有以受之也。盖古之人君，收天下之英雄，而不失其心，故天下皆争归之也。而英雄之士，因其君之资，以用力于天下，功成求得，而不敢为背叛之操。故上下相守，而可以至于无穷。惟其君臣相戾，而不能以相用，君以为无事乎其臣，臣以为无事乎其君，君无所用，以至于天下之不亲，臣无以用之，以至于茕茕而无所依，而天下始大乱矣。且彼不知夫天下之意也，天下之人，皆人臣也，而谁能以相从？惟其因天子之权而用之，是以虽其比肩之人，而莫敢抗。彼见天下之莫吾抗也，则以为天下之畏我，而不知己之戴君之威而行也。故或狃天下之畏己，而反以求去其君。其君既去，而天下之人，孰畏而不为变哉？

昔者西汉之衰，王莽窃取其人君之权而执之，以求取其天下。方其执之而未取也，天下不知其将取之，是以俯首而奉其所为。何者？天下之心，犹以为汉役之也。至于天下在莽，而其英雄之士，遂起而共攻之，不数年，而莽以大败。何者？天下不服无汉之王莽也。其后东汉之乱，献帝奔走于草莽之中，曹操出之以为帝王。当是之时，天下已无汉矣，而唯曹氏之为听。然天下之英雄，犹以为名，皆起而争之，终曹公之身，而不能以自安。犹幸其当时之人，皆知汉之天下已去，而操收之也，是以心服曹氏而安为之臣。故孔子曰："天下有道，礼乐征伐自天子出。天下无道，礼乐征伐自诸侯出。自诸侯出，盖十世希不失矣。自大夫出，五世希不失矣。陪臣执国命，三世希不失矣。"盖天下之情，居下而干其上之政者，以为己之享其利也，而不知天下之争心皆将嚣然而不平。是以其素所服者愈狭，则其失之也愈速。何则？其不平者众也。故曰："禄之去公室五世矣，政在大夫四世矣，而三桓之子孙微矣。"呜呼！公室既微，则三桓之子孙，天下之所谓宜盛者也，而终以衰弱而不振，则夫君臣之分可知也已。

【译文】

　　远古的时候，最具贤德的圣人就给君王和臣下规定了各自的本分：君王一个人高高地处在天下的一切人之上，心安理得地接受天下的人为自己奉献而不辞让；而天下的一切其他人，包括才能杰出的文士和勇猛强壮的武夫，都要积极贡献出自己的才能，为君王效力，没有人可以例外。究竟为什么要规定两种本分呢？

　　天下的事情，本来是贤能的人办的。那些品德高尚、才能出众的文士尽心竭力来办天下的事，没有办不成的事；那些勇猛强劲的武夫尽心竭力除灭天下的暴乱，没有平息不了的暴乱。这些人都并不是没有智慧、不够勇猛，如果上无君王统治，那他们的心里就常常会有一种恐惧感，普天下空空荡荡的，他们也会深感不安；事情成功以后，都会左顾右盼，却没有人敢于把功劳据为己有。所以，天下有才能的人，他们的才能虽然足够办成天下所有的事，但却总是希望国家能有一位贤明的君王，这正是因为只有君王才有资格享有这一切。古时候的君王，能够把天下的英雄豪杰都召集在自己身边，而又不让他们心里失望；而这些英雄豪杰也都能凭借着君王的资望在天下施展自己的才能，大功告成之后也不敢有丝毫背叛君王的想法。上下两方面都各自恪守本分，所以政权稳固，一朝一代地延续下去。只有君王和臣下彼此背叛，彼此不能为对方尽职尽责的时候，君王才以为没有必要为臣下做什么事，臣下也没有为君王做什么事的必要了。君王不对臣下尽职尽责，最后落得天下人都不敢亲近他的下场。臣下不对君王尽职尽责，最后就会发展到闷闷不乐，心里没有着落。这样，国家就要大乱了。而且，那些不能尽臣下职责的人实际上并不懂天下人的心愿。天下的人都是君王的臣下，彼此之间谁能让别人跟随自己呢？只是因为他们凭借着君王的权威来指使别人，所以即使与他们有等同的资格，可以平起平坐的人，也没人敢于违抗他。那些人看见天下的人都不敢违抗他，便以为天下的人都畏惧他，而不知道只是由于自己凭借君王的权威才会如此的。正是由于这些人一厢情愿地以为天下的人真的是害怕自己，反而要以此为理由去弑君夺位。然而，君王一旦去掉，天下的人谁还会再惧怕他而不打起旗号造反叛变呢？

　　从前，西汉衰落的时候，王莽窃取皇帝的权力，企图夺取汉代的天下。当他把

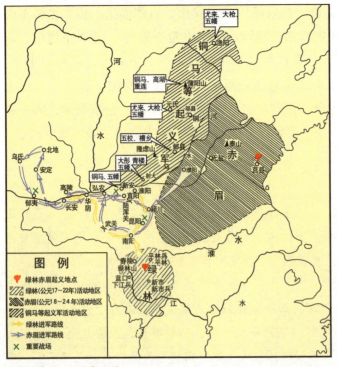

绿林、赤眉、铜马起义图

皇帝的权力掌握在自己手中但还没有暴露要夺取汉朝天下的企图时，天下的人不知道他有夺取汉朝天下的野心，所以大家听从于他。为什么呢？因为天下人的心里还以为这是他在为汉朝政权谋划江山社稷。直到汉朝正式变成了王莽的政权，天下的英雄豪杰便群起而攻之。结果，没几年时间，王莽就彻底被打败了。为什么呢？这是因为天下的人不服篡权夺位的王莽。这之后，东汉又发生了变乱，汉献帝被迫颠沛流离，在荒野里逃窜的时候，曹操辅佐他重新成为皇帝。这个时候，汉代政权实际已经灭亡了，全国只听从曹操一个人的指挥。然而，天下的英雄豪杰还是打起恢复汉朝政权的旗号，与曹操争霸夺权，使得曹操直到老死时也不得安宁。所幸的是，当时的人们都清楚汉朝实际上已经灭亡，而曹操把持了大权，所以大家都甘心服从曹氏政权，而愿意安稳地成为这个政权的臣下。所以，孔夫子说："天下走上正轨的时候，礼乐征伐等各种号令都由天子发布；天下偏离正轨的时候，礼乐征伐等各种号令就都由诸侯来发布。在号令由诸侯发布的情况下，政权延续十代就极少有不垮台的；在号令由大夫发布的情况下，政权延续五代就极少有不垮台的；大夫的家臣如果掌握了诸侯国的命脉，政权延续三代就极少有不垮台的。"这是因为，凡是下属干预上级，都自以为自己享受到了上级的权利，而不知道这样一来，天下的人们便会跃跃欲试，不甘居于其下，群起而攻之。所以，平素能折服的范围愈狭窄，那他的失败也就会愈快。为什么呢？因为这时候愤愤不平、心存不满的人就越来越多。所以孔夫子说："鲁国百官的俸禄不由公室发出已经五代了，政权掌权在大夫的手中已经四代了，而大夫仲孙、叔孙、季孙这三桓的子孙却也衰微了。"啊！鲁国的公室既然已经衰微，那作为大夫的三桓的子孙，依照天下人们的一般认识，按理说是应该兴盛才对，而实际上却终于衰弱，并且一蹶不振。由此，君主与臣子之间的本分便由此可明白看见了。

◎ 三国论 ◎

有关三国的议论文章，历来众说纷纭，指点英雄，下笔各有千秋，苏辙此篇写法极尽开阖抑扬，出入转折，不可直通要旨，深得驭题之法。文中提及三国的君主，却只论得一个刘备。论刘备，却反论得一个汉高祖。孙琮云："盖论得高帝明，则刘备之不及高帝自见；论得刘备透，则曹孙之不及刘备更可见。此真射马擒王手段，若他人为此，只向三国之君身上并长较短，不知更要费几多笔墨写来，又成尘相。"然而方苞曾云："于刘、项三国情事俱不切，而在作者诸论中当为拔出者。"

【原文】

天下皆怯而独勇，则勇者胜；皆暗而独智，则智者胜。勇而遇勇，则勇者不足恃也；智而遇智，则智者不足用也。夫唯智勇之不足以定天下，是以天下之难蜂起而难平。盖尝闻之，古者英雄之君，其遇智勇也，以不智不勇，而后真智大勇乃可得而见也。

悲夫！世之英雄，其处于世，亦有幸不幸邪。汉高祖、唐太宗，是以智勇独过天下而得之者也；曹公、孙、刘，是以智勇相遇而失之者也。以智攻智，以勇击勇，此譬如两虎相併，齿牙气力，无以相胜，其势足以相扰，而不足以相毙。当此之时，惜乎无有以汉高帝之事制之者也。昔者项籍，乘百战百胜之威，而执诸侯之柄，咄嗟叱咤，奋其暴怒，西向以逆高祖，其势飘忽震荡，如风雨之至。天下之人，以为遂无汉矣。然高帝以其不智不勇之身，横塞其冲，徘徊而不得进，其顽钝椎鲁，足以为笑于天下，而卒能摧折项氏而待其死，此其故何也？夫人之勇力，用而不已，则必有所耗竭；而其智虑久而无成，则亦必有所倦怠而不举。彼欲用其所长以制我一时，而我闭而拒之，使之失其所求，逡巡求去而不能去，而项籍固已毙矣。

今夫曹公、孙权、刘备，此三人者，皆知以其才相取，而未知以不才取人也。世之言者曰："孙不知曹，而刘不如孙。"刘备唯智短而勇不足，故有所不若于二人者，而不知因其所不足以求胜，则亦已惑矣。盖刘备之才，近似于高祖，而不知所以用之之术。昔高祖之所以自用其才者，其道有三焉耳：先据势胜之地，以示天下之形；广收信、越出奇之将，以自辅其所不逮；有果锐刚猛之气而不用，以深折项籍猖狂之势。此三事者，三国之君，其才皆无有能行之者。独有一刘备近之而未至，其中犹有翘然自喜之心，欲为椎鲁而不能纯，欲为果锐而不能达，二者交战于中，而未有所定。是故所为而不成，所欲而不遂。弃天下而入巴蜀，则非地也；用诸葛孔明治国之才，而当纷繁征伐之冲，则非将也；不忍忿忿之心，犯其所短而自将以攻人，则是其气不足尚也。嗟夫！方其奔走于二袁之间，困于吕布，而狼狈于荆州，百败而其志不折，不可谓无高祖之风矣，而终不知所以自用之方。夫古之英雄，唯汉高帝为不可及也夫。

【译文】

全天下都怯懦而只有一个勇猛，那结果就是勇猛的人获胜；举世都愚昧而只有一个人聪明，那结果就是聪明的人获胜。要是勇猛的人与勇猛的人相遇，那么勇猛本身就不足以依赖了；要是聪明人与聪明人相遇，那么，聪明本身也就发挥不了什么作用了。正是因为单凭聪明或勇猛不足以平定天下，所以天下的战乱才蜂拥而起很难平定。我曾经听说，古代可以称得上是英雄豪杰的君主，是用不智不勇的办法来对付智勇，然后才显示出他们真正的大智大勇来。

可悲啊！天下的英雄，处在世上，也有幸运与不幸运之别吗？汉高祖和唐太宗，是分别独自以智慧和勇猛远远超过天下的人而获得政权的。而曹操、孙权和刘备三人，却是棋逢对手，输赢难以定夺，因而谁也没有夺得全国的政权。以智慧攻智慧，以勇猛斗勇猛，这就像是两只勇猛的老虎相斗，不论是拼力气还是拼牙齿，谁也战胜不了对方，因而，其结果便只能是互相扰乱一番，却不可能把对

张良吹箫破楚兵

方置于死地。在这个时候，很可惜没有人能够用汉高帝的那套办法来战胜对方。从前，项羽乘百战百胜的威风，又拥有着统辖诸侯的权力，暴怒呼喝，不可一世，向西迎击高祖，就像暴风雨降临一般，天下的人都以为刘邦就要不复存在了。但是，高祖却以他那不智不勇的身体，堵住交通要道，徘徊不前，那种愚钝的样子为天下人所耻笑。可是刘邦终于战胜项羽，直到使项羽自刎而死。这是什么缘故呢？人的勇猛气力，如果不停地使用，就肯定会逐渐消耗殆尽；人处心积虑却总是无法成功，也就肯定疲倦怠惰而不再会产生灵感了。对方利用他的优势在很短的时间内制服我，而我却避免与他正面交锋，让他无法达到目的。这样，他就会犹疑不决，进退失据。楚汉相争中一出现这种局面，用不着等待最后结果，项羽本来就已经失败了。

如今，曹操、孙权、刘备这三个人，都知道运用他们的才能互相取胜，却不懂得用"不才"的办法战胜别人。世上爱发议论的人说："孙权才能上不如曹操，而刘备又比不上孙权。"刘备只因为勇猛有余见识不足，所以，比起另外两个人来，便有所不如。但他却不懂得以己之长取得胜利，也算是够糊涂的了。为什么这样说呢？因为，刘备的才能不在汉高祖之下，但却不懂得运用他的这种才能的办法。从前，在楚汉相争期间，汉高祖运用他的才能的办法不过是三点罢了：先占取有利地形，并把这种有利的形势展示在世人面前，让人们明白天下的大势所趋；广收、召集韩信、彭越这样一些出类拔萃的将帅，用以辅佐自己，弥补自身的才能缺憾；自己本来具有果决锐利、刚强勇猛的气概，但却深藏不露，从而使项羽那种狂妄横行的气势深受挫折。这三个方面，三国时代的君主，凭借他们自己的才能，没有人能够实行。只有一个刘备，他的才能与高祖近似，但却没有真正达到高祖的那种程度，他的内心还有一种超群出众、沾沾自喜之意。所以，想显示愚钝，却不能达到；想表现得果决锐利，却又不能完全做到。就这样，两个方面在内外表里互相斗争，犹豫不决，因而所要办的事情办不到，想要得到的东西也不能如愿以偿。他不顾全国的大局，独自进入四川，而那里却并不是理想的地方；接纳重用诸葛孔明这种只善于治理国家的人才，却让他去应付纷繁复杂的战争，就不是最适合的将领；他不能忍耐内心的愤怒，却去干自己不善于干的事情，亲自率领军队侵犯他人，这说明他的气度还不足以让人崇敬。啊！当他在袁绍、袁术之间疲于奔命的时候，当他备受吕布羞辱的时候，当他在荆州处于狼狈窘迫境地的时候，尽管屡战屡败，但他却桀骜不屈，不能说他没有汉高祖的风范气度，可他却最终也没有明白运用这种才能的办法。古时的英雄豪杰，只有汉高帝刘邦是没有人能够比得上的！

晋 论

"自处太高"是晋代灭亡的根本原由吗？苏辙的这个观点鲜有赞同者，但此文立意坚决，反写正写，有理有据，一气呵成。茅坤云："晋之士患在不习事，故无以经略当世。子由议之未当，而行文自佳。"而孙琮、王志坚等人都认同苏辙的评点，对其文章风采大加赞叹。

【原文】

御天下有道：休之以安，动之以劳，使之安居而能勤，逸处而能忧，其君子周旋揖让不失其节，而能耕田射御，以自致其力，平居习为勉强而去其惰傲，厉精而日坚，劳苦而日强，冠冕佩玉之人而不惮执天下之大劳。夫是以天下之事，举皆无足为者，而天下之匹夫，亦无以求胜其上。何者？天下之乱，盖常起于上之所惮而不敢为，天下之小人，知其上之有所惮而不敢为，则有以乘其间而致其上之所难。夫其上之所难者，岂非死伤战斗之患，匹夫之所轻而士大夫之所不忍以其身试之者耶？彼以死伤战斗之患邀我，而我不能应，则无怪乎天下之至于乱也。故夫君子之于天下，不见其所畏，求使其所畏之不见，是故

高逸图

事有所不辞，而劳苦有所不惮。

昔者晋室之败，非天下之无君子也。其君子皆有好善之心，高谈揖让，泊然冲虚，而无慷慨感激之操，大言无当，不适于用，而畏兵革之事。天下之英雄，知其所忌而窃乘之，是以颠沛陨越，而不能以自存。且夫刘聪、石勒、王敦、祖约，此其奸诈雄武，亦一世之豪也。譬如山林之人，生于草木之间，大风烈日之所咻，而雪霜饥馑之所劳苦，其筋力骨节之所尝试者，亦已至矣。而使王衍、王导之伦，清淡而当其冲，此譬如千金之家，居于高堂之上，食肉饮酒，不习寒暑之劳，而欲以之捍御山林之勇夫，而求其成功，此固奸雄之所乐攻而无难者也。是以虽有贤人君子之才，而无益于世；虽有尽忠致命之意，而不救于患难。此其病起于自处太高，而不习天下之辱事，故富而不能劳，贵而不能治。

盖古之君子，其治天下，为其甚劳而不失其高；食其甚美而不弃其粝。使匹夫小人，不知所以用其勇，而其上不失为君子。至于后世，为其甚劳而不知以自复，而为秦之强；食其甚美而无以自实，而为晋之败。夫甚劳者，固非所以为安；而甚美者，亦非所以自固。此其所以丧天下之故也哉！

【译文】

治理国家用正确的方法，这就是，既要以安定的生活条件使百姓得到休养，又要通过艰难困苦的环境锻炼考验他们，从而使他们生活舒适却能勤苦，居安却能思危。百姓中有修养、有知识的人，一方面都能按照礼教行事，不越规矩，同时又能

耕田种地、驾车射箭，磨炼增强体力。平日无事，也要养成勤奋刻苦的习惯，以便去掉懒惰的毛病。要使他们锻炼自己的精神，做到一天比一天意志坚定；要使他们经受艰难困苦的考验，做到一天比一天精干强悍。地位高贵的官员，要勇于去完成最艰难的工作。只有做到这些，那国家的一切事情才都可以办好，全都不足挂齿。只有做到这点，天下的那些胆大妄为的人也就没办法犯上作乱了。为什么呢？因为国家局势动荡，常常是因为地处高位的人心理畏惧而对某些事情不敢去做。天下那些居心不良的人，知道地处高位的人害怕而不敢去做，这样他们就觉得有机可乘，从而制造出足以使地处高位的人感到为难的事来。地位高贵的人，不就是士大夫们不愿意自己碰到而那些亡命之徒所不忌惮的战斗死伤一类事吗？那些人以战争死伤来威胁我们，而我们束手无策，这样，国家最后出现动乱，不足为怪。所以，贤能的人治理国家，要能无所畏惧。只有做到无所畏惧，才能遇到任何事情都不躲闪逃避，遇到任何艰险都不害怕。

从前，晋朝的失败，并不是当时国家无贤人。而是因为，当时贤能的人都只有一颗向善的心，崇尚清谈，繁文缛节，心境淡泊，思想空虚，却缺乏慷慨激昂的节操。只知高谈阔论，空洞无用，而又都害怕战争。天下的英雄豪杰知道他们的忌讳所在，乘机而起，因而便使得晋朝的政权摇摇欲坠而不能自保。况且，刘聪、石勒、王敦、祖约这帮人，都是些奸诈雄猛之徒，也可称为豪强了。他们就像是山野里的人，生长在荒山野外，风吹日晒，饥寒交迫，身体经受的各种艰难困苦的磨炼。当他们起兵作乱时，国家却让王衍、王导一班只知清谈的人去镇压抵抗他们。这就像是富贵人家，住的是高堂大屋，只知吃喝作乐，从来没吃过严寒酷暑的苦头，却想让他们去抵御生长在荒山野外的勇猛武夫，并且希望他们能够获得胜利一样。这当然是那些奸诈雄猛的人乐于攻击而丝毫也不觉得困难的了。所以，当时虽然有贤能的人才，于国家却无丝毫用处；那些人虽然有为国尽忠献身的心愿，但却拯救不了国家的患难。他们的弊病就在于把自己看得太高贵，而没有经受过困顿苦难的锻炼和考验。结果，生活富裕而不能吃苦耐劳，地位高贵却不会治理国家。

古代贤明的君王，他们治理国家，让人干非常劳苦的事，却又不使人们丧失高贵的身份；让人品尝到精致美食，但也不让人们丢弃粗劣的食品。这样，就使那些胆大妄为、心术不正的人不知该从哪里下手起乱而使其阴谋得逞，而地处高位的却不失为贤明的人。到了后来，让人干非常劳苦的事，却不懂得让人恢复体力，休养生息，这就是秦国的所谓强大；让人享受特别精美的食品，却不能使他们自身充实强壮，这就是晋朝失败的最根本原因所在。非常劳苦的事情，本来就难以让人感到安居乐业；而只贪图物质与精神的享受，也不是使自己能够变得坚强的好习惯。这大概就是秦国与晋朝政权被夺灭亡的缘故吧！

◎ 隋 论 ◎

这篇文章是论隋守天下之失，不是论隋取天下之失。其行文奇特之处是，中间欲说隋视天下甚重，前后文都说圣人轻视天下，并不泛论一段甚重，并不挽带一句自附，笔墨高妙。此文构思巧妙，落笔俊健，两行内便有三节之韵，一冒一正一反。文中句句照应，连环相扣，秦隋并提，互相印证。其文笔意高明微妙，远处是其近处，淡处是其浓处，且宽处是紧，徐处是疾。文章结尾话语悠扬，余味悠长。

【原文】

人之于物，听其自附，而信其自去，则人重而物轻。人重而物轻，则物之附人也坚。物之所以去人，分裂四出而不可禁者，物重而人轻也。古之圣人，其取天下，非其驱而来之也；其守天下，非其劫而留之也。使天下自附，不得已而为之长，吾不役天下之利，而天下自至。夫是以去就之权在君，而不在民，是之谓人重而物轻。且夫吾之于人，己求而得之，则不若使之求我而后从之；己守而固之，则不若使之不忍去我，而后与之。故夫智者或可与取天下矣，而不可与守天下。守天下则必有大度者也。何者？非有大度之人，则常恐天下之去我，而以术留天下。以术留天下，而天下始去之矣。

昔者三代之君，享国长远，后世莫能及。然而亡国之暴，未有如秦、隋之速，二世而亡者也。秦、隋之亡，其弊果安在哉？自周失其政，诸侯用事，而秦独得山西之地，不过千里。韩、魏压其冲，楚胁其肩，燕、赵伺其北，而齐掉其东。秦人被甲持兵，七世而不得解，寸攘尺取，至始皇然后合而为一。秦见其取天下若此其难也，而以为不急持之，则后世且复割裂以为敌国。是以销名城，杀豪杰，铸锋镝，以绝天下之望。其所以备虑而固守之者甚密如此，然而海内愁苦无聊，莫有不忍去之意。是以陈胜、项籍因民之不服，长呼起兵，而山泽皆应。由此观之，岂非其重失天下而防之太过之弊欤？

今夫隋文之世，其亦见天下之久不定，而重失其定也。盖自东晋以来，刘聪、石勒、慕容垂、苻坚、姚兴、赫连之徒，纷纷而起者，不可胜数。至于元氏，并吞灭取，略已尽矣，而南方未服。元氏自分而为周、齐。周并齐而授之隋。隋文取梁灭陈，而后天下为一。彼亦见天下之久不定也，是以既得天下之众，而恐其失之；享天下之乐，而惧其不久；立于万民之上，而常有猜防不安之心，以为举世之人，皆有曩者英雄割据之怀，制为严法峻令，以杜天下之变。谋臣旧将诛灭略尽，而独死于杨素之手，以及于大故。终于炀帝之际，天下大乱，涂地而莫之救。由此观之，则夫隋之所以亡者，无以异于秦也。

悲夫！古之圣人，修德以来天下，天下之所为去就者，莫不在我，故其视失天下甚轻。夫惟视失天下甚轻，是故其心舒缓，而其为政也宽。宽者生于无忧，而惨急者生于无聊耳。昔尝闻之：周之兴，太王避狄于岐，豳之人民扶老携幼，而归之岐山之下，累累而不绝，丧失其旧国，而卒以大兴。及观秦、隋，唯不忍失之而至于亡，然后知圣人之为是宽缓不速之行者，乃其所以深取天下者也。

【译文】

人对于物，如果能做到任从它主动依附又听任它自己离开，这样，就会使人相对于物，其重量便会增加。人的分量加重、物的分量减轻，这样，物对人的依附反而会更加牢固。物所以会离开人四散，原因就在于物的分量重而人的分量轻。古代人格品德最杰出的帝王，他们据有天下，并不是凭借武力强迫人们来顺从依附于他；他们保持政权，也不是强行劫持人们留在自己这里。他们能让天下的人主动地听从依附于他，而自己实际上迫不得已充当了这些依附他的人的头领。从我自己来说，不去役使天下的人为我所用，而天下的人却主动来为我所用。这样，来去的权力就牢牢地把握在君王手中，而不在百姓手中。这就叫人的分量大于物的分量。况且，自己对于别人，勉强追求而得到，总不如让别人主动要求来依附自己，然后答应别人的请求；自己死守着把别人固定在这里，总不如让他们不愿意离开自己，而后答应他们继续留下来。所以，有智慧的人，有的可以与他们一起来夺取天下，却不能够与他们一起来保持政权，因为保持政权需要气度宏大的人。为什么呢？因为心胸狭窄的人，常常担心天下的人会离开自己而去，于是便总是玩弄权术来留住天下的人。而如果到了只有依靠权术才能收留人的时候，那天下的人也就开始离他而去了。

从前，夏、商、周三代的君王，他们的国家长久，以后的世代没有能比得上的。而国家政权迅速灭亡的，要首推秦国与隋朝，都是只经过两代便灭亡了。秦国与隋朝的灭亡，根源究竟是什么？自从周代丧失政权以后，诸侯国便各自为政。秦国距秦岭以西不过一千里，韩、魏两国挡在它的正面，楚国就像是威胁着它的肩部，燕、赵两国窥伺在它的北边，而齐国却大摇大摆地据守在它的东边。那时候，秦国人身披盔甲，手执武器，经过七代的不懈战斗，一点一点地扩大地盘，直到秦始皇才统一了全国。秦国看到自己夺取天下是如此艰难，便以为如不严加把持，用不了多久国家就会分裂割据，各个地方又会变成与自己敌对的势力。于是，就把有名的大城池销毁，杀死天下枭雄，销毁天下所有兵器，企图通过这些措施使天下人叛离的希望彻底破灭。秦国人用来预防祸患和牢固守卫的措施，竟然严密到如此程度。然而，这样做的结果，却导致全国百姓愁怨困苦，百无聊赖，没有不想离开它的。所以，陈胜、项籍就顺从响应了百姓这种不愿臣服的心理，振臂高呼，举兵起义，赢得了全国各地的响应。由此看来，秦国灭亡如此迅速，难道不正是因为它把丧失政权看得太重，从而防范过分严密造成的恶果吗？

隋朝建国之初，隋文帝大概也是看到天下局势混乱，长久不能安定，很害怕丧失统一安定的国家形势。自从东晋以来，天下大乱，刘聪、石勒、慕容垂、苻坚、姚兴、赫连等一批人纷纷起义，多得让人数都数不过来。到了拓跋氏，才吞并消灭了北方各处列强，建立了北魏王朝，但仍然没有统一南方。北魏后来又分裂为北周、北齐。北周吞并了北齐，而隋朝又夺取了北周的政权。以后，隋文帝逐一灭了南方的梁、陈两朝政权，这才最后统一了全国。隋文帝也是看到天下长期不得安定，建立了全国的统一政权之后，又害怕失掉政权；享受到了把天下据为己有的帝王的快乐之后，又害怕这种享乐长久不了。所以，他尽管处在全国百姓之上，却时常心存疑忌，惴惴不安，以为天下的所有人全都有以往那些豪强们割据独立的思想。于是，他就制定了严酷的法令来杜绝天下人们发动变乱，把过去帮助他的谋臣将领几乎诛杀殆尽。然而，他却偏偏死在自己的宠臣杨素手中，并由此使隋朝政权出现祸患，终于在隋炀帝时天下大乱，隋朝政权无法挽救，彻底灭亡。由此看来，隋朝政权遭到灭亡，原因与秦国也没有什么不同。

可悲啊！上古超凡出众的帝王注重品德修养，以此来吸引天下的人；天下的人是决定依附还是决定离开，主动权都掌握在帝王的手中。所以，那些超凡出众的帝王把失去权力看得很轻。正因为他们把失去权力看得很轻，所以能够做到心胸开阔，在制定政策上很宽松。政策的宽松，根源就在于他们心中没什么忧虑；而政策的严酷，根源就在于掌握政权觉得特别无依靠。我过去曾经听说，周代兴起的时候，太王为了避免北方少数民族的侵袭骚乱，迁到了岐山一带。而原先在邠地的百姓，却全都扶老携幼，到岐山一带来归附太王，道路上的人竟然连绵不绝。结果，周代尽管丢弃了原先的旧地盘，但国家势力却反而大大增强。反观秦国与隋朝，正是由于不愿意失去，结果适得其反灭亡得更为迅速。明白了历史上的这些成败得失，然后才会真正地领会到，那些超凡出众的帝王制定的宽松舒缓的政策，正是他们能够深深地吸引住天下人的好办法。

◎ 唐 论 ◎

茅坤曾这样评论此文："此等文古今有数。"而唐顺之云："深究利害，是大文字。"细读之下，作者见识果然高明，论事极有分寸，其文章体式似从柳宗元的《封建论》中脱化出来。"通篇虽然内外并举，而大段归宿外重一边。欲重外以反秦汉以来，偏于内重之弊，则当如唐分地于节度。其意实以讽宋。"（徐扬贡语）文章立意精警，用笔相当雄健，是一篇传世名作。

【原文】

天下之变，常伏于其所偏重而不举之处，故内重则为内忧，外重则为外患。古者聚兵京师，外无强臣，天下之事，皆制于内。当此之时，谓之内重。内重之弊，奸臣内擅而外无所忌，匹夫横行于四海而莫能禁。其乱不起于左右之大臣，则生于山林小民之英雄。故夫天下之重，不可使专在内也。古者诸侯大国，或数百里，兵足以战，食足以守，而其权足以生杀，然后能使四夷、盗贼之患不至于内，天子之大臣有所畏忌，而内患不作。当此之时，谓之外重。外重之弊，诸侯拥兵，而内无以制。由此观之，则天下之重，固不可使在内，而亦不可使在外也。

自周之衰，齐、晋、秦、楚，绵地千里，内不胜于其外，以至于灭亡而不救。秦人患其外之已重而至于此也，于是收天下之兵而聚之关中，夷灭其城池，杀戮其豪杰，使天下之命皆制于天子。然至于二世之时，陈胜、吴广大呼起兵，而郡县之吏，熟视而走，无敢谁何。赵高擅权于内，颐指如意，虽李斯为相，备五刑而死于道路。其子李由守三川，拥山河之固，而不敢较也。此二患者，皆始于外之不足而无有以制之也。至于汉兴，惩秦孤立之弊，乃大封侯王。而高帝之世，反者九起，其遗孽馀烈，至于文、景而为淮南、济北、吴、楚之乱。于是武帝分裂诸侯，以惩大国之祸，而其后百年之间，王莽遂得以奋其志于天下，而刘氏之子孙无复龃龉。魏晋之世，乃益侵削诸侯，四方微弱，不复为乱，而朝廷之权臣，山林之匹夫，常为天下之大患。此数君者，其所以制其内外轻重之际，皆有以自取其乱而莫之或知也。

夫天下之重，在内则为内忧，在外则为外患。而秦汉之间，不求其势之本末，而更相惩戒，以就一偏之利，故其祸循环无穷而不可解也。且夫天子之于天下，非如妇人孺子之爱其所有也。得天下而谨守之，不忍以分于人，此匹夫之所谓智也，而不知其无成者，未始不自不分始。故夫圣人将有所大定于天下，非外之有权臣，则不足以镇之也。而后世之君，乃欲去其爪牙，剪其股肱，而责其成功，亦已过矣。夫天下之势，内无重，则无以威外之强臣，外无重，则无以服内之大臣，而绝奸民之心。此二者，其势相持而后成，而不可一轻者也。

昔唐太宗既平天下，分四方之地，尽以沿边为节度府，而范阳、朔方之军，皆带甲十万，上足以制边陲之难，下足以备匹夫之乱，内足以禁大臣之变。而将帅之臣常不至于叛者，内有重兵之势，以预制之也。贞观之际，天下之兵八百余府，而在关中者五百，举天下之众，而后能当关中之半。然而朝廷之臣亦不至于乘间衅以邀大利者，外有节度之权以破其心也。故外之节度，有周之诸侯外重之势，而易置从命，得以择其贤不肖之才。是以人君无征伐之劳，而天下无世臣暴虐之患。内之府兵，有秦之关中内重之势，而左右谨饬，莫敢为不义之行。是以上无逼夺之危，下无诛绝之祸。盖周之诸侯，内无府兵之威，故陷于逆乱而不能自止。秦之关中，外无节度之援，故胁于大臣而不能以自立。

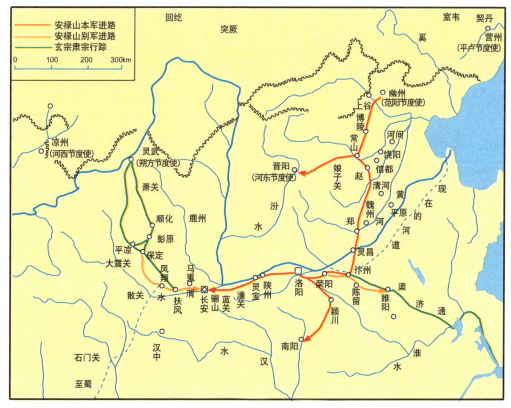

安史之乱示意图

有周秦之利，而无周秦之害，形格势禁，内之不敢为变，而外之不敢为乱，未有如唐制之得者也。而天下之士不究利害之本末，猥以成败之遗踪而论计之得失，徒见开元之后，强兵悍将皆为天下之大患，而遂以太宗之制为猖狂不审之计。

夫论天下，论其胜败之形，以定其法制之得失，则不若穷其所由胜败之处。盖天宝之际，府兵四出，萃于范阳，而德宗之世，禁兵皆戍赵、魏，是以禄山、朱泚得至于京师，而莫之能禁，一乱涂地。终于昭宗，而天下卒无宁岁。内之强臣，虽有辅国、元振、守澄、士良之徒，而卒不能制唐之命，诛王涯，杀贾𫚖，自以为威震四方，然刘从谏为之一言，而震慑自敛，不敢复肆。其后崔昌遐倚朱温之兵以诛宦官，去天下之监军，而无一人敢与抗者。由此观之，唐之衰，其弊在于外重，而外重之弊，起于府兵之在外，非所谓制之失，而后世之不用也。

【译文】

天下的祸乱，往往潜伏在给予充分重视却导致某些被忽视的地方。所以，侧重于内的时候便形成内患，侧重于外的时候便形成外患。古时候把军队全都集中在京城，地方上没有势力强大的臣僚，国家的一切事情的管理权力都集中于中央。在这种时候，就叫作内重。内重的弊端在于，容易造成奸臣专权而丝毫不用顾忌地方势力的反对；地方上亡命之徒到处横行，又没有力量能够禁止。这样一来，变乱不是由朝廷里的大臣挑起，便是在荒野百姓的豪强中产生。所以，国家力量的重心，决不可仅仅集中在中央。古时候的诸侯国，大的方圆数百里，军队足以应付战争，食物足以保证守卫，国君又掌握着生杀大权，这样，周边少数民族与国内盗贼制造的祸乱便不至于威胁到中央，而身处中央的大臣也对他们心存畏惧，不敢在中央制造变乱。在这种时候，就叫作外重。外重的弊端在于，容易造成地方势力仰仗兵权逞强，而中央却没办法加以制伏。由此看来，国家权力的重心固然不可以集中于中央，但也不能使重心偏落在地方。

自从周代衰败以后，齐、晋、秦、楚四国的土地都绵延千余里。地方力量大于中央，才终于使得国家政权灭亡而无法挽救。秦国人曾担忧地方力量过重会导致国家政权灭亡，于是就把全国各地的武器都没收汇聚在京城咸阳，又把各地的大城池销毁，杀死无数英雄豪杰，从而使国家的命脉完全控制在了中央的手中。然而，到了秦二世的时候，陈胜、吴广振臂高呼，举兵起义，州县的官吏却全都仓皇逃走，无人敢与之抵抗。而赵高又在朝廷内部专权，颐指气使，终于使贵为丞相的李斯也竟然备尝五种酷刑的残害而死在道路之上。当时，李斯的儿子李由正据守在三川之地，尽管那里地势险要易于防守，但他也不敢同赵高对抗。陈胜、吴广举兵于山野与赵高专权于中央，这两种祸患，全是由于地方势力不强，没有能力加以制止而造成的。到了汉代建国以后，吸取了秦国孤立无援的教训，便极力将同姓封为王侯贵族，使他们遍布全国各地。然而就在汉高祖在位的时候，侯王制造动乱的，先后就有九起。动乱虽然全部平息，但各侯王的后代却仍然继续积蓄力量，到了文帝、景帝时便终于爆发了以淮南、济北、吴、楚为首的"八王之乱"。于是，汉武帝又吸取诸侯国势强大、容易制造祸乱的教训，分割原来的诸侯国，大大缩小了他们的势力范围。但这样一来，只过了百年时间，王莽就将权力集中于中央，并逐渐篡夺了汉代的政权，而刘氏的子孙后代却束手无策。到了魏、晋的时候，诸侯势力被进一步削弱，地方势力极大地衰弱，再也没有能力制造动乱了。然而，也正是由于这一点，朝野中专权的奸臣，山野里的亡命之徒，又成了国家的隐患。以上这些帝王，他们在权衡内外力量轻重的时候，都往往是选择了造成祸乱之道，而自己还未曾明白这一点。

国家中央的力量强大，祸患就发生在中央；地方的力量强大，祸患就会出自地方。然而，秦、汉两代，不去探讨事变发生的原因，却只是盲目错误地吸取教训，片面地追求偏重于某一方面所得到的好处，所以他们的祸患便循环往复，无穷无尽，最终还是免不了落个灭亡的下场。况且，帝王对于天下，不能像妻子、小孩儿那样当成自己的来爱惜。夺取了政权，如果只是一味地谨慎守护着，不舍得把权力适当地分给别人，只称得上是匹夫的智慧。殊不知，他们之所以不能最终永保成功，都是因为不想分散权力造成的。所以，那些人格品德超凡出众的帝王，为了最大限度地稳定国家政权，深知如果没有强大的地方势力，便不足以钳制中央企图专权的奸臣。而后代的国君们，却要剪去自己的爪牙，除掉自己的股肱，企图以此来求得政权的稳定，也实在是错得荒谬。我个人以为，就国家的整个形势而言，如果中央力量不强大，便无法在地方的强大势力面前产生威慑效果；而如果地方势力不强大，便无法震慑中央掌握大权的重臣，也没能力杜绝百姓中那些一心想造反的坏人的企图。这两个方面，只有造成互相牵制的形势，然后才可以获得成功，而决不能出现一轻一重的局面。

从前，唐太宗平定了天下以后，重新划分区域，把边防地区都作为节度使的使府，其中范阳、朔方的军队，竟有十万人之多。这样一来，他们对外就足以防备周边少数民族政权的侵扰，对下就足以应付胆大妄为的人的造反作乱，而对内又足以钳制朝廷大臣制造变故。而这些在外血战的将帅们所以不至于拥兵叛乱，则又在于朝廷同样拥有重兵在预先钳制着他们。唐太宗贞观年间，全国的府兵有八百多处，而在关中一带就有五百多处，全国的军队正好相当于关中的一半。然而，朝廷里掌握大权的重臣仍然不敢乘此时机犯上作乱，就因为地方上的节度使势力强大，使他们不敢有丝毫妄想。所以，唐代全国各地的节度使，有相当于周代诸侯的强大形势，却又不像诸侯分封之后就不再变动，而是任命调动完全服从中央，使中央可以选贤任能，罢黜庸才，这样就使得国君不必再饱受亲自率军征战的劳苦，而天下又杜绝了世袭权臣起兵作乱的祸患。唐代中央的府兵，有像秦代那样关中一带中央权重的形势，但又能做到相互防范钳制，谁也不敢有作乱犯上的行为。因而，国君既没有被逼让位的危险，而臣下也不存在被杀戮的祸患。而周代时的诸侯，正因为中央没有像唐代拥有府兵那样的权威，所以往往诸侯叛乱，中央陷于困难之中而无法抑制。而秦国的关中一带，由于没有像唐代各地节度使那样的声援，因而国君便受到大臣的要挟而不能独立自主。因而，既有周代、秦国的长处所在，又避免了周代、秦国的害处，做到各种势力互相制约，既能使中央的权臣不敢发动政变，又能使地方势力也不敢制造动乱，还从来没有像唐代所实行的制度这么周密完全的。然而，天下的人们，不追究利害原因，多数人却仅仅根据成败的历史陈迹来判断政策的得失。他们只看到唐代开元年间以后节度使拥有重兵，成为国家的极大祸患，便认为唐太宗制定政策不够慎重，随意妄行。

啊！探讨国家大事，只就胜败的表面现象发议论，从而据此认定它的法律制度的功过得失，则远不如进一步深究造成胜败结果的原因。实际上，唐玄宗天宝年间，中央兵力四散，集中于范阳一带；唐德宗时，禁兵又全都屯戍在赵、魏一带。这才使安禄山、朱泚得以乘虚到达京城，中央无力镇压。结果，安禄山的一场暴乱，就使唐王朝一败涂地。从此以后，唐王朝直到接近覆灭的唐昭宗时代，没有一年安宁过。中央朝廷内虽然有李辅国、程元振、王守澄、仇士良这样一班掌握重权的宦官，但也最终没能使唐王朝逃脱灭亡的命运。尽管他们诛杀了王涯、贾𫟃，自以为可以威震四方了，但节度使刘从谏一发异议，他们便恐惧收敛，自此再也不敢为所欲为。后来，崔昌遐倚仗着节度使朱温的军队诛杀宦官，废除掉中央派在地方军队里的监军，最终无人有胆量相对抗。由此看来，唐王朝的衰败，弊病是在于地方力量的权势过重。然而，地方力量权力过于大的原因，却是由于府兵全都屯驻在远离中央的地方，与唐朝制度本身并没有关系。然而，可悲的是，后代却不再沿袭采用唐代的这种制度了。

◎ 五代论 ◎

"五代"从公元907年至公元960年，其间共历五十四年，其王朝持续时间最长的是后梁，仅十七年，最短的后汉仅有三年。频繁更替的朝代都很短命，原因何在呢？苏辙此文列举了商、周兴盛而长久的原因——"其成功甚难，而享天下之利重缓也"。又以晋文公、汉高祖的建功立业的经历为证，提出作者的观点："有可以取天下之资而不用，有可以乘天下之势而不顾，抚循其民，以待天下之自重。"而对纷乱的五代群雄的败绩，该文持这样两个观点，就是"故夫取天下不可以侥幸于一时之利，侥幸于一时之利，则必将有万岁不已之患"。帝王取天下，有近利者必有远忧，如果没有深厚的统治基础，想要流传下去是不容易的。

【原文】

昔者商周之兴，始于稷、契，而至于汤、武，凡数百年之间，而后得志于天下。其成功甚难，而享天下之利至缓也。然桀、纣既灭，收天下，朝诸侯，自处于天子之尊，而下无不服之志，诛一匹夫，而天下遂定，盖其用力亦甚易而无劳也。至于秦汉之际，其英雄豪杰之士，逐天下之利惟恐不及，而开天下之衅惟恐其后之也。奋臂于大泽，而天下之士云合响应，转战终日，而辟地千里。其取天下，若此其无难也。然天下已定，君臣之分既明，分裂海内，以王诸将，将以传之无穷，百世而不变。而数岁之间，功臣大国反者如猬毛而起。是何其取之之易而守之之难也？

若夫五代干戈之际，其事虽不足道，然观其帝王起于匹夫，鞭笞海内，战胜攻取。而自梁以来，不及百年，天下五擅，远者不过数十年，其智虑曾不足以及其后世，此亦甚可怪也。盖尝闻之：梁之亡，其父子兄弟自相屠灭，虐用其民，而天下叛；周之亡，适遭圣人之兴，而不能以自立。此二者君子之所以不疑于其间也。而后唐之庄宗、明宗与晋、汉之高祖，皆以英武特异之姿，据天下大半之地，及其子孙材力智勇亦皆有以过人者，然终以败乱而不可解，此其势必有以自取之也。盖唐、汉之乱，始于功臣，而晋之乱，始于戎狄，皆其以易取天下之过也。庄宗之乱，晋高祖以兵趋夷门，而后天下定于明宗；后唐之亡，匈奴破张达之兵，而后天下定于晋；匈奴之祸，周太祖发南征之议，而后天下定于汉。故唐灭于晋，晋乱于匈奴，而汉亡于周。盖功臣负其创业之勋，而匈奴恃其驱除之劳，以要天子。听之则不可以久安，而诛之则足以召天下之乱，戮一功臣，天下遂并起而轧之矣。故唐夺晋高祖之权而亡，晋绝匈奴之和亲而灭，汉诛杨邠、史肇而周人不服，以及于祸。彼其初，无功臣，无匈奴，则不兴；而功臣、匈奴卒起而灭之。

故古之圣人，有可以取天下之资而不用，有可以乘天下之势而不顾，抚循其民，以待天下之自至。此非以为苟仁而已矣，诚以为天下之不可以易取也。欲求天下而求之于易，故凡事之可以就天下者，无所不为也。无所不为而就天下，天下既安而不之改，则非长久之计也。改之而不顾，此必有以忤天下之心者矣。昔者晋献公既没，公子重耳在翟，里克杀奚齐、卓子而召重耳。重耳不敢入。秦伯使公子絷往吊，且告以晋国之乱，将有所立于公子。重耳再拜而辞，亦不敢当也。至于夷吾，闻召而起，以汾阳之田百万命里克，以负蔡之田七十万命丕郑，而奉秦以河外列城五。及其既入，而背内外之赂，杀里克、丕郑而发兵以绝秦，兵败身虏，不复其国。而后文公徐起而收之，大臣援之于内，而秦、楚推之于外，既反而霸于诸侯。唯其不求入，而人人之，无赂于内外，而其势可以自入。此所以反国而无后忧也。

其后刘季起于丰沛之间，从天下武勇之士入关，以诛暴秦，降子婴。当此之时，功冠诸侯，其势遂可以至于帝王。此皆沛公之所自为，而诸将不与也。然至追项籍于固陵，兵败，而诸将不至，乃捐数千里之地以与韩信、彭越，而此两人卒负其功，背叛而不可制。

故夫取天下不可以侥幸于一时之利。侥幸于一时之利，则必将有百岁不已之患。此所谓不及远也。

【译文】

从前，商、周两代的兴盛，一个始于契，一个始于稷。而商代直到成汤，周代直到武王，经过了好几百年的时间，才夺得天下。他们获得成功非常艰难，都是经过漫长的时间才开始享受到了夺取天下的好处。正因为如此，所以商代消灭了夏桀、周代消灭了商纣以后，占有天下，让所有的诸侯都朝会，使自己处于天下最高主宰的地位，而臣下没有不折服的。商代只消灭了夏桀这个独夫，周代只消灭了商纣这个独夫，便能使天下安定。从这个意义上说，它们所花气力很小，也没有付出太多的辛劳。到了秦代、汉代的时候，英雄豪杰蜂拥而起，大家都想夺取江山以获利，谁都怕自己落在后边；大家都想先挑起事端，使天下混乱，谁都不甘居于人后。于是，英雄豪杰们振臂高呼，天下的人们便群起响应，四面汇集到他们的周围。这些英雄豪杰，率领大众转战一天，就可以占领千里范围的土地，他们夺取天下竟是如此容易。天下平定之后，确定了君臣的名分，又把全国的土地分别赐给有功的将领，封他们为王，希望能够这样不断继承下去永世不变。然而，仅仅几年之内，那些有功的将领与势力大的王国揭竿造反的事件就像刺猬的毛一样多。为什么他们夺取天下如此容易，而保天下又这么艰难呢？

至于梁、唐、晋、汉、周五代这一段战争风起云涌的时期，其间发生的事件尽管没有什么值得论说的，但是，他们各代的帝王都是平民出身。然后驰骋海内，用武力夺取天下。然而，从梁代到周代，竟然在不到一百年的时间里，却更换了五个朝代，

出行图 契丹

最长的也不过几十年，他们的智慧竟然没有传及下一代，这也太让人感到奇怪了。我曾经听说，梁代的灭亡，起因是他们父子兄弟之间自相残杀、虐待百姓而引起天下背叛。周代的灭亡，是因为恰逢有圣明的宋太祖兴起，所以它便无法继续立国，只好灭亡。这两个朝代的灭亡，实属理所当然，有道德的人们对此无话可说。然而，后唐的庄宗、明宗与后晋的高祖、后汉的高祖，都是英武特异的人物，并且凭借他们的杰出才能占据了大半个天下。就连继承他们事业的子孙，也都有超人的智慧和胆量。但最终却也都相继破败覆灭，实在让人不可理解。他们的速亡一定有自身的原因。实际上，后唐、后汉的变乱起始于有功劳的大臣，而后晋的变乱则是由西北方的少数民族引起的。他们的失败，都是由于夺取天下太容易的缘故。后唐庄宗时发生叛乱，石敬瑭率兵赶至夷门，辅佐明宗继承皇位。后唐灭亡的时候，先是匈奴击败张达的军队，继而石敬瑭取代后唐，自立为晋高祖。匈奴之祸，起于周太祖建议南征，而使南朝建立了后汉。所以，后唐被后晋消灭，后晋又由于抵挡不住匈奴侵扰而败亡，而后汉则被后周所灭。这些变乱的根本原因是，功臣自恃有创业之功，匈奴也自恃有驱赶之劳，他们都用自己的功劳来要挟天子。皇帝如果听从摆布，那政权就不可能长治久安；如果诛灭他们，就会引

起天下大乱，只要动一个功臣，其余的人就会群起而攻之。因此，后唐夺了晋高祖的权而导致灭亡，后晋断绝了与匈奴的和亲政策而灭亡，后汉诛杀了杨邠、史肇两人而后周的人不服气，最终将后汉消灭。这几个朝代，开始时如果没有那些功臣与匈奴，便不可能夺取天下、建立政权。但最终却又是功臣和匈奴出其不意地消灭了他们。

因此，古代最具品德才能的人，他们即使具有夺取天下的资本也不利用，即使具备驾驭天下的形势的能力也不看重，而是把精力集中在抚恤顺应老百姓上，以便等待天下自然而然地归于己有。他们并非有意地摆出一种仁道的姿态，而是确实认识到天下绝不可能轻易地取得。想夺取天下而寄希望于能够轻易地夺取，那么，只要是对夺取天下有利的事情，他就会无所不为。而凡是不择手段地夺取了天下，等到天下安定之后，如果不把这种风气加以扭转，则别人也会效法，势必不是长久之计；而如果无所顾忌地加以改变，这样又势必会触犯天下某些人的意愿，因而结果仍然会很糟糕。古时侯，晋献公死的时候，公子重耳正在翟地。里克杀死公子奚齐、卓子，召重耳继位，而重耳却不愿回去。秦伯派遣公子絷前往吊慰，并且告诉重耳晋国国内一片混乱，答应秦国将拥立重耳当国君，但重耳却仍然再三拜谢辞避，不敢承当。重耳既不应命，里克便派使者迎立公子夷吾。公子夷吾闻召立刻动身，并且答应把汾阳之百万亩地封给里克，把负蔡之田七十万亩封给丕郑，还答应把河西的五座城池奉献给秦国。但夷吾回到晋国继位之后，却违背了原来做出的对内对外所有许诺，不仅杀了里克、丕郑，还出兵征讨秦国。结果，晋兵大败，夷吾也被秦军俘虏，不能返还晋国。在这种情况下，公子重耳才从容地站出来收拾残局。在国内有大臣们拥戴他，秦、楚两国也在国外援助他，结果，重耳返回晋国，自立为晋文公，终于成为诸侯的霸主。正是因他自己不急于返回晋国而别人却主动请求他回去，所以他用不着贿赂国内外的当权者。就当时的形势而言，他完全是凭借着一己之力返回晋国、执掌政权的，因此，重耳返国以后，便没有留下后患。

后来，刘邦在沛县丰邑崛起，率领天下的勇武兵卒西入函谷关，消灭了秦国，虏获了子婴。这个时候，刘邦功盖各路诸侯。若照此形势发展下去，刘邦显然可以顺理成章地当上帝王。而且，这完全是凭借刘邦自己的力量，手下的将领无力与他相比。然而，后来刘邦追赶项籍到固陵，自己打了败仗，手下的将领却迟迟不来救援。于是，刘邦只好拿出几千里土地封给韩信、彭越。结果，二人自恃辅佐刘邦有功，最终背叛了刘邦而不可控制。

因此，夺取天下决不可心存侥幸，寄希望于一时的好运气，凭偶然的机会获得的成功，必将留下百年难治的祸患。这种祸患，必然会导致政权难以长久地维持。

佳文共赏，于文辞精美处拍案叫绝；经典同承，于书山翰林中博古通今。